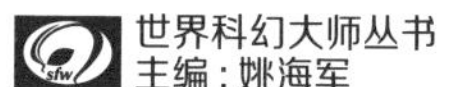

世界科幻大师丛书
主编：姚海军

ВЫЧИСЛИТЕЛЬ

计算者

格罗莫夫中篇小说集

[俄]亚历山大·格罗莫夫 著
胡杨怡欣 等 译

四川科学技术出版社

图书在版编目(CIP)数据

计算者：格罗莫夫中篇小说集 / [俄罗斯] 亚历山大·格罗莫夫 著；胡杨怡欣 等 翻译.
--成都：四川科学技术出版社，2023.3
（世界科幻大师丛书 / 姚海军 主编）
ISBN 978-7-5727-0897-8

Ⅰ.①计… Ⅱ.①亚… ②胡… Ⅲ.①中篇小说－小说集－俄罗斯－现代
Ⅳ.①I512.45

中国国家版本馆CIP数据核字(2023)第027843号
图进字号:21-2021-344

世界科幻大师丛书

计算者:格罗莫夫中篇小说集

SHIJIE KEHUAN DASHI CONGSHU
JISUANZHE:GELUOMOFU ZHONGPIAN XIAOSHUOJI

丛书主编 姚海军
著　　者 [俄]亚历山大·格罗莫夫
译　　者 胡杨怡欣 等

出 品 人 程佳月
责任编辑 王双叶　周美池　姚海军
特约编辑 肖巧雯
封面绘画 朱　异
封面设计 甄沛佳
版面设计 甄沛佳
责任出版 欧晓春
出　　版 四川科学技术出版社
成都市锦江区三色路238号 邮政编码 610023
官方微博:http://weibo.com/sckjcbs
官方微信公众号:sckjcbs
传真:028-86361756
成品尺寸 140mm×203mm　　印　　张 21.375
字　　数 400千　　插　　页 1
印　　刷 成都博瑞印务有限公司
版　　次 2023年3月成都第一版
印　　次 2023年3月成都第一次印刷
定　　价 80.00元

ISBN 978-7-5727-0897-8

邮 购:成都市锦江区三色路238号新华之星A座25层　邮政编码:610023
电 话:028-86361770

致中国读者

[俄]亚历山大·格罗莫夫

我非常高兴能够再次[①]向中国的各位读者介绍我的作品。这部中篇集在俄罗斯出版时使用的小标题是“五个聪明的小故事”，这个题目一开始让我很疑惑，随后把我逗乐了，就好像我的同行们所做的事只是写一些愚蠢的文章一样！当然，这种情况确实存在，尤其是在最近二十年间。但如今，俄罗斯还有不少仍在产出高质量作品的科幻作家。

至于我自己，已经在科幻领域耕耘了三十余年。我认为自己算是一名足够“暗黑”的作者，所写的故事并不总是以美好的结局收尾，还有，我更喜欢描写灾难。亚历山大·谢尔盖耶维奇·普希金所

① 作者的长篇小说《明天开始永恒》曾于2006年在中国出版。

说十分中肯:"乐在亲赴沙场,战斗厮杀;乐在面临深渊,无所惧怕。"[①]这句话再合适不过了。

除了科幻小说,我也写过一些天文学科普书籍,但对我来说,主业永远是科幻,尽管写科幻要比写非科幻难得多。

但也有趣得多。

科幻作家就像是插画家,只要他的画技真的高明,就算他对人们说"现在我要开始骗你们的钱了",人们也完全不会在意。这就是他与街头骗子的区别。杰出的苏联科幻小说家斯特鲁伽茨基兄弟总结了三点:"奇异事件、秘密、可信性"——这就是优秀的科幻小说的配方,对于插画家和科幻作家同样适用。他们的任务是一样的:以奇异事件来唤醒想象力,以秘密来支撑奇异事件的成立,以可信性来保证观众不会走开、读者不会看到一半就把书合上。作者的文学水平在这里可以等同于插画家的技艺。同时,人尽皆知,自己所看的是虚构作品,不会尝试将其代入现实。

"这会带来什么收获呢?"任何人都有权这样问。答案很简单:如果没有想象力,就没有超前的思想,而没有超前的思想,就没有进步,无论是科技上的,还是社会上的。这就是最简单的答案。

它属于娱乐产业吗?毫无疑问。但是,它对人大有裨益。

读者阅读科幻小说,只是为了得到快乐吗?是的。但只要"插画家的画技真的高明",那么通常来说,它还会带给读者一些超越快

① 出自普希金的诗体案头剧《鼠疫流行时期的宴会》,张学增译本。

乐的收获。

有趣的是，促成文学作品诞生的可能是任何契机。比如《计算者》这个中篇——许多俄罗斯读者认为这是我最好的作品——其写作动机只是我答应了《如果》杂志[1]的编辑，要为他们写一篇稿子。后来，我多次责怪自己为什么要答应下来，但一言既出，驷马难追。写这篇小说的过程十分漫长，也令我痛苦，直到写最后一章时我才感受到了快乐，觉得自己写出的，哎呀！并不完全是平庸之作嘛。当然，我从起初便知道，它的核心设定是与一些更早的作品相近的，比如埃里克·拉塞尔的《某处之声》[2]和罗杰·泽拉兹尼的《小街的毁灭》[3]。但是，《计算者》的情节和主题是完全不同的。

看来，我成功完成了任务。但要如何评判，取决于您。希望这个故事，关于一位天才出色地解决了一个不甚合乎道德的难题的故事，不会让您感到无聊。

同时，尊敬的读者，也请您关注这部中篇集里的其他几篇作品。我希望它们能使您回味无穷。

祝您阅读愉快！

2022年9月26日

① 俄罗斯科幻杂志，已停刊。

② *Somewhere a Voice*, Eric Frank Russell, Ace Books, 1965.

③ *Damnation Alley*, Roger Zelazny, G.P. Putnam´s Sons, 1968.

亚历山大·格罗莫夫:人是这样的生物

[俄]叶夫根尼·哈里托诺夫

最出乎意料的是,那条人类将在公元2100(3000? 4000?)年之前完全灭绝的预言根本没有成为现实。

这也是最合理的。

——亚历山大·格罗莫夫《虚空之王》

我们所有的英雄要么已经自我了结,要么正在自我了结的路上。

——亨利·米勒《北回归线》

1

与之前不甚乐观的预测相反,优秀的古典科幻文学在我们的文学史中幸存了下来。来自莫斯科的科幻作家亚历山大·格罗莫夫的作品证实,科幻文学并没有过时,在这个类型中仍能诞生全新的情节,形成探讨某一主题的故事线。在我看来,比起时下流行的奇幻文学,科幻文学所涵盖的问题的广度和深度,以及观点和话题的自由度都要高得多。

有趣的是,亚·格罗莫夫给人的第一印象是一位非常传统的作家,他继承了从俄罗斯哲学散文到苏联科幻、从斯特鲁伽茨基兄弟到英国作家赫伯特·乔治·威尔斯和美国作家罗伯特·海因莱因的文学传统。总而言之,他写的是俄罗斯文学中十分常见的主题——社会科幻。

但矛盾在于,作家表面展现出的传统性、"与时代脱节",恰恰与现在人们所定义的科幻传统并不相符,而是更合乎当代科幻的标准。正因如此,作者称其作品具有独创性。事实上,格罗莫夫在现代俄罗斯科幻"新浪潮"中是公认的局外人:他不写动作小说(尽管他的故事剧情起伏,不乏紧张刺激的情节),对奇幻文学也兴味索然。人们尊重他在写作上的成就,啧啧称赞,却没有体现出在杂志上对他的作品发表评论的热情。而亚·格罗莫夫的作品的确值得认真细致地加以分析。

但在继续谈论格罗莫夫的作品之前,我们先整体谈谈俄罗斯当代的科幻作品。在过去的几年里,我们的科幻文学呈现出一种相当奇怪的景象。

苏联知名科幻作家基尔·布雷乔夫在《乌拉尔探路者》[①]杂志上答读者问时曾说道:“我相信,比起现实主义文学,科幻文学能更准确地反映社会状况。”这个观点准确而公正。可以补充一点,科幻文学不仅反映了社会状况(这里也可以指社会上的外部因素),还反映了社会的趋势走向。科幻小说的方向变化反映了社会思潮的演变。

仔细追踪俄罗斯科幻文学的历史轨迹,很容易注意到一条规律:一切都在重复。文学也不例外。在社会面临灾难和重大变革的时期,乌托邦(更常见的是反乌托邦)成为文学的主线。18世纪,以“理想国”为主题的作品层出不穷;血腥的1905年[②]后诞生了一批反乌托邦作品;1917年[③]后,乌托邦作品出人意料地蓬勃涌现,同时反乌托邦作品也还占有一席之地,因为当时,一些人受浪漫主义的革命思潮所鼓舞,眼中看见的是俄罗斯乃至全世界的光明未来,另一些人则看到了可能的不良后果,并试图发出预警。改革为人们带来了曙光,但也教给人们一个简单的道理:革命并非包治百病的灵丹妙药。因此,在产生新变革的20世纪80年代末90年代初,又一批反乌托邦作品应时而生。

俄罗斯的命运是一个令人担忧甚至痛苦的主题。而这一直是我们文学的重要母题。我们的人民展望未来,迫切地寻求“神的国

① 苏联、俄罗斯杂志,创刊于1935年。别利亚耶夫、卢基扬年科等几乎所有知名苏联、俄罗斯科幻作家都曾在该杂志发表作品。杂志编辑部于1981年创立“阿爱里塔奖”。

② 当年,俄罗斯帝国爆发革命,以失败告终。

③ 当年爆发十月革命。

度”的种种迹象。然而,这类探寻引发的只有一种悲观的信念,即俄罗斯的未来充满疑虑,往好处说,也是迷茫不清的,而且最主要的是,它是无从预料的,这种情况以往从未出现过。人类迟早会放弃乌托邦文学。

列昂尼德·盖勒[①]在《超越教条的宇宙:苏联科幻小说》一书中说道:“乌托邦小说是不必要的,因为它消除了两面性,面向未来而无视现实。它的危险性在于,直接入侵‘禁区’,描绘了未来的具体面貌。”

然而,一切并不像表面看起来那样简单。我们开始害怕“预测出的”未来(更何况,不幸的是,大部分反乌托邦作者都极具远见卓识)。

过去俄罗斯的社会进程的不可理解性、晦涩性和不可预测性,在作家们(此处特指科幻作家们)心中激起了建立另一种秩序的冲动——在神秘而神圣的或然世界寻找一个理想中的“神的国度”(在每人眼中都各不相同)。作家试图逃避可怖的客观现实,逃离现实社会中的现实问题。在俄国,19世纪的浪漫主义者取代了18世纪“过度社会化”的启蒙运动者,将艺术与现实“划分为截然不同的领域”(引自塔·阿·切尔内绍娃[②]),使二者形成鲜明的对比。“浪漫主义者喜欢描述转变、破坏性的事物及生命的本真。”(引自纳·别尔科夫

① 列昂尼德·盖勒(1945—),法国文学评论家,20世纪俄罗斯文学领域的主要专家之一。

② 塔玛拉·阿列克谢耶夫娜·切尔内绍娃(1922—2007),苏联戏剧演员。

斯基[1])浪漫主义者断然拒绝亚里士多德美学的基本原则——模仿自然。“如果现实和艺术相矛盾,还应该模仿现实吗?现实需要被重塑,被改进,只有这样才能被称之为艺术!”(引自塔·阿·切尔内绍娃)对现实的重塑正是浪漫主义艺术的基础。

20世纪80年代末至90年代初的俄罗斯科幻作家——谢尔盖·卢基扬年科、H. L. 欧迪、尼克·佩鲁莫夫、谢尔盖·伊万诺夫,以及一些“无意识”信奉浪漫主义人生观的奇幻作家,同样遵循这一原则。

莫斯科作家安德烈·谢尔巴克-茹科夫高明地将新一代俄罗斯科幻作家(25至30岁)称为“信息时代的浪漫主义者”。我们这代的科幻作家又重新开始理解世界、追求19世纪艺术的目标——艺术高于现实,改造而非模仿,虚构而非现实,个人而非社会。新一代作品的主角也深具浪漫主义色彩,通常是只身对抗世界的独行侠、骑士,将永远不会被磨灭的梦想——在这个可怕的、抵御着邪恶化身的善之世界中的无限可能——化为现实。推崇奇幻文学(至少是在俄罗斯社会中)是一种对不可理解的社会的正常自卫反应,是将社会问题拒之墙外、消除自身恐惧的渴望。另一个世界甜蜜而迷人,它吸引着你,使你开始相信,自己可以从苏联社会中碌碌无为、饮尽生活苦水的“一具断线傀儡”变为宇宙中“来自地球的主宰”(卢基扬年科小说名)。作者把角色与自身联系起来。飞升和易形的主题在20世纪90年代的俄罗斯幻想文学中尤其丰富。

① 纳乌姆·别尔科夫斯基(1901—1972),苏联文学评论家、教授。

将幻想文学引入我们的文学土壤,本就有着深刻的社会和心理基础。铁幕的"拉开"使西方幻想文学涌进俄罗斯,成为长久发展中的进程的催化剂。毕竟20世纪的科幻作家与19世纪的作家的心境极为相似:"……我们现在最好忘记一切,陷入睡眠,在幻想的梦境中狂欢。"

在我看来,如今的俄罗斯幻想文学中,有两种世界观已经基本成熟:脱离现实的理想浪漫主义(主要以奇幻作家为代表)以及唯物的悲观主义(比如亚·格罗莫夫)。两个主要的主题——建造一个几乎是田园牧歌式的乌托邦或然世界,转向神话式的过往(主要是奇幻小说);或是另一个还在不断发展的主题:灾难后的地球世界,回到反乌托邦的传统(例如亚·格罗莫夫的《软着陆》)。人类的生存问题在当下再次变得迫切起来。我们在20世纪90年代的情况也并不乐观。国家的解体、两次"失败"但不乏血腥的革命、民族冲突、经济混乱、强盗和黑手党猖獗……我们能生存下来吗?我们要去向何方?我们会面临什么?

作家亚历山大·格罗莫夫试图找出这些问题的答案。

2

现在该跟各位读者介绍一下文章的主人公了。亚历山大·格罗莫夫于1959年出生在莫斯科,目前仍住在那里。他在莫斯科电力工程学院接受了良好的技术教育——和上世纪50至70年代的许多科幻作家一样(这段时期90%的科幻作家都是“技术人员”,这自然也影响了当时的科幻小说)。他曾担任无线电工程师,偶尔去工地兼职(普通工程师那点可怜的工资早已被口口相传,成为作家和摇滚歌手的灵感之源:“我是个月薪120卢布的工程师,再也没有更多了……”[①])。还有什么?他似乎已婚许久,有个漂亮的女儿。在文学创作和糊口工作之外的空余时间,他是个狂热的皮划艇爱好者,每年夏天都会和家人朋友们去俄罗斯北部的河流游玩数日。

奇怪的是,亚历山大很晚才开始接触科幻文学,那是在他的大学时代。他曾亲口说过,他在那个时期才开始接触书籍的世界(中小学时期,他对文学并不感兴趣),并在短时间内补完了落下的“功课”(现在他是当代俄罗斯最博学的科幻作家之一)。最吸引他的当属斯特鲁伽茨基兄弟的作品。然后,读者格罗莫夫顺理成章地迅速成了作家格罗莫夫,我们很高兴能读到他的作品。

他坚持写作已久(自20世纪80年代开始),但其作品直到1991年才面世,当时,这位“年轻”的作家已年逾而立。好吧,罗伯特·海因莱因三十岁才刚刚开始写作,但后来……

格罗莫夫第一部受到读者和评论家关注的出版作品是长篇小说《平均无故障时间》,其删节版于1994年刊载于《乌拉尔探路者》杂志。虽然当时格罗莫夫还寂寂无闻,但我对这位传承了最好的社会

① 引自苏联水族馆乐队的歌词。

科幻传统的作家寄予厚望,现如今,这样的传统在新兴的奇幻文学潮流之中已经几不可见。很幸运,我没有看错人。在亚历山大·格罗莫夫的作品中,苏联科幻的最佳传统和现代的文学写作手法相互交织。你能从这位作家的每一部新作品中看到他写作才能的进步。他的早期作品不可避免地受到上一代科幻作家的影响(整整一代才华横溢的作家都继承了斯特鲁伽茨基兄弟的衣钵),但他脱离了这种影响,寻得了自我价值,形成了独特的个人风格和世界观。

1995年,下诺夫哥罗德的平行出版社出版了他的第一本书——作品集《软着陆》,其中收录了他截至当时最好的作品。这本书顺理成章地成为近五年来俄罗斯最出色、最耀眼的处女作之一。1996年,《软着陆》被授予别利亚耶夫奖,一年后,又获得了另一项权威奖项——Interpresscon奖。

亚历山大·格罗莫夫的长篇和中篇小说,大体上讲述的是不甚理想、充满风险的人类进化道路,然而这些推论相当可信。作者仿佛在考问人类文明的道德观。有时,他似乎对我们人类太过严厉。浅浅一读即可看出,格罗莫夫的作品描绘出的是令人压抑的晦暗与消极图景:在他看来,人类正试图将自己从地球上抹除。

……《软着陆》的故事发生在不久的将来(21世纪的头25年),地球陷入了新一轮冰河时代。主题本身并不新鲜,也不那么具有科幻感(主旨是关于冰河时代“尚未终结”的假设,以及在21世纪初迎来又一次冰河时代的可能性),但格罗莫夫把这个主题以自己的方式进行了发挥:“在我看来,是亚历山大·格罗莫夫首次将‘新冰河时代’与人类整体的退化与变样结合起来。”(《软着陆》后记,切尔内赫)气候变化引发了社会上,甚至是基因层面上的某些转变,人类被分为“正常人”和“退化者(变种人)”。问题在于:在一个日益堕落的社会中,什么样的人才算是正常人?在一个社会中,唯一能免于彻底灭亡的选项是……建立严酷的独裁……

在格罗莫夫的描绘之下,人类未来的图景似乎阴郁而可怕。但很难指责作家思想浅薄,因为他并非是想用人类全盘毁灭的图景来恐吓读者。在他的每一部作品中,都有一条贯穿始终的红线,它闪耀着对人类理性不可磨灭的真诚信念,坚信人类千百次走过错误的道路后,终将走向光明。永远如此。作者不无讽刺地将这句话作为创作信条,写进了长篇小说《虚空之王》的序言。

下面谈谈格罗莫夫的文章的阴郁底色。矛盾的是,阴暗色调对情绪的影响远比令人心情愉快的玫瑰色调更为强烈。格罗莫夫唤起人们的意识,他的文章激发人们的思索和争论。不应只考虑明日,更要考虑塑造明日的今日。

真正的天才具有全球视野。一个优秀的科幻小说家在构思时总是放眼于今日,预测当今社会中发生的具体事件可能对未来产生的影响。作家试图避免使文明步入歧途。但这还不够。作品成为天才之作的必要条件——尤其对于科幻作品而言——是具有可信度、客观且逻辑通顺,能使你相信科幻作家的“虚构故事”。亚历山大·格罗莫夫的作品都具有这样的可信度。这名作家有一种独特的天赋——使作品令人信服。通常,阅读他那些基调阴暗的小说时,你会忘记故事中的世界是虚构的。或许这是因为亚·格罗莫夫所书写的完全是一些未来可能出现的真实问题,科幻要素则额外为其增添了一层情绪影响力。

最终,“作家的调查”本质上正在变成一种社会实验。实验方案已经被几代科幻作家所验证过了——人类或一个微型社会在极端情形下会是什么样子。亚历山大·格罗莫夫研究的主要主题之一是权力。在他的每部作品之中,他都对这个我们社会发明的最复杂的机制——权力——进行了一番研究。本质上,作者剖析了这种“现象”。从人类文明灰色的童年时期直至今日,权力以其不同的表现形式,充当着历史长河中的主要角色。它与每个时代共同发展,从未缺席。人类的历史正是一部权力史,记录着权力的诞生、消亡与重塑。一方下令,另一方遵从。世界基于这样的规则而建立,人类亦如是。

在任何时期,作家们都会提到这些主题:自由与不自由,个人对国家机器以及权力的依赖。这样的例子比比皆是:从陀思妥耶夫斯基和萨尔蒂科夫-谢德林[①]到普拉东诺夫和布尔加科夫,从扎米亚京到奥威尔和赫胥黎,从斯特鲁伽茨基兄弟到海因莱因。后极权时代的作家也无法避开这个主题。

① 米哈伊尔·萨尔蒂科夫-谢德林(1826—1889):俄国杰出的现实主义作家,一度与陀思妥耶夫斯基等人称霸俄国文坛。

亚历山大·格罗莫夫无疑是斯特鲁伽茨基兄弟当之无愧的学生,他根据基于现实的新观念探讨了权力的性质,而现实本身已经发生了本质上的变化。对斯特鲁伽茨基兄弟和扎米亚京来说,拒绝极权主义制度是自然而然的事。亚历山大·格罗莫夫的作家生涯始于所谓的开放时代,命运给了他机会,客观、公正而深入地揭示了黑与白的细微差别。

亚历山大是一位卓越的反乌托邦作家。其作品关乎权力的多元性及对它的探讨;关乎人类这种奇怪的双足生物,他们以集合名词“人”之名闻名宇宙,他们在错误和失望的道路上徘徊,寻找着光明,坚信有一天,一切都会有所不同。他们只需要一点点改变。上帝保佑……

“对人类可以随心所欲地做任何事,除了一点:不能剥夺他们希望的权利……”

而我们正心怀希冀。

1997年于莫斯科

目录

十名罪犯被流放至遍布怪物的异星沼泽，一位天才“计算者”在生存游戏中崭露头角。

第一章　被流放的人们

如果有谁心血来潮想要尝一下这里的水，毫无疑问，他会发现水味道苦涩，夹杂着难以忽视的腐臭，还明显带点咸味——虽不至于完全不能入口，但绝对足够让任何一个还没渴得就要一命呜呼的人彻底丧失喝水的欲望。

这里的水看起来也并不令人赏心悦目。植物缠结而成的浮毯颇有弹性，往里压入一只杯子或一口小锅，口渴的人能从泥炭悬浮液中慢慢滤出些棕褐色的浆液——液面通常覆盖着一层油膜，而水里总是带着横冲直撞的微小生物的大军——它们完全无害，但即使是没有极度洁癖的人也会对此嫌恶万分。

即使没有携带除盐器或离子交换过滤器，在沼泽里穿行的人也不会渴死，绝对不会。饮用半咸水[①]至少在几周内并不会对人的健康造成威胁，而不适感一如既往地完全是个人问题，没有谁会对此

① 指含盐量为千分之五至千分之三十的水，介于淡水和海水之间。

感兴趣。同样地,也从来没有谁关心那些在沼泽地里停留超过几周的人是否面临脱水的威胁。因为在沼泽地里生存那么长时间,已经是种不可思议的奇迹,这需要同样不可思议的运气,至于水质如何就完全不重要了。

确实曾有这样的传说,但并没有统计资料作为佐证。无论是在深渊星,还是在其他被人类征服的星球上,统计学都不研究“不可思议”范畴内的事物。

一辆车身上有司法部部徽的无窗大巴车低低地掠过平坦的沼泽沿岸,在接近能量放射塔时放慢了速度,关闭了反重力系统,伴随着短促的摩擦声降落在了砾石地面上。根据它飞行和降落过程的呆板无趣,可以判断出操纵它的是自动驾驶系统,由于很久以前就已经摸索出一套最适合这条路线的机动程序,系统不会做出别的尝试。一声轻响,车身上撑开了一扇门。舷梯伸出,落到砂石上,像是做鬼脸吐出的舌头。

从大巴上下来的人分成了泾渭分明的两组,一组手持武器,一组手无寸铁。后者被铐在一条长链上。一共有十个人:七男三女,身着统一的囚服,笨重的鞋子和黑色的紧身裤让他们很难走得太快,更别说跑了;同色的囚衣后背上有个白色的圆圈,它在黑暗中也能发光,但亮度不会强到妨碍瞄准。

其中一个女人抽噎不止。男人们则阴沉着脸,一言不发。蠓蚋盘旋,钻向他们的眼。

队伍里有一个面色砖红、身材魁梧的中年军官，戴着普通的中尉肩章，负责押送的士兵们听从他的指令，呈链状散开并武装戒备。即使犯人没有一丝逃脱惩罚的机会，在执行判决的过程中也可能发生意想不到的情况。有的人可能会认为，因试图杀死他人而丧命比被流放落得更轻松。

第一个被解开镣铐从人链里放出来的是个三十五岁上下的毫不起眼的男人。他被人从背后朝着百步开外、位于塔楼另一边的沼泽轻轻推了一把。一个嘶哑的声音快速地说道："到那边去。前进二十步，转身，原地待命。走。"

男人揉了揉手腕，回头望了一眼，"警戒网撤了吗？"

"专门为你留着呢。"背后的人不无揶揄地哂笑，"快走，聪明人。你挡别人道了。"

男人开始踏出第一步。走第二步时，他像踢足球一样，鞋尖踢到了一小堆沙砾，碎石呈扇面飞溅而起。这些碎石往前方飞去，在三步开外的地方撞上了某样看不见的东西，发出了尖锐的声音，并如一片灰云般悬在了半空。簌簌落地，变成细沙。

"我还以为深渊星没有死刑呢。"男人平和地说，"我弄错了吗？"

"塔楼上的！"军官仰起红褐色的脸，高声呼喊道。

一个不同肤色的人从上面探出头来，露出一张睡眼惺忪的脸。

"你在睡觉？你是想被关禁闭吗？为什么没有关警戒网？"

"对不起，"上面的人绝望地嘀咕，"啊……沼泽里有动静，中尉先生。”

“还是一样满口谎话。”军官鄙夷地往脚下吐了口唾沫,“即使真如你所说,你所谓的‘动静’对我来说有什么意义?赶紧给我撤掉警戒。我只等三秒,第四秒你就该后悔了。”

“已经好了,中尉先生。”

“别说废话!应该怎么向上级报告?”

“警戒网已撤除,中尉先生。”

军官恶狠狠地加重了呼吸,就在这片刻之间,独自被从人链里分离出来的男人讽刺而同情地看着他。随后这个犯人的肩胛骨间就被推了一下——一下被推过了还悬浮着碎石灰烬的地方。从他还完好无缺而不是被肢解成几千小块可以看出,现在警戒网的确是暂时撤除了。

仅供犯人通过。

“向前二十步。转过身来,原地待命。”

男人顺从地执行了指令。

接下来被解开的是个体态丰满、身形矮小的中年妇女。得到了同样的命令后,这个矮胖的女人转过自己短短的脖子,似乎在找些什么,但显然,她并没有找到,于是把原本就很圆的眼睛瞪得更圆了。她向红褐肤色的军官问道:“可……航天发射场在哪里?”

中尉懒懒地动了一下,女人立刻把头缩回肩膀。

“往前走。”

“我不该……被流放吗，”矮胖的女人一副要哭的样子，往后退了一小步，“会被流放的只有……”她抽噎着，随时准备着号啕大哭，“可我不是本地的，我是个游客，我被抓错了……我以为……航天发射场……”

中尉又懒洋洋地动了一下，但意有所指——然后她迈着小短腿、踩着小碎步走了出去，一边走，一边恐惧而又满怀希冀地回头看。

剩下的人没有出现什么问题。每解开一个人，人链就缩短一点。所有人都得到了同样的命令，并且都毫无怨言地执行了：往警戒网外走二十步，转身，原地待命。排在最后的是个留着刺猬头的大个子，他挑衅地往中尉的靴子上吐了口唾沫，然而出乎意料的是，他并没有收到任何回应——没有被臭骂一顿，也没有被光束枪往肋下一戳。跟这名犯人莫名有些相似的砖块脸中尉只是温厚地笑笑，“觉得好些了吗，尤斯特？走吧，走吧，不要耽误大家。”

现在他们又连成了一条人链——在隐形的屏障二十步外的地方，距离模糊的沼泽岸线百步之遥。两名士兵花了番力气从车上拖下一个大金属箱，抬出屏障，然后匆匆退回原处。中尉往上一瞥，含糊不清地说了句“行了”。直到几秒后，塔台上传来士兵报告警戒网重启的声音，他才懒洋洋地弯下腰，用一簇干草擦去靴头上的唾沫，然后随意地把草丢在跟前。一阵微风将草屑裹挟而去。

“这样，”第一个被释放的人低声道，“就被隔断了。”

中尉未必听见了这个人说的话。但即使他听觉灵敏,他对犯人说的话投入的关注,也不会比对警戒网那几不可闻的嗡嗡响声投入的多。

只剩下最后一项例行程序需要完成。

“厄温·肯,”他举起铁皮喇叭,一口气喊道,“玛利亚·奥特洛克,乔布·荷马,海梅·卡萨达,马蒂亚斯·韦登赖希,莱拉·达希耶娃,扬·奥伯迈尔,瓦连京·布津科,安娜-克莉丝蒂·舒尔茨,尤斯特·范博格!”他换了口气,继续说:“以深渊星人民和政府之名,根据你们犯下的罪行,法院对你们判处本星球的最高刑罚:流放。判决即刻起效。”

矮胖女人发出一声惊叫,其他人则沉默不语。一名犯人脸上微微抽搐了一下。

中尉神采奕奕地清了清嗓子,吐出一口唾沫,然后重新开口道:“箱子是给你们的。虽然在我看来,在你们身上耗费毫无意义,但根据法律,必须给流放者提供最低限度的食物和装备。你们有十个小时的时间离开大陆。超过规定时间还留在岸上的人将会被烧焦。倒计时结束前半小时,我们会发出警报。幸福群岛位于正东方,大约在过马尾藻沼泽三百千米远的地方。我就不祝你们成功了。”他转身走回车里。

“等等!”矮胖女人尖叫道,“为什么是在这里? 流放应该是被逐出星球啊! 我……我要求去航天发射场!”

中尉无视了她。而在警戒网重启后不再瞄准犯人的押解士兵们咧开嘴笑了起来。

“深渊星当局更喜欢将危险的罪犯从社会共同体中流放出去。”第一个被释放的犯人解释道,“这样更经济,也更高效。”

“但我应该被流放出这个星球!”

“你可以试试,”男人耸耸肩,“如果你会飞的话。也就是说——”他转向众人,“我们该认识一下了。姓氏和罪名暂且不提。我是厄温。你是……”他把目光投向矮胖女人,“玛利亚。还有谁想要说出自己的名字?”

“安静,小子。”最后一个被释放的人说话间带着高傲的懒散,“我是尤斯特。这儿有不认识我的吗?”

“尤斯特·范博格,更著名的称号是‘极地之狼’。”厄温点点头,而犯人间出现了轻微的骚动,“还用说吗,都听说过。但我以为,你在黑豹哈比卜被捕时已经死了。”

“我说闭嘴。等我批准,你再说话。你叫什么名字,小孩?”他的手指上戴着一枚钯金戒指,上面雕刻着一颗露出牙齿的狼首,这根手指指向了一个十七岁左右的小伙子。

“海梅。”被点中的人早有准备地回答道,“呃……海梅·卡萨达,来自撒乌耳兄弟会。很高兴遇见你,狼!”

“我可不高兴。”尤斯特撇了撇嘴,嘲弄地看着这个半大小伙,“以前撒乌耳兄弟会可没有你这样乳臭未干的小子。你怎么搞到极刑了?”

“湿活[1],狼……一时失手。”

“现在你也快咽气了。你呢?”他用戴着戒指的手指戳了戳另一个矮胖年轻人的胸口。

这个年轻人深吸了一口气。

“瓦连京·布津科。被指控从事间谍活动,听命于地球……和联盟。这是诬告。”

“既为地球,又为联盟? 大人物啊……”极地之狼的嘴角滑稽地弯起,“你也会死。”

像是在回应他说的话一样,沼泽中响起一声呜咽。距离岸边两百步的地方升起一个褐色的凸起,打破了沼泽的平静。以其为中心,沼泽面上缓缓漾起一圈圈波纹。矮胖女人高声尖叫起来。顶端破裂后,凸起下沉,但顶端的裂缝中伸出一根淡紫色的长舌,抑或是触手,直指灰色的天空。它来回地摆动,然后快速地在自己方圆五十步内梭巡,又带着响亮的声音爬回了原处。沼泽恢复了原本的平静。人们可以看见,植被浮毯上的破洞是怎么一点一点合上的。

“舌怪。”厄温解释道。

“什么? 谁?”尖叫耗尽了矮胖女人的氧气,话说了半截她就停了下来,呜咽着吸气,又吸进了一只小虫,猛咳起来。

“舌怪。这种生物的名字。因其形似舌头而获名。一种近岸栖

① 黑话,指杀人。

息的生物。我打赌,那里有个洞穴。”

“这种生物这里有很多吗?”约莫天命之年的男人紧张地问道,不住地用袖子擦着自己的秃顶,看来似乎是个书记员。

“够多的。这还算小的。”

“那我们怎么才能到……他怎么说的来着?幸福群岛?”

“怎么也到不了,”一个看着年轻些的黑头发的活泼小伙子忧郁地接话道,“途中,我们会一个接一个地死掉。根本不存在什么幸福群岛,那不过是童话故事。”

“好像……我刚才叫所有人都自我介绍一下。”尤斯特顺口说着,声音不大。

“不是你,是他,”一个红发女孩指着厄温说,“而且不是叫大家说,而是提议。”她故意转头看向厄温,自我介绍道:“安娜-克莉丝汀娜。”

“我会叫你克莉丝蒂[①]。”厄温说。

“这有什么意义吗?”

“这样更简短。在沼泽里,一切都很重要,特别是节省四分之一秒。”

“闭嘴,你个低能儿!”尤斯特死死地盯着厄温,身体向前倾,“按我说的做,否则……”他身上肌肉的运动告诉了固执的人“否则”会怎样。“搞清楚了吗?还是说要我帮你搞清楚?”

“帮我一下。”厄温嗤笑。

---

① 克莉丝汀娜的昵称。

尤斯特威胁地露出了自己的牙齿,向厄温逼近。"狼"有狼样。海梅也动了动——显然意图从背后将他包围。有人往后退了几步,不想被牵连其中。

"说起来,"厄温劝说道,"犯人间的争斗会被定性为妨碍法院判决的执行。无论如何,我们目前还处在直接可视范围。士兵有责任介入。你想在屁股上挨一针安眠药吗,尤斯特? 你可以睡一觉,你还有将近十个小时的时间呢……"

"然后你就会被烤熟。"克莉丝蒂摆弄着一绺红发,恶劣地笑道,"变成烤狼肉。而这个小崽子——"她指了指海梅,"会变成烤鼠肉。"

极地之狼尤斯特肌肉攒动,但他一言不发地后退了一步。押送队舒服地驻扎在花岗岩碎石地面上,带着漫不经心的好奇监控着犯人们。一些士兵爬到了塔楼的瞭望台上。

"现在,对他们来说最有意思的部分来了。"厄温喃喃低语。

"是什么?"克莉丝蒂问。

"我们要分装备了。"

厄温猛然转身,朝金属箱走去。显而易见,他不会将自己应得的东西让给任何人,即使是尤斯特,并且,他只是为了避免争吵,才想要第一个去箱子那边。

第二章　岸边

纷争还是没能避免。没有发展到白刃相见的地步已经不错了。但司法部愿意提供给犯人的东西之中的确正好有刀——十把都是廉价的猎刀，刀鞘上系着绳子，方便挂在脖子上随身携带。除此之外，箱子里还有十个轻便的小背包、十人份的三天分量的压缩干粮、一卷一百米长的硬绳、两把塑料把手的小斧子、十个塑料碗、十个“永久性”打火机、两支手电筒和一个指南针。

厄温将拿到的一把刀立刻塞给了克莉丝蒂，然后用另一把刀顺着大腿内侧的裤缝割开了裤管。而当他完成这个动作的时候，箱子旁边已经被挤得水泄不通：所有人都急着抢到尽可能多的装备。剩下的人里有七个人哼哧着对骂，尖声喊叫，试图将对方推开。第八人是个高大而瘦削的老人，留着一头茂密的灰白长发，他站在一旁，宽厚而同情地看着起起伏伏的人堆。

“老爷子,你这是?”厄温问他道。

“强者掠夺弱者,”回答的声音低沉而洪亮,“然后最强者掠夺强者。这是主的旨意,所以将永远如此。”

厄温嘴角微扬。

“我在哪里听说过这样的话。无所不在的主难道不在教堂里吗?来自‘和撒那[①]’的传教士,我猜得对吗?因传教布道而声名远扬、信徒广布?为什么不继续下去呢?之后最狡猾的人掠夺最强者,也是神的旨意吗?”

“主无处不在,”他回答道,“世界上没有一根草、一个粒子不在我主掌控之中。任何思想、行为、漫无目的的运动、寒战与热汗都是主的旨意。神永远与每个人同在,阿门。”

“所以人的任何行为都是神的旨意,能这样推断吗?”厄温不无讽刺地问。

老人的眼中爆发出愤怒。

“你说的都是渎神邪说!人的任何行为同时也是神的行为!”

“包括法院的判决?”

“主在给我试炼,”老人的回答带着不可动摇的坚定,“他还会给我以救赎,因我将真理之光带给那些深陷于异端邪说、不信仰主的迷失的灵魂!”

“你扬·奥伯迈尔的绰号可是‘骷髅’。”厄温说,“我听说过你。

① 出自《圣经》,原意为“请您拯救”,后来衍生为一般的赞叹语或欢呼语。

你到这儿来是没用的，在我们深渊星，你那教派可是被禁止的。还是说你不知道？”

“主知道该将自己的孩子送往哪里。”老人傲然转身，目视沼泽。

与此同时，装备争夺战进入了尾声，结局并不出人意料。金属箱上站着极地之狼尤斯特，他洋洋得意地笑着，手持斧子威吓着那些还胆敢靠近的人。在离狼最近的地方朝这些失败者扬起嘲讽的笑容、静静地摆出一副凶狠姿态的是海梅·卡萨达。没有老大的命令，他不敢做任何多余的动作，只能拿着把刀子，在手里抛来抛去——漫不经心，没有看刀一眼。

矮胖女人又抽泣起来。

“你这是白费力气，尤斯特。”厄温说，“在沼泽里，你没法带着这么重的东西，他也是。”他用刀刃指了指海梅。

尤斯特对他置若罔闻，视若无睹。

“你们！”他转向其他人，长出一口气，才缓慢而含糊、像是在嚼牛奶软糖似的吐出一些话来，“我第一次见到这么多这么弱的人。马尾藻沼泽都不会注意到自己一不留神把你们一口吞掉了。所以，想要活着到达幸福群岛的人，都得听我的。我知道在沼泽里该怎么做，而你们不知道。明白了吗？对我说的话要绝对服从、完全照做。那样也许你们还有一线生机。谁不愿意的，就离开。有人要走吗？”

“我想离开。”厄温说，“还有她。”他指向克莉丝蒂。这次，极地之狼瞥了他一眼。

“难道我还会反对吗？走吧。”

“首先我们要拿到自己应得的东西。”

“那你来拿啊!”尤斯特讥笑道。

厄温只来得及走出一步,捕捉到尤斯特眼色的海梅就朝他扑来。厄温轻松地避过这个小男孩的刀,击中他的脖颈,并且避免让他把头摔到花岗岩碎石铺就的地面上。这在旁观者眼中看起来像是:一个人绊了一下,而另一个人笨手笨脚地扶了他一把。海梅嚎叫起来,他的手腕被一只陌生的脚碾到了花岗碎石上,但他并没有松开手里的刀。厄温的声音依旧平静:“跟我们分享对你来说不是更好吗,尤斯特?”

极地之狼犹豫了一瞬——要向厄温扔斧头还是退让？显而易见,他不是那种会让步的人。但同样显而易见的是,他很清楚这个表面看着不起眼的对手的能力:能打倒那个小毛孩并不奇怪,但更让人难以预料的是他在瓜分装备之前就把裤缝给割开了,囚服是紧身的,但并没有镣铐对活动的束缚那么大。他,尤斯特,没有料到……除此之外还有两个人——那个黑发的活泼小伙和一个皮肤黝黑的女人脱离人群,小心翼翼地从后面绕了出来。

“狼,我们也想拿到自己的那份。”

现在尤斯特脸上已经没有一丝笑容,他开口道:“你们想要死在沼泽里,那是你们的事情。结成队可以抵达,但一个人——不行。”

“我们有两个人。”厄温指了指克莉丝蒂，反驳道，“我们想要试试。”

尤斯特没有理睬他的回应。海梅挣扎着尝试挣脱，又开始嚎叫起来。

“我们也是。”活泼的小伙子说，“只是我们哪里都不去，对吧，莱拉？得要变成白痴才会相信幸福群岛。”

“我不明白，为什么我们要跟自取灭亡的人分东西呢？”尤斯特粗鲁地往箱子旁边吐了口唾沫。六包塑料包装的压缩干粮飞向了一边的两人小队，另外六包被抛到另一边的两人手里。“大口吃！沼泽里的野兽就能更肥了。”

“你没给全，尤斯特。”

一只打火机被扔到石头上，咔嗒咔嗒地滚到厄温的脚下。

“还有一个。”

又是打火机撞击石头的声音。

“好样的，尤斯特。如果可以的话，我都想任命你为联盟的首领了。还有两个背包，两个碗，以及我们两人份的绳子。克莉丝蒂，收拾一下。”

根据目测，尤斯特割出来的那段绳子充其量只有十五米，而不是二十米，但厄温没有争辩。

“还有斧子。”

“你拿得够多了。”

“别白费力气,尤斯特。听着,我不需要指南针,不需要手电筒。只要斧子,而且只用一个小时,然后就原样奉还。”

“我说了,你拿得够多了!”

“我觉得,你是害怕了。”厄温露出迷人的微笑,“只用一个小时,尤斯特。我保证。”

“拿着!”

他故意没有抛到足够远的距离,斧子落在石头上,发出清脆的响声。在斧子被海梅抓住并砍向厄温的脚之前,克莉丝蒂握住了它。尤斯特手里的第二把斧子已经就绪,但他还是没冒险把它扔出去。

“你是个善人,尤斯特……”

极地之狼的脸抽搐扭曲了片刻。

“你会在沼泽里碰见我的……滚吧!”

“现在就走。”厄温微笑着说,“但你看,我还需要一样东西。这个箱子。当然,是空的箱子。”

看来他还是成功地让极地之狼陷入了混乱。

“你拿来做什么,聪明人?”

“这个箱子很大,而且没有穿洞。我出汗的时候可以收集点水洗澡。”

尤斯特犹豫了。有人眨了眨眼。

“不能白给。”

厄温远远地晃了晃三包压缩干粮。

“少了。”极地之狼的嘴角泛起一丝冷笑，“把所有的六包都交出来。”

“你同意吗？”厄温看向克莉丝蒂。

“不。”

“同意。”厄温说，“你同意。”

巨大的砖红色太阳筋疲力尽地落下了，落在了平坦的海岸线，落在深渊星上名为“大陆”的唯一一块大陆，那是一小块被微咸的海洋包围、陆架沼泽遍布的低矮陆地。两轮月亮——一个小月牙和一轮大满月——挂在漆黑的天空中。蚊虫变得更多了。空气凉快起来。风从岸边吹向沼泽，带走毒瘴。

沼泽潮涨潮落，如同在呼吸一般。现在是退潮。裸露在空气中的潮间带摊放着一大堆或新鲜或腐烂的藻类，其中一些时不时微微动弹。有些细小的生物在其中乱窜——不是虾蟹，就是昆虫。有翼生物成群结队而来。它们俯冲飞下，觅食饱餐。生命以生命为养料，凶猛的肉体在不那么凶猛的肉体上啃食出一条通路。

“你确定你做得对吗？”克莉丝蒂问。

“你是指食物的事情？”厄温扭头，“绝对是对的。最好快点适应这里的食物，负担也会轻些。靠这些压缩干粮撑不过一周，而即使在诸事顺利的情况下，我们也要行进三个星期左右。有没有这些干粮,对我们来说都是一样的。”

“好吧,不需要指南针,是因为我们可以根据太阳和月亮判断方位……但是为什么你不要手电筒呢?”

“不要指南针也是因为它在这地方不准确。至于手电筒——为什么要带多余的东西呢?这里的夜晚很亮。况且,光会招来蛇。”

“这里哪儿来的蛇?”克莉丝蒂皱了皱鼻子。

“软体动物,”厄温解释道,“无脊椎动物,像是光秃秃的蛞蝓,只不过体型巨大,而且行动极为敏捷。对了,还都不是吃素的。沼泽地里有很多各种各样的野兽……你快织,快织呀!你觉得一双水鞋够我们用吗?”

“手指累了。”克莉丝蒂抱歉地笑笑,甩了甩手。

“休息一下,然后继续。看到沼泽里的灌木丛了吗?不要指望这些灌木,它们的枝条很脆,想要拿来编织是不可能的。而再远些的地方甚至连灌木都没有。我们不趁着还在这儿的时候好好利用一下这里的资源,可是件蠢事。”

“还有多少?”克莉丝蒂问道。

“什么还有多少?”

“距离期限还有多少时间?”

“三小时十分钟。误差不超过三分钟。”

“你是怎么能知道得这么精确的?”

“我的时间感向来很好。”厄温解释道,“我们来得及。剩下要做的事情不多。”

“比如说，想想该怎么把这些织出来的东西绑到脚上……”

“把一个背包割成布条。”

距离他们两百步之遥的地方，那辆车身印着司法部标志的囚车仍然停靠在那里。士兵们已经厌倦了在无形的警戒网旁晃悠，只有在高塔上偶尔向令人厌恶的沼泽投去冷漠目光的监察员，才对岸边正在发生的事情表现出一些兴趣。

海角边缘往沼泽伸出了一截，警戒网将其与大陆隔开，而那一隅曾经长着一片小树林。那些干瘪的、光秃秃的树干，深深扎根在花岗岩中，为犯人们服务了数十年，直到小树林一点点地消失，从树木变成树干，再变成树顶脆弱的枝条。那些愚蠢透顶的家伙一点也不明白：没有装备——即使只是最原始的装备，就最好别往沼泽里闯，这是在走向一扇看不见的“窗”——然后蠢货就不复存在了。

现在，这片小树林已经所剩无几。数十棵注定难逃一伐的树木——比人们所希望的样子或粗一点或细一点，甚至完全弯曲——还在一圈圈的小树桩形成的栅栏里生长，温顺地等待着自己的光辉时刻。大部分的树桩早已因年岁而变得灰黑，但仍有一些看起来很新。

富含二氧化硅的树木奋力对抗着厄温挥来的斧头。不止一个小时，厄温整整用了三个小时，给自己和克莉丝蒂砍下两根歪歪扭扭的木杆。在这之后，他确实将已经钝了的斧子还给了气得面色发白的尤斯特。

“那些一年后才被带到这里的人,祝他们好运。”他指着残存的可怜巴巴的小树林说。

犯人们分散在岸边。矮矮胖胖的玛利亚一边抽泣着,一边徒劳无功地用斧子劈着难砍的树干。尤斯特在发号施令。老者奥伯迈尔冷漠地调整着背包的背带。闷闷不乐的海梅和那个叫乔布的约莫天命之年的书记员模样的男人做着和厄温一样的事情:刨平那些粗糙不平的枝干,削去树皮和上面的棘刺。胖乎乎的瓦连京提心吊胆地在离岸边十步远的沼泽里走来走去,检验沼泽的浮毯经不经得住。无所事事干坐着的,恐怕只有黑发、朝气勃勃的小伙马蒂亚斯和肤色黝黑的莱拉。

“我敢打赌,他是个皮条客。”克莉丝蒂一边织着第六只水鞋,一边低声说道。

“没什么好打赌的,我也看得出来。故事很老套:妓女没有估算好药量,客人没有再醒来,一系列的过失杀人可不能让法院信服。虽然……现在不用这个罪名也能逮捕他们。”

“他们怎么回事,就这么坐在这儿等着被光束枪打一枪吗?”

“你听说过会自杀的皮条客吗?……没听说过?我也没有。他想韬光养晦,等待时机。也许他会去沼泽里做做样子,但是他一定会回来的。他好像认为明天警戒网会关掉。顺便说一句,警戒网只有切割到某个人的时候才会消耗能量。但这个皮条客又能从哪儿知道这些呢?”

“从你这儿。”

厄温嘲弄地一笑。

“他不会信的。而且他算老几,凭什么要让我教他这些呢?他又不是我的父亲或兄弟!”

“凭他是个人。”克莉丝蒂回答道。

“只是个自以为比所有人都聪明的傻瓜罢了。我没有时间去劝说弱智。”

“如果他们绕过沼泽边缘上的警戒呢?”

“那是他们的事。警戒线隔开海角,沿着岸的两边绵延两三百千米。再远些会好那么一点:是追踪探测器和巡逻队。去幸福群岛更容易。岸边舌怪比较少,但有更多别的野兽。无论是沿着岸的两边走还是留在这里——任何一种情况下,他们都没有一丝生机。”

“那我们呢?”克莉丝蒂尖刻地问,“我们还有机会吗?”

“我们有机会。”厄温说,“千分之一或百万分之一的概率,我也不清楚。但有。”

“你听到皮条客说的话了吗?”克莉丝蒂用力地揪了揪自己的头,以致一缕红发落进她的眼中,“没有什么幸福群岛,这只是个传说。”

厄温有条不紊地刨着树枝,削着难以对付的棘刺。

“这不是传说。”最终,他说道,“幸福群岛的确存在。我不知道那里有多幸福,但的确是一整片群岛,我以前就知道。而七个小时前我得知,理论上说,那里是可以到达的。”

“你是怎么知道的?”

“我以为你注意到了。”厄温轻笑,“我被铐在一队人的最边缘,又被第一个释放。这是偶然吗?就当它是吧。士兵没有关警戒网。这也是偶然吗?如果这里的人真的这么玩忽职守,罪犯早就一窝蜂地逃了,但是从来没有听说过什么时候有谁成功地逃离过。所以,他们一定很想灭掉我,然后将这归结为意外。可为什么要消灭一个料想会死于沼泽的人呢?”

“你确定?”克莉丝蒂的声音中,嘲笑和希冀相互角力,“这是不是太复杂了?”

“恰恰相反,十分简单。你往塔台上看一眼。光束枪瞄准着哪儿?还是对着我吗?”

“没错。”

“我也确信如此。也就是说,我们该比其他人早些离开。我不想有任何的意外。”

克莉丝蒂怀着新燃起的兴趣,端详了他许久。

“怎么,你是个大人物?或者说,曾经是个大人物?”

她没有等到回答。厄温被棘刺扎到了,正在吮手指。

“好吧,”克莉丝蒂叹了口气,“这是你的私事。等你想说的时候再说吧。归根结底,你曾经是谁并不重要,重要的是你曾经来过沼泽。”

厄温松口抽出手指，然后啐了一口。

“你是因为什么被逮捕的？我跟你一样，第一次来这里。”

“你在开玩笑。”

“完全没有。所以你现在改变主意还不晚。”

克莉丝蒂毫不后悔地摇摇头。

“晚了。现在狼不会要我了。”

“会要的。”

“要我做奴隶么？还是情妇？每天在烂泥里辗转，在他或者他心腹身下？听他指挥做事，然后一声也不叫唤？”

“随你的便。你得知道，如果跟我一起，你也要听我指挥。”

“真有趣……这又是为什么？”

“因为我比你更了解马尾藻沼泽。”

“你不是从来没来过这里吗？”

削下最后一颗棘刺，厄温仔细地检查了一遍这根长达三米、有些许弯曲的木杆，把它拿在手里晃了晃，又掂量了一下它的重量，然后不满意地蹙起了眉：有些重了。

“来过和了解是两回事……”

大概在规定期限前一个小时，他们坐在石头上休息。克莉丝蒂揉着累得发疼的手指。血色的太阳早已消失在地平线以下，小点的那个月亮的镰刀尖也已沉落。第二个月亮状似一个抛光过的铜盆,执拗地攀上了天穹的顶端。第三个月亮不见踪影。人群、树木、岩石和守望塔投下清晰的影子。

尤斯特的人仍在不远处忙活。所有人都很着急。有人赶着织完水鞋。马蒂亚斯和莱拉的身影消失在昏暗朦胧的天色中。矮胖的玛利亚挥舞着斧子——她仍然抽噎不停,无力应对长满疙瘩、明显没法用的树木。没有人愿意帮她砍树枝。

“也许,你会帮帮女士?”克莉丝蒂提议道。

厄温摇头拒绝。

“我需要休息……”

“那我去帮忙。”

“你也需要休息。”

“你已经开始命令我了吗?”克莉丝蒂站了起来。

“坐下吧。”厄温懒洋洋地回应道,“我还没有命令你,我是在建议你。远离无用之人。这个女人,你就当她已经死了。如果我是她,我就什么都不做。无论有没有木杆,她都到不了腐烂浅滩。她能带来的好处为零。尤斯特没有掐着她的脖子将她赶出去,只是因为想拿她垫背用……尽管,其他人也是垫背的。所有人都会死,只为了他自己一个人能到达幸福岛。但这个女人被排在第一个。”

“而你能这么平静地谈论这件事?听着……”克莉丝蒂甩了甩头发,在铜盘般的月亮倾泻下的流光中,她的头发呈现出暗铜色,

“她和我们一起走，明白了吗？没有她我就不走了，也请你知悉这一点。”

“那我就随便带另一个人，你和玛利亚两个人一起走。”厄温不动声色地反驳道，“我为她感到惋惜，但我无能为力。我更希望对她的死负有责任的是尤斯特，而不是我。”

“你知道吗，”克莉丝蒂踌躇了一会儿，还是坐下了，“你真卑鄙。”

“我知道，以前也有人也这么说。”

“为什么你会选我？你喜欢红头发？”

“我讨厌。”

“那么请解释一下，见鬼的，我为什么要屈从于你呢？”

“其他人更糟。再说，你有罗圈腿。”

“我的——啊？！”

“罗圈腿。当人走在沼泽里的时候，他就会不由自主地把腿弯成特殊的姿态。这在某种程度上可以弥补罗圈腿。我看到过你在陆地上走路的样子。真是令人心碎的场面。我希望眼前的景象能让我愉快。”

她被激得喘不过气来，但她善于保持沉默，脸上什么也没有流露出来。然后，她尖刻嘲讽地问道：“意思是，我打头？”

“对。”

“你确定？”

“百分百确定。你走在我前面,并且是出于自愿的。”

“如果我拒绝,然后自己一个人走呢?”克莉丝蒂眯起双眼,面色变得冷酷。

“不,”厄温辩驳道,“那么走在第一个的就会是我,我会经常陷入沼泽,而你——就要将我拽出来。我需要你,就像你需要我一样。尤斯特说出了一个真理:一个人在沼泽地里走不远。如果我更轻,而你更强壮,我也会走在前面。”

克莉丝蒂沉默了片刻,消化他的话。

“你这是早就全部算好了?”

“只算好了能算到的。”

“那我就安心多了。”她嘲讽道。

厄温没有回应。

“你是因为什么原因沦落到这里的?”

“你一定要知道这个吗?”

“我想知道。”

“没有原因。也全都是原因。”

“想必是你杀了什么人?”克莉丝蒂露出了心领神会的微笑。

“没有亲自动过手,”厄温耸耸肩,“间接杀人——确实有。常有的事。只不过别问我杀了谁,我不知道。”

“而我亲手杀了人。”克莉丝蒂故意摆弄着自己的一绺头发,“你知道我杀了谁吗?”

“自己的情人。”

“你怎么知道的?”

“不难猜。你不是本地人,有苍穹星当地的口音,在深渊星生活了几个月。由此推断,你不是游客。也不像合同工。也就是说,把你带到这儿的情人不是穷人,但也不是亿万富翁。不然我该听说过你。他是谁:某个市政府的官员?公司的普通中层?”

“环保部门的市政监察员。”克莉丝蒂郁闷地说,“一坨打鼾的胖狗屎。”

“狗屎可不打鼾。”

“只是在你们深渊星不打。而在我们苍穹星有一种动物……”

她没能讲完——这个时候,号叫的警报更具有吸引力。

第三章　九个人和系着的箱子

震耳欲聋、令人厌恶的声音扑向了花岗岩，震得沼泽也起了波澜。克莉丝蒂被震得向上颠了一下。矮胖女人号啕大哭起来。就连无所畏惧的扬·奥伯迈尔——无所不在的主的传教士，也一个哆嗦，把头往瘦骨嶙峋得可怕的肩膀里缩了缩。乔布捂住了耳朵。

警报声戛然而止，寂静裹挟了众人。沼泽的声音清晰可闻，像是谁在小声议论，又似是在呼吸。藻毯里有什么东西时而咯吱作响，时而冒出咔嚓声。开始涨潮了。

“是时候了。”厄温站了起来，说道，“不要忘了你自己的木杆。”

他用匕首将绳子割成一长一短的两段，长的那截一头拴在克莉丝蒂的腰上，短的那截一头绑在空金属箱的提手上；两截绳子空的一头都缠到了他自己的腰上，缠在比空空如也的背包稍微低些的位置，并牢牢地打上了结。

“来，出发。”

接着，又开始訇然作响，轰鸣声一直传向远方。庞大而轻巧的箱子跟声波形成了强烈的共振，在石头上跳个不停。海梅·卡萨达哈哈大笑，笑得弯下了腰，可见他有多么愉快。尤斯特冷笑了一声，啐了一口，“别让我在沼泽里碰见你，聪明人。”

很快，箱子不再咚咚作响，而是在水藻上发出沙沙的声音。一股恶臭扑鼻而来。岩坡很缓，肉眼察觉不出它向低处倾斜，也很难弄明白，哪里是马尾藻沼泽的确切边界。刚开始，在交杂的新鲜和腐烂的水藻下还能感觉到岩石地面和脚下爆开的一串串饱满的复果。后来就感觉不到了，再走几十步，植被织成的浮毯就开始随着每一步徐徐摇动。水鞋踩出吧嗒吧嗒的响声。

“我把腿弄湿了。”克莉丝蒂说。过了一会儿，她又说：“这些积水一点都不冷。”

“水很浅，是盐度极低的边缘海，”厄温解释道，“很容易吸收热量。虽然水浅，但是也足够把我们淹没了，所以要抓好木杆。”

“横着抓吗？”

“没错。如果腿陷进去了，就尽力把腹部趴在木杆上面。我会把你拉出来。”

“我们要走一整晚吗？”

“对，如果没有明显的危险的话。”

“那白天我们做什么？”

“跟晚上一样。走得越快越好。”

"'快'! 你以为我们在开牵引船吗?"

"箱子不碍事。等一下……站住,我说!"

"发生什么事了?"克莉丝蒂停了下来。

"好像有谁跟着我们……"

果然:沼泽上有规律的涟漪比铜色的月光更可靠,出卖了尾随的人。厄温吧嗒吧嗒地踩着水鞋,就像长着脚蹼的水禽,回身走向岸边。他将木杆留在了左手,而右手随意地搁在刀柄上。

"站住。"厄温命令道。

如果莱拉有武器,她就不会那么引人注目。她用性感沙哑的声音低声问道:"我可以跟你们一起走吗?"

她没有木杆,也没有水鞋。

"不。"厄温斩钉截铁地说。

"我不会成为累赘的,我保证。"

"那你的……雇主呢? 不再想想吗?"

"马蒂亚斯? 他留下了,藏了起来。花岗岩里有缝隙……很小的一条。他让我找别的地方,那里没有多余的位置了,这里的晚上也很亮,一定会被发现的。或者被他们之中的谁出卖……"莱拉扭头,用下巴指了下岸边,"他想死就让他去死吧。"她恨恨地继续道,"我可决定走了。那么,我能和你们一起吗?"

"我说了:不行。回去吧,去求尤斯特,他会带上你的。"

莱拉没有争辩也没有央求,而是向他投去带着仇恨的灼人目光，然后陡然转身，激得沼泽的浮毯一阵摇晃，然后径直朝岸边走去。

“我们有备用的水鞋。”克莉丝蒂轻声说。

“那是我们自己要用的。”厄温打断她的话，“我们别浪费时间。往前走。”

“顺便问一句……你之前有没有注意到，那舌头是从哪儿爬出来的？”克莉丝蒂扭头四顾。

“别担心，舌怪被我们落在右边了。除非它到处爬……快走。下次直接照我说的做，别废话。顺便说一句，别在同一个地方站太久，会陷下去的。”

“即使穿着水鞋？”

“不知道。但是最好别碰运气。”

沼泽上的藻毯在铜色的月光下泛着无烟煤样的光泽。一汪汪水洼上像是覆盖了一层赤锈色的薄膜。水鞋发出黏稠的吧唧声。不时有小生物惊慌地发出叽叽吱吱的声音，匆忙地离开原地，藏进柔韧的浮毯里。不是小蝾螈就是蝌蚪。

“好歹承认一次，说你并不是完全对沼泽了若指掌。”克莉丝蒂扭头，嘲弄地说，“不然你听听你自己说的话——简直是个行家……”

“你这是想说什么？”

“承认——也就是说，并不是毫无希望的。这是恭维话。”

“我很感动……顺便说,我建议你看前面。还有注意脚下。”

“这些蝌蚪很危险吗?”

“除非你吃了太多蝌蚪。它们有微弱的毒性,但总体来说还是可食用的。”

克莉丝蒂哆嗦了一下。

“你是想说,我们必须以它们为食?”

“是‘可以’以它们为食……停。看到前面的草墩了吗?”

“看到了。”

“从它右边大概十步的地方绕过去。”

他们绕过了草墩。什么也没有发生。

“我不明白。”克莉丝蒂说,“在我看来,那就是普通的草墩。一团水藻。”

“也许吧。但我们会在白天去验证,而不是晚上。再走二十步然后停下。”

“为什么?”

“我想回头看看。”

“看尤斯特和其他人?”

“嗯哼。”

似乎,厄温确实拥有超凡的嗅觉:他选择的地方十分安全,克莉丝蒂也忍着没发表刻薄的意见。也许,在浸润于沼液的杂乱缠结的藻层下,藏着一片石头浅滩。

“还真是这样。”细看一番后，厄温说道，“他们已经动身了。就照着我们的路线。还打着手电筒，这群白痴。”

“我们走得还不算远，”克莉丝蒂失望地拖长声音说，“我以为……”

“你以为什么？这是沼泽。沼泽喜欢性急的人——爱把他们吃掉。”

“你自己还说‘越快越好’。”

“怎么，连胡话也不让说了吗？”

“他们有多少人？”克莉丝蒂沉默了会儿，问。

“看不见……大概七个，算上那个妓女。皮条客一定不在里面——我了解这种人。冥顽不灵的白痴。”

“走吧。”克莉丝蒂扯了扯绳子。

“等一下。快半小时了。”

等了不到一分钟，沼泽上空重新响起警报的长啸。聚光灯骤然亮起，沿着岸边扫过，在夜幕中一下照亮了岩石、虬结的水藻，还有注定难逃厄运的小树林的残丛。

紧接着，在夜幕被一分为二的刹那，西边有什么突然强烈地闪烁了一下，又熄灭了。传来了一阵短暂的嗞嗞声，就像是往炙热的煎锅上吐了口唾沫。随即有什么发出了巨大的炸响——也许是花岗岩因为耐受不住高温而爆裂了。

“好了。”厄温确认道，“少一个人了。”

黎明破晓时,厄温宣布歇息一会儿。最小的第三个月亮,在像是熊熊燃烧的猩红霞光的吞食下,很快黯淡了下来。沼泽上空飘着一层薄雾。成群的昆虫活跃起来,无疑是吸血的品种,但看起来,人血似乎对它们并没有吸引力。它们倒是没有咬人,但是往眼睛里爬,往耳朵里拱,往衣领里钻。

大概只有在良好的光学条件下,才能从这里看清被舍弃的海岸上植物的树顶和瞭望塔上的观察者。海岸也已经消失得无影无踪,像是从未存在过——在西边的地平线上,没有一点标记,没有一丝踪迹,甚至没有一道模糊难辨的暗色线条。看起来就像已经到了马尾藻沼泽的腹地,尽管实际上这还只是沿岸地区。

再也没有碰到浅滩,从午夜到清晨,脚边都是绵延的浮毯。厄温把两根木杆平行放置,将箱子架在了上面,然后坐到箱盖的边缘上,邀请地拍了拍自己旁边的位置,“休息一下。”

“先把脸转过去。”

“为什么?”

“我要做一件事。”

“我也是,而且你可以不把脸转过去。习惯一下。”

一分钟后,他们背靠背地坐在箱子上,享受着将酸痛的双腿从沼泽中拔出的喜悦。不约而同地,两人看向了西面。在大约一千米半之外,尤斯特一行人正朝着他们的方向走来。昨晚他们落后了至少一个小时。

“你怎么想到的?”克莉丝蒂问。

“想到什么?”

“箱子。不然我们就得直接在泥里打滚了。”

“还有更合意的,”厄温宽慰道,“你要睡在哪里——箱子上?只是为了坐一坐,可不值得为了箱子付出食物。”

“那还能做什么?”

“比如说,渡过水面。”

“两个人一起?”

“一个一个来。水面不宽的话,我们的绳子够长。”

“我一片水面也没看见。”

“以后会看见的。等等……我不会说得十足肯定,但,我们似乎很走运……是不是?”

“什么?”

厄温没有回答,他从箱子上站了起来,用水鞋摆弄着浮毯,直到在上面看到一根不起眼的、翘起大概一拃高的草茎。从外表上看,这是某种灌木的幼芽,从不知怎的被风带到这里的孢子里钻了出来,稍稍有些枯萎。厄温认真且万分小心地观察完草茎后,摇摇头,脱下衣服,隔着密实的布料抓住了这根幼芽。

植物回以用力一拉,厄温差点没脸朝下摔进泥里。藻毯被踩得下陷,喷涌而出的棕褐色汁液淹没了他踩着水鞋的双腿,直至小腿中部。克莉丝蒂看到,在厄温背上那极白的皮肤下,他的肌肉是怎么极力绷紧的,她听到了他的呻吟,但他没有松开那株植物。渐渐地,柔韧的藤蔓——抑或是枝条?——投降了,离开了浮毯。于是,猝不及防地,反抗骤然减弱。厄温仰面摔倒。沼泽咂巴了一下嘴。

灵活的"绳套"准确无误地找到人类的躯体,抽打着,在他的皮肤上留下红色的伤痕,然后不断试图套住在泥泞里翻来覆去的身体。克莉丝蒂尖叫了一声,从箱子上跳了下来,笨拙而焦急地走来走去,用水鞋去踩如小喷泉般涌出的脏水,不知道是冲上来帮忙还是要割断绳子逃跑。

"刀斜着!"厄温声音嘶哑地说,"不是这里!远些……"

绷直的藤蔓在刀刃下恐惧地尖叫起来,但束手就擒了。断掉的另一头机灵地缩进褐绿的沼泽浮毯里。厄温气喘吁吁地站起来,试着弄干净满身的污泥。

"谢谢……"

"笨蛋!"克莉丝蒂不客气地扔下一句,"你什么都要碰一碰吗?"

厄温笑了起来。还缠着他的那段藤蔓萎靡不振地微颤着。它看起来长约四米。

"还过得去……"

"我不明白。"克莉丝蒂说。

"幸好我还是没放走这没用的东西。"厄温一边说一边将衣服套到头上,碰到伤痕的时候皱了皱眉,"如果是它的成体……我见过那样的伤口,胆小的人可看不得那场面。有些人被一击毙命。”

被割下的那截植物最后颤了一下,静止不动了。厄温小心翼翼地将它的长鞭缠起来。

“这是什么,武器?”

“嗯哼。”

“对付人的?”

“对付所有东西。”

他们重新坐回了箱子上。

“你最好找到点能吃的东西。”克莉丝蒂说。

厄温摇摇头。

“这里没有。如果我们一路顺利,那么明天可能会遇到。今天肯定是得饿肚子了。喝点水吧,能让你舒服点。”

“这里的水让我觉得恶心。你的‘本地资源’呢?”

“会有的,只要这里没有人赶到我们前面。大约一百年前,深渊星就开始将怙恶不悛的罪犯放逐到马尾藻沼泽。无须怀疑:就算在靠近岸边的地方有什么还没有被吃掉,也一定已经被吓跑了。我们在这里什么也找不到,除了蝌蚪。即使是蝌蚪,也很少。”

“再远些呢?”

“并不是所有人都能走到那么远的地方。听着,或许关于吃的已经聊得够多了?我们来聊聊别的吧,随便什么东西。”

“聊什么?”克莉丝蒂问,没有回头。

“比如说,聊聊你为什么决定跟我走,而不是跟他们。”厄温朝着正在靠近的尤斯特的队伍的方向偏了偏头。

“你对这个感兴趣?”

“不是很感兴趣,但还是解释一下吧。”

“我以为你是个硬汉。”

“而实际上呢?”厄温笑吟吟地问道。

“上班族。”克莉丝蒂解释道,“你脱掉衣服的时候,我就什么都明白了。苍白的身体,连点脂肪也……你的确从来没有来过这种边远地带。”

“后悔吗?”

“现在不。但如果要重新选的话……不知道,我不知道。尤斯特当然是个败类,但看起来比你可靠一些。原谅我说得这么直接。”

“没关系。顺便告诉你,现在改变主意也不迟。”

克莉丝蒂没有回答,厄温也没有逼她。两人一边休息,一边久久地凝视着在沼泽里拖着一条长约五十步的队伍的尤斯特一行人,看着他们逐渐靠近。

走在队列最前面的是莱拉。她追了上来,愤恨的眼神掠至厄温并停在了他身上。绳子弯垂,落在了正大声喘气的矮胖女人的脚下。她被绳子绊住,扑通一声摔了一跤,四肢着地。浮毯微微晃动,矮胖女人发出一声痛呼。

所有人都气喘吁吁。

等走在倒数第二个的尤斯特走过来,厄温才说:“真是冤家路窄啊。”

“你!”尤斯特怒吼,“我跟你说了,别让我在沼泽碰见你吧? 我是不是跟你说过?”

“我很乐意,只要你别再跟在我后面。”

厄温没有从箱子上起来,而是玩了玩自己的长鞭。显然,这给了尤斯特·范博格很好的警示,他立刻缓和了自己的语气。

“极地之狼想往哪儿走,就往哪儿走。而且,”尤斯特放慢了语速,稍稍眯起双眼,“我决定不把箱子卖给你了。把它还回来。”

“货既出售,概不退还。”

“是吗? 我可想不起来。在我看来,你是自愿放弃了自己的口粮,仅此而已。谁会往别的方向想呢? 但这样也行,你可以拿回自己的干粮。”

克莉丝蒂咽了口唾沫。

“不。”厄温微笑着摇摇头。

“那如果我强烈请求呢?”尤斯特的眼睛凶恶地眯了起来。

“大可一试。”

“如果我们所有人都这么请求呢?”

一声鞭响,长鞭抽断了尤斯特和乔布之间的绳子。又一记带着呼啸的抽击将尤斯特从这串队伍中完全分离出来。

“这样你请求起来就更方便了……”

“混蛋!……”尤斯特用力地咳嗽着。他手持的木杆像根长矛,末端缠着刀柄,露出尖刃,看样子,刀是从矮胖女人那里夺来的。尤斯特自己的刀稳稳地挂在他的脖子上,“你完了,明白吗,你这个傻蛋?!”然而,出乎意料的是,尤斯特没有向前,而是往后退了。

“下次我就把你的杆子削成两段。”厄温凶狠地警告道,“然后就轮到你了。满意了吗?”

“别揪着人类不放,狼。”奥伯迈尔开口道,“货既出售,概不退还。他有自己的权利。”

尤斯特差点猛扑向这个年迈的传教士,但很快,他又为自己能够保存颜面而高兴起来。

“啊?你怎么说的?再说一遍!别揪着——人——类?!”

“无处不在的主用某种事物给他以启发,同样也以某种事物引导我们。我们不能把箱子拿走,就意味着,这就是主的意思。”

“老顽固。”海梅评价道。

莱拉面色阴郁,一言不发。矮胖女人又抽泣起来。乔布将一把湿乎乎的水草团到一起,坐到了上面,大口喘气。瓦连京呆呆地原地踏步,踩出褐绿色的沼液来。

“哎,尤斯特!你的人不能再找个别的什么地方休息吗?”厄温问。

“你自己找去!”

“行,我去找。”厄温站起来,“走吧,克莉丝蒂,该走了。而留在这儿的，祝你们好运。”他戏谑地挥挥手告别——尤其是朝着尤斯特，“顺便说一句，我劝你们不要跟着我们的脚印走。”

“聪明人，没有人问你。”尤斯特反唇相讥。

“你就不能将他们赶走吗？”他们走出半千米远之后，克莉丝蒂问。

“可以，或许吧。但为什么要这么做呢？他们筋疲力尽，而我们已经养精蓄锐。我们可以走了。难不成要因为他们跟着我们的脚印走而吵起来吗？”

影影绰绰的太阳在东边闪烁着，红光混入沼泽氤氲的湿气中，并不刺眼。放眼望去都是无边无际的浮毯。水洼表面的油膜在日光下呈现出锈红的色泽。水鞋发出的吧唧吧唧和啪嗒啪嗒的声音，跟拖在厄温身后的箱子发出的沙沙声重叠在一起。

“这多蠢啊。”克莉丝蒂喃喃自语，没有留意厄温的回答，“又蠢又耻辱。我说的是判决。一声令下，我们就走了。没有二话，没有吱声。我们在泥沼里蹒跚踯躅。有一个叫‘狼’的人呜呜咆哮……就跟豺狼一样。”

“他不是极地之狼尤斯特。”厄温说，“极地之狼半年前被枪杀了。我见过他的尸体。这是个假冒的。”

“他来过沼泽。”克莉丝蒂坚定地反驳道。

“那又怎么样？你以为，任何一个能在这里一次又一次胡教别人把腿搞得湿透的小头头,就能被称为极地之狼吗?”

“我没这么说……说起来,这些人都是从哪里来的?”

“什么人?这里一个人也没有……除非是再远些的腐烂浅滩,那里还有人。北面——有时有。那边更安全。他们就在岸边觅食,不会走远。各种各样被抛弃的人、宗教分子、逃犯……一言蔽之,沼泽的渣滓。真正的极地之狼,以在那些人中组建出匪帮并恐吓沿岸的村落而闻名。因此这个匪帮也叫作‘狼之兄弟会’——成心跟撒乌耳兄弟会和其他匪帮作对。他是怎么辉煌的,也就是怎么垮台的。他被自己人背叛了。而且,我们这个‘尤斯特’不知道的是,士兵不在乎我们如何,根本不会干涉我们之间的冲突。我瞎扯一通,而他却信了。”

“那你那时候为什么不告诉其他人呢?”克莉丝蒂回头问。

厄温耸耸肩,“为什么要说?”

“他可说了:他会杀掉所有人,只有他自己能到达目的地。”

“他会这么做的。”厄温点头,“但这关我们什么事呢?毕竟他们不是不懂事的孩子——都是成年人了,每个人都长了脑子……理论上说。他们有过选择的机会。他们已经做出了选择。”

“莱拉本来想选我们。”克莉丝蒂抓住他话里的漏洞挖苦道,“也就是选你。难道你不喜欢她的职业?”

“我也做出了自己的选择。我们不需要莱拉,也不需要其他人。两个人是最安全的,只是他们现在还不知道。一群人走在沼泽里,只是在投喂舌怪和其他动物。尤斯特是个白痴。”

这之后的几分钟,克莉丝蒂沉默地走着。

“那如果我拒绝了你,你会带上谁?”

“为什么你要知道这个呢?”

“只是想要知道而已。突发奇想。”

“你该避免这些突发奇想的念头。但如你所愿,我告诉你。我会带上书记员,或者传教士。”

“为什么不带瓦连京?”

“他是个蠢货。”

“乔布也是。”

“他是个听话的蠢货。他需要一个上司,特别是在沼泽里。如果他孤身一人,我不认为他会冒险去幸福群岛,但他也没魄力在光束枪的射线下藏身。因此,他只会在离岸边不远的地方流浪,直到死的那一天。但要说他有哪一点做得明智的话,那就是他选了尤斯特。”

“那,为什么两个人就是安全的呢?”

“很快你就能看到了。”厄温回头看,“啊哈,他们动身了。完全是跟着我们,就像我说的那样。”他发出了短促的笑声。“我们往右边走一点。”

“直走路更稳当。”

“我看到了。但我说的是往右。不,不用拐这么大的弯……够了。保持这个方向。”

“你想做什么?”克莉丝蒂地忐忑不安地问道。

“稍微教一下他们什么叫思维和理智。常识课。别担心,他们不会淹死的。应该不会。”

很快,水鞋底下吧嗒吧嗒地响得更厉害了。藻毯在人的体重下严重变形,每走一步,他们都不得不先把腿从洞里拔出来,只是这些洞无穷无尽。

“够了。”厄温气喘吁吁地说,“现在往左边靠。不然我们都要陷下去了,就没这么愉快了。”

他们又走了至少半小时,后面传来的叫喊声才追上了他们。在叫的是两个人:一个是矮胖女人,还有一个似乎是海梅。

厄温笑了起来。

“现在可以不急着走了。他们现在有的忙了。也许,他们能弄明白在马尾藻沼泽里,别成群结队一个跟着一个地走的道理。再往左边一点。看到那个小草墩了吗?我们到那里等一会儿。”

“为什么我们要等他们?”

“听着,你能不能别提多余的问题?”

“这也关系到我。怎么,你要为所有人操心吗?”

“可不是嘛。”厄温轻哼,“你自己想想吧:为什么我们要让他们走在我们身后呢?让他们走在我们前面,或者就算是慢腾腾地并排走,好处会更多。”

走过最后一个赤锈色的水洼,克莉丝蒂选了一个相较而言比较安全的位置,才如释重负地长舒了一口气。

“我们一口气往前冲,把这些慢吞吞的家伙都远远地抛在身后,不是更好吗?”

没有得到回答,克莉丝蒂回过身来。只见厄温沉默地摇着头,带着居高临下的怜悯和几分讥讽。

第四章　还剩九人

篝火一下就点着了——干脆的枯枝束刚靠近打火机的火苗，就被火舌卷起，噼里啪啦地烧了起来，潮湿的水藻在火焰下嗞嗞作响。显然，这些在火焰中抽搐的褐绿色的灌木枝条里富含油脂。

夜幕降临，所有人都筋疲力尽，无论是厄温和克莉丝蒂，还是尤斯特一行人。七人在二人右手边行进，连成约两百米的链条。他们看来是吸取了教训，没有再像呆头鹅一样一个接着一个地拖着走，而是排成梯队，完全忘了要循着前面的人在藻毯上留下的小径走，把浮毯踩成了一片泥潭。他们脚下原来结实柔韧的浮毯很快变成了一摊黏腻的烂泥，只要踩下去，水鞋就会被粘住。从泥泞中将脚拔出，大量的气泡随之慢慢爆裂，散发弥漫出一股腐烂的恶臭。沼泽面上出现了一个个显眼的泥泞“窗口”。

中午的时候，厄温看到了第一条蛇，并指给克莉丝蒂看。这个小生物一米长的身躯油光水滑。蛇并没有发起攻击，而是轻巧地绕过两人，穿过他们前路，滑到水藻底下，消失了。不久之后，南边的远处出现了一群生物。它们以惊人的速度移动着，像是在沼泽上滑行。突然间，舌怪的触手在空中扬起，疾速地画了个圈，然后消失了。至于这个猎食者有没有抓住什么——没能看清。

又过了一小时，克莉丝蒂弯腰拾起了一根泡在泥浆里的布条。可以看出，这是背包背带的一段。到这里为止，还没有碰到任何其他的人类踪迹。

距离过夜的地方还有最后几千米——那是一片细长而显眼的浅滩，上面长着些灌木丛，甚至还有些干枯的小树扎了根。克莉丝蒂完全是机械地行走着，只想着一件事：扔掉沉重的木杆，忘记一切。她也这么做了，随即，她脚下的浮毯不再轻晃。她不想说话，不想动，也不想活。

然而一个小时后，她醒了过来，并惊奇地发现，自己不想再躺着了。浸透水藻的泥水算不上冷，但她还是打起了寒战。在她五步开外的厄温将一堆腐烂的水藻撩到一起，似乎是要用来当床铺。篝火不时发出噼啪的细响，升起带着树脂香气的烟雾，十分诱人。

“来取下暖。”厄温建议道，克莉丝蒂感激地在靠近篝火的地方坐下。很快，她的衣服被烘得升腾起蒸汽。他们能听到在远些的地方，同在一片浅滩上的尤斯特一群人的交谈和窸窣响动。那边也燃起了篝火，而且似乎更亮些。

“实际上，在没有迫切需要的情况下，最好不要做这样的实验。”

厄温往火里抛了一小把柴火,说,“万一我们身边刚好有沼气泡冒出来呢?‘哧’的一声——我们就只剩下箱子了。”

“我不介意。”克莉丝蒂低声应道。

“但我介意。”厄温面色严肃地反驳道,“你不习惯。这很难,我明白。但还会有更难……和更危险的状况。我能保证。但我决定了要去幸福群岛,这意味着我一定要到达。我要活下去。因此,你也还有机会。”

“我想吃东西。”

“想象自己吃了,我也想象一下。明天会有吃的,我保证。这里没多少蝌蚪,不值得去捉,特别是在晚上。”

“你记得吗?岸边有很多……”

“当然!不知道它们能吃的犯人没有去抓,而知道它们能吃的犯人还不饿。它们没办法当储备粮,而且只有饿得兽性都出来了的时候才能吃得下去。当然,这里也能捉到蝌蚪……浅滩很方便。木柴还没烧完,真让人惊讶……”

克莉丝蒂在箱子上动了动,让自己的另一侧转向火焰。她把一缕黏结在一起的头发从脸上拨开。

“怎么到你这里,一切总是那么合乎逻辑……”

“你很惊讶?”

“不怎么惊讶。你今天几乎沉默了一整天,是在估计我们的胜算吗?”

“包括这个。想得不多。更多是在消遣。”

“怎么消遣?”

“算数。恒星动力学著名的三体问题。听说过吗？给出质量，比方说，一，三，或者五，给出初始速度的向量，然后是微分方程的数值解，计算在相互间万有引力的作用下每个天体的运行轨迹。最后，其中一个天体——通常是质量最轻的那个，会被抛出三体系统，见鬼去。我试着找到一个初始条件，使得在这个条件下系统丢出的不是最轻的天体，而是最重的天体。”

“然后呢，找到了吗?”克里丝蒂嘲讽地问。

“还没有。”

“怎么，你是数学家?”

“我没拿到学位。是的，说实话，我从来不需要学位。但我擅长计算。”

“那你最好算一算怎么我们才能不在这沼泽里咽气!”

“早在我们还在岸边的时候就算过了。当然，新数据不断出现，要不断进行更正，其中一些不得不重新计算……但通常并不困难。有标准的数学方法，我自己研究出来的。”

“撒谎。”克莉丝蒂肯定地说。

“你可以不信。”

“也就是说……你选我做搭档，是基于数学计算?”

“可以这么说。”厄温点了点头。

“我还是不相信你。”

“对此我毫不怀疑。”

“你之前在外面到底是做什么的?犯罪集团的大脑核心?”

“类似。我是苏克哈达里扬总统的顾问。在政变后的第三天,我被抓了。”

“你?”克莉丝蒂声音嘶哑地大笑起来,“你是深渊星总统的顾问?”

“想象一下。”

“我从来没听说过你。”

厄温叹了口气。

“糟糕的是,并不是所有人都从新闻节目里汲取信息,比如你……但的确有很多位不同的顾问。记得三年前‘绝对统治’集团的破产吗?虽然,你无从知晓……是我让他们变得身无分文。他们支持错了人。出击的是苏克哈达里扬,所以没有人知道这是谁的手笔,而我只是算到了该在什么时候朝哪里出击,拳头才不会被挡回来……说起来,这并不难。在过去六年中,总统一步步按着我的计算走,而他似乎对此并不后悔。”

“然后,想必是出现了什么没有考虑到的因素……”克莉丝蒂扑哧一笑。

“并不是。当然,唯一没有被考虑到的因素足以让整个局面重新洗牌——计算者的任务就在于此,确保在任何始料未及的情况下，系统仍保留着足够的‘安全边际’。更不妙的是，总统在锯断自己所处的那根树枝。只有一次苏克哈达里扬没有听我的，只因普赖是他自毕业以来的好友。如果这个好友正好在灾祸中死去，苏克哈达里扬现在就不会被软禁，也不会咒骂着自己曾经的重情心软，等待自己死于‘心脏病发’。而我现在也不会坐在这个箱子上。”

“难道你是计算机吗？”

厄温哼哼几声，摇头。

“这是你自己说的……行了，我不会生气。难道你真的认为，苏克哈达里扬不能像别的政客一样，给自己筹集拥有最尖端电脑和庞大编制的分析中心吗？他选择了我，这并没有让他付出的代价更少些。但他从不后悔。”

篝火快要烧尽了。厄温似乎不准备让它整晚燃烧。

“机器在千万种情形中胜过人类。但总会有起码一个人类，会胜过机器。”

“你不再多砍些柴火了吗？”克莉丝蒂问。

“不了。”

克莉丝蒂瑟瑟发抖，她环抱着自己的肩膀。沼泽上浓雾层层，湿气又把刚刚才烘干的衣服浸透。小月亮不见踪影，大月亮被模糊成朦胧的圆点。

“我还是不明白，怎么能计算出人的行为。在我看来，这是不可能的。更何况是一大群人……”

“人群恰恰更容易计算。”厄温应道,“总之,很久以前已经研究出了不少计算个人以及任何大型群体行为的方法。通常来说,它们由于引入不可靠的信息,都是无效的。恰好机器不会从真话中识别出谎言。而我更擅长此道。”

“他们是怎么抓到你……这样足智多谋的人的？难道你没有想到该担心一下自己吗?”

“我在政变前夕逃跑了。”厄温不情愿地承认道,“那个计谋……可以说,是我的骄傲。掺杂着在预期风险之内的偶然。因为零跳跃前出现的轻微故障,我回到了深渊星。在着陆前的最后一个昼夜,我在飞船上的图书馆里读了所有我能找到的关于马尾藻沼泽的记载。而最困难的还在后头:我要让自己被判处最高刑罚,而不是在试图逃跑时被从背后射来的光束杀死。”

“你被指控的罪名是什么?”

“与非法政权共谋,还能有什么。说得像是还有‘与合法政权共谋’一样……”

“你怎么不算算自己怎么才能被无罪释放呢?”克莉丝蒂挖苦道。

“我不算不可能的事情。”

一声长叹从沼泽传来。有什么巨大的东西在迷雾的掩盖下在泥沼中翻腾,靠近浅滩西边——那正是尤斯特一行人不久前落脚的地方。克莉丝蒂跳了起来。“坐下。”厄温从牙缝里挤出一句话,她听话地坐回了箱子上。

有什么在沼泽里呜咽，扑哧作响，翻来覆去了一会儿，又销声匿迹。

“那是什么？”

“我不知道。”厄温答道，“我没有读到过相关记载。顺便说一句，这里可能有人类还不知道的生物存在。没有谁真正地研究过马尾藻沼泽。”

他又紧张了一会儿，然后又稍稍放松下来。

“好吧。”等惊吓过去后，克莉丝蒂说，“假设说，我相信你。这对你的计算有影响吗？”

“无足轻重。”

“那这次过夜你也是提前算好的吗？”

“浅滩不是。我怎么知道有这么块浅滩？”

“现在呢？”

“我们还有半个晚上。然后就会开始涨潮，滩涂会被淹没，到时我们最好离开。而在这之前，我们最好睡好睡足……在接下来的几个小时里，尤斯特和他的小无赖们不会追上我们，他们可累坏了。”

“我们不用轮流睡吗？”

“不用。值得冒险。我们需要休息，明天会是艰难的一天。”

他们躺在一摊湿漉漉的水藻上，试图靠紧紧依偎对方来保持温暖，时而深陷梦境，时而醒来，惊惶不安地侧耳聆听沼泽里似真似幻的声音。朦胧的月华缓缓向西边游移。随着时间的推移,沼泽里的小生物开始发出细小的叫声——这边叽叽喳喳了一顿停了下来,那边又开始吱吱地应答。以尤斯特为首的一行人过夜的地方也传来了微弱的声响:尚未燃尽的篝火噼啪的脆响、水藻摩擦的沙沙声,时而夹杂着半睡半醒的人们的咳嗽声和低低的呻吟。

一声刺耳的号叫将两人震了起来——这令人悚然的哀号发自男性,声音拖得很长,充满痛苦和恐惧。发出这样尖叫的人可能被大型猛兽捕获,只是不知为何这只野兽磨磨蹭蹭,叼着痛苦的受害者,没有利落地合上口。

"等着,一步也不要离开这里!"厄温抓起了长鞭。

"不!"克莉丝蒂紧紧攥着他的衣袖,不住地摇头。

"放开……我很快就回来。"

他踏着泥沼,不见了踪影。滚滚浓雾淌过浅滩。女人颤抖着将自己缩成一团,试图让自己变得更渺小和不显眼,像是雾中马上就要冲出一张血盆大口,将她吞吃入腹。

尖叫声,扬鞭声。暗影跃动。尤斯特嘶哑的指挥声和矮胖女人刺耳的尖叫清晰可闻。之后,尖叫声弱了下去——而身边的篝火则变得吵闹起来。

过了一会儿,厄温回来了。

"是蛇,"他粗喘着气,解释道,"被篝火的光吸引过来的,就像我之前说的。大概五条,不超过这个数。但是很粗。刀子能对付它们,但鞭子更好使。其中一条缠住了瓦连京,刚才叫起来的人就是他。没事,他会醒过来的。如果能及时地把这畜生杀掉,你就只会被刮掉点皮,但不会死。”

“他还能走吗?”克莉丝蒂一边问,一边试图控制自己的颤抖。

“愚蠢的问题,抱歉我这么说。他跟你一样想活下去。顺便说一句,他轻而易举地就脱身了——他想到了要往篝火里滚。蛇很快就把他松开了。”

回笼觉没有睡成:潮水把滩涂变成了难以涉足的淤泥堆,厄温指明,没有必要在一摊烂泥里等待天明。浅滩能让流放者免受舌怪之类的喜静生物的攻击,但避不开蛇,也避不开在这一路上还没遇到的其他嗜食人肉的沼泽生物,这些生物更惯于主动出击,而不是守株待兔。厄温朝雾那边大喊,告诉他们自己要走了,几乎是话音刚落,尤斯特的人就忙乱起来,收拾东西准备上路。

月亮朦胧的光点在雾中渐渐熄灭。克莉丝蒂惊异于厄温竟然能辨别方向,保持着向东行进。他们走得很慢,用杆子试探出一条路。尤斯特的人悄无声息,也不见踪影。有一次,克莉丝蒂腰部以下都陷进了沼泽,厄温用一个沾满污泥的大钩子将她拖了出来。还有一次,克莉丝蒂没保持好平衡,摔了一跤,在离她大概十五到二十步的地方,有什么拼命地发出尖锐刺耳的叫声,在泥沼里胡乱窜动,然后有什么猛地抽了一下湿漉漉的水藻,这些声音又静了下去。

黎明破晓前再也没发生什么。临近早晨,雾气渐薄,然而天空蒙上了一层浓密的灰色,下起了淅淅沥沥的小雨。开始遇到更深的水洼,在这些水洼上,用绳子系在厄温身上的箱子不再被拖得窸窣作响,而是像方舟一样慢慢悠悠地安稳漂流。浮毯晃动得更厉害了,水一路没过膝盖。

很快,厄温也像克莉丝蒂一样陷入了泥沼。他及时趴在了木杆上,喊了一声自己能应付,然后用尽全力将自己从泥沼里拔了出来,还丢了右脚的水鞋。他不得不从包里拿出一只备用的。

他们像昨天一样,把箱子拖到了一个相对安全的地方,然后在上面休息。尤斯特和他的人仍然不见踪影,但据肉眼估量,沼泽的能见度不超过半千米。

"他们不会迷路了吧?"克莉丝蒂让厄温喘了口气,才问道。

"很有可能。地图上显示距离幸福群岛还有三百千米——实际上如果在五百千米以内就算我们走运了。迷失了方向,就会原地打转……像昨天那样的晴天,在这里是很罕见的。"

"你还没迷失方向吗?"

"我觉得还没有。当然,或多或少会有偏差。但还是知道大概的方位。大致在那边。"厄温摆了摆手,"当我不是很确定的时候,我会说的。"

直到蒙蒙细雨将雾气完全吞噬,他们才动身离开,也因此发现了右方不远处缓慢挪动的一队人。跟之前一样,还是七个。厄温从水洼里抓了约十只被克莉丝蒂称为“蝌蚪”的小生物，第一次尝起了本地吃食。食物的味道极其糟糕，如果是前天吃到这样的早餐，克莉丝蒂会忍不住吐出来，昨天料想也会是一样，但今天，饥饿感终于占据了上风。他们将蝌蚪平分，然后往唯一的小碗里灌了些半咸水，轮流喝了个够。吃完早餐，七人的队伍变得越来越近，并且越来越偏向左边，显然意图打破两支队伍平行的关系。

“啊哈，”厄温说，“我想也是。”

“你想了什么？”

“尤斯特还是有那么点头脑的。他当然不会走在我们前面，但我也告诫过他不要慢腾腾地跟在我们后面。现在他以为我们面临的是一样的状况。”

“难道不是吗？”

厄温挠了挠后脑勺。

“七个人一起对付蛇似乎比两个人要容易。但你看，根本不关人多人少的事……这样说吧，假设舌怪待在沼泽底的哪个地方，这样庞大的软体动物，就这么等着……在泥炭和水藻的遮盖下。它根本不需要视力和听力。当它感觉到在自己触手能到达的范围内的浮毯微微晃动时，它就会发起攻击……我不知道事实是不是这样，也没有人知道，但若果真如此，那么七个人走成一列——简直愚蠢至极……”

一条蛇从下方朝他发起进攻，把藻毯冲出了个窟窿。他根本没有时间解开鞭子。克莉丝蒂尖叫了一声。厄温挥手挡住这只冲向他面部的野兽,与此同时,他的手被这条发光的蛇的重量带得沉了下去。它看起来更像是一条一米半长的水蛭,也正像水蛭一样紧紧地吸附在他身上。衣袖对它而言并无阻碍作用,衣料只剩碎片在飞动。

弄死这条蛇花了不少时间——必须将它一点一点地从手上刨下来,但即使被削去一半,它仍挂在那里,吸附着,啃噬着……厄温呻吟着将它剩下的部分从自己身上扯了下来,在它完好的蛇腹上发现了两排圆孔,孔里镶满一粒粒褐色的牙,其中一些还在张张合合地向中间合拢。

他很走运:蛇的牙齿还没来得及扎扎实实地咬下去,遭殃的只有袖子,小臂上有一块圆形的地方在出血。但只有一处。厄温将已经被撕开的、湿透的袖子整个扯了下来,克莉丝蒂帮他将胳膊包扎起来。

"该走了。"厄温眨眨眼,说。

"痛吗?"克莉丝蒂关心地问。

"不,我很好。我喜欢被活生生地吃掉。那是极致的愉悦。"

"对不起……如果你愿意的话,我来背包?"

"不用……你还记得方向吗? 喏,向前。"

两人继续走,沼泽的表层仍然被他们踩得变形,像是已经腐烂的、不甚结实但仍有弹性的蹦床。细雨未停。尤斯特一行人在右方大概百步远的地方走着。他们仍然走在一起,但没有像昨天早上那样一个跟着一个地走,也不像昨晚那样排成一个梯形,而是排成了两个梯队:最前面是两个人,在他们的侧后方是三个人,再后面还有两个人。尤斯特走在第四个。

"看来他们学到了些东西。"克莉丝蒂没有恶意地说,"再多一些,他们就能想到分成三队分开走。"

厄温没有立刻回应——他的一只脚被粘住了,他在努力地让自己把腿拔出来的同时不弄掉水鞋。

"就算他们想到了,领头的也不会允许。到时候谁替他前前后后作掩护呢?"

"也许,他们会反抗……"

"除非尤斯特对他们来说比沼泽还可怕。只是这不太可能。"

他们沉默了整整一个小时。在这一个小时里,如常率领着一行人的莱拉沉下去了两次,矮胖女人陷下去了一次,并发出了众人习以为常的尖叫。这时,克莉丝蒂就在没有厄温指令的情况下停下来,两人一起等着尤斯特的队伍拖出陷入沼泽的人后继续上路。危机四伏,但右方的危险在某种程度上会少些。

当莱拉第三次陷入沼泽,乔布和扬·奥伯迈尔用早已不再洁白的绳子使劲地将她从泥沼里拉了出来之后,尤斯特大喊起来,吸引厄温的注意:"哎,呆子!你那里有没有备用的水鞋?借来用一会儿。"

他把手举过头顶,迟疑地挥着一包压缩干粮包,可能这就是他们剩下的最后一包,但厄温不打算回答。克莉丝蒂也沉默不语。

等到糊满污泥的莱拉回到了队伍的最前面,他们也继续行进。又过了半个小时,在比尤斯特一行人的位置更靠右的沼泽里拱起了一个浑圆的丘体,伴随着呜呜的声音,一根不长但十分灵活的紫色舌头冲破了丘顶,冲向细雨蒙蒙的天空,它轰然倒在乔布和海梅之间,顷刻便摸索到了绳子,猛地一拽……尖叫四起。

海梅第一个及时地把自己身上的绳子解开了。乔布在水藻和泥里被拖行,但他应付得来,他巧妙地用刀子割开了绳子,而没有割到自己的大腿。淡紫色的舌头缩了回去。有那么一瞬间,它好像就要将绳段拖走,暂时还人们一个安宁,但这个潜藏在水底的巨型软体动物并没有人们所希望的那么愚蠢。

舌怪扔掉了绳子,又抽打起来,横扫水面,像龙卷风一样席卷至还在泥泞中扑腾的乔布上方,然后闪电似的转回了海梅周围,不凑巧的是海梅刚来得及站起。它猛地一拽,顷刻被抛到空中的不仅是海梅,还有一边嚎叫、一边割着把自己与不幸系在一起的绳子的瓦连京。浮毯剧烈颤动。

瓦连京扑通一声跌落在泥泞中,砸得腐烂的海藻碎屑四溅而起。被抛到沼泽上方的海梅扭动着、大喊着,挥刀乱砍那舌头一样的触手。但舌头丝毫没有注意到这些小东西,它伸直成方尖碑[1]的

①古埃及建筑,外形呈尖顶方柱状,由下而上逐渐尖狭。

模样，迅速地缩回泥潭里。最后一声绝望的哀号、拍击水面的巨响，还有周围人们的尖叫声，清晰可闻。

六人朝厄温和克莉丝蒂这边跑来，其中一人怎么也站不起来，急切地想要逃离死亡，于是手脚并用地爬行着。莱拉又陷进了沼泽，她几乎是反射性地迅速向两边伸出手，倚靠着起伏摇曳的藻毯。与她连在一条绳上的扬·奥伯迈尔冒着自己也要沉下去的危险，原地踏步，高声吟唱，或许是坚信无处不在的主亦潜藏在这噩梦般的生物上，以自己最糟糕的位格①出现。

淡紫色的舌头没有再探出来，不再在自己四周搜索其他的猎物。人们渐渐恢复了冷静自持。矮胖女人停止尖叫，转而抽噎起来。尤斯特怒声呵斥，给了她几记耳光，整顿起秩序。乔布试图把自己跟瓦连京绑在一起，笨拙地打着航海结。绰号骷髅的扬·奥伯迈尔蠕动着嘴唇，无声地祈祷，并用枯瘦如柴的手掌抚平腐烂的水藻。作为无处不在的主的传教士，没有念珠和其他宗教用具他也能做得很好。被从泥里拖出来的莱拉，大胆地悄悄爬近海梅沾满污泥的木杆，将他救了回来。紫色舌头在藻毯上击穿的孔洞渐渐地合拢了。再也没有什么能泄露出潜伏在暗处的猛兽的踪迹——在它已经吃饱的时候。

①基督教教义中“三位一体”的教义认为，上帝有“圣父”“圣子”“圣灵”三个“位格”和一个“本体”。三个“位格”各自具有理智和意志，能各自活动，相互区别，但在本性和实体上毫无差异，共享一个“本体”。

第五章　八

“它那儿有什么?”克莉丝蒂战栗着问道,悲剧的发生地早已被抛在他们身后的远处,在蒙蒙细雨中消失得无影无踪。

“谁那儿? 哪儿?”

“舌怪那儿……那下面。是嘴吗?”她打了个哆嗦,“还是说,它像蜘蛛吸食苍蝇一样,把人给吸食掉?”

“你真的想知道这个吗?”厄温感兴趣地问道。

“不……你是对的。我们走吧。”

“我们本来就在走。我也想知道那里有什么。但我不知道。”

他们像原来那样排列成两列平行的队伍行进——短的在左,长的在右,但长的那列已经没有一开始那么长了。跟之前一样,尤斯特排在第四位。

时近中午,雨势更强了。沼泽变得泥泞起来,布满涟漪的水洼不愿躲在藻毯之下。厄温不得不越来越频繁地停下，把箱子拉到自己跟前，防止箱子里蓄积过多的雨水。他将箱盖打开，先说淡水有多么珍贵，然后让自己和克莉丝蒂都喝了些，尽管克莉丝蒂认为自己一点儿也不渴。将箱子倒空，翻到侧面之后，他费力地爬上了箱子，寻找更安全的道路。有时他会思考很久，试图根据光线方向来定位；偶尔，他会指挥大家把大方向往左一点或右一点调整，但他的声音并不十分坚定。右边的六人仍然维持着一两百步长的队伍，但对厄温的指挥十分顺从。显然，尤斯特并不相信自己的方向感。

“这是什么?”克莉丝蒂问。

一道宽阔的泥泞带截断了他们的道路。厄温小心翼翼地靠近，用木杆试探了一番后，断定这不是水域的一部分。藻毯也铺到了这片泥泞带里，但乱蓬蓬的，凹陷了下去，跟褐色的淤泥掺和在一起。一些地方咕嘟咕嘟地冒出来自沼泽深处的气泡，看起来像是曾经有一条巨大的蛇拖着自己如火车车厢般粗壮的身子从这里爬过。

“不对，”听到克莉丝蒂的想法后，厄温嘟哝道，“这里没有巨蛇。是一群别的生物——这就是另一回事了。不无可能，他们踏过了这里。”

他们把木杆扔到泥里，让它横跨在泥土表面，然后借此渡过泥泞带，到达对面。这比他们开始以为的要简单得多。在克莉丝蒂往对面爬的时候，她想象中的凶残的紫色舌头并没有从她的正下方突然冲出，也没有抓住她，更没有将她拖入泥沼深处。只有在渡头左边很远的地方,似乎有什么短暂地从泥沼里探出头来,圆圆的,不是很大,又无声无息地隐藏了起来。厄温不确定这是不是自己的幻想。

以防万一,他们还是离泥泞带远了一些,并就地坐到箱子上休息,等着尤斯特一行人也渡过来。然后又开始了雨中行进,行程枯燥无味,看不到尽头,让人筋疲力尽。浮毯在他们脚下被踩得吧嗒作响、不断摇曳,沼泽漠不关心地放任人类往它的深处越走越远。

抬起腿,往前挪半米,放下……抬起——挪动——放下。把水鞋从这黏糊糊的泥沼"捕兽夹"里拔出来,在自己前面插下木杆,然后重复:抬起——挪动——放下,抬起——挪动——放下……

四个小时后,厄温宣布自己迷失了方向,并且不能再给任何东西作保了。克莉丝蒂几乎是感激地接受了他的话。他们停了下来,把两根木杆平放在泥面上,然后费力地把箱子搬到了木杆上。他们两个在早上就已经浑身湿透了,但直到现在,他们才开始瑟瑟发抖。

"该吃点东西了。"厄温说。

"我不想。"

"很快你就会想了。我现在也不想,但该吃了。否则我们得这么发抖到早上。"

他们找遍了百步之内的所有水洼,一共只抓到了七只蝌蚪。沼泽里一片死寂:要么是这里可食用的和不可食用的居民们对下雨十分不喜;要么,更准确地说,这些居民正怡然自得地躲在沼泽深处。

厄温将猎物均分:三只大些的蝌蚪留给自己,四只小些的给克莉丝蒂。

“最好生吞。”

“我知道。”

“你是个聪明人。”厄温认真地说,“你做得很好。”

克莉丝蒂露出虚弱的微笑。

“难道我有选择吗?”

“当然。你可以抱怨,但这对我们双方都没有好处。”

食物在他们胃里溶化,没有带来特别恶心的感觉。现在他们困了,两人背靠背地坐在箱子上小憩了一会儿。

沼泽表面的震颤让两人醒了过来,随即他们的耳朵就被一阵吼声所充斥。能见度很低,但他们仍然瞄到了一个巨型的泥水喷泉。整整有一分钟,它迎着雨水向低空喷涌,然后减弱了声势,沼泽又再震颤起来。雨水变了颜色,顺着皮肤淌下一条条脏兮兮的溪流。

“这里哪儿来的间歇泉?”克莉丝蒂问,“还是说这是……动物?”

“只是一个大气泡破了,仅此而已。”厄温不屑地说道,重新坐回箱子上,“也可能是一座小小的泥火山喷发了,马尾藻沼泽里有很多这样的小火山……”

“不危险吗?”

“坐在上面有危险,周围就很安全。嗯……实际上我以为它们会分布在更东边的区域,大概离岸边一百多千米的地方……”

“我们走了多远了?”

“四十千米左右。”

“什么——?! 这两天两夜?”

她感觉到背后的厄温耸了耸肩。

“你以为是多少?”

“最少也有七八十千米。”

“到幸福群岛的路,我们走了十分之一——就当是这么多吧——如果我们今天走对了方向。但不会比这更多了。我们是在沼泽里,不是在跑道上。”

“我知道。”

天上仍下着蒙蒙细雨,但雨水已经不那么脏了,变回了普通的样子。勉强能看到尤斯特的人在远一点的地方不慌不忙地休息。

“我在深渊星生活了近一年,”终于,克莉丝蒂开口道,“从来没听说过一丁点儿关于幸福群岛的事情。它真的存在吗?你见过吗?”

“只在地图上见过。”

“那在卫星图像上呢?”

“没有。这样的照片很罕见,你自己也看到了,这里是什么天气。但即使在来沼泽之前没有见过地图,也没有听说过任何关于什么群岛的传说,我还是会知道,幸福群岛是存在的。马尾藻沼泽——只是一片不深的边缘海。如果沼泽跟海洋没有被一连串的岛屿隔绝开，那么这片沼泽早就被海浪冲刷干净了。既然有沼泽，那就意味着也有岛屿。”

“还有人……”

“如果犯人里有谁能到达那里的话。那里不会有别的居民，这一点我很肯定。”

“你从哪儿知道的？”

“你不知道总统顾问需要挖掘出多少信息……特别是计算者。画出全深渊星的人口密度图对我来说并不难，无论是全年的、节假日的，还是季节性工人涌入高峰期的密度图。而幸福群岛永远都是白色。这是一条定律。大约五十年前，北方的岛屿上有一片射击场，但它已经关闭很久了。现在那里空无一人。”

克莉丝蒂沉默地思索着。

“你还讲过什么腐烂浅滩……”

“是有这样的一个浅滩。再过大概三天，我们就会到那儿，如果我们能够判断方向的话，我们会沿着它走上半天，或者一天。我宁可绕道，但这样绕的弯路太大了。”

“为什么要绕道？”

“因为有人。抵达幸福群岛几乎是不可能的，但抵达腐烂浅滩是可以实现的。想象一下，能够到达那里的都会是些什么人呢？”

“懂了……”克莉丝蒂陷入了沉思。

黄昏的霞光渐渐熄灭。雨几乎停了，更准确地说，是毛毛雨变得更小了,它已经不再从天空洒落,而是漂浮在沼泽上空,形成了一张绵密的、看不透的雾帐。天色完全暗下来的时候,厄温从箱子上站了起来,低声说:“走了。”

“去哪儿?”克莉丝蒂眨眨眼。

“安静些。我们得转移阵地了。打赌吗?赌他们晚上会突然出现在我们面前。不是尤斯特一个人——他没那么蠢——而是所有人一起……虽然这不用赌都知道。”

“为了箱子?”

“为了我们所有的东西。”

两人努力掩盖声响,往前走了约三百步后,厄温觉得已经足够远了。

“有人会迷路的。”克莉丝蒂低声说出了自己的想法。

“可不是我们在沼泽里追着他们走。”厄温斩钉截铁地说。

他坐在箱子上,环住女人的肩膀,往自己这边揽紧。克莉丝蒂没有拒绝:这样更暖和,而且厄温抱着她并没有做什么不体面的事情。两人的肚子都咕咕作响,让他们难以入睡。

一个小时,两个小时,三个小时。然后雾中传来一声叫喊。并不很响,轻轻的一声。有谁叫住了另一个人。很快又听到了回应的喊声。

“还真是,”厄温轻声笑了起来,“有人迷路了。追踪者!深渊星的土著,长着蹼的人!”

“你说得像是自己不是真正的深渊星人一样。”

“没错。”厄温点头，“我母亲在着陆前三小时把我生在了飞船上。所以真正说来，我不是土著，并且完全有权骂深渊星。”

“那你的父母来自哪里？”

“来自小行星系。听说过吗？”克莉丝蒂以摇头回答他。“那里的恒星很漂亮，是黄色的，不像这里的是个红色的气泡，但那里却没有正常的行星，只有无数的小行星。因此很少有人在那里生活，通常更多的是签了合同来工作的。我的父亲是个当地人。当他死于陨石撞击后，我的母亲觉得没有必要再留下了，当然，你也明白，没有谁征求过我的意见……这样确实更好。在小行星系，除了小学教育，不会给孩子提供别的教育，而我的妈妈希望我能在人生中取得某些成就。她供不起发达星球上的大学教育，但深渊星上的就另当别论了……她很高兴我能出人头地。所以一年前她去世的时候，还很幸福……”

叫喊声在迷雾中再次响起。但这次的叫得更响亮，也更慌乱。

“有人陷进沼泽里了。”厄温对此发表了评论，“有人在拉他。怪他深夜到处闲逛，这个白痴以为自己在测地形吗？”

这是个可怕的夜晚。两个浑身湿透的人，一男一女，在箱子上呆坐到天明。他们拥抱着彼此，有时也会稍稍睡会儿，但在假寐中也会敏感地细听沼泽里发出的每一个声音。但更糟糕的是，可能会过来六个除了一团团湿漉漉的水藻以外没有别的床铺的人。克莉丝蒂想到他们的时候,浑身发冷,鸡皮疙瘩爬满了她的皮肤。而与此同时,她又幸灾乐祸:他们没找到我们!没法抢劫!没法杀掉我们并夺走箱子——当作头儿的宝座……

当她想到他们的食物可能已经被分食完毕,她更幸灾乐祸了。这就更好了!公平交易。早该让这些喜欢湿漉漉地坐着、能够饱餐的家伙去打打猎、捉捉蝌蚪了!

破晓在即,天色稍稍亮起;昏暗混沌的天空中隐隐渗出不知来自哪个月亮的微弱光芒。已经可以动身了,但厄温决定等到白天。天色大亮时,透过逐渐变得稀薄的雾气,他能看到远处躺着的倒霉的深夜猎人们,他朝他们大喊,并把木杆举过头顶挥了几下。

“我们不等他们吗?”克莉丝蒂用嘶哑的声音问道。

“为什么要等呢?在我看来,没有他们,我们应对起来会更轻松些。”

“昨天你可不是这么说的。”克莉丝蒂清了清嗓子,但声音仍旧沙哑。

“我开玩笑的。但他们该相信,这不是玩笑。”

六人的剪影隐没在雾后,久久没有融入雾中。东方升起的红色霞光利落地驱散沼泽上的湿气,被一条脏兮兮的绳子连起来的两人迎着朝霞行进,紧随其后的是被拖着的箱子,被拉过浮毯时,响起呲呲的声音。

半小时后,他们绕开明显是泥沼的地方,兜了一大圈,并遭到了一条小蛇的攻击。厄温及时地注意到了它,用木杆的末梢就轻易地将它抛开了。又过了一个小时,他们出乎预料地遇上了一个人。

即使是厄温,也费了一番力气才让自己相信,在他们面前的是个人类,而不是又一种沼泽生物的代表。他身上的一切都有违"人类"的定义——身体极度虚弱,层层叠叠或陈或新的泥垢完全覆盖住他破碎的衣物,头发缠结成让人难以置信的一团,胡子上满是污泥和水藻,脸庞漆黑。只有一双发炎的、溢满脓液和痛苦的眼睛,能说明这到底是个人类,而不是类人爬行动物。

这个人不是走过来的,他是爬过来的。他无法行走:他的右腿断了,肿着,被裤腿上撕下的布条跟一截木杆缠在了一起,了无生机地在泥里拖行。他喉咙里发出闷声咆哮,用手肘撑着自己,把好的那条腿拖到身下,然后将身体向前扑出半步远,然后慢慢地,一边发出痛苦的呻吟,一边从沼泽的积液中抬起脸,在下一次前扑之前闭上眼睛。

在离厄温和克莉丝蒂还有五步远的时候,他注意到了他们。他停止了呻吟,闷声咆哮着,试图在左手的支撑下直起上身,而他的左手肘部以下都没入了浮毯。他的右手攥着一把断刀。他黑色的嘴唇微微嚅动道:"别……靠……近……我……杀……"

嫌恶和怜悯在克莉丝蒂的眼中角力。嗅到味道的厄温绕过了在地上爬行的人,走到了他的上风向。

“我们不会碰你的。你爬了很久了吗?”

这人没有咆哮也没有呻吟,愤恨地看了厄温一眼。

“顺带一提,幸福群岛在相反的方向。”他说。

显然,这个人知道这一点。

“得找些蝌蚪。”克莉丝蒂说。

“为什么?”

“他要饿死了。”

“那你想我们饿死吗?难道你还要说,我们应该带着他到幸福群岛—— 一个他完全不想去的地方?”

“无所谓。”克莉丝蒂示威地摇了摇下巴,“随便你怎么想,我也要去抓。为了他。把我松开!”

厄温用绳子拽着她,“你想好了?”

“对!别想拦着我!”

厄温似乎犹豫了一下。然后他笑了起来,挠了挠胡子拉碴的下巴。

“走吧。我们一起抓。”

他们在水洼里找到了四条蝌蚪。克莉丝蒂抓住它们的时候,厄温喉头动了动,只说了句“小心”——但他说得十分及时,因为那个男人突然抡起胳膊挥刀而下,差点割破女人的腿。

“我早就警告过你了。”厄温拿着食物埋怨道,“哎,我说!你还吃吗?本小吃店凉菜免费。”

回应他的是又一次挥刀。那人失去了平衡，“啪”地摔倒，脸扎进了泥里，但又马上闷哼着抬起了头。

“傻瓜。”厄温蹲了下来，评价道，“给你你就拿着。我们不饿。我们三天前才被赶进沼泽，难道你看不出来吗？”

那人呻吟着转过身。显然，他无论如何决不会放下自己可怜的武器，但还是决定冒险依仗自己有武器的手。随后，一只脏兮兮的爪子瞬间把在厄温掌心不停扭动着的蝌蚪一条不剩地扒下，然后同样迅速地将它们塞进了深坑般大张的嘴里。他的颌骨猛烈地运动起来。

“我们不是你的敌人。”克莉丝蒂关切地劝说道。

那人没有理她。他那发炎的、带着疯狂的双眼死死地盯着厄温，像是粘在了他身上。

“还要。”他说，“吃的。你是谁？有什么目的？再来点。”

“你爬了很久了？”厄温问。

“很久。不。不知道。再来点。”

“你从腐烂浅滩来的？”

“不。没走到。迷路了。没有太阳。吃的很少。吃的没了。人很多……曾经很多。再来点！”

“你从哪里爬过来的？”

“后面。岸边。结实的地方。不软、不湿的地方。很结实。我会被宽恕的，我知道。我会爬到那儿。沼泽会有尽头。我将会被宽恕。再给点吃的!”

厄温用手势制止了想开口的克莉丝蒂。

“前面的路安全吗? 还有多远?”

“再给点吃的!”

“先说路况。”

“很空旷。爬行要两三天。也许是四天,我不记得了。吃的!给我吃的!”

“抱歉。”厄温站了起来,说,“我这儿没了。我很遗憾。”

爬行的人还看到,当克莉丝蒂转向厄温,准备向他发泄自己的愤怒和不齿时,突然哑火了——厄温的脑子正被某种想法占据着,沉默地摇了摇头。

“怎么了?”克莉丝蒂问。

“没什么。看来我有洁癖。多了解自己一点总是有好处的,只是并不总是令人愉快。”

“他得了坏疽,是吗?”

“正是。但他不会死于坏疽。但愿尤斯特遇上他,然后出于怜悯将他给淹死。而我,如你所见,做不到。”

“尤斯特——出于怜悯?”

“对我来说,出于什么理由都是一样的。哪怕是为了找乐子……或者将他切成肉块给自己和手下的蠢货们吃。只有一件事是不可能的:肚子还没饿瘪,就怕起反抗来了。你注意到我们这位爬行者得知我们刚进沼泽三天时有多平静吗？我们还没准备好食人，这才是问题所在。他很不幸。他爬不远，这是明摆着的。他会被蛇吞吃入腹，而这……并不是愉快的体验。”

“你至少可以给他再多找几条蝌蚪。”

“我们给的已经够多了。获得信息需要支付报酬。我们已经付了。”

“他是个人！”克莉丝蒂想要大喊，但却只能发出嘶哑的声音。

“他是个死人，而这是我们两个人没法改变的。而我们要到幸福群岛去。”

他们沉默地沿着爬行的人留下的沟痕走了几分钟。克莉丝蒂的双肩渐渐颤抖起来，而当号哭惊起靠沼泽昆虫维生的有翼生物时，厄温已经为此做好了准备。

“真是些小人！混蛋！见死不救的家伙！最高刑罚——流放！没有让人唾弃的刽子手！因为没有必要！用光束枪把人烧死——人道主义不允许这样做！推到警戒网上撕成碎片——也不行，人的生命是神圣的！没有一个奉公守法的白痴该被杀人罪玷污！走吧，去幸福群岛！啊，败类！”

“停。”厄温皱着眉道。

“流放就是你这种只知道明哲保身的人想出来的！你要否认吗？说啊！”

“是的。”厄温说，“这是我这种只知道明哲保身的人想出来的。

其他的明哲保身者把这个主意引入法律,第三方没有提出异议。第四方为这明哲保身的洁癖付出代价。而现在,别再那么歇斯底里,冷静下来,看脚下。”

“我很冷静!”

“只是你以为。你还能顺便向万有引力定律提出异议。非常有前途。”

“你!”克莉丝蒂暴怒地转身。有某一刻,厄温以为她会像只野猫一样扑向他。“畜生!无耻!败类!”

“我是败类,想要到达幸福群岛的败类。”厄温提醒道。

“把你的群岛塞回你的屁眼里去!”

“我也想,但装不进去。”厄温嘴角弯起,微笑,“停。放好杆子。准备休息。”

“我还走得动!”

“你是可以。但是在你恢复理智之前,我不会跟你一起走。坐下休息。我还得找点蝌蚪,我们稍微吃点东西。你看这个水洼,在我看来很有指望。你喜欢蝌蚪,不是吗?”

第六章　七

爬行者留下的沟痕坑坑洼洼，弯弯曲曲而又固执地延伸向东方。克莉丝蒂冷静下来后，打起了精神。的确，如果一个饿得半死的残疾人都能安然无恙地爬到这里，那么两个健全的人走起来也不会困难到哪里去，即使他们感到疲倦，也远没达到筋疲力尽的地步。当然，那个不幸的人将要死去是很可怜……但他注定难逃一死。无论如何，他都爬不到大陆，即使上天怜悯这个狂人，移走他前路上致命的沼泽和噬人的野兽，即使赐予他爬到岸边的力气，也不过是为了让他被光束枪燃成灰烬。而厄温……厄温是对的。残酷而理智地对待一切。大概只有这样，才能在这里保全自己。走运的话，早晚会走到、踩到、爬到幸福群岛的。穿过沼泽的深渊，冲向坚实的土地，并在那里生活。简简单单地活着，不必每分每秒都因恐惧而发抖。走在坚实的土地上，睡在坚实的土地上……

她试图想象脚下泥沼深渊的深度。下面有多深呢——十米？

二十米? 百米? 令克莉丝蒂自己感到惊讶的是,她并没有感觉到恐惧。还活着的和已经腐烂的水藻交织成的薄毯下是冰凉黏腻的陷阱的念头,对她而言已经稀松平常,再也不会让她颤抖。在黑暗深渊的某处,潜伏着残暴的巨兽,酝酿着气泡,准备喷发泥浆喷泉——好吧,这个沼泽跟人类是不相容的,这一点没有人会提出异议。在沼泽生存并无可能,但在某段时间内安然无恙,并成功到达幸福群岛是可能的,特别是在没有同情心泛滥的傻女人和不会无端考验厄温的忍耐力的情况下……他知道自己在做什么。能被理智接受的,也就能被情感接受。

而且越早越好。

他们沿着沟痕还没走出三千米,厄温再次下令休息。克莉丝蒂忍不住提出了自己的困惑:"为什么?"

"等等跟我们同路的人。就在那儿,那边。"

"什么意思? 那个人爬过这里,没出什么问题。"

"就是因为这个。"厄温干巴巴地答道,并不想做过多解释。

太阳早已从模糊不清的圆点凝实成饱满的橘红色圆盘,大得像个汤盘。天气明显暖和了。蝌蚪结束了夜间的蛰伏;它们从湿漉漉的草缝间钻出,遍布水洼,变得难以捕捉。泛着光泽的大蠕虫——也许是本地蛇类的幼体——在沼泽表层蠕动着,不时钻入浮毯。蚊虫在耳边嗡嗡作响。以之为食的小型鸟类飞起捕食,不时叽叽叫上几声。一只有翼的巨兽在两人上空盘旋,并不断缩小绕飞的圈子。

厄温为防万一拿起了木杆，但它并没有攻击两人，而是快速地吞下了一只小飞虫，发出一阵不祥的叫声，飞走了。在北边很远的地方，两根凶残的舌头相继扬起，摇晃了一阵，缩回了沼泽里。克莉丝蒂惊叫一声，拍了一下自己的脸颊，然后向厄温展示被拍扁的虫子。

“它咬我！”

“很好。”

“我不明白！顺便说一句，很痛……”

“谁说不是呢。好在其实这里的吸血动物有别的食物来源。不是人类。”

“那又怎样？”

“腐烂浅滩似乎没有我想的那么远。当然，如果这只小虫子不是从大陆飞来的话。但这不太可能：吹着东风呢。”

克莉丝蒂使劲地用指甲挠着发痒的脸颊，一边挠一边直叫唤。她被咬到的地方已经长出令人疼痛的疙瘩。

“腐烂浅滩真的有很多人吗？”

“我觉得是。有的是能被咬的人。”

克莉丝蒂打了个冷战。

“我们不会在那里停留的，对吧？”

厄温沉默地点点头。

“你在想什么？”克莉丝蒂问。

“我没有想。我是在算。”

“我们的成功率?”

“别打扰我。”

等待尤斯特一行人的时间比克莉丝蒂预想的要长一些。也许他们也遇到了那个爬着走的残疾人并费了些时间,所以现在沿着沟痕走才走得很快。如同所见,今天莱拉能喘口气了——这次打头的是矮胖女人,她没有木杆,但至少还穿着水鞋。尤斯特像之前一样,走在第四位。

厄温解开了长鞭,但他没用上。六人径直走过,不做停歇,也没有试图攻击。已被验证过的道路将他们引领向东方。没有人讲一句话,只有尤斯特剜了厄温一眼,啐了一口。

“我们要跟在他们后面,对吗?”克莉丝蒂问。

“机灵鬼。”厄温嘟囔道,卷起鞭子,“你什么都明白。”

“你怕走在第一个? 在一条被辟好的路上?”

“没错。舌怪能感受到沼泽浮毯的运动。它们还能爬,在泥潭里。”

“那么快?”

“我不知道快不快,也没有人知道。可是我很肯定,我们的爬行者说谎了。沼泽里没有安全的路。尤斯特信了,而我没有。”

“他为什么要说谎呢?”

“他又为什么要说实话呢? 他打从心底里知道,自己爬不出沼泽。他受尽折磨,身体残缺,而我们还没有——难道这不是他憎恨我们的理由吗？再说，难道我们还会回头去惩罚他的欺骗吗？”

克莉丝蒂摇摇头，勉强地笑笑，“你究竟为什么这么憎恶人们……”

“因为他们愚蠢。尽管我的生活恰恰有赖于此。真是一个可笑的悖论。”

“而我——则是因为他们的卑鄙。”

“这是一回事。卑鄙小人不过是个把自己的未来局限在一步计算内的利己主义者，也就是说，也是个愚蠢的人。睿智的利己主义者会被人认为是利他主义者。”

“特别是你！”克莉丝蒂忍不住道。

厄温露出一个微笑，“我不是智者，我是计算者……准备好了吗？走了。”

他们走了一个小时、两个小时、三个小时。前面的六人也没有停下休息。红日十分胜任自己在穹顶之上的岗位，尽忠职守地炙烤着大地，像是准备将沼泽晒得干涸。蒸发出的臭气让地平线也为之颤抖。汗水淹满了他们的双眼。沼泽里的昆虫在旅人间成群地飞舞，像是一团团乌云，它们挤进旅人的怀里，又竭力飞到他们鼻子上去，但没有一只昆虫咬他们一口。四处都没有危险的迹象。半日后，克莉丝蒂要求厄温承认他的计算出现了错误，但厄温否定地摇了摇头，“再仔细看看。”

“那个人……他是不是打架时断了腿？”

“有可能。”

“你不信,是吗?”

“我不知道……站住!”

这一声很小、很轻。让克莉丝蒂停下的不是这句话,而是被紧绷的绳子猛拽的一下。

“什么事?”

“当我说‘站住’的时候,你就应该站住,而不是继续走。”厄温嘟囔着,挥手赶开脸侧的蠓蚋,“看右边。不是远处,就在你两步开外……看到了吗?那一小块空出来的泥地。”

“看到了。”克莉丝蒂小心翼翼地往左挪了一步。

“这里曾经长着一株细鞭藤。只是……我不知道这种植物的学名,只知道本地方的叫法——细鞭藤。”

“这是哪个地方的叫法?”克莉丝蒂微微眯起双眼。

“当然是沿岸一带人们的叫法。”厄温解释道,“我曾经随苏克哈达里扬访问过沿岸地区一回。”

“所以呢?”

“尤斯特现在有鞭子了。走吧,没什么。”

“你非得指给我看吗?”克莉丝蒂恶狠狠地问,“就不能用话讲给我听吗?”

“你信我的话吗?”厄温讽刺地笑道。

又过了一个小时,火红的太阳开始灼烧后脑勺,而行人脚下安睡着短短的影子。有时在密密交缠的水藻间会偶然遇见长着有毒绿色苔藓的土墩,甚至还有灌木丛。两拨小动物一下子蹿了过来,又急速远去,不见踪影。

“它们可以吃吗?”克莉丝蒂一边问,一边用满含饥饿的眼神目送它们远去。

“好像可以。但你只能在偶然的情况下抓到它们。它们太敏捷了。”

“什么叫偶然情况?”

“兽口夺食。或者正好碰上它们的巢穴。它们总归得在某个地方繁衍后代……听着,加快脚步。这些疯子简直是在跑。”

尤斯特的人确实在前面走出很远了,要加紧些才能跟得上他们。一千米又一千米的路被抛在身后,而爬行者犁下的沟痕纵然渐渐变少,但仍像之前一样延伸至东方。有时也能找到躺卧的痕迹——那是瘸腿的那个人曾经休息或过夜的地方。目及之处没有一只猛兽,沼泽的浮毯似乎也很结实。一条经过检验的、没有危险的路……沿着这条路不停地走啊走,往沼泽深处越走越远,而那里有腐烂浅滩,一个也许没有噩梦般潜藏在沼泽底部的软体舌怪的地方,一个甚至生存着人类的地方。但他们不会在那里停留,而是会立刻启程去往幸福群岛……只希望这条可靠的道路能延伸得更远些……

克莉丝蒂这么想着——在矮胖女人绝望的哀号还没有传来

前。可以清晰地看见,尤斯特的人是怎么几步飞蹿到一边又停下的。

“我知道那不是舌怪。”厄温说,“那里有别的什么东西,我不知道是什么……”

这的确不是一只舌怪。某种像蛇一样的东西贴在沼泽的浮毯上微微摆动,像是一根覆盖着鳞片的消防水管,它用没有眼睛的头摸索着,无声地张大长满牙齿的嘴巴。矮胖女人泪流满面,歇斯底里地尖叫着,试图拖着血淋淋的腿爬开。一步一步地,她成功做到了——就像她今早遇见的注定一死的人那样。没有找到猎物,“消防水管”嘎吱嘎吱地小声响了起来,竖起小叶子似的浅绿色鳞片,这表明它更接近植物,而不是动物。它张着嘴,整个爬到沼泽表面,静止不动,显然是打算晒场日光浴。它强而有力的锯齿状牙齿上滴落下一滴滴透明的液体。

“有毒生物。”厄温转过脸解释道,“但它的毒似乎对人类不起作用。小腿被咬穿了,就是如此。”

“闭嘴!”克莉丝蒂叫道,抽噎了一声。

“好吧。我闭嘴了。”

“你什么都早就知道了!”

“啊哈。你也是。”

矮胖女人像婴儿一样号啕大哭,脸上糊满了泪水和泥污。人们努力不去看她,但到底还是偷偷地向她看去。有“骷髅”之名的扬·

奥伯迈尔嘴里念念有词,无声地向无处不在的主祈求着什么。投向厄温的众多视线里,透露着输家对赢家毫不掩饰的憎恨。

“你会为此付出代价的。”尤斯特威胁道。

“而将为你的愚蠢付出代价的会是他们。”厄温随意地用下巴指了指他的同伴。

“你完了,聪明人! 记住,你已经是一具尸体了!”

厄温没有回答,但反手扯下了鞭子。冷静下来的克莉丝蒂惶惶不安地握紧了刀柄。

尤斯特甩了一下鞭子,其挥舞动作幅度之大,让他差点抽到了乔布。甩第二下时,“消防水管”被劈成了两半,被劈断的部分开始疯狂地扭动,一边咬着水藻,一边喷溅出绿色的泡沫;剩下的一截缩进了浮毯。

厄温和克莉丝蒂远远地绕过尤斯特的人,但没有人攻击他们,尽管莱拉气得把牙齿咬得咯吱咯吱响,尤斯特脏污且可怖的脸上咬肌不住起伏。

前面再也没有沟痕了——今早遇到的人来到这个地方,然后被同伴抛弃,从这里开始了自己通往无果的爬行之路。

还没走出五十步,厄温就宣布他走在前面。一瞬间,克莉丝蒂痛苦的神情被惊讶所取代。

“你打头? 这可是件稀奇事。”

“刚才咬人的生物是一种植物。很多植物是丛生的。你不会用鞭子战斗,而我有那么点经验,明白了吗?”

“明白了。”

“行行好,别再每次都让我给你解释我做的事情!”

“对不起……”

要么是肉食性植物独自生长伺猎,要么是厄温选了一条正确的路,第二次袭击没有出现,鞭子失去了用武之地。克莉丝蒂又开始抽泣起来。

“怎么了?”

“她本想飞离这里……”

“在我看来,你也没放弃这个念头。而我甚至尝试过。又有什么区别呢?”

“区别在于,她残疾了,而你没有。你想想,她以后会怎么样?”

“他们会把她的水鞋拿走,然后走得更远。她已经用不上水鞋了。她的刀因为有用,早就被抢走了。第三把刀对我们也有用,可以用它做一根长矛出来。这可是好东西。为了刀,我可以冒险跟尤斯特用鞭子打一架。”

“你把他们所有人都置于危险之中!”

“难道你更希望他们攻击我们吗?”

“你要对她的伤负责!”

“完全不必。她只是恰好撞上了危机,而这不是任何人的过错,甚至审判员也与此无关。这是偶然。而另一个偶然是,她没有在第一天就淹死在沼泽里。我承认,我没有预料到这一点……回头看看,那群人在跟着我们吗?"

"跟着。"

"所以,他们还没有落井下石。真是一群善人! ……听着,往前走,我们好像走过了一个危险的地方。"

矮胖女人绝望的叫声在远处一点一点地弱了下去,最后不再可闻。水鞋声吧嗒吧嗒地响着,颇有规律。被拖着的箱子发出沙沙的声音。巨大的红日西斜。它像是碰到了沼泽,发出了震耳的呲呲声。

"哈!"厄温突然说,"我找到解法了。"

克莉丝蒂回头一看——她的同伴微笑着,看来对自己十分满意。

"什么解法?"

"当然是数值解法,不是通解。三体问题在质量为一、三、五时的解法。我找到使得系统抛出的会是最重的天体的初始条件了。"

克莉丝蒂沉默了。

这天夜晚,他们几乎没有讲话,也没有相拥而坐——这个夜晚很暖和。凭借着三个月亮的月光,他们甚至能捕捉到在浅浅的水洼里窜来窜去的数量众多的蝌蚪,并勉勉强强减轻饥饿。他们轮流睡觉——在有三个月亮的夜晚,能看到很远的地方。如果尤斯特的人发现他们两人都睡着了,他们将不可避免地遭遇袭击。并且没有人知道,沼泽里是否游荡着非人的猛兽?它们是否都埋伏着,只待浮毯在猎物脚下晃动?除了舌怪和长满尖牙的植物,还可能有别的肉食性动物:跑的、爬的、飞的……

克莉丝蒂值守下半夜,她总觉得自己似乎能听到被抛弃在沼泽里的矮胖女人绝望而遥远的哭声。当然,这只是"似乎",她明知如此,却又屡次从箱子上跳起,侧耳细听。

夜晚没有招致不幸。清晨,尤斯特一行人开始厚颜无耻地跟在了他们身后——几乎是紧跟着他们的脚印——这让厄温差点没故意转到明知是泥沼的地方。经过几番交锋斗法,他们又走回了原来的样子:形成两条平行的队列,不同的是,更长的那条缩短了一个人的距离,并且这次不在右边,而是在左边。这次走在前面的是步伐匀整的乔布。可以看出,之前走在队列中间的尤斯特,这次决定保护一下已经证明了自己生存能力的莱拉。

"犯罪头子,犯罪头子,还是个政客。"厄温下巴往左边点了点,嗤鼻道,咒骂完立刻一巴掌拍在了咬自己脸的虫子上,"公平,按他们的话说,还有轮流制。说明腐烂浅滩快要到了。"

"所以呢?"

"在到达腐烂浅滩之前,别让他心里不舒服,也别激怒他。"

"你是没听见。"克莉丝蒂提出了不同意见,"他跟这个女孩闹腾了半夜,整个沼泽都是他的喘气声。也许是他喜欢上她了。"

“所以他就决定保护她?”厄温讥笑着回应道,“你这么想是没有根据的。两件事并不相干。”

当东南方的地平线被凹凸不平的板结层所覆盖时,时间还没从清晨流到白天。克莉丝蒂不情愿地加快了脚步。

“这是……树林? 那是岛?”

“不知道。”厄温的声音中透着困惑,“也许是腐烂浅滩延伸出来的比较远的部分。我们走近些就能看明白了。”

过了一个小时,板结层移动到了右手边,的确变成了一片小树林,但同样明显的是,还没到腐烂浅滩。圆形的沼泽小岛上长满了灌木,使人寸步难行。在并不均匀的光照下显得尤为翠绿的树苗上方,耸立着困于沼泽的老树们枯死的树干。许多树木已经倒向一边,但还坚持着,死后仍然继续用腐烂的根部紧抓着并不稳固的土壤。

“我们掉头?”克莉丝蒂提议道。

“不。没必要走弯路。”

克莉丝蒂叹了一口气。

“可惜昨天我们没走到这个地方。不然我们就能点起篝火,烤一烤,取取暖……”

“难道你昨晚冻着了?”

“我累坏了。而那里更适合休息。甚至还能让我停下休息整整一天。”

厄温踌躇起来,用手指摩挲起满是胡茬的下巴。克莉丝蒂充满希冀地回头,“不如我们还是回头吧,啊? 那是个好地方。”

“甚至非常好。那是我们见到的所有地方里第一个体面些的地方。但这也恰恰不好。我不喜欢马尾藻沼泽里体面的地方。我敢担保,那里肯定是有主的。”

“有谁? 人吗?”

“这已经算是好的情况了。我们能挺过去的。再往前一点点。我们别发出动静,或许能快些走过。”

他们没能快速通过。一瞬间,小树林像是沸腾的水一样热闹起来,小树林上空的空气变得漆黑。一阵像是飞袭而来的暴风的声响传来。熟悉的黑色有翼生物这次真的对人类产生了兴趣。它们成百上千、成千上万……庞大的一群,遮天蔽日,伺机向胆敢在它们巢穴附近闲逛的两脚食物发起了进攻。粪便淅淅沥沥地落下,像是一场雨。

“背靠背!”厄温喊道,“全力地挥木杆! 我们撤退到……”他没说完,但克莉丝蒂已经心领神会。六根木杆比两根要好使。

后来已经没时间指挥了。攻击似巨浪般一波一波袭来。嘶哑的喊声在他们头上盘旋。被击落在地的生物抽搐着,凶狠地张大嘴,威胁地向前伸出像刮刀一样锋利的翅膀边缘。木杆上飞出被刨出的木屑。其中一只猛然偏向一侧,躲开了木杆,很快又被同类劈成了两半。木杆给一波接一波的攻击者带来了混乱,也因此,这两个放逐者才得以与另一群被围困的人会合，七人围成统一的防御圈。

后来，就连厄温凭自己的时间感也说不出这场战斗持续了多久：是五分钟还是一小时？他只记得，最后双手发麻，已经难以控制木杆。没有一只有战斗力的生物突破他们的防御圈，但时常有被击中的坠落下来，奄奄一息，仍是撕咬、抓挠不休，挥舞着锋利的翅膀四处乱割，直到它们被水鞋踩下了泥沼。有一只死死地咬住了厄温的脖颈，厄温将它抖落到脚下，只不过代价是少了一小块肉和皮肤。没有人注意到战况何时产生了转折，这些生物攻击的浪潮变得不那么汹涌，也不再那么一波紧接着下一波。随即不知怎的，天突然明亮起来，头顶的黑色乌云从视野里消散了，这些生物变得单打独斗，并且进攻的频率越来越低，又过了一会儿，浑身是血地挤在被压得危险下陷的浮毯上的七个人意识到：这次，死亡已擦肩而过，他们可以计算损失了。

所有人都无可避免地受了伤，即使是尤斯特也没能幸免。尽管大多数伤口都很小很浅，但都鲜血直流，就像是其毕生渴望就是呼吸新鲜空气。如果不算擦伤，克莉丝蒂只有前臂被割伤了。乔布吮吸着被砍了一半的小指。莱拉正用水洼里的水清洗她开裂的耳朵。每个人身上的囚服都成了染满血迹、覆满粪便的碎布条。黑色生物锋利的翅边把绳子切开了十几个口子。受的伤比别人少些的瓦连京失去了一半的木杆。

“混蛋。”扬·奥伯迈尔照着莱拉的样子用沼泽的咸水清洗着伤口,用浑厚的男低音絮叨道,“好歹在箱子里扔个急救药包啊。”

“这是无处不在的主所希望的。”乔布把流血的断指暂时从嘴里扯出,恶狠狠地讥讽道。

没人认同他的说法,这个传教士所未能预料的反抗上帝的话题也没有展开。

“我们走吗?”克莉丝蒂低声问。

厄温反对地摇摇头,并因疼痛而皱了皱眉头。他用手掌按住脖子上面积不大但大量出血的伤口。

“他们快回过神来了。”

“我知道。”

尤斯特身上伤口很多,但都是不深的小伤,而他似乎并没有注意到它们。他故意放慢脚步,吧唧吧唧地踩着水鞋,有点摇摇摆摆地走向箱子,然后坐到了上面,耀武扬威地在宝座上动来动去,调整更舒服的姿势。这个头领不时玩一玩鞭子,毫不掩饰自己挖苦人的愉悦。奇怪的是,他看起来抱着善意。

“怎么,聪明人,改变两个人逃跑的想法了? 要躲到羽翼下面来了吗?”

克莉丝蒂沉默着。厄温勉强地点了一下头。

“你是对的……极地之狼。你从一开始就是对的。”

“你想加入吗,啊?”

又是一下点头。尤斯特懒洋洋地扬手一挥,随着一声鞭响,一缕被粪便弄脏的头发从厄温头上滑下,落到脚边。

“我在跟你讲话呢,脏东西。不回话可不礼貌。”

“七个人一起……会更轻松些。”厄温挤出一句话。

“聪明人!”尤斯特夸赞道,“那现在我们该往哪儿走,你不指点一下吗?我有点不相信指南针。”

“那边。”厄温顺从地指向了东方。

“确定?”尤斯特大笑起来,他把嘴咧得很开,“那你就和你的女仆从一起给我们指路吧。无论如何我们会跟着你们……我们可没那么高傲。如果不同意,就别硬撑。”

“我同意。”厄温低下了头颅,“我走第一个。”

矮胖的瓦连京偷偷地深深看了他一眼,沉默了。而莱拉高兴地哈哈大笑起来,嘶哑刺耳的笑声驱赶走了在众人头上盘旋的最后一只有翼生物。

第七章　腐烂浅滩

“或许你该说说，你为什么要这样做呢？”克莉丝蒂挑衅地问道，他们稍稍挪了几步，她和厄温离其他人的距离让她相信，自己的声音不会被尤斯特听见，“还是说你只是胆怯了？”

“不，我只是闷了。”厄温使了个眼色，“在一个队伍里会更开心些。”

“也可能是，你喜欢探雷器这个角色？”

“或许吧，我也的确喜欢。舌怪该吃点什么。”

克莉丝蒂勉强挤出一丝笑容，摇摇头。

“我完全弄不懂你。”

“不需要懂。”厄温哼了一声，“相信我，这样会更好。”

“你已经算出了最优方案，是吗？而你在问我的意见？”

“没有。难道我有必要问你吗？我说了，相信我。你怎么看，为什么尤斯特不需要我们的武器？一切都会好起来的，你等着瞧吧。”

“你真的要走第一个吗?”克莉丝蒂怀疑地问。

“嗯哼。”

“你来决定。我自然不会死乞白赖地强求……但要记得,你自己曾经跟我说了些什么。”

“我记得。我累了就由你接替。现在暂且放松一下。”

他们一整天都没能走多远。不仅因为花费了时间去用碎布条包扎伤口,而失血让他们变得虚弱;而且还要照应跛了一条腿,勉强一瘸一拐地走着的扬·奥伯迈尔。更何况,连路也彻底消失了。有翼生物所在的岛屿没有延伸至地平线,于是他们明白了,它跟腐烂浅滩之间并没有什么联系。相反,所有的迹象都在表明,这里的沼泽更深了,而浮毯没那么结实,出现了一片片宽广的泥沼和带着霉味的开放性水域。后者中冒出的沼气泡咕嘟咕嘟地发出吵闹的声响。

金属箱子现在用绳子拖在克莉丝蒂身后。当水面连成一片,堵住了通往东方的道路时,它对每个人的好处都翻了一倍。他们找到窄些的峡道,然后一个接一个地坐进箱子里,像是坐船一样,渡过这片水域。厄温两次都在尤斯特挖苦嘲弄的赶马声里第一个渡过水域,并将绳子的一头带到对岸,带着十万分的谨慎划动着木杆,试探薄薄的金属箱底下自己未曾研究过的深渊。第二次,有什么巨大的东西在离箱子不远的地方浮了上来,但并没有泅出水面,也没有发起袭击,而在它重返沼泽深处时,箱子在它上方的漩涡里不断打转。

在夜幕降临前,他们终究是走过了危险的区域,脚下吧嗒吧嗒地踩着平常的浮毯。那该死的丛林密布的岛屿,仍然明晃晃地伫立在西边,把血红的半轮夕阳下缘弄得全是缺口。所有人都已精疲力竭,然而遥远的东方模模糊糊地显露出一道暗色的条带,尤斯特费力地爬上箱顶,久久地细察地平线,然后宣布,那里就是腐烂浅滩。

如果是昨天,这个消息还会让每个人振奋些;今天,它给大家的印象已经不是"必须"的了。没有人去抓蝌蚪,人们剩余的力气只能勉强支撑到他们将自己身下湿漉漉的水草拨在一起,然后像陷入深渊一样陷入梦乡。尤斯特挨个踹醒了睡着的人。

"你值守前半夜,"他对厄温说,"还有你。"他的手指戳了一下瓦连京。"你们俩值守后半夜。"他指着乔布和克莉丝蒂。"让我睡个好觉。有谁不明白的吗?"

"我明白了,狼,"厄温连忙回应道,"不用怀疑,我们都会好好干的。"

克莉丝蒂背过脸去。裹在难看绷带下的手痒得发疼,每一块肌肉都酸痛地控诉着自己的疲惫。她必须咬紧牙关,才能不让自己因疼痛和屈辱而吼叫出声来。她错了,她选错了!那个她认为是可靠同伴的人——即使不是个英雄,但还起码是个男人、是个保卫者——将她上交给了一个普通的匪徒,甚至不是交给了一个有威望的人,只是一个冒牌货……难道他真的算出了生存的机会——他自己的机会!——并做出如此卑鄙下流的事情,只是为了节省多余的百分数？未必。多半是他从一开始就哄骗了她，胡编些小故事，关于这颗丑恶星球被推翻的总统手下不存在的计算者顾问，关于愚蠢的三体问题……他伪装成了一个不知羞耻的纯理性主义者。尽说空话的懦夫！没有脑子和骨气的软体动物！而她多么愚蠢，竟然没有立刻看清他，还想在除了深渊以外什么都没有的地方看见苍穹……

沼泽沉沉地呼吸，发出恶臭，浮毯随着波浪徐徐摆动。有蛇来袭——数十上百敏捷灵活的生物，在数个月亮的光线下闪闪发亮。舌怪探出自己紫色的触手，将月亮一个一个地抓住，用力拖下泥潭。无数长着像剃刀一样的翅膀的飞兽攻向肉食性植物的茎，而植物扭动着，牙齿嗑得直响。克莉丝蒂想跑，但水鞋却要命地扎进了沼泽的浮毯，藻根分枝虬结，富有弹性，让人想割断这些"小皮带"又力不从心。一颗被削平了的"头"露出又尖又大的牙齿，四处喷溅着绿色的汁液从天而降，落在了她的身上，然后一头扎进她受伤的手，开始吞食新鲜的血肉，吃得时而噎住、时而呛到。

克莉丝蒂尖叫起来，浮出梦境的泥沼。厄温摇着她的肩膀。她猛地坐起，扯到了受伤的手，疼痛让她彻底清醒过来。当然，也轮到她值守夜班了。

"已经半夜了吗?"她气冲冲地问完，又看了一眼天色，才明白夜晚远远不仅是过半，东边眼看就要泛起绯红。不远处，乔布坐在箱子上安静地打着盹。瓦连京已入睡多时，在睡梦中发出阵阵呻吟。

"抱歉。"厄温嘶哑的声音让克莉丝蒂明白他是在用最后的力气撑着,“我本来不想叫醒你,但……简而言之,我需要起码睡上那么几个小时,不然到了白天,我就一点用处也没有了。我保证,白天一定会非同凡响。”

“当然,”克莉丝蒂努力从躺的地方起身,“你睡这儿。”

“带上鞭子,以防万一有危险,不过……你自己明白。看到蛇就打,但小心点,不然会伤到自己。”

厄温整个人径直倒在被压得皱皱巴巴的水藻堆上,感激地喃喃道:“她把位置暖好了。”几分钟后就已经幸福地打起了呼噜,没有丝毫担忧,像是刚结束了工作量巨大且复杂性不可估量的劳动。克莉丝蒂甚至觉得他在梦中微笑。

克莉丝蒂推了推乔布,后者不满地嘟囔了起来,并试图重新回到梦乡。脸上挨了一巴掌后,他抬起头哭道:“知道了,我不睡了,别打了……”

“我看到你是怎么‘不睡’的了,”克莉丝蒂停了下来,“喂,起来!”

“还要怎样?”会计不满地絮叨道,“我都说了,我不睡了。”

“安静!”

“什么?”睡意瞬间从乔布身上抽离。

“有谁在走……”

“在哪儿?”

“我看不见。”

乔布久久侧耳聆听。

“谁也没有。”他不满地说，“错觉。”

“嘘——！……不，不是错觉。刚才的确是有谁在。看……又来了，感觉到了吗？”

“什么又来了？”乔布低声说。

“植物在摇晃。只是现在晃的幅度小些。”

“什么都没感觉到。”

“不是在我们脚下。是有谁在我们周围……”

“还有谁能走路？”乔布嘟囔起来，“这里的生物要么爬，要么飞。”

克莉丝蒂用尽全力扼住乔布的手，也许是捏痛了一截小拇指，乔布发出了一声短促而疯狂的嚎叫，抽回自己的手，从牙缝里漏出咝咝痛呼，像一根破水管。

“你安静点，”她“嘘”了一声，“看，又来了……难道你真的感受不到吗？”

“还要我怎么感受？”乔布愤怒地放声大吼，“你才该好好感受一下！去睡吧。我可没那么歇斯底里！还出现幻觉！”

克莉丝蒂无法辨别这到底是幻觉，还是自己敏锐的听觉的的确确捕捉到了一点可闻的、踩着水鞋离去的声音。

一直到早上也无事发生。她试着推醒坐着打盹的乔布，推了两次，但他只咒骂了几句，发发牢骚，就又在箱顶睡着了。她试图以叫醒尤斯特来维持秩序作为威胁,但这并没有奏效多久,最终克莉丝蒂放弃了尝试。她无法入睡,而在有月光的夜晚,一个人放哨完全足够了。

黎明降临得甚至比她预料的更早些。泡软的红日还没来得及从地平线探出身来,夜里到底是谁在熟睡的人周围游荡,已经不言而喻。远处有两道短短的竖线,一眼看去像是在原地一动不动,实际上正飞速地远离,朝腐烂浅滩奔去,能这样奔跑的除了人类,没有其他可能。

陌生人的夜间来访让所有人都惊慌不已,就连尤斯特也忧心忡忡,不再那么自信满满。

"我们晚上再穿过腐烂浅滩,傍晚之前先休息。"他宣布完,犹豫了一会儿,又没有威胁意味地加了一句:"谁不同意,就说出来。"

天气晴朗,看样子不会有潮湿的毛毛雨,也不会有厚重的浓雾。能见度——似是成心作对——能从一侧地平线看到另一侧。

"只能在夜晚穿过腐烂浅滩。"厄温支持地说,而在克莉丝蒂看来,他显得谄媚逢迎,"我们很快就能穿过去,如果我们能悄悄地、不引起注意的话。最好别打着手电筒。不会有月亮,但会有大涨潮,我看浅水的地方会被淹掉。希望只是局部地区,不会淹到我们这儿。"

尤斯特怀疑地看着他。

“涨潮和月亮的事,你确定吗?”

“我计算过了。”

“看着点,聪明人,别错了……所有人留意周围!没有谁落下什么东西吧?”

一件东西也没有丢。看来,深夜来客们被守夜人的声音给吓到了,不敢靠近,但所有人都心知肚明,最重要的是:跟腐烂浅滩居民的又一次会面多半是不可避免的了,并且要做好最坏的打算。尤斯特割掉绳子散碎的一头,让人把它捻开,并将刀子绑到了木杆上。他们在营地周围搜寻了很久,希望能找到鞭藤,但没有找到。蝌蚪几乎无迹可寻——毫无疑问,即使这里离腐烂浅滩很远,人们对蝌蚪的需求量也是相当大的。没有碰见认识的猛兽,而那些不认识的,要么是没看见,要么是在被它抓住之前,你不会意识到这是一只猛兽。也没碰上喜爱人类血肉的陌生生物,除了从拂晓时分就活跃起来的蜇人的蠓蚋。厄温第一个把脸涂上了泥,然后面向太阳,让这层保护壳更快地变得瓷实。很快,剩下的人纷纷效仿。

他们没有共享食物。无论是谁发现了一条蝌蚪,在没有成功抓到它并送到嘴里之前,那人都会为饥饿和欲望颤抖不已,无法平静;而若是蝌蚪趁其不备溜进了浮毯,则会带来难以慰藉的神伤。扬·奥伯迈尔齐整美观的灰色胡子早已变成了脏乱的一团,而他的膝盖在晚上肿了起来,因此他不得不忍着疼痛再将裤腿割开一些。他试着嚼了嚼藻类的聚花果,但立刻又厌恶地把它们吐了出来,一边发出含混不清的声音,一边摇着头吐了许久的唾沫。

他几乎什么都没有找到,如果不算上黏附在带状藻类下面的极小的黏液状生物的话——它们太过微小,找它们还要费一番力气。传教士显然明白这一点。没有人知道这些生物能不能食用,但它们似乎不含毒素。

之前融化在旭日光辉中的腐烂浅滩的长痕,现在与地平线界限分明。那两道远远向它奔去的人影早已消失。无论是近处还是远方,都没有什么能显示出曾有陌生人造访。

“他们为什么要在这里吧唧吧唧地走来走去呢?”瓦连京忧郁地开口道,“他们已经打探到我们有多少人,现在正等着我们。绕过腐烂浅滩比较保险。”

谁也没有应声——反驳显而易见的事情十分愚蠢。无论人们的关系在理智下有多紧密,在马尾藻沼泽待上五个昼夜足以将信任从任何人身上夺走。腐烂浅滩的人……你自己都能想象到他们是什么样子!

克莉丝蒂不打算自欺欺人。许多人跑到距离自己住处几乎要半天路程的地方,把蝌蚪彻底吃光!或许,这些总是饥肠辘辘且无疑十分危险的两脚沼泽老鼠……比沼泽里的任何野兽都要危险,比厄温还要精打细算,比莱拉还要顽强,比尤斯特还要阴险。

众人休整了半日,为夜晚的急行军积蓄力量。他们在热得让人乏力的烈日下睡觉,寻找蝌蚪,过滤半咸的泥浆并喝下去,走远些排泄，然后又睡下，直到奥伯迈尔第一个注意到浮毯的颤动，引起众人的恐慌。有什么硕大而沉重的东西正不耐烦地把笨重的身躯塞进浮毯下难以通过的泥炭悬浮液里，急于收拾那些胆敢踏足它领地的悠闲生物。在距离营地百步远的地方，他感觉到自己的脚底下——巨兽上方的藻毯向上隆起，变成有坡度的小丘。小丘慢慢变大，渐渐靠近。

这究竟是舌怪，还是其他仍未知的生物，没有人准备去探究这一点。

现在，瓦连京率领着第一条队列——这是尤斯特吩咐的。厄温被他安排在了第二位，紧随其后的是克莉丝蒂。他自己则在第二列，站在莱拉和乔布中间，其中乔布落在后面，作奥伯迈尔的"牵引船"——奥伯迈尔步履蹒跚地走在最后面，左腿跛得厉害。

克莉丝蒂注意到，厄温努力地把头维持在一个稍微侧歪的状态。

"你的脖子怎么了，疼吗？"她忍不住问。

厄温努力地转过头来。克莉丝蒂觉得，即使没有被淤泥的硬壳遮盖住，他的脸也是黑色的。

"咬伤。我宁愿它是割伤。那只怪兽的唾液里可能有什么脏东西。"

"我可以帮你背包。"

"不用。你得拖箱子。"

地平线上的黑暗地带变得越清晰,走起来就越轻松。再也没有谁陷进沼泽里,尽管黏液依旧争先恐后地被水鞋榨出。带状的藻类渐渐少了,出现了苔藓。有些地方有几丛干枯的长满节瘤的灌木扎了根。沼泽像是从里到外翻过来了一样,展现出了自己的另一面——坚实的、与之前的深渊比起来几乎是和蔼可亲的一面。

地平线处的长带变得更宽、更近时,太阳仍高悬于天空。从这里已经能看到连绵不断的灌木丛,它们环绕着腐烂浅滩,也有可能是覆盖了整个浅滩。人们在这里停了下来,等待夜幕降临。尤斯特将木杆深深地刺入脚下有弹性的基质,几乎将整根木杆钉了下去,探到了底。看来,在这个地方不必担心舌怪的袭击。

无人露面。

"他们在观察我们,对吗?"克莉丝蒂找了个合适的时机,低声问厄温。

厄温点点头:"毫无疑问,是的。你累了吗?"

"有一点。我更想吃东西。舌怪我也能吃,无论它是不是双壳纲[①]的。是的话,我连着两片贝壳也吃下去。"

"给,拿着。"

厄温张开了脏兮兮的拳头——他的掌心里躺着三只小小的蝌蚪,皱巴巴的,一动不动。两只是黑色的,泛着光泽,一只长满斑点。至于厄温是什么时候抓住它们的,怎么将它们藏起来的,怎么

① 隶属软体动物门。

忍住不自己吃掉它们的,这些都未可知。

克莉丝蒂不由自主地咽了咽唾沫。

“这……是留给我的吗?”她的声音颤抖着。

厄温点了点头。他努力不去看自己捕获的食物。

克莉丝蒂无法将视线从厄温的掌心挪走,她摇了摇头。

“我不能拿……”

“还要我强迫你吃下去吗?”厄温的声音里包含着几分愤怒,“快点,趁着没人看见。”

这最后的一声催促摧毁了摇摇欲坠的骄傲之堤。不到一秒,三只沾染了男性汗味的可怜生物就已无影无踪。

“谢谢……”

“以后你会感谢我的,在幸福群岛。”厄温发了发牢骚,“而在此之前,还是认为我做的事是出于利己主义吧。今晚……该忙活了。所有人,即使是尤斯特也不例外。你也是。所以在饿得走不动路之前缓一缓吧。”

“那之后呢?”克莉丝蒂问。

“什么之后?”

“你在尤斯特面前卑躬屈膝,只是为了一起前往腐烂浅滩吗?然后我们就离开他,是吗?”

厄温耸了耸肩。

“到了那里再看吧。”

灌木折断,发出一声脆响。手电筒的灯光在黑暗中勾勒出一个矮壮的人影。灌木丛里又冒出了几个人的肩膀和脑袋。

甚至是很多个。

刹那间,瞒过守卫的希望化为泡影。他们徒劳地佯装拐弯绕路——在最后一个月亮落下之前斜对着腐烂浅滩朝北边行进,又借着仅有的一颗星星的光芒猛然拐回南方。

开始涨潮了。浮毯跟灌木一起缓缓升起。脚下湿润的苔藓变成了稀释的泥浆。

绳子传来的牵引力变弱了——瓦连京后退了。尤斯特咒骂了一句,啐了一口唾沫。

出现在前面的人衣衫褴褛,但好歹不是赤身裸体,他的同伴却并非如此。但所有人的胡子都同样杂乱地垂至胸口,脸上也同样覆盖着一层干硬的泥壳。

“我叫克留克。就叫我克留克,明白吗?我是这里的头儿。”

“很高兴认识你。”尤斯特龇牙一笑,“你是你那儿的头儿,我是我这儿的。”

“踏入我的领地,你们要上交给我一个女人、五把坚实耐用的刀,还有所有的绳子。”克留克毫不在意地继续说,“而在我们这里活下来还要再花两把刀、两把斧子、七根木杆和这个箱子。最后,由于你们试图欺瞒我们,还想逃掉通行税,你们得交笔罚款:把两个女人、所有的武器、衣物和除了碗以外的所有东西都交上来。碗你们自己留着。”

“哈!”尤斯特怒喝一声。

“我们不打算在你们这儿停留。”乔布高声地、用一种像是在抱怨的声音插嘴道,“你们自己在腐烂浅滩过日子吧！我们要去幸福群岛。”

克留克笑了。他的帮手们狂笑起来,发出惊奇的叫喊,清起了嗓子。

“很多人往那儿去了,但回来的只有那些看到自己朋友死掉的人。”笑完,他解释说,“想活下去的人在这里生活。我们谁也不赶走,谁也不强留,除了娘们儿。活腻了的人,要么去大陆,要么去幸福群岛。”

“他们没有装备吗?”莱拉叫道。

这个问题让几个本地人快活了一阵——灌木丛里又响起了哎哟哎哟的怪叫。有人放声大笑,欢快的笑声中夹杂着断断续续的叫声,但很快就被呛得只剩下嘶哑的咳嗽。

“当然没有,”在手下的应声虫们赞成的哼声中,克留克傲慢地冷笑道,“为什么要让这些家当跟着你们一起消失呢？顺便说一句,姑娘,这跟你无关。”

“把娘们儿带走,让我们过去。”尤斯特闷声说。

“不!”克莉丝蒂猛地一拉绳子。莱拉“嘶——”地抽了一口气。

再一次地,灌木丛中发出哼哼声。

“别讨价还价,小子。”克留克活动着手指,绘声绘色地威胁道,“你知道代价的。”

如果尤斯特没有藏身在伸手不见五指的黑暗中,他的犹豫将清晰可见。

“我们要商量一下再决定。”

“这里可不是你们说了算。”

在头领的信号下,灌木丛又发出了噼里啪啦的声音。腐烂浅滩的土著们踩断灌木,熟练顺手地将新来的人包围了起来。他们大概有十五个人。只有一个拿着用木杆和小刀自制的长矛——其余的人都耍着鞭子。

“割断绳子!”厄温突然大喊道,“什么也别丢下! 靠拢!”

被推到一边的瓦连京堪堪站稳,而他手中的手电筒则被夺去。厄温短促地咳了一声。克留克被光束晃了眼,伸手想遮住眼帘,又急忙向后一躲,一边发出嘶哑的声音,一边猛地抓住了打在他胸口的木杆。他不知道,为什么木杆没有弹开。随着木杆在自身重量的作用下落下,克留克缓缓仰面倒下,只见十五厘米长的钢刃没入他的肋下,划出一道弧线,扩大了这道本就致命的伤口。

这是厄温计算出的奋力一击。他本应来得及捡起被扔到十步外的武器,但这似乎没有实现:这一蹬将他的腿从水鞋到膝盖都钉入了浮毯。但尤斯特醒悟过来了。他的鞭子在强盗们的鞭子挥出前呼啸而过。在一片漆黑中,有人号叫起来,声音听起来不妙。伴随着如同活间歇泉的轰鸣般的凶猛的吼声,尤斯特向前一跃,站到了突破口的尖端,那是属于领头人的位置。

强盗们退却了。不,他们没有放弃美味的猎物,但他们的冷兵器拼战并不令人赏心悦目。只用两三记成功的鞭笞,就可以随意处置无法站立的受害者;即使对方站起来了,还是会因血流不止而走不远。

他们巧妙地挥着鞭子。瓦连京像一只因夺食而陷入厮打的狗,爪子被对手的牙齿咬得嘎吱嘎吱响,绝望地哀号起来。在厄温用力把腿从泥沼中拔出的同时,手电筒从他手中掉了出来,落入泥中。奥伯迈尔突然喊了一声。

“到灌木丛里去!”厄温呻吟道,他被一道鞭子抽中,并冒着伤及自己的危险挥鞭回击。

尖叫、呻吟、嘶喊……鞭鸣。拖长的猪一样的嚎叫。掷出的刀刃胡乱地没入了柔软的肉体。攻击者再次给出一击,不知不觉中,这次作为武器的已不是刀刃,而是半截木杆,带着刀的另一半被鞭子打落,不知掉到了哪里。

他们相互追赶着,盲目地、跌跌撞撞地涌进了难以从中穿行的水藻里,水藻随着浮毯轻轻晃动,但他们成功地突破了层层粗糙的树枝,穿过了沼泽的最深处,免于被强盗们再次包围。

众人脚下是根茎交错的半硬地半泥沼,潮水将它跟底部的石头分开,起起伏伏,像是正在呼吸的巨兽的背部。灌木丛发出断裂的脆响,人们声音嘶哑,厮打成一团。克莉丝蒂被无意挥过的鞭影抽得灼痛,随即有个赤条条、脏兮兮、散发着让人难以忍受的恶臭的人从黑暗中向她飞扑而来,意图将她击倒……

她尖叫着推开了他,又在袭击者失去平衡栽进泥里时,惊得嘶哑地咳嗽起来。克莉丝蒂更惊恐地大叫了一声,用木杆的尖头猛地向袭击者的腹部刺去,并刺中了。杀戮的狂喜让她刺了一下又一下,直到这不知属于谁的完好无损的长矛发出最后一记直刺,他痉挛的身体不再抽搐,渐渐止息。然后她明白,自己不需要再跟任何人搏斗了。

厄温挥鞭抽打尖叫的人。尤斯特扬斧清除灌木,灌木丛中传来试图爬走的人们的号叫。气喘吁吁的扬·奥伯迈尔秉持传教士的热心,将不知是谁的冒着泡泡的破碎尸体踩进泥里,而跛脚对他来说并不是障碍。

幸存的劫匪们的求生欲望非常强烈。他们竭尽所能地寻求生存下来的机会,把在马尾藻沼泽中相对安全的区域内的自我腐烂称之为"生活",并时刻准备着用其他陌生人的生命为自己这样的生活买单。他们已经不下十次将初来乍到的新人抢劫个精光,这给了他们延续生命的机会,也许还能再有一两年。有时他们会遇到反抗,而这会降低生存的概率。这种时候,他们会选择撤退,然后等待更合适的时机。又或者——这也曾发生过——认外来人的头领做自己的新头目。

“够了！”克莉丝蒂大声哭喊道，“已经够了！”

枝节横生的灌木丛里传来了极为刺耳的尖叫，又安静了下来。气喘吁吁的尤斯特费力地从灌木丛里钻出来。

“跑！”他喘着气，“谁留下谁后悔！”

直到跑不动了，他们才上气不接下气地歪倒在身边人的身上。离腐烂浅滩的东部边缘还有很长一段路，但是每个人都已经想欣喜地大叫了——如果嘶鸣着闯入他们肺部的空气没有带来疼痛，如果他们眼前没有漂转着红红绿绿的圆圈……

如果不是每个人都坚信，这不会是最后一次袭击。

“所有人都在吗？”与其说尤斯特在吼，不如说他在呻吟。

所有人都在这里，甚至连跛脚的奥伯迈尔也在。所有人，除了莱拉。武器中，成功保存下来的有一根鞭子、一把斧子、两根长矛和克莉丝蒂那断了一截但仍旧锋利的木杆。出乎所有人意料的是，甚至连带着凹痕的箱子也得以保全，即使它曾被拖行在丛丛灌木和块块土墩之上。

只有莱拉不见踪影。她是什么时候消失的——是在打斗中还是在打斗后，还是在逃跑时——没有人能说得出来。

第八章　六加一

“你可是个英雄。”克莉丝蒂喘着气，声音嘶哑地说。

厄温也喘不过气来，呕吐不止。

“不得已而为之……我怕……尤斯特会……往回跑进沼泽里。然后到别处碰运气。这样……呕……这样的话，很可能别的人也会效仿。你注意到克留克有多惊讶了吗？”

“我注意到了他是怎么死的。”

“是的，但他还是来得及惊讶的……”

“也许吧……最重要的是，他就应该命尽于此，而我们成功突围了。”

厄温摇了摇头，这一举动让克莉丝蒂脸上沾了一滴不是血液就是泥浆的液体。

“你觉得他是不可取代的吗？你认为腐烂浅滩只有一个头目？”

“腐烂浅滩有那么大吗？”

“是的。别说话，喘口气……我们又要冲刺了。越快到达浅滩，我们就能活得越久，就连尤斯特也明白这一点……”

在第一轮月亮升起前，他们成功地在星星的指引下赶了大概五千米路。在腐烂浅滩的旱季，大抵不是所有下脚之处都会被踩得吧唧作响，但强烈的涨潮把腐烂浅滩变成了一大摊烂泥，必须目不斜视、一往直前地冲过去，不然就会困在灌木丛里，陷入骤然出现的深坑中，只能声嘶力竭地咒骂。克莉丝蒂不止一两次感觉到，有个身手敏捷的人在小心翼翼地与他们同行，一刻也没有离开这支小队，并保持着隐蔽。她不知道这是不是错觉。

离破晓还有一小时的时候，大家都觉得路途变得轻松起来。潮水退去，第二轮月亮爬上天空。这里的灌木长得不是那么茂密，给人以免于被突袭的希望。但所有人都没有停下，就连奥伯迈尔也半点都没有提及休息，而是一瘸一拐地竭力前行。

然后腐烂泥沼的瘴气里织入了另一丝几乎要被遗忘的气味，灌木丛中摇曳的火苗若隐若现。

“篝火……”瓦连京声音嘶哑地呼出一口气，呜咽起来。

那的确是一堆篝火，三个赤裸的人形生物围着它蹲成一圈。当听到灌木被折断的声音时，他们跳了起来，惊恐地四处张望，其中一人抓起了鞭子。

“是个陷阱。”克莉丝蒂绝望地说出自己的判断，她捕捉着空气中的气味，只觉自己的嘴里抑制不住地分泌出唾液。现在她只希望自己是错的。来个人反驳她、嘲笑她吧!好歹有一次出现奇迹,好歹有一次沼泽对人类予以垂怜!……

“他们在害怕。”厄温反驳道,不假思索地取下肩头的鞭子。

的确如此。见到来者不善的六人时,三人没打算碰运气,抓起放在篝火旁的东西,争先恐后地向灌木丛深处奔去。其中两人似乎双腿都一瘸一拐。克莉丝蒂倏然想到:即使是现在追过去,自己也能赶上他们。难道他们有风湿?可能吧。腐烂浅滩毕竟不是个岛屿……

“肉!”乔布贪婪地呼出一口气。

“是的。”厄温不咸不淡地肯定了他的话,“那也是肉。”

这篝火与其说是在燃烧,不如说是在冒烟。烟雾熏着一只被固定在木棍上的火腿,显然它曾属于沼泽里生存的最残忍的生物,当然,不是最幸运的。

“所以,这里的生活就是这样。”克莉丝蒂强忍着说,背过头去不看熏制的人肉,“这就是克留克强买强卖的理由。”

“你在想什么?”尤斯特大声呵斥道,“如果我们向他们交出武器,我们所有人都会死在那里。”

“腐烂浅滩人口众多,靠蝌蚪喂不饱所有人。”厄温肯定地说,并加了一句:“我算过。”

“闭嘴,聪明人!”尤斯特气势汹汹地向厄温逼近,“只有问到你的时候,你才能叫唤。明白了吗?”

“明白了。”

“过来这里。”

厄温顺从地走了过去，又听从他的命令，顺从地转了过身。尤斯特犹豫了一下，然后吐了口唾沫在他脚下。

“滚开。你！”他朝瓦连京扬了扬下巴，“带上这块肉，放包里。拿你的脑袋来对它负责，明白了吗？”

瓦连京似乎马上要像个孩子一样哭闹起来。

“为什么是我？”

“闭嘴照做。我不会再重复。”

因此人们看不到，瓦连京完成命令后，脸上的表情映照出的是怎样的内心活动。

“不能这样。”克莉丝蒂咽了咽口水，低声说，“我不会吃这个的。这可曾经是个人。”

“开始是人，然后是被放逐的人，后来变成了可猎杀的野兽。”厄温直言不讳，“而现在是肉。只是肉。”

黎明时分，他们抓到了一名俘虏。那是一个赤裸且孱弱的人，浑身污泥且长满了疖子。他想要凭着患了风湿的腿逃跑，但被抓住了，因为他野兽般的嚎叫，他被打了嘴巴，又被许诺：如果他讲话讲清楚，就会免去被打或被吃掉的命运。

俘虏名叫臭鼬马克，至于他的姓氏则无人在意。他在这里生活了很久吗？很久很久。也许有一年半,也许有两年。他不记得。谁会需要计算时间呢？在深渊星,没有年份的变换,而数日子是件愚蠢的事情。能找到吃的,能躲过人肉猎人,就能活下来。这里离腐烂浅滩的东部边缘远吗？不,一点儿也不远,俘虏说,他嗅惯了瓦连京背包里的味道。他很乐意带路,如果他们给他一点吃的的话……

“你还想活下去吗?”尤斯特一边耍弄斧子,一边冷笑着问,俘虏立刻表示,自己已经准备好带这奇怪的六人去他们想去的地方,没有多余的提问,也没有烦人的请求。

实际上,大概两个小时后,脚下的沼泽浮毯就开始像往常一样摇晃起来。这时,三人一组的旅人们看见远处有几帮土著小团伙,明白对方不会在人少时发动袭击,因此,他们没有停下。臭鼬马克证实道:强盗和人肉猎人毫无疑问更喜欢打猎,而只有最强大的帮派才会与有能力反抗的敌人战斗。当然,腐烂浅滩比沼泽要更安全,没有舌怪,蛇也很少,但气候……即使是微小的刀伤或鞭伤也一定会化脓,也许未来某个时候会结疤。无论如何,他臭鼬从来没听说过有这种情况。人们因轻微的擦伤而活活腐烂是常见的事情,只不过还没有谁能安宁地腐烂透……你会再也走不动——最后,爬进灌木丛林里饿死,如果在这之前你没被人找到的话。如果没有一批又一批的新傻瓜从大陆上被流放到这里,这里的生活将无以为继:大批类似于克留克的帮派的匪帮——没听说过吗？他们会吃光单枪匹马的人,然后就会相互动起手来……不,新来的人更强壮,并且凭借武器,他们当然能安顿下来。如果收服了十几个忠心的人,就能在西岸抢到一小块地盘,迎接下一批新人。他,臭鼬马克,定不位于最差的一批人之列,就让他在实践中验证,他不会搞砸……

“你跟我们走。”尤斯特不客气地说。

“去哪儿?”臭鼬的疑惑没有持续太久。他惊恐地死盯住东方,“那……那边?”

“那边。闭嘴。停——停下!”

臭鼬恨不得像任何一个短跑冠军一样,拼命一冲。是的,患有风湿的腿能够麻利奔跑的时间并不长,仅仅半分钟,他就被赶上,丧失了逃走的信心。

“我不喜欢重复两遍。”尤斯特漫不经心地从牙缝里挤出一句话。

“没有人……”臭鼬耗尽了自己积蓄的本就不多的力气,喘不上气来,“还没有人走到过幸福群岛……”

“你从哪儿知道的?”厄温眯起眼走近。

“没有人……”俘虏没听到他的话,“最好留在这里……”

“如果再逃跑一次,你真的会被留在这里。”尤斯特说,“但一开始我会先用鞭子抽你,记住。用力地抽你,让你不会腐烂那么久。我不是施虐狂。明白了吗？重复一遍。”

“我去。”臭鼬用力地点头。

“你走最前面。”

到了最后一处有灌木丛的地方,他们停了下来,折下粗糙多节的枝条。这些枝条过于脆弱易折,而修理或编织新的水鞋需要结实耐用的材料,但他们别无选择。毕竟,土著们会走出沼泽捕捉蝌蚪吗? 会。而且他们不是赤脚的。即使质量不好,也总比什么都没有要好。

还没到中午,众人就都筋疲力尽了。尤斯特刚一下令休息,人们就纷纷瘫倒在原地。比众人都要早些精疲力竭的臭鼬瞬间便熟睡过去,他蜷缩着,像个胚胎。这里的沼泽几乎跟腐烂浅滩的没有什么区别,浮毯在人体的重量下变得弯曲又有张力。乔布把头埋入双手压出的小凹坑,贪婪地吞咽下满是泥炭的咸水。一夜急行穿过腐烂浅滩,人们变得就像是一块块微微颤动的大块泥团。

“也许最终你会扔掉这个箱子?”克莉丝蒂发出几不可闻的嘶声,不确定厄温是否听到了。但他听到了,并且不赞同地摇了摇头。

她已经陷入昏厥,甚至毫不惊讶自己已经不想吃、不想喝、不想活着,只想睡觉。她被昆虫蜇咬,但已感觉不到痛楚。她已无所谓自己还会不会醒来。

然而她醒过来了,厄温抓着她的肩膀将她摇醒,然后她明白,自己该起来继续前进了。瓦连京和乔布已经站了起来。尤斯特用脚踹醒了臭鼬。奥伯迈尔画着十字站起,试图不牵扯到自己受伤的腿,但只是枉然。太阳逐渐沉下,但距离天黑还有几小时,这意味着他们可以再走几千米,找个离幸福群岛稍微近些的地方过夜。

“这就是沼泽的源头。”厄温说。

在日落前的一小时，众人感到行进变得愈发艰难。每过百步，沼泽都变得更难通行。在别的地方，脆弱的植物毯会沉入他们脚下，而他们在及膝的褐色稀液中行走。乔布陷了下去，又被艰难地拖了出来。现在，仅剩的一小半太阳正向地平线后挪去，清晰地照亮了辽阔的、延伸至东方的沼泽地带。而它的尽头，目不能及。

“我们在这里过夜。”尤斯特指向一个相对坚实点的地方，指挥道，“明天我们越过这摊烂泥。”

“明天应该掉头走。”出乎所有人意料，臭鼬如此说道。

尤斯特的嘴唇扭曲，露出一个讽刺的笑容。

“回腐烂浅滩？”

“不是往回走。”臭鼬拼命地摇头，“只是往回一点点，明白吗，然后再选择往左或者往右。都行。往前是成片的沼泽，没有可以通过的地方。我记得，我走过……在很久以前的某个时候。”

“你认为，在更左边或者更右边的地方有条通路？”

“我不知道……也许有吧。只是需要走很久，要好几天。”

尤斯特咒骂了一声。

“你确定？”厄温问道。

“还可以往前直走一个小时，但总归是要回头的。只是那将会困难得多。那里的泥水呀……”臭鼬抖了抖。

“那别的地方呢?”

“我不知道哪里能过去,”臭鼬摆着手,从北边指到南边,“但不能直走,这是可以肯定的。聪明的人于此停步,愚蠢之徒在此沉没。当然,也有个别生还者。有时候你会坐下来,盯着沼泽——毕竟这里是食物爬出来的地方……所以我记得,有一次大概有十五个人聚集起来,一路往北边走了。我不知道他们有没有绕过沼泽,只是再也没有谁在腐烂浅滩见过他们。也许,他们中有谁到达幸福群岛了……”

“也就是说,应该沿着腐烂浅滩走?”尤斯特亲热地问,“你想逃跑吗?”臭鼬回以微微摇头。“不想?真是个聪明的小伙子。明天我们往东边去,直走,你打头。明白了吗?”

臭鼬认命似的看了眼东方,点了点头。

借着月光,尤斯特开始分配食物。臭鼬拿到了一根带碎肉的骨头。他像狼一样扑向了骨头,时而发出呼噜声,时而号叫。其他人表现得更为克制。尤斯特第一个做出榜样,张牙咬住了熏制的人肉。

“我不会吃的!”克莉丝蒂激动地说。

“那是你的问题。”尤斯特考虑了一阵要不要现在就吃掉第二块肉,然后将它扔回了背包,扎紧包口,“你负责第一轮守夜。还有你。”他向乔布点了点头,“如果这个人……”他用下巴指了指臭鼬,“……晚上逃走了,你就该怨自己了。”

厄温和奥伯迈尔负责守下半夜。厄温被打嗝折磨着，在一大堆湿乎乎的水藻里艰难地入睡了，但过了一个小时，他就醒了过来，看到只有尤斯特和瓦连京在睡觉，满足地发出几声哼哼，剩下的人围着箱子聚成一团，低声地讨论着什么。

“一旦开始，之后就无法停止了。”他分辨出克莉丝蒂的声音，“当所有人的肚子都瘪了，谁会是下一个呢？臭鼬？抑或是，你或者我？”

厄温站了起来，活动了一下僵硬的肌肉，走近正在窃窃私语的人们。

“我睡不着。”他好心地说，“谁想睡觉的，可以躺在我的位置上。我值会儿班。”

“他们想走。”乔布指着臭鼬和奥伯迈尔，怯生生地说。他显然犹豫了，不知道是否该大喊发出警报。

“噢！”厄温感到惊异，“两个人一起？”

“我给他讲了无所不在的主，他明悟了。”奥伯迈尔用低沉的声音说道，“当一个人无法处处感受到主的存在，尤其是不能在自己身上感受到时，他只是一只虫豸。马克是我教区里的第一个教民。我会跟他一起回腐烂浅滩，传经布道。无所不在的主赋予了我们不同的道路。跛子无法到达幸福群岛，而传教士不应在远离迷失的灵魂的地方寻找幸福。无所不在的主指出了我的真实处境，而我不能和祂辩驳。”

厄温挠了挠头,甩下手上的泥团。

“你不再考虑一下吗?”

扬·奥伯迈尔缓缓地摇了摇头。

“愿你们都能到达幸福群岛。”

“愿你不会在第一天就被吃掉。”厄温小声说,“等一下……留下木杆,你不需要它。不然我就叫醒尤斯特。无所不在的主也是这么希望的。”

“拿着吧,虫豸。”木杆被插进土墩,摇晃了一阵,然后以一个倾斜的角度停下来。浮毯在他们小心翼翼的脚步下吧嗒吧嗒地响了起来。一段时间内还能看到两道不甚清晰的人影——一个赤身裸体的人和一个穿着衣服但跛脚的人——向西边离开,朝着正落下的那镰纤纤弯月走去。然后二人消失在视野之中。

第一个打破沉默的是乔布。

“尤斯特……”他一边哀叫,一边浑身发抖。

“能跟尤斯特解释的只有你了。”厄温说,“我跟克莉丝蒂也要走了。”

“怎么走?”乔布挤出一句话,又打了个哆嗦。

“就这么走。我们是自由人,难道不是吗?总之,我们会拿上自己的东西以及这根木杆。现在我们走远些,然后等到早上。早上,我们就分道扬镳。”

克莉丝蒂眨了眨眼。厄温看起来跟往常一样,拾掇过自己褴褛的衣衫、身上的污泥和不断生长的胡茬。无趣,平庸,难以理解。可是,她还活着,这完全有赖于他。

她想知道:在来到腐烂浅滩前的夜晚,他跟瓦连京和乔布到底谈了些什么呢?

"我们甚至没有一把刀。"克莉丝蒂小声说,"虽然你有鞭子……"

"没错。打斗时鞭子比斧子好使。"

"你快说,你计算过,在沼泽里没有刀也行……"

"我算好了别的东西。走吧。"

他拉起绳子,瘪了的箱子紧随其后,缓缓地在腐烂的水藻上拖行,发出沙沙的轻响。克莉丝蒂拖延了一会儿,也动身前行。

乔布目送他们远去。他就这么看着,不敢发出警报。

令克莉丝蒂惊讶的是,走了约莫数百步,厄温就开始寻找结实的地方,边找边坐在箱子上,并且点头示意克莉丝蒂效仿他的行动。

"睡一会儿吧,如果你想的话。我要等着。"

"等天亮吗?"克莉丝蒂问道。她把头靠在他肩膀上,打了个哈欠。

"等客人。"

摇曳的浮毯出卖了来客。被乔布叫醒的瓦连京差点趿拉着水鞋错过他们,似乎,他坚信厄温会选一个离他们营地很远的地方落脚。

“也就是说,你们要离开了?”他开口道。

“很抱歉没有道别。”厄温回应道,“我们不想吵醒你们。尤斯特派你来的?”

瓦连京进行了几秒激烈的思想斗争。然后,他似乎决定打蛇打七寸:“他不是极地之狼尤斯特。真正的尤斯特在腐烂浅滩应该无人不识。真正的尤斯特不会让出自己的女人。真正的尤斯特会在三天内控制住这里的渣滓。如果他想去幸福群岛,他应该赶着成百个六人组,走在自己前面喂饱舌怪、扫清道路,并且更重要的是,他们很可能会到达那里!又或者,他会找到回到大陆的办法,甚至开展报复行动……”

“就当是这样吧。”厄温发出一声轻笑,“但这又跟我有什么关系呢?”

“你还不明白吗?”瓦连京抿抿嘴,他胡茬上干结的泥块颤动着,爆出一条条裂隙,“他轻易地交出了莱拉,将来也会交出我们。我们已经穿过了腐烂浅滩,现在对他来说,队伍已经毫无用处了。他会将我们贱卖给任何人,只要他需要。卖给蛇、给舌怪、给这里的野蛮人,以换取食物……除非他第二天淹死在沼泽里。”

“你们,”厄温纠正他说,“是你们,而不是我们。我们会照臭鼬说的走。至于尤斯特,就让他直走好了。前面的泥潭够吞下一百万个尤斯特。”

“你就在这儿,哪儿也不去吧?我很快回来。”

尽管厄温摇头表示自己不会走，瓦连京还是急急忙忙的，显然是害怕厄温会改变主意。

“我又搞不懂你了。”克莉丝蒂说。

“是吗？在我看来，一切再明白不过了。”

克莉丝蒂摇摇头。

“弄懂你很难。一开始，我们两个人一起走，不让自己被抢。然后我们加入了尤斯特的队伍，忍辱负重，冒比我们本来受的风险大得多的风险。你跟腐烂浅滩的食人魔搏斗，自己也吃人肉……”克莉丝蒂哆嗦了一下，“我以为，我们一回到沼泽就会立刻远离尤斯特和其他人。为什么我们不立刻走呢？”

“想想我在到腐烂浅滩前跟你说的话。”

“我觉得，你只说了‘走着瞧’，别无其他。”

“没错。”厄温哼了一声，“我们走着瞧，看谁会离开，谁会留下。”

瓦连京不是孤身一人，而是带着乔布回来的。

“我们想跟你们走。”瓦连京说，而乔布用力地点了点头，“可以吗？”

厄温若有所思地拨着噘起的下唇。

“你们有什么武器？”

“我们有刀。”瓦连京快速地答道。

“两个人一把刀？”厄温讽刺地一笑，“一根木杆都没有？那你们有多少绳子？”

“剩余的都在尤斯特那里。”乔布两手一摊,“另一把刀、斧子、木杆。他抱着那些破烂睡。”

乔布粗重的喘气声打破了他们共同维持的沉默。厄温继续拨着嘴唇。

“这要有所决断了。”瓦连京说,而乔布又赞同地点了点头,“今天就该决断。最好就现在。”

两人都看向厄温。第一个受不住迎来的视线而挪开目光的是乔布。

“这不关我的事。”厄温不咸不淡地说。

“当然。”瓦连京理解地哼了一声,“这是我们的事情。走了,会计。”

浮毯在两双水鞋下摇动起来,又归于平静。两道身影逐渐消失。沼泽披上迷雾。

“他们不会赶走他。”克莉丝蒂说,“他们心里不满足于抢夺和驱逐。他们准备杀了他,是吗?在睡梦之中?”

“这不关我的事。”

“怎么会?那是谁的事情,我很好奇,有什么事你认为是自己的?”克莉丝蒂几乎尖叫起来。

厄温笑了,几块鳞状的泥块从他脸上掉落。

“别吵,那里还有人在睡觉。什么是我的事情?到达幸福群岛,仅此而已。带上想要去那里的人一起到达,明白了吗?比如你。”

离开的两人在过了大概十分钟后回来了，这时厄温已经开始显露出不耐烦的迹象。

“尤斯特呢？”克莉丝蒂问。

“一睡不醒，这是常有的事。”瓦连京解释道。他的双手在颤抖。

乔布用力地点头作证，递给厄温一个背包，讨好地望着他的眼睛。

“那里有刀子和斧子。其他剩下的东西也在里面。”

厄温和蔼地点了下头。

“你们可以睡了。”

当两人都熟睡后，他在背包里摸索了一阵，掏出了一块熏肉。

“吃吧。”他说着，将肉块递给克莉丝蒂。她努力地强迫自己把视线从食物上移开，并成功地装出了嫌恶的样子。

“我……我做不到。”她说着，咽了口唾沫。

“你必须能做到，不然你就走不到幸福群岛了。而我希望你能走到。”

“为什么？”

“如果你已经对自己毫不在意，就当帮帮我也好。”

“你……你真的希望我到那里吗？”克莉丝蒂眨眨眼，泪珠不由自主地落下来。

“是的。别问为什么。我必须这么做。相信我，我们还会有一系列这样的噩梦。拿着，吃了，我会转过身去的。”

冰冷的肉闻着有股烟熏的味道,尝起来有点甜。在强忍着嚼碎第一小口肉后,克莉丝蒂期待着自己满怀痛苦,把它完完全全地吐出来,然而这没有发生。这块食物消失的速度快得让人惊讶。

第九章　四

八天后，他们仍然活着，并沿着腐烂浅滩和广阔水域之间狭长的无主地带，顽强地一路向北。这片地带的宽敞处横跨起来需要一天半，路拐向一边，远离腐烂浅滩；狭窄处只有几百米宽，他们尽可能更快地穿过，以避免遇上其他人。过夜的地方离水域更近，往那边去找蝌蚪的人并不常见，他们永远被饥饿折磨，时刻准备着为填饱肚子而杀戮。

有一次，旅人们被一只体型不大的舌怪攻击了，据厄温判断，它实在是饥火烧肠，所以过早地发起了进攻，以至于舌头没能够着他们的队伍。后来没碰上舌怪，或许是因为这里不常有敏捷的群居生物可以做它们的食物，而成群的人类更是没得指望。凶猛的植物完全没遇上，蛇倒是成群结队，每逢深夜，值夜的人都不会感到枯燥无聊。

水域边缘难以越过的泥沼并没有延绵相接，但应付起来并不容易。幽深的泥炭水满溢至地平线,让人不想多看一眼。涨潮时,它似乎悄悄地跟着“水岸”一同升高了,但没有谁关心这点。对于沿着浮毯步履蹒跚地行进的人来说,危险的完全不是潮水,而是别的东西。

备用的水鞋已经耗尽,而那些还能避免旅人们陷入泥沼的水鞋必须每晚修理,但它们不会因为修补而变成更好的东西。

已经没有人抱怨刀割般的胃疼了——剧痛和食物一样已经成为过去。捕食蝌蚪起到的作用微不足道,于事无补。他们尝试模仿传教士,从带状水藻上捋下小团的黏液来吃。

即使离得很远,也能感受到沼泽的瘴气;四人的伤口都发炎了。乔布勉强拖着弯曲的腿,步履维艰;瓦连京抱怨个不停,让人厌烦,好像随时都会歇斯底里发作,像个任性耍脾气的孩子。不,他什么特别的东西都不需要,他只要厄温大声地承认方向错了。一直往北走,能走多久呢?应该往南去——说不定早就绕过这片水面了。而且,为什么要把尤斯特的尸体扔给蛇做食物呢?如果没这么做,大家早就饱餐一顿了。啊,克莉丝蒂坚持,所以扔了?她是谁,又凭什么有权下令呢?她自己吃的人肉不比别人少。莱拉没有尤斯特的允许可是一个字也不敢吱一声,没被吩咐,半个词也不敢说!而这个婊子在做什么?领导得当,则秩序井然,领导不力……

第八天,当瓦连京更肆无忌惮地抱怨时,厄温默不作声地用刀割断了绳子。

“去找你的好领导吧。祝你成功。”

之后整整半天,瓦连京不敢发一丝牢骚。

第九天,他们左方露出了黑色地带的一道边缘。腐烂浅滩已经走到了尽头,而异常宽阔的水面仍然无边无际。

“也许很多人到过这里。”乔布吐露自己的想法,“比如说,臭鼬所说过的那个团队。按理来说,应该会留下些痕迹……”

“如果这些人消失了,恐怕不会留下什么痕迹。”克莉丝蒂粗暴地打断了他的话,“沼泽来者不拒。如果他们不知如何通过了这里,就更不会留下什么痕迹了。”

过了一天,他们注意到泥泞的岸线逐渐拐向东方,感到精神稍许振奋。但直到这天夜晚,旅人们才意识到,他们不过是走到了一个海角,而水域的范围向北远远延伸。在海角的尽头他们总算瞄到了一些岛屿,和东方的一道遥远的异色长带——似乎对面就是水域的边缘。但如果无法触及,光是看见又有什么意义呢?

瓦连京和乔布呆立在原地。克莉丝蒂无力地瘫软在地,爆发出一阵凄厉的苦笑。

“到了……我明白——到了……”

“别打扰我。”厄温抛下一句,“我在计算。”

整个晚上,他再也没多说一句,也没外出捕捉蝌蚪。早上,他把克莉丝蒂叫到跟前,指向了东边。

“你什么也没发现吗?”

“没有。”

“岛屿在相互靠拢。我想,这只是浮毯的几片碎块而已。它们在漂浮。”

“你准备漂到对面的岛上吗? 你真疯了吗?”

“怎么,很明显吗?”厄温笑了起来。

克莉丝蒂没有接受他开的玩笑。

“一天之内是漂不过去的,而晚上岛屿会往回漂。如果这些岛的确在移动,那么它们就是在来回漂浮。夜间的风从大陆吹出,白天则吹向大陆。”

“聪明。”厄温夸奖道,“是海陆风。如果我们能在白天减缓岛屿的漂移,总的结果就会对我们有利。你有别的解法吗?”

“往北走! 总有一天会走到水域尽头。”

厄温摇摇头。

“到那时,我们已经筋疲力尽了。没有食物,也没有雨水,像是老天成心跟我们作对似的。我们不能一直喝咸水泥浆——我们会全身肿胀,然后死掉。”

“在腐烂浅滩我们能活久一点……”

“或许吧,他们也在用某种方式收集雨水。他们还吃人肉,而我们好像不打算再那么干了……或者还是打算?”

“不!”克莉丝蒂尖叫道,“绝不!”

惊慌的记忆被唤起,噩梦般的景象出现在现实里:深夜、灌木断裂的声音、沉重的呼吸、鞭鸣、尖叫、嘶哑的嗓音和咳嗽……还有腐烂浅滩的老住客,脏污的、赤裸的、以脓疮蔽体的人形生物,成群结队的抢匪,专打两脚野味的猎人……为什么厄温要提起他们呢?即使是为了保全性命,也不应变成这样的生物。还不如死去,无论以什么方式——慢慢饿死,或者痛快一点,被吞进沼泽怪物的胃里。

"好吧。"她说道,呼吸沉重,"说出你的想法。我们在这里了,你的岛呢,在哪里?"

"我们自己割出一片岛屿。我觉得,我们脚下的浮毯不足一米厚。活儿很重,但反正也没有别的办法了。我们有一把斧子和两把刀。我们只需要很小的一片地方,只需要容纳四个人……或者三个人,如果你拒绝漂流的话。"

"四个人。"克莉丝蒂果断地说,"去你的,我同意了。什么时候开始干活?"

"就现在。"

黎明时分,厄温将一个外观丑陋、作用不明的装置推进水里——它由一个瘪了的箱子和两条木杆组成,绑在侧面的木杆用于维持浮力和稳定。盛满浑水的箱子歪倒向一边,然后消失在水面上。木杆漂浮着。克莉丝蒂慢慢地收紧绑在木杆另一端的绳子,把其中三分之二拉到小岛上,拉紧。木杆稍稍倾斜。现在剩下的就是希望自制的浮锚有用了。

一夜以后,这块小岛被远远地带离海角,而东面的对岸却似乎一点儿也不曾靠近。精疲力竭的人们几乎漠然地接受了这个事实。

这是块三角形的小岛,无论是谁走近它的边缘都会让它不喜。若是承载五六个人的重量,它一定会沉没,但四个人它还能堪堪忍受。没有人提的是,即使变大一些,它也不会变得安全可靠。甚至连抱怨连连的瓦连京也不敢碰这个话题,他牢牢记住了昨日苦役般的体力劳动和穷途末路的绝望:夜幕降临前来不及,赶不上……

赶上了。一天,他们就中彩了。

“我第一个值班。”厄温打了个长长的哈欠,揉了揉发红的双眼,“我建议你们躺下睡一觉。这样承风面积会小些。克莉丝蒂接替第二班,下一班是瓦连京,然后是乔布。”

很快,他靠着木杆,自己打起盹来。绳索紧绷,这意味着,一切都顺利进行着。

如同烧红的铜币般的太阳爬过天空的最高点时,厄温醒了,不安地四处张望。所有人都在睡梦中。天上高高地盘旋着两只黑色的飞兽,水面则一片平静。海角近了一些,移动到了一侧。尽管有浮锚,木排仍然一点一点地向西漂去。

按理来说这应该是瓦连京值班的时间,但厄温决定叫醒克莉丝蒂。就让爱发牢骚的人睡饱吧,这对所有人来说都是好事。

克莉丝蒂仰卧而眠,她脸上的保护壳多日没有抹上新泥,在阳光下龟裂开来。醒来后,她想做的第一件事就是洗脸。

“这里已经没有吸血的家伙了……”

“要看对谁。”厄温旷达地说。他还想再说什么,但又陷入沉默。

“你也该清洗一下伤口。”

“清洗过了。你站在边上小心些……”

“我知道。”

上完厕所,这个年轻的女人转着眼睛前后打量了一番漂流的小岛,气鼓鼓地哼了一声:“我们还得漂一星期……”

“没那么久。三四天吧。只要别撞上海上吹来的暴风,也别被吹回西岸。”

“如果在那之前这一小块地没被撕成碎片的话……”

“跟聪明的女人交谈总是那么愉快。”厄温点了一下头,目光指向睡梦中的人,“只是,你别跟他们说,好吗? 别让他们不安。”

“好吧。”

“你知道吗。”厄温突然道,“你很漂亮。”

“哎呀!”克莉丝蒂眯起眼睛,“这可真新鲜。是谁之前亲口说我的腿是罗圈腿?”

“我可没看腿……”

他碰了碰绳子。现在绳子被扯得更紧了——风力变强了。翻腾的细浪撕扯着小岛的边缘。他们十分缓慢却不可避免地向后倒退了。

“可以把这玩意儿扔到这片小岛前面,然后拉紧绳子!”克莉丝蒂突然灵机一动。她甚至跳了起来,“你明白我在说什么吗?我们白天也能向前漂了!或者好歹待在原地!”

厄温眯起眼,挠了挠耳后。

“不错的设想。”他承认,“奇怪的是,我没想到这一点。这的确是接近完美的办法。”

“为什么?”

“实施这个想法需要两个人,但小岛的边缘站不了两个人,这是其一。另外,把东西扑通扑通地扔下水,可能会发出很大的声音,引起不必要的注意,这是其二。我不知道我们之下潜游着怎么样的生物,也不想知道。最后一点,我们累了,而且没有食物。对岸恐怕没有肉食仓库,所以最好别耗费太多力气,去睡觉。睡得越久越好。”

他真的又再睡了过去,显然,他想要保存仅剩的体力。

日暮时分,一切归于平静。绳子不再绷直的时候,他们把浮锚拖了回来,并费劲地将它拽出了微微荡漾的水面。没有人叫醒瓦连京,他睡了一整天,在傍晚凉爽的空气中自己醒了过来。

夜晚,吹起了陆风。无须值守——水面上没有蛇,而若是遭遇水下巨兽的攻击,无论有没有值班人员,他们逃脱的概率都为零。但人们无意入睡。他们几乎没有说话,只有乔布含糊不清地喃喃自语着什么,也许是在祈祷本地的自然神灵派来更强的风;当然还有瓦连京,不时抱怨几声,用破碎的囚服把自己裹紧。

乔布的祈祷或许不是枉然。黎明时分，水面的东部边缘变得愈为真切，比西边的边界更为清晰。清晨，水面如被熨平般平静，没有波浪，没有涟漪。黑色的水面像柏油路一样，不时闪现出微光。当迎面拂来第一缕微风时，他们又将浮锚推下水中，久久地望着绳子，看它一点点舒展开来，逐渐绷直。

新的一天没有带来特别的焦虑。乔布说，自己有一瞬间好像看到了远处水面上的某种巨物，但他描绘不出那像什么。他自己也无法确认那是不是幻觉。瓦连京值班时，小岛上空固执地盘旋着几只体型颇大的有翼生物，他认为还是叫醒其他人为好。那些生物不断盘旋，并不进攻。厄温坚称，它们是另一种尚未被旅行者们熟知的物种。它们的翅膀也许没有锋利的边缘。

“秃鹫。”瓦连京忧郁地说出自己的推测，“它们在等。”

众人沉默，没有提出异议。

“它们等不到的。”克莉丝蒂斩钉截铁地说，但她的话语不知怎的，听起来并不十分让人信服。

夜晚的微风是不错，但仍不足以结束他们的漂流。拂晓时分，小岛在距离目标数百米的地方停了下来。过了一个小时，小岛拖着浮锚，徐徐洄游。

随着东岸的远离，人们逐渐被漠然控制。厄温强撑着说了些激动人心的话，但并没能让谁振作起来。大家都同意他的话：对，只要再漂流一个昼夜，一切都在顺利进行——然后重归于无声的消沉中。就算用鞭子抽他们,他们也只会在鞭打下战栗,不会挪动半步。

他们是对的——尽管自我,但却是对的。厄温心怀愤懑,明白自己等待的是一个奇迹,而意识到今天小岛无论如何也无法靠岸后,他差点委屈得像个孩子。好吧……会过去的。他们每一个人都是。明早就该到了……只要他们没有遇上姗姗而来的飓风……光凭头脑是无法知晓好天气能维持多久的……

是时候像乔布一样祈祷了。

充满绝望的尖叫让他醒了过来。海梅被舌怪掳获的时候,他也听到过这样的叫喊。但这次尖叫的是两个人——克莉丝蒂和瓦连京。乔布默不作声地把脸埋在膝盖上。他的后背微微颤抖。

厄温全都明白了。乔布值班的时候,浮锚不见了。乔布睡得死死的,没有撑住木杆。木杆逐渐倾斜,直到绳结一点点从木杆上滑脱下来,绳子一寸寸没入墨汁一样的水里。

小岛被远远地带到东边。浮锚不见踪迹。

乔布颤抖着将通红的眼睁开一条缝,碰到厄温的目光,又捂住了自己的脸。

“冷静一下。”厄温憎恶地说,“你有罪,但我们不会惩罚你。这都是因为饥饿和疲惫。”

“是吗?”瓦连京放声号哭,“那我们接下来该怎么办呢,啊？死掉吗？说啊,聪明人！……我三天没吃东西了！抽签吧——谁是第一个？……”

“闭嘴。如果天气不变,我们还是会被带到该到的地方。只是没那么快。”

“这是为什么?”克莉丝蒂问道,她的声音里不含额外的希冀。

“因为浪。我们离东岸更近,那说明西边涌来的浪会比东边的更高、更汹涌。它们没有再升高的空间了。是很糟糕,但不失为一个推进装置。”

“理论家!”瓦连京撇撇嘴。

“闭嘴,睡觉。晚上所有人都有任务:找找我们的木杆和箱子。也许我们能把它们捞回来。”

夜晚辜负了他们的希望:西边飘来了厚厚的云层,掩盖了月光。好几回下起了蒙蒙细雨,人们一边痛惜失踪的箱子,一边用小碗收集雨滴,直接张口吞下。每个人只集到一口,没有更多了。

黎明时,比起昨天,小岛仍然离岸边很远,但还在几不可察地向东移动。西风还没枯竭,但摇摆不定,时常久久止息,像是在踌躇:这样的努力是值得的吗?

还没到正午,西风终究彻底停息了。幽暗的水面上笼罩着潮湿的水汽——不是雾,也不是雨。

丢失的浮锚一直不见踪影。

“四百步。”厄温大致算了算到岸边的距离,发现马尾藻沼泽极大地改变了他对步距的认知。距离目标好似只剩大概一百五十米。

正午时分,细雨斜斜。风逐渐将浸润的小岛拖向西边。

“接下来还有一天一夜。”厄温叹息道。

乔布和克莉丝蒂冷淡地接受了他的说辞,而瓦连京似乎正是在等这番话。

“一天一夜?!到时候我们都咽气了!你看看你脚下的是什么!再过一昼夜,你这烂泥地就崩塌沉没了!”

“你少跺脚,它就不会塌。”厄温冷冷地劝告道,他已经意识到瓦连京不会冷静下来。他过于激动了。力气刚好只够好好地歇斯底里一回。

“是你把我们拖到这里来的!你、你、你!……”

指责如此荒谬,以至于厄温克制不住自己,“我都算对了!如果不是这个蠢货……”

“乔布没有错!你自己值班的时候也睡觉了!怎么,没有吗?我看见了!”

“睡觉也要带脑子!”

“是吗?你只是走运,而他倒霉!你说,难道不是吗?而现在我们要咽气了,你明白了吗?我们要死了!如果跟我们一块儿的是尤斯特……”

厄温深吸了一口气,然后默默在心里数到十。

“安静。”他发现瓦连京并未安静下来,于是微微蹙眉,放缓语气,“喂,控制住自己!这关系到所有人。你是只想大喊大叫,还是给点有用的建议?”

乔布和克莉丝蒂沉默着，但攫住他们的漠然开始失去自己的支配力。

“我会游到那里。”瓦连京一边嚷，一边指着不远处的陆岸，“你们就留下吧，如果你们要屈从于这个傻兮兮的人！没有你们我也能行！没有你和你的婊子！乔布，你跟我一起吗？”

“我不会游泳……”乔布沮丧地坦白道，摇了摇头。

“那我就一个人。保重。或许我们会在幸福群岛再见……”

“你会留下的。”厄温说着，猛地抽了一下鞭子。

瓦连京在一瞬间拔出了刀。

“是吗？来拦我呀，聪明人。”

厄温慢慢地挥起鞭子。在漫长的一秒里，瓦连京双眼充血地考虑着自己该立刻跳进黑色的水里，还是先试着杀掉罪魁祸首。随即他迅速抡起胳膊，扔出刀子。

他不会掷刀，他把刀拿得太高了。刀回旋着飞过厄温的头顶，在他身后遥远的某处扑通一声落入水中。过了一瞬，瓦连京纵身一跳，自己也落到水里。

他成功地向着岸边游出了差不多一半的距离。然后他周围的沥青水涌起了泡沫。他的头潜藏下去，再也没有露出水面。

克莉丝蒂转过身去。乔布的脸上淌下两行眼泪。厄温把手放在了他肩头。

“有时候，不会游泳是一项优点……”

第十章　三

一只灰色的翼兽蹲在小岛的边缘，关切地观察着几个人类。厄温用嘶哑的嗓子喊了一声，它不乐意地展翅回到空中。它的五个同族懒洋洋地划过小岛上方高高的苍穹。

厄温的喊声吵醒了克莉丝蒂。在更像是饿晕过去的半睡半醒中，她觉得自己好像看到了幸福群岛。她从来没有见过它，但她相信，那就是它。那里碧海翻波，雪白的细沙在阳光下闪闪发光，还有海藻，散发着碘味，而不是腐烂的气息。难道一定要经过跋涉，才能到那里吗？只要闭上双眼就已足够……

"你是不会被饿死在这里的，别指望了。"厄温挖苦道，毫不怜悯地粉碎了她的美梦，"这些秃鹫不会等我们死透，对它们而言，我们没有反抗能力就已经足够下手了……"

又过了两个昼夜，之前的风浪才又赶着小岛往水面的西边漂。夜间，三人都没有入睡，不管小岛上的状况多么凄凉，他们几乎全程迎着潮湿的风，敞开自己身上脏兮兮的破布，只为给小岛增加哪怕那么一点“船帆”；白天，他们睡觉，或者面朝下地趴着。

第三天的黎明降临时，他们靠岸了，沼泽地在他们眼里就像是坚实的大地。他们禁不住想手舞足蹈，想抚摸和亲吻腐烂的水藻。乔布又哭又笑。甚至连刚一登陆就被两条巨蛇攻击也没能熄灭他们狂喜的心火：一条蛇被厄温一鞭抽断，像根软烂的面条；另一条被克莉丝蒂插在尖利的木杆上，她怒喝一声，将它抖落到那连狡猾的野兽也会被吞没的窟窿里。

“幸好来的只有两条，而不是五条。”厄温缓了缓，摇摇头说，“不然就是它们收拾我们了。”

人们开始恢复理智。渐渐地，他们混沌的头脑里浮现出同样的念头：相较于剩下的路程，已经获得的胜利是多么的微不足道！幸福群岛依然无迹可寻，而若非坚持到底，所有的努力都会付诸东流。

克莉丝蒂避开了他的目光。乔布吐了口唾沫，绝望地摇了摇头。

从欣喜若狂到心如死灰，不过一步之遥，而这一步他们绝不能跨出。

“还剩多少绳子？”厄温严厉地问道，“只剩下这些了？太少了。断了的有吗？把它们绑在一起。我们走成一列。乔布，你走前面。克莉丝蒂，把木杆给他，然后拿上刀子。我有鞭子就够了。”

一整天都下着淅淅沥沥的小雨，他们不得不靠指南针指路，只希望指南针在此处还能依稀指出方位。这天几乎没有发生什么,因此他们堪堪填饱了肚子:浅浅的水洼里满是肥美的蝌蚪。灰色的野兽被甩在身后,未曾碰见舌怪。时而有蛇来袭,但它们连三人的汗毛也没碰着,没有造成任何损失。

第二天如同昨日,唯一不同的是,夜幕降临前,他们终于碰上了几丛直接长在沼泽上的干枯的灌木。他们停下来过夜,尽管被雨淋着,但至少不是在水洼里了。还有一个打火机能用,但篝火没能生起:湿透的枝条显然不想被点燃。

就跟昨天一样,厄温和克莉丝蒂相拥而眠。两步之外是咳嗽着、不时发出呻吟的乔布——他今晚第一个值夜。沼泽泛着微弱的磷光。四千万人踏上这个星球的唯一一片大陆,又将自己的遗骸投入沼泽化的边缘海,而微小的发光生物对此毫不在意。全能的沼泽甚至能让他们活得更久,以供自己消遣。

“想起来很好笑,”厄温低声说着,捻走克莉丝蒂耳后头发上粘着的冰凌,她的头发已不如往昔红亮,“有时我会觉得这是对的。”

“嗯?你指的什么?”

“放逐出社会,深渊星的惯例。社会学家至今仍在争论审判的意义是什么:是惩罚,还是对其他人的警示;是赎罪,还是反思的机会;又或者,不过是社会对个人的庸俗报复。虽然很奇怪,但社会保障一直很合我的心意。没有了罪犯——保护了社会免受其侵害,而罪犯究竟去了哪里,实质上并不那么重要……实话说,用幸福群岛一游替代光束枪的背后一击,我过去觉得,这简直是高尚的人道主义行为!我不是在开玩笑。"

"那现在呢?"克莉丝蒂冷漠地问。

厄温久久地沉默。

"说说你是怎么杀掉自己的市政监察员的。"

"你问这个做什么?"

"只是想知道。"

"用刀……他鬼哭狼嚎得像头猪似的……你不想知道为什么我要杀他吗?"

"我知道。他把你带到深渊星,许以金山银穴、社会地位,实际上是把你送进堕落腐化的魔窟,最后还把你抛弃了,或者送给了别的什么人。对吗?"

"你都是从哪儿得知这些的?"

克莉丝蒂觉得,厄温在回答前似乎笑了笑。"再怎么说,我终究是个计算者……"

"你算出我们还能坚持多久了吗?"克莉丝蒂咽着委屈的泪水,问道,"一天,两天?我不信能撑一星期。"

"我们总会走到的。"他说,"我想去那里。我们经历了那么多,已经足以为过去和将来所有可以想象的罪过赎罪。如果所有的这些都白费了,一切就会变成屈辱,你明白吗?"

"我不知道。"克莉丝蒂啜泣道。

“你这是怎么了,小家伙?”厄温温柔地抚摸她的头,“我们已经成功了一半。一切都会好的,你会看见的……”

在连绵不绝的雨中,他们又走了三天,他们用仅剩的碎绳子将彼此绑到了一起,一路上吃蝌蚪、赶蛇、将陷入沼泽的人拖出来。不知怎的,他们在这里没有遇见过舌怪,也许是因为沼泽很深,又或许是因为——厄温不确定地猜测道——底下的软体动物迎来了某种季节性的“斋戒期”,比如说,可能与繁殖相关。有一次,就在旅人们背后大概五十米远,众人刚刚走过的地方隆起了他们十分眼熟的小丘,它在震耳欲聋的声音中涨破,然而,噼啪作响地冲向天空的不是紫色的触手,而是褐色的淤泥喷泉,喷了三人一身,浮毯上的洞在剩余沼气的作用下,还咕嘟作响了许久。

第四天,蝌蚪变少了,到了第五天,它们完全消失了。值得高兴的是,蛇也销声匿迹了,还有在水域对岸就十分稀少的鞭藤,在这边完全不见踪影。沼泽似乎很坚实。如果不是因为饥饿、虚弱、发炎又难以结痂的伤口……每走一两百步,他们就停下来,等待眼前摇曳的黑色消散,等待心脏停止狂跳。

克莉丝蒂感觉到自己正在变得迟钝,而奇怪的是,这并不让她感到害怕。乔布已经失去了所有对命令提出异议的能力,他顺从地走在前面,没有换班,日复一日,他的咳嗽愈发严重,每走一步都会发出呻吟。厄温沉默,只偶尔用嘶哑的声音简扼地发出稍微往左或往右的命令,扰乱脚下原本整齐规律的脚步声。

啪嗒,啪嗒。扑哧,扑哧。吧唧,吧唧。

绿藻。褐藻。生机盎然的水藻和衰朽腐烂的水藻,交错如密密织成的吊床,松软似细细擀开的毛毡。一串串复果——还未成熟的、已经抛出孢子的、已经腐烂了的,像是一个个旧浴球。开裂的水鞋下满是黏液和气泡。

沼泽在身前,沼泽也在身后。沼泽在左,沼泽在右,还在脚下。只有上方——低悬着愁云惨雾和凄风苦雨混成的汤粥。

傍晚,雨水斜落,风力骤强。这锅云雨粥涌动起来,像是有个巨人在用一只虚幻的汤勺搅动着。平静了几分钟,又突然刮起急骤的狂风。

厄温第一个停了下来。克莉丝蒂没听到他的话,他不得不拽紧绳子拉住她。

"怎么了?"她喊了一声。

一阵狂风推得乔布直往后退。

"我们要留在这里了!"厄温指着自己脚下,大声喊道,"这次好像是来真的!"

克莉丝蒂躲避着狂风,指向了前方,那里没有涟漪交杂的水洼,而是一片凹凸不平的土墩带,看起来似乎更干燥和结实。

"也许那里更好?"

"我不喜欢这些土墩!"厄温朝她耳朵喊道。

百依百顺、对一切都无动于衷的乔布被他们用绳子拽倒,跟他们一起躺下。天很快暗了下来。夜幕降临在马尾藻沼泽,与之相随的是愈强的风。人们变得难以呼吸。天空中转瞬间黑云倾动,浓云密布,层云就如团团污泥。雨水横斜,劈头盖脸地打下。

能做的只有等待,还有期望风力不会无止境地变强。但风变得愈为猛烈。已经接受在劫难逃事实的人们只得相互在对方耳边大喊:“坚持住——风可能会把我们吹走……”

“我在坚持……这飓风是从哪里来的?从海里吗?”

克莉丝蒂听不清厄温的回答,但根据他点头的动作明白了,厄温的回答是肯定的。

“也就是说,它掠过了幸福群岛上空?”

“没错。甚至在幸福群岛时比在这里更强。”

“我明白了……只是活着、能呼吸、走在坚实的土壤上——就已经是一种幸福了,对吗?”

“没错。”

再然后他们连说话也做不到了。狂风的怒号遮盖了所有的声音。飓风拔出丛丛灌木,席卷至沼泽上空,劈头盖脸地扔下乱七八糟的水藻碎块和水珠。道道闪电劈在沼泽之上。

这让人难以忍受,但他们必须忍受住,紧紧地相互依偎,以免冻僵或死去。

狂风持续了整夜,直至早上才开始平息。黎明时分还出现过一次增强的趋势,但很快就偃旗息鼓,到了中午,攻势减弱至正常风力。一轮红日从乌云中探出头来,但处于半昏迷状态的三人仍久久地躺着,一动不动,或者虚弱地动弹几下,无力起身。

克莉丝蒂第一个注意到了在天空中盘旋的黑色生物。很快,它的周围就聚集了它的十几名同族。这些猛禽以令人惊讶的速度从飓风中平复,徐徐降落,搜寻猎物。

不知从哪里来了几只巨大的灰色飞兽,将黑色的生物给赶走了。食腐动物们准备第一个拿到属于自己的那份。它们用菱形的翅膀捕捉着上升气流,它们耐心地等待着,似乎毫不怀疑,自己并不需要等待多久。

厄温呻吟着坐到了水洼里。紧接着,他尝试站起来,他成功了。

"站起来……"

他花了很长时间才让克莉丝蒂站了起来,然后在她的帮助下拽着乔布站了起来。乔布看起来仿佛随时就要直直地扑倒在地,像根木头似的。书记员失焦的目光里只表达出:都走开,不要拽着我,我这样安安静静地就很好,为什么要把我拖去别处呢?

"他不能走了。"克莉丝蒂声音沙哑地说道,绝望地摇头,"我暂时也是……需要休息。"

"我走。"乔布梦游般地嘟哝着,打了个趔趄。

"你看见了吗?"克莉丝蒂尖叫道,"看见了吗?"

"我看到了。我们明天早上出发,现在先找个地方过夜。乔布,我们该去那边,看看那里。”厄温用手指了个方向,“那里,我觉得更干燥一些。我和克莉丝蒂再收拾点东西。”

乔布机械性地点点头,松开了绳子,他呆愣凝滞,像个机器人似的开始踩着啪嗒啪嗒的步伐走过水洼,往布满土墩的地方走去。厄温缠着绳子,目光紧随其后,一刻不离。

“我的头疼得像是要裂开了。”克莉丝蒂抱怨道。

“因为气压骤降……当然,还有营养不良。第一点会过去的。第二点也是……总有一天。”

“你还指望这个吗?”

“我相信会的。”

乔布继续笨拙地、啪嗒啪嗒地朝土墩直直走去。

“为什么你昨天说,你不喜欢这些土墩?”克莉丝蒂低声问道。

“因为那里明明更干燥,但不知怎么,却没有灌木生长。”厄温小声解释道。

“那可能……”克莉丝蒂欲言又止。厄温的意图清晰至极,也只有因疲惫和饥饿完全丧失思考能力的人才会不明白他的意思。为什么她会觉得厄温是个卑鄙的家伙呢?他只是理智到了恬不知耻的地步,可却是完全正确的。只有这样,才能在这里前行——用鲜活的探测器来探测腐烂的沼泽,选择最弱的人来扮演这一角色,反正他无论如何也不会有见到沼泽边缘的那一天。只不过厄温很早就明白了这一点,而她刚才才恍然大悟……

一切都发生在转瞬之间。离最近的土墩只剩最后几步，一圈圈小喷泉搅动了水洼，某种白色的丝线在乔布面前突然炸开，一瞬间缠上了他的手脚。乔布被猛地一拉，站立不稳，胡乱地挣扎和尖叫起来，听起来他与其说是害怕，不如说是很惊讶。克莉丝蒂忍不住叫出声来。

在奔跑中——如果在沼泽里迟钝拖沓的迈步可以算作跑的话——厄温挥起了鞭子。响亮的一击挥打在白丝上，但并没有能将它们打断。第二击落空了：细线俘住了鞭子，无比轻易地将它从厄温手中夺走，扯入沼泽。

乔布大喊起来，听起来更多的是出于恐惧，而不是疼痛。他很快变成了一个白色的茧。他渐渐停止了挣扎，呻吟起来，又抽搐了两下，最后陷入静止。

“他……死了？”克莉丝蒂咽了口唾沫，问道。

厄温点点头。他们伫立着，看着那些白丝从沼泽地毯里爬出来，准确无误地向牺牲品延伸，触碰他后，似乎就此静止不动了。

“它们会直接在他身上生长。”厄温阴着脸道，“他现在是它们的培养基了。”

“植物？”克莉丝蒂想要背过脸去，但她不能。

“我觉得是菌类。这些丝线是它的菌丝。是个菌丝体。”

他们沉默地后撤到安全距离，找了个地方过夜。西斜的落日久久不愿落下，似是怕把自己弄脏。两镰弯月若隐若现，天空斟满了浓稠的蓝色。

“乔布救了我们。”克莉丝蒂几近冷漠地说道,“不然我们明天会直接往那边走……”

“是。”厄温低沉地应道,“有这样的可能。那么乔布就会在明天救下我们。”

第十一章　二

到了早上，乔布的身体已经所剩无几：只余皮肤、骨头和衣服的碎布，大半个身子被拖进了沼泽里，覆着一层薄薄的褐绿色。显然，再过几天，便只剩长条状的土墩标记着这个安静的、因不为人知的罪行被判决的书记员的葬身之地。

这种肉食性的蘑菇并非只有一个，似乎还有很多隐藏在前面，并且并不是每一处都有土墩这样的标记。厄温把绳子缠在断了的木杆上，像投掷鱼叉一样地往前一扔。无论木杆是刺进沼泽地还是漂浮在沼泽面上，每当有白色的细丝缠上它，他就要及时地把绳子往回拉，以免失去木杆，即使它只剩下半截。半天过去，两个旅人向南绕了一大段弯路，终于成功地绕过了危险的地带。

更糟糕的是，飓风弄乱了沼泽原来的模样，原本一眼便知藏不了野兽的地方，现在变成了冒着沼气的新的一片烂泥地。水藻一动不动地铺在沼泽上，被冒泡的淤泥带分割成一片片区域，像是紧密相邻的浮冰群。他们行动迟缓,不得不寻找或多或少更结实些的地方作为跨越不同区域的渡口。他们常常停下来,像棋手一样提前好几步计算要走的路。

“不过,很快就能知道哪里是薄弱点了。”厄温安慰道。

而当克莉丝蒂在看似坚固的地方突然沉下,一路陷到胸口时,他不得不承认自己的错误。若是没有那半截木杆,她已经从头到脚整个陷入沼泽。

两只蝌蚪就是他们今天所有的收获,他们老老实实地均分了。克莉丝蒂试着去抓水藻里乱窜的小虾,但它们的味道极为令人作呕,几乎无法入口。

他们一天没走多远。在厄温的怀里入睡前,克莉丝蒂已经平静地想象着,饥饿会在幸福群岛显现在天边的迷雾中之前,将他们杀死。又或许,地图是故意骗人的,马尾藻沼泽根本不是通向群岛,而是直通开阔的海洋?谁能弄明白,为什么沼泽没有被海洋冲刷干净呢……

第二天,他们很走运。当天空被第一缕曙光映红时,厄温碰见了曾远远见过的一种敏捷的群居动物的窝。他在这只生物一跃而起、飞跑离开之前成功用刀杀死了它。

他们在日落前停下休息了很久,因为他们又遇到了灌木丛。厄温设法点燃了一小团篝火,勉强把他们的猎物微烤了一下。到了晚上,两人终于享受到了鲜嫩多汁的肉。他们饱受折磨:经常需要进食但每次只能吃到一点点,吃下之后,胃也仍会如刀割般疼痛得痉挛起来。

次日,他们在原地度过,把抓到的猎物吃了个精光,仔细地将含有几丁质的外壳也刮了个干净。他们似乎连骨头都不愿剩下,可惜这种生物没有骨头。

然后他们相拥而眠,在睡梦中敏锐地倾听着沼泽的一举一动。厄温从女人身上解下囚服的碎布时,克莉丝蒂帮了他一把。他们疯狂地爱抚着彼此,在一片冒着泡的黝黑水洼里翻来覆去。两人交缠的身躯将沼泽的浮毯压得凹陷,他们的下方就是无尽的深渊,他们吸食着沼泽腐烂的毒瘴却对此无知无觉,只有一件事让他们对自己感到惊奇:他们两人竟然还有性爱的精力和欲望。

“我们会到达幸福群岛的,对吗?”

“对。剩下的路程不多了。”

“之前我不相信……现在我信了。听着,我想问你一件事……只不过你要诚实回答……”

“什么事?”

“首先,你要保证你会诚实地回答。”

“我是个诚实的刑犯。”

“停下……”

“然后是诚实的两栖动物。再在水洼里睡两晚,我们都要长出鳃来了。”

“你别开玩笑,你认真地保证……”

“我保证。你想问什么?”

“你从头到尾都在撒谎,对吗——从最开始的时候?那些关于你是强大的计算者的事情,你是怎么做出最理想的计算的……你是想安抚我,对吗?”

她等待着回答,但没有等到。

“为什么不说话?你是在可怜我吗?”

“是。”厄温闷声说,“我都是胡说八道的。你生气吗?”

“不,你在说什么呢。我很高兴。爱上一个可以计算出你的爱并且把它纳入方程组的人,很可怕,不是吗?”

“是。”

这个夜晚异常美妙:晴朗,而又温暖。没有来袭的蛇,没有显示舌怪靠近的微微颤动的泥沼。这天夜里,他们明白了,沼泽也可以是慷慨的。

早上,克莉丝蒂问:“我要像之前一样走前面吗?”

“这样比较安全。”厄温叹了口气,回答道,“即使我不是计算者,这也是显而易见的事情……不过如果你想的话,我们就轮流带头。”

“好吧。”克莉丝蒂摆摆手,笑道,“你就在后面慢悠悠地走着,欣赏我的弯腿。”

“是直的……”

越往东走，沼泽里的生物就越少。有好几天，他们没有碰上任何活物。寻找蝌蚪让他们疲惫不堪，却没有任何收获。就连黏液团，也随着带状水藻的消失而离他们远去了。只有灰色的飞禽像之前一样在高空盘旋，紧追不舍，等待着自己梦想成真的一刻。

离开腐烂浅滩的第十九天，克莉丝蒂开始抱怨自己的鞋子挤脚。看来，饥饿和盐水开始让她的脚肿胀起来。厄温费劲地将她的鞋子脱了下来，藏在了更像是一团泥的背包里。第二天，他感觉自己也开始发肿了，他脱了鞋，然后，为了不负担多余的重量，把两双鞋都扔进了最近的水洼里。

“最好还是赤着脚，这样才能活下去。”他解释自己的举动。

第二十天，一只巨大的舌怪在离他们大约五十步的地方炸开了沼泽的表层。它高高扬起的紫色触手跟电视塔一样高。当它拱起浮毯，横扫自己周围的沼泽时，在藻毯上扬起了如同风暴的巨浪。逃跑毫无意义。“别动！”厄温喊道，尽管他还没开口，克莉丝蒂就已经被吓得浑身僵直。触手摸索了一圈，在比克莉丝蒂高一些的地方挥过，碰到了静止不动的厄温，并将他按下了沼泽，但没抓住他。也许，在靠近自己核心的地方，它的感觉不是那么灵敏。

他们爬出了危险地带，爬出来时，一边顾忌着浮毯的轻轻摇晃，一边因腐烂水藻的微微颤动而感到害怕，常常停下来，静止很久。当他们成功爬到安全距离的时候，舌怪察觉到猎物一个不剩，狂怒地朝四面八方挥舞触手，瞬间便将沼泽的浮毯变成了难以越过的泥潭。他们逃过一劫,久久地躺在温暖的咸水水洼中,没有力气起来继续上路。

“你还记得我们那晚吗?”克莉丝蒂的声音几不可闻。

“当然。”厄温沙哑地说,“难道能忘掉吗?”

“沼泽将它投给我们,就像是扔下一点施舍。我们再也不会有那样的夜晚了。”

“也许吧……至少在沼泽里不会再有。再等等,等我们到了幸福群岛……”

“到了那里我就变丑了,到了幸福群岛,我会肿成丑八怪。即使我洗干净身上的污泥,也会有脓疱。你会连看都不想看我一眼。马尾藻沼泽不想放过我们。每晚,我都会因为噩梦而尖叫。”

“你会是最好的、最完美的。”

“在我看来,这些污泥永远不会被洗净……”

“一切都能被洗净,相信我。我们会忘记过去,就像忘记一个愚蠢的梦。而沼泽会是我们第一个遗忘的,我向你保证。”

“我不能。”克莉丝蒂摇摇头,“你也不能。”

“谁知道呢。无论如何,我们都尽力了,不是吗?”

第二十一天,一株不认识的肉食性植物把克莉丝蒂从身边放了过去,却猛扑向厄温。它看起来更不像植物,而像是一团缠结在一起的蓝黑色的蛇。他成功地割下身上的藤须,松开了显然被植物当成了美味猎物的背包。

也是这天，厄温发现了一株鞭藤并将它割下一段，与此同时却失去了匕首——它被勃然大怒的断裂藤蔓扯进了沼泽——还差点失去了手腕。他并没有多惋惜：只有从来没蹚过马尾藻沼泽的人会认为刀比鞭子珍贵。

第二十三天，厄温发现用四肢爬行似乎要比两条腿走路容易得多，也舒服得多。他为什么没有早点知道呢？……只是不可思议的意志力让他强迫自己站起来，静待自己眼前的黑暗散开，然后从黏稠的泥泞中撕下水鞋的碎块，在一天内，他将无数次重复这个动作。

吧唧。吧唧。吧唧。

饥饿性的昏厥以可怕的规律性重复着。当克莉丝蒂倒下时，厄温意识到了这个事实，但仍然继续往前走，直到被四仰八叉的克莉丝蒂绊倒，自己也倒了下来。当厄温倒下时，克莉丝蒂会试着向前走一段时间，但拽绳子毫无用处，然后她只能不乐意地走回来。他们相互搀扶着站起来，想着，如果没有相互支撑，他们恐怕没法自己起来。主要的原因是——他们不想离开彼此。

也许，只需一条饥肠辘辘的蛇，就能毫不困难地杀死他们两个。但没有蛇。只有秃鹫，在晴朗明媚的天空中不停地盘旋。

"好了。"克莉丝蒂停下来，喘息着，她没有倒下仅仅是因为她撑着一截木杆，"我不行了。就让我们这么死了吧，这样更好……"

"我们还能走。"厄温呢喃道，煎熬地忍受着双腿的交替移动，"我们不会死……"

“我不想活了,不想!”克莉丝蒂无声地哭泣着。

“你闻到了吗?”厄温问道,他动了动鼻子。

“没有。我该闻到什么,你说? 是什么?”

“海的气息。外海的空气,不是马尾藻沼泽的。是自由的气息。生命,坚实的土地,一定还有食物。只剩下最后一点路了。”

“你出现幻觉了。”克莉丝蒂绝望地摇了摇沾满冰凌的头发。但她的声音很冷。

“我告诉你,剩下的路程不多了。一天,或者两天。很快就到了。”

“你真的相信吗?”

“当然。如果空气透明度高一些,我们现在已经能看到群岛之巅了。那是火山口和山巅。”

“而在我看来,这片沼泽没有尽头。”

“会有的。我们会一路顺风顺水。如果我们像第一天那样精力充沛,本来今天就能到了。现在这样——得明天。”

“你确定?”

“嗯,或许是后天。这是最糟的情况。好了,走吧……”

“如果后天没有……”克莉丝蒂深吸了一口气,往前迈出步伐。

她来不及说完,也来不及尖叫。她脚下薄薄的一层状似结实的沼泽植毯的植被膜破裂了。克莉丝蒂迅速地陷下了沼泽,像是一块被扔进水里的石头。

这一猛坠溅了厄温一脸的泥。他打滑了,设法用脚底刹住,双手紧紧攥着潮湿而滑腻的绳子。在绝望的泥潭的“窗口”,悠悠晃动着泛着油光的水。

“坚持住!”他低声说,祈祷绳子不会勒破弯曲的植毯,“我在拉! 我在……”

他觉得自己在一点点地从沼泽那里夺回它的猎物,尽管实际上他正被一点点拖向沼泽的陷阱。然后,在泥潭深处,有什么猛地拽了拽绳子,像是有一尾体型巨大得难以想象的饥饿的鱼咬了钩,然后断绳轻易地被拉出了泥潭。

有好几秒钟,厄温迟钝地看着那截断绳,直到他意识到自己没有必要逃跑。没有什么未为人知晓的泥潭居民,也没有谁在这里设下陷阱。由很多段碎布连成的绳子并没有被咬穿——只是一个绑得笨拙的绳结松开了。

第十二章　一

在第二天逐渐熄灭的暮色中，厄温爬到了岩岸，他费力地登至比最高潮汐线更高的地方，倒头便睡着了。有生物在他周围徘徊，但并没有贴到他跟前。不时从梦中醒来陷入另一段睡眠的厄温能感受到它们的存在，听到它们的爪子在石面上发出沙沙的声音，闻到陌生的气味。有兽群——那更好。动物就是食物。这是不同于蝌蚪的好东西，他已经吃腻了蝌蚪，腻味到想呕吐。厄温又陷入了睡梦中。坚硬的花岗岩被日照晒得十分暖和，一晚过去也未见冷却，在这上面可以想睡多久就睡多久。

暗夜里，没有谁敢袭击他，而破晓时，他发现有几只身上覆盖着鳞片的小兽正好奇地看着他，不带恶意，也不带恐惧。他一鞭结束其中一只的生命，剩下的跑远了一些，但并不打算就此落荒而逃，而是吐着舌头，在一段距离外坐成一排，看这个人类是怎么准备早饭的。直到篝火升起的烟转向它们熏来时，它们才不乐意地四散开来，消失在灌木丛中。

自从走出大陆海角的警戒网，厄温就没有吃过比木棍上烤着的这只小兽更美味的食物了，而现在他觉得，这是他自出生以来吃过的最美味的食物。他流着口水，等不及烤熟透，就扑向了还冒着烟的半生不熟的肉，像是条贪婪的食人鱼。他狼吞虎咽，不时发出咆哮和号叫。他被肉噎住了，不住地打嗝，不时恶狠狠地四处张望：是不是有谁想要夺走他的食物？他甚至不会像维护这死于他手并被他啃了一半的小兽一样激烈地维护自己。一个人走到这里多好啊！如果这里还有谁——就必须要分享了。

吃饱了"兔子"——他决定这么称呼这种自己不认识的动物——他又睡着了，这次他睡得安稳，没有梦境打扰，也没有早早醒来，一直睡到心满意足为止。在沼泽里流浪的时候，他有多少次梦想着自己吃饱睡足啊！——而现在，他一次就获得了梦寐以求的两样东西。如果梦想不能实现，生活又有什么意义呢？一文不值。所以它们应该被实现……

无论如何，为了那些聪明又顽强的人。

厄温睡着时，那只小兽的残骸不知去向，但他并不担忧：没有戒心的小动物随时都能逮到，想捉多少就能捉多少，"兔子"在岸边的丛林里到处都是，并且毫不畏惧仅仅离它们几步之遥的人类。它们似乎从未见过人类。

厄温克制着自己内心灼热的渴望，他想现在就尽可能多地猎杀愚蠢的“兔子”,以保障自己一周所需的最低分量的食粮。不用着急。在那之前,应该细察新的领土。

现在,他已经达到了自己的目标,而他的肌肉不愿好好工作了。他吃力地爬到了一座不高的小山山顶,不得不在温暖的石头上坐了一会儿,但即使坐着,他也能看到远处的海洋。他能在一天内走到海岸边,中途需要爬过几座小山岗和几片开阔的丘陵。厄温不想立刻启程,冷静的计算告诉他,无需仓促。马尾藻沼泽的噩梦已被抛在身后,现在没有必要匆匆忙忙。

下到洼地,他发现了一条小溪,于是一番痛饮。让他惊讶的是,水是温热的,且是矿物质水。他频频停歇,顺流而上,找到了一座天然温泉。不少未知物种闲躺在浅水处,怡然自得。

厄温用石头赶走了它们,他想,自己找不到比这里更好的地方了。从海洋吹来的暴风刮不到这里,这里也几乎闻不到沼泽腥臭的瘴气。他在靠近泉眼的地方生活了五天,每天都久久地浸在温泉里,迅速地恢复了体力。他身上硬成壳子的泥块被刮了下来,流脓的眼睛逐渐痊愈,浓密的头发和长长的胡须变得柔顺,鼠蹊部的癣痂也除掉了。他睡在一堆苔藓和干燥的树枝上,如果天要下雨,他就搬到自己建在树下的小窝棚里,那棵树枝繁叶茂,挂满了令人惊叹的鲜美多汁的果实。

他吃了很多。除了果实和浆果,岛上跑着、爬着、长着一切能喂饱饥饿的流放者的美味。猎“兔”总是以成功告终。大型的走禽,肉质细嫩但带着点肥腻,能毫不费力地徒手捉住。慵懒的蜥蜴,素以低潮带的沼泽藻类为食,丰富了菜单。岛上似乎既没有大型的独居猛兽,也没有小型但数量危险的群居动物。厄温很快不再在睡觉时采取防备措施。甚至连有翼生物——马尾藻沼泽的噩梦——也不知为何没能飞越陆地。他,岛上唯一的人类,占据着此地食物金字塔的顶端,对此他十分满意。完全无须费神。

第六天,他觉得自己已经足够健壮,能够进行长途跋涉了。傍晚,他穿过了岛屿,从沼泽来到了海边。朝沙质海岸翻涌而来的海浪让他激动起来。在水面前,这块由里到外都平坦且布满沼泽、名为"大陆"的唯一大陆是多么渺小!赋予这颗星球贬义名称"深渊"的人类又是多么渺小,深陷于无休止的奔波和喧嚣,沉浸于利益和虚荣的争斗,他们能够去看,却已经忘记如何去洞悉!

厄温掬起一捧咸咸的海水泡沫,洗了洗脸,笑了起来。

克莉丝蒂是对的:对于被定罪的人,不是惠赐以迅速的枪决,而是将其流放到马尾藻沼泽,仁慈地将他逐入地狱——这是合乎人道的。让罪人走过地狱,抵达天堂——这很荒谬,但不得不说,也是合乎人道的。

他找到了一个能避风浪的小海湾,尽情地畅游一番,洗干净破烂的衣服,然后在滚烫的沙滩上将它烘干。实话说,囚服和不合身的裤子仅剩的布料刚好可以考虑:是该将这破旧的碎布穿在身上,还是该将它们缠在腰胯上呢?当这团破布完全腐烂的时候,又该怎么办呢?

思维被这个问题占据了一会儿,随后厄温大笑起来。不用怎么办!在这个纬度没有冬天,不穿衣服也可以度过。不必感到难为情,这里没有别人,之后也不会有。

他一个人来到了幸福群岛,独自一人!其他人都没能做到,而马蒂亚斯——他们之中最聪明的人——立刻就明白了,没有必要拖长结局、久受折磨。尽管他明白了这些,又有什么区别呢……谁,谁能到达呢,如果让这九个人再进一次沼泽的话?尤斯特?也许吧,这个头目可能到最后一天才咽气,前提是他有所有的资料,甚至多少得会从中学习。乔布跟瓦连京?永远不会。老人奥伯迈尔,无所不在的主的教会传教士?不。至于矮胖的玛利亚,完全无从说起。莱拉?恐怕也一样……

他不愿想起克莉丝蒂。

毫无疑问,他是幸运的——但即使有接连不断的好运,他也帮不了其他人!

他到了!他赢了!走到、爬到、拖着吧嗒吧嗒的步子来到这里的可能性几不可见,而在大陆上的时候,实际上完全没有可能;到腐烂浅滩之后,成功的机会只增加了一丁点,但他珍视每一点可能性,将它们收集并保存起来,就像守财奴积攒每一枚铜币,而最终证明他是对的,因为他赢了。

计算出最为合理的行为方针,绝不偏离预设好的轨道——这难道很难吗?

至于他自己的行动方针,他在囚车上就已预先算好。他一步步观察那些偶然跟他一起被遣送的人,并在警戒网外的岸边把计算变得更精确。那时候他就知道该跟其他人分开:这些被审判的废物里出了一个做事简单粗暴的头领,而厄温想要做得更巧妙、不引人注目。要有一个高尚的蠢人在岸边跟他发生争斗,让他在取胜的情况下,慢慢地变成一个吸引仇恨的对象。分开之后,确保距离不远不近、能够被看见,要作为一个有引诱性的范例,让尤斯特愤而失控,变成听话的两脚工具——而这个范例不仅要有运气,还要有人性,而人性作为资本,价值千金。然而,提前挑起对头领的反抗是不值得的:要从腐烂浅滩突围,强大的战士绝不碍事……

结果亦是如此。

海梅的意外死亡让基础计算进行了很大调整。厄温决定把年轻男孩和克莉丝蒂作为自己和其他人类数组之间可靠的双重缓冲区。没错,所以多半不得不在腐烂浅滩亲手把尤斯特杀掉……但为什么没有这么做呢?在夜晚的混乱中,实施起来应该并不困难。

海梅死了,尤斯特就不能杀。这样更好。只是在这之前,不能背弃尤斯特:一个往日执拗的人的顺从只会让头领产生提防。

接下来就容易多了,几乎是一帆风顺。跛脚传教士和臭鼬的离去不值得可惜——这两个人也坚持不了两天的路。用完的废弃材料罢了。

剩下的三个人刚好够让第四个人到达幸福群岛。他们原来也能逃出来,如果这条路没有这么艰难、这么漫长的话。

原则上,尤斯特死后,他也可以厚颜无耻地篡位——反正其他人也没有别的选择。但如果那样,陷入极度歇斯底里的可能不会是瓦连京,而会是乔布和克莉丝蒂。不得不做出抉择。

厄温坚信,死者不会出现在他的梦里,谴责他,纠缠不放。他有什么对不起他们的?这是一场公平的比赛,而他纯粹依仗智慧取得了胜利。他算好了每一步……嗯,几乎每一步,而他们只是在走,温顺得像群绵羊,指望着谁也不知道的东西。

难道他们真的像相信救世主一样相信他吗?不,当然没有。但他们很想、很想相信。每一个人的死亡都对他有利,因为丰富了认知,让他能更准确地计算形势。

还有,难道他对他们说谎了吗?说谎和合理地运用真相可不是一回事。他没有亲手杀死任何一个人,也没有强迫任何一个人违背意愿与他同行。尤斯特——当然不是。没有人说他不会遇到危险。是,他把他们所有人一个一个摆好垫背,踏着他们的骨头往前走,因为他算不出别的方法,还有,顺便说一句,他在大陆上时就知道自己将被迫爱上一个女孩——同样,有谁阻止他们了吗?没有谁,也没有什么东西,除了他们自己虚弱的头脑。

阿门。

经过一个星期，厄温前前后后地摸透了自己的小岛，他估算了到邻近小岛的距离，研究了海峡间水流的强度和方向——并没有特别的目的，只是以防万一。然后，他在倾倒的枯树下找到当地小兽的巢穴，计算幼崽的数量，大致估算了一下小岛生物群落的其他参数，算出了当地食物基地的生产水平——得出的结果是，这座岛光是用“兔子”就可以养活十八个人，并且不会造成种群整体数量的损失。他的大脑需要进行这样的计算，得出结果后，他暂时平静下来。

野兽还是像之前一样毫无警惕。对它们来说，人类究竟是什么呢？

他不喜欢看沼泽，它在午夜的噩梦里摧残着他，但从某个时刻开始，在阴雨绵绵、月色暗淡的夜晚，他会在最靠近沼泽的山丘上点燃一团巨大的篝火——点亮一座在很远的地方也能看见的灯塔。

无论是谁，随便什么时候……

渐渐地，他长胖了，他不喜欢这样。他从小就讨厌体力锻炼和运动。不得不承受的体力负荷是另一回事。或许，为了保持体形，该去旅行一阵？这个岛荒无人烟，但为什么不去别的岛上找一找难兄难……幸福的同志呢？

他决定了：他要沿着岛弧[①]从头到尾地绕一遍。开始先往北走，如果在那儿找不到人，就回头往南走。不，他再也不会往马尾藻沼泽里钻了——他受够了永无止境的沼泽！岛与岛之间狭窄的海峡

① 大陆边缘连绵呈弧状的一长串岛屿。

可以泅渡,要横渡更宽的海峡则需要凿一条小舟,或绑一排木筏。无须吝惜时间——实际上,没什么好匆忙的。他还远远谈不上老,他还有大半生。

三个月后,他到达了群岛的最北端,一路上没有遇上任何人类的踪迹,有几天,他睡在废弃的射击场里,那里长出了一片茂密的森林。小兽又在岛上繁衍起来,同样不怕人。有时在森林里会看到长满苔藓的混凝土建筑和锈蚀得所剩无几的金属。偶然遇上破旧皲裂的轮胎,厄温会久久抚摸,失声呜咽。

一年过去了,他坐在小岛南边陡峭的岸崖上,朝着大海哭泣。漫长而艰难的旅途皆为过往。而前方一片荒芜,只有一条长长的岩石岬角,从岛屿南端延入海里。噙着泡沫的朵朵浪花涂抹着马尾藻沼泽凌乱的边界线。大陆坐落在地平线外的某个远处——过于遥远,让人无法指望乘着就地收集材料制成的木筏能够到达。

厄温哭了。

他不会在任何地方久留,除非他必须细察这个地方,为下一次马不停蹄地去往南边做准备。不匆忙,但也不蹉跎——这是他的座右铭。

未受惊扰的野兽在自言自语,但厄温专心致志地探索着这一小片土地,从他想要建营地的角落开始。有大火烧过的痕迹,但并非篝火。

他曾差点窒息而死,当时他所在的环境恶劣的小岛上火山喷发，他成功地逃出了燃烧着熊熊大火的森林，尽管火舌紧随其后，天空落下炙热的火弹，而灼人的火山灰让他甚至连近处的东西也看不见。他也曾从兽口逃生，在他横渡一道并不是最宽的海峡的时候，一只海洋凶兽将他的独木舟咬成了两半。还有一次，他坐在替代独木舟的不甚结实的木排上，被卷进海里。他从头到尾地走过了整个岛弧，一共三十九个小岛，有大有小，有低有高，有的好客，有的不太欢迎他；有的宁静，有的遍布浓烟滚滚的火山。他睡在落叶堆中，树枝间，光裸的岩面上，间歇泉旁温暖的水洼里，在古老的岩浆流那因地下传来的轰鸣而颤动的粗糙脊背上。他自言自语，也没能和到达幸福群岛的逝者们说话。有时他会觉得，他的确爱上了克莉丝蒂，然后又害怕自己丧失理智，遂暴怒而尖刻地责问自己，嘲笑这奇怪的臆想。

有一回也许是神经错乱，他走回了马尾藻沼泽，走了半天，又在回程中受尽惊吓。但实际上让他害怕的是：如果不是希望驱使他沿着岛弧走，他可能会走得更远——往西走，到大陆去……

几乎到处都是食物，唾手可得。

他没找到人。

有一次，地平线上来了一艘船。厄温在山上点燃了一堆冒浓烟的篝火，一边跳，一边在头顶挥动他衣服的碎布——如今它已经完全腐烂，早已弃用——他大喊至失声，尽管他完全明白，没有也不会有任何的船只靠近幸福群岛。这些岛屿不适合船只停靠。

群岛是给那些走到这里的人的。

更确切地说,是给**那个**走到这里的人的。

唯一的一个人。三十九个小岛——属于仅有的一个人类!

实在太多,远超任何所需。而随着时间推移,保持神志清醒的可能性微乎其微;甚至会想要往回穿越马尾藻沼泽,而这在正常人眼中是不可能完成的任务。

但也许……

也许,在明媚的一天,或者同样不失美妙的一晚,岩岸边会爬来一个半死不活的、没被沼泽吞掉的幸运儿?就让这个奇迹发生吧,即使不是今天,不是明天,甚至要过一年,只要某一天它能实现。它会实现吗?有朝一日……

厄温知道答案:永远不会。要走到幸福群岛,光靠奇迹是不够的。不如从天上飞过来——这要容易得多!人们还需要学会精准的运算,这与奇迹无关。厄温走到了这里,是因为他的计算。不间断地计算,因为情况一天能变化好几次,抓到蝌蚪要算,跟克莉丝蒂说话要算,而且往往不会知道,运算结束后的五分钟之后会不会需要重新计算。

经过一路上所有的计算,经过无数次修正和检查,厄温可以毫不费力地算出下一个逃出来的幸运儿出现在幸福群岛的时间的数学期望值和方差——他无法让自己开始这项计算,因为他已经预料到了结果。

除非发生奇迹……甚至是一系列的奇迹，能被称为持续性的运气。那个人还该是位独一无二的计算者，或者有着同样罕见的直觉。

厄温知道，在深渊星上，没有谁的运算能力能与他相比。他向来不信直觉主义者，同样也不信绝不犯错的预言家。

但现在他非常想相信。

也许他能预见自己的未来。

（所　遴　译）

飞猴小姐与种马

勘探员来到平行宇宙中的地球，那里天灾频发，其中最神秘而危险的，是那“飞猴”一般的生物……

他们常常讲什么“人类进化链上缺失了一环[1]”。好吧，那又怎么样呢，我们可以跳过这一环！

——亚瑟·柯南·道尔

五月十四日，一切正常

秃子领导昨天把我给开除了。前天也是。他老是这样干，我已经习惯了。前天不只是我，我们整个平行勘探队都被他解雇了——我根本不知道是为什么。可能因为他浑身发痒。可是那关我们什么事呢?

哦，他还威胁说要毙了那些隧道工人。对此我表示赞同：毕竟不管从哪个角度看，都是他们带来了那些未知矿物。当一块不明巨石冲破减震网砸在混凝土上，瞬间变成一堆粉末的时候，那帮隧道工人开始浑身发痒，不停抓挠。真棒。然而遗憾的是，一部分粉尘

① 根据进化论提出的观点，人类从其他灵长类分化为单独物种的过程中，应存在既保留其祖先、也包含进化后之生物的特征的过渡物种，但至今并未发现该过渡物种的化石。

被吸入了通风系统,进而开始在整个建筑物中扩散……好吧,我们也全都开始像被跳蚤咬过的猴儿一样抓起痒来。痒痒石——这是我给那种外星矿物取的名字。我觉得这名儿取得不赖,通俗易懂。我还特意查了矿物百科全书,上面有菱铁矿,有硫磷铝锶石,但没有一种石头叫痒痒石。很快也该把它添上了。

有传言说,秃子想要以权谋私,以自己的名字命名这种新矿物,但我个人认为,这种想法压根儿没经过大脑。当你不停抓耳挠腮,简直快把自己的秃瓢都抠破的时候,你的名字可没必要被记载下来。当然,你要是杀了人或者开了人的话,就两说了。

老实说,那些隧道工人也没做错什么。他们哪知道会挖到什么呢?就像渔夫,可能钓到鲫鱼,可能钓到只旧鞋,甚至能钓到潜水员,都是随缘的事儿。当你打算打开通向外星的隧道时,就应该把惊讶这种东西从情绪列表里踢出去。在接收井那边儿会出现各种你想象得到,或想象不到的东西。

最常被抽进去的当然是各种矿物,偶尔会有外星动植物的化石,极少数情况下,会出现一种叫作物质文明载体的东西。啥事儿都有可能发生。当然,不会抽进去活的细菌或是病毒什么的,不会有什么活物,因为有生物过滤器。

如何通俗一点解释这东西呢?大致说来,隧道有点像吸尘器的软管,只是过滤器在管道的另一端。软管本身并不是用某种材料做的,而像是用五光十色的空气编织而成,流光溢彩。这种软管直径能达到四十米,而长度则无法用人类熟悉的单位来丈量。我始终不明白,什么样的单位规定下,零和无限大是相等的?完全无法理解。

要是真有谁会把外星病原体弄回地球,那就是我们平行勘探队了——之所以叫平行勘探队,是因为我们探索各个平行宇宙。我们更常被称为潜孔者,因为我们有一个专门的小隧道,或者说,根本就是一个小孔,当然,那边也没有生物过滤器。然而,这个小孔周围有足足五个隔离区,等我们从外面回来之后,且看着吧!隔离区那帮人会用无数液体冲洗我们,用某种小玩意儿照射我们,往我们嘴里硬塞进某种致命的化学物质,再将我们赶去灌肠,然后整整两周,他们会从防弹玻璃后面观察我们的情况——看我们还活着吗。

但是现在……呸呸呸,让我们跳过这个话题吧。要是有人告诉你,潜孔者们带了些会传染的东西回地球,别相信就是了。我一般是这样对外解释的:除了我们的成员以外,只有一位实验员出了点问题,他也不过就是尾巴骨长长了一点。这能通过手术治好,一点也不吓人,就是有段时间不能好好坐着罢了,当然,还会被人在背后不停嘲笑。但我们所有人同仇敌忾,嘲笑者得到了他们应得的下场。我也是昨天才意识到,秃子好像就是那时候把我们都给开了的。

好吧,就是这样了。现在我被开了,正闲坐着,这种情况也不鲜见,但我此刻突然就想干点什么。喏,臭虫偷偷塞给我一本书,叫《日环》,是一个叫西马克[①]的作者的旧作。书很旧了,纸张有些发

① 指美国科幻作家克利福德·西马克(Clifford D. Simak,1904–1988)。

毛。我从来都不是个喜欢读书的人,但当你无所事事的时候还能干吗呢?于是我沉浸在书页中。我跟你们说啊,存在着许许多多的平行宇宙,这点西马克没说错,但不知为什么,他觉得所有平行宇宙都是我们的宇宙的翻版,只不过没有人类存在罢了。事情要真是这样简单的话,那还用得着我们这些潜孔者吗?况且,为了开通隧道,那些想要进行星际移民的人可是交了不少钱。就这样,人们也挤破脑袋地想移居外星——毕竟谁都想去天堂。

可问题就在这儿了。与地球相似的行星在平行宇宙中多了去了,但天堂到现在都还没被找到。这是目前探索了一百一十七个平行宇宙之后的粗略结论。哪里的恒星都和我们的太阳大同小异,但行星们可就不是这样了。它们的大陆形态就不一样——好吧,这是句废话。实际情况其实更有趣。确实,有四十九个世界里没有生命存在——这是比较严重的情况。另外的五十三个之中,游离氧含量少到连只蚂蚁都难以活下来,更别提人类了。那里主要是最初级的单细胞厌氧类生物,它们不需要氧气就能生存。而剩下的十五个宇宙里,有十一个因为各种原因被排除了,还有四个则压根没有像地球一样的天体存在:其中一个宇宙中,在距离太阳第三远的位置上是个小行星带;在另一个宇宙——则是一颗类似月亮的流浪卫星,孤零零地转着;其余的两个则连这些都不如。地球可能压根就没有出现过,可能已经毁灭了,也可能被从天体界开除了,我不知道。没有地球的宇宙对我们来说有何意义?如果连在我们的宇宙里,火星都被认为不适合作移居地,那还要另一个宇宙的“火星”干吗呢?

但人类确实需要个地儿安置,这点我同意。人类自己也想找个别的安身之所,最好是像这位西马克笔下的某处一样。那种空气清新,草肥水美,树木在自然保护区以外也能生长而不会枯萎地方。作为“机遇公司”的员工,我们正寻找着这样的地方。毕竟馅饼不会直接从天上掉下来,对吧?

现在大家都在议论,似乎是说在昨天的董事会上关于87号地球的问题又被拿出来讨论了。哦,就是那个有着让人尾巴骨变长的病毒的星球。会上列举了一些它值得移民的理由,诸如:各项指标显示,这是一颗非常宜居的行星,有森林和水源等资源;还说,那里没有发现其他危险疾病的病原体,这就没什么好怕的,感染过病毒的人会产生抗体,况且长了一截的尾骨可以切掉嘛。我说不好,要是我有体面的工资收入,有保险津贴,时不时还有可观的奖金可拿的话,我难道会同意拿出自己的血汗钱,给自己弄一条像狗一样的尾巴吗?绝不可能!臭虫也说他不会。所以,别指望星际移民们会去87号地球了,没人是傻子。

秃子领导见我在看书,又嚷嚷要开了我。然而十分钟后他又屁股冒烟似的跑了过来。“全体集合!”他喊道。“你倒还坐得稳当得很?”他冲我说,“给我马上去指挥室!”嗐,肯定是隧道工们又开辟了一条通往外星的通道。这已经是第一百一十八个了。

我往指挥室的方向瞄了一下,大家都是一副累得要死还得被揪起来干活的衰样。这种混乱场面,从上次我们这头的隧道安全区那边掉进来一架三开门镜柜以后就再没有过了。我知道,您要说这种东西都是为了糊弄投资人搞出来的把戏。我自己也这么觉得。但钯铈合金制成的配件——这也太过了。虽说经鉴定,被用来打造柜子的木材是地球上没有的,但是吧,毕竟鉴定委员会的那帮人也是我们“机遇公司”的。重点是从那之后,再没有人成功开辟出通往那个能够做出这种柜子的星球的隧道了。

我们当班的所有人都集合在指挥室了,大约十来个,由臭虫带头。看起来,好像是一小时之前他们设法将一些植物的枝条塞进隧道,并取回了一些空气样本。极合适的空气!氧气含量有百分之二十,虽然还含有接近危害值的二氧化碳,以及一些二氧化氮、二氧化硫等杂质。看上去好像是个工业化星球?也可能不是。你还指望从隧道工人那得到什么呢?他们只是盲目探测罢了,毕竟生物过滤器不仅会把活物全给弄死,也无法传输任何图像信息:无线电不行,X射线不行,电缆也没法通过。在这种情况下,没有我们的小孔,没有我们潜孔者,是没有任何办法的。

事实如此。

“二级备战!”秃子领导激动地说,他像在阅兵似的,整个人都容光焕发,甚至连抓痒都忘了。我们也很快明白了:隧道状态稳定,侦察小组有常规的时间进行准备。此刻开始,我们就要转入战时状态了,短期内我也回不成家了。呸。我有没有什么东西忘在家里了?

钱倒是已经哗哗入账了。虽然还不多。如果去平行宇宙的话，会赚得更多。按在那边停留的小时数收费，当地情况复杂的话还另外加钱。有时候，在平行星系（宇宙）两个小时，能拿到在隔离区待三个星期赚的钱。我可真不喜欢隔离区。另外，我们肯定也去不成"金喷嘴"了，真可惜，今晚跳舞的可是格丽塔·布里肯，就算你是堵墙，也会为她的胸部汗流浃背的，我当然也是。

好了，闲话说够了，该去赚钱了。

五月十五日，一切如常

一级准备。设备调试中。118号地球的新数据正源源不断地被传输过来。那里的重力比地球上高出了百分之二十二，这真是个坏消息。好在经过测试，空气在被膜过滤器净化后是适合呼吸的。况且，我们会穿着一种轻便的弹力防护服。这就不错了。

臭虫在高重力环境里感到很自在，因为他的体重很轻。以我的百千克体重，感受就糟糕多了。更别提还要加上超过三十千克的设备——在地球重力下测量的三十千克！

算了，死不了。只要内心坚定，我就无所畏惧。话虽如此，但我确实没见过哪颗距离太阳第三远的行星有这么高的重力。这是头一回。

闲杂人等很快散去。潜孔者小队全员待命。我们一共六个人：

老爹、巨蟒、丑鸡、臭虫、梦魇,还有我——种马。什么,你说这些代号太难听了?管好你自己吧,少嚼舌根。潜孔者们总是对新人冷嘲热讽,一贯用“您”来称呼对方,还带着十分刻意的礼数。“深受尊敬的先生,请问您是否方便挖一个用来埋垃圾的洞呢?”“如果请求您不要掉队并安静一些,您会觉得为难吗?”——诸如此类。新人们往往先是感到不解,而后开始恼怒,直到有人能够咬牙坚持出三四次任务以后,他就不会再被当作新兵蛋子了。拥有一个代号——这表示你已经被队伍所接纳和认可,是一位真正的潜孔者,而不再是什么可有可无的角色。而我之所以叫种马嘛……因为我足够强健,吃苦耐劳,适合搬运重物。我们六人被分为独立行动的两组,就像两驾半自动的三套马车。每驾三套车上都得有一位生物学家、一位地质学家和一匹拉货的马。

开个玩笑。所有的队员都可以做到身兼数职。例如,地质学家能干气象学家的活儿,生物学家也能,好吧,也许差了那么一丁点。我也可以做那些事。所有的潜孔者都经过严格的培训,也具备一些实战经验。

臭虫在我们这组,也是整个小队里年纪最大的那个。另一组里最大的成员是老爹。这绰号起得多好,充满敬意且非常恰当。以老爹的年纪,他本可以辞职不干,过好日子去,但他不想。他若是没有工作,没有冒险,就会感到无聊了。某位心理学家说,干我们这行或类似职业的人,直到年迈时都是少年心气,血管里的血永远在沸腾,不想冷却下来。我不知道是不是这样,但是像老爹这样细心又慎重的人是很难找到的!

“你们准备好了吗?”空降指挥问道。他的声音微微颤抖——这家伙在担心。

“准备就绪。”臭虫用目光征询了一圈我们的意见后,代表队伍回答道。

“再等一分钟。”

一分钟还是可以忍耐的。有一次我们足足等了一个小时——隧道工那边出了点状况。不用说,那简直令我们抓狂。没有什么比带着烦躁的心情开启探索更糟了——干这行需要平心静气,头脑清晰,就像在雷区排雷的工兵们一样。

果不其然,说好的一分钟又被拖长了。一分钟对于技术人员来说就像橡胶一样,是有弹性的。空降指挥也很紧张,额头上都是汗,但他冷静了下来,用鹰隼般睿智的目光看向我们说:“冷静点,朋友们。”这家伙人不错,我挺喜欢他的。主要是因为,他很清楚对技术人员大喊大叫没有任何用处,在行动前对我们说些多余的话也没有必要,所以并没有开口。

六个人排成一排,我站在第三个。我们都全副武装,像驮满货物的骆驼。在我们面前有一扇装甲门,聚能导弹无法将其穿透,门关上以后连只苍蝇也飞不进去。而在门后,经过一小段走廊,还有另一扇类似的门。再后面,就是不长的隧道了。要去118号地球很容易,想回来可就难了。没有人可以逃脱隔离。

紧张。我的腿开始颤抖了——微弱的颤抖,外人看不出,但这很令人不快。但当信号一响,有个愚蠢的红灯闪了一下之后,我又恢复如常,再次充满斗志。闪开,不然我就揍人了!

不过,通常没有人需要闪开。高等生命非常罕见,而低等生命不会被枪械所恐吓。况且,也有用武器救人的情况……

“出发!”

虽然看不见,但我知道,此刻舱门的螺旋把手正转动着,带动装甲门向一侧打开。我们小跑着钻进去,然后又被门隔开,就像把我们封进石棺一样。紧接着是第二扇门,它藏在墙里,仿佛不存在似的。再然后,我们的小孔终于闪亮登场!

它很小,要躬身才能堪堪通过。那是一个乳白色的环,低悬在突起的地板上方,看起来似乎没有任何支撑。踏进去,你就不在我们的宇宙里了,至于你在哪儿,只有疯狂的数学家才知道。“平行宇宙”对于公众和上级来说,是个不错的解释。准确地说,是平行宇宙之一,也就是在118号地球轨道上,围绕着黄星蹒跚而行的那一个。

臭虫第一个钻了进去,后面跟着梦魇。我紧随其后。

你有没有被人用橡胶警棍打过头?或者先在沸水里洗澡,然后进冰水,然后再回到沸水里?在这儿的感觉和那样类似,只是不疼罢了。防护服可以缓和耳朵受到的冲击,但并不会降低压力。关于生物对通过隧道进入另一个宇宙的反应已经被书写了太多,看也看不完。自然,人们已经采取了一切措施来避免致命伤害。但无论如何,最初的、最重要的那几秒钟里,几乎没什么能指望得上。

我的号码是奇数,所以前进之后,我立刻往左边走了。在自动驾驶仪上什么也看不见。我还不是一名合格的战士,对任何可能进攻的人来说,我都是个活靶子。这几秒钟令我无法忍受。

巨蟒出现在我右边,同时,我眼前朦胧的雾气也逐渐散去,开始能看见了。我的手脚还不太听使唤,肌肉酸软,浑身汗毛直竖还冷汗直流,不过这些反应很快都会过去。重要的是,没有出现什么打算将我们当作午餐的当地生物。视野范围内没看到什么野兽。情况很不错。

这个星球看起来像……

呸。"这个星球看起来什么样"是一个愚蠢的问题,这么问,你只会得到一个同样愚蠢的回答。比如"像加里曼丹[①]的丛林"或"跟撒哈拉沙漠一样"。难道整个星球都是一个样子吗?显然不是。只不过我们的着陆区域是这样。就好像问:我们的地球是什么样子呢?问题就在这里。

当然,你可以笑着回答:"像一个被云层笼罩的蓝色球体"。这可真是有价值的信息,对吧?但我们不是宇航员,无法从轨道上看到一颗星球的全貌,无法获得这方面的信息。更何况,我们根本无权回答外人关于星球的问题,每个人都签了保密协议,但外界对此

① 位于东南亚的岛屿。

感兴趣的人仍然很多。记者啦,姑娘们啦,形形色色的人……

我们当然不会跟他们说实话。我们经常满嘴跑火车,但仍然以英雄自居。那些在酒吧出没的女孩们,喜欢的是勇敢的开拓者和与外星生物战斗的战士,而不是随便什么过来搭讪的人。我告诉你,在有些地方,英雄主义还是很有用的。你只需要了解是哪儿就好。

而真实的情况——会被记载在每个人的录音设备里。这是为了记录潜孔者的经历并保留证据。这样,等中心的分析员们找到他们的尸体以后,它们就会派上用场。假如能找到尸体的话。

所以,这些录音还是别派上用场的好。如果收集的材料和视频记录对他们来说还不够,我可以自己写一份报告给他们。反正被隔离的日子闲得要死。

总之,这个星球看上去……我的意思是,我们的着陆区看起来像是一片山区。放眼望去,四处都是山。有些被森林覆盖着,有些则光秃秃的。

还有雨！山上的天空湛蓝澄净,阳光灿烂地照耀着——正常的、黄色的、温和的太阳,而雨水敲打在我们的头盔上。这就是所谓的太阳雨。我甚至听到了什么声音,那是雷声吗？可是我没看到乌云啊？

我往天上看了看——什么也没有。我转过身去……呀！是一面潮湿的岩壁。我绕过岩壁,小心翼翼地避免在湿漉漉的巨石上滑倒。等我仔细观察,可是一下子惊掉了下巴。

那不是雨，而是瀑布，一道我从未见过、甚至闻所未闻的那么高的瀑布！

我忘记了所有的小心谨慎，一步一步往后退着，也忘了环顾四周，只直直地向上看，直到那壮观的景象在我面前展现出全部光彩。想象一下：面前是一堵色调阴暗的灰墙，在墙中间的某个地方，困着一朵流云，一条河从墙顶端跃出——起初的水流光滑平缓，像油一般，往下些开始变宽、变白，再往下，在那朵云上方的位置，水流化作了飞散的雨点。两道彩虹悬在天空。湿润的岩石在阳光下闪闪发光，从石头的颜色深浅可以看出，风有时会吹得雨幕来回摆动，洒在岩石上。好在目前没有风……

臭虫走过来，咋了咋舌。我以为他也要赞叹这道瀑布，但我们的地质学家显然对岩石比对水更感兴趣。“这断层，”他说，“真是罕见。”他指的是这处悬崖。“得有三千米高？”我问道，“量量看吧。”

于是我们走到远一些的地方，用地质罗盘测量了一下——有二点五千米。总之，不论是地球还是其他任何星球都没有如此高的瀑布，这是第一次见到。你瞧瞧，还没怎么仔细看，就已经发现了一个旅游景点。如果组织得当，人们就会蜂拥而至。而大多数游客并不会在意这里的高重力！任何人都能忍受一到一个半小时左右，除了心脏病患者和哮喘患者，不过他们也不会被放进来的。想过来得先自费接受体检，患者们会被拒之门外。如果他们坚持要来，则需要签署一份放弃所有索赔的声明……

说到这里,我觉得我抓住了商机。当一颗星球不甚完美的时候,它总是会变成旅游景点。您给我看看完美的星球啊!在哪儿呢!啊哈,它并不存在。总会有些地方不太合适。现在情况很清楚了:118号地球不是一个适合数百万人定居的新的地球,但它将成为一个观光景点,为什么不呢?我们要做的是,调查这里可能会对生命健康造成危害的因素,并提供解决方案。当然,调查工作将由一支随后而来的大型探险队完成,但我们也是要干活儿的,不会吃白饭。如果我们成功了,“机遇公司”将慷慨地提供额外的奖金。

好吧,我又撒谎了,准确地说,是没有和盘托出。钱是一方面,但另一方面,我们本身也需要成就感。我们所有人早就对穿梭于各种不适宜居住的世界感到厌烦了。又脏又臭,还有层出不穷的危险,结果却总是一场空。之后,当你坐在隔离区的时候就会郁郁寡欢地想:我干吗要去呢?有什么好处吗?这就像挖了一条沟,然后自己又把它填上了,再从一个新的地方开始挖。全是白费功夫。

我们需要成功。非常需要。是为了自己。当然了,当人们心中的英雄也是很不错的。

然而,该出发了。臭虫审视了一下周围——没有危险——于是开始安排任务。老爹那一组人会尽量沿着断层一路探索。剩下的三人则要穿过山谷,朝着山下的森林前进。没错,就是那片张牙舞爪的山岩下面的森林。“全员——特别注意!三小时后在这里会合。还有问题吗?”

能有什么问题呢？我们对这套程序早就滚瓜烂熟了。说什么要特别注意也是多余的，尽管这是安全手册里的规定程序。这也可以理解。就算是有人弯腰下去捡块石头，或者就算抓个虫子，剩下的两人也得架好枪掩护他。什么东西都有可能从草丛里冲出来，或者从天而降砸到你头上。那些与地球相似的、已经进化出生物的星球上，出现过各种令人感到匪夷所思的东西，以至于长着鱼尾巴的剑齿河马都显得平淡无奇。

因此，永远不要去考虑到底是什么神秘莫测的东西在袭击你，也不要试图弄清它是真的在攻击还是只是虚张声势。不管是实战经验，还是安全手册都告诉我们：先开枪，后思考。如果不这样就完蛋了。

我们分头行动，在小孔旁留下了无线电信标。从这头看，小孔并不是乳白色，而是透明的，周围的空气因为密度不均而折射出七彩的光线。从远处是看不到它的——毕竟能引起空气形变的原因可太多了。留下信标是必须的。为了不引起当地生物的好奇，信标被做成了周围随处可见的石头的样子，还要撒上一些东西来消除气味。对我来说这是件好事——负重又轻了。

行进顺利而轻松，但我非常清楚，等我们回来的时候肯定会累得要命，可能会瘫倒在地上爬不起来。我跟在臭虫和梦魇后边，踏着沉重的步子，一边警戒四周一边在脑子里计算：我本人加上这些设备，总共重了多少斤？如果我在地球上量体重是一百千克，身上背着大概三十千克的设备,那么在高于地球百分之二十二的重力下,我现在相当于负重多少千克?

差不多将近六十千克。即便如此,我也能轻松地走个三四千米,然后才会感到疲累。虽然我是种马,但也不是永动机。好在防护服几乎没有重量,不会增加我的负担,而且负重是平均分布的。这样也许我能坚持五千米不休息……

不过我确实感到有点呼吸困难。过滤器是有用的,但百分之一的二氧化碳含量——哪怕有过滤器,也还是有些高了。在一片被杂草覆盖着的石坡上方,有一团极热的空气在流动,并不新鲜,反而散发着令人紧张不安的气息。如果不是潜孔者,而是普通人来到这里,保准会被吓得魂飞魄散。

我摇摇头,靠近的过程中没发现任何危险。就是普通的斜坡。可以看出是火山岩结构,因此关于工业化世界的假说大概可以排除了。这里没有工业,大概也没有文明,只有持续活动的火山,这就是为什么空气里有些有害杂质。还有什么?哦,还有高度史无前例的悬崖以及降下绵绵细雨的瀑布,以及由这些水汇成的河流,可以看到它蜿蜒着穿过灌木丛。前面还有座被森林覆盖着的山,普通的山,普通的森林。

没有什么显而易见的危险!臭虫挖了块石头研究。他说,这是一片典型的火山岩区,形成于不久前。脚下的草丛里传来窸窸窣窣的响声,有昆虫在跳来跳去,还有些小蜥蜴想要溜走。梦魇抓住了一条,结果它不仅断掉了尾巴,还甩下了脑袋,以没有头的状态逃跑了。好吧,也许它的脑袋是假的。这就不是我们要操心的事儿了,交给地球上的专家们吧。我们的工作是为他们取得活体组织的样本。

没有看见什么大型动物,也没发现它们留下的痕迹。梦魇拿望远镜看到森林上空盘旋着一些似乎是鸟类又似乎不是的生物,仅此而已。简直有些无聊。我们已经走了一个小时,腿都走累了,仍然没看见什么危险的野兽。在这种情况下,你甚至开始希望能有一些长着巨大獠牙的大型当地生物冲过来攻击你,这样你瞬间就能精神起来。真的。

刚刚,有一只比那些在森林上空徘徊的鸟稍大一些的生物从我左边飞过去了。我本想用枪把它射下来,但它离得太远了,我无法保证命中,也不想放空枪。我只看到,那个生物在空中滑翔了一段距离,然后消失在了森林里。它压根就没注意到我们。好吧。

突然——毫无征兆地,我的心头泛起一股恐惧。或者说,不是恐惧,而是某种担忧。我转过头,一手举着枪,保持着待射击的状态,另一只手则放在了装备的扣环上——我打算甩掉一些负重,因为直觉告诉我哪里有些不对劲。我开始冒汗了,汗水流进了眼睛里。我还没看到任何危险,但我的内心深处好像有什么东西在尖叫:小心!我看到臭虫和梦魇跟我一样高度戒备。潜孔者们的直觉没有科学依据,但却十分准确。他们两人都蹲下,把枪架了起来

——来吧！让我们看看到底是什么东西！

然而,什么也没出现。除了愚蠢的昆虫和假头蜥蜴,周围什么也没有。树林里可能有什么潜伏着,但那离我们仍有五百米的路程。奇怪了。我们忽略了什么?到底哪里不对劲?是什么让我们感到不安?

突然,一群鸟飞到森林上空,开始盘旋。可以确定,那些就是鸟类。从叫声来看,它们和地球上的鸟没什么区别。可它们为什么突然四散而逃了?

我往森林的方向看去——危险只可能来自那边。但我什么也没看到,直到有什么东西"砰"的一声,自下而上地撞击我脚下的地面。

什么情况!"地震了!"臭虫大喊。我想也是。我试图站起来,但却做不到,地面在晃动,就像一面地毯在被人从下方击打着一样。黑色的熔岩沙倾泻而来,山上雷声阵阵,森林噼啪作响,所有这些声音混杂在一起,轰轰隆隆地从四面八方传来。太阳渐渐变得昏暗。

我放弃尝试站起来,因为如果我这样做了,下一次撞击会再次把我扔向地面,而考虑到我的重量,这可不会令人愉快。我耐心地等待着。

"声音好像小点了?"梦魇的叫喊中流露着一丝希冀。

有那么一刻,我也是这么认为的。结果,哈！这只是开始。离我们大概百步远的地方,整片熔岩原被垂直抬起,变得像冰山一样。河周围的地面裂开,河水变为滚烫的喷泉,发出阵阵怒号。震感越来越强了。而那之后的场面——我简直永生难忘。伴随着一阵漫长而可怖的隆隆声,我被一股强烈的冲击力向上抛出一米高,原本就阴云密布的天空,现在完全被可怕的尘埃旋涡所覆盖。

“啊!!!”梦魇尖叫了一声。他狠狠瞪大了眼睛,眼里全是恐惧。这声惨叫也令我永生难忘。

震荡的力量似乎减弱了。我冒了个险,单膝跪地,仔细地环顾四周——然后我也差点发出了同样的尖叫。

悬崖消失了。它在地震中坍塌,摧毁了那个前所未见的瀑布,数百万吨岩石淹没了老爹他们三人。

也淹没了我们的小孔。

震颤还没结束,未知的怪物还在地底下翻来覆去,它的行动渐缓,但不愿止歇。我们飞跃刚才地上被撕开的缝隙,跑上了平缓的火山岩斜坡,好像忘记了疲惫,也不想再去回忆刚刚经历的那恐怖的一幕——那翻滚的沙尘之中,那混乱的浩劫之中,是他们的葬身之所。所有人都明白,老爹他们是顺着悬崖往下走的,悬崖崩塌了,他们不可能幸存。大家也知道,我们返回1号地球的希望变得十分渺茫。我们当然也很清楚,跑或不跑都没什么用,一切也不会重来。

但我们仍然在跑。

她的全名用人类的语言可以被粗略地解释为“永无止境的好

奇”。名字有时候只是音节的组合,但更多的情况下——它有自己的特殊意义要表达。将某种想法通过声音传递出去,总是会失去一些微妙的内涵。毕竟声音的表现力没有那么强。

她的幼崽目前只有五个月大,还没成形,也还没有名字。而她的虫群也只是普通的虫群,就像动荡星上的其他智慧生物一样。

虫群非常安分。想要让蜂王产在女领主兜袋内的其中一枚卵发育成一只新的蜂王,而不是雄蜂或工蜂,需要很长一段时间。这段时间里,需要格外关注。在分蜂[1]期控制这群嗡嗡作响的仆从并不容易,虽然不必使它们违背自己强大的生物本能,但是得把它们引导到正确的方向上去。仆从需要它们的主人,不亚于主人需要她的仆从们。毕竟,它们是那样愚蠢。虫群始终需要看顾和管理。没有统领的虫群很快就会灭亡。

而没有虫群的统领——哪怕在这颗无比狂暴的星球上,也许依然能够存活。智慧生物是可以独立存活的,但它们想要的并不仅仅是活着而已。即使是没有大脑的有翼呸呸鼻涕虫也能生存下去。具有思维能力的生物追求的东西可要多得多。

她在大断崖上过了一夜。她在那里找到了一个舒适的容身之所,一处狭窄的壁洞,能保护自己免受风吹。当然,她并不打算在那儿待上一整天。本能赋予她对地震和其他自然灾害的感知能力,而头脑则能规划出合适的逃生路线。触摸着玄武岩,她感受到了它的

① 指在蜜源丰富、气候适宜、蜂群强盛的条件下,原群蜂王与一半以上的工蜂以及部分雄蜂飞离原巢、另择新居的群体活动。

张力。动荡星内部正激荡不安,随时准备爆发。所有能够察觉到危险并脱身的生物,都已经在昨天离开了这个危险地带。

大型野兽最先逃窜。当大地震怒时,它们总能比小型动物们更早地察觉。从傍晚时分开始,整个夜里,小家伙们也开始成群结队地逃荒了。她的同类们也是夜里撤走的。到了早上,整片地区除了那些极其弱小又无知的生物,已经不剩什么活物了。

她也耽搁了一会儿。悬崖大概会在中午时分坍塌,在那之前,她基本是安全的。她头顶上的峭壁很好地保护了她不被随时落下的岩石砸到。岩洞里很暖和。当你已经提前脱离险境,为什么还要寻求退路呢?时间有的是。等到火烧眉毛的时候,她会察觉到的,那时虫群就会把她带到安全的地方去。也许有人认为她这样很冒险,但其实并不是这样。她已经成功繁育了三个幼崽。前两个都已经成功存活、长大并独立了。有几个母亲能做到如此呢?

不过说实话,其实她在悬崖边停留并没有什么特别的理由。她只是想最后一次看看晨光中的瀑布,然后就会转移到安全距离以外,去欣赏悬崖崩塌。哪怕是在动荡星,这么高的峭壁也并不多见。那场面会很壮观的。

但是,出现了比她预想中更有趣的东西。她在岩洞里待了一夜,用她蹼状的翅膀御寒。她的幼崽在兜袋中吱吱叫着喝奶。而虫群则在另一个兜袋里小声嗡嗡着表达不满——它们今天还没有得到足够的食物。很快,虫群满足地吮吸着她为它们准备的皮肤分泌物,逐渐平静了下来。她没有向它们下达什么命令。

早上,北风因遭到悬崖的阻挡没能长驱直入,太阳出来后,风很快就停了。她继续等待,确信自己能在震荡开始之前离开。她确实没有白等。

悬崖下面,瀑布水花四溅的地方,发生了些奇怪的事儿。她花了几分钟才弄清楚发生了什么。

等反应过来后,她感到很惊讶。悬崖下的那些双足无翼生物值得靠近好好观察一番,但理智和本能一致告诉她:它们可能很危险。即便离得很远,她也能察觉到它们的情绪——好奇、恐惧、怀疑,它们会为了防卫而杀戮,也可能只是为了杀戮而杀戮。所以她没有以任何方式暴露自己。

兜袋中的幼崽此刻叽叽喳喳叫个不停。自然,饥饿的傻孩子得到了食物。喂饱幼崽后,她把它抱了起来,并清理了兜袋。当母亲的总会有点手忙脚乱。另一个兜袋中的虫群被惊醒了,于是她不得不平静下来,以便仆人们能进入嗜睡状态。毕竟她之后还需要它们的帮助。

下面的生物总共六个。她注意到,它们的身体被某种具有科技感的半透明斗篷保护着,这些生物用某种人造的替代品充当兜袋,并且把它放在一个看上去很不舒适的位置。以及,这些外星生物的前肢还为某种致命的沉重金属所拖累。它们似乎来自遥远的过去,绝不像是动荡星的原住民。笨重的身体、慢得令人发指的速度、没有虫群……不,它们在这颗星球上无法生存。

这意味着他们是外来者。也许它们来到动荡星的方法和曾经因为一场失误来到此处的类似生物大致相同,只是更加原始。也许这些生物还没有想过,可以把行星从一个宇宙拖到另一个宇宙去……

事情很快变得更有趣了:这些生物分成了两组。当其中一组理智地开始远离悬崖时,另一组却没有做出丝毫尝试来逃离必死的命运。难道它们感觉不到悬崖即将坍塌吗?还是有些能感觉到,有些不能?难道它们的感知和智能发育并不均衡吗?如果是那样的话,为什么更高级的个体不说服整个族群逃跑呢?

她被称为“永无止境的好奇”小姐不是没有道理的。她在悬崖上待了很久,观察着,猜测着。那些生物简直一无是处。各种合理的猜测在它们的身上似乎都不适用。

当本能告诉她,灾难已经近得不能再近时,她起飞了,在那之前,她唤醒并释放了虫群。她的飞行方式是滑翔:前肢和后肢的皮质网状结构部分重叠在一起,形成了空气动力学家所说的“缝翼”。她的族群并不会振翅飞行,说实话,也并不需要。既然有虫群帮忙,为什么要动用额外的肌肉呢?

飞行过程很平缓。熔岩层的崩塌将会淹没山下的森林。但她滑行下降的速度甚至能比坍塌的速度还快。虫群一如往常地服从着思维令,为她提供帮助,从不令她失望。数以百计的仆从们将踟节刺进她背上的皮毛,互相配合,使她的身体轻盈地飞在空中。

就在这时,第一次塌陷开始了。

对她来说,这就像是从某种沉重而压抑的情绪中解脱了出来一样。她立刻感觉轻松多了。动荡星释放了它的怒火,就像经历了令人难以忍受的燥热白天之后,迎来了一丝期盼已久的晚间凉意。几十天之后,余震也将会停止,生物们会陆续回到这里生活数十年——直到下一次灾难发生。

它们也可能不会回来,而是去别的什么地方……毕竟地震只是序幕而已。

前方,森林震颤呻吟着,树木伴随着巨响轰然倒塌,一群傻鸟还吵个不停,真是莫名其妙。找一颗不会被震倒,也不受其他树影响的树来停靠有那么困难吗?做不到这一点的,只有最愚蠢的鸟类、无脑的昆虫,也许还有这些新的两腿动物……

停留在一颗结实的树上并命令虫群待命后,她开始继续观察这些双足生物。它们引起了她越来越浓烈的兴趣。

啊哈——它们再次展示了自己的愚蠢和无能,不知为什么,幸存的那几个两腿动物飞奔向崩塌处。为什么呢——为了呼吸灰尘吗?那边的尘土确实要多少有多少。难道它们认为自己可以拯救完全被碎石掩埋的同伴吗?还是它们想尝试从废墟中挖出一条路来?不,它们应该没那么蠢……

或许真有那么蠢?

震颤结束了。这意味着危险也随之远去，虽然所谓的危险对她和她的族群来说只是象征性的。她让虫群去吃食，然后观察了那些生物很久，却并没得出什么有意义的结论。

五月十六日，意外情况

三个人，在失去了小孔，没有支援，也没有其他能够返回自己原本安逸世界的途径的情况下，能做什么吗？做什么呢？

能做的事儿实在不多。首先——我们得继续探索118号地球。不无可能，“机遇公司”的隧道工们会为我们开辟一条新的通道，准备一个新的小孔。臭虫这么说道。理智告诉我这种可能性非常小，但也不是完全没可能。

也就是说，还是存在一丝希望的，我们得紧紧抓住它。臭虫说得没错：与其发牢骚和生闷气，不如行动起来。这对解决问题和对我们本身都有帮助。想要健康长寿，就得好好工作，少胡思乱想。

这样看来，这颗星球是什么呢，是个大号陷阱。是一座已埋葬了三位潜孔者的坟墓。字面意义上的坟墓——悬崖崩塌后，成千上万吨的岩石堆积了起来。昨天我们还在为发现了前所未有的地质构造而欢欣雀跃，今天它就成了一堆我们看都不想看一眼的混乱石堆……

我想知道，1号地球上的人明白发生了什么吗？想必，小孔已经被落下的石头堵住,然后自动坍塌。小孔消失后,理论上讲,隧道工们应该会尝试在接近原本位置的地方,再开辟一个小孔出来。如果新的小孔开在另一片大陆,我们可不会开心。隧道定位是一项十分艰巨的任务,需要极其精准的计算,以及十足的运气。这项工作可能要花上几个星期,甚至好几个月,经历数百次的失败,才会成功。

不,我并不认为我们会被扔下不管,我们有秃子领导做靠山。只可惜,他在董事会的权力并不像我们期望的那么大。不过没关系,“机遇公司”的管理层们也不是傻子。哪怕在他们眼里,我们潜孔者无足轻重,但他们不会轻易就放弃一颗独特的星球。至于灾害,即使是天堂一样的地方也有可能发生灾害。你见过有人选择从加利福尼亚搬到格陵兰岛去,就因为那里没有地震吗?我反正没见过。

因此,在一颗星球的某个角落发生了十级地震,并不能成为放弃探索和开发它的理由。我们只是不太走运罢了,其他三人则是倒霉透顶。我们站在断崖边上,深深地叹了口气。确实,我们三个不太走运,但至少还活着,还有获救的可能。

梦魇说得对,机会不在我们手里,而在“机遇公司”。但梦魇是个喜欢唠唠叨叨又十分悲观的讨厌鬼。他时常说一些不吉利的话来破坏所有人的心情,但其实他自己打从心眼里(也写在脸上)不希望自己的乌鸦嘴能成真。这种人不少见,你得习惯他们。

好吧。我们的实地勘察设备完好无损,武器装备也得以保全,除了擦伤和瘀伤,我们自己在这场灾难中也算安然无恙。还需要什么才能开始工作?

水,食物,住所。排名有先后。严格来说,我们的应急物资里有一个轻飘飘的充气帐篷,但开发本地资源显然是更好的选择。要水?刚才那个瀑布的水一直汇集到下方的河流里,所以我们不愁水源;要食物?我们可以试试去打猎;要住处?这里有大量的石头和木材,我们还不能用它们造一个半地穴式的小屋吗?

我们当然应付得了这些。潜孔者的生存训练可不是过家家。在那些普通民众一秒也活不下去的“美妙”的地方,我们也照样能生存。一间小屋不是必需的,但既然有条件,为什么不造一个呢?

不用说,这项工作落到了我头上。我也确实先去寻找了水源——一条隐藏在落石缝隙间的浑浊小溪。我过滤了一些溪水,这是必要的。我知道,水里的脏污到明天就都会被冲走,所以只需要把它们烧开就够了,毕竟我们有那么多柴火呢。最好不要轻易浪费消毒片,以防万一。

臭虫和梦魇也没闲着——一个在收集岩石样本,另一个在全神贯注地研究各种或生或死的生物。到了中午,累得够呛的二人简单化验对比了一下崩塌前后的生态环境数据,得到的结果令他们惊讶地吹了声口哨——数据并没有什么大的变化,就像无事发生过一样。总之,他俩是专业人士。

如果可以的话,我也想去帮忙,毕竟我也很好奇,奈何我要处理内务。我去森林砍了一些木柴回来——地震之后,那里简直是一片狼藉!除了柴火,我还带回了一只类似老鼠的兽类,并把它交给了梦魇。梦魇解剖了这只老鼠,发现它的构造与地球上的黑老鼠差不多。即使是我这种非专业人士,也明白这意味着什么。

您听说过进化的不可逆性和不可重复性吗?将一桶水倒在密实的土地上,水会涌向四面八方,寻找流淌的方向。哪条水流最先到达低洼地带,取决于当地的环境。生物进化也是如此。恐龙时代地球上的生物如果重新经历一遍进化过程,最终会出现鲸鱼、老虎、老鼠或人类吗?告诉你——会的。因为"水流"有数万亿条。但地球上的生物会产生各种不确定的变化,突变更是随机的,而随机就意味着没有重复性。我跟你说,地球上最终可能还是会出现一种智慧生物,但不会是人类。

老鼠也是一样,这种程度的相似是不可能的!

"你记得51号地球吗?"梦魇问我。

怎么可能忘呢。我们从一群饥饿的兽群中狼狈脱身,还把其中被射伤的一只带回了小孔。在对该生物进行检查时,发现它与地球上的其他任何生物都不具有相似性,甚至在总纲[①]层面上也不一样。它是真正独立门户的生物。

在其他已经进化出生命的类地星球,情况也大致相同——外星生物,彻彻底底的外星生物,哪怕在正常引力的情况下也是如此!

①生物分类法中位于门和纲之间的分类阶元。

所以这里是什么情况?

“怎么突然想起51号地球了?”我问。

梦魇耸耸肩,他也不知道为什么。也许他以为我知道?我上哪知道去。

与此同时,臭虫修复了地震仪。仪表刚开始转动,他就一下子坐了下来。频频摇头,瞪大了眼珠子。

“怎么了?”我问他。

“从没有过这种情况。”臭虫嘀咕道。

“哪种情况?”

“整颗星球上同时发生着大约一百五十次超过五级的地震。”

“仪器失灵了吧。”我对他说,心里也希望是这样。

臭虫看上去忧心忡忡。脸上是那种经常能在想要自杀的人或是囚犯那儿才能见到的糟糕神色。

“不,仪器没问题……”

“你确定?”

“仪器没问题,”臭虫坚持道,“是这颗星球不对劲。”

这就是问题所在了。

我挠了挠头,叹了口气。

“我们能熬过去的。会有人救我们的。”

臭虫用那种“你真这样想吗?”的眼神看了我一眼,但嘴上什么也没说。这种话说出来会被揍的。我们现在需要保持乐观和信心才能活下去。

晚餐时,我们只得把压缩口粮用水泡开吃掉了,哦,还从应急储备包里拿了两块饼干。我本来还想吃掉那只当地的老鼠,但是梦魇不愿把它拿出来当作食物。好吧,不吃就不吃。心理层面上来说,我们得做好食物短缺的准备,不能坐吃山空。身体层面上讲,最好能用工作把自己搞得筋疲力尽。

这两点我都做到了,尤其是后者。我没抓到任何能给我们当晚餐的当地生物,因为我压根就没看到什么动物,不过我从森林里弄来了两根不算粗的圆木,用来做屋架非常合适。明天我再去多弄一些木头,然后挑一些平整的石头,用黏土和泥浆来砌石墙。等泥巴干了,它们就会像模像样了。

如果处在正常重力下,这些活儿只够我干半天的,可惜这不是地球。生一肚子气也没什么用。何况,我的身子已经疲软,腿也好像抽筋了,不知是左腿还是右腿,也可能两条腿都抽筋了。这还是我,一个外号叫种马的、训练有素的潜孔者!想象一下,如果是普通人处在我们的境地,大腹便便,气短乏力,恐怕昨天就会跪地求死了。

这时候,也许杀了他确实是更好的做法。与其在痛苦折磨中死去,不如来个痛快的。

臭虫和梦魇看起来比我强点,但也好不到哪儿去,他们也被折腾得够呛。食不知味的我们每人吃掉了一块压缩口粮,喝了点开水,仅仅是为了能生存下去罢了。我们不得不像昨天一样,在将熄未熄的火堆周围光秃秃的石头上过夜。但只要火还燃着,柴还充足,你就能躺下看着火堆,静静思考一些事。

“这些木焦油里,”长久的沉默之后,臭虫若有所思地说,“有一点点蜂蜜。你感觉到了吗?”

“你在开玩笑吗?”

“我很正经。我们还活着。真好,不是吗?”

我没有反对这位乐观主义者。换作你也不会吧?

天渐渐黑了,天空中出现了一些星星,它们从这里看上去略显黯淡。也许是因为,118号地球的大气层更为厚重稠密。星座也并不是熟悉的排列。过了一会儿,星星彻底消失了——从南边飘来一团不知道是云还是雾的东西。在它吞没整个天空之前,梦魇惊讶地瞪大眼睛,用手指着我的头顶上方道:

“哦!是月亮!”

我转过身去看——确实是月亮。它从山上升起来,被阴霾笼罩,看起来哪里不太对劲。我没有第一时间反应过来,但最终发现了哪里不对:它太小了,看起来比我们从地球上看到的那个熟悉的月亮要小一半。但它悬得很低,所以看起来理应比实际更大才对啊!算了,这不重要。

臭虫和梦魇激烈地讨论了起来,我决定不再参与其中。我今天已经受够了这里的各种邪门怪事。更高的重力,不合适的空气,频发的地震,消失的瀑布,甚至连月亮都不正常! 这是什么鬼地方! 我见过情况更糟糕的星球,但至于这个,我打心眼儿里不喜欢。

但目前我们必须得待在这儿,我将在很长一段时间内都无法再见到格丽塔·布里肯了。人为什么总是想要在夜里入睡呢,不是白天,而是夜里,这种任何东西都能趁着黑爬到你身边攻击你的时刻。有动物的地方就有捕食者,我们对它们来说是什么呢? 就是会动的美餐。

当然,梦魇为我们准备了"电子守卫"——一部运动传感器,如果有比豚鼠更大的生物靠近我们,它就会发出尖锐的警报声。在之前说过的那个51号地球上,一只长着两拃[①]长獠牙的捕食者听到了这警报声后,当场毙命。尸检报告显示它的两颗心脏都破裂了(是的,它有两颗心脏),而这只野兽的头骨现在还被安置在秃子领导的办公室做装饰品,用来吓唬访客。

此外,我还想道:真可惜,秃子领导怎么就没真的开除我呢,看看我现在得到了什么吧。在编在岗,身陷与之相匹配的无尽的麻烦。

我躺在地上,听到大地在隆隆作响。震动有时会变弱或停一小会儿,但嗡嗡声一直没断过。我真不喜欢这个。我一边痛骂那些把小孔挖到地震区附近的隧道工,一边就这么睡着了。当然,我没能睡多久……

①指张开手掌大拇指和中指之间的距离,一拃约为17cm。

虫群今天找到了足够的食物，不用急于远离这个已经变得更危险的地方。她能够准确预判下一次灾难出现的时间以及程度，所以并没打算早早撤离。主要是因为，她真的对那些在离森林不远的熔岩地带扎营的双足动物非常感兴趣。

它们中的一个来回进出森林，笨拙地砍着木头，弄出一些不明所以的噪声。她感受到了它散发出来的恐惧感、攻击性、疲惫以及愚蠢。被惊扰的撒网蛛悬在它的头上，绷紧了腹部，准备向它发射毒刺。她用精神命令赶走了蜘蛛，而它扛着树干，丝毫没有注意到自己刚刚命悬一线。

真是奇怪的生物！尽管她早就知道它们是什么，也知道它们从哪儿来的，但她仍然对它们的弱小和无助感到震惊，毕竟知道和看到不是一回事。她将看到的场景转换为思想的形式传达给了自己的亲族，并在整个动荡星上传播。但亲眼所见显然更棒。毫无疑问，这些无助的生物与动荡星并不相容，但是，既然它们还活着，就有必要观察它们的行为和情绪。没有无用的知识。观人即观己嘛。

她没有躲藏，也没有把目光从那只双足动物身上移开，她相信自己可以保护自己，然而那个生物经过时并没有发现她。真是眼瞎得令人匪夷所思，大意得令人难以置信！它们能坚持多久？如果它们不能设法越过南部的山脉，那后天……

或许该推它们一把？

其中一只生物花了一整天的时间建造了一个像石头陷阱一样的东西——好像是一处住所。这些双足动物真的太蠢了。另外两个在摆弄一些粗糙的设备——她花了些心思才弄明白它们的目的。原来它们竟然完全是瞎的?如果不借助非生物工具,它们甚至无法正常地看到世界?

难怪昨天的那三只生物完全没有试图离开悬崖。非生物工具,瞧瞧,多蠢啊……

幼崽叽叽喳喳地叫着,伸出细长的脖子和光秃秃的小脑袋,好奇地看了看这个世界,然后又回到袋子里继续吃奶了。虫群在附近找到了一棵果实成熟的树,并带了小部分果实给它们的主人品尝。果实美味极了,她刚好感到有些饿了,于是飞到果树旁美餐了一顿。一群鸟在旁边吵个不停,它们仍然围着那些从树上掉下来的鸟巢和里面的鸟蛋盘旋哀鸣。她不得不向这些蠢货的脑子里散播恐惧,好让它们飞远些,别再过来了,这也是为了它们好。后天,这个山谷里就不会再有任何生物了。

然而,那三只双足生物对此还毫无察觉,真是神奇。

夜里开始变得闷热起来,这些生物不知道为什么点燃了柴火。也许他们这样做不是为了取暖,而是为了照明和吓跑掠食者。如果真的是这样,那这种做法不仅毫无意义,还十分愚蠢:这无法让它们看清周围的环境,却能让四周的生物轻易就发现它们。动荡星上的任何捕食者都很熟悉火,不会被一堆燃烧的木头所吓倒。

她无法从远处读取这些双足生物的思想。还没等到半夜,她就已无法再抵挡自己的好奇心了。她登上了最大的那棵树的树梢,借着风力向下俯冲下去。熔岩场释放了白天积累的热量,形成了一股上升气流。她张开翅膀,在几乎不降低高度的状态下飞了起来。

那些双足生物的栖息地周围是什么东西?她感知到了陌生的电磁场。哦,它们在睡眠中把守卫任务交给了自己的工具。

她试图压制那些没有生命的工具,但没有成功。看来那些双足生物还不是蠢得无可救药。她小幅度地变换了方向,绕着双足动物的营地转了一大圈,很快弄清了这些东西是怎么一回事:它们不会杀死或伤害入侵者,只会唤醒沉睡的人。她实在很好奇这种保护方式是否有效……

当她飞过那些睡着的生物的上方时,警报声响了起来。

五月十七日,情况危急

我被尖啸声吓得一跃而起。不清楚到底是哪里出了状况,只知道电子守卫报警了。四周很黑,仅有炭灰的余烬闪着点微弱的火光。臭虫打开了手电,一道强光直射进我眼里!我感觉似乎有什么东西从我们头顶飞了过去。可以确定的是,上方的空气轻颤了起来。“快开枪!”梦魇朝我大喊道。朝哪儿开枪?我什么也看不见。等我回过神来,警报已经解除了。“可能是只鸟吧,”我一边嘀咕着一边躺了回去,“一只鸟而已。”

臭虫和梦魇直骂我是马大哈,我怎么了吗?他们自己也没好到哪儿去啊。刚刚应该拿手电照向飞过来的东西,而不是照我。我差点被晃瞎,能射中什么?难道朝空气开枪?再说了,他们自己是没有武器吗?他们拿着枪是为了给苍蝇挠痒痒吗?

我向他俩表达了我的意见,但直到天亮也没能再次睡着——耳边任何细小的声音都折磨着我,弄得我一会儿半睡半醒,一会儿彻底清醒着。我的脑海里冒出了一些奇怪的想法……

我刚刚为什么没朝空气开枪?这不寻常。能不能射中目标是一回事,但我为什么压根没扣动扳机?按理说我应该开枪的,这是本能。作为一个在各种星球上与各种野兽打交道的潜孔者,我能活到今天,就是因为在危急情况下,在意识到自己的行为之前,我就已经先开枪了。道理很简单:射击反射经常能救命,有时没必要,但绝不会有害。所以,我为什么没开枪呢?

我回想了一下所有的细节,然后明白了,是因为我扣在扳机上的手指没有弯曲。也许是因为我当时处在半睡半醒的状态吧。你知道,就像噩梦里常有的情景,当你试图躲避危险,或者想要追赶某人的时候,你的腿却动不了。我真的很讨厌这种恶心的梦。刚刚应该是一样的情况,只是不听使唤的变成了手指,它们僵住了。我没意识到当时并不是在做梦,而是身处现实。

虽然听起来没什么说服力,但我想不到其他解释了。

而从我们头顶上方飞过的,肯定是鸟。也许是意外飞过来的吧。虽然我确实也见过一些十分危险的鸟类,只能用子弹招呼它们,但这只显然不是。首先,它形单影只;其次,它被吓退了:电子守卫发出尖啸之后,它就没再进攻。

天亮后,地面又传来隆隆的声音,但没有第一次地震时那么响,而且很快就平静了下来。臭虫说这是第一次余震,但不会是最后一次。确实,这很正常,没什么好怕的。大地震发生后经常会有余震,余震通常也不会像主震那么强。

还没吃上早饭,我们便开始工作了。我又一头扎进森林去找木头了,木工活是我的专长。为了以防万一,我谨慎地环视四周,尤其仔细地观察着密密麻麻的树冠,并拉开了枪支的保险栓。来吧,你们这些猎食者,我会好好招呼你们的,当然,不是用食物。

找到一根合适的木头后,我稍做休息,又动身去找下一根了。而那里……

森林的边缘较为稀疏,树与树之间的距离很远,树冠也无法完全遮蔽头顶的天空。我已经在森林中来回往返了无数次!我边走边保持着高度戒备的状态,毕竟森林是个危险的地方。在森林里干活几乎全凭感觉,而所有的注意力都得集中在监控周围的环境上。因为如果我是一头饥饿的野兽,我是不会错过从树上扑向手忙脚乱的猎物的机会的。

而我很清楚,危险总是在不经意的时候突然袭来,所以我必须时刻保持警惕。

上面!

就像被电击了一下,我僵住了,迈不开步子。我没有抬头,只是抬眼向上看了一下,眼球就疼得我汗流浃背。

是它,是夜里的那只“鸟”。它停在树枝上看着我。我立刻意识到,这就是昨天从我们头顶上方飞过的东西。

但它不太像鸟,或者说,根本就不是鸟。它没有喙部,长着一张怪诞的、类似人脸的脸。那张脸很小,像是某种侏儒的脸,或是患了小头症一样。这使得它的眼睛、耳朵和额头显得异常的大,当然,并没有大到我这个程度。

那双巨大的、猫头鹰一样的眼睛直勾勾地看着我,一眨不眨,也没有表现出任何东西。

那是翅膀吗?不,这个生物没有长翅膀,只是它的前爪和后爪各被一片蹼连着。这是什么怪东西,人形飞鼠?滑翔狐猴?虽然它好像没有尾巴……飞猴?像《绿野仙踪》里的那种?

更重要的是,它为什么盯着我看?它在对我进行催眠吗?好吧,那是在白费功夫。除非我想,否则没有哪个催眠师能对我做什么,我确信这点。

不过这次我可以开枪了!把这怪物打死拉倒。它要是可食用,那简直正好。要是不可食用,也是它活该。大晚上的吓我们一跳,还想着全身而退,它可真是想多了。

动作要轻,省得把猎物吓跑了。我摸了摸枪的手柄,把手指放在扳机上,慢慢把枪管往上移。没错,就是这样。马上子弹就会打中你,大眼怪,你会从树上掉下来,成为我们的食物,或者为科学献身……

我眼前突然一黑……奇怪,我又不是柔弱的女士,也还远没到要饿晕的程度!我确实有点累,但也还好。也许是缺氧了?得检查一下过滤器。

很快我就恢复了视觉。看吧,我可不是什么弱不禁风的病猫,我是个潜孔者,而且是"种马"!我绝不会折在这个世界,而是会征服它!虽然现在还没能办到,但总有一天我会做到的!无论如何。

我看了看树梢,那只飞猴已经不在那儿了。哦,在那边!它跳到了另一棵树上,跑得比兔子还快,真是个小机灵鬼。不过,它快不过子弹的。

……我的手指动不了了!

怎么回事,发生了什么?!我已经瞄准它了,只需要扣下扳机就行……但我却做不到!我汗如雨下,身体却不听使唤。在那家伙的注视下,我整个人都动弹不得,就像梦里那种状态一样,然而现实比那更加令人感到毛骨悚然。我感到十分恐惧,那种恐惧感仿佛化为实体一般流动起来,将要把我淹没……

突然,传来一阵嗡嗡的响声。我模模糊糊地看到,从那个生物的腹部附近冲出一群黑色的虫子,看上去像是马蜂,但黑得像煤球。它们在我周围打转,发出带着怒意的嗡嗡声。其中的一只爬到了我的胳膊上,狠狠蜇了我一下！防护服一下子就被穿透了。这个畜生！我从没想过会发生这种事。

一阵剧痛袭来。我在1号地球上曾经被马蜂蜇过,那感觉和此刻比起来简直可以算是不痛不痒。疼痛非常尖锐,令人难以忍受。如果在忍受这种疼痛和被当作异端审判中选,我宁可选择被烧死。

我想要大声喊叫、乱跑乱窜,但我连一块肌肉也动不了。我什么也看不见,什么也听不到,也无法呼吸。我受过专业的训练,但我仍然不知道该如何承受这种痛苦,我的心脏像是要被拉扯得四分五裂了!

然后,突然间,疼痛消失了。我一下子感到像是从地狱被带到了天堂。是的,天堂！因为对于去过地狱的人来说,只要逃离了那里,哪儿都是天堂。我头上的树枝轻轻摇曳着,树叶微微颤动,阳光穿过树枝洒下斑驳的碎影。而我,简直想要去亲吻每一根树枝,拥抱每一棵树,落下幸福的泪水。因为那种痛苦消失了,而我还活着,并且会继续活下去!

蜂群不知飞到哪去了,那只飞猴仍然坐在树枝上盯着我。它的目光冷冰冰的,不带丝毫感情,虽说我其实也并不能读懂飞猴的表情。但我立刻打消了想朝它开枪的想法——谢谢,我已经吸取教训了。我刻意放缓了动作,捡起掉在地上的枪,把它挂在肩上,枪管朝下,然后小心翼翼地侧着身子,慢慢地往后退。蜂群看上去服从于这只飞猴,或许它们是共生关系:蜂群为它提供保护,而它也为蜂群提供……某种好处。

总之,很明显,不能激怒那只飞猴。想象一下,如果不是一只,而是所有的虫子都来蜇我……啊,我将无处可逃。看起来,它刚才只是给了我一个小小的警告。它在告诉我,如果它想要杀掉我简直易如反掌,但它没有那样做。

所以,它并不是什么猎食者,也不是食腐动物,我们没必要防备它。它并没有把我们看作猎物。我们得重新设置一下电子守卫,让它能随意飞行……

梦魇认真地听了我的描述,但他拒绝重设电子守卫。首先,没人能够证明那只飞猴真的不会带来威胁;此外,除了它以外,也许还会有其他更危险的生物会来袭击我们。

我没有试图和他争论。他似乎并不相信我的故事——毕竟他没有跟着我进入树林。他有其他的正事要做——收集昆虫,捕捉蜥蜴,看它们是如何断掉尾巴和头,然后为它们喝彩。

午后又发生了一场地震。我被掀翻在地,幸运的是,剧烈的震颤很快就结束了,但余震仍然持续不断。我躺在石头上,感受大地在我脚下颤抖,没有停下来的意思。这究竟是个什么鬼星球啊！如果这里一直是这副样子,意味着机遇公司这次又扑空了。什么样的游客会被这里吸引？也许真的有一些喜爱极限运动的人,但这样的人并不多。总有些人不把自己的命当回事儿,也正因如此,人口总数才不至于过度膨胀。而普通游客,他们倾向于在安全的地方欣赏大自然的奇观,并确信自己的安全在任何情况下都能得到保障。

臭虫已经站了起来,读取了检测仪的数据,并进行了分析。

“怎么样?”我问他。

“震源很浅,”他不情愿地回答,“震源大约只有一千五百米,几乎在我们正下方。”

“但它已经结束了,不是吗?”

“也许只是个开始。早上的地震震源深度为二千八百米,你明白这意味着什么吗?”

我哼了一声。

“意味着下一次地震将发生在地表?”

臭虫没回答,他的表情告诉我,他已经做出了决定,事实也确实如此:

“行动起来吧。晚上我们得在山涧那儿过夜了。”

我不太喜欢这个决定。第一,这意味着我们要一直赶路到晚上;第二,放弃未建好的住所有点可惜,毕竟我们努力了很久;第三点嘛,我则直接问出了口:

“如果小孔打开了呢?”

“我们留下追踪器和留言,他们会找到我们的。”

是的,当然……如果有那个时间,再加上管理层的命令,救援小队可以通过各种方式找到我们。可如果他们没有呢?如果救援队收到的命令是象征性地找一找，不要冒多余的风险呢？

要我说，被当作消耗品的感觉真的很糟糕。老实说，如果能回去，我得考虑换个工作。也许我能找到一个可以施展本事的地方，也不用拿金钱来衡量我的性命，我也不在乎什么特殊津贴之类的玩意儿了！这些钱能救老爹、巨蟒和丑鸡的命吗？

我们十分钟内就行动起来，在太阳落山前走了大概十五千米。其间有两次糟糕的经历：一次是穿过熔岩区的时候，路窄得像扭曲的绳索一样，根本无处下脚；另一次则是翻过一座小山丘的时候。顺便说一句，我们本来可以绕过它的，那样会省下不少时间，也没有那么累。但臭虫永远不会承认这一点。

我不喜欢这儿。一处狭窄的山谷，两岸被低矮的树丛覆盖着。视野有限，机动空间也不足。再往山的深处走，情况甚至更糟。我们清理出一块地方，设置好电子守卫以后，就这么躺下睡了，根本没力气再去生火了，反正也没什么必要。防护服足够保暖，这里夜间也不算太冷。

我枕在一个背包上，听到地下传来一阵阵隆隆声和砰砰声。虽然疲惫不堪，但我并没有立刻睡着。我正因某事感到十分忐忑。

她没有继续跟着那个双足动物，而是提前离开了，因为再在熔岩区附近逗留会变得十分危险。地面温度由于白天太阳的照射和地下热量的蒸腾而升高了，形成了适合飞行的上升气流。尽管如此,假如没有虫群帮助的话,想要飞到最近的山顶也不是那么容易的。依照她的命令,仆从们从翼袋飞出,抓住她前翼上的皮毛,嗡嗡不停地拖着她在空中滑行。虫群已经十分疲惫,但它们仍然尽职地服侍着它们的主人,并为此感到高兴。当然了,接下来它们得进食和休息。这周围有充足的食物,第二次大地震也要到后半夜才会到来,所以在那之前有足够的时间让虫群恢复元气。

无论是小丘,还是山涧(她注意到那些双足生物选择了在那里驻扎),或是小丘与山岭之间的谷地,都是很危险的。山坡上也并不安全,看吧,那边那座歪歪斜斜突出来的、靠近顶端的山峰,一定会成为绝佳的坍塌起点。山的后面就安全许多了,在大地震来临之前到那里去是十分可取的,这是最快、最便捷的躲避灾难的方法。

昨天,甚至前天的时候,她就应该过去了。知觉、理性、母性本能——一切都告诉她应该离开,但好奇心阻止了她。她十分幸运,看到了别人从未见过的东西。她得以分享的也不是无稽之谈,而是真正有用的知识!族群会理解她的,不会因为她承担了风险而责备她。

她看到所有的生物都在逃离。拥有敏锐知觉的高等生物早早就远离了这个危险的地方;而此刻,低等一些的生物也开始着手自救。一只有翼呸呸鼻涕虫从她面前飞了过去,很快又来了一只。她认出后面的那只是个雌性,不久前刚刚在某个水坑里产下了后代,很快就将死去,于是她命令这只鼻涕虫飞过来,然后死去。疲惫的虫群需要食物，因为还有很长的路要走。呸呸鼻涕虫的肉闻起来很臭，但对仆从来说足够好了。

当她穿过山脊的时候——也就是从绝对危险的地带飞到相对危险的区域的时候，太阳还没有落山。如果幼崽没有在兜袋里睡着，她也许会继续冒险：看看那些双足动物如何摆脱困境，并感受它们可笑的情绪。毕竟翻过山岭之后就再也看不到这些啦。

当她在山谷中滑翔的时候，她用水果和昆虫简单地填饱了肚子。她其实想吃肉，但这会改变奶水的成分，小家伙会感到焦躁不安。于是她只好等之后再想办法满足口腹之欲。

她的大脑没有接收到任何同类的思维形态。毫无疑问，所有的智慧生物都离开了这个山谷，毕竟这里并不安全。他们也许沿着海岸线向东撤退了。海洋平静下来，不再制造麻烦了吗？

也许确实如此。那可真是惊人。

五月十八日，情况危急

只剩我一个人了。

独自一人在陌生的星球上，没有设备，也没有伙伴。臭虫和梦魇死了。

事情的经过是这样的。半夜，一阵剧烈的震颤将我们抛向了空中，紧接着是第二次、第三次震动！树木呻吟着倒下，山石叫嚣着崩塌,大地不停颤动摇晃。离我们不过百步远的地面裂开,一股热泉从裂缝中咆哮而出,散发出硫黄的味道,那场景简直像地狱一样。手电带来的光亮消失在蒸汽团中。臭虫大喊着什么,可我一个字也听不见。你说,他还在这儿喊什么呢?很明显,我们现在必须带上能带的所有东西,火速撤离。

又是一处地裂,一道巨大的裂缝。小山丘的一半就这么在我们的眼前彻底坍塌,陷入了地底。而我们白天离开的那个地方,场景则更加可怕——幸亏我们当时走了。

熔岩区消失了。火山岩在一次剧烈的爆炸中四分五裂,散落在周围数千米之外。我永远也忘不了这场爆炸发出的轰隆声。火山口裂开,一道火柱射向天空,呼啸着,嘶吼着,大大小小的碎石就四散在我们周围。小的有拳头那么大,大的则能达到小型木屋的尺寸。

唉,我们不应该睡觉的,应该赶快跑,快!我们已经筋疲力尽了,根本顾不得想晚上的事。为了逃离这个鬼地方,我们得手脚并用,连滚带爬,互相踢对方的屁股,才可能死里逃生。

就在我以为我们永远也无法离开山涧的时候,我们做到了。我们越过谷地跑到了另一座山上,那里灌木丛生,有些已经在燃烧着了……

“火山炸弹!”我听不见臭虫大喊的声音,但我完全能理解他的意思。我缩着脖子,就好像这个姿势能在燃烧的“炸弹”落到我头上时有所帮助似的，然后跑了起来。看到臭虫和梦魇都两手空空的时候，我也把我之前挽救的那些劳什子全都丢掉了。这才对嘛。死人要那么多花里胡哨的设备干什么？如果我们能活下来，我们之后会回来收集它们的。

我们头也不回地拼命跑着。哦，也不能这么说，因为我其实回头看了一次。火山喷发得越来越剧烈了！熔岩被抛到空中后四散爆炸，每一片碎石都是一颗火山弹，有将近一千度的高温，其中的一些径直朝我飞来。一片乌云盘踞在新形成的火山口附近，轰雷掣电，不知是为了继续刺激这座火山，还是为了惩罚它的横冲直撞，虽然不管哪种都是徒劳罢了。

我已经双腿发软，呼吸困难，但我们必须尽快逃走，于是我们依旧马不停蹄地跑着。

跑到哪里去呢？山那边？就往山那边跑吧，朝着那些该死的山坡和悬崖的方向！前方的落石轰隆作响，还伴随着山体滑坡，但那里总归更安全些。死在落石之下，总比被岩浆或热蒸汽弄死要强一些。

从头顶落下的火山灰甚至把防护服烧穿了。火山灰太多了，我什么也看不见。臭虫和梦魇消失在这片灼热的尘雾中。我试图呼叫他们，但没有得到任何回应。

我不得不继续跑。我没有慌不择路，我是不会犯这种愚蠢的错误的。我得找到一个庇护所，一处裂隙或是岩穴……不！不能是洞穴。拱形结构是不行的,再发生一次地震的话它们就会坍塌,运气好的话,你会像只小虫子一样被压死;运气差的话……你会被困住,然后死于饥饿和干渴。

虽然方向感没丢,但我还是丧失了对时间的感知。我不知道我用了多久才找到了庇护所:一堆堆砌起来的巨石。我缩进一个小缝里,开始等待……

火山仍然在喷发。红光撕裂黑暗,大地不停颤动着。我祈祷火山碎屑不要溅到这边来,山岩也不要往这边倒塌。如果那样的话,我可就彻底完蛋了。火山口边上的那片乌云已经向四面八方扩散开来,下起了倾盆大雨。我没有注意到天已经亮了。火山还没有停下来,但火山灰和火山弹变少了。天空变成了灰色,当中出现了太阳的光晕。我冒险探头出去看了看,好吧,小丘的另一边一夜之间冒出一座火山渣堆,有岩浆从里面流出来。岩浆流速很快,就像夏威夷活泼的水,而且还是流向我这边,只不过暂时被小丘挡住了。玄武岩的岩浆流动性很强,我在想,如果它们流过来,我来得及爬到更高的地方去吗?肯定能,我试着说服自己。但现在,我必须先找到臭虫和梦魇才行……

正当我这么想着的时候,我远远看到梦魇朝我这边走来,看上去就像真的经历了一场噩梦一样,跟他的绰号无比吻合。他这副样子简直能把胆小的人给吓死:浑身脏兮兮、乱糟糟,还拿着把枪。我估计我看上去也好不到哪儿去,只不过我没拿枪罢了。之前我把它丢掉了。

我扔了我的枪,而他还留着,他真是太棒了!

“你是通过追踪器找到我的吗?”

他点了点头,没有揶揄我两句,这一点也不像他。“不,是靠气味。”

“臭虫呢?”我问他,虽然我已经猜到了答案。

“火山弹。”他简略地回答,然后垂下了眼睛,看上去十分自责。但我确信不是他的错,但凡臭虫还活着的话,梦魇是绝不会丢下他的,他不是那种人。

“他一下子就被……?”

“嗯。”

“在哪儿?”

“那边。”梦魇指了指那堆被雨水冲成了泥沼的火山灰,看上去根本无法通行。

我懂了。这种情况下,寻找尸体是毫无意义的,而葬礼……可以说他确实已经被埋葬了。随着时间流逝,泥沼会逐渐干涸,变成凝灰岩,臭虫的身体会被永远封存在其中……就像琥珀里的小生物一样。

我狠狠捶打着地面。唉,臭虫啊臭虫……

但我们还活着!我之前怎么完全没注意,甚至连梦魇,我们的生物学家,也仅仅是发现这里的植物几乎都是陆生物种及亚种,这对我们来说算什么有用的信息吗?怎么会没人注意到,这里没有一棵年长、粗壮的大树呢?!现在我明白了:当地的树根本没有机会活那么久。能长到成熟期,顺利散播下自己的种子,就已经很不错了。再之后,它们要么会被熔岩烧毁,要么会被火山灰覆盖,要么被山体滑坡冲走,要么被地震卷走,要么被埋在滑坡的岩石下。这里完全就是一颗不稳定的、反常的星球,狂暴、动荡,火山遍布……

也正是因为这样,这里的飞行物种才如此之多。在这里,你得会飞才能及时脱险!

臭虫之前没料到,直到现在我们才明白,之前我们所经历的所有地震,包括最开始令悬崖坍塌的那次,都只是一场火山爆发的前奏。我们的队长察觉到了危险才命令我们离开,但他低估了危险的程度……

而我们还能站在这里,都是多亏他的警觉。如果我们能足够幸运的话,我们就能活下去,能回到家,能再次见到格丽塔·布里肯……但我们得足够幸运才行。小孔会在何时何地出现尚不清楚,救援人员能否接收到我们的低功率无线电信号也是未知数。

“现在怎么办?”梦魇抛下颜面问我。我还想问他呢。他现在是我们的领导了,我只是区区种马而已,虽然没驮着什么东西……

“我们得离开这儿。先翻过面前这座山再说,如果留在这里,我们只有死路一条。”

“从左边走还是右边?”

“左边吧，鞍部[1]地势要平缓一些。”

他点头表示同意，然后我们就出发了。行进十分顺利，卸掉负重之后，哪怕在这里的高重力环境下，爬山也没有那么困难。我们沉默不语，各怀心事。虽然我们的心事其实可能是同一桩。

快到正午的时候，我们到达了鞍部，并在那儿休息了十分钟。我们找到了一处温泉，喝了些泉水。梦魇把他已经沾满灰尘的过滤器摘下来扔了。我注意到以后，把我的也丢掉了。这没什么，我们能够呼吸。如果这里有什么病原体的话，那昨天我们吃从应急物资里拿出来的饼干的时候就应该感染了。

真可惜，我们应该把应急物资里的食物都吃光的!精打细算有什么用呢？理智告诉我，在任何情况下，我这会儿都会像刚结束冬眠的熊一样饥肠辘辘，但我仍然为损失掉的那些食物感到可惜。

突然……

我特别讨厌书里出现“突然”这个词儿！但是如果情况就是突然发生了，你能怎么办？

离我们十步左右的一块巨石上，突然出现了一只长着蹼状翅膀的丑家伙——可不正是那只命令蜂群攻击我的那家伙吗！被我称作飞猴的那个。我知道它能够转移人类的视线，但我仍然感到很惊讶：刚刚那块石头上明明什么都没有！它是从哪儿冒出来的？它想要干什么？我毫无头绪。

---

① 两山之间比较平缓的部位。

梦魇也看到它了,他是个不逊于我的好枪手。他悄悄举起枪,打开了保险栓……在他眼里,这简直是送上门来的食物。只有傻瓜才会放过这种天上掉馅饼的好事,更别提我们本来就已经饥肠辘辘了……

“别动手!”我想大声提醒他,但我做不到,我的舌头发麻,根本动不了。梦魇也僵住了。我可以看到汗水从他身上源源不断地涌出,先被吸进防护服,然后又大滴大滴地落下来。

“嗡——嗡——嗡——!”从那只丑东西腹部的兜袋里飞出一大群黑色的马蜂。梦魇还来不及叫出声就被团团围住。他的枪掉在地上,人也倒了下去,抽搐了一两下后便再没了动静。好在,他应该是没受多少折磨。我一动不动,冷静地想着:下一个就是我了。因疼痛休克而死,会是什么感受呢?

如果你没被那种马蜂咬过,你也许会觉得梦魇还有一线生机。然而我很清楚,那可是上百只马蜂。

现在轮到我了,对吧?来吧,来咬死我吧!我就在这儿呢!这个畜生已经把我催眠了,就是现在,来吧!

一只利爪羽兽从上方袭击了她,它们原本生活在大洋的另一边,应该是被飓风吹到这里来的。利爪羽兽根本没有思维形态,散发的情绪也很微弱,她是在最后一刻才注意到了它的存在——用眼睛看到的,而不是精神感知到的!她一个急转弯避开了攻击。但这还不够,另一边的野兽更擅长飞行,一定会选择再次攻击,她必须得想办法摆脱这个难缠的家伙。

一般来说,精神控制对另一边的生物不那么有效,不过她仍然没让羽兽活着离开山脊。山岩上只留下了些散落的羽毛和飞溅的血迹。

她一路盘旋上升,直达山顶。在这个高度可以将大灾变的景象完整地收入眼中。

火山正蠢蠢欲动,准备喷出更多的熔岩。而真正的重头戏其实在山坡那边,那里即将形成一个新的火山口。不会形成太多的熔岩,但一团炽热的火山灰云将会移向北边奄奄一息的山谷,湮没那里幸存的一切。

就快来了。

南边的山谷其实也不宜久留,很快那里也将变得不适合生存。普通的兽族都能意识到这一点并选择离开,更不用说智慧生物了。她的最后一个同类早上也离开了,她并没有看到他,只在远处交换了思维形态。她毫不意外地察觉到了对方不屑一顾的态度。思想不是言语,不会骗人。必须得承认:大家其实并不怎么尊重“永无止境的好奇”小姐。

但她改不了自己的好奇,也没有理由改变。为什么要试图成为别人呢?

那么,就只能忍受藐视了吗?

其实,只要做对一些事,别人就会对你刮目相看了。这也是她选择翻过山脊的原因。她需要那些双足动物。她之前就隐隐约约感觉到,一旦有合适的机会,那些双足动物会给她带来一些好处,现在她基本能确定这一点了。

果然,她很快感受到了疲惫和恐惧的气息。那些双足生物果然在这里,不过,只剩下了两个。

这一点也不奇怪,竟然还有两个能活下来才令她感到意外。毕竟它们的智力和感知能力都是那么的低下,活下来的概率是很小的。

但两个足够了,甚至一个就够了。

她果然在鞍部看到了那些双足生物。显然,它们打算越过山脊进入南部的山谷,现在正在休息。看来它们不光智力,体力也还没能进化到合格水平。

干扰它们大脑中负责分析视觉信息的中心区域是小事一桩。双足动物根本注意不到她是如何滑翔并落在它们旁边的巨石上的,直到她故意让它们发现自己。

它们中的一个试图用武器攻击她,但她已经弄清楚那个武器的工作原理了:一块锋利的金属碎片会从那个黑色的管子里高速飞出,致活物于死地。这个双足动物真是又狂妄又天真。它的脑子里装的难道是黏土吗?

在定住它们以后,她命令虫群去攻击那个拿着武器的双足动物。只留一个活口就好，让它见识一下不听话的下场，它就会顺从些，变得更容易对付。

解决掉拿着武器的家伙以后，她命令虫群回到兜袋里，并解除了对另一只的控制，然后向它灌输了恐惧。不是让它惧怕她自己，而是让它惧怕火山。双足生物一下子跳起来，眼神疯癫地打量了一下周围，然后疯狂尖叫着冲下了斜坡。跑吧，远离这地狱之火！到宁静美丽的山谷去！在那里，大自然是仁慈而温和的，那里阳光普照，清泉流淌，硕果累累，没有人会蓄意杀戮！

但她很快又减弱了对它的控制：这傻瓜只顾着尖叫飞奔，根本没注意看脚下的路。如果它因为自己那笨重肉体带来的强大惯性而摔断几根骨头，可就不好了（说真的，它长那么多肉干吗？）就让它害怕吧，但不要恐慌。

一阵气流吹来，她再次起飞盘旋，从上方观察这个生物。当她意识到穿越岩石区对这个可笑的家伙来说有多么困难以后，她有两次彻底解除了对它的控制——过度的恐惧会让它崩溃死亡；还有一次她看到它被碎石绊倒，摔了个四仰八叉……但它终究挺了过去。

它终于赶在夜晚来临之前跑到了平原，看上去已经彻底精疲力竭。它一头栽进小溪，像是要淹死自己，但她很快发现，原来它只是太渴了。它一边喃喃自语，一边迷迷糊糊地爬到了离水源两步远的地方，很快睡着了。它的大脑发出的信息清楚地表明，这个弱小的双足动物还活着，甚至没受什么伤，只是因为过度的肌肉劳损、强烈的情绪冲击还有饥饿而感到疲惫不堪。它对任何一个捕猎者来说都是个惊喜——来吧,用牙齿咬下去。

绝大多数动物都已经离开了这座山谷,除了一只飞猫——一只看上去精神不大正常的飞猫(毕竟正常的都已经走了)。那只飞猫悄悄地在树丛间穿梭,逐渐靠近一动不动的猎物。她感受到了它散发出的饥饿、贪婪和兴奋。它打算找准角度后悄无声息地靠近,用锋利的爪子精确地割开猎物的颈动脉,然后闪电般地冲过去。到时,它的猎物就会一边惊恐尖叫,一边拖着血迹四处逃窜……

她赶走了飞猫。它起初并不想放弃到嘴的猎物,一双眼睛在黑漆漆的森林里泛着绿光,愤怒地嘶吼着。但最后它还是被持续的精神命令所劝服。她不想唤醒在兜袋中休息的虫群:这些仆从们在黑暗中能发挥的作用有限,况且它们已经饿了。整整一天,它们都只能在兜袋里吮吸她分泌出来的咸味的奶:她得优先满足自己幼崽的需求,而仆从们应该可以坚持到天亮。

她自己其实也饿了。如果这只飞猫散发的味道没那么恶心,她一定会毫不犹豫地把它杀了,给自己和虫群当晚餐。

准确地说,也不是所有的动物都离开了山谷。像往常一样,那些老弱病残的家伙由于没有能力逃跑而留了下来。她感受到了它们的恐惧。树丛中潜藏着来自大洋另一边的生物,它们不知怎么飞越了海洋,并设法生存了下来。夜行动物们的狩猎开始了。一只剑翅鸟落在了一头鬣蜥的背上,山谷中传来了这个大块头由于脊骨折断而发出的呻吟。电虾潜伏在水池里,准备袭击来喝水的猎物。树上的吸血蛭扭成了螺旋状,准备扑向任何发出可疑声响的生物。更多微不足道的小生物们,在大灾变来临之前就已经拼尽全力将卵产在了一些善于躲避的大型动物的皮肤或皮毛上,这样就能保证在相对安全的地方延续自己的种群。

明天中午左右会有一些火山云穿过鞍部,烧到山谷这边来,但不至于毁掉整个山谷。只需要避开它们,自己、幼崽、虫群和那个双足生物就不会有意外。这里有充足的食物。甚至这段时间她也不再需要同族的帮助了……

五月十九日,情况不能再糟了

我醒了,但我感觉还不如继续昏着。一切都糟透了。我的肌肉酸痛,脑子也不太清醒,但好在我的脑袋还在,这可能是唯一的安慰了。

只剩我一个人了。没有武器,没有其他设备,全身上下只剩破了三个洞的防护服,以及右边袖筒里的追踪器和左边袖筒里的录音设备。甚至连火种都没有。

我该怎么办？悲伤、哀叹、绝望？对着这个小一号的月亮嚎叫？没人会看到,也没人会来评判我的懦弱……除此之外就没别的可做了？我不喜欢做这些没有意义的事。我回到1号地球的机会微乎其微,但只要我活着,就还有希望。我能在这个狂暴的星球上活多久由我自己决定,就算是死神来硬的,我也不会轻易配合。

只要不犯傻,就不会死,我说得对吧?

至少目前为止,这句话还没有被明确证伪。

山脊似乎帮我抵挡了火山,但没有什么能帮我抵挡野兽。所以,我首先得弄到些像样的武器,其次是食物,然后是火,最后是住处。一间小屋就像一座堡垒一样,能保护我的安全。

先搞一根木棒防身。然后用藤本植物编一些网,设置成捕猎陷阱放在森林里。然后造一把弓——暂时不是用来打猎,而是要靠弓的传动装置取火。把长棍的一段用火烧一下,就是一把火标枪。再想想用什么东西做一把弹弓,练练准头。以上就是今天的任务了。

我能否弄到一些比浆果更适合补充能量的东西还是个未知数。

而我的肚子已经开始唱花腔了。我需要食物,最好是肉类,最好能快点吃到。

哎呀!我的祈祷起作用了。我简直不敢相信自己的眼睛:一群小鱼正在从溪里往岸上游。体积不大,但是数量很多。它们把胸鳍插在泥里做支撑,然后弹动尾巴,一点一点往前跳着。它们的动作敏捷而熟练,离开水也没有窒息。应该是当地的物种,而且是进化得很完善的那种,类似我们地球上的肺鱼。

我抓住了其中的一条,它刺伤了我。我立刻担心起来:这刺不会有毒吧?但奇怪的是,我知道它们是无毒的。不是我这样希望,也不是一种假设,而是很清楚地知道:它们没毒。我确信这一点,就像我确信二乘二不会等于五一样。

奇怪了,我是怎么知道的呢?

但我当时并没有注意到这个问题。我抓了一条落单的鱼,用一片锋利的岩石碎片去头,然后刮鳞,去内脏——整套动作一气呵成,熟练得仿佛我已经当了一辈子鱼贩。我就这么生吃了起来,停不下来地大嚼特嚼。要是能再有一撮儿盐的话……不过我已经很满意了,人得学会知足。

哎!我终于吃饱了,再也塞不下了。我睡眼惺忪地观察那些有幸逃过一劫的"鱼儿们":我一停止追逐它们,它们就排成一列,开始向森林的某个地方行进。一、二、一、二……它们正处于季节性迁徙期吗?还是察觉到了继续留在小溪里可能会有危险?

我不太喜欢后面那个猜测。我环视四周,竖起耳朵仔细听着——但似乎什么动静也没有。只有从山脊后面传来的、像来自远方的雷声一样的阵阵轰鸣:轰隆隆——轰隆隆——那是火山爆发的声音。头顶上方那片乌云还在,但没有之前那么厚重了,风正把它往北边吹。好极了。它离我越远越好。

那我去山谷的另一边不就好了吗?

我感觉这个想法很明智。而且我根本没有什么留在这里的理由,不是吗?就好像一阵莫名的第六感在提醒我一样。我坐在山坡上,"该走啦"的想法像只小虫子似的在我心里爬。我应该赶紧走,走得远远的。

我坐不住了,起身以一种非常华丽的姿态越过了小溪,动作完美到世界冠军都会自愧不如。周围一片安静平和,而我却心急火燎。我放弃了之前那堆"先搞一根木棒防身"之类的计划,就这么毫无防备地闯进森林,一路像一辆坦克一样风驰电掣,累得筋疲力尽。不,不是出于恐慌。我并没有感到恐慌,我的大脑正常运转着,思维也没有发生混乱,我只是强烈地感觉到,离开才是正确的做法! 我身上到底发生了什么?

我觉得要么是飞猴让我出现了幻觉,要么就是它真的闪现到了树干上。还有一件奇怪的事:我察觉到了危险,然后决定逃离,但是我似乎非常确信,危险不可能来自这只飞猴。这地方有哪里不太对劲,但我还没弄清楚究竟是哪里。这让我有点不安。

还有一件新的怪事:我不知道我是怎么确定前进路线的。有一次,我莫名其妙选择了绕路穿过一片灌木丛,哪怕正前方的森林看上去开阔得能容纳一辆吉普车。我不知道我为什么没有选择走最短的路,就像是我的腿在自动带着我往前似的。我隐约听说过有个学派,如果没记错的话好像叫行为主义还是什么的,研究的正是为什么蚂蚁或猫这类动物会按照特定的路线前进。也许不是我们选择道路,而是道路选择了我们? 哎,要是让我遇到一个行为主义学者,我无论如何都得找他问出个结果来。别想着用什么毫无意义的抽象的新词来打发我,那样我可不会客气的。

我来到了河边，但我没空欣赏美景。不知什么驱使着我往左边行进。指南针显示，好像是东边。走到森林的尽头，前面是一片熔岩区。对，另一片熔岩区，散发着硫化氢的臭味，坑洼处还有泥浆在缓缓流动。要是一不小心踩上去……准备好感受灼热吧！滚烫的那种。靠近那些坑洼是不可能的：岩浆会穿透防护服烧伤脚底，空气也滚烫得令人难以呼吸。谁会需要一个被煮熟的潜孔者呢？我本人是不必了。

再前面是一片缓坡。我决定在这里稍微休息一下。准确地说，依然不是“我决定”，而是不知什么在驱使着我。但恐惧感已经消失了，我坐在了一块石头上，开始按摩我的双腿。如果你试试在我身处的这种重力下一路狂奔，你也会肌肉痉挛的。但这地方不错。前方有一座山，南面与峡谷接壤，但它看上去离得很远，就算山体滑坡我也不害怕。

好的。我之前打算准备些什么来着？一根木棒，然后是火，然后是捕猎的陷阱……还是先捕猎后生火？啧，我今天好像总是不太清醒。

砰！我被一阵轰隆声吓得跳了起来。使我惊跳起来的声音源自一波滚滚袭来的巨石，随后爆发出来的气浪声简直可以说是字面意义上的震耳欲聋。我看到在北边，就是昨天我和梦魇本来打算一起穿越（可惜最后只有我一个人成功了）的鞍部稍微往北一些的方向，一下子升起一道新的火柱，并随之涌出浓烟。真是可怕的景象啊。好在我离得够远,它们不会蔓延到这来……

不到五分钟,一片旋涡状的云层涌过山脊,越过鞍部,像泥石流一样冲进我所在的山谷。它刚飘到森林上方,森林就着起火来。是火山碎屑!显然,这并不是鞍部后面形成的寄生火山[①],而是一座全新的,岩浆成分完全不同的新火山。我觉得熔岩都比火山碎屑好,毕竟你能够避开熔岩,却很难躲过火山碎屑。而我及时躲过了!这叫什么,这,就叫潜孔者的直觉!事实证明,那些“鱼”冲出小溪不是没有根据的,溪水一定是沸腾了……

一股热气向我袭来,但这没什么,可以忍受。森林被烧毁了不到三分之一——似乎是因为它们足够潮湿。总之,情况还没有那么糟糕。

我因自己的明智预判而感到很高兴,甚至忘记了疲劳。就好像重生了一次似的。我永远理解不了那些试图自杀的人。生活是多么的美好!他们怎么就想不开呢!

我不明白飞猴是怎么出现在我刚刚坐着的那块石头上的。我想要挥手赶走它,我差点就一时犯蠢这么干了——但我及时意识到,没必要这样。还是我让开吧。它个头不大,精致脆弱,体重可能比一只家猫还要轻些,也并没有凶恶的獠牙和锋利的爪子,我怕的是什么呢?

那些黑色的马蜂,显而易见。

---

① 当主火山喷发后期或停止后,从火山口内或火山锥体旁侧的裂隙中喷出岩浆而成的小型火山。

但我无法逃脱！

我的脚下像是生了根。一阵寒噤从我的额头直冲脚底。飞猴不慌不忙地，炫耀一般地，展开了它的前爪和蹼，露出了它腹部的两个兜袋中的一个……

马蜂群从袋子里冲了出来……一只接一只……发出一阵阵嗡嗡声，并逐渐聚成了一团。

这团嗡嗡作响的虫群慢慢接近了我，几乎快要碰到我的脸了。而我，无法回头，无力转身，更别提逃跑或是光荣赴死——用石头砸那只飞猴。"完了，"我想，"到此为止了……"

好像还没完。蜂群飞到我面前释放了某种奇怪的气体，然后又回到了飞猴那里，径直返回了它的囊袋中。嗡嗡声停下来了。

我试图活动了一下小指——能动了！我还不能完全控制肌肉，但是，就像医生们常说的那样，预后良好！

这个既像猴又像飞鼠的家伙，到底想从我这得到什么呢？如果我是它的猎物，我哪还能活到现在？看起来它似乎想对我做些什么，但究竟是什么呢？

它用巨大的眼睛看着我，没有发出任何声音。然后——我突然感到奇痒无比。太痒了，以至于我只忍了几秒钟，就开始号叫着乱抓一通。我很快恢复了对肌肉的控制力，想用指甲挠一挠痒却做不到：有防护服隔着。简直是地狱般的折磨。我像野兽一样咆哮着，扯断了防护服的缝线，像蛇蜕皮一样褪下它，变得赤身裸体……

痒意瞬间就消失了。这叫什么鬼事儿!

当然,我已经猜到是谁在搞鬼了……

“所以,是你,对吧?”我用不太友好的语气冲飞猴说,“都是你搞的鬼,对不对?”

没有任何回应。

“好吧……如果是你做的,就再让我体验一次那种痒感。不过别太久!……”

我话还没说完,就体验了那种浑身发痒的感觉。应该找点不这么折磨人的东西来向它确认的。

“够了!够了!我都说了,别太久!……”

痒感消失了。一方面来说,这当然很不错;但从另一方面来说——这个飞猴是如何影响我的内在感知的?据我所知,抓痒的冲动是由大脑产生的,和皮肤本身没有直接关系。经历过截肢的人可能会告诉你类似的话,他们的肢体不存在了,但是依然能感觉到痒。

所以,这意味着它可以肆无忌惮地控制我的大脑?

“好吧——”我冲它说,“我是个人类,你是个兽类,你自寻出路吧,咱们当不了同伴的,明白吗?”

它仍然没回应。好吧,山不就我,我便去就山。走着去。

“保重!”我试着与它握了握手。

见鬼……我又不能动了!

飞猴不愿意放我走。我对它来说到底有什么用?拿来消遣的吗？还是说——我想想就觉得有点可怕——它想拿我来喂那些马蜂,只不过现在还不是进餐的时候？它们想要新鲜的晚餐?

一切皆有可能。我慢慢意识到:从今天早上开始,或许从昨天开始,我所做的一切都不是出于我自己的意识,而是被别人支配的。离开鞍部,夜间休息,抓鱼,一路狂奔到山谷安全的地方去……都是被控制的！它用绳子操控我,就像操控一个没有意识的破布娃娃一样。它到底为什么这样做?

我不知道。我只能按照最坏的可能去做打算,已经不指望能有什么好结局了。我默默地祈祷着。主啊,不要抛弃我!主啊,请救救我！请赐予我力量!

我脑海中浮现出一只蜘蛛,在它饱满的腹部有一个十字,它编了一张十分精密的捕猎网。一只被困在网中的苍蝇在向苍蝇之神祈祷着……

而我仍然在祈祷。这会有用的。

五月二十日,彻头彻尾的噩梦

一切都糟透了。我想我是无法摆脱这悲惨的命运了。但是,假如我真的再也无法返回原本的世界,我希望至少这些录音有一天能被人们听到。我是一个潜孔者,我早就习惯了以身犯险,大体上讲,我的同事们没能从工作中活着回来是常有的事。关于死亡的思考并不至于使我陷入恐慌,我更加不喜欢的是成为失踪人员。我觉得生命的结束至少应该有些意义。

这就是为什么我开始更加频繁地做记录,并且希望能尽量把这些录音事无巨细地保存下来。我用一块锋利的石头把藏在防护服袖子里的录音设备取了出来——简直费了九牛二虎之力。然后把它和定位设备一起,用细藤蔓绑在了我的手腕上。我的动作被飞猴尽收眼底,但它没有做出任何表示。也许,它认为我这条“手镯”算不上是衣服,充其量是个装饰品。它不喜欢防护服,也许是因为它并不需要这玩意也能活得很好,所以觉得它没什么用。在白天它确实没什么用,这点我同意,可这里的夜晚真的很冷。不过飞猴让我在森林里找了些柴火来生火取暖。其实根本没有生火的必要,我只需要走到那些火山余烬所在的地方就好,那里还残留着一些温度。顺便说一句,我的脚后跟被烫伤了,刺痛不已,直到我从树上扯了两块树皮,并用纤维将它们绑在脚底后上才感觉好些。

飞猴对此表达了不满:它用一阵短暂的偏头痛惩罚了我,但并没有强制要求我把这双破烂拖鞋取下来。也许,它可以稍微理解一些我的需求?

不过,它到底想从我这儿得到什么呢?

我想我并不是它的储备粮——否则我就不会被赶到森林里来了。它似乎也没打算把我当作共生伙伴,毕竟,我能给它提供什么呢?所以,也许我只是它的仆从?那么,它为什么没有往我的脑子里灌输对某项工作的狂热呢？仆人必须为主人操办事务，比如搬搬石头之类的。而我在干吗？

我坐在火堆旁舒服地烤着火。飞猴没有靠近火堆，但它在不远的某处，我能感觉到。

所以，我不是食物，不是同伴，也不是仆人，只是它的某种玩具吗？如果不是给它自己玩的，那就是给它的幼崽，那个未被蜂群占据的另一个兜袋里的幼崽？

有趣的想法。

在我看来，我并不像是个玩具。但这位来自另一个星球的高等智慧生物显然对此事另有看法。

我从很久之前就确信，这位飞猴小姐的确是种高等智慧生物。甚至它（或者说她）从某种程度上可能比我想象的更加强大。

这就很糟糕了。我可以去驯服野兽，但如果她反过来开始驯服我，我真的不会对此感到高兴的！

但这好像已经发生了……

我想想。昨天，我得承认，我是被催眠了。在折磨我以阻止我逃跑，并且确认我已经得到教训以后，飞猴小姐才放了我一“马”。而我不会再试图逃跑了！再也不了！我乖乖去了森林，不再试图溜走（哪怕我心里是那么渴望）。日落的时候，我生了一堆火，坐在火堆旁休息，然后躺了下来。我会乖乖睡觉的。我会安静又听话，别惩罚我。我很乐意生活在别人的控制之下……

然后我就迅速入睡了。但我没能睡很久:我有个特殊的技能,就是能在该醒的时候醒过来……而这次,就是黎明前不久。

火堆早已经熄灭了。四周很黑,但还是能看到一些东西。今天的月亮看起来很清晰,像是体积变大了。北边山脊上方的云层被深红色的火光照亮了——火山仍然没有平静下来,周围物体的轮廓也被映照得很清晰。我还做了什么?

飞猴在离我大概十步远的地方睡着了。她把头用蹼翼盖住,看起来就像一只大鸟,或是一个裹在黑色斗篷里的小矮人。不,我不会试图趁她睡着的时候袭击她的,谢谢。但凡你试图靠近,或者哪怕扔一颗小石子过去——她一定会立刻醒过来。我一直自认是个具有冒险精神的人,但不要认为我是那种不惜命的家伙。我已经尝过她的催眠术还有那些马蜂的厉害了,不需要更多了,谢谢。

我悄悄、悄悄地脱下了“鞋子”,以免它沙沙作响,然后极其缓慢地起身,大气儿也不敢喘,小心翼翼地挪动着。每次踏步之前,我都先用脚趾探一探路面,免得万一踩到树枝或是石块什么的发出声响。

一片寂静。天哪,我真棒!一百步以后,我加快了速度。大约十分钟之后,我开始感到脚下有些尖锐的石块,于是我穿上了鞋。我走的方向是对的吗?可能吧。先往西边走,然后左转,这样黎明时分我就能到山口处,我昨天已经在那做了标记。如果这条路走不通,那就换一条。最好能离飞猴小姐一座山那么远,两座更好,而不是和她待在同一处山谷里。

我应该没有迷路。我转过身，从我标记的地方——一束荆棘丛的后面，开始往山上爬。我脚下的岩石在微微颤抖着。在北面山脊的后面，一座火山在喷吐着烟雾。左边的天空渐渐亮了起来，而右边则没什么稀奇的，前方也许能遇到一个不那么陡峭的山坡。我只是随便一说。不过这里一直是这样一颗对外星人不甚友好的星球：重力偏高，频发地震，大气中含有大量二氧化碳，氧气却不够充足。这倒也不是什么太过致命的缺点，但对一个正在爬山的人来说却影响很大。

我感到呼吸困难，汗流浃背。我本想每五十步就休息一下，但似乎无法坚持，于是每三十步就休息一下。而且，这三十步的每一步都充斥着想要放弃的痛苦。我的心跳得像要从嗓子眼里蹦出来了一样，它似乎不想再老实待在我的胸腔里了，它渴望自由。

山势是如此陡峭，以至于我得手脚并用地爬行。嗯，而且还赤身裸体。不过那又怎么样，我会顺利爬到另一边，一切都会按计划进行。如果你能搞清楚获得生存必需品的优先级，那像鲁滨孙一样生活是很容易的，而我已经做到了。武器、食物、火、住所……现在再加上衣物。这里还算暖和，晚上我可以睡在火堆旁。不过我并没打算一直裸体跑来跑去，哪怕先搞到条类似缠腰布之类的东西也好……最好还能再有双软一点的鞋子，我可以看看能不能猎到一只皮毛合适的野禽。

至于具体要怎么把皮剥下来做成鞋子……我一点头绪都没有。这就是潜孔者训练的一大不足之处了。我们所受的一切训练,都是建立在有技术支持,有同伴帮助,最不济也可以依靠小孔从危险的世界逃离的基础之上!

就在我正考虑该怎么剥皮时,天已经完全亮了。我已经爬得相当高了,现在我撑不到三十步,而是每爬二十步就得休息一下。我还得时不时地环视一下四周,看看飞猴在不在。她想必已经发现我逃走了,她会追过来吗?

目前还没发现她的踪影。有一次我右边落下一块石头,那显然并不是她。既然她会飞,哪儿还有必要爬山呢?

此外,我还打心底里希望,她的蜂群并不能离开她太远……

高一点,再高一点!我能摆脱她的!

最后几米我简直是连滚带爬撑过去的。终于,我来到了山口。太阳已经升得很高,阳光彻底笼罩了右边那片光秃秃的山坡,幸好我不需要去那里。我打算休息一下,喘口气,然后开始下山。

我必须万分小心,下山的路往往比上山的路更危险。我不喜欢那些碎石……

什么情况!

我原本以为翻过山之后会到达另一片山谷,然后南边会再接上一座山。然而,当我翻过来以后,我简直不敢相信自己的眼睛——是海!海平面上方,还笼罩着一团若隐若现的薄雾。我看到远处的水面波光粼粼，闪闪发光。不过我还得先从山口下来，然后绕过那些山头，再沿着河边走好长一截路才能到达那边。但是……大海！一片真正的，温暖的，温柔的，蓝色的大海！远处还能看到几座漂亮的小岛，海滩附近有几块礁石伸出了水面。空气中还散发着海的腥咸味儿。美极了！

看来我们的隧道工人确实没把小孔开在合适的地方。虽然地震和火山的问题很难避免，但是……真是够了。我早就应该放弃把118号地球当作什么宜居地看待了。而且显然山口另一侧的植被状况也不怎么令人开心：它们和对面的一样，低矮又扭曲……

四周一片寂静。这是另一样我不喜欢的东西了。寂静是种诡异的情况。没有任何一个潜孔者会相信寂静能伴随着平和。

等等，海平面那边的那团雾又是怎么回事？是我产生了错觉，还是它真的在扩散？不，不是错觉，它真的在往这边扩散！此刻沉寂也被打破了，空气中传来一阵低沉的隆隆声。我终于后知后觉反应过来，那不是什么薄雾，而是海浪！大海啸就要来了！

我站得很高，非常高，但我依然感到不安。水墙正以极快的速度吞没着海岸，而我目瞪口呆地愣在那里。哪怕我一早就能知道有海啸会淹没山口，我也不确定我能顺利逃走。这景象太壮观了，我被震撼得动弹不得。

礁石被浪潮吞没，波涛涌上海岸，越过沙滩直撞向山岩，又因被山体阻挡去路而翻腾着。山体在震颤。一阵阵气流打在我的脸上。更令我担心的是山下那些不再稳固的碎石。不到一分钟的时间里,海浪就淹没了它们,并且以一股势不可挡的劲头越冲越猛……

我的脚像是被钉在了石头上。我脑海里唯一的想法就是:这波浪潮能有足够的力量越过这个山口吗?看上去我已经彻底来不及逃跑或试图自救了。

海浪没有到达我这里。它在山下肆虐了很久,反复撞击着山丘,冲刷着贫瘠的地面,将那些脆弱的植被连根拔起,又把一切都卷入旋涡。海潮试图带着这些陆地垃圾折返,奈何后浪已经蜂拥而上。此时又出现一副惊人的画面。我看到从激浪中冲出一条鱼,它浑身的鳞片闪闪发光,然后就那么张开鱼鳍,飞了起来!只一瞬间,它就从我眼前消失了。这是一条货真价实的飞鱼,不像地球上的那种。在这样的星球上,如果你不想被各种各样的大灾难碾成灰烬的话,飞行确实是一种必须掌握的能力。就像飞猴小姐一样,她那些灵活的蹼翼总不会是白长的。

想到飞猴小姐,我条件反射般地转身——她可不就在那儿吗。坐在一块岩石上,专注地盯着我,像是对眼前的海啸毫不在乎。

“找到我了?”我没好气儿地说。

没有回应。

我真是忍不住爆粗口。这感觉就像我一直在干一样十分精细的活儿,我努力了很久,眼看马上就要完成了,结果我自己不小心一脚踩了上去,把它弄碎了。我十分恼怒。但是老爹曾经说过一句很应景的话:当你想要杀什么人的时候,试着从自己开始吧。是啊,我能怪谁呢?怪这个愚蠢的世界吗……

我怎么会料到,山的另一边会更加危险呢?理论上讲,一个地质活动十分频繁的地方确实会发生海啸,但是,我怎么会知道这里有海呢?

飞猴小姐仍然好整以暇地坐在那,而我则后知后觉地意识到了等待着我的将是什么。是监狱!是牢笼。当然,如果想的话,我是可以活动的,但我逃不出她的手掌心。看来之前是我没搞清楚状况。现在我懂了。

而这,就是一切的开始了……

当双足动物醒过来时,她其实是在假寐。双足动物不知道如何用大脑的左右半球交替休息,像个孩子一样,需要所谓的睡眠。真是个令人难以置信的、失败的自然造物。当它的大脑休息的时候,它还能感知到危险吗?当然不能。这就是为什么这些生物在数百万年前就在这里灭绝的原因。它们无法适应动荡星的环境,而动荡星是不会怜悯那些无法在这里生存的生物的……

它偷偷溜走了。也许在它看来,自己并没有发出任何声响。真有趣。就算它真的能不发出任何声音,它的恐惧也会出卖它。恐惧会出卖所有生物,哪怕是有翼呸呸鼻涕虫。只有那些仅有低级神经系统的生物,比如蠕虫或昆虫,才不会散发出任何恐惧。准确地说,它们有恐惧的情绪,但太轻微了,甚至都没到智慧生物所能感知到的阈值下限。

虫群在休息,只有为数不多的几位仆从在没有完全闭合的袋口处微微扇动着翅膀,使空气流动起来。

幼崽醒得不是时候,吱吱地叫了起来。不过那个双足动物没有听到它的声音——就它那个听力水平,能听到才怪呢。但是她却能听到双足动物的脚步声和呼吸声。如果她想的话,她也可以以它的视角去观察。她其实可以通过精神控制让它回来,但是没有这个必要:每个顽劣的孩子总得得到点真正的教训,才能长记性。

她一边哄着小家伙,一边监视着逃跑的双足动物。让幼崽在兜袋外进行适量的活动,这是第一步,却并不是最重要的一步。思维形式的游戏要有用得多,但麻烦就在这里:所有的幼崽在一开始都会逃避进行思维游戏。它们喜欢跑跳、翻滚、学习飞行。直到它们长大些,四五岁左右,它们才能体会到思维形态的优雅和美妙之处——但也并不是所有的幼崽都能学会这一点。它们中的一些,也有概率会长成既不能沟通,也不能思考,更不能感知的傻子。也就是出现返祖现象。这种个体无法融入族群,动荡星的生态环境也会把它们淘汰掉。

玩够了以后,小家伙钻回兜袋进食并安分了下来。双足生物已经翻过山口了,真是神奇,它竟然没有感受到从海里涌来的波浪。

也许，这个磨磨蹭蹭的家伙根本无法到达真正危险的地方，但仍值得近距离观察它的一举一动……

黎明不是个合适的飞行时机，除非是情形迫不得已。斜坡上没有合适的上升气流——空气已经在一夜之间冷却了。而振翅飞行比起滑翔来说，实在是很无趣。她不得不唤醒虫群，让它们开始工作。

海啸如期而至，海浪高度和她预料的一样，平平无奇。其他由地震、水下的火山爆发或剧烈的山体滑坡所产生的波浪，也都会漫过山体。是时候离开这个水火交织的山谷了，东边相对安全一些。但是首先，得彻彻底底地驯服这只两足动物……

痒。然后是头痛。然后两者同时产生。双足动物蠕动着，尖叫着，双手抱头，用指甲狂乱地抓挠着它的头皮，在地上打着滚。惩罚并没有持续太久，也没有超过它能承受的极限。折磨一只试图尽力生存的活物没有什么意义，但是，如果你想让它们对你像条件反射一般地服从，就得施加一些适当的惩罚。

经过一段时间，她觉得这个双足生物已经被驯服了。现在可以让它解脱了，它会感激涕零的。还想要尝尝别的教训吗？不要了？好。那么，现在，让我们回到山谷去吧，别再试图逃跑了，好吗？

五月二十一日，体育节

我正在倒立。确切一点说，是头手倒立，因为仅靠头很难维持平衡,何况我在这有足足一百二十千克重。

不久之前我还会说我是一百二十五千克。那么那个零头去哪儿了呢? 哈,在118号地球上想增重是不可能的,在飞猴小姐身边就更不可能了。

我知道她催眠了我。否则的话,我是不可能会想着要——对,主动想要——倒立起来的!

这就是我一整天都在干的事了。幸运的是,偶尔能休息一下。其中的几次休息,是因为血液一直涌向头部,导致我几乎失去了意识,不得不暂时控制自己的身体。其他时候,则跟自然生理需要有关。午餐时我也有一段休息时间。蜂群给我带来了一些看起来像是蝗虫的东西,不过我没打算吃它们。我用石头砸死了一条很粗的蛇,把它插在一根笔直的、好像是核桃树的树枝上烤了烤,味道还行。我还采了一些口感很涩的果子,似乎没熟透,但应该没毒。我觉得飞猴小姐不会放任我去死的,不管我是出于有心还是无意。

一刻钟的消化时间过后,我再次感受到了一阵想把我的腿举到天上去的强烈冲动。我无法抵抗这种冲动,差点把午饭都吐了出来。我用尽所有的意志力,才勉强铺了一些干苔藓垫在我的脑袋下面,然后我就又开始倒立,并兴奋地叫喊起来。

我的意识是清醒的,但我就是想这样做! 所以这对飞猴小姐来说到底有什么用呢?

真是个谜。

五月二十二日，一切照旧

我摸不到自己的头顶。幸运的是，现在我也不需要摸我的脑袋：我现在靠双手行走。幸亏我和其他所有潜孔者一样经历过体能训练，否则我肯定早就撑不住了。我不是任何运动的世界纪录保持者，但我一定远超绝大部分普通的地球人。“金喷嘴”的老板承诺过，如果有一天我被“机遇公司”扫地出门，他会给我提供一份门房的工作。等我回到地球以后，我一定要认真考虑这件事。

我从小就会用手走路，甚至曾经很喜欢这样做。后来我长胖了，核心力量没那么强了，也就不再热衷这么干了。而此时此刻，我唯一希望的只有一件事：解放我的双手！我的肌肉酸痛而僵硬，当我因疲惫而跌倒时，我简直快哭了。我知道这都是飞猴小姐的错，但我还是在跟自己置气！

为什么不冲她发火？很简单：我还没有蠢到打算彻底惹怒飞猴小姐。她杀死一个人的速度比虎蛇和喷毒眼镜蛇加起来还要快，但她却并不像这些动物那样凶残。当然，她也并非仁慈。我仍然记得她对梦魇的所作所为……

她是有感情的，这点毋庸置疑，但那是我永远也无法理解的非人情感。我从她对幼崽的态度中看出了某种类似于母爱的东西。也许这是这种具有精神控制能力的物种的某种返祖现象吧。但她绝对不会让我理解她的想法:那是一份莫大的光荣。我对她来说只是个低等生物。

五月二十四日,情况一般

我得了某种未知的疾病。我的整个身体都布满了蓝色的斑点,奇痒难忍,还伴随着高烧。飞猴小姐当然注意到了这点,她无所不知。快治一治我吧。飞猴小姐放出了蜂群,一刻钟之内,它们就为她带来了一些类似蟑螂和螳螂结合体的昆虫。她把它们的头咬了下来,扯掉它们的翅膀,然后把这些虫子的身体塞进嘴里咀嚼。我并不是个特别讲究的人,但这还是让我感到十分恶心。一些汁液流了下来,飞猴小姐又让蜂群飞了过去,里三层外三层地把那些残羹围了起来,嗡嗡叫着飞来飞去。不到五分钟,没有咀嚼,没有吞咽,就把它们吃光了。然后一只接一只地飞回了兜袋。

随着时间的推移,我感觉越来越糟。我想我快死了。飞猴小姐始终无动于衷,甚至没有看我一眼。我不确定,但她的两个兜袋似乎都在微微颤动。好吧,我大概可以猜到其中一个颤动的原因:她的幼崽在扭来扭去,希望找个更舒服的姿势。但是另一个,蜂群的巢穴,为什么会颤动呢?还是说我已经难受到产生了幻觉?

应该不是幻觉。不知过了多久,也许一个小时,也许两个小时,蜂群又从兜袋里出来了,就像接收到了某种命令一样。好吧,其实

“就像”这两个字是没有必要的,我确信飞猴小姐给它们下达了某种命令。毕竟它们并没有自己的独立意识。对于飞猴小姐来说,蜂群的意义比一只训练有素的狗更大。它们是她的一部分。它们之间显然是某种由她所主导的共生关系。没有飞猴,蜂群可能无法生存。她给它们提供食物,而它们为了自己的生存而服从她的命令。

天气闷热,我的思绪混乱,不过我仍然在思考:奇怪的共生关系,不像地球上的养蜂。我甚至不知道如何给飞猴小姐分类。杂食动物?就这样?嗯,如果再全面一点:杂食类双袋目蹼翼动物?这还不够,还得加上那些令人匪夷所思的精神控制和催眠术……

来了。蜂群从兜袋里飞了出来,一窝蜂地冲向了我。但不知为什么,我知道这是必须做的。我看着它们每一只都把一两滴深色的液体滴在了我的皮肤上。飞猴小姐一动不动,只是直勾勾地盯着我。我恍然大悟:我需要把这些液体涂抹在皮肤上。我照做了,然后一阵头昏眼花……好烫!我突然感到一股剧烈的疼痛,就像我要被活活烧死了一样!我像个疯子一样跳了起来,大喊大叫,不,比起疯子,更像只野兽。我丢掉了所有的自尊,一心只想尽快把这些鬼东西洗掉!水!哪里有水?!我需要水!哪怕和鳄鱼分享一片池塘也行!

我真想一头撞在石头上,这样我就能在永恒的黑暗中得以解脱了。然而就在我真的打算付诸行动时,灼痛逐渐减轻到可以容忍的程度了。我又乱喊乱跳了一会儿,终于消停了下来。痛感已经变得很轻微,然后很快就消失了。我累极了,我现在只想睡觉。飞猴小姐兀自盯着我,而我入睡的速度甚至比躺在被阳光晒得暖洋洋的岩石上的时候还要快……

五月二十五日,情况不好也不坏

我醒来时感觉好多了,但仍然有些虚弱。显然,我也因此而被免除了倒立或用手走路的惩罚。现在我大多数时间都在躺着休息,去森林找食物的时候发现了一棵结满了果子的果树,有点像地球上的核桃树。我摘了一颗,用石头敲碎以后尝了尝——十分美味！而且营养丰富。我用一片大叶子尽可能多地把这些果子收集起来,在回去的路上,我又发现了几棵同样的果树。哪怕仅靠这些果树,我至少也能够活下来了。

飞猴小姐满脸不耐烦地看着我,那意思似乎是:你准备好继续训练了吗？拜托,再等一小会儿可以吗……

一整天都阴沉沉的,甚至还下着零星小雨。不过到了晚上,云层就已经被吹到北边去了,那里正经历着人间地狱般的折磨。火山云在不知不觉中将它吸收融合。星星都出来了,到了后半夜,月亮也现身了。但它吓到我了:这可是个庞然大物！我决定把这个大月亮当成是我的错觉,或者说幻觉,因疾病而产生的幻觉……

五月二十七日，我认清了情势

我正在被驯服——我是昨天才意识到这一点的。飞猴小姐毫无疑问是智慧生物，但她拒绝把我当成智慧生物，这让我有些气恼。我不会和她争论这一点的，毕竟她比我更强大。就像我们人类驯服动物园里的狗、熊还有孟加拉虎一样，她或许是想要向同类展示一下我，要是在这个过程中我还能再做出一些滑稽的动作就更好了。我能给它们表演翻跟头，而且长得也很新奇，不过显然这些还没达到演出水准。

我起初很生气，但后来还是决定配合。毕竟，潜孔者在任何情况下都必须完成他的工作。如果118号地球上有这样奇特的传统，那我就有责任尽可能详细地了解它。如果除了从一根柱子跳到另一根柱子上以外，我没有别的选择，那我就跳吧！

我希望回去以后，除了补偿我的身体损伤，“机遇公司”还能再补偿我的精神损失……

我不再一直被惩罚——更像是在被鼓励，因为我发现了飞猴小姐的意图：她希望我能不依靠直接命令，而是仅凭她的一个眼神或动作，就去完成我被要求做的杂技动作。我开始照做。于是我的“训练”不再那么艰苦了，我有了更多自由活动的时间，真不错！我现在想躺着就躺着，想伸腿就伸腿。山脊后的火山又引发了一系列新的爆炸，一些炽热的火石砸到了这边。我又有火了！

飞猴小姐的蜂群杀死了一只看起来像匹小马的动物。我得到了这只猎物的一半,惬意地烤着肉串,遗憾的是没有盐和胡椒。我用某种以前没见过的酸味浆果代替柠檬,把它放在石臼里捣成泥后抹了上去。这才像正经食物嘛！我还试着用这匹“小马”的皮为自己做了一双软一些的鞋子,总之比树皮做的强多了。要是还能剩下一些皮料,我想我也许会拿来做条裤子——或者至少弄条缠腰。尽管我知道,飞猴小姐依然会要求我赤身裸体地训练。但我真的不想倒立一辈子!

我正用一块黑曜石切割马皮。我记得曾经有人用整个王国换了一匹马[1],那半匹马能换来什么吗?

我甚至没有时间去仔细思考这个愚蠢的问题。起立！号角已经吹响了！我再次开始接受训练。看起来已经很像一场预演了。一切都很顺利。你们怎么看？我其实并不是一只刺猬或一头愚蠢的牛什么的,我是个智人！但我十分聪明,明白自尊心这种东西我最好暂时先收起来,免得激怒了飞猴小姐,毕竟我根本没法对付她。此外,还有一点我必须承认,那就是除了逼着我干活以外,她同时也在保护着我。

我希望这一切有一天能结束,用我希望的那种方式结束。我希望能从天而降一个新的小孔,新的潜孔者小队能接收到我发出的信号……我还希望,除了“机遇公司”那些只会闲扯淡的专家以外,

① 出自莎士比亚《理查三世》。

没有人能知道我在这接受的“训练”是什么样子的！

五月二十九日，情况不明

第二天，我们去了东边。这真是个正确的选择。火山似乎觉得胡闹够了，是时候真正觉醒了。也就是说，目前为止发生的那些甚至都不算真正的火山爆发，只是一段前奏罢了。真正的好戏今天才要上演。我们已经走了很远，但我仍然因为爆炸的冲击而无法站稳。地球上那些什么圣托里尼、坦博拉、喀拉喀托[①]的爆发，跟它比起来，不过是放了个炮仗。

北边那座山山脊的中间部分完全消失了！它彻底坍塌，形成了一个巨大无比的火山口。一定没有人见过如此巨大的喷发火山口，我是第一个。我和飞猴小姐没有被炸死，只是因为在爆炸时，我们很幸运地被一块没有坍塌的岩石保护着。我不知道这是个意外，还是其实一切都经过飞猴小姐的精心计算。我怀疑是后者。

我若因此而产生什么不满，那简直可以说是不知好歹了。

火山正不遗余力地喷吐着岩浆。那片我原本打算像鲁滨孙一样定居的森林，此刻已经变成了一片灰烬。我们离开的正是时候，不早不晚……飞猴小姐相当精确地知道这颗星球将会在何时、何地发生何种规模的大灾难，并且也懂得应该如何逃脱。

① 分别位于爱琴海和印度尼西亚群岛的火山，均发生过极具毁灭性的大爆发。

你问我她怎么知道的?

我曾经鼓起勇气问过,但她没有回答。现在她也不在这里,她消失了。当然了,她并没死,只是在附近的某处观察着我,而且还不动声色地操控着我往正确的方向走。显然,虽然我对她确实有一定的价值,但她的幼崽比我重要一百倍。她不会让幼崽(当然,还有她自己)暴露在任何风险之下,所以她应该是躲在岩石庇护下的某个安全的地方……

不幸的是,我只是个种马。我熟悉自然科学的一般规则,我能够进行快速分析,如果我有适当的设备,我也能针对合适的样本进行更详细的研究,但也仅此而已了。臭虫和梦魇比我强些,但也强不了多少。我们是潜孔者,不是正儿八经的科学家。我们的工作不是研究理论,而是带着有用的信息活着从外星回来。从某种意义上来说,我们可以被认为是太空探险家。不,不是那些轮流在轨道站或是月球上工作的人,而是被用老派的方式送到充满风险和未知之地的人。对我们这种人来说,重要的是“活着回去”和“带回信息”:哪怕不多,但要可信。残留一些未知问题,总比连人带飞船一块毫无征兆地消失无踪要好。人的能力是有极限的,试图变得万能没有任何好处……

还有一个未解之谜:这里的地质活动为什么如此活跃?说全是巧合根本站不住脚,所有的迹象都表明,118号地球本身确实一直在不断颤抖着。这颗星球哪里不太对……

它的地核温度过高——但是,为什么？因为它比1号地球质量更大吗？我在胡说什么呀。即使是大质量类地行星,也会随着时间的流逝平静下来。

如果说,我是不知怎么被丢到了某段类似冥古宙[①]的时期。那么问题来了,这里怎么会有高等智慧生物呢？以及,这里的其他生物怎么会和地球上的如此相似呢？

砰！我的思考被打断了。原来如此,我懂了。我的意思是,我明白了飞猴小姐的意思:如果我想要活下去,就不应该在爬山的时候被无关紧要的想法所干扰。飞猴小姐还在观察和控制着我呢。继续走吧,继续走……

到了晚上,我已经累得像狗一样了。一座山,又一座山……上山,下山……被岩浆侵蚀过的玄武岩,滚烫的火山砾岩,喷气坑。数不尽的浓烟。吐着沸水和热泥的喷泉。黄色的硫黄,白色的氨气。密不透风的山谷里,逐渐聚积的二氧化碳浓度已经达到了能够不着痕迹杀死所有生物的程度。火山口中的岩浆冒着泡泡。湖面沸腾着,湖里不是水,而是硫酸和盐酸的混合物。被烧焦的树木残骸以及——(天呐,快看那边！)被烧焦的树枝上重新长出来的嫩芽。

面前是一片由黑色的火山玻璃组成的固体湖,应该刚成形没多久。如果你扔一块石头上去,就会发出奇怪的响声。我不想待在会下液体玻璃的火山云下面！我也不想沿着那些玻璃冷却后流成的

① 指太古宙之前的地质时代。时间从地球形成(约45－46亿年前)至太古宙之初(38亿年前),一般认为此时生命物质尚未形成。

路面高速俯冲下山——更别提路上还有岩浆！但是你看，在这条封闭的山谷里，我甚至能欣赏到玻璃汇集而成的湖。

而在所有这些恐怖之物的旁边，是迷人的山谷，有清澈的溪流，长着花朵的草丛和青葱的树木。不过这里没有什么老的东西。是的，这里的一切都不会长久。

这究竟是为什么呢?!

五月三十日，我的休息日

我们到达目的地时，已经是深夜了。我已经完全是靠意志力机械地踏步，一经允许，我便立刻倒下了。我睡到很晚才醒。阳光明媚，可怕的月亮已经消失在山后了。飞猴小姐也消失了！也就是说，我意识到，我现在的思想全凭自己掌控，不会有人强迫我倒立或是用手走路，我可以随心所欲做点什么，或者只是四处看看。

巨大的山谷绿意盎然，就像是狂风暴雨中一座安宁的岛屿。我甚至都没想过，118号地球上还能有如此安逸恬适的地方！如果整个星球上只有这一处奇妙的所在，那我真的很高兴我在这里。

这里有一片巨大的森林——当然了，存在的时间不长——以及一些小片的树丛。山谷其余三分之二的面积则都是草原，成群的有蹄类动物在那里吃草。我从远处无法分辨它们的种类，但我觉得可以期待一下更加丰富的菜单了。我的心情一下子好了起来。在最近的一片小树丛里我又找到了一些坚果,以及一些很像橙子但不知为什么呈蓝色的果子。果子味道有点苦,但至少还能入口。我还发现了一种类似野生洋葱的植物,我打算用它搭配肉食。

不过,此刻我只能先用坚果和蓝色果子来果腹,甚至都没有做出去打猎的尝试。首先,我尚不能算是一个合格的猎人,或者说,目前的我和好猎手之间的差距,大概跟格丽塔·布里肯与科学院院士之间一样远。我用一小块马皮和细藤蔓做了一把弹弓,又从小溪里淘了一些石子儿做子弹,试着练习了一下,但一次也没命中过目标。

其次,也是更重要的一点是,在确定飞猴小姐的态度之前,我是不会出手打猎的。她的同类数量比我想象的更多,但是除了饶有兴致地观察我以外,他们并没有对我做什么,我当然也不打算去招惹他们。我已经得到过教训了。我可以去摘些坚果或果子,但是打猎?我还不确定他们是否会允许我碰他们的“私有财产”。

在这个世界,他们处在食物链的顶端。我很早就意识到,我在这里不会看到类似人类的生物了。飞猴小姐的同类们,显然比我们人类更能适应这个永无安宁的世界。人类在这里无法生存,但他们却统治着这个世界。看看他们与那些虫群之间了不起的共生关系吧!虫群能为他们提供保护,抵御敌人,协助他们处理各种琐事,也许还能完成侦察任务……而且,他们自己还能够准确预测灾难来临的时间,并且能够随意对其他生物施加精神控制!

他们是杂食动物,或者,我更喜欢称他们为通食动物,意思就是,他们来者通吃。昆虫、蠕形动物、植物根茎、奇怪的果子,都是他们的食物。当然,他们也不会拒绝美味的水果和新鲜的肉类(顺便说一下,生吃)。我猜,他们有时可能会觉得自己兜袋里的如果不是马蜂,而是蜜蜂就好了,这样他们就能有自己的蜂蜜吃了,虽然这只是锦上添花的东西。他们的食物来源广泛,不需要花太多精力去寻找。他们十分适应这里的生活。

总之,他们是一种完美的生命形式。如果还要再添加什么能力,我敢说,那基本已经超出了物理可行性了。这一点是毋庸置疑的。

啧啧啧……我还是去练弹弓吧。

六月一日,黔"马"技穷

我第一次见飞猴小姐如此沮丧。她甚至没有试图掩饰自己的失败。准确地说——我们的失败。

今天我们进行了第一次表演。大约有六十位观众——飞猴小姐的同类聚集在空地周围的树枝上观看。

我做了各种各样的事情!倒立、用手走路、翻跟头……但观众没有任何反响!感觉那些一开始对我本人表现出一些兴趣(哪怕只有一点点)的观众,对我的杂技表演十分不屑。几乎所有的人都在演出结束前离开了。但我已经尽力了,在我看来,我做得挺好的!哪里出了问题呢?

飞猴小姐也不知道是哪里出了问题。她坐在树枝上，皱着眉头，思考着什么，没有理会我。

这正合我意。我正试图缓缓接近那些有蹄类动物，让它们进入弹弓的杀伤射程。但我白费工夫了！兽群缓缓挪动了位置，不允许我再靠近。我不确定这些动物是不是受到了惊吓，还是说它们和飞猴小姐的同类们一样，能够共感。

我啐了一口，悻悻地走了。看样子要想得手，要么需要靠催眠让它们自己乖乖送上门来，要么得有一群对你言听计从的大马蜂。

飞猴小姐一会忙着照顾她的幼崽，一会一下子定住像雕塑一样一动不动——这意味着她在思考。

所以，又怎么了吗?

六月二日，我真是个天才

黎明的时候，又地震了。我立即跳起来环顾四周：附近有没有即将倒下的树木和悬在山坡上摇摇欲坠的巨石？没有，一切正常。在这里，你很快就能形成选择合适的过夜地点的条件反射。如果不是震颤强烈，我可能会一直睡下去。

没什么特别的，地震烈度六级左右。我的感觉告诉我，这是一次深源地震，震中很远。地面来回晃动了三分钟，然后一切就都平静了下来。只有远处的山岩上方尘烟飞扬，以及东边和东北边又多了两道……不,三道烟。

我抬起头——然后我彻底惊呆了。一轮巨大无比的月亮!一轮苍白的、怪物似的残月,挂在同样苍白的天空中。我感觉它好像马上就要落到我的头顶上似的。月亮上的环形山和裂痕都清晰可见,甚至,我好像还看到了一座熔岩丘。一切就像在天文望远镜中一样清晰!

我明白了,这里月亮的运行轨道是个椭圆形,而且是个离心率很大的扁椭圆。这就是关于地质构造的答案:近地点的潮汐力过大。所以,这就是全部的原因了吗?

我总觉得这似乎只是诸多的原因里最表面的那一个……

一个小时后,震荡再次来袭,这次比刚才更加强烈了,但飞猴小姐对此却毫无反应,于是我也就放下心来。显然,这个山谷暂时是安全的,当它即将变得危险时,所有的生物,从有蹄类动物到智慧生物,都会转移到另一个安全的地方去。这是在这里生存的唯一方式。

我逐渐冷静下来,第三次震颤发生时我已经在思考别的事情。我开始想,昨天我们为什么失败了?难道是我的跟头翻得不够好吗?诚然,我不是什么专业的杂技演员,但是,你在这里倒给我找个专业人士来看看啊?

等等,回过头来想一想。对于那些观众来说,我是个杂技演员吗?不,对他们来说我只是某种小动物。甚至是不怎么有趣的那种。

那么马戏团的动物们都在做什么呢?

老虎们在跳圈,但那是老虎,我可没到那个级别。大型掠食者因为强大的力量而受到尊重,我够格吗?

小狗们在用前腿或后腿走路,通过发出若干次叫声来展示自己的识数能力;黑熊们在骑自行车和摩托车,戴着手套拳击,打曲棍球……

我懂了!马戏团的动物为了取悦观众,必须要做一些它们在野外永远不会做的事情。如果它们做只有人类才会做的事,那就更棒了!

当我刚想到这里的时候,飞猴小姐一下子就振作了起来。她也懂了!

然后,一切就开始了……

六月三日,启示录之日

我为我之前冒出来的不当想法感到后悔。我一贯不是什么能出好点子的思想家,而且我以此为荣!我昨天是着魔了吗?

我也为我的出生感到遗憾。

我被飞猴小姐折磨得快到极限了。我几乎没有休息的时间,也没有足够的食物。我们正试图进行创作:在我的参与下,开发一个新的马戏表演节目。

我原本想着是不是可以试试飞行。这里的气流很合适。如果能用合适的材料做出某种类似滑翔伞的东西……

这个想法被否决了。一根看不见的手指弹了一下我的脑袋:再想想别的。重点是,不要去考虑和尝试你根本做不到的事。这里除了你,还有别人正在思考。显然,并不是因为找不到合适的材料,而是因为我的飞行不会引起太多的兴趣。我很想知道这是为什么。

难道飞猴小姐的同类们知道,借助某种工具飞行这件事对人类来说并不新鲜?如果我们假设他们知道……那么这意味着什么呢?他们知道人类是怎样生活的?

难道说,在118号地球上真的有人类?!

当然不是。人类在这里无法生存。这里见不到他们成群结队聚在一起,而单打独斗的种族是注定要失败的。那么,这一切究竟要怎么解释呢?

很快,我就明白了——这离不开飞猴小姐的帮助……

她毫不费力地构建了那些图景。她描绘了树鼠、狐猴、类人猿、南方古猿、直立猿人、人类等生物的形态,并将它们按照进化的顺序排列起来。其中人类的形态,她是完全按照现实中双足动物进化到那个阶段的样子来描绘的。

教会这种生物比想象中困难许多。一开始,它只是那么坐在地上,大张着嘴,用它硕大而原始的大脑十分勉强地接受着传递过去的图景,尤其是那些在它之后进化出的物种的形象。显然,这个生物并没有意识到，高等智慧生物是由人类进化而来的，它还以为自己才是自然的统治者。真相让这只双足动物的情绪严重受挫，她不得不轻轻地刺激它，以便它回过神来开始做事。

它的思维形态脆弱而混乱，就像还没离开兜袋的孩子一样。这让她的工作量大为增加。

她向它传递着一幅又一幅画面：一颗旋转着的蓝绿色星球，其上的居民是那些早已灭绝的、数量庞大的双足动物，它们污染了海洋，毒害了河流，滥采滥用矿产资源，向空气中排放毒烟。一座座巨型城市，就像长在星球上的溃烂斑点……然后它们仍然不断地搜索着，试图找到一个新的舒适世界，哪怕不能收容所有，也至少能庇护它们中的一部分个体。非常原始的扩张，让人想到在虚空中膨胀的气体。它们的脑子里想不到别的东西。

显然，直接冲到宇宙中去是没有意义的。看上去，这些双足动物选择了另外一条路。它们贫瘠的大脑勉强理解了平行宇宙的概念，甚至设计出了穿越到其他世界的机器——但再也没有进行更加深入的研究和学习。

而这就像折断了翅膀再跳崖一样，完全不考虑后果！

但它们还是“跳”了。经过漫长的寻找和多次的失败，它们在其中一个世界里发现了一个十分合适的星球——那几乎是地球的孪生兄弟，有大陆、海洋、含氧大气层，有丰富的生命形态，还没有智慧生物。与殖民有关的一切问题，很快就在那些双足动物的努力下得到了解决。

问题出在别的地方:是让这颗星球留在平行世界中,每次都消耗大量的能量来回运输人类肉体,还是在太空中挖出一条规模前所未有的隧道,只花费一次工夫,就把这颗星球整个拖到太阳系去?

不幸的是,它们选择了后者。

于是问题出现了……很可能是因为,它们的科学家那原始的大脑所创造的理论中,根本没能顾及引力修正的问题。这是一个可怕的错误,是那些把经验当作真理的人类常常犯的可怕的错误。毕竟,当移动低质量的物体时,哪怕最精细的仪器也检测不到线性误差……

这颗类地行星没能"突然出现"在一条稳定的环日轨道,而是拖着它的卫星,猝不及防地出现在了距离地球极近的地方——太近了,甚至都没有产生什么碰撞。事实上,这两颗行星极对极贴在了一起,然后引力开始了它最擅长的工作——把它们弄成了一个球。

两颗行星,合并成了一个球。

……她一次又一次地播放着这些画面。那是一场可怕的行星灾难。地壳裂开,露出地幔。惊人的大地震、一次性淹没所有陆地的海啸。厚颜无耻而又疏忽大意的双足动物的文明几乎是瞬间就灭亡了。而那两颗卫星,奇迹般地没有相撞;其中一颗脱离了双子星的引力范围,第二颗的轨道则变成了尖锐的椭圆形。随着数以千计的火山同时爆发,遮天蔽日的烟云和水蒸气笼罩了双子星……

她中断了画面传输，试图让这个双足动物重复它所学到的内容。这很容易！它所要做的就是逐一想象这些画面，而不要用愚蠢而不相干的想法破坏它们。但一切都是徒劳。这个双足生物一会儿茫然地瞪着眼睛，一会儿疯狂地喊些毫无意义的话，一会儿含糊不清地咕哝着什么，挥舞着前肢去抓自己的头骨。要应付它可真不容易。

给它点苦头尝尝？当然了。她用一次比一次强烈的头痛惩罚了这个双足生物，然后开始耐心地从头播放那些画面……

六月八日，新节目首播

看起来我们干得不错，演出取得了巨大的成功。陆续到场的四十多位观众里，有许多是带着幼崽的母亲。这让我们的表演看起来像是儿童专场。

不过，其实我们的表演并不是单纯的娱乐演出，而是带着些教育意义在里面。接收我的思想对那些幼崽来说是一种纯粹的乐趣，而进化序列的展示和其他的东西则是一种有益的补充。

我的角色介于小丑和教材之间。好吧，小丑就小丑呗。想要在舞台上表现自己的人还少吗？我只是通过认真工作来换取充足的食物和休息时间罢了。飞猴小姐几乎不再惩罚我了，她没有理由这样做，毕竟我是那么的忠顺。不够驯良的人在这里会过得很惨。我在这里努力工作,好好生活,创造价值,同时保留着希望:我还在等待救援。我的追踪器依然持续不断地对外发着信号。我不相信我已经被抛弃了,我拒绝接受!至少为了我掌握的信息,他们也应该把我救出去。

我能侃侃而谈的可太多了!首先,令人惊奇的是:在大约几百万年前(我也不清楚具体到底是多少年),这个星球上就出现过生命,它们在各方面都与地球上的生物十分类似。所以,那些关于进化的不可重复性的理论,我是一个字也不会再信了。我更相信自己亲眼所见的东西。

其次,我必须警告"机遇公司"的高层,绝不能重蹈当地这些"人类"的覆辙——他们各个方面都太像地球人类了,在我看来,思维方式尤其像。我可不想再次看到那副景象:两颗行星紧紧贴在一起,相互挤压、碾磨对方……

臭虫曾经给我讲过关于一颗叫"图塔蒂斯[①]"的小行星的事。事实上,图塔蒂斯并不是"一颗"小行星,而是两颗几乎一模一样的小行星紧紧贴在一起形成的。但那是小行星呀!所有直径大于二百千米的小行星都会进入塑性态[②],随着时间的推移,它们会逐渐变成球体。而这里,这里曾经是两颗真正的行星!接下来的事情也很好

---

① 也叫4179号小行星,形似花生,是一颗曾被认为对地球存在撞击威胁的近地小行星。有猜测说它原本是独立的两颗小行星,偶然一次相遇碰撞后结合在了一起。

② 指物质在强外力作用下产生不可逆形变。

理解，几百万年过去，这两颗行星也合二为一（当然，还伴随着一系列的地质变化），形成了现在的118号地球。如今如果在太空用肉眼观察118号地球，大概并不会发现它被拉长了，只有那沿着赤道的环形海洋令人感到十分惊奇。

整个过程就像细胞分裂的倒放。最终——经过数百万个世纪——两个星球的核心合并，地幔运动将恢复正常，地质结构趋于稳定。现在我们经历的这些可怕的地震和火山爆发，恐怕已经比这颗星球形成之初要弱得多了。

也许，有部分人类在这场大灾变中幸存了下来。他们在哪，又是如何做到的，我不知道。也许飞猴小姐也不知道。我仅仅从她给我展示的进化序列图像中知道了人类这一小支遥远后代的存在。

所有的大型生物都消失了。人类的体型也缩小了，他们选择了跟老鼠一样的生存策略：但凡有一点点风吹草动就马上逃离。他们逐渐适应了在稠密的大气中生存，并且非常及时地学会了在树与树、山与山之间飞行转移。这颗星球慢慢恢复了正常，而这些人类的后代则不断进化，变得越来越不像从前。

起初，他们回归了靠采集维生的原始生活，因为在这里无法进行农耕和畜牧。而后，事情有了转机。他们不再是向自然求讨残羹冷炙的乞丐，也不再是顺手牵羊的小偷。他们变成了独断专行的主宰者，因为自然被他们征服了。他们进化出了预见灾难发生的时间、地点和类型的惊人能力，因此而得以在自然残酷的暴怒下幸存。

昨天我又有了一个新发现:这些双袋目动物没有发展科学。更准确地说是:他们没有发展我们人类认知中的科学。他们没有在一次又一次的错误中痛苦地探寻真相,没有提出那些越来越繁杂和悖谬的理论、学派或实验,当然也没有为了争夺科研拨款而钩心斗角。他们拥有发达的感知能力、移情能力、心灵感应能力和令人难以置信的敏锐头脑,他们把自然赋予他们的东西利用到了极致。

他们中的每一个,都是一台超灵敏的多功能测量仪,同时也是精巧的展示设备。他们通过微风吹动的幅度、山间飘浮着的云的形状、点点闪烁着的星光,就能复现整个星球的天气状况,根本不需要花费任何心力。纯粹出于本能。地质学、天文学、历史学、生物学、医学对他们来说也是如此,我不知道这个清单上还会有什么。昨天,飞猴小姐在我漫长的恳求下让步了,向我展示了一系列关于宇宙历史及其结构的图景。

这其中90%的内容我完全没看懂,但我完全被剩下的10%惊呆了。我得说,那真的是太神奇了!……

真想把飞猴小姐带回1号地球,她就像是活的作弊器。

我仅仅是这么想了一下,我的脑子就挨了“砰”的一下。我晕晕乎乎地抱住脑袋,痛得鬼哭狼嚎起来。真的很痛!好了好了,我只是开个玩笑而已,别再惩罚我了……

她放过了我。鬼知道她是怎么想的!兽性就像神性一样难测。毕竟飞猴小姐确实是兽类的一种。类似杂食动物,而且还是双袋目。看起来这似乎并不像进化,更像是“退化”了,令人不明所以……

事实上,对她来说我才是兽类。好在她屈尊与我这个蠢货进行了精神对话。有趣,如果换成是我,我不知道我是否能向类似半人半猴的家伙解释燃气涡轮。

是的,就像这样。如果我有足够的耐心的话,还是能讲清楚杠杆结构的。

所以说,我对飞猴小姐来说,就像是只猴子统领。我们之间隔了几百万年的灵长类进化史?而且还是在此地这种恶劣的环境下的进化!

我很想知道她是如何预见一场灾难的来临的。我听说,地球上的动物也有这种能力,但没有人真正知道它们究竟是怎么做到的。它们能感觉到地面的膨胀吗?能接收到特定的波动吗?它们是感受到了磁场的微妙变化和地下漏出的气体吗?一瞬间就做到了这些?

如果我能把飞猴小姐带回我们的世界,带到一个好的实验室,再拿她做一系列经过精心设计的实验……唉,我是个现实主义者。我能做的仅仅是观察她,试图理解她传达给我的内容,哪怕只是10%,这也还是因为她能够看穿我的所思所想。别再想什么实验的事了,万一她让我在自己身上做实验呢!她完全可以命令我这样做。

而且我想我已经猜到了她想要的是什么——公众的认可和所谓的社会地位!我认为,直至今日,她在这里应该不怎么受到尊重。而现在,她似乎很满意。她逗弄着幼崽,发出轻轻的哼声。她表现出一种羞怯——意思是,您这是干什么,我不需要鲜花和掌声!好吧,好吧。所有人科动物在某些方面都是一样的。

六月二十日,一切如常

或许,我像只鹦鹉一样日复一日地重复那些脑海中的画面(我还试图让它们显得更富表现力),让这些原住民感到相当滑稽。总之,我们的表演很受欢迎。现在,我们每天早晚各演出一次,白天还会彩排。

飞猴小姐想要深化一下主题。现在,我在脑海中描绘着另外一些画面,主要如下:一个傲慢的傻瓜(他被我想象成了秃头领导的样子),正坐在道具控制台前,准备手指一挥,把一个星球从一个世界移到另一个世界。几秒钟后,这些家伙就会倒大霉,但他对此还毫无察觉。我不知道那些隧道工人具体是如何开通隧道和小孔的,我对他们的设备不太了解,但观众毫不在乎!真是皆大欢喜。

但我没有工钱可拿。看来这个世界不给演员发工资,毕竟钱是没有用的。飞猴小姐为我提供食物——有时她一个念头就能杀死一只动物,有时她命令她的蜂群去攻击各种各样的野兽。昨天,当我练习弹弓时，她正追赶着某种像是野兔和豪猪的混合体的动物。我也得以一尝！这只动物的肉真是美味至极。我简直太爱吃烤肉了。火不是问题——我现在花不到一分钟的时间就能通过摩擦生起火来。我一直都在练习。

我们在山谷中慢慢徘徊。它比我最初想象的还要大。这里至少有几千名飞猴小姐的同类。

前天，我看到一只小飞猴完全离开了它母亲的兜袋，母亲对此似乎感到十分高兴。你们说，她会就这样再也不管她的幼崽了吗？

完全不是。我看到那孩子也没急着离开，好像在等着什么。它母亲的“蜂群袋”突然剧烈地抖动起来，像变压器一样嗡嗡作响。动静持续了十到十五分钟，然后从袋子里飞出了马蜂，不是一群，而是两群。现在我终于明白了。等我回到地球，我会去告诉那些生物学家：当这些飞猴母亲能够孕育出新的蜂群的时候，就标志着她们的后代可以独立了。然后，事实正如我所想的那样：一群蜂回到了母亲的袋子里，而另一群，在盘旋了五分钟后，钻进了她儿子的袋子里——是的，明显是儿子，而不是女儿，因为他的肚子上只有一个袋子，而不是两个。

见鬼去吧，这些飞来飞去的家伙！想想看——他们是由和我们人类十分相似的生物进化而来的！虽然我们得承认，那些“人类”才是造成这一切的罪魁祸首。

他们因此受到了种族灭绝的惩罚。现在还能要求他们做什么呢?在这种地质环境下,不会有物质文明载体留下来,甚至也没有骨骼化石。如果可能,他们应该受到审判,但现在已经太晚了。

飞猴坐在树枝上看着我,好像在嘲笑我。你看什么,你这只小猴子?再看小心眼珠子掉出来。哎,你这畜生!我恨你,懂吗?

她懂。但她却没有任何反应。她并不在乎一个低等生物的情感!

尽管毫无意义,但我还是用我知道的所有不堪的话语大声咒骂着她。这就是我能做的一切了:大喊大叫,威胁辱骂,吐口水!但任凭我如何撒泼发泄,她始终无动于衷。不过,如果出于对生命安全的考虑,我最好还是选择只动口,不动手。

或许是八月九日吧。情况一般

我很久没有再展示新的画面了。我累了,也已经数不清日子了。我还活着,但活得很没有意义。我几乎是完全凭借着意志力咬牙坚持着完成了昨天的表演。

为什么会这样?很简单:我其实并没准备好要一辈子过这样的生活。使我坚持下去的唯一信念,就是终有一天我会离开这里。

我现在全靠这个信念支撑着。我害怕失去它。没有了信念,我还剩下什么?

在这里,最重要的事就是让自己忙起来。每天只要有空闲时间，我就会练习弹弓。否则，我会发疯的。我现在已经可以在一百步的距离内击中树干，在三十或四十步内从任意一根树枝上打下我想要的果实。

没人要我这么做，是我自己想。但也没人妨碍我继续练习。笼子里的野兽必须有事可做，否则它就会感到无聊，转而攻击驯兽员。

他们会想要看到这种结果吗？

我用某只看起来像是小型雷龙的动物的皮做了个酒囊。不是为了装水：附近就有条小溪，我干吗还要做储水工具？我在里面放了一些多汁的水果和浆果，然后把它放在了太阳底下。这里的天很热，没多久里面就开始发酵了。我想我得喝点红酒，让我的生活不那么压抑。

啊哈！飞猴小姐嗅到了酒的气味儿，命令我把它倒了出来，而且不是倒进小溪里，而是我自己挖的一个洞里，以免破坏了生态环境。我哭着把酒倒了。甚至还自己又把那个洞给填上了。

你说，这样的日子还有意思吗？

九月二十一日（？），成就日

究竟发生了什么事情，我之后再给你讲。说起来其实也没有什么特别的，那是很平常的一天。不过我们——飞猴小姐和我——翻过了低矮的山口，来到邻近的山谷，因为那里的风景更棒，而且所有的原住民都已经看过我们在老地方的表演,很多人甚至已经看过不止一次。

演出,演出,演出……

只有当来自海洋的厚密云层爬上山脊时,演出才会停止。雷雨天,我和原住民们一起在树下待着。我确信没有任何一棵树会被闪电击中。但一旦雨势减弱,演出就又要开始了。

这些家伙究竟知不知道我是个人类啊?好吧,他们知道。我是一只轮子上的仓鼠,是发动机上的活塞,是传送带上的轮子,同时,我还是一个学者。有学者狗,而我是学者人。哈哈。我自己都觉得好笑。顺便说,你们知道阿尔及利亚知事的鼻子下面有一个大肿块吗[①]?

新的山谷比旧的那处要小一些,但更舒适。看得出,这里已经很久没有发生过严重的地震了。这真是个安稳的地方,哪怕只是暂时的。我现在完全确信,没有什么是永恒的。任何世界的任何地方都没有,而这里尤其不可能找到。

等到了需要的时候,这些飞猴自然会立即去寻找下一个宜居地的。您瞧好吧。

回到我们要讲的事情上来。在这十天里,一切都很顺利:早晨和晚上演出,接受观众的喝彩,无条件地服从飞猴小姐的命令,排

① 此句引用了果戈理《狂人日记》中的最后一句话,原句词组搭配发音并不符合俄语语音习惯,意思也无法说通,被一些文评家认为是主角精神错乱胡言乱语的佐证。

练、完善节目、吃饭、睡觉,还有一点自由时间。但是今天,发生了一些不寻常的事情。

第一件事是,我用石头打中了一只有翼生物。是在它飞的时候打中的!当然了,这里其实有很多会飞的生物,甚至有会飞的鼻涕虫。但今天这种,我以前从未见过。它很大,看起来有点像鹰,又像是一只长着羽毛的巨蜥兽。没有喙,但长着一根末端带刺的舌头。它的身体长而灵活,而爪子——哦,它有关节。它长着六只锋利灵活的爪子,每一只的末端都有一个尖刺,我猜那玩意有毒。真是令人毛骨悚然的生物。当它开始在山谷中盘旋,寻找某种猎物时,连飞猴们都惊慌了起来,更何况是我?但是,如果排除入侵大脑这种攻击方式,我其实是个很难对付的对手。还没等飞猴们准备释放蜂群攻击它的时候,我已经预判了它的位置,举起弹弓,送了这只野兽一个大礼——成功了!它被打中了!倒在了地上,四分五裂。嘿!不要飞到别人的地盘来撒泼!

飞猴小姐表现出了愉悦。她以前向我明确表示过,在环海之外的南边生活着一些完全不同的生物——那是来自另一个星球的物种。我那时候还在想,总有一天它们得打起来分个高下。我赌飞猴们更厉害。来吧,登记下注!一赔十?我买了!

飞猴小姐似乎对我说了些什么,但我没有弄懂。似乎是说,不必扩张领地,他们在各自的半个星球上互不打扰就知足了。我认为这简直是在胡说八道。不去侵略扩张的文明还叫文明吗?显然,这种不抵抗主义者早晚会灭亡的。“适者生存”法则里的“最适者”,指的可不只是那些能适应环境的家伙,更指那些能满足自己所需要的一切的生物。如果无所作为,我认为那些物种很快就会灭亡的。

我也不认为飞猴小姐的同类们没有考虑到这点。毕竟我脑子里的一切想法都是他们灌输给我的。

总之,让那只长着羽毛的异星生物见鬼去吧!我们这儿只要“自己人”就够了。还没等我听从命令,把尸体处理掉(看来它不是适合蜂群的食物),我就意识到有事发生了,或者即将发生。我并没有看到或听到什么,但我的直觉告诉我,大事不妙了。

是谁?在哪儿?要打谁?发生了什么?

单独一个人的思维探索是可以办到的,但毫无意义。只有当一个人从琐碎的杂事中脱离出来,彻底投入到探索中,捕捉动荡星上所有智慧生物的无数的精神流,同时也向所有生物打开自己的思想时,这才叫真正的思维探索。这种探索并不复杂,它就像呼吸一样自然。

当然,这样做很有必要。动荡星上有自己的生命法则。一个没有集体意识的种族不可能感到安全,无论个体的天赋和智慧多么完美。纤细的溪流汇成浩瀚的大海,每个人都可以根据需要从中汲取营养。不用亲身体验,你就可以知道在广阔的北方大陆的任何地方发生了什么。

各种信息会一层层传递过来。首先,是关于哪里的地面在震颤或将要剧烈活动,哪里的火山正在爆发或即将爆发,以及爆发的形式这类的消息。这是最重要的一类信息。也有一些没有那么重要的,比如从危险地区到临时安全地区的最佳逃生路线、食物来源、幼崽的消息,或是各种可能发生的不寻常的现象。没有无用的知识。曾几何时,当双足动物出现在动荡星的时候,尽管它们无法造成什么像样的威胁,但它们太特殊了,所以这个消息虽然不是最重要的那类,但仍然可以被划分到“重要”那一栏去。

吸完奶,小不点就在袋子里睡下了。蜂群不安地嗡嗡作响,感觉很快又到了需要杀死雄蜂的时候。不过这并没有打扰到“永无止境的好奇”小姐的思维探索。她将自己的意识扩散出去,了解到热缘之地已经逐渐平静了下来,但西部大裂谷又被熔岩覆盖了,因此在其上空飞行十分危险;蔚蓝高原的安全期将至少被延长到冬季。在动荡星的另一个半球,一场强度空前的飓风从大洋彼岸带来了一群利爪羽兽;发现了一种新的有翼呸呸鼻涕虫亚种,食用口味尚可;北方的仆从们感染了某种未知疾病……

那不久之后,情绪波开始传递过来。她的出现并没有被同伴忽略。她正在引起大家的注意。她不再被无视,不再被指责为怪人。许多同伴传递了表示友好意向的思想。

然后传来了一阵恐慌。起初很模糊,几乎让人感觉不到,也没有明确的来源。但它令人不安,于是她想要了解更多。动物们能感受到模糊的恐慌。即使是荒唐的双足动物,那个旧时代的残遗生物,对此也不是毫无所感,当然,它只会释放最初级的恐慌。而“永无止境的好奇”小姐继续着她的思维探索,越来越深入地渗透到行星上唯一的最高等智慧种族的无形思想流中。

原来如此！是她的宿敌来了！她感受到了他,在筋疲力尽的仆人的帮助下,用它们最后的力量挥着翅膀,往山脊上飞着。他到达了山顶。他的身体沉重却强壮,比她见过的任何生物都更加谨慎。如果没有成功的把握,他是不会飞过来的。

很快,那家伙就会降落到山谷中来。到时候就免不了一场恶战了。一对一,没有仆从参与的那种。对抗脑力,比拼意志。直到一方取得胜利,而另一方迎接死亡。

为什么他非要这个时候过来？答案很简单:他无法容忍她的崛起。当她几乎独来独往,不被任何人尊重时,她被容许活着,甚至可以与那些不太反感她的对象交配来繁衍后代——你的敌人处境狼狈,这对你来说已经是一种胜利。而现在,时过境迁。她的宿敌无法接受她社会地位的上升,于是不远万里追了过来。逃避这场对决会使自己陷入十分不利的境地:要么余生都将被族群排斥,要么会陷入以一己之力对抗所有人的混战。显然,这就是为什么从来不会有人选择逃避的原因……而且,能逃到哪里去呢？逃跑又有什么意义呢？她很清楚,她的宿敌会不断地追赶她,直到天涯海角,并且迟早会找到她。

她必须接受决斗。过去如此，将来也如此。这就是规则。如果两个生物无法彼此相容，那它们中的一个就必须消失——否则动荡星就永无安宁之日。

幸运的是，对于绝大多数生物来说，真正完完全全水火不容、无法共存的敌人是十分罕见的。但她就遇到了一个。这就意味着，世界上总有些人不走运，你只能自认倒霉。

这个被她称为“宿敌”的家伙，是“永无止境的好奇”小姐第一个孩子的父亲，当然了，现在说这个并没有什么意义。重要的不是过去，而是未来的走向。因此，她的第三个孩子，也就是那个此刻在袋子里甜甜地睡着的孩子，在他的母亲去世后，将由其他人来培育和抚养。最终，他将拥有自己的虫群。未来的事需要考虑，但眼下的麻烦也要解决。

她有可能赢下这场对决吗？几乎没有，可能性可以忽略不计。她的宿敌比她更强大，况且他的内心还充满了愤恨。只有在设法诱导他产生什么重大失误的情况下，她才有机会赢。但这并不容易，特别是当敌人**已经知道**她想要激怒他的时候……

而她同样能够迅速看穿他的一切计谋。想要提前规划什么阴谋诡计是行不通的，他们无法互相隐瞒。所以，只能正大光明地进行脑力和武力的对抗。

……两组虫群都被送到了山谷的远处，在那里，它们主人的思想命令无法到达。战斗结束后，将有一组虫群失去主人。没有主人的命令,更重要的是,没有他们的皮肤分泌物,蜂群将迅速死去,这是将自己交付出去的忠诚的仆从应有的归宿。陷入轻度睡眠的幼崽已被移交给另一位母亲。她很强大,能够抚养两个孩子。而且,这将提高她的社会地位。最后,观众们也撤退到空地之外,使自己进入半昏迷状态,不想造成干扰。

对决开始了。

她先出手了——这使她的胜算增加了一倍。不过,即使翻了一番,她的机会仍然很渺茫。

她的敌人毫不费力地抵御了这一击。他没打算客气,铆足了劲,向她下达了死亡的命令。那命令强大到足以干掉十几个张牙舞爪的利爪羽兽。

她的心脏停止了跳动。在她意志的抵抗之下,她恢复了对它的控制。然而这一击之后,很快又迎来了第二次更加致命的攻击。

护盾!她需要建立精神护盾!但是不是有些晚了?重要的是,此刻她必须做出选择:要么防御,要么进攻。一味防御是不可能取胜的。她的宿敌很强大,他的攻击能够穿透任何护盾……

于是她伪装出做了一个精神护盾的幻象,希望能欺骗她的对手,但他很警觉,在下一次攻击之前一刻也没有放松。

这次的攻击十分可怕——依旧是朴实无华的死亡命令。她的宿敌并不打算变着花样进攻。有什么必要吗?再持续几次这样的进攻,一切就会结束了。

他几乎都没有感受到“永无止境的好奇”小姐的反击:他的对手正迅速落败,一切都很顺利。然后……然后他就再也无法感受任何事情了。

我就知道,总会有什么事儿发生的,而且不是什么好事儿。

果真发生了。我抬起头,看到飞猴小姐把她的蜂群放了出来,把幼崽交给了另一只飞猴,并没有注意我。有时我能意识到我被控制了,有时我意识不到。而此刻,我似乎并没有被控制。我本来就是个聪明人,更别提现在这把大胡子让我看起来简直像个学者。我像个野生直立猿人——人类进化链上缺失的一环。

我坐在平静的小溪边的草地上调整着我的弹弓,没有被任何人打扰。我用余光看到那些原住民四散而去了,但我没有接收到任何命令,所以这并不是紧急疏散,我可以继续打落树上的梨。我甚至挺高兴:我可以继续锻炼身体,同时摄入富含维生素的食物。我看中了一棵硕果累累的树,我不知道它们叫什么,但那些果子非常美味。

然而,飞猴小姐并没有离开。她坐在一根低矮的、光秃秃的树枝上,皱着眉头。还有另一只飞猴也留了下来——他选择了空地的另一边的另一根树枝。他们就这样坐着,盯着对方。而我,打算等他们走后继续修我的弹弓:它大体上没什么问题,我在小溪里捡到了一块合适的石头,正寻思着要先把哪颗果子打下来……

然后我就被攻击了!

我以前说过这话,现在我得重复一次:只要我内心坚定,我就无所畏惧。飞猴小姐会向我的大脑灌输恐惧,但我很清楚:第一,这是来自外部的影响;第二,那样做是为了我好。但是现在,恐惧感不是来自外界,而是我从自己的内心切切实实生出的!好像有谁的爪子伸进了我的胸膛,捏住了我的心脏。我想:到此为止了,我要死了。就像其他人一样,轻而易举地死去。

造成这种恐惧的源头并不难找:可不就是那边那只瞪着我们的飞猴,令飞猴小姐感到恼怒的那只雄性飞猴吗。他们的战斗似乎是……精神层面的?总之是我不能理解的那种。而飞猴小姐的对手正在攻击我。为什么?可能只是不小心误伤罢了……

我感觉我的心跳停止了。我想深呼吸,但我做不到。到此为止了,这就是你生命旅途的终点了,名为种马的潜孔者。旅程结束,现在请下车吧。

突然间,我明白了人真正害怕的东西是什么——未知。当一切都清楚明白的时候,有什么好怕的呢?我瞬间找到了安宁。恐惧感消失了,仿佛它从未存在过,只剩下了悲伤。带着这种悲伤,我开始回忆起我的一生来。我的童年,然后是青春期、成年期……

这些画面一帧帧闪过我的大脑。我的眼前出现了一些盘旋的小恶魔,干扰了我的视线。之后,情况将会更加糟糕:现实世界会就此消失,而之后会出现什么?我不知道。人们说,那里会出现一条隧道,隧道尽头亮着灯。

我不想去那里,但我必须去。这由不得我。

你知道接下来发生了什么吗?有人在我的脑子里大声地喊道:**“你什么都不打算做吗?你这个懦夫!真没用!你就这样放弃了吗?简直太丢脸了!行动起来!做点什么!我说了,动起来!”**

这可能是意识最后的负隅顽抗吧,不会是什么别的了。大脑在垂死挣扎。

整个过程说起来好像很漫长,但其实只过了一瞬间。我跳了起来。我感觉不到我的身体,但我一跃而起。我要做什么——显而易见。谁让我做的——也很清楚。那只飞猴正在攻击飞猴小姐,并且看上去很快就会打败她。所以我的目标很明确,尽管视野中有恶魔在跳舞。

我将石子放进弹弓。比画着瞄准了一下之后,就把它射了出去。想想看吧,我什么都不怕,一点都不害怕。我为什么要害怕呢?我已经死了,事情不可能更糟糕了。

我瞄准的是他的脑袋,却打中了他的侧肋。不管怎样,那只飞猴被从树枝上打了下来!他落在地上,抽搐了两下,很快就不动了。他死了。一命呜呼。粉身碎骨。

我的呼吸慢慢平复下来。心脏也恢复了律动,一下,一下,它重新跳了起来!小恶魔从我的眼睛里四散迸出,仿佛有人用圣水驱赶了它们。我很高兴。那时我甚至完全没有考虑过:我会因此被惩罚吗? 我犯下了杀孽,我堂而皇之地杀了一个高等生物——他是当地的统治者,意气风发,或许十分骄傲!

然后,就像书里写的那样。砰! ——在空地的另一侧,出现了一个小孔。那是一个圆圈,内部的空气颤动着,呈现出绚丽的彩色。从远处很难一下子注意到它。

我起初也确实没有注意到它。但当我看到它时,我立刻以生平最快的速度冲向了小孔。甚至把我的弹弓都丢了,生怕它妨碍我。我拼尽全力飞跑着,脑子里只有一个想法:飞猴小姐可千万不要阻止我!

她没能阻止我。她大概是清醒过来了。看来那只雄性飞猴真的把她伤得很重。而这正是我需要的!

我猜我大概打破了短跑的世界纪录——当然,按照当地的重力调整计算过的纪录。我冲进小孔,耳压迅速升高,以至于我感觉自己似乎有几秒钟是聋的。我像条被困在沙子里的鱼一样呼吸困难……有人飞速避开了我,然后四面八方的人冲了上来,抓住了我……

"臭虫?!"我简直不敢相信自己的眼睛。

"种马?"他也一样。他现在恐怕只能通过声音认出我。毕竟此刻我蓬头垢面,胡子拉碴。

"等等,让我喘口气……你不是死了吗!"

"我?"臭虫笑了,"你看到我的尸体了?"

“没有。但我看到了梦魇的尸体。”

“梦魇？那我们现在问问他吧。喂，梦魇，你把我的尸体藏到哪里去了？赶快招出来，坦白从宽噢。”

他们俩都笑了。是的！梦魇也在那里！还有老爹、巨蟒和丑鸡！所有人都在！大家都活着！所有人都穿着防护服，这意味着他们准备离开。

“怎么会这样？……”我喃喃自语着，完全搞不清楚状况。我看上去一定可笑极了，以至于周围的笑声愈发变得肆无忌惮起来。

“事情很简单。”臭虫笑着说，“你被那些原住民抓走了，你忘了吗？就在你去树林里取木材，打算为我们建一座小屋的时候……想起来了？我们当时搜遍了整个山谷，都没有找到你。你失踪了。然后我们就意识到，这些原住民可以轻而易举地催眠人类。他们强迫你做一些事，而你像个傻子一样去了……对不起，我们没能立刻去救你，我们不得不赶紧离开，然后那些隧道工和小孔又出了些问题……你真应该看看秃头领导是怎么大骂他们的！……”

“等一下！那老爹他们那个小组呢？他们被坍塌的悬崖埋住了呀！”

“他们没被埋。是那些原住民把这些信息灌输到你脑子里去的，明白了吗？他们骗了你。”

“谁骗了我——那些飞猴？”

“对啊！那些原住民就是这样。他们神通广大。总之，我们不会再去118号地球了,懂了吗?这次是为了救你,也是最后一次。118号地球被认定为不适合移民。而你,你恐怕得请客啦。你知道你会得到多大一笔奖金吗?哇哦!”

什么奖金,我才不在乎什么奖金!但我还是出于好奇心问:

“多大一笔?”

“你现在得先接受隔离,而不是想钱的问题!他们至少得关你三周。你把在那边的经历都记录下来了吗?我看到你的录音设备还留着……悄悄告诉你,这可是无价之宝。那些心理学家会把你生吞活剥的,走吧,别愣着了,大家都等着呢……

十二月十日,生活又有了指望

晚上,我们在“金喷嘴”好好地喝了一场。丑鸡把我介绍给了格丽塔·布里肯。他到哪儿都能抢占先机!但今晚他不走运:他喝多了,变得沉默寡言,还毫无征兆地从椅子上摔了下来。我差点就接住他了。好吧,我给他叫了一辆出租车,送他回去休息了。毕竟不能丢下朋友。

格丽塔·布里肯简直可爱极了。让我没有想到的是,她接受了我的邀请,与我共进晚餐。我是一个谦虚的人,不喜欢夸大其词,所以我只能说:那真是令人心醉的一夜。即便我是个喜欢自夸的人,我也找不到任何名词或动词来形容这个夜晚——只有整齐排列的叹号,一直延伸到地平线之外。

就是这样了！这就是全部了！现在,你们再告诉我,我不怎么聪明,能力也有限呀。仔细想想吧,聪明蛋们。我比你们更清楚自己是谁。确实不算太聪明……但我的生活充实而有趣。老实承认吧,格丽塔·布里肯会注意到你吗？那不就得了。

当然,第二天我上班迟到了。秃头领导又一次开除了我,十分钟之后他终于意识到:“你怎么还在这儿?!”他像条蛇一样从牙缝里发出了嘶嘶的声音。然后他又两眼放光地跑了过来。“全体集合!你倒还坐得稳当的很?”这是冲我说的,“给我马上去指挥室！你们这帮懒蛋！我要把你们这些家伙全解雇了!”

他哪天要是不解雇我们,我们可能还不习惯呢。隧道工们又开辟了一条通往类地行星的通道,初步的数据分析已经全面展开。

开工吧,兄弟们！明天就要出发了。

指导。设备调试。然后是另一场指导,以及强制八小时睡眠。我已经有一段时间难以入睡了。我一直在做同样的噩梦,梦到自己回到了118号地球,在那个由两颗行星合并而成的世界里,拼命取悦着那些会飞的猴子,在脑海中向他们展示着各种各样的画面。当然了,是在飞猴小姐的指示下,不然呢？有时在做完这样的梦后我会崩溃着醒来。我既不想去找公司里的心理医生,也不想私下去看,但我想,我不得不去:万一他们能提供什么帮助呢?

我会去的,但不是今天。我得再出一次任务,回来之后在隔离区的日子会很无聊的,到那时候……

两足动物完美地完成了表演,一如往常。但是,根据最初的预测,它早就应该到极限了。接下来,它要么会完全失去控制,要么会因为毫无出路以致精神崩溃,最后自杀。

自从"永无止境的好奇"小姐和双足动物离开了之前进行对决的山谷后,已经过去了很久——那是他们俩命运的转折点。从山脊到山口,从山口到山谷……动荡星很大,到处都能找到想要观看非同寻常的表演的观众。成熟个体可以通过思维探索远程看到表演,但孩子们更喜欢亲眼观看。

观众们在等他们。他们是被需要的。每一个新的日子都处在"永无止境的好奇"小姐的掌控之下,她永远不知满足。

严格来说,她的威望已经够高了……

之前可完全不是这样。准确地说,在与她的宿敌战斗之前都不是……

双足动物想要回到它的同伴身边去,它想得快要疯了。她当然无法打开那个被双足动物称为"小孔"的东西——那是通往另一个世界的通道,不仅可以使空间相连,还可能伴随着时间的扭曲。双足生物从未意识到,这次它来的可能不是一个平行世界,而是自己可能的未来之一。它根本就无路可退。它那些两条腿的同族再次打开一个通向这里的小孔的可能性,无论在理论上还是实践上,都是零。没人有能力把这只双足动物送回它来的地方,更何况动荡星上的居民比起破坏自然,更愿意遵从它的法则。削弱地震、平息火山、驱散飓风也许是可能的——但提前离开更容易。智慧生物需要的是自由,而不是全知全能。

她本可以将这些想法灌输给双足动物,但为什么要这样做呢?双足动物显然还不熟悉时空的量子概率物理学,它们完全是在碰运气。而揭示真相,夺走一切希望,是件好事吗?

她打算等这只双足动物完全到极限的时候,就结束它的生命,免得它遭受更多的折磨……

那场对决被认为是公平决斗。没有人感知到她对双足动物下达的、攻击她的宿敌的命令,他们也确实无法感知到,因为这个命令并不存在。永无止境的好奇小姐只是死命地自保,她并不能试图控制这只双足动物,是它自发地做了一切。动物的自发攻击不能被视为破坏决斗规则。

当她恢复意识以后,她意识到自己身上多了一种名为"感恩"的情绪,这是发生了返祖现象,还是她受了那只双足动物的感染?

有什么区别呢!返祖也情有可原。并且,这种情感甚至提高了她在这个世界的声望,而她作为一个智慧生物,其实与周围有些格格不入……但她还能忍受这样的处境。

她知道这个双足动物全心渴望的那个并不复杂的愿望是什么。好吧,就让它得到它应得的吧,在现实或想象中——这真的重要吗?而现实真的存在吗?

为双足动物创造的幻觉只消耗了很少的精神能量。这样的低等生物很容易混淆梦境和现实,尤其是在外部还持续施加着影响时。

以及,她还彻底承担起了照顾它的责任。喂食、治疗、清洁、休息。她的幼崽已经长大了,正为第一次飞行做准备,不再需要像以前那样多的关注。

……他们在山口前的一个小湖边停下来过夜。这天晚上很闷热,从南方传来一阵隆隆的雷声。而北方也正发出轰鸣:那里又有一座火山将要苏醒。双足动物蜷缩在暖和的岩石上睡着了,它一边做梦一边微笑着。在梦里,它回到了家,与它的同类待在一起。它感到很幸福。

(胡杨怡欣　译)

十一等文官①

为了传袭贵族身份，一个末等小官吏步步沦陷，走向非人。

①俄国帝国时期，彼得一世颁布官阶表，规定文官、武官及宫廷官的官阶等级。

第一章　不比苍蝇大

东边某处在燃烧，虽然距离很远，但浓烟的气味已经传了过来，夹杂着土中的焦油散发出的那股永无止歇的恶臭。岛民称这片土地为“汗陆”，因为它每时每刻都在“出汗”。

黑焦油就是大地的汗水。岛民称黑焦油为沥青，但他们强调它不是传统意义上的沥青，甚至不是重油，更像是未加工的石油，但也跟地球上的不一样。这里的沥青要比地球上的沥青更易燃。岛民喜欢与地球进行比较，他们认为自己是地球殖民者，而不是当地的原住民。在他们看来，大陆人才是真正的土著，这甚至不是因为他们已经将地球遗忘，而是因为他们遍身脏污，吃着从满是焦油的地里挖出来的垃圾，为了生存无休无止地搏斗，像极了凶狠的野蛮人。从很早以前，当说到原住民，首先进入人们脑海的便是野蛮人的形象。“土著”一词也一样，让人联想到粗野的性情、野蛮的仪式和鼻环。

土著人食人的传言有很大的夸张成分。不管怎么说，这个被他们抓住、自称是教授的老人没有被杀或是被吃掉。他是因无法忍受艰苦的生活条件而自然死亡的。在老人死之前,大陆人从他身上学到了很多对生存无益,但能满足猎奇心的新奇东西。老人很喜欢闲聊,有时候一直咳嗽说不出话,他就会埋怨自己。之后他去世了,甚至那时候土著人也没吃掉他,尽管也没有将他埋葬。在汗陆上,死者是由自燃的土地火化的。

土地一直在燃烧,不是在这里,就是在那里,最常见的是同时在好几个地方突然烧起来。汗陆上空经常有雷暴,一道闪电点燃了地上的焦油,接着,一个巨大的火环开始在平坦而苍凉的平原上蔓延。火环内已经没有可燃物了,火焰急于向外吞噬。

地面上的焦油极其缓慢地燃烧着,烟火顺着焦油缓缓蔓延。跑步或步行逃离移动的火墙没有任何意义,因为根本无处可去。火环会不断扩大,直到抵达海岸或撞上其他火环。与此同时,火环内烧过的土地又开始慢慢冒出焦油,几星期后,火焰又有了新的燃料。

老教授经常讲一些奇怪的故事。很久很久以前,还没有人在这里居住,自然也就没有人记得,在那时候的汗陆上分布着广阔的浅海,海中满是各种各样有着有趣名字的浮游生物。浮游生物死亡后会变成焦油,就这样过去了许多个世纪。之后大陆从水中升起,海洋消失,陆地内部的焦油趋于饱和。老人说,有一天,剩余的焦油终究会全被挤压到地表并燃烧掉,到那时候就万事大吉了。遗憾的是,这个进程会持续很长时间……

很明显，这位老人是个疯子。人们不住在这里，怎么会有人知道发生了什么？如果没有人，谁能告诉他们这件事？毫无疑问，老人已经老糊涂了。只有岛民会有这种情况——大陆人不会活到身体和智力可耻地老化的那一天。

疯老头坚持谎称有蓝色、透明且无烟的火焰。有谁在何时何地看到过这样的奇景？土焦油燃烧时的火焰是深红色的，而腾起的烟呈浓黑色。浓烟升往高处，遮天蔽日，升到熊熊燃烧的火环上空，只有在高处，浓烟才会被风一点一点地吹散，变成脏兮兮的雾霾，被吹到很远很远的地方。通过风力和雾霾的浓度，任何一个青少年都可以有把握地估算出火墙离居住圈的距离。

共有两个居住圈，缺一不可。每一个都被壕沟和土墙包围，尽管这种保护措施是不够的。只有当人们时不时地点燃居住圈内的土中渗出的焦油，以防圈外可怖的火焰烧进来时，它们才会派上用场。土墙会因里面的焦油流进壕沟而变干，通常来说，足以防止居住圈内的火焰蔓延到整个平原上。虽然很罕见，但有时由于疏忽大意、失去秩序或仅仅是出于偶然，火灾会大规模扩散开来，整个部落则不得不转移至第二个居住圈寻求庇护。

最重要的是—— 一旦出油的土地恢复了燃烧能力，必定会烧掉这两个居住圈。最好的办法是，在圈外的火焰肆虐时，在较晚被烧的居住圈里耐心等待。

东边的土地火光通天。逐渐浓重的雾霾暴露了火环正在靠近的事实,这比去往高空——像岛民乘坐奇怪的“铁鸟”那样——俯瞰到的景象更加令人信服。风还在从东边吹来,意味着火势仍然很远。当火靠近时,风会改变方向,吹向火焰。火总是很贪婪,尽其所能吞下所有它接触到的空气。

黎明时分,胡姆命令部落转移到另一个居住圈,没人想要反对。越早越好,这样就不至于太匆忙。两个居住圈之间只有一小段路程,但等到火墙和烟雾出现在地平线上时再行动就来不及了——人也许能活下来,但一半家当都保不住。首领强调了行动的必要性之后,人们迅速而有序地做出反应,捆起用作屋顶和集水器的皮革,拆除窝棚的支架,背上食物和水囊。母亲们则抱着孩子。搬迁行动结束后,火墙还在远处。这是有意为之,搬迁必须未雨绸缪,因为不知哪里的地面会突然开始流出不同寻常的轻质焦油,或者是刺鼻的、流动性更强、更易燃的焦油。燃烧其上的火焰蔓延的速度比风还快,即使是跑得最快的人也无法逃脱。这是极其罕见的,但即使罕见也不能忽视。一个人马马虎虎,走运的话还能寿终正寝;一整个部落都马马虎虎,就没有未来可言了。

这就是为什么大陆上没有马虎的部落。

没人想过,很久以前是否存在过粗心的部落。这有什么区别呢?当那些傻瓜们连骨头都不剩的时候,思考这些也毫无意义。两三场火灾后,除了灰烬以外已别无他物。雨水降下,灰烬融入大地。几个雨季过后,泥土会填满曾经的深沟,再过几年,即使最敏锐的眼睛也看不出人类居住的痕迹。

油腻的焦土在脚下吱嘎作响,枯萎的草丛发出沙沙声。这些不到脚踝高的矮小植物努力在两场火灾的间隔中破土而出、开花和播种。但这些种子没机会发芽,只有海洋气流凝结成的倾盆大雨才能拯救它们,但随风飘来的不是饱含植物发芽所需水分的云团,而是逐渐逼近的火墙产生的烟雾。

不必担心:火灾之后,小草会重新生长,它们已经在烈火无法触及的深处顽强地扎根。也许几代小草都徒劳地撒下种子,但总有一代会在大火中幸存。下一季,平原再次变绿,长出没有实际价值但令人赏心悦目的大片青草。烈火无情,但生活总会继续。

“斯蒂娅,看!”小伊艾尖声叫着,拉着他姐姐的手,“这里有食物。”

几个男人听到他们的声音后转过身来。实际上,如果细心一点,可以在枯萎的草地上发现浅色的斑点,如果在此处挖个及腰深的洞,大概率会发现成熟的土甘露。可能是一个大块茎或几个小的。这可是上好的食物。如果能在火墙刚刚烧过此地时找到位置并把它挖出来,味道会更好。疯癫的老教授在说一些关于地下微生物群的废话,起初他甚至拒绝把甘露放进嘴里。这个蠢货!还能吃什么?可食用的根?它们长在更深处,更难以果腹,而且不是每个人都能区分根是有毒还是可食用的,哪怕教授自己也不能,只能等它暴露在空气中变干变硬后,用来做手工制品。

后来,当然,老人已经习惯了以土甘露为食。只要足够饥饿,人就会饥不择食。

不过很奇怪,难道群岛上没有土甘露吗?那不可能!住在那里的怪人都吃什么呢?

一个男人用骨刀挖开一块黏稠的泥土,放在斑点正中心做标记。待地面冷却,就可以挖出温热的茎块来享用了。

没人能断言,这个灰头土脸的小孩伊艾已经决定好了自己的命运——随着时间的推移,他会成为一名优秀的侦察员和矿工,也许是部落里最好的一位。不是搬运工、挖掘工,也不是信使,而是侦察员,就像他很久以前牺牲在草原上的父亲一样。只有瘦高的卡尔抚慰着自己受伤的自尊心,喃喃地说,对于一个只比草高一肘的人来说,能看到每棵草并不稀奇。

"你呢,卡尔叔叔,从那么高往下看,你不害怕吗?"孩子天真地问道。

一阵哄堂大笑。斯蒂娅以不尊重长辈为由打了弟弟一巴掌,随后自己也忍不住扑哧一笑。卡尔深吸了口气,一时失语,只是挥了挥手,自己笑了起来。孩子还太小,日后还有的受,但不能当着所有人的面跟毛头小孩斗嘴!得不偿失啊。

浓烟完全遮住了地平线。盲老妪米娅娜是最后一个被人用皮带制成的梯子抬上围墙的,所有人都等着她。不等首领下令,人们开始在居住圈中央搭建窝棚,并把浸水的皮子堆在上面。儿童、老人和孕妇在小屋里躲避火灾,其他人则忍受煎熬。这不是第一次了。

某个男人对着窝棚撒尿,试图溅得更高。糟糕的是,到了旱季末,水源十分紧缺,水囊里的水只剩不到四分之一。皮革被晒干,在折痕处裂开,很长时间都无法使用。疯教授的皮早已无法使用,被扔进了火里。汗陆的人不会吃掉死者,而是会取下他们的皮,大家都知道自己死后会被剥皮,为了让部落求得生存,必须这样做。需要水囊、水箱,需要防火。如果地下群居动物(难以捕捉)的皮又小又不结实,而地表生活的只有不比苍蝇大的小型有翼生物,还能怎么办?

人死后会经历两次埋葬。第一次,尸体被抬到远处的草原上;第二次,物尽其用的皮废弃后被烧掉。经历第一次埋葬后,人在未来的许多年里仍然可以为部落所用。

这意味着他没有完全逝去,他的某些部分仍然活着。因此,部落不会在死者的第一次葬礼上为其哀悼,而是留到第二次。

没有比漫不经心地将一张皮扔在地上或用其他恶毒而无意义的行为侮辱它更糟糕的罪行了。罪犯必须向部落和死者的灵魂请求宽恕,但他并不一定能得到宽恕。

对穷凶极恶的罪犯有两种刑罚:处决和放逐。放逐更糟糕——必死无疑,只是死亡来得比较慢。被流放者知道,生他养他的部落认为他是个恶人,甚至对他的皮不屑一顾。没有比这更重的惩罚了,有时绝望会比饥饿、口渴或火灾更快将他吞噬。

即使得以苟活,他靠自己也无法活多久。没有哪个部落会欢迎这个弃儿,他无处藏身。也许可以徒步逃离咆哮的火墙,但一个无家可归的人迟早会被来自四面八方的火困住——干燥的雷暴无处不在,如果地面有足够多的油,每一次闪电都会导致火环不断扩大。

过了一阵,天空从灰色变成了黑色。起初,热空气中充斥着嗡鸣声——无数不比苍蝇大的翼兽正从高温和烟雾中逃窜出来。虫群中心好似旋转的龙卷风,去往一侧,这是一切在变好的征兆。但如果无数小飞虫汇聚在火墙前,形成真正的龙卷风,这时就不会有什么好结局了。教授生前对这种现象非常感兴趣。会不会是昆虫在本能地制造龙卷风,这样它们就能乘风飞到火和毒烟之上?

即使真是这样,谁又关心呢?昆虫不适宜食用,也就不会被特别关注。虫群会飞走,然后就会被遗忘。接着,火焰前端接近了居住圈,点燃了堆积在壕沟底部的焦油,贪婪地舔舐着围墙,试图越过它,但终究没能突破障碍,只是在周围扫荡一圈后继续前进。

部落里的人们躲在窝棚里、坑里,甚至只是蹲着,把头埋在膝盖中间,忍受着闷热的煎熬,没有人抬头望向天空。然而,如果谁突发奇想抬头看向空中热气腾腾的浓烟,也未必能注意到天空中一个快速扩大的斑点,它发出的火焰与汗陆上的全然不同。更重要的是,无论是否注意到它,对于躲在两个居住圈之一的壕沟和土墙后躲避火焰的人群的命运都毫无影响。

在位于天空中火焰顶端的黑点中,在衣着华丽的二十几个人中,有两个人显得格格不入。他们身着沉闷的灰色制服,坐在挡板后面,与形形色色的乘客隔开。

“看来我们将面临炙热高温的考验。”其中一人边说边眯着眼向下看,“周围正在燃烧,我们会烧起来吗?”

“只是散热有点问题,”另一个人反对道,“毕竟只是艘小飞船。游客们会流汗,然后就要不高兴了。”

“顺便说一句,我们也在出汗。”

“我们和他们不一样,好吗?”

两名飞行员都心知肚明地看着对方。游客们不是一般人,都是精英。不应让地球精英感到温度不适。谁见过大汗淋漓的精英?

“毕竟是他们自己想要冒险,”第一个人清醒地说道,“他们要求我们把他们放在火焰正中央,那就让他们享受吧。我们的十一等文官对他们胡诌了许多被活活烧死的危险,这对肾上腺素成瘾者很有用。”

“他们不害怕,毕竟有守护者跟他们在一起。”

两个人都笑了。

“他在那里干什么?”

“喋喋不休,一如既往。”

“他们在听吗?”

“都张着嘴,一副惊讶的表情。”

"你想怎么样?他们不会听咱俩无趣的话。我们是专家,但他和他们一样,都是半桶水响叮当。对于不知道的事他就撒谎,而且把谎言圆得很好。最重要的是,他和他们是一路货色,他也是地球上的精英,虽然他是个,呃……"

"卑劣小人?"

"正是,陈腐又可耻。"

另一个人嗤之以鼻。小飞船摇晃了一下。

"别把我们甩到一边去。"第一个人说。

"轮不到你来指点……"

"我会的……你要去哪里?"

"那边有一片空地,"第二个人点点头,"没有火,一定是个岩石露头[①]或类似的东西,我去那边。"

"那里甚至有两片空地……"

"是的,我看到了。我要降落在右边那片。"

"为什么不是左边?"

"总得选一个。"

"我觉得左边的更可爱……"

"我觉得你是在故意激怒我。劳驾闭嘴五分钟,别嘟嘟囔囔打扰我……"

触地相当平稳——颠簸感只比用激光制导进行自动降落稍稍

① 地下岩体、地层和矿床等露出地表的部分。

强烈,但汗陆上哪儿会有哪怕是最初级的反重力设备?

小飞船发动机喷口向下,开始着陆。在大约二十秒内,居住圈内的火焰比圈外的火焰更猛烈地肆虐开来。

第二章　高级长官

窗口值班阿姨的脸让人联想到深海鱼类——像一张呆滞的不规则面具，长着许多不必要的褶皱、厚厚的腮、低矮的额头，以及凸出的空洞的大眼睛。她仿佛不应该出现在这里——她应该埋伏在海底凹地，把小鱼生吞下去，虚张声势，自鸣得意。在凹地底部，她会是王和神，位于食物金字塔的顶端，是所有微小食物的噩梦。在区就业管理部门的门厅，她不得不安分守己，扮演筛选来访者这样一个微不足道的角色。

但是“深海式”做派是一样的。

“普罗哈兹卡先生不能接见您，”她用漫长的停顿来折磨这位访客，诡异地从嫌恶变得愉悦，最终说道，“如果高级长官一视同仁地接见所有人……”

“我有特殊情况。”来访者小心翼翼地说道。

“每个人都有特殊情况。普罗哈兹卡先生不会接见您，明白吗？”

“他在忙吗?”来访者询问,“我可以晚点再来一趟。”

“您有什么事?不论是谁,如果想找工作,在这儿说就行。”

“那普罗哈兹卡先生在这里有什么意义?”

深海鱼已经失去了耐心,“您到底想不想找工作?想的话,请用拇指按键,我看看能为您提供什么工作。要是不想,就赶紧离开窗口,排队的不止您一个。”

深海鱼不怀好意地嘀咕着:“他晚点就来,您看见了吗……”

伴着嘀咕声,来访者环顾四周,门厅里绝对空无一人。谁会贪图就业管理部门提供的收入菲薄的工作呢?除非是个一无所有的彻头彻尾的失败者。但在大坦波夫的上等区,很少有失业者愿意接受小职员的工作,或做一名薪水更高但灰头土脸的工匠。当地人更加志存高远,他们会避开就业管理部门,对这块牌匾嗤之以鼻。这是其一。此外,根据一些可靠的传言,在邻近的利佩茨克有了几个不错的工作机会,坦波夫的无业游民已经蜂拥而至。这是其二。来访者还考虑到了第三个因素:下午时分,上司心平气和,员工无所事事。还有第四个因素:与公共场所的惯例不同,门厅里没有警卫。

盘算一会儿,他清醒地意识到自己成功的概率极低,但他无路可走。要么是高级长官接见他,听他讲讲,要么就是在失败者名单上再添一个人。

沃罗涅日、利佩茨克、图拉、梁赞、穆罗姆……也许在坦波夫会走运?

有这样一位接待员坐在这里,他怎么会走运呢……

要像在斯摩棱斯克和沃洛格达那样,转身屈辱地离开吗?还是像在布良斯克那样,对着窗户肆意地吐口水,留下劣迹后再离开?嗯,不……

“我和普罗哈兹卡先生要谈一些涉及个人隐私的事情,”访客尽可能冷漠地说道,“您不明白。我不是在征求您的同意,我这就要过去。而且您要立即向普罗哈兹卡先生报告我的情况,除非您想让普罗哈兹卡先生把您扔到大街上……”

他半转过身,向侧门走去,尽管他想全速奔走,而心脏搏动得比平时快得多,但他努力保持着稳定、不匆不忙的步调。额上的汗水出卖了他。再过两秒,幸运的话也许再久些,深海鱼将会停止条件反射式的问答,转而思考来访者是否是个重要人物,最终意识到他并不是什么人物,只是个粗鲁的外乡人,那时候他就必须躲在门后——十有八九,她会在他身后冲出来!

如果门是锁着的就好了!

按理说应该是没上锁的……但没有保安。通常情况下,区办公室的大厅里会有一名保安值班,偶尔有两名,没有保安的情况实属罕见。比方说,如果保安内急,只有一扇门,门后可能是走廊,卫生间就在那儿……得等到保安离开,而且没有访客才行。要不就得多忍耐一会儿。有三分之一的可能性,离岗几分钟的警卫懒得锁门,以免在回来的路上再开一次门。

确实如此。

“你去哪儿?!”深海鱼的叫喊声瞬间被身后的关门声淹没了。

时机正好。迎面遇到一个警卫,一边蹒跚走来,一边扣着纽扣。看到这个陌生的来访者时,警卫一手继续系纽扣,另一只手放在警棍上。反应倒很快,但他头脑怎样呢?

“普罗哈兹卡先生呢?”来访者先发问,并从口袋里拿出一本绿色的证件,在警卫面前漫不经心地挥动。

“上二楼左拐。”

“谢谢。”

惯常的假笑——再会了。来访者散发着自信的光芒。有一半的可能性,直到走廊尽头,他都不会被呵斥住。这里很少有人会这么无礼。求职者通常都会固执地恳求,但除此之外,几乎总是谦卑而安静。

这招奏效了。

来访者立刻开始审视高级长官办公室的秘书室里的秘书:对付她得粗鲁无礼。

猜测的胜算是二分之一,而现在这种情况下就十拿九稳了。

“就你自己?”来访者以随意放纵的语气问道,他穿过秘书室,露出绿色证件的一角,同时用坦然的眼神上下打量着秘书,用时不超过半秒,活像个扫描仪。

“他在忙。”秘书支支吾吾地说,但来人没有理会。

普罗哈兹卡先生正在忙重要的事情:用指甲锉修指甲。他圆润的粉红色指甲修剪得很好,而普罗哈兹卡先生本人也是小个子,身材圆润,粉红色皮肤,经过精心打扮。他嵌进大大的椅子里,就像一条被水母包裹着的精致的鱼。与鱼不同,这位高级长官的眼睛传达着某些东西,比如午后的悠闲与同等的无聊。普罗哈兹卡先生不屑于掩饰对来访者的明显不满。

“有三分之二的可能性,他马上就会把我踢出去,”访客跨入办公室门槛时想,“我经历过更糟糕的情况。”

不要喃喃自语,不要卑躬屈膝,一开始就要抓住要点,这样才有机会。一点点恳求可以接受,甚至很有用——但要严格地控制在一定范围内,绝不能过火。

“作为贵族请求贵族,我想请您……”

“请我?”高级长官问道,“有何贵干? 就业?”

“在某种程度上是的,说来话长。”

四分之一的概率……

“嗯,”普罗哈兹卡先生意味深长地皱起了眉头,“嗯哼。呃……您是怎么进来的?”

来访者的嘴角勾起微笑。

“您看,我是直接走进来的。拿出这个就被放行了。”

长官对这本绿色的证件产生了不同寻常的反应:他先是笑逐颜开,然后窃笑起来,但这还不够,内心愉悦的狂潮使他爆发出大笑。

普罗哈兹卡先生激动地颤抖着，他在口袋里翻了翻，掏出了一模一样的证件——采蘑菇协会会员卡，持有此卡可在自然保护区和禁猎区采摘蘑菇。

“我要开除这些玩忽职守的人，”普罗哈兹卡先生因大笑而颤抖着，挤出一句话，“我要把所有人都开除……”

来访者的微笑绽得更大了。现在他评估自己的成功率有50%。

“您让我看看，让我看看！”普罗哈兹卡先生十分激动，伸出他短小的粉红色手掌索要文件。“您的？这真是您的吗？哈哈。斯威斯图诺夫·阿尔谢尼·叶菲莫维奇，贵族，对吗？是您吗？劳驾把拇指放到那里，规矩毕竟是规矩……噗……呼呼……呵呵……那您是采菇人了？采多久了？您在这里的树林里见到过灰树花[①]吗？在更南边？我知道那是禁采品，只是纯粹出于好奇心问问……那松露呢？您采过松露吗？带搜寻器了吗？什么型号？您不过只是白费力气。我告诉您：没有什么比训练有素的猪更适合采摘松露了，任何设备在它的嗅觉面前都会显得逊色。我有个朋友是养猪的，也是一个真正的采菇选手，他挑选好猪，训练它们，再把它们廉价租给别人。您想去看看吗？他那儿有一只猪王——我告诉您，那可真是凤毛麟角啊！那野兽重达三百公斤，要把它从采好的蘑菇堆里赶走可得费一番力气。有一回它生气了，把我逼得爬到树上，但它毕竟嗅觉超群，能闻到半米深的地下。唉！但想想松露，就算了吧……还

① 一种菌类。

有松乳菇,稍微腌一下再上火烤——嗯!那滋味简直无可比拟。您喜欢采松乳菇吗?……”

来访者根本来不及回答,只能在合适的地方点头微笑,将拇指按在桌上的身份识别器上,随后进行了指纹扫描,轻微的刮擦表明已经提取了几个上皮细胞进行DNA分析。几秒钟后,设备发出一声短促的嘟嘟声——而普罗哈兹卡先生没有打断对爱好的大谈特谈,盯着识别数据。信息都是正确的:阿尔谢尼·叶菲莫维奇·斯威斯图诺夫,三十一岁,世袭贵族,十等文官,无犯罪记录,未被通缉,不在任何黑名单之列,目前正在休停薪假。

“那么,有什么我能效劳的?”普罗哈兹卡先生问道,暂时中止了蘑菇的话题。

“请帮帮我。”之前,来访者对面前的官员轻声细语,并为自己的胆怯而生气;而现在,他说话意气风发——都是锻炼的功劳,“我需要您证明我的贵族身份,而且非常希望能在五年内做到。”

普罗哈兹卡先生打了个哈欠。

“跟我想的是同一件事,”他失望地说道,“您有孩子吗?”

“有个五岁的儿子。”

“他怎么了?生病了?懒?无能?”

“他很健康。”

“智力没有缺陷?”

“完全没有。他是个贵族,而这正是问题所在。”

高级长官用短小的手掌挠了挠后脑勺。

“我不明白……您快请坐,请坐,别站着了……请您详细解释解释。”

“我的儿子是私生子,”访客坐在凳子边缘解释说,“他母亲是第三代男爵夫人,因此,他将是第一代普通贵族,他的孩子也将成为贵族……如果我不和他母亲结婚的话。问题就在于我想和她结婚。”

普罗哈兹卡先生喜出望外,仿佛解决了一个力所不及的难题。

“原来如此。确实,在合法婚姻中,贵族身份是通过男性的血统继承。因此,如果您娶了您的意中人……”

“那我的儿子和他的后代会失去贵族身份,”访客补充道,“因为我是第二代世袭贵族,也是最后一代。”

“嗯,您是否到纹章学局的法务处咨询过?当然,他们不一定可信,甚至办事拖沓,但我知道过一些情况……”

“我去过,但被拒绝了。”

普罗哈兹卡先生拍了一下手,“我能做什么呢?贵族身份剥夺法并不是我通过的。”

“也不是我。”

“您自然不会批准。但这项法律在我们国家已经有三百年的历史了,一直很好地发挥着效力。贵族是国家机器强有力的支柱,不应允许其连根腐烂。对腐败贵族的仇恨随时都会导致革命爆发。贵族的特权应该通过对祖国无私奉献来争取,您打算如何实现这一目标？仅凭个人功绩取得贵族身份,完全放弃继承爵位的权利吗？有些人尝试过,但没能成功。大多数人都想把他们的财富传给他们的后代,但请注意,只有出生在显赫家族的人才配拥有这样的特权。您和我都认为贵族的继承权是公平的,但不幸的是,没有多少平民认同我们。他们对正义有自己的理解,而这些观念也大有道理。该怎么做,啊？”

“大概,就让一切保持原样,”访客耸了耸肩,“我完全没有……”

“正是如此,保持原样!合理性就像在对正义理解的两极之间架起的桥梁! 让他们见鬼去吧,就让继承人继承财富去吧,但如果有“胡萝卜”,就要有“大棒”,迫使他们给国家谋福利。否则几代之后,贵族就会退化,再也没有用处。“大棒”体现在财产继承方面是征收遗产税,体现在头衔继承方面是贵族身份剥夺概念。如您所知,一个公爵有四代直系后裔可以继承头衔,伯爵有三代,男爵有两代,而普通贵族只有一代。法律逻辑很简单:如果不想让自己的后代消失在茫茫平民中,就应该努力以全心全意为国家服务或是造福国家来维持贵族身份。我直说吧——需要创下功勋。这样的制度,首先可以对贵族施以压力,以防其自然退化;其次,能让最有才华和价值的平民被招募入贵族行列,这对贵族阶级只会有好处,对国家的益处则更不用说。否则怎么能让至少一部分人群活跃起来？……当然,世袭贵族中也有人游手好闲、道德败坏、完全没有价值的人,但这些人只占一小部分;此外,还可以剥夺他们的贵族身份,所以我们贵族阶层的威信仍然很高。阶层分离加上贵族身份剥夺法是国家需求和社会各阶层利益之间的合理妥协，难道不是吗？您应该认同这项法律的正确性，三百年间没人对它进行原则性修改，这不是没有原因的……”

毫无疑问，普罗哈兹卡先生很高兴，继续满腔热忱地阐述着每个人在中学时代就耳熟能详的陈词滥调。幸好这位办公室职员的肺并没有受过专业的演说训练。他酡红的脸上遍布汗珠，话还没说完，喉咙里就发出了滑稽的嘶哑嗓音。他喘着粗气，挥舞着短小的手掌。他说，您看，法律是一种妥协，这不是任何人的错，不是每个人都必须为了社会的和谐付出代价，只有像您这样的人……

“我无意触犯法律，”访客平静地说，“我只是想知道我该怎么办。如果娶了我心爱的女人，就会剥夺儿子的贵族身份。除开我爱他、不希望毁掉他的未来，他也不会原谅我这样做的。”

“与您心爱的人维持事实婚姻。”官员喘着粗气给出建议。

来访者叹了口气。

“这是最简单的方法，但不是最理想的。您知道，这涉及亲人的意见、家族的荣誉……已经有人告诉我儿子他的出身有问题……最后，我自己也想结婚!”

“好吧，好吧。”普罗哈兹卡先生说，“所以您必须不惜一切代价证明您的贵族身份，是这样吗?”

“正是。”

“那请问,我能帮您什么呢? 这里只是个就业管理局,没资格分配不应得的特权。您为国家服务,就能得到回报。您是十等文官? 您的个人贵族身份已经确认,但世袭的权利……嗯,确实,您距离五等文官还有很远的路。您现在在哪个部门高就?”普罗哈兹卡先生瞥了一眼屏幕上访客的数据,“地方办公室? 这真是太糟糕了。如果足够幸运,您可以指望在辛勤工作三十年后达到目标……但您必须比这早得多,是吗? 那么我也没法给您建议,除非……”

“什么?”访客问道。

“服兵役。还是说……您不感兴趣?”

他微微苦笑。

“不是不感兴趣……虽然,老实说,也有这个因素。但问题不在于此。对我来说,现在考虑军事生涯已经太晚了,如果十年前能想到这点……”

“很遗憾,您十年前就应该把眼光放长远些。”高级长官的话语里有一丝指责的意味,“否则您应该已经赢得弗拉基米尔或斯坦尼斯拉夫勋章了。”

“以我的官职等级? 您怎么不说圣安德烈勋章呢!”

“我知道这很难,但也不是不可能。即使不在军队里建功立业,也要在造福老百姓的事业上闯出一片天地。要善于利用媒体,让更多人知道您的事迹,谦逊对此并无益处。您是富人吗?”

“是倒好了!”来访者不快地哼了一声,“我只是不穷。”

“有人脉吗？……哎，我说什么呢，如果有人脉，您就不会来这儿了……可惜。打个比方，如果您能为国家安排一笔数十亿的无息贷款，那一枚四级的弗拉基米尔勋章肯定稳稳地挂在您的脖子上了，自然还有世袭贵族身份。虽然没有勋章也可以拥有世袭贵族身份，只需君主一句话……”

来访者叹了口气：“我在地方工作，不知道怎么才能得到这类勋章……”

“一切得靠自己努力。寻找建功的机会。例如，预防人为灾难、阻止流行病，或者探索出世界性的大发现。想想如何用五片面包喂饱非洲的饥民。乘坐被驯服的北极熊到达北极。最重要的是——迫使他们谈论你。当然，以及谈论俄罗斯。让哪怕只有一个俄罗斯人感觉到，俄罗斯不是世界联盟一个无用的部分，并认为您的世袭贵族身份实至名归。如何？”

来访者徒劳地举起双手。

“很可惜，对我来说，这一切都是毫无根据的幻想。我只是地方办公室的一名职员，而不是什么驯兽师与开拓者……”

“好吧，那您就得为君主挡住恐怖分子的子弹，即使是普通人也会走运。”

“都这个时代了，上哪儿去找这样的人？我指的是恐怖分子，不是普通人……还是您建议我自己组织暗杀？”

“上帝啊！”震惊的普罗哈兹卡先生晃了晃他的短手，“您怎么会有这样的想法！我承认这只是一个不太成功的幻想,嗯……我甚至不知道能帮您什么。当然,我们可以看看有哪些空缺的岗位,但您也明白……"

"机会很渺茫。"访客点了点头,"我明白。无论如何,如果您不介意的话,我想看一看……"

"请!" 高级长官将显示器滑到他面前,"好吧……如果您对这个不感兴趣,对那个也是,那就压根一点机会都没有……我把这些收好。那现在还有什么可选的?……嗯,不多,我得说,没剩什么机会了。您不会想当曝气站的值班经理吧?"

"不想。"

"我也觉得您不感兴趣。虽然薪水非常丰厚……还有一份在为严重偏离社会的儿童开设的寄宿学校担任资深教师的工作……也不感兴趣吗?嗯。城市区域地面卫生检查员?不行吗?您说得对,以前这份工作只是叫看门人。好吧,接下来是一些竞争挺激烈的工作,让我们看看……新浸礼宗教会的牧师?也不行?青年俱乐部调度员?保险代理人?《青年寄生虫学家》杂志的助理编辑?不行吗?真的不行?"

"真的不行。"访客叹了叹气。

"是的,借助这些职位申请贵族身份难度很高。"普罗哈兹卡先生表示同意,叹气道,"除非行大运……但毕竟在您自己的地方办公室也会有好的机遇,不是吗?"

来访者做了一个动作,意思似乎是:是的,当然,但还没有遇到这样的机会。可能中头彩都比这容易。理论上是有可能的……但几乎是奇迹。

“难道没有其他工作了吗?”

“在坦波夫区域……唉,唉。请稍等,告诉我:您必须得在我们区就业吗?”

“我? 当然不是。”

普罗哈兹卡先生玫瑰色的脸上精神焕发。

“当然了,我怎么没想到呢? 马上就好……但您得在俄罗斯工作,是不是?”

“哪里都行,即使不是在地球上。”

“真的吗? 您把我的脑子都弄糊涂了,您应该一开始就这么说! 哪儿都行——这就容易多了。马上就好……啊哈! 您对文书工作很熟悉,对吗? 财务方面呢?‘巨人号’飞船有个随船会计的工作,您觉得怎么样? 这是一艘驳船,每班可载一万名移民。这份工作正好符合您的等级,可以吗?”

“嗯……没有别的工作了吗?”

“当然还有,殖民管理局之前还给我们发了一大堆申请表呢,但我想您应该不愿意签署在某个偏远星座的肮脏的洞里工作十年的合同……那就剩下地球太空舰队了。‘那哈里尼[1]号’轻型护卫舰需

① 俄语нахальный音译,意为“无耻”。

要一名审计员,合同期限三年,有单人船舱住,工资还不错,有绩效和额外的风险津贴……”

“风险津贴?”来访者退缩了。

“当然是风险津贴。如果哪里有娱乐津贴,我肯定会第一个去,嘿嘿……”

“请问,母国现在没有战争吧?”

“什么才算一场战争?”普罗哈兹卡反问道,“警察在偏远星球上出动是战争吗?维和行动呢?像往常一样:没有战争,却有人死去。”

“您在暗示什么吗?”

“不,这不是暗示。我本人完全不了解海军部对这艘护卫舰的近期计划……要是了解才奇怪呢。我知道这艘飞船是军用的,即使是在和平时期,有时也会发放风险津贴。怎么样,您同意考虑考虑吗?”

“您还问什么!我当然同意了!如果成功了,我将尽我所能地报答您。”

普罗哈兹卡先生哼了一声,突然咧嘴笑了起来。他陶醉在他对面前这个人突如其来、令他自己也惊讶无比的同情心中,心情绝妙,甚至表现出了一种慷慨:“之前有人用一些敏捷的小狗崽收买我,而我希望别人告诉我哪儿能采到好蘑菇。告诉我您最喜欢的采摘点,我们一起去采松露。等您回来,咱们和那只野猪王一起去。当然,您得成功返回……”

第三章　不是“那格雷[1]号”，而是“那哈里尼号”

三等车厢里当然不会散发出薰衣草的芳香，说来也怪，那个巴掌大的厕所倒是能正常使用。阿尔谢尼皱了皱眉，并不觉得惊讶。总有人喜欢在三等车厢过道的地板上弄出一摊水，原则上能骗过负责监督秩序的机器人乘务员。阿尔谢尼不知道他们是怎么做到的，只知道这是有可能的。游民的生活很枯燥，总有人想办法使其丰富多彩一些。

有意思的是，他们中许多人很有头脑，有机会成为高级匠人、技工甚至是工程师，过上更有尊严的生活，但他们不愿意，为什么呢？是对社会秩序的某种抗议，还是他们知道自己不会饿死，只是出于单纯的懒惰？

三等车厢总是位于车速为每小时五百俄里的列车车头，特等车厢则总是在列车尾。这并没有什么意义，因为如果电磁悬挂系统出

① 俄语наглый音译，与“那哈里尼”发音、意义相近。

现故障致使整列车翻倒,所有人都会落得同样的下场。如果列车在全速前进时发生碰撞,被撞成手风琴一样的头几节车厢并不足以实现减震。这种情况下,衣着整齐、举止无可挑剔的三等文官和在马桶附近方便的浑身虱子的下等人之间唯一的区别是,后者会立刻被压扁,三等文官会多活一两秒钟,因此,他甚至有时间意识到死亡即将到来,并为此经受恐惧……但他真的需要吗?

三等车厢就是个垃圾堆,是个兽笼,是一个普通人可以轻易被侮辱的地方。它的存在本身就是一种侮辱。大家都知道,如果发生打架或任何其他暴行,机器人乘务员会立即变成机器人警察:他会关闭通风设备,并在车厢内释放催眠气体。即便如此,斗殴和暴行还是时有发生。座位很硬,上面刻满了内容粗鄙、错漏百出的文字。还有那气味,那气味啊……尽管有通风,这里的气味还是一言难尽,永久地渗入了满是空洞的塑料座椅套里。

列车吱吱作响,摇摇晃晃,有什么东西在地板下持续发出钻头般聒噪的高音。风景在肮脏的玻璃后方飞驰而过,速度快到令人眼球作痛。即便如此,看风景还是比研究列车和乘客更令人愉快。尽管气味令人作呕,阿尔谢尼还是忍不住想吃东西,更想喝水。他舔了舔干燥的嘴唇,忍住了将手伸进口袋里摸钱的欲望,能有多少钱?离开售票窗口时,他就数过剩余的现金:不算小块镍币,还剩下两块帝国信用币和十六块俄罗斯卢布,够他在最便宜的酒店住一晚,但就买不了食物和水了……

他谎称自己并不穷，没有向那位圆润且富裕的高级长官坦白，自己其实已经找了很长时间的工作，但一无所获。雪上加霜的是，这几乎耗尽了他的全部积蓄，他已经所剩无几了。凭着自己的信誉从朋友那里借来的钱也已经花得精光。现在，他比乞丐都要穷酸，只能指望靠着新工作尽快挣点钱。也许能预支工资？

也许。

如果不能，那就糟糕了。

而且，最令人厌恶的是，这一切只能怪他自己。

阿尔谢尼咬紧牙关。他就是只变形虫，是只优柔寡断的蜗牛，是只赤裸裸的蛞蝓！现在的确是赤贫了！的确，他像其他人一样辛勤工作，当上了十等文官，这在三十岁之前是很正常的，是平均水平。他是个平凡的中年人，一个既没有积极性也没有野心、循规蹈矩的职员，然而，就算他有恺撒那般的野心，也敢闯敢拼，待在地方办公室也不会有什么大发展，除非如高级长官说的那样，再干个三十年……

再也找不到人借钱了，丽塔也不会借给他了。无论是国有的、私营的，甚至是地下钱庄，没有一个金融机构会发放免押贷款。一旦向政府申请了贫困补助，个人信息就会被记录在案，那就再也别想继承贵族身份的事了。这再正常不过了。即使这个人后来功成名就了，只要他曾申请过政府补助，都会被认为是个没有前途、自暴自弃的失败者，如同罗马的无产者。这会是一生的烙印，也别想什么仕途了。不被阶级法院剥夺本人的贵族身份就已经算好了——有过这样的先例。

阿尔谢尼用力咬牙,几乎要把它们咬碎。真是耻辱!他的生命仿佛无足轻重,自给自足且心满意足,既没有朋友,也没有敌人,仿佛活在真空里。他凭借出身得到了贵族身份,并不是依靠功勋。他太过懒惰,以至于无法超越自己;太过理性,以至于无法纵情生活。比起肆意挥霍生命,他更喜欢不疾不徐,并将之称为生活。工作、娱乐甚至是无聊都恰如其分。偶尔和别人小聚,但也从不酩酊大醉,懒得调情和闲聊,喜欢到林子里去采蘑菇。有自己的一片小天地,没结识任何益友。我确实是变形虫!甚至比不上纤毛虫,后者甚至能在水滴里迅速游动,鬼知道是为了什么。让人大跌眼镜的是,丽塔竟然能够爱上这样一个懒惰的原生质体,甚至无视亲戚们苦口婆心的阻拦,坚持要把孩子生下来。

今天已经做了些事情,开了个好头。想起自己冲去见高级长官的时候是如何的潇洒,阿尔谢尼笑了,要是能一直这样该多好!

紧接着,羞愧和耻辱感再次袭来。他是来求人给他工作的,就像个死缠烂打的乞丐!如果普罗哈兹卡并不爱采蘑菇,他肯定不会理睬他!下个过来的倒霉蛋会怎么样?普罗哈兹卡不会见到他们了,对吗?

高级长官说的都对,这是最令人沮丧的。不利用人类贪婪本性的制度在历史上是注定要失败的,但仅仅利用贪婪这一点还不够。

再加上野心，使上层阶级的特权合法化，尽可能防止贵族成为封闭、堕落的阶级——这就是解决问题的办法。谁知道这是不是最好的制度呢？但三个世纪以来，这种制度一直奏效，也没有出现严重的缺陷。贵族身份剥夺法还是发挥了它的作用——虽然贵族人数增长非常缓慢，但他们一直保持着很高的威信。有人问，是谁在混乱时期[①]将俄罗斯拉出了黑洞？正是贵族和那些不惜用性命换取贵族头衔的人，即使是那些最反对阶级划分的人也不敢否认这个事实。是贵族群体让帝国在三百年后有了现在的样子，如今，它已成为世界联盟最繁荣的一角。

因此，他们不乘三等座出行……

如果他们不得不坐三等座，那么错也不在别人，在他们自己。

有道理，但让人恶心。

"亲爱的，你还想要什么？童话里的桃源乡吗？"

不知何故，虽然有些苦涩，但如果不算他找到普罗哈兹卡并跟他说上话这件事，这个想法是这一天中最愉快的瞬间，阿尔谢尼有点欣慰。他还有最后一次机会，一旦失败，剩下的钱都不够他回家。无论如何，唯一的希望就是这艘护卫舰了……是叫"那格雷号"吗？

"不，不是'那格雷号'！"校官忍着恼怒责备道，"我们的护卫舰

① 指俄国从1598年留里克王朝终结到1613年罗曼诺夫王朝建立的历史时期。其间君主更迭频繁、政局动荡、民不聊生。

是'那哈里尼号',我建议您好好记住。不是'那格雷号',不是'阿哈里尼号',不是'利亚斯崴斯[1]号',请记住,也不是'奥特莫洛日[2]号',而是'那哈里尼号',记清楚了吗?"

"记住了,"阿尔谢尼温顺地说道,"请原谅。"

在三等车厢催眠气体的作用下,阿尔谢尼头昏脑涨,他不明白列车为何如此粗鲁地对待乘客,似乎这次既没人斗殴,也没人滋事……也许机器人乘务员已记录了一些大多数乘客都没能注意到的违纪行为,并做出了回应?也可能机器发生了故障,导致四十多名无辜的乘客永远陷入了沉睡。

很有可能。

虽然可能,但怎么能说他们是无辜的呢?缓过神来,阿尔谢尼对警觉的机器人感到恼火,又想了想:他们当然有过错,多么大的罪过。为什么要坐三等座旅行?吝啬?那就接受吝啬的代价。懒得赚哪怕至少能坐个二等座的钱?那就接受懒惰的代价吧。只是有点倒霉?那就得为,呃,也许是为愚蠢买单。聪明和倒霉是两个相互排斥的概念,聪明人只会偶尔倒霉一阵;一直不幸的倒霉蛋脑袋里装的不是大脑,而是……完全是另外一种物质。

阿尔谢尼还是觉得自己被冒犯了,但他也已习惯如此。

护卫舰舰长没在飞船上,而是在享受短暂的假期,当值的校官让航天器发射场的保安放求职者进来。校官很可能是懒得从船上

① 意为"放肆"。

② 意为"无畏"。

走到天体站后面的会谈室，阿尔谢尼认为这是一个好兆头，虽然他不得不自己穿过平台，跋涉到像教堂一样棱角分明、物资充足，且有大量尖锐凸缘的“那哈里尼号”去。

“这艘飞船原来不叫‘那哈里尼’，”校官声音柔和了些，“我们在通向马尔卡布星系的要道上与分裂分子作战时赢得了这个名字。那场战役中，我们的小飞船进入敌方旗舰的有效火力范围，并成功给敌方致命一击，为我们的胜局奠定了基础。在这场战争前，我们的轻型护卫舰叫‘谨慎号’——有点窝囊的名字，不是吗？完全不像我们。这回您知道，您有幸在哪艘飞船上服役了。”

“明白了，请原谅我叫错了飞船的名字。”

校官那未表露出任何情绪的蓝色双眼一直紧盯着求职者。

“叫‘长官’。”

“是的，我明白了，长官。”阿尔谢尼反应过来。

“您是文员，对吗？从前怎么叫来着——草包[1]？这是一艘军舰，所以您得适应适应。我们明天就出发了，所以您必须加快适应。您不会碰巧是个世袭贵族吧？”

“我正好是。”

“跟我想的一样。不过，无论飞船上的军官是否为贵族，对您来说，他们都是‘长官’。例如，我是个大尉，虽然不久前还是平民，但这不影响‘那哈里尼号’的等级制度。您记住了吗？”

① 军队里对文员的蔑称。

“是的,长官。我记住了,长官。但为什么是所有军官?……长官。比如说,准尉……”

“那又怎样?”

“能怎么样,长官?根据官阶表,飞船审计员相当于……”

校官惊讶地皱起发白的眉毛。

“这与审计员有什么关系?”

阿尔谢尼感觉自己马上就要卷进某个愚蠢的场景。他脾脏里翻江倒海。

“对不起,长官,但就业管理部门……”

大尉哼了一声。

“他们总是弄错。我们不需要审计员,我们要找的是军需员。一个初级职位,独一无二。总得有人来盘点床位、衬裤和其他东西。上一任军需员因病被免职了。您的官阶是什么?”

“十等文官。”

“那恐怕不合适了。”

“怎么了?”

“因为军需员这个岗位不是军官职级,也不是为您量身设立的。您也不想担任官阶表上没规定的职务吧。要是我们真需要审计员就好了……”

“您确定不需要吗?”阿尔谢尼低声问道,忘了加上“长官”二字。飞船的等级系统实际上对他起不到任何作用,他并非船员,将来也很难成为其中一员。

“肯定不需要。我们是护卫舰,不是战舰,没有审计员这种编制,还是说,您认为海军部会为您破例?”

阿尔谢尼没想过这些。他朝思暮想的完全是另外一件事。

“也就是说,如果我是一个十二等文官……”

“那您就适合了。”校官马上回答他,“但您现在是十等文官——抱歉,这不合适。如果是十二等就合适了。祝您愉快。”

“啊……”

“对不起,我很忙。”

“但……”

“有人会带您出去的。通信兵!”

阿尔谢尼漫无目的地在航空站周围徘徊了两个多小时,他已经习惯接受失败。他神游天外,用零钱买了一小杯代用咖啡。当突然想起什么时,他把剩下的钱倒在手上数了数,表情非常痛苦。即使是最便宜的酒店,他现在恐怕都住不起了。

一个小男孩正被母亲拖去停机坪,他看到阿尔谢尼的表情之后,令人气恼地笑了起来,真丢人。

阿尔谢尼环顾四周。人流与他擦身而过,他碰到的乘客和行人都在忙着自己的事情,但他感到每个人都在看着他,盯着他,每个人都在嘲笑他。

也许能抛开所有这些讥笑,像以前一样生活?他总能回到家,而且或许还没有被踢出原来的单位,尽管他的假期早已超时……

当然,但是丽塔呢?最重要的是他的儿子。对男孩来说,他仍然不是父亲,而是“阿尔谢尼叔叔”。会一直这样下去吗?

永远?

孩子将来长大,他自己垂垂老去,还只是“阿尔谢尼叔叔”,家人的朋友吗?有没有可能,孩子承认自己的父亲是这样一个混蛋,心灵却不会受到创伤呢?

不可能,绝对不可能。

观景台上有着最好的视野,无所事事的闲人花一点钱就可以通过功能强大的双筒望远镜观看飞船起降。阿尔谢尼选择了一个观察点观看“那哈里尼号”庞大的身躯和连接它的引道,一看就是几个小时。中途他去了趟卫生间,不得不再花一次钱。其余时间他都很专心,窃喜自己没有在平凡的文职工作中损伤视力。他看到另外一个求职者坐着自动驾驶汽车牵引的摆渡车向护卫舰出发,并以同样的方式返回。这也是个倒霉蛋。

通过望远镜当然能看得更清晰,但即使没有望远镜,阿尔谢尼甚至也能看出来,求职者表情极为不快。这也难怪,他找的是工作,对方给他的却是一块蛋糕。

没有其他求职者了,招聘信息显然已经被修改过。

巡逻警队盯上了这个在观景台待了好几小时的形迹可疑的人,

他们给了嫌犯一记警棍,做完指纹识别后带走了他。

“您要见谁吗? 去楼上的咖啡馆吧,虽然有点贵,但咖啡味道很好,风景也同样美。只对贵族开放。”

“谢谢您,”阿尔谢尼感激地说道,“我一定会去。”

警察解释说:“您现在所处的观景台是公用的,要小心,平民中什么人都有……”

“贵族中也一样,”阿尔谢尼说道,“比如说,像我这样不择手段……嗯,为了什么? 如果再这样下去,我甚至可能为了几个帝国币去抢劫,我得回家,哪怕是坐三等舱……”

“好吧,您知道这里最近的信息亭在哪吗?”

“在楼下。”

他脑海中突然闪现出一个想法,于是立刻责备自己为什么没有早点想到。既然无论如何都要去地外,那么……

平民因在体育方面取得杰出成就,从而获得贵族身份的情况时有发生! 虽然罕见,但也有过! 不,在地球上该领域没什么可指望的,因为这里不乏专业人士,但在外星……

信息亭对平民和贵族都免费开放。阿尔谢尼先是在终端机上调出记载着有人类居住的星球名录册,然后排除了那些最近才有人定居的,以及完全忠诚于母国的星球。如果哪个地球人能在某场传统竞赛中赢过未来的分裂分子——哦,这位地球人就可以指望得到地球当局的感谢!

筛选后,屏幕上剩下一半多的星球。阿尔谢尼调出每个星球的基础信息,并依次点入“娱乐、文化、体育和休闲”“体育”“非标准类型”版块,“团队竞赛”版块被他第一个淘汰。

那么……天涯星。居民们最喜欢的运动项目是远距离掷熨斗,熨斗用的是特殊的运动款。不行。新关岛星流行掷板凳,好的……泰加星是向靶子投掷通电的油锯。(他很好奇靶子是什么,但没时间看。)巴尔汗星是掷公羊(塑料仿品)和葫芦。上帝啊,怎么会有这样的投掷项目……深渊星是掷多疣头足类软体动物的鱼卵(注:比赛规定鱼卵重不低于五十公斤)。但是!在雾星,投掷的对象是原住民……

阿尔谢尼眨了眨眼,不自觉地调出了该星球的详细信息。他一边颤抖不已,一边了解到:首先,如果能确保自己有一个柔软的着陆点,雾星的准智能原住民对于自己被投掷就没有意见;其次,原住民生来具有移情的特异功能,他们在平静状态下像是个圆面包球,能够长出触手般的伪足,投掷时抓住触手,就像掷链球一样。出手前,原住民通过轻抚来唤醒触手(如果运动员手上被检出药物痕迹,就会被取消参赛资格),因此,通常取得冠军的不是最强壮的运动员,而是在比赛规定的一分钟内能够劝服“圆面包球”长出更长触手的人。

啧啧啧……

最重要的是,以上星球重力都不低于地球重力,指望不了当地人肌肉萎缩。阿尔谢尼没抱多大期待,看到了名录最末,发现了一项难以理解的“空中赛跑”比赛,并试图理解埃伯尔穆特星人创造的复杂得令人难以置信的智力游戏规则,但他失败了。

不考虑。

什么,吃了?好吃吗?

即使在某个有人居住的星球上能找得到适合的运动,又怎么去那里呢?去旅游?攒好几年钱去玩儿一趟?以防后悔,阿尔谢尼查询了登记在这个航空港所有船只的招聘信息,只有“那哈里尼号”上有一个职位空缺,但他的等级不合适……

等等!……

一开始觉得这是一个愚蠢的想法,阿尔谢尼花了五分钟时间再次确认了这一点。

之后他又回到了观景台。

他真希望时间流逝得快些,但事与愿违。暮色中,一位身穿制服、体格健壮的中年男士走向“那哈里尼号”,那派头一看就不是求职者,俨然是雇主。阿尔谢尼敢肯定,这不是别人,正是护卫舰舰长。

没有别人了。军需员一职是空缺的。稳妥起见,阿尔谢尼又等了一个小时,接着让值班人员为他接通了“那哈里尼号”。

“您好,我是求职者。”他简单介绍了自己,因不用视频通话而窃喜,并希望没人认出他的声音。

“不好意思,但我们要找的是军需员,不是……”

“我知道。”

“那我在这里恭候您的光临,他们会让您进来的。”

阿尔谢尼在去“那哈里尼号”的一路上都在想,刚才自己的反应就像个傻子吧？答案是肯定的。

“啊,又是您……”校官的声音里混合着不悦和失望。

“我同意。”阿尔谢尼声音沙哑,不像他自己的声音。

大尉眯起眼睛,“有趣,您同意什么?”

“担任军需员一职,先生。”

“是吗？同意盘点衬裤了?”

“是,长官。我同意,长官。”

“没用的。您同意了,但官阶表不同意。结束了。通信兵！……”

“且慢,长官……”

“您这是要干什么？通信兵!”

“长官,请您听我说。就一分钟,长官。”

“怎么?”冷酷的蓝眼睛紧盯着阿尔谢尼,“您还想说什么？官位等级？您看,等级啊! 彼得大帝定下的规矩我们可不能破坏。我们之前试过打破等级录用,需要我告诉您下场是什么吗？您快走吧,别浪费我的时间。通信兵!”

通信兵出现了。即使不是预言家,阿尔谢尼也知道等待自己的是什么。“带他出去吧。”校官漫不经心地朝阿尔谢尼点头,表示再见。船上有位无关人员——送这位无关人员出去。赶走这只无害也无用的虫子。

只有一句话的时间了,阿尔谢尼不确定这句话是否可以扭转形势。

“附则……长官。”

有那么一会儿,那双冰冷的蓝眼睛一眨不眨,满是疑问地盯着他。随后,他产生了好奇心。尽管有些不悦,但校官让通信兵在门外暂候。

“嗯? "他含糊地问道,“您又想出了什么办法?”

阿尔谢尼急忙说:“我记不清是出自二〇几几年的《纪律处分条例》……处于自动飞行中的军舰舰长不仅有权将下属从现役中除名,而且还可以暂时将他们降一个等级,以审查他们在地球上的个人案卷。长官。”

“嗯哼。”这位校官咬了咬嘴唇,“就算如此。然后呢?”

“为什么不对我使用这一条呢,长官?”

校官狡黠地笑了,“在录用您之前? 您疯了吗?”

“录用我之后,长官。假设我以审计员的身份被您录取,然后——必须在这之后,长官! ——此时才弄清楚,‘那哈里尼号’上实际并没有审计员这样的职位……但就在这个当口,我违反了纪律……比方说,我跟您起了争执,长官。然后摆在我面前的只有两条路:一是在我还在地球时离开这艘飞船;二是即使被降低一个等级,我也依旧在这里工作。不再是作为审计员,而是作为一名军需员。长官。”

“当合同到期后,您会要求恢复到之前的级别,并指责我们犯了弥天大罪,不是吗?”

“我没有必要责怪您,长官。并非所有平民都忘恩负义,长官。”

校官皱着眉头,哼了一声,挠着下巴想了一会儿。

“无论怎样,这还是违规。”

“极其微不足道的违规,长官。可以解释为一时疏忽,这样的疏忽在我们身边时常发生,长官。”

“好吧,就算如此……不,这简直是造假,我不喜欢……”

阿尔谢尼非常清楚,大尉最不喜欢的事就是叨扰护卫舰舰长。舰长会理会如此微不足道的小事吗,就算是有意违规?不知舰长和校官关系怎么样,他会向上级告密吗,他会要手段吗……

当然,有的舰长和校官相处极为和睦,这样的情况不在少数。

看起来,“那哈里尼号”上的情形就是如此。校官之前对阿尔谢尼大吼大叫,这会儿至少没有把他赶出去。阿尔谢尼稍微振作了起来。

“让我们试试……哦,等等!您是十等文官,十级官阶,对吗?”

“是的,长官。”

“这是行不通的。”

“为什么，长官？”阿尔谢尼极尽天真地问道。

他其实知道原因，在观景台上漫长的等待中，他早就想到了摆脱困境的办法，办法非常简单，遗憾的是，也足够荒诞。

“您怎么还在问！”校官的愤怒爆发了，“为什么？因为我们不能给您降一个等级，这就是原因！亏您还是文官呢！文官里根本没有十一等，我们还要怎么把您降到十二等！清楚了吗？通信兵！……”

“十一等文官确实存在，长官。”阿尔谢尼安静地说，“只是自十九世纪……或者十八世纪以来……总之，已经很久没使用过这个官阶了，长官。然而，也没有一部法律、法令或者通告宣布废除这个官阶。长官。我已经确认过了，长官。您也可以再确认一遍，长官。没有法律，只是文职惯例如此，长官，那么，您可以……”

“通信兵，快请这位先生出去。”

“我自己走，长官。”阿尔谢尼鞠了一躬，向门口退去，“不过，我还是请您再考虑考虑。如果出发前还没找到补缺的人员，就请派人去找我吧，我可能在航空站的观景台。祝您好运，长官。”

摆渡车没来接他——他不得不步行回去，沿着标记走，以免不小心碰到起飞或正在降落的飞艇排气管。

等待十分漫长，他很想马上睡一觉，吃点饭，再喝点小酒。饭店和咖啡馆二十四小时营业，香喷喷的气息很诱人，但阿尔谢尼决定继续耐心等待。有时他靠在操场的栏杆上打瞌睡，醒来时，目光像昏昏欲睡的猫头鹰一样朦胧,扫视四周后继续打瞌睡。他又一次被晃醒,又是警察吗?

不,未必。这次晃他的人一点也不粗鲁,甚至很客气。虽然之前认识的那队警察也许还没来得及换岗。

“干什么?”阿尔谢尼暴躁地问,“我不……”

“有人请您到‘那哈里尼号’上去。”通信兵迟疑片刻,还是加上了“长官”二字。

第四章　孜然面包干

十一等军需员阿尔谢尼·斯威斯图诺夫按照清单接管了飞船上所有的物资——储备的食物、水及其他饮品，以及成套的作业服和个人防护设备等物品。他注意到，有一些已经出现短缺的物资还未被列入注销单当中，于是先后三次——分别通过个人签名、指纹识别和DNA鉴定——检查了剩下的物资，切实履行他对船上物品的监管责任。

阿尔谢尼专心致志地清点着物资，并没有注意到飞船已起飞。反重力光束小心翼翼地将“那哈里尼号”提升到平流层，飞船里面的人几乎感觉不到超重。警报在主发动机启动三分钟前响起，阿尔谢尼缓过神后急忙去找自己的座位。有人告诉过他该坐哪儿，但他还没来得及研究飞船的内部结构，并没有找到位置。阿尔谢尼曾读到过，军舰工作区和生活区是按照最简单的原则设计的。该死的！这还算简单的！

“嘿,这边!”底舱的人朝着新来的军需员大喊道,军需员摸了下鼻子,只是为了确认此底舱不是他该待的底舱。“别来回跑了,下来吧,我这里有一个空铺位。”

“请问,”阿尔谢尼犹豫了一下,问道,“您是哪位?”

“不必对我用敬称。我是水手长费拉蓬·伽利略,我的姓很特殊。我知道你是新来的军需员,来,快下来。”

“啊……”

“快点!你觉得有人会等你吗?把嘴闭上吧,别咬到舌头了。”

当超重感袭来时,阿尔谢尼认识到了这样做的重要性。

“亚特兰特[①]号”距“那哈里尼号”十公里远,它正朝月球慢慢前进,占据了“那哈里尼号”的一大半视野。阿尔谢尼眯起眼睛,护卫舰似乎正扑向这个巨物。

“就像‘泰坦尼克号’一样,”水手费拉蓬讽刺地评论道,“‘亚特兰特号’总有一天会落得一样的结局,你知道那是怎样的结局吗?”

“我知道‘泰坦尼克号’的事情。”阿尔谢尼说道,惊讶之余,他再次问道,“但除了尺寸以外,它们还有什么共同之处吗?”

水手长哼了一声。

“精英总会有,不是吗?”阿尔谢尼听罢点了点头,“或者说,那些认为自己是地球精英的人——拥有世袭头衔的废物、印在名单上的

① 即阿特拉斯,希腊神话里的擎天神。

大亨、挥霍生命的浪子、纨绔子弟、镀金的废物。可千万别接触那些人！他们只想与同类人厮混，从不接触贫贱的平民。因此，为他们建造了豪华的甲板、酒吧、舞厅、赌场、餐馆，布置了奢华的装饰。还有穿着工作服的仆人。要是有哪个仆人不穿工作服，就是对主子的严重侮辱。"水手长咒骂道，"一句话，这艘飞船是为他们而建的，属于他们。但是！你认为飞船能挣到钱吗？"

"不知道。"阿尔谢尼耸耸肩。

"实际上，利润微乎其微。此外，在飞船的机械装置和头等舱包房的甲板之间，一定有一个厚厚的夹层，您猜夹层里面是什么？船员宿舍和杂物间？没错，但不只这些，对于像怪物一样的'亚特兰特号'，这些都用不上它百分之十的空间。那您说，夹层里面还应该有什么呢？"

"我已经很清楚了，"阿尔谢尼说，"还有一、二、三等舱吧，难道他们还要添个四等舱？"

"这三个就够了。顺便说一下，一、二等舱并不大，但三等舱——天啊，正是三等舱让飞船的盈利从微不足道提高到可以接受的程度。一共五千多名乘客！他们不是来巡游的，而是被招募的平民、携家带口的移民之类的人。甚至还有一个单独的区域，是为流放者和他们的看守准备的。很明显，不用说三等舱，就是一等舱的乘客也没有机会碰到'特等舱'的精英。各等级的舱位被严格隔离开。这是正确的做法，否则精英群体就会嫌恶'亚特兰特号'。这就是相似之处。只要有精英阶层存在,对这样的‘泰坦尼克号’的需求就不会消失,明白吗?”

“明白了。那我们在这里是为了什么?”

“为了什么?当然是为了寻求庇护。战争虽然早已过去,但在外域,时而会有小规模的海盗劫掠。我认为,没人会来攻击‘亚特兰特号’,因为它很强大,但以防万一,我们需要陪同护卫。此外,当灾难来临时,我们还要搭救乘客……”

“几等舱的乘客?”阿尔谢尼随即问道。

“三等舱。你在想什么呢?上层甲板有整套的小飞艇和小飞船等装备;三等舱什么都没有,而我们就在旁边……嗯,当然,如果事发当时,我们确实离得很近的话……”

阿尔谢尼粗略心算了一下。

“‘那哈里尼号’可容不下五千名乘客。”

“我也没说容得下啊!”水手长挑眉道,“连五百个也容不下。如果把所有人像鲱鱼一样挤进桶里,让他们只能站着睡觉,也许能容下三百个,顶多三百五十个。你知道我为什么会想到‘泰坦尼克号’了吧?”

“我们什么都做不了?”

“只能祈祷了,为他们,”水手长朝“亚特兰特号”的舷窗点了点头,“亚特兰特号”覆盖了月球,“也为我们自己。祈祷飞行能顺利进行。我想不出还有什么能做的了。我只能祈祷。”

“有用吗?”阿尔谢尼的疑问不无挖苦之意。

“到目前为止,还没有发生过重大灾难。你见过这样的庞然大物进入子空间的景象吗?尽管好奇吧,还剩一分半钟。”

时候到了,阿尔谢尼瞬间眯起眼睛——在他眼前,散发着冷焰光亮的巨大球体忽然在“亚特兰特号”中心膨胀开来,几秒钟过后,他意识到这只是一轮普通的满月。掩住月亮的飞船已经消失不见,没有留下任何痕迹或闪光。只留下清冷的月亮散发着平静的光亮,刚刚还不在的星星突然洒落。在离月轮不远处,是如烧红的炭一般的阿尔德巴兰星[①]。

“我们到了。”水手长说道,他伸了个懒腰,关节发出咯吱声。

“这么快?”阿尔谢尼焦急地问道。

“嗯。进入子空间是一件很平常的事,不会通知飞船上的人。”

“可我没有任何感觉?”

“谁知道你会不会有感觉呢。谁也没法预先知道别人会有什么感觉。有些人一点儿感觉也没有,有些人抱怨有轻微的不适,还有人会出现严重的偏头痛。如果我是你,我现在就吃片治头痛的药。”

阿尔谢尼服了药。

床、工作服、食物、垃圾……

酒类及提神的口粮。

---

① 指毕宿五。

衬裤。

确保储存条件,盘点,注销无用的旧物,为许多日常用的一成不变的必需品和材料起草请购单。

无聊至极。简直是个“百货商店”……

他的处境很糟糕。

“难道不把我介绍给船长吗,长官?”阿尔谢尼在护卫舰进入轨道后立即问道。

“首先,不是船长,而是护卫舰指挥;第二,没必要这样做。”

阿尔谢尼本来准备鞠躬——但他的问题让校官感到可笑。舰长是个大人物,但你是什么? 微不足道的虫豸,只会挖掘腐殖质。继续挖吧,最好别作声。

阿尔谢尼已经很久没有感到自己如此愚蠢了。他该感到高兴——他可是来到了星海之间! 事实上,他只是换到另一个地方苟且度日,谁说后面的一定比前面的好?

有更多机会改变自己的命运吗? 是的,也许多了一点。也有可能一辈子都在“那哈里尼号”做军需员,永远抓不住机遇,因为合适的机遇可能根本就不会出现!

如今的太空中,战争无处可寻。在和平时期,可靠的技术几乎没有给英雄主义留下任何用武之地。“几乎”一词让人听起来心存幻想,但如果发生意外,军需员能做什么? 及时修补一些东西? 他知道什么呢? 用他的屁股堵住一个流星洞? 一点都不好笑。此外,子空间中从来没有陨石。

而且最好记住，太空中的重大事故往往导致飞船和全体船员全军覆没，修复小漏洞可不是什么功勋。

还有什么？

收集舰长和校官的污点，并在返回地球时揭露他们的勾当？毕竟，每个人都在职权范围内徇私舞弊，所有人都是人，很少有人喜欢显得不合群，而且必须与领导同流合污，否则将难保自己的乌纱帽。在强烈的怀疑中，阿尔谢尼紧咬嘴唇否决了这个选项。不，这样无法保障自己的贵族身份——在“那哈里尼号”能做什么大的手脚？是，可以在登记册上做些手脚，在哪儿都能这么干。也许人们会感谢我揭发腐败，但却会厌恶跟我握手，就像对待犹大，跟他握完手得马上用肥皂洗手……这也对。

如果舰长、校官和部分船员打算抢劫“亚特兰特号”上的精英乘客并将他们扔进真空中，将飞船打造成海盗的移动大本营——哦，这就完全是另一回事了！然后，假设最终能戳穿恶棍们的阴谋，阻止他们的行动，并最终保全自身，贵族身份当然肯定能得到确认。但有什么理由去怀疑上司们会做出充满浪漫色彩的愚蠢行为呢？绝对没有。无论是护卫舰舰长还是校官，甚至是水手长费拉蓬·伽利略，看起来都不像恶棍。

太空中有海盗劫掠是铁一般的事实，它是战争和战后地区间冲突的遗留。在趋于平静的地外空间，海盗区域甚至不能称为生态圈,只是一个早晚都会被铲除的蟑螂寄生的狭缝。现在,弗林特们[1]和摩根们[2]现今招募的已经不再是鲁莽的寻财者,而是那些在规章完善的世界里全无晋升机遇或是甚至无法生存下去的人;那些法外之徒,愚蠢懦弱的人渣;以及那些持黑籍证[3],且意识不到太空劫掠的悲惨前景的蠢人。

一个履历清白的军人永远不会走这一步。人家衣食无忧,受人尊敬,在事业上步步高升,退休前大概率会获得个人甚至是世袭贵族身份。一个但凡有点理性的人,会错过受社会制度保障的稳定前途,而去选择不牢靠的机会吗?即使是再大胆的冒险家,制度也会迫使他为自己工作,并在其规定的框架内行动。

问题在于创造不了功勋。这个想法很绝妙,但不现实,去他的吧!能想到的范围内再没有别的了。这意味着得要等待事态出现转机?一年、两年……需要多少年就得等多少年。

并准备好抢在别人之前抓住这个机会。

顺便说一句,他以前从来没有做到过这一点,总有人抢先他一步。

他必须学会成为一个弹簧,有需要时得能屈能伸。一旦年过不惑,再想学什么就有点晚了,再想重塑自己就更晚了,命运已基本定

---

①《金银岛》中的海盗。

② 亨利·摩根(Henry Morgan,1635—1688),曾是加勒比海最著名的海盗之一。

③ 剥夺公民政治权利的文件。

了型。他不能永远都像孩童时那样懦弱和窝囊!

哦,他不想……或许会,或许不会。

但他难道不是已经踏上了这条路,起初是厚颜无耻地闯入了普罗哈兹卡这个妄自尊大,像个彩虹色泡泡的人的办公室,然后做出了未必是最好、但是出于自身意志的决定,成为“那哈里尼号”的军需员和世上唯一一位十一等文官了吗?

阿尔谢尼仔细研究完他保管的所有物资登记情况后,又花了两天时间研究错综复杂的供应细节,查看繁复的账单、凭单和发票,还有支出、损坏和注销单据。他必须一字不差地记住数不清的业务须知、舰队供应部门通告、和平时期和战争时期飞船军衔物资责任法,更不用说太空舰队章程了,这些文件经常明显相互矛盾,但阿尔谢尼也只能嘟囔几句发发牢骚。海事命令附则、专门释义、司法判例也不总是有帮助。由于一直使用记忆增强器,阿尔谢尼头痛欲裂,但他没再吃治头痛的药:宁可头痛,也强过变傻。

在飞船规定的可以自由支配的时间里,水手长费拉蓬会叫上刚上任的十一等文官喝上一两杯烈酒,一起掷骰子,最坏的情况是下国际象棋。阿尔谢尼痛苦地哼哼着回应他,非常小心地摇头,以免杯子里的酒溢出来:“我很愿意跟你玩两局,但实在不行,对不起。”

第三天,费拉蓬忍无可忍地爆发了。

“你在干什么,怎么跟个娘们儿一样磨叽?把文件给我看看。别哆嗦了,我又不会吃了它们!”

阿尔谢尼羡慕地看着水手长潇洒地处理厚厚一摞文件。费拉蓬把一部分文件扔到一边,像马一样喷着鼻息,抛出意见,诸如:“把这张单子放在一边,混日子的时候能用得上。”有些费拉蓬看得很仔细,有一张他甚至看了两遍,至少花了一分钟研究。然后他把那堆文件重新排好,从中挑出一半以上的文件:

“这些是你要签的,对吗?”

阿尔谢尼点点头。费拉蓬像变戏法一样,从变薄的文件堆中抽出两张。

“这两张无论怎样也别签。剩下的票据要么本身就没问题,要么是寻常的小偷小摸,没人会注意。如果被发现了,第一次顶多背个处分,也不会被记录进档案……”

阿尔谢尼急切地端详着费拉蓬挑选的两份文书。第一份标明“那哈里尼号”上共有两千包复合维生素,第二份显示“那哈里尼号”仓库里存放着十吨金田牌小麦面包干。这两份文书上已经有了校官笔触奔放的签名。

“怎么了?”好奇心驱使阿尔谢尼提问道,“如果我签了会怎样?”

“你想当冤大头吗?那就签吧,长官肯定会很高兴的。”

阿尔谢尼皱起眉头。费拉蓬笑嘻嘻地看着他,并不急着为他答疑解惑。最终,阿尔谢尼投降了:“不,我不明白问题出在哪里,感觉没什么问题啊……”

“没什么问题!”水手长哼了一声,“数量呢?护卫舰飞行时间不会超过一个月,船员一共才三十人,却需要十吨面包干,会不会太多了?还有两千包复合维生素?顺便说一下,不是只有一个盒子里装着无数小药丸,而是有四十八个这样的盒子。而且得留意,这不是顺带捎的商品,不然手续会大相径庭。根据文件,维生素是为船员准备的。你认为我们用得了这么多?难道他们想用高浓度维生素杀死船上所有人?"

阿尔谢尼耸了耸肩,"好吧,但如果这是针对长期航行……如果说,为了防止供应中断,校官要求储备食粮……"

"什么?在地球上?像面包干和维生素之类的东西供应会中断?这说的什么鬼话?"

"呃……那就是为'亚特兰特号'的乘客提供补给?"

"蚁群会为大象储存食物吗?'亚特兰特号'的船舱并非空空如也。伙计,你已经不会思考了。"

"走私?"阿尔谢尼恍然大悟。

"答案很接近了,"水手长说,"确实有单纯的维生素走私,你说到点子上了。你应该先研究我们的路线,然后再去查文件。我们与'亚特兰特号'同行,它的巡航路线是地球——新西藏星——苍穹星——虫群星——群岛星——地球。为什么路线是这样?我来告诉你:地球植物在新西藏星的土壤中成活不了。当地有一些可食用的草药,但那地方的兽肉也十分美味。我尝过那里的肉食,但那儿缺乏维生素。绿色植物中没有,岩蜥的生肝中也没有。地球会出口维生素,但出口关税——哎呀呀!”

“在当地合成维生素怎么样?”阿尔谢尼问道。

“有人试过,”水手长挥了挥手,“但企业排放破坏了生态环境,对当地生物危害巨大,而且处理费用高昂。所以新西藏星人决定购买维生素,这样更划算。他们自己也出售某些特产,并从旅游业中获益,日子过得也算舒坦。顺便说一句,跟我们的政府不一样,他们鼓励走私。”

“走私维生素,”阿尔谢尼说,“还有面包干?”

水手长舔了舔嘴唇。

“专门有一首关于面包干的歌。当然,在哪儿都能卖面包干,即使是在新西藏星,但卖不上大价钱。发票上根本没有用人类语言标明是哪种面包干。那居然是孜然面包干!我还告诉你,面包里面的孜然与面粉含量一样多。这是特殊订单,明白吗?就是如此。苍穹星有一片原始大陆,上面居住着土著民。有人说他们长得像人类,有人说不是。我们觉得——呸!在我看来,说红屁股的阿拉伯狒狒看起来像顶级模特,也比说那些土著人看起来像人类更像话。但这不是重点。他们正在进行某种灰色的货物交易,孜然对他们来说就是一种毒品。你明白了吗?他们从面包干里剔出孜然,我听说,为此甚至发明了一种专门的机器,将孜然填充到当地的黄瓜里——就是那里生长着的黄瓜,用那样的黄瓜招待土著人,在吸毒者处于毒品带来的欣快状态时,你想怎么愚弄他都行。什么?啊,是,孜然在苍穹星能成活。他们一开始试图在那里栽培孜然，但功亏一篑，在那儿长成的孜然与在地球上长成的孜然截然不同……他们也没能合成活性成分，尽管当地的投机者甚至是地头蛇一直都在招揽最好的化学家为他们效力，试图起码造出一个替代品……不过还得继续尝试很多年。而且，苍穹星严禁进口孜然，违者从重处罚。况且对你来说，这不是普通的走私，情况更严重。你要是再看也不看就在这张销毁过期面包干的票据上签字，就赶紧祈祷能尽快离开苍穹星吧。签了这张发票，你在地球最多被判三年缓刑，但在苍穹星可能就得在监狱终老。出狱的时候你都八十多岁了，成了个老态龙钟的秃子，你能想明白吗？"

阿尔谢尼点点头，问道："校官怎么签了字？"

"校官只是核准你的签字，你这个傻瓜！如果你签了字，你就是要犯，而他犯的只是玩忽职守罪，顶多受纪律处分。现在他在你前面签字，这实际上有违《物资供应条例》第一百四十一条。但由于当时没有军需员，所以校官会用《应急条例》第十八条来掩护自己。你认为，他会承担全部责任吗？"

"如果我不签呢？"

"正是……！"水手长露出胜利的微笑，"那既然货物已经装好，而且我们正在航行，如果校官想在新西藏星卖维生素，在苍穹星卖孜然，他会负全部责任。问题在于：你会不会闭上你的嘴？"

阿尔谢尼思索半晌，点点头。

“那咱们就是一伙儿的!”水手长乐开了花,“如果你不想惹祸上身,就不要冒险。不要白白给别人当了替死鬼,要明哲保身,懂吗?”

“我想问问,”阿尔谢尼若有所思地说,“您的上任军需员,他患了病……”

“他没生病,”水手长打断他,“他进监狱了。生病是官方说辞,警察一上船,这位老兄就在航行日志上被记录为罹病,一分钟后他就被逮捕了。这样,‘那哈里尼号’就保全了自己的声誉。”

“所以……”阿尔谢尼挠了挠后脑勺,“那上任军需员,他……”

“有他的份,虽然微不足道得可笑。但就他一个人进去了。你知道结论为何了吧?”

“寸步难行,”阿尔谢尼苦恼地总结道,“出路在哪儿啊?”

“那得你自己找,”水手长说,“我不会替你找出路的。咱们玩骰子吧,好吗?”

“我宁愿下棋。”

“那说好了,我走白子。”

下到第五步时,水手长埋怨道:“你的马下在哪里了?”

“在D4,怎么了?”

“你是在保护两个马吗?要发挥他们的作用啊,你该把马移到A5。”

“我欠谁的吗?我想怎么下就怎么下。我不在乎奇戈林[①]会怎

① 米哈伊尔·奇戈林(1850—1908),俄罗斯国际象棋棋手。

么走棋。如果你能将我军,就将我。”

水手长没法将军。下到第四十七步时,阿尔谢尼用一个卒将了水手长一军。

“再来一局?”水手长愠怒地问道,“要不然咱俩玩骰子吧。玩小点,一局五个硬币行不?”

“你想玩就玩呗,我可没钱。”

“我借你点儿,领完首月工资后还我就行。”

玩骰子时,水手长连赢了阿尔谢尼三把。比起触犯法律给自己惹麻烦,水手长似乎更喜欢从新人那里得到一笔数额不大却稳定的收入。如果费拉蓬从事走私,那么他会像其他人一样做些小本生意,最坏的情况下,也只有一小批货物会被永久没收。

“好了,你欠我十五块,别忘了!”

“我可不健忘,”阿尔谢尼打消了他的疑虑,然后船上响起了广播:“军需员,去校官那儿一趟!”

第五章 活 宝

“我命令你签字！……”

“我拒绝。”阿尔谢尼木讷地回答道，他害怕膝盖抖得太厉害，于是站得笔直。

“长官，在和平时期，根据《物资供应条例》第八十六条，如果军需员或其代理人拒绝异常货物上船，舰长将对上船的异常货物负全部责任。其余的事情与我无关，长官。”

“不，您看见了吗，舰长？”校官擦了擦额上的汗水，转身看向皱着眉头的护卫舰舰长，“他居然拒绝签字！他能一字不差地记住条例全文！您看到了吗，他根本不想服从！我们满足他的要求后他居然这样，这个十等文官！……”

“对不起，长官。我现在是十一等文官，长官。”

“那就更不用说了！您将因不服从命令而受到惩罚。”

“好的，长官。请您把命令一字一句准确地记录在航行日志上，长官。”

“还挺会打官腔!”

“您怎样说我都好,长官。请允许我去医疗舱治疗我的结痂,长官。”

“无耻之徒!滚出去!不,等等!您为什么拒绝执行命令?”

“我不想坐牢,长官。”

“为什么?!”

这听起来太疯狂了,阿尔谢尼忍不住笑出了声。

“我可以不回答吗,长官?”

“那哈里尼号”的舰长没能克制住自己,发出了窒息的哼声。校官的脖子因为衣领过紧被勒出了红斑,额头上再次冒出了汗珠。他被戏弄了——被谁?被这个军需员、小文员,这个吓得瑟瑟发抖的虫豸!

“我们一有机会就会把您打发走,这里不需要像您这样的人,您现在可以走了。”

阿尔谢尼行了礼,转身离开了。

费拉蓬·伽利略在底舱等着他。

“挡回去了?”

“我想是的。”阿尔谢尼绝望地挥了挥手,瘫倒在床上,“现在想想,也许签了字更好?”

“别犯傻,他们给你施压了?”

“他们威胁说要除掉我。我现在躺在这里想着:他们会怎么做?是要取我的性命,还是会把我扔到最近的港口?”

费拉蓬哼了一声。

“你告诉他们你不会告发他们了吗?”

“我说这事儿跟我没关系,不知道他们能不能理解。”

“别把他们看成白痴。他们不会直接动你,但会用一种能撇清干系的方式除掉你。明白了吗?”

“会闹到稽查吗?”

“然后他们自己被抓?”费拉蓬觉得简直可笑,“伙计,你没想明白。上司如果愿意,他们总是可以给下属穿小鞋,在军舰上这点尤其容易做到。但我再说一遍:没人会直接下手——你知道关于复合维生素和孜然面包干的一切,这意味着你手上有一张虽非强势,但具有关键作用的王牌,它在危急关头可以保住你的性命。他们会尽量不走极端,否则就必须把你灭口,之后再把谋杀伪装成一场意外,这会搞出一堆麻烦事。如果我是他们,我会如你所愿把你赶下船,也不会向你索赔分毫。明白了吗?我会让舰长或校官以外的人为你制造各种各样的麻烦。过一段时间,你自己——自己!——就会考虑,最好是终止合同并支付违约金……”

“我没钱付违约金!”阿尔谢尼跳了起来。

“如果他们扔给你一块美味的骨头作为交换呢?比如说,要是他们封给你世袭贵族身份呢?你会拒绝吗?”

“假设我不拒绝……嗯……”阿尔谢尼顿悟，蹿了起来，“你确定吗？”

“我什么都不确定，”费拉蓬断然道，“但如果我是他们，我会这么做。”

“可惜你不是他们。你凭什么认为我对继承贵族身份感兴趣？”

“小伙子，你真让我吃惊。难道我没长眼睛吗？你这样的人我见得太多了。作为一个普通人，看到跟你一样的人使出浑身解数想出人头地，有时候还挺有意思的……好了，这是你的事，我不会干涉。如果你愿意，我会趁机向校官暗示，让他们别给你使绊子，而作为回报，你得跟我玩五局骰子，好吗？”

“两局。”

“五局。”

“三局吧，你这个敲诈犯。”

“四局，你就答应吧，也没几个钱。”

阿尔谢尼一把接一把输掉了所有的棋局。当然，傻子才会想要赢。

几小时后，他被叫到驾驶室，看来“那哈里尼号”的舰长很少来这里，现在也不在，只有校官和当班的领航员在这里。

“我叫您来是为了……”阿尔谢尼一报到，校官就马上与他搭话。这位上司的面部没有流露出任何表情，但他的声音里透露着古怪的友好，“据我所知，您已经理清了所负责的舰载物资，是吗？”

“没错，长官。”

“嗯,那很好。现在请您列出一张费用单,日期为往后十天,把物资交给老水兵,然后就去‘亚特兰特号’吧。您有制服吗? 在仓库里翻一翻或者找别人借一件,把衣服熨平整……不! 还是穿这件吧。您必须看起来完美无瑕,明白吗?”

“呃……不太明白,长官。”

“您不明白我为什么叫您去‘亚特兰特号’? 这是一项传统。特等舱的乘客不应感到被冷落和割裂。‘亚特兰特号’的船长几乎每顿饭都和乘客在同一桌用餐,而且建议不当班的军官也这样做……但军官们从不这样,他们不喜欢。我们不得不确定轮次,鉴于这次是我们的飞船执行护卫任务,所以此项任务落在我们身上。从今天起,我们的飞船代表将在这片太空荒地中能找到的最上层的社会圈层中度过空闲时光。在接下来的十天里,就由您来担任这位代表。我对您寄予厚望。有什么问题吗?”

“为什么是我,长官?”

校官摇了摇头,“这不是个好问题,答案会使您蒙羞,您还是自己想想吧。”

阿尔谢尼咽了口唾沫。

“但请见谅,长官……我需要做什么?”

“尽情地吃喝玩乐,聊天调情。如果您是个赌徒,可以小赌怡情。跳舞、享乐、逗女士们开心,别忘记露出富有男性魅力的微笑,一名光荣的护卫舰军官理应如此……”

“但我只是个士官……”

“大家都认为您被贬职了。这亦真亦假,我们确实暂时将您降了一级。尽情撒谎吧,别不好意思。重要的是,您是一名贵族,衬得上他们。当乘客去新西藏星旅游参观时,如果有必要的话,您会担任他们的向导。以您的记忆力来说,这并不难。”

阿尔谢尼想了想。到底还是给了他最后的任务。他让他明白,除掉某位军需员是无关痛痒的事情——甚至没有隐瞒的缘由。他会确保多余的证人都滚开……即便只是暂时。但他一定会尽力让新西藏星向导的工作占用这个证人全部的时间!

哎,费拉蓬说的对!……可不是吗……也许,一切都是最好的选择。我们直说吧:一个在地方办公室就职的不入流的十等文官,在光鲜亮丽的贵族社会里待上几天,难道就能奢求结识有用的人脉?得想清楚,矿工移民可坐不起飞船特等舱……来了——美味的骨头。谢谢,我会笑纳的。

“什么时候,长官?”阿尔谢尼问道。

“越早越好,小飞艇已经在等着您了。”

“怎么会……长官?在子空间吗?

领航员发出一阵笑声,校官轻蔑地噘起了嘴,“您看看屏幕,我们两小时前就泅出了,换上衣服,马上出发吧。”

“你瞧瞧,”费拉蓬讽刺地笑了,打量着变装后的阿尔谢尼,“甚至还有穗带。你可一定要留意它,别让它沾到热餐上的酱汁。”

“你还给我讲上课了?”阿尔谢尼对着镜子咕哝着,边转圈边检查衣服上是否有褶皱。但这身正装就像为他量身定做的一样。

“在小飞艇上可别疏忽大意,”水手长提醒道,“那儿毕竟没有人工重力。据说有一名准尉差点无意中被自己的穗带勒死,还有一个人的穗带挂在耳朵上,场面很尴尬……快转过身来,让我瞧瞧。哼,真是拙劣。文官就是文官,一点军姿也没有。抬下巴,收腹,打直腰板,挺起胸膛,肩膀下沉。唉,我要是再训练你一会,你肯定会拜我为师!……”

“上帝保佑。”阿尔谢尼粗鲁地答道。

“以后你肯定会感谢我。虽然也许你每天都梦想着要杀我,但将来无论如何还是会感谢我。打赌吗?”

“我相信。”

“做得好……怎么又弯腰驼背了?肩胛骨!贴近!挺胸,背都要快驼成罗锅了!你的任务是别给‘那哈里尼号’丢脸,给巡游的乘客们留下最好的印象。”

“你自己怎么不去……为什么是我?”

“因为你和他们是平等的,而我不是。无论我戴怎样的穗带,我的脸上还是写着士官。他们有兴趣吗?我来告诉你:别忘了带好你的随身物品,我想他们不会每天晚上都派小飞艇来接你,顺便一提,到新西藏星需要五天……”

"为什么这么久?"

"泗出就是需要这么久。距离有点远,但时间在允许范围之内。这时候重新潜入就不合适了。现在我们在行进过程中,乘客们很无聊。没关系,你一定很快就会成为交际场中的核心人物,你不会是第一个……"费拉蓬狡猾地笑了笑。

"怎么了,"阿尔谢尼问,"这很这么糟糕吗?"

"你以后会了解到的。随身带着镇静剂,它能帮助到你。你要做的就是控制住自己。不要侮辱任何人,最重要的是,不要让他们看出来你认为他们是白痴。为捅伤和肢解自己的祖母而遭受谴责也比被大家认为愚蠢更容易让人接受。明白吗?"

"这并不新鲜。"

"哦,这并不新鲜,"费拉蓬容光焕发道,"你是自己意识到了,还是在哪里读到的?我很想知道你会怎么评价自己:聪明还是愚蠢?"

"我捅伤过我的祖母。"阿尔谢尼说完并走了出去。

阿尔谢尼的外衣上没有肩章,但他自信地以"那哈里尼号"准尉的身份出现在公众面前。阿尔谢尼非常慎重并克制地纠正自己的错误,即使准尉的军衔比十一等文官低,但准尉是军官,乘客对他完全是另外一种态度。

巨大的公用餐桌上,晚宴进行得很顺利——虽然没人叨扰阿尔谢尼,但人们都仔细端详他。这里的社交圈未必欢迎新晋贵族,他对餐桌礼仪一无所知,比如不知如何享用各式各样的佳肴,以及无所事事时应该把手放在哪里。阿尔谢尼捕捉到了尖刀一样锋利的目光。不犯差错和表现出从容的样子,哪个更重要?啊,也许遵循良好的礼仪,但又不那么拘谨,会更受人赏识……

椅子刮擦地板,发出声响。晚餐自然地变成了上流社会的招待会。饮酒和闲谈。仪表堂堂的侍者端着托盘无声无息地掠过,他们确实穿着工作服——费拉蓬没骗他!阿尔谢尼喝了一口起泡酒,思考着他是否应该加入这些无所事事的人的聊天。不,为时尚早。现在最主要的是平心静气,不要大惊小怪,不要惹是生非,要表现出军官特有的克制,要不经意地去听,显示出一种轻微的厌烦和对任何事情都上心,唯独对**他们**不上心的样子。让他们把注意力放在他们自己身上。

感到有坦率的目光注视着自己,阿尔谢尼认为还是走到边上好一点。

“长官,您不给我们评评理吗?”

阿尔谢尼敏捷地转过身来。

“什么事,夫人?”

阿尔谢尼判断,这位女士约莫四十五岁,也许误差至少有二十岁往上。

“船长告诉我们,去新西藏星要花整整五天的时间。请您解释一下,亲爱的阿尔谢尼——您叫阿尔谢尼,对吗?为什么要花这么长时间？您真的要做我们的向导吗？我们都很向往美丽的新西藏星……但要等整整五天！实在是太漫长了！我们都要无聊死了！”

阿尔谢尼露出一个专业太空船员的微笑，脱口而出道：“怕遇到陨石，夫人。”

“但他们向我保证过，‘亚特兰特号’有着优秀的防御性能，不会让我们遭受任何陨石的攻击！另外，我今天在舷窗边待了一个小时，并没有任何看到湮……湮……”

“湮灭。”

“正是！这是一个非常丑陋的词，不是吗？您能解释一下吗，为什么……”

“愿意效劳，”说谎就说谎吧，“由于‘陨石秀’太危险，护卫舰会在‘亚特兰特号’前方为它探路。我向您发誓，‘亚特兰特号’不会有事，而且我们也不会看到爆炸的景象，因为它们会被陨石盾挡住。”

“不能在陨石盾上造一个窗口供人们观察吗？哪怕是一个很小的窗口？不行？说实话，我一点也不了解您的职业。天体演化学——是指在某个时间驱逐某个人，对吧？驱逐谁？”她抓住了阿尔谢尼的胳膊，“作为一名军舰长官，您一定了解这些，您应该一五一十地为我讲清楚……”

“对不起，夫人，我现在是军需员，还不是什么军官。”

“您被降级了吗？哦，多么有趣啊！快告诉我，是因为什么？”

阿尔谢尼在世上最不想做的事，就是与这位蠢蛋推心置腹。但他低下头,微微鞠躬。

“如果您执意要听……”.

“各位先生,先生们!都到这边来,我们亲爱的导游想要讲些他自己的趣事……”

阿尔谢尼感觉自己的舌头有千斤重。“导游想要”!这里有谁关心他想要什么?

“请原谅我的谦逊,夫人……”

“原谅什么?”

“没什么不好意思的。伯爵,快来这里。亲爱的阿尔谢尼,这是我们尊敬的帕纳修克伯爵,著名氏族的首领……伯爵,您能想象到,这位年轻人曾经经历一场决斗吗?我希望是为了某位淑女?”

“正是,夫人。”

是的,而且是用牙签决斗。

“结果怎么样?不,不,您一定要告诉我!我喜欢浪漫的故事,它们让我对世界上还存在真正的男人心存希冀。所以请给我讲讲细节吧。您受伤了吗?”

“我被杀死了,夫人。”

还被火葬了。

“您真讨人厌,坏家伙!伯爵,别让他取笑我!当然,这个迷人又爱开玩笑的绅士不会承认,他打伤了对手并因此被降级……”

在供消遣用的教科书里是这么教育上流社会的傻子的……

“您参过战吗？我指的是之前那次与分裂分子的战争。那是一段可怕的时期！我当时只是个小姑娘，但我记得所有的事情……”

小姑娘！……你当时没有四十岁也有三十五了……

“我们现正位于通往马尔卡布星系的通道，女士。”

“哦，我看过讲述那场恐怖战役的影片！那神奇的特效让人如同身临其境一般！那声音，那气味！我发誓，我确定分裂分子战舰的碎片真的从我身边飞过！我甚至害怕地躲了起来。啊，马尔卡布星散发着苍白的光芒……您快讲讲，您是否参加了那场战役？”

“当然，夫人。”谎言再次轻易脱口而出。

“哦，快给我讲讲！我想知道所有的细节。您一定是在大型军舰上服过役？您是炮兵指挥官之类的吗？”

阿尔谢尼一边微笑，一边在心底暗骂。他的语句没有丝毫停顿：

“您说什么呀，夫人，在那场战役中我负责指挥一艘飞船。我们乘坐一个狭小、几乎不受防护的铁罐突破防线，接近了敌人的旗舰，我们的小飞船的最后一颗歼灭鱼雷在外部的托架上。喷射器被敌人攻击得千疮百孔。旗舰上不断发射出的敌军弹丸像沉重的冰雹一样向我们倾泻而下，我们必须得穷尽办法突出重围。机器人领航员最终失控了——我开得太猛，它晕船了。那可是机器人！然后我和两个英勇的飞行机械师……”

“他们叫什么名字？”

“不好意思?”

“他们叫什么名字?我亲爱的阿尔谢尼,您得告诉我们他们的名字,否则我们会弄混。机械师叫……”

“涅格江[1]和盖莫里泽。而那个机器人根本没有名字,它是个编号,而且倒下去的时候是没有知觉的。对我们来说,撤退已经太晚了,不赢就得死。”

“啊……当然,你们赢了?”

“不幸的是,我们没有。”阿尔谢尼不怀好意地笑了,“‘谨慎号’轻型护卫舰提前到达了那里,现在它更名为‘那哈里尼号’,我为自己能在上面服役而感到自豪。在那场战役第一次休战期我申请了调职。‘亚特兰特号’应感到庆幸,因为享有最高荣光的军舰正为它保驾护航。我可以向各位美丽的女士保证,没有什么能够威胁到她们的安全……”

“除了‘那哈里尼号’军官的傲慢,不是吗?我亲爱的阿尔谢尼,您太周到了,我都开始担心您了。”

“不用,夫人!我如何能允许自己……”

“不是‘如何’,而是‘何时’,”她在军需员耳边低语道,“吃完甜点后,我丈夫要打牌。但是,您飞船上英勇的机械师在哪里?他们被调岗到‘那哈里尼号’了吗?我想见见他们。”

“啊,夫人!他们早已安息,他们的追随者已与他们吻别。”

---

① 意为“无用之人”。

“您这个流氓！快承认您是出于嫉妒而跟我撒谎吧！一会见。”

当人们陆陆续续离开船舱，阿尔谢尼拽了拽“亚特兰特号”军官的袖子。

“小飞艇不来接我吗？”

“什么？哦，不。别担心，我们这儿有地方住。”

阿尔谢尼直到早上才住进他的舱室。

就这样，他开始了穷尽一生想要忘记的那段时光。规规矩矩地用餐、痛饮。上流社会的对话听上五分钟就令人生厌，让人头脑一片空白，头痛欲裂，不过也说明人类还是需要反思的，即使只是徒劳。在“上流圈层”里扮演着被人接受的滑稽角色，跳舞、调情，不是在这个人的床上就是上了那个人的床。

阿尔谢尼睡眠不好，做了很多漫无边际的梦。他梦见了计时器、决斗的见证人和行鞭刑者，一辆载着库瑞忒斯神[①]的马车，检察官的保护人与塔庙[②]的钟声，还有跳跃、护卫舰、仆从和响板。阿尔谢尼梦见了凶恶的游民、不负责任的马虎蛋和被他们叫来帮忙的粗暴无礼的流氓。他醒来时感到极度羞愧。[③]

阿尔谢尼洗了脸，刮了胡子，随后喝了一杯低度数的鸡尾酒，将自己的羞耻心锁在内心最深处。他在镜子前演练社交礼仪，编排精

① 古希腊神明，掌管音乐和舞蹈。

② 苏美尔的宗教建筑。

③ 本段每个分句中罗列的词在俄语中均为近音词，原文读来有绕口令的效果。

彩的故事,当然,只是编就大致的轮廓,把所有生动的细节留给表演时刻的遐想。到目前为止,他的想象力从未让人失望过。

“如果有人看出了破绽,”他忧郁地想,“他们会吃掉我,那些人什么都吃。”

有时,他也尽情嘲讽——人们都对他睁一只眼闭一只眼。阿尔谢尼发现,让那些话听起来出自他本身,无非是小事一桩——只需稍微失态即可。

“哦,您说什么呢!您是野蛮人,真正的野蛮人!霍屯督人[①]!我相信您的祖先会生吃人肉……啊,那个抽雪茄的男人是布莱克曼男爵,一个真正的社会名流。您不认识他?现在见不到多少这样的人了,到处都是堕落的人……他旁边的是詹金斯,是个十足的游手好闲之徒。您能想象吗,他正在挥霍他们家族的第五笔财产,我忘了这份财产属于谁,但他向所有人保证,他会一直挥霍到第十二笔……不,不,我们得去那边!您一定得见见他……”

阿尔谢尼被人抓着穗带拖去见下一个男爵、伯爵、退役上校、上流社会的风云人物、十足的游手好闲者或其他一些令人过目难忘的人物。令人沮丧的是,这里有丰腴的慈善机构主席,垂老的部长夫人,与其说由人体器官构成、更像是由假体组成的瘦骨嶙峋的老人,满身呛人的香水、喜欢谈论“当我还是个婴儿的时候”发生在马尔卡布星系的战争、而且在这场战争之前做了第一次整容手术的风尘女

① 非洲南部的种族集团。

子，挥霍父亲钱财的蛮横无理的黄口小儿，百岁的“木乃伊”——“我们圈子”门口名副其实的凶恶的看门狗，粘人的宠物犬，以及被像老鼠一样安静、总是担惊受怕的家庭教师驱赶的大声喧哗的孩子们……

乳臭未干的小孩儿们占据了酒吧，喝的当然不是牛奶。大多数人喜欢聚居地的特制鸡尾酒，一次喝两杯，嘴里含着两根吸管——只为寻求巨大的反差感。为了留存“那哈里尼号”的名誉，阿尔谢尼没有去“动物园”，那里并不讨百岁老人们的欢心，而是精心设计以供玩乐。不再稚嫩的花花公子们和气色年轻的老人们构成了“圈子”的独立子集。他们中很少有身材不标准的人。在这个社会中，人们像照顾自己一样关心他人。

阿尔谢尼狂热地想，费拉蓬要是在的话，一定会露出迷人的微笑，开始生搬硬套地胡言乱语。但不，他不会来的，他知道“泰坦尼克号”的一切……那么普罗哈兹卡！如果体形浑圆的专员看到这里的场景，他会说些什么？他是否会继续以同样的热情谈起公益话题？不，我想他的小胖手会轻轻一拍，喃喃自语：理想是无法实现的，泡沫总是四处飞舞，但也永远只是泡沫……正是如此。

专员还可能会说，阶级划分制度的好处不在于上层阶级本身，而在于那些被招募的人。更准确地说，应该是那些正使出浑身解数，试图挤进招募行列的人……

“我就是个很好的例子，”阿尔谢尼想，“我难道是社会的栋梁之材?这可真新鲜。”

第二天,他已经在倒数到达新西藏星的小时数,而不是天数了。这颗行星看起来还不像是一个圆盘,但至少透过舷窗能用肉眼看到一个小光点,它正随着时间的推移逐渐变大。

接下来呢?

结识了很多人,但他目前还没有吐过。这很奇怪。就算为达目的可以不择手段,但他的行动计划仍然八字都没一撇,这可不行。已经到了“亚特兰特号”的上层甲板,却不能想出抓住大好机会的办法,一定会遗憾终身。他咬牙切齿,疯狂地撕扯着头发,夜里埋在枕头里哀号。

一定要埋在枕头里,或戴上消音面罩。一定要悄悄地,不能让任何人看到,自己是多么自私的人!要想尽办法得到自己的贵族身份。而且必须保住性命,否则天天忙碌奔波是为了什么?

“要喝吗?”后面有人说道。

一个花花公子递给他一杯白兰地。

“抱歉。”阿尔谢尼摇摇头,强颜欢笑,“我喝得够多了。”

“我是西蒙·詹金斯,”花花公子自我介绍道,“我想您不记得我了,我就是你们口中的那个十足的游手好闲之徒,别惊讶,我不会读心术,我只是耳朵灵光。您介意离开这个混乱的地方,让我占用您几分钟时间吗?我有话要跟您说。”

“好的,但是……”阿尔谢尼无奈地看着周围。

“就现在吧,事不宜迟。”

“关乎名声?”

詹金斯微笑着说道:“关乎您的名声,阿尔谢尼,只有您的……”

“好,我去。”

“五分钟后在观景台上见,我猜现在那里没有人。我们不要一起离开,没必要让人看到我们聚在一起……”

第六章　愚蠢透顶

“就是说，您不是军官，”詹金斯透过白兰地酒液欣赏着洒落下的星光，心满意足地说，“尽管有人介绍说您是‘那哈里尼号’的准尉。我马上就知道您不是，但您到底是什么职位？”

“这并不神秘，”为掩藏自己的拘谨，阿尔谢尼尽可能漫不经心地耸肩，“如果有人喜欢把我当成一个军官——请便，我没有丝毫意见。但我其实是一名军需员。”

“您被降职了？”

“是的。”

詹金斯嘬了一口白兰地，舔了舔嘴，眯起眼睛，“您的用词不准确。您知道吗，有一句政治婉辞专门用来指恬不知耻的谎言。您休想骗我，很少有人能骗过我。您没有被降级，也没担任过军官。您最近刚刚服役，对吗？”

“您的依据是……”

“依据就是，我是个善于观察的人，从未看走眼。如果您是一名军官，现在您应该已经把决斗的见证者带到我身边了。我想警告您，不要鲁莽行事。我们的利益很可能相一致，所以不要急着做蠢事。您可以相信我，我口风很紧……好了，该您了。”

“如果……”

“如果什么？啊，我明白了！不，如果您选择闭口不谈，什么也不会发生。您选择把秘密藏在心底的话，我就去酒吧再点一杯白兰地。上帝保佑，我不应该威胁您，我也无意如此。让我知道您想拒绝我的帮助，我就会立刻忘记您，只要给我一个准信就行！”

“您要帮我？”

詹金斯点了点头。

“我不明白。”阿尔谢尼喃喃自语道。

“很简单。您仔细听我说。您无疑是一位贵族。在您这个年龄开始服兵役已经太晚了，但您还是走了这一步，为什么？又是为什么选择了外星呢？您期望飞黄腾达吗？我不信。您是逃犯吗？绝对不是。奢求发财？这一点都不好笑。那就剩最后一种可能了：您是末代世袭贵族，急需立下功勋。如果说您为了这件事，放弃了一个大有可为的职位甚至是官等，我也并不会感到惊讶。我猜中了吗？一个官等，是吗？……”

“我是一名十一等文官。”阿尔谢尼承认道，再继续缄默不语也没有意义。

“真的吗?”詹金斯打翻了白兰地,“该死……您其实是十一等文官?! ……”

阿尔谢尼没花多长时间就讲完了自己的故事。

“我想,您的贵族身份一定会得到证明的,”詹金斯说,“在我的助力下。”

“您是慈善家吗?”

“呵呵,那您有恋童癖吗? 咱们别再相互侮辱了……”

“那您为什么要做这些?”

詹金斯晃了晃杯子里剩下的白兰地,叹了口气:“出于无聊……”

阿尔谢尼忍不住笑了。

“您为什么说,事不宜迟?”

“因为下一分钟,我可能就想把时间花在别的事情上,而将您抛到一边了,”詹金斯客气地解释道,“祝您愉快。您是十一等文官,而我和每个堕落者一样,喜欢稀有之物。您引起了我的兴趣。幸运的是,您不是个傻子,并最终收获了一个有力的助手。我建议我们立即开始为联合行动制定策略……”

由于质量略小于地球,新西藏星的大气层略微稀薄,但氧分压[①]在正常范围内,游客不必使用呼吸面罩,除非他们想要攀登高峰。

① 大气中,氧气分子运动产生的张力。

新西藏星峰峦众多。按照聚居地的标准,三块大陆中只有一块的人口还算密集,其他两块大陆平均海拔超过六千米,雪峰耸立在平流层之上,了无生机。在土地肥力有限的狭窄沿海梯田上有三四个定居点,此外别无他物。狂怒的溪流在幽暗的峡谷底部咆哮,将人们拒之谷外;此外,这些峡谷经常会布下陷阱:滔天洪水、崩塌的岩块,以及顺着积雪的斜坡呼啸而下的雪崩。

最小的第三大陆缺少山地地形,可以养活几百万人,是个稳步发展的典型农业聚居地,暂时还不需要实施激进的移民法条。绝大多数居民是佛教徒和藏传佛教徒,每五个人中就有一个是僧侣。沿海地区的人们主要依靠大海的恩赐生活。经过几个世纪的育种,一些当地的植物已经可以食用,并且得到了改良。从地球上进口的牦牛群,以及一些适合猎食的本地小型有蹄类动物在广阔的高原上游荡。山间有各种野兽。在日照充沛的山坡上,种着转基因茶树。

敲了敲记忆增强器,阿尔谢尼继续往下读:一方面,该星球气候几乎没有季节性变化。如果想平平安安,就不要把这颗星球上的任何动植物吃进嘴里——部分物种具有毒性。另一方面,由于大量捕食性动物的存在,切记不要在海里游泳。这个星球的游客中心建在位于海拔三千米以上的内陆精神之都——达拉萨以南一百四十公里处,强烈建议在与移居者交谈时不要将达拉萨与地球上的拉萨相混淆。首都的建筑群让人联想到地球上中国西藏的古代建筑。

研究完地理,阿尔谢尼开始查阅星球的历史、神话、地方传说和故事。有些必须借助“西塞罗”程序,一些有趣的细节要自己编排。记忆增强器让他头疼,但一套故事已在他脑海中构思完成。

还有行动计划——几乎也已完成。

“您将因拯救‘亚特兰特号’上的乘客荣获勋章,而我会得到小小的满足,”詹金斯含沙射影地说,“新西藏星的山区恰恰就是你我可以各取所需的地方。这儿不会有遍布掠食恶兽的海洋,真可惜。不如来一场小型的岩崩?”

他的提案很有说服力。在危机时刻,旅游团将由某位十一等文官负责,尽可能减少外人参与,最好是一个也没有。在虫群星完全没有任何成功的机会——没有人会将游客放行到那片小行星聚居地上,莫非要让游客乘坐小飞船在宇宙乱石间遨游不成?而苍穹星,一个旅游业发达、相对繁荣的古老聚居地,那里一切都早已安排妥当,机会渺茫。群岛星呢?嗯。还是新西藏星看起来比较有希望……

“第一,这里才刚刚兴起太空旅游业;第二,如果我对当地人心理的预判无误,这里的旅游业在接下来的许多年里将始终处于萌芽阶段。专业导游屈指可数,单个旅行团人员规模会很大,完全不适合我们的贵族们;因此,一些下级军官将被要求充当向导,您必须让他们说服您去做向导。”

“他们已经指派我担任向导了。”

“好极了。您必须让十个或十五个最愚蠢且社会地位很高、最好还比较年长的女士加入您的旅游团。简单说，就是那些让您特别恶心的女士……”

“您不觉得恶心吗?”阿尔谢尼冷笑道。

“鱼可不能厌恶水，”詹金斯抬起手指反驳道，“尽管水有时的确会使它们感到厌烦。有时，鱼想试试飞入苍穹，或至少蹒跚于地面……聪明的鱼会设法做到的。得了，说正事吧！……”

小飞船降落在山顶之下、谷底之上的石阶上。阿尔谢尼带领大家沿着这条路走了半个小时，理论上来说，这条路是由洞穴城市的隐士们铺设的，但事实真相无人知晓，建造者很有可能只是普通的牧羊人。洞穴城市与隐士很有可能都未曾存在过，但传说就是传说，如果为其加上一点幻想元素，就会变得极具寓意和吸引力。

没有人知道洞穴城市的确切位置。很难了解本来就不存在的东西。阿尔谢尼说服大家检验一个假设，只是一个假设，没有别的。这里有一个峡谷，但别让游客看到它……再不济，至少也是一次对健康有益的山区徒步。同意吗？那里的风景真好！夕阳余晖多美！阿尔谢尼夸夸其谈。

他散布流言，讲述新石器时代山地隐士的生活方式，谈论尚未铲除的奴隶制度，不同氏族因为新娘和家畜被抢走而互生嫌隙，重要的是，在神圣的洞穴内部藏有数不清的宝藏，它们不是平庸的黄金珠宝，而是真正的艺术品、古代典籍和神秘的医学宝藏。谈到长生不老药,他不经意地补充说,那很可能是捏造的,当然,但是……而这个“但是”听起来意味深长。

它们在哪里? 也许就在下一个转角?

依旧空无一人……

他从来没有像这些天一样被迫说这么多话,到了晚上,他的舌头累到几乎无法动弹。而现在,他边走边讲着另一个传说,阿尔谢尼嘀咕着脏话,咒骂自己和詹金斯。他在哪儿?! 多么有深意的开端! ……

飞往新西藏星的三等舱的移居者当然只能默默忍受——飞船优先把“亚特兰特号”的乘客送到游客中心,这在阿尔谢尼看来完全可以接受,而大部分贫困的乘客在愤怒地谴责。“这是个窝棚,亲爱的阿尔谢尼! 是什么人……樵夫住的茅屋吧!”“是牧人,夫人。这里的高原上只有牧人和朝圣者。我们为什么不把自己当作朝圣者呢?” “但这太可怕了!” “太浪漫了,夫人,比起当地那些在旅店里被臭虫咬的朝圣者要好得多。”“呸,真可恶! 您快闭嘴吧,怪人! 不,我要求返程后立刻退款!”“您做得对,夫人,但现在请您微笑。您皱眉头时,我们肯定看不到神灵的正脸……”

阿尔谢尼继续讲述神灵的传说。神灵总是被描绘成以背示人的形象,只有周围所有人都感到幸福时,他才会展露面容。

自然,朝圣者要一直注视神灵的背影,但阿尔谢尼没有展开讲,也没有谈论佛教的本质,他对佛教几乎一无所知,主要关注的是肤浅的异国情调。这个方法颇见成效，詹金斯也配合得很好，所以最终有十几位年长的女士和两位老糊涂的老头聚集在阿尔谢尼身边，异口同声地宣称，他们不想要别的向导。

这是个互相信任、相处十分融洽的团队。没有危害团队的怀疑者，没有人处处惹人生气。

詹金斯非常活跃，他成功找到了三个同意为一小笔帝国币现金而扮演绑匪的牧人。准备好道具后，他递给阿尔谢尼一把装满麻药的小手枪。计划很简单：在一条山路上（傍晚，恐惧感，豺狼嚎叫）突然出现几个身穿皮衣、手持长矛和石斧的本地奴隶贩子，把包括向导在内的所有人绑起来拖到某个地方，扔到一个临时住所（牧人的茅屋）。恐惧、呻吟声、羞辱、臭虫。未来是无望的被奴役生涯。阿尔谢尼用打火石割断腰带（这块打火石是带在自己身上的），与匪徒交战，并击败三个绑匪。之后，迅速带领大家到等待已久的小飞艇上，起飞，救援，眼泪和鼻涕，向地方当局发出信号（要说明事故的确切位置，误差不小于五十公里），在获救的精英们一致坚持下，护卫舰舰长给阿尔谢尼颁奖，给予他世袭贵族的权利，不用再做固执的军需员，可以终止合同而不用支付违约金。这就是全部，以歌功颂德收尾。

有什么疑问吗？当然有。首先，阿尔谢尼对自己的演技没有信心。第二，他迫切地想思考出更聪明的办法，詹金斯的计划似乎很原始，甚至很愚蠢。“这很好！”詹金斯倒是欣喜若狂，“计划越是愚蠢,就越能发挥作用,我很清楚这一点。最重要的是,这是个好手段!我希望没有哪个老人受到惊吓……”

目前为止,比起恐怖更让人绝望的是寒冷。阿尔谢尼更换了外套袖口中的化学弹匣。山间炙热的阳光一斜向山脊背侧,气温立刻变得很低。空气显现出浓郁的蓝色,天色很快变得昏暗。巨大的冰冷蓝月悬在两座耸立的山峰之间,让人纳闷,它为什么要在悬这里,带来冰寒?此时此刻,每个人都想要取暖。

也许就在下一个拐角?是时候了,早就可以下手了。游手好闲的富豪们又累又冷,他们对徒步和爬山感到新奇。山里这群游客起初还热情地倾听着导游的喋喋不休,但他们的热情很快消耗殆尽。起初,他们暗示向导该返程了,接着干脆开始哭着抱怨——于是队伍不得不掉头返程,尽管也许离目的地就剩两步远。他们不生气吗?不过,游客们的确已经步履蹒跚,要是有人趔趄摔倒了,他永远也脱不了干系……

也许就在下一个拐角?……

起初,阿尔谢尼和詹金斯差点杀了对方。“得有多蠢才会弄错要去的峡谷!”花花公子喊道,气愤地揉搓着冻伤的耳朵。“我为他找到了几个真正的原住民——长相可怕极了,简直像大脚怪,不像人类!我还给了其中两人石矛,还给了带队的一根木棒!我自己削的!结果弄错了!我怎么也想不到,这颗星球上最傻的人不是森林里的土著,而是带游客爬山的导游……”

“你才是!”阿尔谢尼愤怒地喊道,挥舞着地图,“峡谷在这儿,是谁指给我看的?”“不是那个峡谷,你这个榆木脑袋,十足的蠢货!……”

他们争执了一场,一小时后,詹金斯来找他和好,他承认这可能是个误会,不应责怪任何人。然而,从他的表情可以看出,他还是坚持己见,只是希望游戏继续。考虑到大局,阿尔谢尼抱怨了几句后,迅速重振精神。是的,已经错过最好的时机,但也无妨。可能还有新的机会,只需仔细为其创造土壤。

阿尔谢尼没费多大力气就让疲惫不堪的、冻僵了的、大为不满的游客重新精神高涨。他灵光一现,开始向游客介绍一种当地特有的狡诈物种——不起眼的蔫蔫草,这种草通常会在日落时分悄然分泌一种能迅速致人贫血的液体,使人们在冷酷无情的自然面前失去抵抗。第二天,小飞艇将巡游游客送至“亚特兰特号”时,阿尔谢尼发现自己变得很受欢迎。他的追随者们都在称赞向导既谨慎又明智,多亏了他,他们才躲过一劫,没有死于严寒和毒液。由此得出,导游似乎从一开始就反对这场危险的山地徒步,而他们……怎么说呢,即使是老古董们也正襟危坐,试图让自己看起来像真正的冒险英雄,享受人群的关注。女士们咕哝着,颤抖着,咯咯笑着:“亲爱的阿尔谢尼,你就当自己被我们俘虏了吧,我们可不会放你走了……”

专程来接阿尔谢尼的小飞艇没有来。不难猜到,他们想让他全程担任导游,主要用意在于,在复合维生素和违禁品孜然从护卫舰船舱里消失前,让他离“那哈里尼号”越远越好。阿尔谢尼对此非常满意。

他的舱室这次成了他们的大本营。詹金斯不知从哪儿拿来了第二个记忆增强器,在免于社交的空闲时间里,两个人开始仔细研究苍穹星。

首先是旅游景点。

其中最主要的是,直到最近还被认为是自然保护区的一个叫作“石化木乃伊峡谷”的景区,这个名字很有吸引力。两百多年前,当不同的殖民者群体建立的几个国家开始发生争端时,昏睡射线——一种野蛮的古代武器,可以瞬时且无痛地杀死人类——射穿了峡谷,而峡谷底部有一条通往山口的道路,正因为如此,这里挤满了难民。人们都被石化了,就是字面意义上的石化。然后,奇迹发生了。

有人说,根本没有向“靶子”投入足够的“剂量”,也许是这样。但是,人类木乃伊并没有像其他机体一样,随着时间的推移而一点一点地腐烂,而是十年如一日地保持不变,没有遭受到落石和雪崩的侵蚀,以及文物掠夺者的破坏。他们依然保有生命迹象,但静止了近两个世纪——然后,两千多具木乃伊突然活了过来,把观光客吓得半死,使生物学家们陷入了窘境。他们中的许多人(不是指生物学家,而是指复活的人)后来将保护区的管理部门告到了法庭,要求被告支付自己手指的再植费用,它们被爱好收集纪念品的人硬生生折断了……

只有一件事是清楚的：苍穹星最吸引人的景点在三年前就已不复存在。这里留下了山地度假村、浴场和游客无法进入的类人原住民保护区，基本上就是这些。也没有办法向游客展示工业区。这是一个以奢华而时尚的旅游天堂闻名的星球，没有多少异国风情。在阿尔谢尼的印象里，人们现在飞到苍穹星为的不是四处观光，而是"打卡"，甚至可能不会走出小飞艇。

通常，人们不会走出酒店房间，而那些有闲钱的赌棍则是不会走出赌场。

詹金斯像被马蝇袭击的马一样摇了摇头说道："这个不行……那个也不行……"得用放大镜才能找到在苍穹星大展宏图的机会，可问题是现在还没找到这个放大镜。

第七章　石头对石头

“一人固然好，二人则更佳。”詹金斯边说边酸溜溜地瞥了一眼阿尔谢尼，好像在他看来，在这里的不是两个人，而是一个半。二人一同努力思考，却没有得出任何妙计。苍穹星度假区设施完备，那里的游客不会处于受人胁迫的境地。要是去保护区大陆呢？是的，通过联系一些当地的中间人，是有可能潜入那里；但在那里偷偷地组织一个小团伙，让野蛮的恶人们突袭旅行团，可行性很低。据说，保护区大陆的土著人极其爱好和平，除非他们食用了走私的孜然。在前往保护区大陆的路上和孜然一同被扣下，然后被关押在巨大的兽笼里仰望天空，直到垂垂老矣，没有人乐于接受这样的下场。简而言之，这个方案行不通，或者说代价非常高，高到连詹金斯也承担不起。

从正午到深夜，两人一直忙于社交，假装彼此互不相识，挤出睡眠时间一起制订计划。詹金斯率先提议制造一场人为灾难。至于是何种事故,几乎并不重要;当然,在发电站制造热核爆炸比下水道故障要更合适,但他们最终不得不摒弃这个想法。首先,这两个阴谋家缺乏足够的技能来制造一场这样的事故;其次,出于同样的原因,阿尔谢尼也不可能在救灾中大显身手。又是一场空。

“如果发生暴乱呢?”阿尔谢尼揉了揉头发,问道。

“什么暴乱?”

“让飞船下层甲板上的移民制造混乱。他们心怀浪漫的希望,但实际上有一半的人在迁居后的第一年就会死去……”

“这要看迁往何处。”

“绿洲,”阿尔谢尼解释道,“我对绿洲有一些了解,只要稍微加以渲染……”

詹金斯向他摆摆手,抓住他的衣领,在他耳边嘶吼,像条躁动的眼镜蛇,“休想!您去过那里吗?我是说下层甲板。我去过,那里像猪圈一样。在那儿待到第三天,我就会上吊自杀,但他们毕竟不是我。”

“他们安于现状吗?”

“恰恰相反,他们好比瓶中的精灵——只要瓶盖揭开,他们就会蜂拥而出!但我反对这样做,也不会给您机会。我不喜欢血腥和混乱。您是一时兴起才建议的,对吗?不再深思熟虑一下吗?”

阿尔谢尼很快就妥协了。在苍穹星的最后一夜,他没有参与任何社交,而是把自己锁在房间里,喝得酩酊大醉。詹金斯敲了他的房门,但阿尔谢尼没有回应。谁不知道这个世界上最令人厌恶的场景莫过于一个失败者在自怨自艾?阿尔谢尼和每个人一样清楚这一点。而且他知道自己就是那个失败者,一个无法继续乐观的毫无价值的失败者。他为自己感到痛心,用酒精麻醉自己。

此时此刻,他憎恨所有人,甚至是丽塔。难道她不知道她的意中人是个可怜的庸人吗?她知道!她知道!她觉得必须得怀孕和分娩才能迫使他真正行动起来。她认为这是激励怠惰的蠢材的唯一方法。而他做不到!他不是古时的大英雄,只是一个最平凡的十等文官,现在还被临时降为十一等文官这样滑稽的小官职。他无法创建功勋,毕竟没有受过任何训练!诡计、阴谋——这些他都还没有学会。他只会喝鸡尾酒,充当贵族中的小丑,是个可悲的笑话,即使被碾成灰也不足惜,没人会可怜他……

早上,阿尔谢尼脸色苍白,神情严肃,出发前往“那哈里尼号”。水手长费拉蓬看到他,冲他吹了个口哨,“瞧瞧你。看来他们把你折腾得不轻……脸色白得像蠕虫一样。怎么这么早就来了?”

“十天,”阿尔谢尼指着日历,“我们之前说定了。”

“也许会更久,”水手长说道,“怎么样,你成功了吗?为什么要摆手?不如意吗?”

阿尔谢尼摇了摇头。

“是的,”费拉蓬说,“有时会这样,一旦开始倒霉,就难以摆脱厄运。你今后准备做什么?”

“履行我的职责。”阿尔谢尼冷漠地回答。

“你觉得他们乐意看到你在这里吗?”

“乐意与否,与我无关……现在是什么情况? 维生素和孜然已经不在飞船上了,是吗?”

费拉蓬笑了,“那些东西已经没有了,但还有别的……好吧,你不需要知道这些。我说,快制定一个未来十天的支出计划吧……”

“我不明白。”阿尔谢尼抬起头来。

“我原以为你会更聪明些。无论如何你都得干。不,你不会被指定为我们在‘亚特兰特号’的第二任代表,这有违传统,但可能会有人诚心诚意地请求你去。你不会拒绝的,对吗? 我也是这么想的。现在就开始吧,我们还来得及玩一两局骰子,我去找一些新兵来,把你的穗带擦得锃亮……”

水手长说中了。在下一次子空间跳跃的前一个小时,阿尔谢尼登上了“亚特兰特号”的船舷——他衣着笔挺,精神焕发,已经准备好实施他和詹金斯能够想到的所有想法。

在白羊座α星系——长期以来,其橙色恒星被阿拉伯人称为“哈马尔”——存在唯一一颗有人类居住的行星,这里没有任何有趣的景点可供游客参观。这颗巨大行星的重力是地球重力的一点五倍,气候炎热,整个星球几乎被荒原覆盖,没有适合休憩的场所。南极附近的绿洲殖民地很古老,但也是唯一的一个。凭良心说,人类的扩张为这个星球带来的仅仅是一个接舷缆钩。

生物圈的彻底改造仍然只是幻想。在经历与分裂分子的长年战争后,地球对投资建设新的殖民地变得谨小慎微。如果移居者到达以后做的第一件事是试图独立,那么把母国整年的预算都用在给他们提供类似于地球的生存条件上,真的值得吗?宜居的生存条件总是伴随着定居者的涌入、贸易发展和可期的未来的繁荣。但众所周知,人们总是越来越贪婪。例如,他们正慢慢开始用多元经济取代单一经济。经济独立是个让人迷惑的概念。如果不能用简单的禁运来劝导殖民者,那么这个地方就不再是殖民地,而是一个孤岛。在地球及其他特定的地方行政部门的政策中,很容易找出一个简单而无可辩驳的理由:为什么母国要为未来针对自己的战争买单,难道是想要释放出那些为民族解放而战斗的英雄?未来的华莱士、玻利瓦尔和华盛顿们会像潘多拉魔盒里的魔鬼一样突然出现,在自己周围聚集一帮高喊口号的炮灰。

如果人们能够意识到他们只是炮灰,是所有这些赌徒赌博的筹码也好!……问题在于,他们永远也不会明白这一点。他们的星球在白羊座,这甚至具有象征意义。人们咩咩地叫,等着自己的羊毛被剪掉。

不,目前还轮不到玻利瓦尔们,而是由母国来剪。母国只剪下羊毛,并无必要把它们赶到屠宰场。此外,母国还关心羊群的繁殖,把自身过剩的人口抛进其中。甚至夹杂着一点儿饲料。

"亚特兰特号"无法绕过绿洲。有些人是按照合同要求去的,但对大多数三等舱的乘客来说,那里就是最终目的地,是一个缺水、遍布苦役、商业发展缓慢的新的应许之地。货舱中的某些商品也是被指定发往绿洲的。对延误心生不满的精英乘客们被安排前去参观龟裂地和沙丘。这个星球除了遍布各地的贫瘠土壤外,再也没有其他什么了。

虫群星就是另一回事了。它是白羊座α星系的第五颗行星,是一颗与木星十分相似的遍布条纹的巨行星,被一个由数百个直径从一公里到一千公里不等的小行星组成的粗糙圆环所包围。这些小行星呈球形,有棱有角,因相互碰撞变成了无数碎块,还有大量陨石垃圾。人们在被古时一场天灾撕裂的行星残骸上建立了一个巨大的矿场——在小行星上采矿虽然风险很大,但是利润也很可观。在第三大小行星的深层隧道中,在令人生畏的岩层下方一座被开采一空的稀土矿遗址上,人们建立了一个可防止陨石攻击的新潮的游客中心。

无畏的人可以乘坐电梯上到地表,通过透明的装甲帽观看微陨石与风化层相撞击产生的火花。大多数人都满足于在中央大厅或餐厅的巨大屏幕上观看这个场景,那使人宛如置身于破碎的宇宙岩块表面。偶尔会在特别明亮的闪光处爆发出积尘,人们不同程度地感到阵阵地震波——这标志着一块拳头甚至柜子大小的石头已经跌入小行星,并不复存在。

一艘小飞船大小或更大的陨石在接近飞船时被雷达探测到,并被引力束所偏转。经过精密的轨道计算得出,在未来十年内,小行星游客中心绝不会与质量过大的天体相撞,但天体的偏离或碎裂也许会带来问题。更长期的计算结果令人宽慰,只是没有那么精确,测量精度和运算能力都有所欠缺。

阿尔谢尼在绿洲上一无所获:游览行程十分短暂,哈马尔星像个膨胀的橙色气球一样在沙丘上空盘旋,地狱般的高温及缺氧迫使观光者使用呼吸面罩,而附近的两名飞艇驾驶员——没有建设性的计划,祈祷着能够撞大运。

然而,阿尔谢尼确实及时向一位因中暑和不适应过高重力而晕倒的老太太伸出了援手,将她抬上了小飞艇……但这有什么大不了的?如果一场沙尘暴、一帮当地的“贝都因人”[①]或长着匕首一样尖利的牙齿、嘴里的唾液直滴到沙子上的本地掠食者突然来袭呢……

即使是一条蚯蚓,只要它足够庞大和饥饿,能够攻击和吓唬人类就好!而且不必急于冲它开枪,等到它吃下谁的胳膊、腿(生物假体多一个或少一个对它们来说都是一样的),趁其余的人尖叫着逃走之前,用金属砸向这个生物就来得及。在这一切发生之前,顾客们还来得及做最后的告别。以防万一,阿尔谢尼把他从詹金斯那里拿到的麻醉安瓿换成了爆破弹。

人们无动于衷。连沙子也是寻常的沙子,不是流沙……

① 居住于沙漠的一支阿拉伯游牧民族。

他一直在拖延时间,卖弄着自己对这个星球的了解,编造一个比一个有趣的故事。原计划游览一个小时,他带着大家转了一个半小时,但这没有任何用处。

在“亚特兰特号”飞船上洗去满身汗水后,阿尔谢尼愤怒地咬紧牙关,对自己暗暗发誓。虫群星,他必须在这里尽己所能。虫群星之后就只剩终点站——群岛星,难道他非得苦等最后的机会吗?小行星上的半透明护盾就那么坚固吗?

“实际上,它几乎无法被击穿。”监控技术员回答了这个问题,“除非重量一公斤以上的石头以每秒五十公里以上的速度砸向它,才能将其穿透。但太空垃圾的速度通常都不高——毕竟只是一个小行星环,不会造成任何混乱。有过直接命中的情况,这就是它被撞击的痕迹之一。不用担心任何严重的损害,不会有的……”

技术员自大且袒护的口吻让他心生不快。

“有恐怖分子吗?”

“哪里,这儿?”技术员笑了,“从未有过。此外,护盾即使坏了,也丝毫不会影响系统的正常运转,设计师考虑得很周到。相信我,我们的系统是万无一失的。”

“不可能。”

技术员被激怒了。

“好吧,确实有极其低的可能性出现灾难。据计算,技术原因导致的二级及以上等级的事故平均每三千年才会发生一次。当然,是在忽视定期检修的情况下。但得有一块真正的巨石砸在我们的飞船上!”

“您经常定期检修飞船吗?”

“按规定完成。不好意思,我很忙,再见。”

“对不起。”阿尔谢尼说,“您说技术原因……那有因工作人员出错导致的事故吗?”

“任何地方都会避免任用傻瓜,这样的回答满足了您的好奇心吗?”

阿尔谢尼列出了实施计划会遇到的障碍时,詹金斯微笑地看着他,这个花花公子好像永远都不会气馁。

“等着吧,让我来行动。”

“有什么好主意吗?”

“我还不知道。您别站在这儿什么也不做啊! 快去大厅,可能已经有人在找您了。去周旋、玩乐、跳舞,去欺瞒他们吧。”

“那您呢?”

“我看看是否真的什么也做不了。再见!”

中央大厅的墙壁和天花板给人一种错觉,仿佛它们从岩层隆起,直至地表。不过一幅奇景正在人们头顶正上方缓缓拉开序幕。一个点缀着气旋“胎记”的紫红与黄褐交织、带条纹的球体缓慢地旋转着,在薄薄的行星内环里闪耀的金刚石碎块上投下了清晰的阴影。在静止的恒星之中,漂浮着虫群星豌豆粒般的卫星,它们的形态或圆润或有棱角，被橙色的太阳光不同程度地照耀着。太空尘埃构成的外环像条苍白的丝带一般，横跨整个天际。嘭！——传出间隔毫无规律的声响，在丘陵平原上的观众和近地平线之间瞬间爆发出闪光，快速沉淀的太空灰尘向上喷射。嘭！

“太壮观了，不是吗，亲爱的？”

“令人震惊！”

“太精彩了！”

“亲爱的阿尔谢尼，快到我们这儿来，您还没看见……哦，好一场爆发！您说，这不危险吗？把您的手给我。您能感受到我全身都在颤抖吗？”

“他感觉不到您的**全身**，亲爱的。”

“哦，请您留下来吧！……相信我，如果身边没有一个真正的男子汉，那就是在浪费生命……还会短命。看那里——那是真正的轰炸！一场战斗！如果陨石击中我们怎么办？我肯定会惊吓而死……”

“您不必有丝毫惊慌，夫人。我们的保卫系统十分完善，设施系统正在有序地运转，工作人员都具备很高的专业素养，设备也会及时进行日常维护。”阿尔谢尼挺直肩膀，“我亲自检查过。”

“您确定吗？所以您才耽搁了这么久？啊，您让我很安心……快看这边！多么沉重的一击！真正的炸弹！一颗地雷！死亡、爆炸、湮灭！公爵，快过来，我们亲爱的阿尔谢尼保证，不必惊慌……”

一切又重新开始了。阿尔谢尼非常肯定:今天能让游客又惧又喜、吸引他们目不转睛地注视的景点,到明天就提不起他们多少兴趣了,到后天就会成为一个相当厌烦的背景。他们尽量不让游客停留在一个地方超过三天,以免他们腻烦……

对一些人来说是很无聊,但有的人必须在三天内达成目标!

一切都很好,他梦见了丽塔。

她像一只美丽的鸟儿一样,拍打着翅膀飞走了;阿尔谢尼一路追随着她。他突然发现,飞行没有任何难度,也丝毫不费力气,只需用四肢疯狂地击打空气,加上足够迫切的心情,就能腾空而起。居然这么简单!没有压力,呼吸也变得轻松无比。喂,下面的人!你们这些小虫子、官老爷、十一等文官、耀武扬威的人,照我的样子做吧!什么,做不到?……那么你们的傲慢值几个钱,权力又值几个钱?每个人都有权翱翔,也有权飞到他人之上。嘿!心诚则灵,听到了吗!只需非常诚心,其余的东西会不求自来。难道你们只会做梦和羡慕,你们真正渴望的能力在哪里呢?唉,你们这群人……

丽塔消失了,他没能再看见她。他爬得越来越高,寒冷逐渐加剧,他开始在湍流中摇摆。有那么一瞬间,阿尔谢尼感到惊恐,意识到他完全无法控制自己的身体。接着,他看到了詹金斯,不知道为什么,他没有飞翔,而是站在床边,猛烈地摇晃着自己的肩膀:

“快醒醒!您还得干大事呢!”

“你是怎么进来的?”阿尔谢尼问道,没有意识到自己无意中用了“你”这个称谓,他皱了皱眉头以驱赶睡意。

“真是的,叫醒死人都比叫醒你容易。”詹金斯答道,“怎么进来的? 门锁断电了。应急灯以外的所有设备都关闭了,重力也消失了。你感觉到自己有多轻盈了吗?”詹金斯跳起来,垂直飞向天花板,然后开始像热气球一样慢慢降落。他笑了起来,“你还等什么,快穿好衣服,好事儿可不会一直等你。”

“是你关的?”阿尔谢尼找到了一件衬衫,反复穿了三次才穿好。

“是不是我有什么区别!”詹金斯表现出了不可思议的自满,“听我说,维生系统现在已经瘫痪,但我们还能脱离它生存一两天。糟糕的事在于:有一块约两百米宽的巨石正在向我们飞来,并将在三小时左右后到达这里,因为观测系统和外部引力器也已失灵……快穿上衣服! 你明白自己的任务了吗?”

阿尔谢尼慌张地系纽扣的时候,詹金斯道出了所有细节。那是一个普通的太空岩块,虫群星上有很多这样的巨物,之前它处在近轨道上,被列为潜在危险天体,人们一直都在监视它。一开始,它不构成任何威胁,人们只是想用重力波束将其拾起并置于另一轨道上,使其与这颗住人小行星相撞的风险从微乎其微降为零。之前已经执行过数百次这样的常规程序。比起实施紧急行动,陨石防御部宁愿做好预防措施。

故障发生在最不合时宜的时刻。系统一个接一个地瘫痪,重力波束全部关闭,但大计数器仍工作了一段时间。对太空岩块新轨道的计算结果令人恐惧。距离撞击只剩下三个多小时,撞击点几乎恰好落在游客中心正上方。撞击的能量足以使原矿井的拱顶坍塌,并彻底摧毁所有技术保障系统。后果是,远处被困在死胡同里的幸存者会羡慕当即就会死去的人,因为前者将不得不在黑暗中慢慢窒息而死。几乎不可能迅速开展救援……

“那‘亚特兰特号’呢?‘那哈里尼号’呢?”

“就算加大马力也赶不上。它们在虫群星外部,在宇宙的另一边。”

阿尔谢尼挠了挠头。

“你为什么要这样做?!”

“我做了什么?”詹金斯眼睛里闪烁着顽劣的欢喜,“你想想,我只是成功说服了大计数器的初级操作员!你认为他会自杀?他是个急需用钱的小丑,待在这儿百无聊赖。实际上,太空岩块从距地面一点五公里的空中飞过,届时我们可以欣赏到。那一定会是一道美景……”

“伪造的灾难?”阿尔谢尼顿悟。

“难道你希望有一场真正的灾难吗?别担心,没有任何风险,一切都经过了反复核查……快点,否则我们要迟到了。请记住,属于你的工作从现在开始。我是个旁观者,一个惊慌的游客。你的工作是人为地散布恐慌,并英勇地阻止这场灾难,你能做到吗?”

“我会尽力。之后该怎么做?”

“去应急井修复短路的电线。什么? ……这不关我的事,你要想,就去弄清楚,一个小孩儿都能搞定。事实上也无关线缆,系统应该会自动切换到备份系统,人们会以为软件中存在漏洞。这时初级操作员将运行模拟程序,明白吗?”

“大体明白。”阿尔谢尼坦白道。

“你不需要知道这些细节,只尽可能久地拖延时间,让他们效仿你爬到矿井里去。拿着这个。”他手中擎着一个小瓶。

“那是什么?”

“颜料,灰色的颜料,用它涂满你的半个脑袋。你从矿井出来,大家肯定会惊叹不已。届时,我怎么能不向上级请求他们奖赏这样的勇士呢?”

“啊……”

“在航行结束前,你会一直灰头土脸,但不会有任何闪失。我那位初级操作员会撕毁合同,然后悄悄溜走。过不了多久,人们就会弄明白这里到底发生了什么事情,但为时已晚。地方当局十有八九不想把事情闹大……你还在等什么? 快走吧!”

走廊。左侧是排布较密集的豪华房,右侧是零星几间超级豪华房,尽头是唯一一间顶级豪华房。应急照明灯异常微弱,让人难以适应黑暗。快跑! 撞开路上所有的门! 詹金斯自得其乐,幼稚地沉浸在自己制造的恶作剧和极小的重力中。他跳离地板,像只蟑螂一样沿着墙壁前进。阿尔谢尼大跳着飞行前进,尽量不让头撞到天花板上。中央大厅里的鸟瞰大屏已经熄灭,只有一个小型屏幕依然在运行,上面显示着一颗侧面发光的庞大星球,看起来像一张巨大的羊肉馅饼。行星内环发着光,其间悬着许多小型卫星。星尘散发着昏暗的光芒。

一个工作人员也没有。詹金斯眨了眨眼:这可以理解。工程师和技术人员无暇接待游客,而空中服务员要么躲起来了,要么没人有空叫醒他们。从方方面面来看,这都是好现象。

游客们赤身裸体地跑了出来,那些刚被吵醒的乘客发出不满的咕哝和惊讶的叫喊。

“亲爱的阿尔谢尼,怎么了?哦……我飞起来了!男爵,快抓住我……”

“乐意效劳。军官先生,请您解释一下,到底发生了什么事?这个古怪的起床号……”

“真可恶!”

“大概是演习警报吧。他们这些边远地方的人总喜欢捉弄我们取乐……”

“岂有此理!”

“我不知道各位先生的情况,但我要去睡觉了。”

“先生们,谁给这位女士拿件长袍,她只穿了件晨衣,一定很冷……”

“灯怎么不亮了？谁是这里的负责人？”

“各位先生，请听我说！”詹金斯的欢喜顿时消失了。他的演技堪称一流。阿尔谢尼敢打包票，他面前的这个花花公子现在的确十分绝望，他的额头在冒汗，下巴在抽搐。“我冒昧地叫醒了大家，是因为有些情况……”

“怎么了？”

“什么?!”

“女士们，先生们，请冷静！”阿尔谢尼用尖锐的假声喊道。他清了清嗓子调整自己的音色，“我想，大家没必要惊慌。我会找出问题所在，请各位都回到自己的房间，不要恐慌……”

詹金斯暗自赞许地对他眨眨眼。无论在何种情况下，“恐慌”都是一个合适的词，没有比它更能让人感到危险的词了。

“我们要留在这里！……”有人惊叫道。

“不，让我们自己去找找看吧！我们有权利知道等待我们的是什么，而他们无权对我们隐藏真相！”

“不，让这名中士去吧！各位先生，先生们！……让中士去吧！”

阿尔谢尼举起双手，示意大家保持安静。堵住所有人的嘴是不可能的，但至少得让他们听他说话。是的，他当然会去了解一切，肯定不会对“那哈里尼号”的船员有所隐瞒，他回来后会告诉大家全部情况。但前提是，各位尊敬的女士和先生必须镇定自若。骚乱不会使情况有任何好转，如果事态严重，只能使事情变得更复杂。一言为定?

詹金斯微微点头示意:做得好,一切都在按计划进行,你只需让他们处于适度的紧张状态,现在走吧,去他们看不见的地方溜达一圈,然后迅速返回……

阿尔谢尼做得更多:上到工作层,撞见一个面色阴沉的警卫,没被放行,但听到了他在说:“情况似乎很糟糕。”这位看门犬不清楚细节,但阿尔谢尼设法从他那里得到消息:整个系统都瘫痪了,其中也许还包括外部追踪系统。现在可以肆无忌惮地跟游客信口开河了,但最主要的是——阿尔谢尼有了一位目击证人。如果之后有人认真研究一番,有可能查明信息的大体来源,而阿尔谢尼自己编造了细节。他有个善于分析的大脑。当他嗅到可疑的烟雾从应急矿井飘出时,丝毫没有迟疑,认为应立即采取行动……顺便要不动声色地从詹金斯那里弄清楚,那个该死的矿井在哪里……

第八章　南极座σ星

詹金斯帮他更换了湿敷料。阿尔谢尼坐在“亚特兰特号”自己的舱室里低声咒骂。他全身伤痕累累、疼痛不堪，仿佛自己不是被人群，而是被大象踩踏了一样。

他被踩踏了。他说了什么？他顶着一张郁郁寡欢的脸向人群走来，以悲伤的嗓音讲述了小行星的事，劝大家祈祷，就是这样。是詹金斯说，只有让大家陷入惊吓，他才方便行动。恰恰相反，人群将贵族的体面丢在一旁，像狒狒一样向上层奔去……而某位十一等文官不顾一切地挡住了他们的去路。

这是一场令人沮丧的惨败，阿尔谢尼还在医务室待了两天。幸运的是，他没有骨折或受内伤，只有瘀伤，但是伤情也算严重。爬进某个矿井是不用想了。如果不是因为重力小，他肯定已经被人群踩踏致死了。

他从詹金斯那里得知了之后发生的事情。几名旅客在拥挤的人群中受了轻伤。情况本可能更糟,但詹金斯看到十一等文官躺在地上不省人事,于是迅速掌握了情况,并向他的操作员同伙发出信号,启动他那精巧复杂的程序——他照做了。据称,太空岩块这个罪魁祸首在最后一刻被成功移动到一边。这让游客感到非常宽慰,而对阿尔谢尼却没有任何好处。

詹金斯没有责备,而是同情起阿尔谢尼来。不过带着点居高临下的色彩。

“群岛星。”阿尔谢尼嘶哑地咕哝道。

“群岛星怎么了?”

“这是最后的机会了。我们还有时间来思考新的计划。”

詹金斯冷漠地耸了耸肩。

“你再想个办法吧。”

“我不明白……”

“我要退出这个游戏。”詹金斯解释道,“这是个无聊至极的游戏,我已经厌倦了。你弄混了地形,也不了解基本的心理学……不,我已经受够了。”

阿尔谢尼的声音比他想要表现出来的还要苦涩。

“你觉得我什么也不擅长?”

“可能只是你倒霉透顶。”詹金斯调侃道,“不过本质上又有什么区别呢?”

“我会把你花的所有钱都还给你,”阿尔谢尼急切地承诺道,“现在不行,但我会慢慢还……"

"这跟钱有关系吗?我很抱歉,但我不喜欢做无用功。我从未想过与西西弗斯互换位置,那是份乏味的工作。"

"但……"

"我无意干预,"詹金斯安抚道,"你去吧,我会在一旁看着。不要错失良机,我会是第一个向你道贺的人……"

至于他如何卑躬屈膝地请求詹金斯再帮他一次,阿尔谢尼后来回忆起的时候感到无比耻辱。但无济于事,詹金斯还是离开了。

现在他只能依靠自己了。阿尔谢尼咬紧牙关,吸收着大量关于位于南极座σ星中的群岛星的信息。它是最古老的殖民地之一……文明人口集中在各个岛上……亚热带气候,人们在广阔的大陆架上养殖海产品、开采石油,粮食和能源可以自给自足,旅游业繁荣,当地政府试图限制移民……没什么特别的。还有当地的传说……见鬼,太无趣了!……啊哈!从地球上看,南极座σ星相当于南半球的北极星,只是它太暗了……没关系,会顺利的,必须要讲清楚这些。确实不完全一样。需要一些关于有潜在危险性的地点的极为有趣的信息,需要有能吸引那些金玉其外的闲人的特别之处,好让游客们坚持、要求、乞求导游带他们去那儿参观。没有时间,也没有同伙去布置一场险遇,必须铤而走险……这颗行星能提供什么?海洋?咳。水量充足,但没有用处,几乎没有对人类有害的生物,也很少发生飓风和海啸……啊哈,有一大块陆地,由于某种原因被称为“汗陆”。他很好奇,为什么那些臭名昭著的“文明人”看中了岛屿而不是大陆? 也许是因为那里有“野蛮人”? ……

阿尔谢尼不解地挠了挠后脑勺。他露出微笑,有一种会行大运的预感——这不是头一次,但他之前所有的计划都以失败告终,现在不能再出错了。他不会重蹈覆辙。绝不。

完成了又一次既定的子空间跳跃后,“亚特兰特号”接近了群岛星。在瞭望层已经可以透过仪器看到两条岛链、像云一样密布在一望无际的大海上的岛群和轮廓不规则的陆地。一天后,他们顺利进入了轨道:第一圈,飞船飞越陷入黑夜的大陆上空。阿尔谢尼在五百千米的高空指出那些在一片漆黑中清晰可见的明亮圆圈:

“因为含轻质馏分[①],所以很遗憾,当地的沥青十分易燃。它渗入多孔的岩石缝隙,漫溢到地面四处,等待无雨的雷暴或人为疏忽,以伺机燃烧。届时将出现一个火环,除非途中遇到类似的火环,否则它会一直蔓延到海洋……看到那个‘8’字形了吗? 那就是刚刚合并的两个火环,而那些火弧是一个巨大火环燃烧后的痕迹——快看! 在它内部透着沥青的地面上已经生成了一个小火环。你们看到了吗? 看到了吗? 在那里! 那里也是! ……”

“您说‘人为疏忽’吗?”这位女士在发抖,“真有人住在这种鬼地方吗?!”

---

① 分馏石油等液体时蒸馏出来的成分。

并没有太多的信息描述曾经被流放到“汗陆”的各色叛徒和罪犯的后代,阿尔谢尼用灵感填补了缺失的内容。是的,野蛮人。只有蛮族才能在那里生存。食人族?很难说清楚,夫人,但不能排除这种可能性。您看,这片大陆的开发程度非常低,岛民根本不需要这里。大陆架上有充足的石油可供使用。当然,野蛮人必须以一些人肉以外的东西为食……或许是某些植物根茎。又或许,他们会捕捉飞虫或洞穴啮齿动物。我想他们做饭一定不缺火源……

大家都笑了,这是个十分成功的笑话。迷人的导游谦虚地笑了笑,讲完了他的故事,同时又插入了几句早已准备好的俏皮话。然后他补充了重要内容:

“很遗憾,我们无法近距离看到这些场景。我们此行不到汗陆。”

“为什么呢?!”

阿尔谢尼摊着手:我不知道。

在过去的二十四小时里,他一直在暗暗激起游客对汗陆的兴趣,只有在那里他才有希望。机遇只会发生在大陆,而不是一片祥和的岛屿上,这是肯定的。

阿尔谢尼有机会确信这一点。在亚热带天堂待了四天,那里有美妙的海滩,珍奇的树木,结着让人赞不绝口的美味果实;那里的阳光正午时分显现出白色,日落时分是黄色。那里只有愚蠢的对话和调情,即使自己撞得头破血流,也没有机会大显身手!

阿尔谢尼调动了所有的耐心,才没有离开“他的”旅行团。在工作时能说的俏皮话已经快说完,闲谈的笑料也被他用得快要枯竭。每过一天,编造故事的难度就增加一分。虽然阿尔谢尼与职业作家毫不相干,但他已经开始明白什么是创作危机。

任务仍然不变:要和旅行团保持亲近的距离,但别在人前晃来晃去;要和蔼可亲,但不能献殷勤;要做个机灵的讲述者,但不能喋喋不休;要有吸引力,但不使人厌烦。在任何情况下都不能失去魅力。不时还要装作无意间提醒大家大陆的存在。

四天的折磨。

航天器发射场。小飞艇。登上“亚特兰特号”。

飞船校官的传唤并不使阿尔谢尼感到惊讶。

“我要求您,不要带乘客参观不在行程内的地方!”

“好的,长官。但我并没有……”

“闭嘴吧,军需员!一群乘客来找我,提出要游览这个……‘汗陆’。令人遗憾的是,请愿的人中有宇宙航空公司的副总裁和殖民地事务部长的妻子。如果他们心存这种幻想,我不能剥夺他们被燃油弄脏脚的权利。但既然您也参与其中,您就去做他们的向导吧。现在就出发,旅行团在等着您了。我延迟了启程时间,给您安排一艘小飞艇,以及不超过一个小时的时间用来呼吸那里的瘴气。快去吧!”

阿尔谢尼敬了个礼,冲出了门。在他的心里,芦笛奏乐,夜莺歌唱。成功了！终于成功了！……

请再等等，胜利的号角马上就要吹响！

围墙圈外火焰连天。皮制的屋顶发出噼里啪啦的声响。在坑里，呼吸变得艰难，老妇人米娅娜剧烈地咳嗽着，但这里几乎感觉不到高温。伊艾抗议起来——为什么要让他像老人一样待在坑里，是因为他体弱多病，还是因为他还是个小孩？他很健康，而且已经长大了！他可以一口气将用展平的干树根做成的窝棚支撑架从一个居住圈搬到另一个居住圈，外加一个小水囊！加满水的水囊，不是空水囊！

真令人委屈。他们把他推入窝棚，让他坐在坑里。是卡尔下的命令，怎么能不听呢？首领可没闲工夫聆听别人的抱怨。当大火逼近外墙时，最好不要待在胡姆跟前，因为他肯定会赏你一记耳光，力度大到让人站不起来。首领没时间为每个人考虑周全，他必须当机立断，顾全大局。

卡尔，这个不怀好意的高个儿男孩敷衍说，这只是跟他开个玩笑——他执意要让伊艾明白，自己仍然是一个乳臭未干的小孩，就该和那个整天咳嗽、身上散发异味的瞎眼老妪一起待在坑里。而斯蒂娅不仅不让他走出窝棚，还把他推到坑里，他可叫她姐姐！她颐指气使的样子仿佛她是伊艾的母亲。母亲在世时总是言辞妥帖，可不会动手推搡。又有谁能一眼就找到一簇成熟的大地甘露？是斯蒂娅吗？还是卡尔？他长得那么高,连自己的脚都看不到！

伊艾或许是想和大多数男人一样在窝棚外忍受热浪的煎熬。难道他不是男人吗？难道他就忍受不了外面的高温吗？人们不久前去加固围墙,这样大火才不会越过围墙直接吞噬部落,至于因为灼热的空气而起的水泡,谁没长几个呢？疼一会就过去了,这是再普通不过的事情。

火焰呼呼作响。一道火环扫过居住圈。火势不大,但也不算小,是中等程度的火。火灾既是灾难也是福音。大地不断从自身之中为火挤压出燃料,如果燃料太多,情况就糟糕了。到那时,火圈变得大得多,火焰烧得更久,暴戾地啃噬着围墙,居住圈内窝棚的房顶冒着烟,水囊里的水在沸腾,身体虚弱的人即使身处窝棚里,也会死于高温和窒息。长者讲述着这样恐怖的故事,把祖先的智慧传给后人,但即使是长者也没有亲眼见过这样的场景。许多世代以前,人们就意识到,不仅要修缮好两个居住圈,而且如果迟迟等不到降下天火的云团,就必须自己点燃透出的焦油。

热汗使人眼睛发痛、身体发痒。无妨,雨季很快就会到来,皮肤会停止发痒,疼痛也会散去。伊艾此刻正在想着雨水从天而降的场景,想象一场真正的大雨,雨后人们就能轻松地呼吸,水囊都会被装满,他会在雨中笑着奔跑,直到一声响雷打断了火焰均匀燃烧的声响。

奇怪的是,雷声并没有停止。那天降的雷鸣并不似普通的雷声那样用力地咆哮,它来自上方,一直积蓄着力量,直到把所有生物都压入地下。一个妇人发出了惊恐的感叹。

接着,天空在轰鸣和嚎叫声中扑向大地,地上再也没有可以藏身的场所。

外面似乎有呼喊声,但人们的尖叫声被天空中可怕的轰鸣淹没。温度变得令人难以忍受,最终伊艾自己也因疼痛和恐惧喊叫出声。盲人米娅娜也大叫一声,突然靠向伊艾,力气大得仿佛一个年轻小伙,想和他摔跤。她将他牢牢压住,自己却不住地颤抖,栖栖惶惶,痛哭嘶吼……

一切仿佛持续了永恒之久,充斥着痛苦和恐惧的永恒。

伊艾像地洞里的虫子一样扭动着身体,从老妪米娅娜身下爬了出来。他知道她已经死了——仅仅是潜意识注意到了这一点,因为他对自己的烧伤都自顾不暇。尽管疼痛难忍,他还是感到震惊:窝棚消失了。

草原的火墙呼啸而过,将滚滚浓烟抛向天空。就像之前的无数次一样。居住圈救过很多人,窝棚和坑曾经都是部落人的“挪亚方舟”。谁会想到窝棚如今已经不见踪影,再也救不了任何人的性命了呢?

烧焦的身体蜷缩着,下巴抵在膝盖上。伊艾没有立刻认出来这是瘦高的卡尔。他现在看起来又瘦小又可怜,浑身散发着难闻的气味。伊艾找到了斯蒂娅、胡姆和其他人。只有一个和卡尔一样被烧焦的族人在完全咽气前微微颤动了一下。

从天而降直奔居住圈的东西没有名字,在广袤的平原上,还从未有过这种既能在空中飞行,还会喷火的野兽。

野兽的呼吸从内部烧焦了居住圈。大多数窝棚已经倒塌或解体,只有最远的一个还在,也正是烧得最旺的一个。火舌像活物一样在支架上灵活地窜动,珍贵的皮革被烧得烟雾缭绕。

有一群人从怪物敞开的肚子里走了出来。伊艾不知道岛民长什么样子,但现在他没有任何迟疑,断定这些人就是岛民。他们的到来改变了一切。世界已经崩坍,现在再也回不到从前了。

他不知道该怎么做。岛民用怪物杀死了伊艾部落的人,但也许他们并不是蓄意杀人?难道他们不会为自己酿成了这荒唐又可怕的灾难而悔恨吗?难道他们不想弥补自己造成的恶果吗?这些岛民很奇怪,关于他们的流言千奇百怪。谁知道他们能不能使死人复生?

第一个走出来的人是个英俊的年轻人,穿着奇怪的银色服装,皱着鼻子,用一种不像样的语言跟其他人说着什么。在整段长篇大论中,伊艾只听出了“臭”这个字。

他被发现了,但似乎没有人把注意力放到他身上。这名男子又开始新一段长篇大论。他显然对某些事情大为不满。窝棚里的一块皮革在他身旁被大火烧过的地上冒着烟,那人抬起脚嫌弃地踢弄起冒烟的外皮。

“不——!”伊艾疯狂地尖叫。

现在他对一切都了然于心。伊艾四处摸索着寻找武器。胡姆的标枪幸免于难,只是短枪杆部分被烧焦了。还有那把用来挖洞、猎杀洞穴中的野兽,以及挖出大地甘露的宽骨刀,也完好无损。以前伊艾从不敢妄想触碰首领的武器,但胡姆已经不在人世,逝者的财产属于活下来的人,继续为部落服务。

即使该部落只剩下一个人。

伊艾每跑一步都伴随着撕心裂肺的疼痛,他的整个身体都被灼伤。但他一定会跑到敌人面前,做他必须要做的事情。对付敌人别无他法。不,他不会选择从远处投掷标枪——他没有力气投掷。他会跑到他们面前……

一个岛民从口袋中拿出一个闪亮的小玩意儿。

伊艾不知道那是什么,就算他知道,他也依旧不会改变自己的行动。这些人玷污了最神圣的东西——皮革。他们罪该万死。逝去的部落成员的灵魂呼唤着他去复仇。

阿尔谢尼听到了后面女人的尖叫声,他没有犹豫。只是并不着急。让蛮族先挥舞他的长矛吧。要是被长矛划伤也无妨,但谁知道这些野蛮人——如果矛尖有毒呢?……

总算来了。终于成功了！妙极了。甚至没有必要设置险情——大好机会自己送上门来了。

跑到离岛民只有两步之遥的地方,伊艾突然飞向外墙。他并没有听到开枪的巨响。

詹金斯执意回避与阿尔谢尼见面。阿尔谢尼在僻静的瞭望层上找到了他。逐渐远去的南极座σ星变成了一颗其貌不扬的淡黄色豌豆粒,再也引不起任何人的兴趣。"亚特兰特号"准备进行最后一次子空间跳跃,返回地球。

"我都听说了,可以向您道贺吗?"花花公子无精打采地关心道。

"暂时还不用。"阿尔谢尼坦白,注意到詹金斯特意把对他的称谓换成了"您","但乘客们都在替我说情……"

"所以您的奖赏是理所应得的,高兴点儿吧。现在有头有脸的大人物都在为您张罗,而我肯定不会妨碍他们。毕竟,我听说您枪杀了一名嗜血的食人族,救了一群蠢货,是吗?毫无疑问,那个半死不活、浑身都被烧伤的小男孩儿会一口气把你们杀死后统统吃掉。"

"这是您的手枪,请您拿着。"

詹金斯表示拒绝。

"把它留给您自己吧……英雄。您当然不会朝自己开枪,但至少不要激怒我动手杀了您……"

"您的罪孽不亚于我。"

"是的,您把我变成一个罪人……上帝啊,您难道没有其他办法吗?"

“这是为了我的儿子。”阿尔谢尼低声说道。

“永远能找到借口，”詹金斯忧郁地说道，“但您敢告诉您儿子真相吗？”

“您又知道些什么呢？”阿尔谢尼冲他喊道，“您是否曾为了夺回本该属于您的权利而使出浑身解数，最后弄得满身伤痕？您难道不是生来就拥有一切？您简直在浪费生命！”

有一瞬间，他以为詹金斯会对他动手。他想要和他打一架。来吧，还等什么呢？赶快开始吧！

奇迹没有发生，詹金斯并没有屈尊。

“是，我在挥霍生命，”他边说边向后退了一步，以免碰到阿尔谢尼，“但我只浪费我自己的生命。”

“那孩子怎么都得死！”阿尔谢尼喊道，“他是蛮族，肮脏的蛮族！更何况还是他先攻击我！……”

詹金斯突然脚后跟一转，背过身去，什么也没说就离开了。

阿尔谢尼将滚烫的额头贴在舷窗上。也好……这位花花公子忍住没有说什么老生常谈的话已经很好了，诸如：无名小卒在贵族中也是无名小卒，虫子飞得再高也还是虫子。这是事实。

可以知道真相，但完全不必谈及它。

他总归还是会带着经证明的贵族身份荣归故里，最终和丽塔步入合法婚姻殿堂，也会让自己的儿子摆脱私生子的卑微身份。当然，也一定会还清债务，兑现与普罗哈兹卡先生的承诺——和野猪王一起去采摘松露,还有什么比这更令人向往呢?

阿尔谢尼猜想,詹金斯也许认为他是个卑鄙小人,但他不是。小人不会想要去忘记在汗陆上发生的事情,小人不会在乎这些。

不,遗忘是不可能的,但当然有出路,就是不要去想那些无论如何也无法释怀的事。

不必学习如何做到这点,它会自然而然地发生。最重要的是,要知道在任何情况下总是会有一条出路、一个出口、一道缝隙。

特别是对于微小的生物来说。

总是这样吗?

阿尔谢尼还不知道,就在一分钟后,他会不合时宜地想起,水手长费拉蓬曾说过,"亚特兰特号"有一天会以和"泰坦尼克号"类似的方式迎来终结。他更不知道,这个想法将在飞行结束前一直折磨着他,使他在夜里因心脏狂跳不止而惊醒,白日里因恐惧而汗流浃背,不得不待在疏散甲板附近,咒骂着费拉蓬,慨叹命运的不公。他还不知道,对骤死的恐惧会伴随他很多年,给原本幸福的家庭生活蒙上一层阴影。这一切遭遇都在等待着他。

同时——整整一分钟——他都在寻找一个新的内心平衡点,甚至对着自己投射在舷窗里的影子笑了笑,他感觉自己马上就会找到它。

(郑雪晴 译)

幼蛇

异星“孩童”现身地球飞船，与船员产生了非同一般的情感羁绊……

1

首先被发现的是御夫座人。

初次被提及是在环球电视新闻的紧急播报中，之后就是在匆忙赶制的科普节目里，播报员情绪激动得语无伦次，着重强调了御夫座人和御夫座流星雨之间的区别。其区别就在于，后者不过是辐射点位于御夫座的流星雨，而前者则被看作是高度发达文明的典型代表，他们位于银河系的广袤空间中，与御夫座的方向大致相同。

很难说得更精确些了。星际探测器“佩洛普斯号”曾被派往御夫座方向，并且已经飞了几乎两秒差距，但突然不明所以地发现自己回到了太阳系。在那里，它立即在所有可用的频段中爆发出恐慌的无线电哀号。从一片混乱的信号中，人们只明白，探测器的人工智能发疯了，因为它遇到了无法解释的事情。

拆解探测器得到的信息非常少。毫无疑问，探测器接收到了某个信号的片段，怀疑它是人工的，试图进行解密。而后，探测器记录到自己面前出现了一些未知的宇宙物体——只记录了它们的热辐射,因为雷达完全没有反应。如果这些物体反射的信号根本来不及到达探测器的接收天线,那么雷达还能做何反应呢?毕竟,“佩洛普斯号”瞬时间就被扔回了多年前它漫长旅程的起点。

要用何种方式克服这层壁垒,这个问题仍然横亘在地球的最高智慧们面前。而另一件事,则更加重要:按银河系的尺度,太阳系最近的邻域已被另一个文明所占据,而他们不允许地球人越界半步。不但如此,他们踢开航天器,就像弹飞爬到餐桌上的愚蠢蚂蚁一样轻松。而态度上的蔑视,如出一辙。

很多人已束手无策。但事实上,并非所有人都如此。无论多么令人惊讶,还是政治家抢占了先机。国家联盟申请并获得了资金,以建立隶属于人类联合政府国防总部的强大的太空军队。

有怀疑论者表示:做这些是何苦呢?如果对手明显更加强大,值得为此螳臂当车吗?近一个世纪以来,人类始终如此愚蠢,通过广播频段向太空传播功率达数千兆瓦的能量来暴露自己。如果我们的邻居并不完全是白痴,那么毫无疑问,他们不仅会注意到来自这颗普通黄色恒星的陡增的无线电波,而且已饱览了地球的新闻节目、肥皂剧、电视节目和广告。还有更糟糕的,这些自负的科学家,都是误解人文主义思想的蠢货,花着纳税人的钱,也不对他们负责,一再向心目中的兄弟[1]发送信息。那么您现在想做什么?逼全世界

① 用典自苏联科幻作家伊万·叶夫列莫夫(1908—1972)《仙女座星云》。

一起干,一蹴而就地扭转局势?这根本不可能。而且您也不可能为了对抗一些遥远的、尚且只是假设的威胁而放弃习以为常的生活方式。您能做到吗?您相信吗?哈哈。您自个儿好好看看镜子里的自己。至少试着对自己诚实一点。如果您说,在面前看到的不是一个冒进的利己主义者,那么您还是个满口谎话的人。

人们殴打这些怀疑论者,并强迫他们闭上嘴。挨打的人寻找膏药,疼得嘶嘶叫唤,羡慕那些只是被骂的人。在世界不同地区的集会上,好几个演讲者被愤怒的人群踩踏致死。这样一来,这些人再也没办法羡慕任何人了。

第二个是人马座人。他们的所作所为则截然不同。载人飞船"埃拉托色尼[①]号"几乎到达了奥尔特星云的外沿,在此遭到了外星飞船的袭击,他们收到了明确的命令,要求返航。为了增强说服力,一颗冰冷的小行星被外星人瞬间歼灭,被剥夺了有朝一日成为彗星核的机会。地球上的天文学家也记录下了人马座方向的爆炸。

"埃拉托色尼号"当然离开了。就此大可以撰写一部英雄史诗,讲述船员们如何驾驶着一艘仪器失灵的飞船回到地球,但这并不是重点。在重大事件面前,个人的困难就显得微不足道了:又发现了一个外星文明!

再后来,又发现了第三个,第四个……

多年过去,真相在大众的意识中逐渐累积:银河系已被瓜分殆

① 古希腊数学家、天文学家和地理学家。

尽。人类想分一杯羹已经太晚了。从前人们认为,只有自然法则可以限制人类向宇宙扩张;而现在,这个观点正被粗暴地痛斥。

只剩下太阳系……被困在保留地里,文明永驻于童年。沙盘[①]中,尘烦喧嚣……

"沙盘"军事化的速度惊人,但仍然达不到国防总部的预期。就在这时,对各行星及其卫星进行真正有效开发的时机到来了!战舰和军事空间站高悬在轨道,货运飞船来回穿梭。在遥远的柯伊伯带,军方正在测试崭新的毁灭性作战手段。怀疑论者的声音再次响起,他们坚信,蚂蚁再怎么尝试把它的颚变大、变尖,它仍然只是一只蚂蚁。尽管怀疑论者并不能否认太阳系开发的显著进步。

人类无法越过边界。所有和邻近文明进行谈判的尝试要么被拒绝,要么干脆被忽略。对于那些彼此共享最近恒星空间的外星文明来说,人类显然不是一个值得信赖的伙伴。

然而,入侵并没有发生。也许,从邻近文明的角度看,还没有合理的目的去证明手段的正当。一些理想主义的科学家提出了这样的观点:尊重心目中的兄弟,是任何高度发达的文明的普遍属性,并将地球解释为某种欠发达但未来可期的潜在的兄弟。军方和政治家将其笑称为"幼稚的孩童呓语",并认为外星人是在"相互保证毁灭"[②]的理论指导下维持着力量平衡,这只是为了防止任何邻近文明

① 文中指孩童玩耍的一种道具,与上文太阳系处于"童年"时期相呼应。

② 冷战时期提出的一种军事思想,根据该学说,敌对双方使用大规模杀伤性武器将导致双方的彻底毁灭。

将太阳系据为己有。一些智者声称，外星人的逻辑与人类迥然不同，我们永远也无法理解。也有阴郁的哲学家会谈论，自由意志只是表象。他们确信，外星人对人类的征服已经由来已久，只是没有人注意到这一点，因为人们总会盲目听从他者之言。曾几何时，危言耸听者定下了时代基调，高喊着入侵即将开始，敌人已蓄势待发，大家拭目以待。但年复一年，危言耸听者的观点不攻自破。实际上，又能准备、等待多久？永远？永远可是相当漫长。

无论如何，地球文明似乎被外星文明抛弃了。扩张受限，迫而寻求新的存在意义，邻域雄踞在侧，自感屈辱。在外，要建起防御的铠甲；在内，却陷入永恒的内部矛盾……

不过，我们还活着。

2

这是一次很寻常的航行。

这艘名字普通，叫作“维切格达014号”的运输飞船在月球—水星航线上进行了一次常规航行。飞船系统一切正常，船员们正在休息。惯性飞行阶段已接近尾声。

船长马克西姆·沃尔科夫正在和一件被汗浸透的紧身毛衣作斗争，他正试着把它卷起来，放进墙上的收纳盒里。他想骂脏话，但他把这种想法憋在了心里，因为他知道这绝对毫无益处。无论骂与不骂，降温都是不可能的事。从现在，到抵达水星，最终潜入行星阴影中之前，飞船内的温度只会越来越高，而他对此无计可施。

“简直是蒸桑拿。”随航工程师、机长的长妻芭芭拉嗓音沙哑地说道，“你早该脱衣服了。看你这汗流的。”

马克西姆也斜着眼睛看了看自己毛茸茸、满是汗水的胸膛，然后看了看妻子的胴体，同样满身汗珠，没有引起自己的任何欲望。

他点头表示同意，腋下“扑哧”作响。

“桑拿房有了，就是缺个游泳池。”

“冲个澡吧。”

“水太热了，再说，我们身上的脏水已经够多了。”

和所有短程飞船一样，“维切格达号”上排放的废水不进行净化，而是进行电解处理。根据现有的废水量，可电解的氧气足够返程所用。

“忍着吧，趁还能忍住。”马克西姆说。

“只是别把通风开到最大。”随船医生、船长的少妻卡琳娜踱步飘进控制室警告道。俄罗斯航天公司长期以来更愿意与船员家庭打交道，也乐于唾弃虚伪的道德观念。其好处显而易见，而其他的并不重要。

“知道了，知道了。”

他非常清楚宇宙气流的狡诈之处。在这儿，它们引起的不是一般的伤风感冒，而是一种不带任何浪漫色彩、极其痛苦，并且在失重状态下无法治愈的膀胱炎。马克西姆自己有幸体验过一回，他想不出有什么折磨比这更可怕。幸运的是，这次航行即将结束。运达，交货……任务完成。

他甚至治好了病，重返岗位，做了个体面的干部。算走运了。要知道，他们本可以找个法子随便治治，然后把他一脚踢开。俄罗斯航天公司，尽管名字听起来挺神气，但只是个无足轻重的合资公司,是国际航空航天控股公司的一部分,仍然只能在无利可图的领域混日子,只能做着某天收到大笔津贴的梦,只能在别人认为收益太少或风险太大的地方工作。公司能获得开发水星稀土矿的权利,只是因为没有其他人申请。

水星工事藏在地下。矿场的工作是轮值进行的。将金属运到货运飞船上,只能在水星的夜晚进行——而幸运的是,夜晚足够长。

与其他为飞往太阳系内环地区而设计的飞船一样,“维切格达号”的船体覆盖着多层反射材料。它碰到宇宙尘埃时的磨蚀速度简直可怕。每次着陆时,涂层上都布满了目的地的尘土——或是水星的,或是月球的。每次飞行后,“维切格达号”都要按照第十三级洁净度标准进行清洗,抛光表面,并重新喷涂涂层。

一直有传言说,公司要让水星飞船单次喷涂涂层的使用时长增加一倍,以缩减其维护开支。大笔一挥,便草草决定了。马克西姆不敢想下去了。目前,飞船涂层的整体反照率已经从百分之九十二下降到百分之八十九。而且情况还会变得更糟。再带着这种涂层航行一次……不如干脆别活了。

即使现在就像在桑拿房一样,但还可以忍受。尤其是光着身子的时候。

妻子们嘀咕着她们自己的事情。马克西姆在控制室里飘来飘去,漫无目的地盯着船载系统的显示器,尽量不去听她们在说什么。按他的理解,船长和丈夫的任务是一次性协调好所有问题,而不是在后来的每分每秒处理这堆琐事。他认为他已经算成功了。但起初,芭芭拉对他打算要第二个妻子感到非常愤慨。可是毕竟他并不想如此,是生活迫使他妥协的。老旧的双座船已经千疮百孔,接近报废。而“维切格达号”需要三名船员(如你心中所想:要求船员是家庭成员关系)。大儿子最近上了学,最小的儿子刚学会用尿盆。对于想留在公司的夫妇来说,选择基本上不多:马克西姆找个年轻的妻子,或是芭芭拉找个年轻的丈夫。

马克西姆本想忍痛选择第二个方案,但芭芭拉在大哭一通,并听了一千零一个爱的保证后,同意了第一个方案。

结果是:根本没什么好怕的!妻子们很快彼此相处融洽,生活的点滴之处变得更丰富有趣了。

从前景的屏幕上看,水星表面坑洼不平,残缺不全,像是从地球上看到的亏月。一轮巨大的太阳被系统自动调暗了,除了光线有些刺眼,没什么别的异常。再经过几个小时的酷热折磨,飞船会调转方向,尾部对着行星,开始制动。随着一股电离氙气从喷口中喷出,重力恢复,舱壁剧烈振动……“维切格达号”将潜入行星的阴影中。这将是一种幸福。

系统发出刺耳的滴滴声。马克西姆迟疑了半秒钟,才明白这特殊尖鸣声的含义。这是最罕见的信号之一:雷达探测到了处于飞船危险距离内的外来物体。

在看似拥挤的太阳系中,空间仍然相当广阔。一颗不构成威胁的微型陨石,没什么大不了,有多少都不可怕。但是,碰上一块能严重破坏飞船,甚至能被雷达探测到的石头,就很罕见了。即使在近地空间,现今也没有这么多垃圾。

“抓紧了!”马克西姆对他的妻子们喊道,自己则抓住了他手边最近的把手。接下来就是等着自动规避装置奏效了。

确实奏效了。飞船猛地抖动了一下,但并不剧烈。马克西姆本以为要比这猛烈得多。他觉得,即便没有这个步骤,也不会发生什么灾难。计算机无疑是绝对谨慎的,哪怕碰撞的概率只有百万分之一,也要降到零,确保万全。

新的报警声响起了。

飞船又抖动了一下。

见鬼,这到底是什么!流星群吗?在这个区域?完全是胡扯。可能性几乎为零。

但如果事实摆在眼前还不相信,就太愚蠢了。宇宙给人的惊喜总是出乎意料,而且这些惊喜只分为三类:糟糕的、很糟糕的和糟糕透顶的。

“只有一个!”芭芭拉喊道。从她的位置能清楚地看到飞船雷达的屏幕。

“胡说八道!”马克西姆吼道。

“我说,只有一个。是个直径大约半米的圆球,反射率为百分之九十八……啊!它正向我们的航线靠近。”

又是一阵抖动，比之前的更强烈。马克西姆的手指被把手勒得很痛。

“难道它是在调转方向不成？”马克西姆已经忍不住了。

“没错。”芭芭拉平静地说。

“识别成功了吗？检查一下。”

“已经检查完毕。数据库中没有类似的物体。”

“明白了……”

其实马克西姆·沃尔科夫并没有真的明白了什么。人造物体？在这儿？为什么会在这儿？

他扶着把手坐到座位上。系好了安全带。那么，我们现在能做什么？

在他看屏幕之前，他就明白他的长妻不是在开玩笑。这种玩笑太愚蠢了，而且不合时宜。而屏幕显示该物体正在缓慢接近“维切格达号”，飞船的计算机也糊涂了起来，推诿着自己的责任，询问下一步采取什么行动。

等一下……

马克西姆慌忙思考起来。飞船仍在常规航线的范围内移动。稍微修正一下，就会回到最佳轨道上。想要远离这个身份未知、纠缠不休的东西，就意味着要计算一条新的航线，透支氙气，而且，最重要的是：要多花几个小时，甚至一天的时间，才能潜入救命的阴影。

这意味着什么,众所周知。前年,由于控制系统故障,“日兹德拉号”炸毁了。它暴露在太阳辐射下的时间过长,使得本计划用于水星矿区的水在水箱中沸腾了。船员们没能排出蒸汽。这艘船就像一个过热的蒸汽锅炉一样爆炸了。

碰碰运气?

可以。但如何保证这样做后这个东西不会再纠缠我们了?

“它在向我们移动,但速度逐渐放缓了。”芭芭拉声音木讷地说。

“明白了。”

一方面,速度放缓是好事。无论是地球的还是地外的武器,都不会有这样的表现。如果“维切格达号”是一艘战舰,那这个外来物体早就灰飞烟灭十次了。中央作战前线机组成员向你问好。另一方面,如果外来物体明显有侵略意图,那么“维切格达号”也早已不复存在了。

毫无疑问,“维切格达号”正被一个外星物体追捕。这个无法识别的物体不可能是任何来自地球的东西。

与之类似的还是有的……比如俄罗斯的第一颗人造地球卫星。这个未知物体和它同样,是个亮闪闪的圆球,只是没有天线。马克西姆在显示器上调出一个放大的光学图像。没错,这是一个球体……在太阳的斜照下,它状似月牙,逐渐升高,漂浮在“维切格达号”飞船上方。被照亮的一面闪烁着耀眼的光芒。

马克西姆的思绪仍在飞速运转。向地球发送无线电?还是向水星？对,但这有什么意义？从水星得不到什么帮助,从地球甚至连个建议都得不到。然而……如果最坏的情况发生,得让人知道。

“转告所有人:‘我们正在观察一个疑似人造的小型物体。’”马克西姆的长妻发出指令,“就这些,没有别的。”

他不想用张皇的悲号惊扰电波,这根本无济于事。就这样做——简洁而有尊严。就像将一封瓶中的遗书沿着将沉的船舷送入大海。

3

“你还是去洗个澡吧。”在这一句话里，卡琳娜的语气从同情变成了不容置疑，“作为一名医生，这是我的坚持。”

马克西姆像是抽搐似的大口呼吸，如同一条被疯狂的厨师活活烤死的不幸鲤鱼。如果没有妻子们的帮助，他几乎无法脱下那件滚烫的衣服。

错在他自己：他进入了外太空。总共只待了五分钟，最后的两分钟就像受刑一样痛苦。

这么做是出于求知。尽管马克西姆知道，在那份肯定会要求他提交的详细报告中，他会写上“谨慎”或“预防”。就这么做吧。怎么写跟怎么做并不矛盾。当这颗闪闪发光的球接近“维切格达号”，速度减慢，几乎要贴上飞船表面时，应该做什么？愚蠢地等着？

不可能。他心里没办法接受。如果不能明确证实危险，就必须触碰未知。接触后对其进行研究，理解其原理。人类文明就是在此基础上成长起来的，从南方古猿到太空时代的人类都是如此。对未知的恐惧很强烈，但好奇心更为强烈。求知是一种赌博，有可能一败涂地，也有可能盆满钵满。但不好奇的人永远不会赢得赌局。

“去吧，洗澡去。”卡琳娜坚持说道。

“这就去……”马克西姆喘着粗气说，“你看，它摸起来很凉……”

球体闪亮的表面上，留下了一个汗津津的掌印。球飘到了一旁，马上又飘回来了，似乎在依次研究每个人。它转到马克西姆身边，绕着芭芭拉转了一圈，对卡琳娜尤为感兴趣。球上的汗迹逐渐消失，就像呼出的水雾在镜子上消失一样。

洗澡间里，汩汩恼人的温水和阵阵热气劈头盖脸地打在马克西姆身上。冲完澡，还是舒服多了。

马克西姆飘进控制室，吃了一惊，像只青蛙一样张大了嘴，呆呆地悬在空中。球已经不在原处，取而代之的是一个不大的人形生物，不着衣物，正惬意地坐在卡琳娜的腿上。卡琳娜一边娇俏地说着话，一边抚摸着他光秃秃的头！

一番胡思乱想后，马克西姆问了个显然不是最明智的问题。

“这是……在干什么？”

“他变了，”芭芭拉解释说，“他先是变了颜色，然后从球体变得像个变形虫，然后又……总之，你自己看他长得像什么吧。很遗憾，这个过程没被拍下来。一开始他很害怕，然后……”

“然后呢?”

“然后他平静了下来,我们意识到这是个生命体。现在她这是在跟他沟通……”

在马克西姆看来,卡琳娜沟通的方式不仅没什么必要,还有点多余。

他也没有长眼睛。不,眼皮和眼球的凸起都在,只不过那并不是眼睛。他通体的颜色接近肉色。像个假人,又像是尊希腊雕像。

他长着一张嘴巴。但马克西姆不确定他粉红色的嘴唇是否在微笑,真该死!勉强分开的双唇,张开一个嘴状的孔。看起来同样像是假人。

一个模型。一个活生生、会动的模型。他友善到甚至有些谄媚,如果是个模型,就说得通了。

友善是友善,但用自己的外星爪子抚摸卡琳娜的乳房,就有点多余了。他调皮的小爪子还没尝过扳手的滋味吧?

“他最好还是继续做个变形虫,”马克西姆表达了他的观点,“变回球更好。”

“为什么?”

“因为球没有这些伪足似的东西……”

啊哈!外星人灵活地收回了前肢,身体明显缩小了。就该这样。他有情感吗?没错。他有自我保护的反应,这很重要。

“你吓到他了,”卡琳娜指责道,“你看,他害怕了。”

“他的处境可比我们好多了。”马克西姆反驳道。

“大块头叔叔，发火的叔叔，笨蛋叔叔……”卡琳娜嘀咕着，俯身向外星人说道，“别害怕，我们不会欺负你的，我的小家伙……”

“最好别无端惹恼他，”芭芭拉审慎地说道，“我们不知道他有什么能力。”

这是有原因的。第一，这是个外星生物。第二，他不受地球人的道德规范约束。第三，他们的逻辑是未知的。第四，他可能会具有未知的生物性质和未知的物理能力。尽管目前能观察到的只有一种：不需要任何技术手段就能轻松在外太空旅行的能力。要知道，任何蛋白质生物都会在一刻钟内被活活烤死。但他仍然是一个机体，而不是个机器。真是位有趣的客人……

“我想知道他来自哪里。”芭芭拉说。

“不用想，”马克西姆嘟囔着说，“这是个巨蛇座人。”

“你怎么这么确定？”

“很简单，用排除法。他不是御夫座人、水瓶座人、人马座人或绘架座人。我们对这些文明有所了解。他肯定也不是金牛座人或是长蛇座人，否则我们早就不复存在了。因此，可以假设他是巨蛇座人。关于巨蛇座人，我们只勉强知晓他们文明的存在。我记得有人提过，他们是变形生物，不固定居住在某个特定的星球。他符合这些条件。”

“如果他来自我们根本不知道的文明呢？”

“为什么要徒增烦恼。就当他是巨蛇座人,不行吗?”

“我根本不在乎,”卡琳娜幸福地嘟囔着,“他很可爱,很亲人。就算他来自雕具座,只要他不用刻刀划我……”

“他不会划你的,”马克西姆若有所思、不怀好意地保证道,“依我看来,他在另一方面是位大师。他不光不用毒牙咬人,还完全相反。你喜欢他,是吧?”

“你嫉妒了?”芭芭拉笑了,“半个后宫要从苏丹手里被夺走了!”

“就算没有,你也得懂分寸。”

“你真是太懂分寸了。我能从你那儿得到丝毫关心吗?”

女人总这么说话……但马克西姆知道,芭芭拉是对的。起码一部分是对的。事实就是如此,有时为双方都好,最好保持沉默。

“傻子。”卡琳娜轻声嘀咕道,“这完全就不是一回事儿。他就像个小孩子,活泼可爱又弱不禁风。就像我的小宝宝,你明白吗?”

马克西姆理解这一点。卡琳娜想生孩子,理论上,马克西姆是赞成的。但家庭预算支持不了。几年后,如果能想办法攒下一些钱的话,就是另一回事了。但现在绝对不行。

她的小宝宝?就是她的玩具而已!一个活生生的玩具、一个替代品而已。

现在,马克西姆真想赶紧摆脱这个外星人,把他团成一个球,然后从压差室把他从哪儿来的扔回哪儿去。这是以防万一,也是及时止损。作为船长，马克西姆觉得有义务纠正船员做的蠢事。但……你只能一对一地和女人吵架。如果两个女人联合起来的话，她们几乎所向披靡。

于是，马克西姆退缩了。有风险吗？当然，但如果运气好，那就是一大笔实实在在的奖金，而不是卡琳娜假想中的孩子。让这个生物在飞船上生活一段时间，没准他不会到处搞破坏。如果运气好，他还能平步青云、陡然而富。除了自己，谁能夸口说，不仅见过活生生的外星人，还把他带到了月球基地？

“你看，”卡琳娜低声说道，“他在吃东西。”

她把一整管软干酪挤到了手掌上。很快，干酪就不见了，这个生物的“手”蒙了上去。

“吃吧，小家伙，快吃吧。为了爸爸妈妈……”

那个生物发出低频的振动声。外星生物的伪足难以割舍地从他妻子的手上滑落。手掌上很干净，干酪不见了。

马克西姆大声地叹了口气，转身离开了。

4

事实上，这个外星变形生物是个杂食动物，而麻烦还不止这些。更糟糕的是，他是最广义上的杂食动物。他非常喜欢吃人类的食物，但对无机物也颇为满意。卡琳娜轻率地把这个生物留在椅子上，半分钟内，椅子就完全毁掉了。这把完美的反重力椅子啊！这个变形生物像吃苹果一样吃了它。在剩下的一小半椅子里，马克西姆经历了着陆前的机动、制动及着陆的整个过程。值得高兴的是，“维切格达号”是降落在水星而不是地球上，而且降落过程非常顺利，马克西姆只是腰酸背痛而已。不然可能会更糟……

比如，脊柱受伤。如果允许这个贪婪的外星人接近控制单元或者仪器，就会酿成一场大灾难。幸运的是，他们及时发现了。马克西姆想象出了一幅可怕的画面：一个不断地吞食着东西、体积越来越大的变形虫，发出令人厌恶的嗡嗡声，由内而外完全吃空了飞船，然后开始啃咬飞船的外壳……简直是只太空蠕虫！

现在，这个吃饱了的外星人又缩成一个光滑的球，消化着他吞食的东西。他被放在残缺的椅子残骸里，而马克西姆则躺在地板上，卡琳娜正在为他按摩背部。“维切格达号”的船体微微颤抖着，飞船正在装货。芭芭拉不得不在场监管。

没什么的，她能应付。登记收货而已。只有大约十几份文件，其中九份是集团内部的。加上货物本身。当然，这得仔细看看，但是……

“疼吗？”卡琳娜关心地问。

“还能忍受……你听见了吗？他在打嗝，这个混蛋。”

“他根本不打嗝。”卡琳娜也看着那个外星人，“只是你的臆想。你知道吗，他身上会散发出来一些东西……恐惧，或许还有别的什么。他所有的情绪都在明处，是完全外露的。我能感觉到，一开始他很害怕。非常害怕。然后他感觉好了很多，他也把感受展现出来，让我们明白了。”

“这样啊，他感觉好了不少……真是个爆炸性新闻！现在这个星际野蛮人对我们来说倒成了重中之重。如果他自己不愿意，你就没办法把他从压差室扔出去了。那我们自己呢……唉，我们得想办法生活啊。你还打算给他什么吃的？我们的口粮？货物？反应堆？还是我自己？我提醒你，我可反对这么做。”

“别说傻话了，”他的妻子轻声说，“一切都会好起来的，你再等等看。”

“嗯,没错。某天我醒过来,自己已经被消化了一半,看到他把你吃了,又追着芭芭拉乱窜……哦!”

“好了,你这样会伤到自己。趴着别乱动。现在,我给你擦药膏,擦完你就焕然一新了。至于这个孩子……”

“别再跟我说什么孩子了!哎呀!”

“趴着别动,我跟你说。他是个小孩子,明白吗?当时我立刻就感觉到了,芭芭拉也跟我一样。他是个很小的变形外星人,甚至可能是个新生儿。他现在只有纯粹的本能,但他拥有智慧,会不断学习。你知道,我喜欢这样。哪个地球女人能夸口说她哺育和训练了一个外星婴儿呢?”

“反正他会被带走的,”马克西姆阴沉着脸说,“上面说得很清楚:尽可能把他毫发无伤地活着送到月球基地。命令已经收到,确认书也已经发出了。值得高兴的是,到月球之前,他都会和我们待在一起。在他把咱们的飞船吃掉之前,你可以照料他。”

“他不会吃的。我们跟他说清楚,他就会明白。我觉得,他想理解我们。”

“那他的目的是什么?难道不是饱餐一顿吗?我买香肠的时候,也想知道它新不新鲜。要是我的话……”

“什么要是你的话?要是你,你会杀了那孩子?用喷火器烧了他?”

“还不止呢。我会把他留在水星上。以他的胃口,那儿再合适不过了。他能一路沿着矿井和隧道饱餐一顿……啊，啊！你是故意的吗？”

“你别胡说八道了。就这样吧，再躺半小时，你就可以起来了。”

卡琳娜扔下最后一句话，走开了。当和她争执的不是她的丈夫和船长，而只是一个病人的时候，结果总是从一开始就显而易见。

他的后背确实感觉好多了。等了半个小时，马克西姆站了起来，没再痛苦地呻吟。外面还有声响，肯定还在继续装货。应该去看一眼。难得有这样全然静寂的时刻，能听到飞船的外壳在噼啪作响，散发热量。船内的温度早已降到可以忍受的程度了。船内很快会变冷，到时候得把自己裹起来，但在那之前，会有长达一两个小时的怡然清凉。这不就是幸福时光吗？

给在太阳下暴晒着的贝都因人看一块冰，他会高兴地叫起来。马克西姆没有尖叫，是因为他已经习惯了。他默默地享受着。如果不是这个外星人在这里的话，他就能全身心地享受了。

“好吧，”马克西姆冷淡地问这位天外来客，“你为什么不说话？”

在椅子残骸上一动不动的球轻轻地哼了一声。

“我能理解他们为什么需要你。”马克西姆用手指了指地球的方向，在他的想象里，地球正徐徐远离热浪汹涌的太阳，而在它身后，则拖着一颗月亮。“我无法理解的是，你对我来说到底有什么用？”

“你别胡说八道了。”嗡嗡声中突然响起了人声。

“什……什么?”

“再躺半小时,你就可以起来了。”球说道。

“啊……啊! 卡琳娜!”

妻子马上就过来了。在短暂的婚姻生活中,她学会了理解丈夫语气中的微妙之处。然而,这并不妨碍她一开始要先问一个问题:

“你在叫什么? 怎么像头驴一样?”

马克西姆太过激动,也不在意将自己与这种不受尊敬的奇蹄目动物作比较了。

“他在说话! 用你的声音!”

“谁?”

“还用猜吗! 你的巨蛇座人,还能有谁!”

“真的?”卡琳娜仔细端详了这颗球,然后是她的丈夫,“你刚才听见了? 他用什么说话的?”

“那他是用什么嗡嗡叫的? 没准是用整个表面。也可能是里面的什么东西。你听,他现在还要说什么。”

一片沉默。球也沉默了。甚至连嗡嗡声都停止了。

“畜生!”马克西姆受不了了。

“你紧张过头了,”卡琳娜同情地说,“你需要冷静冷静,振作起来,你可是船长啊!”

“我很冷静!”

“再重复一遍,音量降低十分贝。”

“我很冷静,冷静,冷静。”

“很好。所以,你听到他说话了?”

“是的,而且重复了你的话。像只鹦鹉一样。”

“没重复你的话吗?”

“暂时还没有。”

卡琳娜用那种他无法忍受的居高临下的微笑看着她的丈夫。马克西姆正要发作,但只张了张嘴,因为卡琳娜走近外星人,轻轻地摸了摸他光滑的一侧。

“好啦,安心吧,小家伙,别害怕……叔叔是好人,他只是在开玩笑。我们原谅他吧,好嘛? 好叔叔,好叔叔,我们和你在一块最好了,你是最棒的,最棒的……”

“你为什么需要这个家伙?”抚摸结束后,外星人又轻轻地嗡了一声,马克西姆才问道。

“因为有必要。你对巨蛇座了解多少?”

“只知道它是唯一一个在拓扑学上被分成两半的星座。严格地说,它是两个星座:蛇头和蛇尾。它们被蛇夫座分隔开来。”马克西姆皱起眉头,“似乎不包括亮星……还是包括? 等一下……巨蛇座α星是一颗比三等星更亮的橙巨星。

“就这些吗? 你对巨蛇座人了解多少?”

“嗯……几乎没有。我甚至不知道他们的母星在哪里,在蛇头还是蛇尾。需要他的人可能会知道得多一些。这可是机密信息。你为什么想知道这个?”

“你问我为什么要知道这个,”卡琳娜回答,继续居高临下地微笑着,“我试着在你能理解的层面上解释一下。你可以认为我只是在逗小孩,随你怎么想。目前的情况下,我怎么想也并不重要。而你说的‘需要他的人’会说,我正在跟一个生物特性和我们完全不同的生命体建立人类历史上的首次情感接触。可以说,我正在拾起了解他的钥匙。实话说,我对这个观点感到非常厌恶,但事实就是如此。现在告诉我,谁的观点更有分量?难道是你的吗?”

“哪儿的话,”马克西姆嘟囔着,“我的观点当然不会更有分量,但它更实际。如果他在回去的路上吃了这艘船……”

“他不会的。他已经吃饱了。等他饿了,我就请求他不要什么都吃。他会听我的,要打个赌吗?”

马克西姆只是耸了耸肩。卡琳娜的声音里充满了自信,他不想跟她争辩。而且,如果船长在争论中取胜了,谁来承认他的胜利?没人承认。

好吧,让这场争论见鬼去吧。

“你在叫什么?怎么像头驴一样?”外星人突然用卡琳娜的声音说。

马克西姆没有回答。

5

借助两管聚合泡沫材料，椅子得以复原。外星人被安置在睡眠舱中，以免他吞食生活必需品。卡琳娜几乎一直和他待在一起。郁郁寡欢的马克西姆说服自己不应该吃醋。

现在，这个弃儿吃得比最开始少多了。“一开始是饿坏了，可怜的小家伙，所以起初他奔着食物就去了。”卡琳娜解释道。有时他要吃有机物，也给他吃了（马克西姆预测，到飞行结束时，机组人员将不得不严格控制饮食）。但他尤为喜欢的食物是水星上开采的金属。镧系元素的同位素，尤其是镱，这种元素会让他陷入甜蜜的颤抖。呈送申请的批复中有命令说道：无论外星人吞下多少货物，都不用吝惜。俄罗斯宇航局提前承担了损失。

有些同位素是弱放射性的。巨蛇座人并不在乎辐射。在吃完放射餐的一个小时后，举在他面前的辐射剂量计就只能测出背景辐射水平了。

外星人进食后却从不排泄。一方面,船长对此表示满意;而另一方面,他也埋怨道,这不会有好结果的。谁见过哪个生物没有消化系统的?难道他直接把废料融入自己的身体不用排出?

反熵之物是不存在的,这里肯定有点问题。或许,年幼的巨蛇座人正在囤积质量以积攒等量的能量,这样他就可以将其一次性释放?谁说他就一定是一个婴幼儿?如果他是个准备给我们惊喜的、狡猾的定时炸弹呢?那样的话,"维切格达号"连个分子都不会剩下。如果爆炸发生在月球上,那么在月球基地将出现一个史无前例的巨大火山口。沿着厚度达一百千米的月壳产生构造断裂,火山被再次唤醒,还有其他一系列趣事……

更不用说成千上万遇害的生命和长达数十载的修复时间。

受益者是谁?自然是强大的邻近文明。人类现在练好了"宇宙肌肉",变得强大了,有一天会开始"请"邻居挪远一点。为什么要引诱弱者变强呢?就是为了给他们个教训——不听话的小鬼,老实待在你的沙盘里!

卡琳娜只是笑了笑。她有种女性的直觉……芭芭拉和马克西姆争论逻辑问题,当前者落入下风的时候,卡琳娜使出了个必杀技:"吵架有什么用?我们有上面的命令。"

没什么可争论的。

从出发到现在,已经过去了十一个昼夜。再有四十天,这次航行将有望以在伽桑狄环形山的成功着陆而结束。舱内越来越凉了,马克西姆已经穿上了短裤。外星人婴儿(如果他确实是婴儿的话)并没有造成太多麻烦。卡琳娜发誓,他越来越懂事了,甚至试图说话。而马克西姆对她的兴奋表示怀疑。

生活能如约回到正轨。顺利抵达月球基地,将外星人交出去,拿到奖金……这些还不够幸福吗?

事实证明,这还不够。

第十二天,无线电通信系统突然响了起来。有人在广播中恼人地絮叨:"'维切格达014号',请回答,'维切格达014号',请回答……"整个信号段已被"维切格达号"的代码呼号填满了。马克西姆在监控器收到信息时意识到了这一点:主天线自动对准了信号源,发出了准备进行通信会话的确认信息。

雷达没有反应。要么是信号源没有反射无线电波,要么是位于定位范围之外。多半是后者。

"'维切格达014号'收到,请讲,完毕。"马克西姆向外部空间回复道。

大约十五秒过后,才有了回复。

"'维切格达号'?这里是国家联盟太空军队的'老虎号'飞船。我们距你们两百万公里远。我们的航线正在接近。预计会合时间:八小时十七分钟后。请准备好将发现的物体移交给我们。明白吗?完毕。"

关掉话筒后,马克西姆陷入了思考。这几秒钟里,他额头上出现了整个山系那么多的皱纹。

“这个‘老虎号’是什么?”芭芭拉打断了他的思考。

“一艘星际巡航舰,最新一代的。完全是个怪物。有一百五十米长,船员有四十人。配备核武器、等离子武器、激光武器……和他们相比,我们只是一介虫豸。”

“太空军队到底为什么要夺走我们发现的外星人?”

马克西姆耸了耸肩。

“没有为什么……他们觉得需要他,仅此而已。他们最多也就得到了国家联盟秘书长的批准。甚至只会后续补办手续。”

“他们有权带走我们的小家伙吗?”芭芭拉问道。

“只能使用强权。这就是我不喜欢的地方……他们以为自己是谁?把我们当什么人了?外星人是我们的。他属于俄罗斯航天公司。这跟太空军队有什么关系?”

“‘老虎号’保持通信,”又开始了,“‘维切格达号’,收到了吗?完毕。”

马克西姆咒骂着打开了话筒。

“‘老虎号’,我是‘维切格达号’。听不清您说话。收到请重复。完毕。”

他还没做出任何决定,只是在拖延时间。能拖延的时间不超过一分钟——正好是重复信息加上传递信息的时间。

“卡琳娜会不高兴的。”芭芭拉低声说。

马克西姆看着她,没有说什么。她会不高兴?就这样吗?不,以卡琳娜对巨蛇座人纯粹的母性立场来看,她会陷入真切的愤怒当中。像要把小狼从母狼那里带走一样。她肯定会不顾一切地保护他,即使她知道自己会迎来失败。为什么?因为必须这么做!

而马克西姆自己也开始陷入强烈的烦躁情绪中。

"'老虎号',我是'维切格达号'。我正带着属于俄罗斯航天公司的货物前往月球基地。我认为你的提议既不合法也不正当。我们将继续飞行。完毕。"

芭芭拉向他竖起了大拇指。

"'维切格达号',我是'老虎号',"扬声器响起了,"我建议你不要激化矛盾。你发现的东西是国防总部需要的。请准备交接。我们将在八小时十分钟后到达。"

马克西姆刚才几乎是在愤怒地咆哮,但现在他开始竭力凝神静气。要是在半小时前,他一定会为摆脱这个外星人而松一口气。而现在他则主动做出了完全不同的决定。尽管不无军方的因素。这帮蠢货!只知道粗暴地施压!

如果他们能好好沟通,结果或许会有所不同。

"'老虎号',我是'维切格达号'。我表示莫大的歉意,但我们所发现的物体对俄罗斯航天公司和我们个人来说都是必需的。祝您一路平安。完毕。"

十五秒过去了,又是十五秒。"老虎号"沉默不语。

“他们怎么会知道这个宇宙弃儿的?”芭芭拉问道,“他们截获了我们的部分无线电信息吗?”

“或许他们在俄罗斯航天公司有内线,”马克西姆抱怨道,“也很可能二者皆而有之……啊!早晚的事儿……你得明白,想把我们这位客人藏起来,已经不可能了。”

“一帮豺狼!”不知道芭芭拉在骂谁。

“为什么这么说?只是人性使然。每个生物都想活下去,更想好好活下去。”

“那好,一帮畜生!”

马克西姆沉默着,不想深入对于用词的争辩。但其实,他根本没时间回答——星际巡航舰又发起通信了。这一次的声音不一样。一听到这个声音,马克西姆的肌肉就条件反射地抽动,浑身僵直起来。这个声音的主人显然没有开玩笑的习惯。

“‘维切格达号’,”说话的是太空军队的亨舍尔准将,“我命令你把发现的东西转交给‘老虎号’。你明白了吗?完毕。”

马克西姆的肌肉抽搐着,但他说出的话却像被一个不知从何而来的小恶魔控制了一样。

“向您致意,将军!您这次飞行一切顺利吗?太阳让您不适了吗?我看到日珥了,可能会有磁暴。我建议您给船上人员分发偏头痛药片。祝您一切顺利。完毕。”

芭芭拉忍不住笑了起来。

"'维切格达号',是谁在讲话?"亨舍尔将军从扬声器中说道,"立即表明身份。完毕。"

"马克西姆·沃尔科夫,'维切格达号'的船长,向您问好,将军。您那里不怎么热吧?我们这里就像亚热带一样。您去过塔希提岛吗?完毕。"

芭芭拉双手捂着嘴,憋笑憋得直发抖。而马克西姆则想象着和亨舍尔一起在控制室的巡航舰军官的反应,得意地笑了起来。

"沃尔科夫船长!"将军的声音在常规的几秒钟后打雷似的响起,"我在命令你!你明白了吗?服从命令。如果不服从命令,后果自负。完毕。"

马克西姆对着话筒打了个哈欠。

"我表示莫大的歉意,将军,但根据《国际太空宪章》,只有在宣布戒严后,您才能对民用飞船下达命令。我没听说任何戒严的消息。或许您有其他信息?如果没有,请允许我去做自己的事,祝您旅途愉快。请不要在金星轨道内停留太长时间。如果太热了,请脱掉军服。希望您的文身足够体面。但我还是建议您去塔希提岛度假,放松一下。完毕。"

"还有,晚上不要吃生西红柿,以免伤胃。"芭芭拉费劲地挤出一句话。

这次,舰上的人沉默了。等待回复时,马克西姆出于无聊开始东张西望,发现卡琳娜不知道什么时候飘进控制室了,也不知道她听到了多少。

“发生什么了?”他开口问道。

她摇了摇头表示否认。显然,弃儿一切正常。这个奇特的外星人仍然安然地进食、睡觉、玩耍、变换形状,可能还在以自己的方式努力理解这些把他带到这里的人,并未察觉他的头顶正在聚集怎样的阴云……如果那能被称为“头”的话。

“他们想带走我们的小家伙?”卡琳娜问道,马克西姆点头回应,他注意到了他的年轻妻子有多紧张——就像一只蓄势待发准备跳起的豹子,“他们试试看能不能带得走?”

“他们带不走,”芭芭拉笃定地说,“对吧,亲爱的?”

“他们肯定不会通过接舷战登船的,”马克西姆表示同意,“比起他们,这对我们来说轻而易举。我们只需一次机动飞行,他们就得重来。他们可以向我们发射导弹,想来多少就有多少。理论上可以这样说。但实际上,他们没有国家联盟秘书长或最高法庭的批准,这就是纯粹的强盗行为。我希望亨舍尔准将能明白这一点。”

“你认为他现在是否正在与太空军队指挥部协商?他们会通过国家联盟对俄罗斯航天公司施压吗?”

“这是一定的。但还需要一些时间,所以先放轻松。接下来的几个小时里,不会再有什么事了。”

“下次让我跟他说几句体己话,”卡琳娜请求道,“我不会把这个孩子给他的,得让他明白这一点。我也不会把他交给任何人。”

“即使是俄罗斯航天公司?”马克西姆眯着眼睛问道,“这可不行。条约上白纸黑字写着:只有个人物品属于随船船员。没办法,到了月球,我们就得和我们的客人说再见,所以……”

“我们等着瞧吧!”

卡琳娜从控制室里飘了出去。马克西姆叹了口气。

“同时,我也感觉到,不得不和我的执照说再见了。而这一切都是因为这条幼蛇……”

“因为亨舍尔?”

“和亨舍尔有什么关系?他做他该做的事,他就是台活的机器。我说的是我们的客人。”

“他为什么是幼蛇呢?”

“因为他来自巨蛇座。所以说他是蛇。好在他不是来自山案座。那样的话,我应该怎么称呼他?”

“山顶人。或者桌案人。”

“你别胡扯了!大心理学家!你在同情我吗?用不着。我挖苦了将军,他们肯定会收拾我的。他们总有法子,但我不后悔。就是这样。”

“蠢货,”芭芭拉用她温热的胳膊搂着他的脖子说,“你这个坚强的蠢货,我爱你。如果我以前不爱你,我也会因为这次和将军的对话爱上你。你最棒!”

是吗?

说实话,马克西姆对这一点并不确定。

但谁不乐意听这些呢?

6

月球基地曾经有一个名字。后来，不知不觉间就不再使用了，再然后就完全被遗忘，因为人们再未在月球上建造第二个基地。命名的目的，是将一个与另一个区分开来。对于唯一一个基地，就显得多此一举了。

“月球基地”——这就是它的名字。

距离人们在伽桑狄环形山[1]松散的月表土层中开掘出第一个地下工事，并在上方架起穹顶，已过去了几十年。随着第一台太空电梯的运行，人们不再从地球重力井底发射火箭，基地的建设速度惊人地加快。很快，谈及月球基地，人们已将其看作地球人第一个完善的地外定居点。在月球上轮值工作的专业人员对其“完善”之处大有可谈。随着时间推移，记者们那些不负责任的捏造，似乎渐渐不再是荒诞无稽的恶意揣测了。

① 位于月球正面湿海西北边缘一个古老的大型撞击坑。

基地建筑逐渐扩展到方圆几十平方公里范围内。环形山内部拥有足够的空间,基地可以尽可能地扩大规模。基地的一半属于太空军队国防总部,另一半则由商业公司因需建造。俄罗斯航天公司在外围拥有一小块区域,紧挨着环形山脊。

尽管有很多弊端,但也不无好处:经过漫长而炙热的白昼,月球入夜了。太阳低垂,没入山脊,肉眼就能看到等待已久的阴影漫过灰色的平原,覆盖在建筑物上。

国家联盟秘书长安赫尔·古铁雷斯先生正是因为观看了环形山影子移动的壮观景象,才表示希望参观月球基地。这也多亏了俄罗斯航天公司领导的热情好客——公司董事长热情到曾宣布,所有令秘书长先生感受到哪怕一丝不快的东西,他都将亲手摧毁。他自己也来到了月球上。与此同时,俄罗斯航天公司的股票急剧上涨。

“维切格达号”降落所掀起的闪闪发光的尘埃云早已落定。在地球的空气中,灰尘会停留很长时间,膨胀成可厌的灰云,让人止不住地打喷嚏,像哮喘似的不停咳嗽。古特雷斯大略明白了没有空气的好处。毕竟,万事万物都有好的一面。每件坏事里,若是积极的一面占了上风,就变成了好事。

这件事以何种方式解决,秘书长还没有决定。一方面,纯粹从法律上讲,俄罗斯航天公司有权如此。法律规定,外太空发现的任何无主物体都属于发现者。而另一方面,可能对太阳系人类活动构成危险的物体都属于军队的管辖范围。最主要的是,有相应的条文规定。

但如果这种危险纯粹是种假设,或者是虚构的,该怎么办呢?如果后来发现低估了这件事的后果,又当如何呢?

当然是立刻成立专项委员会。但在此之前,古铁雷斯认为,有必要尽可能了解外星人的全面信息,并提出自己的意见。尽管只是初步意见。

他只好匆忙飞往月球。人们背地里把安赫尔·古铁雷斯称作"弹球",他自己也知道。这比"石头屁股""树菇"或者"壁橱老鼠"什么的还是强点。面对一个或许会决定整个文明命运的问题,他能坐视不管吗?不可能!

一辆月球车从"维切格达号"上分离,不紧不慢地向主压差室的方向行进。巨蛇星人在里面吗?这很让人好奇。

秘书长转头看向董事长。

"我想,压差室内应该有远程摄像头吧?能让我看张照片吗?"

"当然。"这位又胖又秃、大汗淋漓的董事长竟然令人有些同情,"很遗憾,摄像头不在这里。请允许我护送您到技术楼层。"

"不用了,"古铁雷斯皱起眉头,摆了摆手,"太费时间了。我们就别偷看了。让他们直接到这里来。还有,让秋秋尼克元帅进来。"

秋秋尼克元帅在亨舍尔准将的陪同下现身了。他气得满脸通红。

一分钟后,又出现了四个人。古铁雷斯惊讶地扬起眉毛,“维切格达”级飞船的船员不是三个人吗?

他很快明白自己误会了。进来的其中一位不是人类。嗯……是个外星人。巨蛇星人。变形物种。来个友善而亲民的握手如何?

古铁雷斯这样做了。当刺鼻的汗味袭来时,他没有皱起鼻子。只是秘书长的喉结诡异地抽动了一下,竭力压下干呕的冲动。跟官僚做派相比,这才是现实。这三个人刚从水星回来,途中用水精打细算。他们闻起来还能像什么,玫瑰花?

幸好变形生物没有汗味。古铁雷斯几乎尖叫起来——外星人的手指很烫,而且非常有力。该死,没人教过他握手吗?事实证明,至少他肯定没学明白,下手不知轻重。还是说,他现在正在学习?

“很高兴,呃……见面。”秘书长脸上挂着迷人的笑容。

但董事长皱了皱鼻子,脸上现出些不悦来。这味道简直像生龙涎香一样。这不是随便什么地方,这是他自己的办公室!董事长办公室是什么?是公司的脸面。

这张“脸”显然是经过修饰的。过度奢华抓人眼球,只能骗骗头脑简单的人。但凡稍微老练些的人,都不会被蒙过去。公司走下坡路的迹象已经非常明显了。这种臭味就是证明……

但又能怎么办呢?秘书长下令把所有人带到这里,他没准已经后悔了。但蹂躏大家嗅觉的罪魁祸首,不是古铁雷斯,而是其他那几位……太糟了。

“嗯……您怎么称呼?”董事长压着声音问道。

“沃尔科夫,”其中一位龙涎香携带者沙哑着声音自我介绍道,“‘维切格达014号’飞船的船长马克西姆·沃尔科夫。”

“对,对,我记得您。或许,您,沃尔科夫先生,和您的船员先去整理整理仪表?我觉得费不了很长时间。我们可以先和您的……您的……与您的发现谈一谈。”

“好的,但是……”

古铁雷斯注意到,船长明显很是为难,他回头看了看女人们。“这是您的妻子……”秘书长纠正了自己的说法,“看来您这是船员家庭。”船长,这个身材魁梧、看起来很是坚定的人,动摇了。显然,在这种情况下,决定权并不属于他。

“会有人护送你们的。”古铁雷斯灿烂地笑着,来到董事长的身边,“别担心,我们有你们所有的报告。如果急需各位的帮助,会立刻叫你们的。即使洗澡的时候也是如此。”

“很抱歉,但这不可能。”年轻女人站了出来,“我们中的一个人必须留在这里,否则这个弃儿会跟着我们走的。他……他和我们这些船员有强烈的情感联系。我不知道他单独和陌生人在一起会有什么表现。可能会很危险。”

“对谁来说有危险啊?”古铁雷斯的笑容带着些居高临下。

“我不知道。可能是对他,也可能是对你。如果他害怕了……

我不知道那时会发生什么。”

“但我们是不会害怕的。”秋秋尼克元帅的声音低沉而有分量。

“那么……”安赫尔·古铁雷斯继续微笑着,假装无视元帅的插话。事实上,他还没有明确做出决定,这使他很是煎熬。真是见鬼了!无论做什么决定,长远来看,其正确与否都是未知数。俄罗斯航天公司肯定会为这个发现据理力争,在这场竞争中获得优势。仅仅是拥有外星人这一事实,就会急剧增加公司的声望……而军方则肯定会去截胡这块肥肉,就像现在一样。军队不会使刁难人的手段,他们会专横无礼地直接将这位弃儿据为己有。很难拒绝……军队有一个只赢不输的论点:敌对文明环伺的大环境。如果邻近的恒星区域还未被瓜分,如果人类不是只能坐等着外太空的突然袭击(谁能保证人类就一定是安全的?),就可以礼貌地把秋秋尼克元帅送出门了。但过多考量不切实际的假设又有什么意义呢?

人类面临切实的危险,而抵御入侵的唯一手段是太空军队。这没错。敌军攻占地球前,太空舰队肯定会浴血奋战。这一点毋庸置疑。但所有这些看似强大、耗费巨资的太空军队能对外星人造成的伤害,似乎确实无异于蚍蜉撼树——但还有其他选择吗?

这件事实在棘手。如果秘书长放手让委员会做决定,发现的变形生物很有可能立刻会归军方所有,而俄罗斯航天公司会获得赔偿。这家公司仍然可能会是这场博弈中唯一的胜者。如果这个宇宙弃婴并无用处，他们也会得到一大笔钱。

“少校！”秋秋尼克元帅厉声命令道，身着太空军队制服的少校立刻像个弹球一样现身了。“看好他。别让他离开这个房间……这个！”元帅伸出殷红的手指向变形生物，“别动用武器。我们现在就来看看……您不介意吧，秘书长先生？好。几位宇航员，去洗澡吧，他们不会拦你们。把自己洗干净，休息一下。”

7

安赫尔·古铁雷斯从未如此接近过死亡。但奇怪的是，吓出冷汗、浑身发黏、起鸡皮疙瘩，这一切症状都发生得很晚，秘书长几乎是完全镇定地看着发生的一切，仿佛在场的是其他人，而自己完全置身事外。事后他才意识到，他之所以能保持着冷静和理智，完全得益于这种危险处境自己经历得太少了。他从未想过，荒谬的瞬时死亡会给他带来如此巨大的恐惧——而当下，一种别样的恐惧已经占据了他的身心。

试图抗议的船员们还是被支开了，四个魁梧的太空军队士兵站在门口。外星人急忙向船员跟了过去，试图绕过门口的人——但他被扔了回去。一切就是从这里开始的！……

他飞了回来，像个人体模型一样摔倒在地，没有蜷起身体，而是后脑勺响亮地撞在了地板上。古铁雷斯吓了一跳，想象着如果倒下的不是外星人，而是个地球人，会发生什么。最轻也要得脑震荡。

但是没人知道这个外星人的大脑在哪里，以及他究竟是否有这样一个独立器官。

倒在地上的外星人逐渐凝聚成了一颗银色的水滴——如果存在一米宽的水滴的话。然后，随着一声绝望的尖啸，“水滴”开始抽搐、抖动起来。

“看在上帝的分上！……”俄罗斯航天公司董事长惊恐地喊道，他显然是想喊醒军方停止他们的实验，但他没来得及说完。

水滴变成了球体，然后跃向了太空军队的士兵。这些人虽然惊得张大了嘴，但仍然做好了执行命令的准备。球飞过去，又弹了回来。

他再次飞起，又被年轻的士兵击退了。然后他开始像个陀螺一样在地上打转。他发出的尖叫声则变得愈发难以忍受。

“停下吧！”董事长捂住耳朵大喊道。

尖叫声戛然而止，球又跳了起来。这次是向上。随着清脆的“啪嗒”声，球吸住了天花板。它摇摇晃晃地动了起来，越来越惬意，像是在享受。这让古铁雷斯想起了树瘤。然后，他恍然大悟。

“天花板上面是什么？”

“是真空！”董事长哀号起来，“分层的外壳总厚度有三十毫米，上面就是真空！”

古铁雷斯终于掌控住了局面。

“停下！”他命令道，仿佛他从小就在太空军队服役一样，“秋秋尼克元帅,以最高指挥官的名义,我命令你立即停止！立刻将‘维切格达号’的船员送回这里！快去!”

严格来说,安赫尔·古铁雷斯只是名义上的最高指挥官,之前他做出一些妥协是很自然的事情,可至今他都没有想到,他会在这个他习惯于要手腕的地方发号施令。而且出奇地及时。

秋秋尼克元帅并没有拒绝服从命令。但他花了几秒钟才理解事态。

“他会咬出一个洞,然后从洞里钻出去的!”董事长尖锐的哭号声戛然而止,“你看过他的有关材料吧？对,白痴,你要还想活下去就快点!”

人们常说,死亡面前,人人平等,所以在某些情况下,即使小公司的董事长把地球太空军队的指挥官称作白痴,也不会有什么严重的后果。人们还说,长颈鹿脖子长,反应慢。如果真是如此,那元帅的脖子比长颈鹿还长。

然而,急于执行命令的太空军队士兵却来不及让“维切格达号”的船员返回。俄罗斯航天公司董事长办公室天花板上的“树瘤”正在规律地快速工作。它咬穿顶板的时候,几乎打了个嗝。吞食内部顶板、隔热层以及防辐射层,再然后是薄薄一层钛镁合金制成的外壳,这困难吗？对巨蛇座人来说,这算不上什么工作,只是一顿清淡的早餐。

第一个冲出办公室的是俄罗斯航天公司董事长。紧随其后的是古铁雷斯,他用最快的速度蹿了出来。秋秋尼克元帅和亨舍尔准将殿后。

增压舱门如同炮弹一般迅速地弹开,又“啪嗒”一下并入门槽中。随着巨大的轰鸣声,装甲挡板缓慢而扎实地归位了。

亨舍尔将军偷偷地擦了擦额头上的汗水。

“这恐怕不是解决问题的办法,”古铁雷斯冷静得连他自己都十分吃惊,“如果它吃透外壳后就出去了,那算我们走运。如果它只是在外壳上留下一个洞,然后开始解决舱门或者舱壁的话……”

没等他说完,废弃的办公室里就传来了“砰”的一声巨响,像是有一门榴弹炮在舱壁后发射了一样。墙壁颤抖着。随后,一阵警笛声响起了,声音一停,一个缓慢的机械声音就念叨了起来:“请注意,一层危险!请注意,一层危险!位于A区和B区的工作人员,请立即疏散至C区,请勿惊慌,启动疏散机制。重复一遍:请注意,一层危险……”

“看来他咬穿了外壳,”古铁雷斯确定了,“我想知道,接下来怎么办?”

“我们……”俄罗斯航天公司董事长很想说点什么,更想大喊出来,但他没有吭声。有什么用?有时,一个行为的表率胜过千言万语。

而这位董事长刚才就做了表率,他以短跑运动员也达不到的速度狂奔了起来。他在转弯处脚底打滑,像球一样,撞到舱壁上又弹了回来,继续往前跑。月球的重力迫使他大幅度地跳跃,而他的短腿并不总是能找到支点,在空中徒劳地来回乱蹬着。

后来,国家联盟秘书长口吻幽默地谈到了这件事,据说他很喜欢回忆自己追着董事长跑的情形,当时他只是稍微领先于亨舍尔准将。有时,亨舍尔会以一肘之差微微领先,但古铁雷斯曾经是位优秀的运动员。两次在拐弯时,他像马戏团的摩托车手一样跑到墙上,到终点时,以半个身位的优势击败了准将。

最后,就像一名沉船的船长,秋秋尼克元帅逃了出来,留存了自己的尊严,而这位太空军队指挥官的魁梧体格也会对抵御接下来“敌军”的冲击大有裨益。密封的舱门里再次“开火”,然后,随着部件间摩擦的轰鸣声,装甲挡板再次关上了。

大家的心都快跳了出来。每个人都明白:这不是长久之策。A区失压之后,就会轮到B、C、D区,之后以此类推。而到K区,俄罗斯航天公司在月球的主要建筑就到头了,再也无路可走了。这个穹顶之下的几十个人中,有人可能会躲在月球车中或穿着宇航服幸免于难。自然,只是很少一部分。只有那些意识到发生了紧急事件,并始终把“谁能救救我”的呼唤牢记在心的人,才不会失去理智。这样的人多吗?这位宇宙弃儿不太可能明白,他杀死一群人有多轻而易举。秘书长见他不久,但已足以形成认知:他要么是只忠诚的宠物,要么是个任性的孩子。两者似乎差得很远,但有个共同点,那就是控制这个生物的不是理性,而是情感和……本能。

“那我们现在该作何打算?”古铁雷斯的语气中带有嘲弄之意,“你们有什么看法?”

董事长满头大汗,紧张地舔着嘴唇。

“我有艘常备着的船,”他坦白说,“实话讲,是艘小飞船。我的私人飞艇。载不了四个人,但两个人是够的……”

他没勇气做选择。他看向古铁雷斯,看向秋秋尼克,又看了回来。

“够了!”元帅下令道,“给我留个通信方式,我会在伽桑狄环形山部署所有可用的部队和装备。我向你保证,我一定会抓住外星人。最坏的情况也不过是抓到一具尸体,仅此而已。

亨舍尔准将雕刻般的面容上显示出,他完全赞同指挥官的话。

古铁雷斯在想什么仍然不得而知。也许在想着,杀死一个外星人,即便是误入其他文明领域的外星人,对弱小的地球文明来说,立下这样的先例也不是最好的选择。或者在想着,军方已经独揽了过多的权力,而且还在竭力掠取更多。但更有可能的是,那一刻,秘书长已经不再是位政治家,而只是个想着自救的人。不必责怪他,大家都是人而已。

他早就找到了最好的解决办法。而且不是现在,是不久前想到的。

“把‘维切格达号’的船长叫来,”他重复了一遍命令,“快点。如果他还没有洗完,就把他从淋浴头下面拖出来。”

没有人做出反应。但如果说俄罗斯航天公司董事长是暂时失去了思考的能力,那元帅和准将瞬间就明白了,但他们却丝毫没有抓紧执行命令的意思。

所有人同时陷入沉默。安赫尔·古铁雷斯意识到,使手腕的时间已经结束了。

“您听见了吗?”他冷冰冰地质问道。

“听见了。”秋秋尼克点了点头。

“那就去做!”

“‘维切格达号’的船长会把一切搞砸的。这个重婚者在玩自己的把戏。这项行动得交给太空军队。”

“您这是在违抗我?”古特雷斯出声问道。

“这是建议和请求。”

“我不需要您的建议,元帅,您要是提请求,我的秘书处会处理的。需要我提醒您谁才是最高指挥官吗?”

“恕我指出,法律上是这样没错,但事实上并非如此。您只有在宣布戒严的时候才有权给我下命令。”

对秘书长受过法律训练的头脑来讲,短时间内分析出元帅的处境并不难。古铁雷斯知道他的威信已经摇摇欲坠,但他仍然在进行粉饰。纵览一整本五百页的《国家联盟宪章》,不可能在文本里找不出任何有歧义之处。事实证明,不是只有律师和外交官可以得心应手地掌握这类文本。谁说军人生来不擅学习?这就是证明!现在元帅公然违抗，就算之后可以追究他的责任，他多半也能够脱身。

然而，这一切都取决于事态的发展……

“我现在就宣布！”古铁雷斯暴跳如雷，“您难道忘了我有权这么做吗？《国家联盟宪章》第九十二条第一款。您想起来了吗？”

“您有权宣布戒严，”秋秋尼克元帅表示同意，“您的问题是，过五天，最多十天，全体会议就会因为这件事过于不值一提而取消戒严。那之后您还能保住您的乌纱帽多久？一个半月？”

“这和您无关。”

“您没拿到戒严令就宣布戒严，同样和我无关。去吧，宣布去吧。”

“时间，时间不多了，”董事长哭丧着脸说，“现在这个混蛋可能已经在吃第二道门了……”

没有人理睬他。秋秋尼克元帅嘲讽地沉默着，亨舍尔准将微笑着，古铁雷斯在心里默数。数到八的时候，他停下了。

“很好，元帅，您说服了我。现在剩下的，就是说服我别把采购‘雷神’系列拦截机的情况公之于众。想来，您能够轻松应对这件事吧？”

董事长和准将侧耳细听。可元帅突然面色发紫。

“您在暗示什么？”

“这件事公之于众后，我将被迫——注意，是被迫——组建委员会来正式调查舞弊行为。有传言说，军队高层和航天器公司之间有所勾结。对我个人而言,出现谁的名字都与我无关,谁受贿,谁‘吃回扣’,以及为什么舰队要采购一款无法使用的产品。相信我,全都与我无关。我丝毫不在乎。我早已经置身事外了。”

“完全是胡扯淡!”秋秋尼克元帅吼道,“您的消息来源需要核查一下了。好吧,按您说的来吧。但要记住,我这么做完全是为了大局考虑。这就当作是我在表达善意吧。”

“我对此大为感动。”古铁雷斯讽刺地撇了撇嘴。

“时间!时间!”董事长号叫着。

8

命运使然,这一整天里,马克西姆·沃尔科夫心里充满了各种各样的情绪。起初,大多是对这个弃儿的担忧。着陆时,这种担忧稍稍纾解了一下,而从飞船到长官住处的路上,他又重新焦虑了起来。不止担忧,还有种要发生祸患的预感。

然后,他没洗的身体散发着臭味,像个木偶一样站在一群一个比一个地位显要的大人物面前,他只得羞惭地保持沉默。众所周知,这些大人物都是聋子,无论多重要的事,他们也听不进去。在那里卡琳娜试图为巨蛇座人求情,可又有什么用呢?不出所料,痛苦的一幕还是这样上演了——弃儿"断奶"了,"维切格达号"的船员被带走,离这些有洁癖的鼻子远点。

在去盥洗室的路上,两个妻子都在指责他,这令他很是生气。他是否该被批评,他也不知道,但他迁怒于整个世界。他站在淋浴喷头下,一边擦洗身体,一边骂着脏话。他能做什么呢?上司恃强凌弱,他只能自甘受辱。要不给自己放个假吧,飞回地球,在碰见的第一个酒馆里喝个大醉,再给谁个耳光。通过大吵大闹满足原始欲望来安慰自己,之后再重新积极地看待这个世界。医院和领导都很建议这样做。

他正要洗个澡,但没能如愿。一开始是恼人的警铃声响了起来,然后,太空军队的士兵就冲进了洗澡间,跟这些暴徒可没法翻脸吵架。没废什么话,马克西姆还没来得及明白怎么回事,瞬间就从喷头下被拽了出来。他再次出现在他的上级面前时,尽管没那么脏了,但湿漉漉的,全身赤裸。幸好立刻有人递给了他一件紧身衣。

又过了三十秒,他意识到上级搞砸了,还没来得及高兴,他就明白了自己的任务:赶紧穿上宇航服,和巨蛇座人重新友好交流,至少要阻止他继续破坏穹顶。秘书长表示,希望他,马克西姆,能够轻松搞定。而一位长着野猪一样的面庞,肩膀上的五角星大得伸出了肩章边缘的肥胖军官愁眉苦脸地宣布,如果失败了,就必须消灭这个外星人。

认真的?弃儿会乖乖被杀?马克西姆已经看够了野猪脸的自娱自乐,他知道,他几乎全无可能消灭巨蛇座人。如果真到打架那一步,谁消灭谁,是个大问题。如果马克西姆是个赌徒,他会把赌注压在弃儿身上。赔率是三……不,五比一。毕竟人类是脆弱且适应性极差的生物。不知为什么,他们完全不喜在真空中生活。增减一百摄氏度,他们也都无法生存。更不用说,他们只能食用特定的有机物,而不是什么都吃。人类是种被宠坏的生物。

他们居然能在地球上生存下来,这着实令人惊讶。话说回来,为什么巨蛇座人没有占领整个银河系,这同样令人费解……

马克西姆没工夫反思这些问题,在这一片混乱与繁杂中无法思考。而在商务航线的惯性飞行阶段则是另一回事。“维切格达号”在给定推进速度和天体引力的作用下自动飞行,而船员则可以在例行工作的间隙消磨时光。这时候,就可以尽情忖量哲学问题——当然,如果妻子们不加以干涉的话。

马克西姆被粗暴地塞进宇航服,随之响起了好几个指示的声音。他似懂非懂,但抓住了重点:上司们都很害怕。上司喜欢听到他们的下属报告说,一切尽在掌控。简而言之,必须找到那个外星人,说服他停止这场浩劫,并最好把他带回来。怎么做到这件事?当然是利用私人间的信任关系,别无他法。如果巨蛇座人不再信任他了怎么办?必须成功,弄清楚任务了吗?

令人惊奇的是,马克西姆从未想过推诿责任,声称自己是一名宇航员,而不是什么外交官或驯兽员,也没想过从他那该死的老板那儿讨价还价,捞一笔特别奖金。但即便他想到了这些,也会立即意识到,其实他还是没有选择。芭芭拉不会同意。卡琳娜可能会把奖金扔到她丈夫的脸上。

野猪脸想强行安排两三个太空军队的士兵和他一同前往,但马克西姆回答说,外人可能会干扰他的私人信任关系。总之,要么他自己去,要么他不保证会发生什么。马克西姆毫不犹豫地认定,其中一位大人物就是国家联盟秘书长,只有他支持他的观点。

B区压力传感器向中央计算机发送了一个信号:该区还没有失压。上级们退到控制室,马克西姆被放入了该区。他觉得自己像个白痴,在正常气压下,穿着笨拙的宇航服在走廊上行走。无论如何,通往A区的大门必须被打开……这意味着B区的空气很快也将消失……这里面没有意外留下个别粗心大意的人吧?

没有。警报器很是称职地尖声鸣叫,而这里不收留聋子或者笨蛋。所有人都走光了。暂时还不需要担心人的问题。

但是巨蛇座人在哪里?莫非他还在A区的董事长办公室里吗?奇怪。但不去亲自看看,就无从得知。由于显而易见的原因,上级办公室里没有监控摄像头。

但马克西姆注意到走廊里有三个摄像头。它们缓缓旋转着,追踪着他的路径——这就是上级们生活的乐趣来源。

好吧。看一个人如何失重,怎么笨拙地挪动他的脚,这确实值得一乐!看吧,看吧。最重要的部分,你别指望看得见……

可什么是最重要的?

马克西姆不知道。他全指望自己的运气。最主要的是,希望巨蛇座人的举动不要像只愤怒的烈犬。以他吞噬一切的能力,和鲨鱼相比更为合适……

打开门禁系统耗费的时间远比他料想的长得多。这个门禁,要么是给傻子设计的,要么就是给得了无脑症的人设计的。一开始,它警告马克西姆,装甲挡板和密封舱门后面是真空。马克西姆对门禁的提醒表示知晓,并申请通过,这时,警报又响起了(幸好是短警报),亮起了“您确定吗?”的字样。然后,系统又要求提供一串特殊代码,马克西姆通过无线电收到代码,然后系统又从头到尾重复了一遍这些流程。而当装甲挡板终于打开,还必须以同样的方式打开气密舱的大门。

空气流通得很剧烈,马克西姆几乎无法站立。舱壁隆隆作响。B区所有的空气都飞速涌进了穹顶的孔洞,仿佛它们早就梦想着为月球配备个大气层似的。办公室里尘土飞扬,翻倒的纸篓里,第一次失压没带走的文件被吹走了,最后一张没翻倒的椅子也被翻了过来。宇航服立刻充气,任何肢体弯曲都变得十分困难。

办公室里没有巨蛇座人的身影。

马克西姆摸索着幸存的家具。他不记得董事长办公室的陈设里有多少把椅子、多少张桌子和柜子,所以他依次检查了所有的家具。隔着厚厚的宇航服手套当然完全没有触觉,但他们彼此之间的信任能够穿透这双手套。见到老熟人,弃儿一定会探出身子迎接他的。唉,可惜无论是椅子还是柜子,都没有向他的手掌依偎过来的意图。

马克西姆漫无目的地站在天花板的窟窿下,惊叹它圆得竟像圆规画的一样,他汇报了这件事。弃儿已经出去了,他得在穹顶外面寻找。问题就在于去哪找。当然,月球比地球小,但还没小到让搜寻变得容易。如果外星人没跑远,那是最好。但他很可能已经跑远了!

马克西姆低声咒骂着,退了出去,也关上了身后的舱门和挡板。等待气压平衡的时候,他决定到外面仔细找找。但如果在附近区域没能成功找到,那外星人可就真像《世外烟花》[1]里那样,要大开杀戒了!如今是在干草堆里找针,在黑屋子里找黑猫。而这只猫甚至可能已经不在那儿了。巨蛇座人的特性还是个谜团。如果他在太空中大展身手,他没准能克服月球引力,飞回自己的巨蛇座老家?

“他不在那里,”马克西姆告知上级,并补充了一句仿佛是他个人决定的、不容争辩的话,“我去外面看看。”

他是对的:当你被迫参与你很不喜欢的事,应该怎么做?放松享受?这可未必!要寻求权宜之计,哪怕只是想象着如此,也会好很多。

马克西姆·沃尔科夫的想象力还不错,算是平均水准。不是什么幻想家、空想家,也没有细腻而敏感的诗肠,不是费曼或伍德那样善于创想的物理学家,但感谢上帝,也不是个呆头呆脑的傻瓜。因此,他的步伐更加坚定,声音更加自信,精神也更加昂扬了。我要出去,听见了吗?只是因为我想去。因为散步有好处。所有人我都不在乎!

① 美国导演迈克尔·奥布洛维奇1997年导演的犯罪惊悚片。

外面的美景让人很难将目光移开。一轮巨日刚刚没入伽桑狄环形山山脊后，为陡峭的层峦映射出童话般的光晃。光照下的穹顶，像专为庆祝某个外星节日而照明的飞碟一样明亮，而浅蓝色的地球，则像华丽的圣诞水晶球一样置身其上。穹顶的基底隐藏在丝绒般的深邃黑暗中。当他的眼睛渐渐习惯这一切，马克西姆开始分辨出那些奇妙的淡影。

他看清了穹顶上的圆洞，这没有让他的心情好一点。此刻他生出了一个令他不寒而栗的想法：如果这个弃儿，完全出于善意地在他的宇航服上咬了个洞，就像在穹顶上那样，那该怎么办？虽然他没那么做……但一旦发生，就是须臾之间的事。他有那个本事。他就像个正在长牙的婴儿。婴儿会把所有东西都放进嘴里感受和品尝，这不该怪他。唯一不同的是，这个孩子有特殊能力……

话虽如此，但马克西姆比任何人都更不想因失压而死。他穿着宇航服，弃儿能认出他吗？他记得巨蛇座人高超的拟态能力，马克西姆得提前高声说话作为防范。他现在变成什么了呢？穹顶外壳的碎片？还是一块巨石？周围石头密布，这些灰色的月球圆石已在这里存在了三十到四十亿年，也打算继续再在这里存留同样长的时间……

马克西姆惴惴不安地走到最近的巨石面前，小心翼翼地触摸着。那只是一块巨石，温驯、没有生气。它毫不慌张，没有攻击他的打算。

唉,如果是在地球上,尤其是在林区,那该多容易啊！只要掏出根棍子作为探测棍,只管用它去戳任何可疑的东西！没准就能有所发现。马克西姆甚至想转过头来,看看周围有没有合适的长条金属废料,但穿着宇航服,他的头不能脱离身体单独转动,而且那儿更不可能有四处乱扔的金属废料。在月球上,由于其价值,它们会被直接回收……

慢慢来,急什么呢？马克西姆绕着穹顶走了一圈。对于去哪儿找巨蛇座人,他依然无计可施。石头是石头,影子是影子,穹顶是穹顶。远处耸立着基地的其他设施,类似的穹顶间设有光秃秃的平坦着陆场。月球采矿机像小虫子一样在基地周围爬行,采集富含氦-3的月表浮土。环形山的山脊参差错落,无序而颇具野性地互相堆叠。

他到底在哪里?!

“沃尔科夫,请回答。”听着这粗野的声音,马克西姆认出是亨舍尔,“请汇报每一步行动。收到了吗?”

是的,得向他报告,每一步都事无巨细地汇报……目标还在逃跑。继续折磨自己的下属吧,这可太有帮助了。

但马克西姆没这么说,“有什么可报告的？您能看见我在做什么。还是看不见?”

“别斗嘴了。您大可放心,我们会记录您的所有行为。我不建议您耍滑头。很不建议,沃尔科夫,您明白了吗?”

“明白了。”

“很好。现在起，汇报您的每一步动作。这是命令。”

马克西姆甚至没有顶撞他。首先，由于身上的负重，他备感疲惫；其次，跟亨舍尔不值得废话。去他的，他可不会每一步都报告！让他自己看屏幕去，他也不瞎。他们明明有外视摄像头……

突然，马克西姆惊得打了个嗝。根据他现在所在的位置，只有一个摄像头能够看到他，可那个摄像头的朝向与他完全相反！

然后他在耳机里听到了他自己——马克西姆·沃尔科夫被无线电频段带宽扭曲了的声音。

“我在向东面前进。检查石头……没有发现。绕过石头……这里没有异常。我准备返回穹顶。您能看见我吗？”

“我们看见您了，沃尔科夫，”亨舍尔回答道，“您打算怎么做？请报告。”

“我准备检查外部天线以及穹顶上所有的盖板。也许其中会有我们要找的目标。”

“停下。我们会自己检查。继续在穹顶周围搜查，螺旋扩大搜索范围。收到了吗？”

“明白，遵命。”

“您早该如此了，沃尔科夫！”

“我在听。”

“元帅对您很满意。”

“您说哪儿的话?咱们是共事的同伴啊。”

马克西姆惊掉了下巴。有什么不寻常的事情发生了。无论如何,他都不该被外景显示屏观测到,但他还是被观测到了!他一言未发,但是却回答了亨舍尔的话。甚至还带着几乎是谄媚的态度!

过了好一会儿,他无论如何也无法确定,究竟是自己精神失常,还是一时恍惚。但事实就是,马克西姆确实没有出声。他紧贴穹顶的基底,愣了很久才重新开始呼吸。

然后——他看见了。

正如刚刚所说的那样,一个身着宇航服的身影正在穹顶周围兜着圈子,步履踉跄地向前走。不止如此,他还用马克西姆的声音汇报着自己看见什么、做了什么!巨蛇星人,你这条幼蛇……没什么可说的,干得真漂亮。他不只能模仿他的外表,还能模仿他的所有!但他是什么时候成功体察了人类的习性,以至于能达到愚弄人类的地步的?愚弄的还是这样的大人物!显然,他们之中没人会轻易相信别人。

有那么一瞬间,他想揭穿这个冒名顶替者。但也只是那一瞬间。马克西姆没有发出任何声音。

他现在从耳机里听到了自己的声音。

“马克西姆?”

然后停下了。

“叫马克西姆·沃尔科夫的人,你可以说话了。其他人听不见,我已经处理好了。只有我才能听到你说话。”

到马克西姆该做决定的时候了。

“那么,”不知为什么,他把声音压得很低,“我只需要你稍微信任我一点……仔细听,按我说的做……”

9

对马克西姆来说,从他独自和两个妻子共处那一刻开始,就是地狱了。一对二。

早些时候,他被单独留下,忍受问询的折磨:经过这么长时间的搜寻,他怎么还没找到巨蛇座人?他能去哪里?他意味着何种程度的危险?他被折磨了很久,神经都绷直了,最后被强迫埋头写了一份外星人在"维切格达号"上居留的无比详尽的报告。秋秋尼克喋喋不休,亨舍尔大喊大叫,董事长大发雷霆,把怒火发泄在下属身上,而古铁雷斯则饶有兴致地仔细看了看马克西姆,没有说话,率先离开返回地球。

然后他们也放了马克西姆。更准确地说,是把他撵了出去。而这正是一切的开始。

月球至基站的穿梭航行尚且可以忍受。妻子们明白,现在对丈夫的任何触犯都会使他"火山爆发"。但在基站,即太空电梯的"上层平台”，他们必须在那里等待两昼夜才能下降，这无疑使他们非常压抑。高悬在地球同步轨道上的巨大基站正围绕地球旋转，就像被牵引着的航模一样。货舱和客舱沿着交织的碳纳米管缆线运行，而马克西姆在轨道旅馆一间像盒子似的小房间轮番接受着言语的折磨。芭芭拉累了换卡琳娜，然后再轮换。这些锯木厂似的噪声永远无法停止。

马克西姆试着保持沉默。有时，他会愤怒地大喊道，他并不能决定世上的一切，胳膊拧不过大腿，至于谁是真正的傻子，咱们等着瞧。是他吗？还是其他那些高层官员？还有，为什么他亲爱的妻子们就确定，这位有趣的外星人一定死了？哦，不确定？那为什么“要是他受委屈了，那也好不到哪儿去”？他可太好了！首先，他还健康地活着，只是在某个地方闲逛。其次，让这个外星人的把戏见鬼去吧！谁知道他还能玩出什么花来。下回没准是那种得在数十个天文单位之外观看的把戏。他能做到！这个机体的生物反应不是在化学水平，甚至都不是在核水平，而是在亚核水平发生！你能指望他做什么好事呢？某些人不小心打个喷嚏，另一个人就会消失得连分子，甚至质子都不剩下……

和妻子们争论毫无作用。大吵大叫也收效甚微。马克西姆正在失去他的权威。

他该怎么向他的妻子们解释，一切都已经安排妥当了？或许不是最佳方案，但肯定是力所能及的最好方式。如果马克西姆确信没人在窃听,他会解释的。但事实上,他并不确定。至于卡琳娜和芭芭拉,尤其是芭芭拉,马克西姆可以用脑袋做担保,她不会说出去。但他觉得向她们解释的时机还没到……

马克西姆悲观地想,等时机来临,可能很多事都会发生变化。卡琳娜对外星人满怀着近乎母性的感情,她一时怒起的时候已经提过,她不想和一个软蛋、滑头、见风使舵的丈夫一起生活。他可不是什么见风使舵的人!难道他从自己的“见风使舵”里得到了很多好处吗?他现在是因为巴结谁被禁止进入太空了?亨舍尔吗?

芭芭拉则更加沉着。有一次,她甚至问及工作单位未来的变化前景。根据《12/1条款》[1]被解雇的人还能有什么前景?

“这是辞退书。”妻子毫无怜悯地说。

“正好。沃尔科夫收辞退书[2],很合逻辑嘛!”马克西姆试着开了个玩笑,但没人搭理他,“公司违反了合同。他们必须支付赔偿,也就是一年的工资。”

“他们会付钱吗?”芭芭拉疑惑地问道。

“他们扣下试试。宇航员工会能把他们生吃了。”

“好吧,就算是这样,可下一步怎么办?”

马克西姆叹了口气。

“我们先在地球上生活,”他略带讨好地说,“我之后会找个活

---

① 小说中的虚构条例。

② 俄语中“沃尔科夫(Волков)”和“辞退书(волчий паспорт)”的词根相同,均为“狼(волк)”。

干。如果我没能找到宇航员的工作,至少可以去应聘月土采矿机驾驶员。他们会录用我的,对吧?"

"我嫁给的是一名宇航员。"芭芭拉提醒他。

他们要靠什么生活?俄罗斯航天公司是否真会支付赔偿金,仍然是个大问题。目前,他们几乎没有任何积蓄,钱都花在了孩子们身上。孩子们很可爱,对此没什么可争辩的,但他们就代表着花销。总之,未来笼罩在一片阴云之中。

要不就告诉她们吧!他非常渴望说出这个秘密,但在这儿?不,没可能。两个妻子都会尖叫着扑向他的脖子,免不了一顿招呼。即便舱里没有窃听器(这不太可能),上层或下层的邻舱肯定会告发的。不行,忍耐,忍耐……咬紧牙关。

三万六千公里,咬紧牙关!全程三万六千公里,从基站到厄瓜多尔的卡扬贝山上五公里高的地球客运塔!马克西姆以前只是不喜欢太空电梯的缓慢和不适,现在则对其感到强烈的憎恨。

没有哪个宇航员会缺乏耐心,马克西姆坚强地忍受了共计五十八个小时的下落过程。邻舱确实有人同行,上下都有。马克西姆并不是贵宾,他们不会为他单独开设舱位。普通乘客只能住在配备最低限度设施的狭窄太空舱内,所有的客舱对接成一整列垂直的"列车",整体像摩天大楼一样高,而相邻舱间的隔音效果还有待改进。两扇直径略大于舱门"窥视孔"的舷窗使乘客可以欣赏逐渐靠近的地球景色,聊以消遣。而当邻线的"列车"像个沉默的幽灵似的迎面而来,以骇人的速度掠过时,实在使人不寒而栗。

舱内没有其他娱乐活动。如果女人们“锯木厂”似的唠叨算是娱乐,那太空电梯就不仅便宜,而且是种非常舒适的交通方式了。

时间是个好东西,尤其是睡觉时间。当妻子们感到疲倦,双双入睡时,马克西姆感受到了无上的幸福。他脑袋很疼,头晕晕沉沉的,但他知道这一切很快就会过去了。他稍微进行了一下自我心理训练,于是轻松了很多,感觉自己重新活了过来,最重要的是,恢复了思考。

不,不是思考,这个词太高级了。应当是推测。衡量。盘算。如果你要冒险行事,请将高尚抛之脑后。狡猾而奸诈地盘算你的选择。

这事能做到吗?没有别的办法了?

必须这么做。现在没必要再多说了。一旦深陷困境,要么耍滑头,要么直接就范,没有第三条路。

这么做是为了什么?马克西姆不知道。他甚至感觉自己并不是在做正确的事。他只希望别犯错。

他偷偷瞟了一眼他的妻子们——她们正在睡觉,马克西姆又把目光投向了舷窗。他立刻感觉心中轻松多了,一切如常。除了一个小小的例外:巨蛇座人附在舱体的外壳上,伸出一只手,对着马克西姆,用手指比作羊角状向他开玩笑。呸。真是个异形的怪胎。

10

在一道纯粹俄罗斯式、简单粗暴、强调不可侵犯原则的不留缝隙栅栏后面，显现出一座有着黄色屋顶的独栋住宅和几棵长着红色树干的美丽松树。一只羽毛球在空中来回翻飞。这是俄罗斯中部寻常的六月天气温和，构成了熟悉又难耐的七月高温的前奏。冰冷的雨水下了整整一星期，只有临近傍晚时，地面才是干燥的。早晨的太阳假装虚弱无力，不紧不慢地从郊区村庄的泥土路上吸取水分，让人迅速明白：它会把小水坑里的水一饮而尽，深水洼和泥浆则暂且安全。人们会说，请等一等。迂回曲折地行进，选条更干燥的路，不要骂骂咧咧的。您最好记住：比起在水星附近，如今您离地球可近多了，这不正是您梦寐以求的吗？如果您还不满意，那您就是位少见的挑剔鬼。

从城郊的列车上下来三个身影：一位肩上背着包的壮汉，一位年轻女人，还有一只戴着嘴套的强壮黑狗，被女人用绳牵着。从项圈上硕大的尖刺来看,这只狗可不算最温和的那种。不过这些都是表象,不能作数。尽管外表凶猛,配饰可怖,但这只狗一路表现得都很好:能够准确执行一些简单的命令,没有惹恼乘客,也完全无视其他的狗。最令人吃惊的是,它对猫也是如此。一条模范犬。论外表,论训练,都是上等的。

它甚至会灵活地绕开水坑,也不用人拉着绳子,一切都能模仿着人来。只有当它踏上空无一人的郊区“街道”,它才低声问道:“现在可以了吗?”

“到栅栏后面就可以了,”马克西姆平静地回答,“再忍忍吧。累了吗?”

“不觉得累,就是烦了。”

“忍一下吧,必须得这样。”

“为什么?”

“我已经向你解释了一百万次为什么了。不能让任何人知道你在地球上。人类做事粗心,但很胆小。告诉他们地球上有个巨蛇座人,他们会被吓坏的。人类一旦害怕,就会做蠢事。后果很严重。”

阿毛没有说话,马克西姆怀疑:这位客人是否明白了危险在哪儿?有时候巨蛇座人的举止相当幼稚。不知道为什么,他不喜欢狗的外表。那么问题来了,在人群里要怎么把他伪装起来?伪装成人?他不会反对,但突然出现一位完全没见过的人,有心者一定会颇感兴趣:臭名昭著的马克西姆·沃尔科夫的小圈子里出现的这位新人物是谁？这似乎是个悖论。要想藏身，就应该躲进同类之中，但这对他并不适用。他很快就会被发现。对他来说，在公开场合伪装成一条猛犬更为合适。这只是种聊胜于无的伪装，但这么做至少安心一些。如果能知道到底有没有人“跟踪”就好了。可惜没这个本事。跟踪的不是别人，是宇航员的地面部队……该死！虽然看不见也摸不着，但这简短的一段对话，通过一个指向性麦克风，轻而易举就能在一公里外被录下来。那人可能会乐得够呛：一个人正边走路边和一只狗对话，狗不看人，也不张嘴，但不知道怎么回事，它在说话！

围住住宅的栅栏也同样是个聊胜于无的屏障，但进了栅栏，马克西姆还是感到放心了不少。

“哦，看看谁来了？”芭芭拉没击中羽毛球，大声喊道，“我们本来以为你们明天到呢。”

“可我们今天就到了，”卡琳娜说道，“毕竟我们很有本事。”

大儿子别奇卡把球拍扔在草地上，冲向他的父亲。而小沃夫卡坐在两棵松树间的秋千上飞得很高，他尖叫着想赶紧停下来。

别奇卡一边跟爸爸问好，一边直奔向巨蛇座人。沃夫卡从秋千上摔下来后，叫得更大声了，但他安静下来后，冲向了同样的地方。

大门一关，狗就进行了奥维德[①]做梦都想不到的变形。绳索从卡琳娜手中滑落，项圈猛地缩回身体，像变色龙捕猎的舌头缩回口

① 古罗马神话长诗《变形记》的作者。

中似的。项圈和嘴套钻进皮肤,消失不见。随后,四肢和面部也消失了,狗的身体几乎变成了一个球。下一秒,它开始迅速变高。别奇卡刚走到这位客人面前,巨蛇座人就变成了一副中年男人的模样,秃头、发胖,长着一张温厚的脸。看到他,任何人都会说:很明显是沃尔科夫家请了位亲戚来做客。

“叔叔”在长椅上坐下来,无比自然地喘着粗气。满是汗水的肚脐从他翘起边的衬衫下露了出来。

接下来就是拥抱和一些友善的抱怨。孩子们挂在“叔叔”的脖子上,他显然享受其中。

马特维叔叔……现在马克西姆已经不记得到底是谁给这位客人起名叫作“阿毛”的了,是卡琳娜还是芭芭拉?阿毛这个名字来自“毛克利[①]”。这个类比自然而然就出现了。都是天外来客,都在向人类学习,在自己人里格格不入……唯一的麻烦是,“自己人”已经缩小到了一个家庭。对其他人来说,阿毛要么是马特维叔叔,要么是一只叫“侯爵”的黑狗。可给一只狗起名叫阿毛是桩怪事——人们会认为主人是在模仿猫的叫声戏弄狗,或者根本就是精神不大正常。马克西姆已经逐渐习惯了,但他仍然不喜欢让自己出丑。再说,谁会喜欢这种毫无回报的事情呢?

目前,想得到些回报还很困难。孩子们得到的只有风趣的马特维叔叔,一个外星人面孔的新奇玩具;他只得到了妻子们的道

---

① 英国作家吉卜林《丛林之书》中的主人公。

谢。只有一次。但马克西姆在公众场合装傻的次数可十分频繁。

这么做到底是为了什么?!在最初的几周,甚至几个月里,马克西姆都找不到答案。莫非只是为了糊弄军方和政客吗?这确实是个够格的目标!然而他已经失业了,经济前景不明朗。幸运的是,赔款已经收到,但基本全花光了……

那么是为了什么?为了这种关系本身吗?没这个必要!或许只是出于好奇?天气越来越热了。巨蛇座到底有什么特别之处?那里的环境有什么特殊之处?宇宙中竟存在这样一个绝妙的角落,那里既没有高等文明的干预,也没有比比皆是的精密技术,最为夸张的是,甚至未经自然进化,就孕育出了有生命的、有心智的太空飞行生物!

但他们可不仅仅是会飞那么简单!巨蛇座人可要神通广大得多!如果他们能被用以创造福祉,首先造福人类;其次造福他个人——人类微小但不可分割的一部分,那该多好!……

有个有点侮辱性但很正确的问题:要做到这件事,人类有足够的智慧吗?

“您是根据什么原理飞行的?”马克西姆决定首先试着从细枝末节着手。

“我无法回答。在您的语言中没有对等的概念。”

得打破砂锅问到底……

让一群科研人员一股脑扑向巨蛇座人是不可能的。还是得以待客之礼对待他。读过科普文学的马克西姆自己开始思考:要知道太阳是一颗“迟到”的恒星。在它燃起之前的几十亿年里,银河系里早已闪烁着众多其他恒星了。地球上的生物历经了四十亿年的进化,这多吗?一百亿年呢?在这么长的时间内,生命能达到何种程度?

得先观察一下,然后再问。马克西姆并不总能理解他的回答,不知道什么时候是人类语言中真的没有他所需的概念,什么时候是阿毛懒得回答,靠这个语言公式来搪塞。

但他从不懒于善待孩子们。变出任何玩具?轻而易举。在火盆里点燃苹果树木柴来烤串?小菜一碟。在沃夫卡和别奇卡欢快的尖叫声中,“马特维叔叔”从自己的手掌中取出了火。只有烤串太单调了?没问题。巨蛇座人捧了几把土,几秒钟后,就变出几块发酵完美的里脊肉,羊肉、猪肉或牛肉,任君挑选。妻子们起初对这种肉不屑一顾,但后来就习以为常了。这时候马克西姆明白,一旦发生什么意外,他的家人不会死于饥饿。阿毛可以制作任何产品,甚至猛犸象肉也不在话下,如果他有机会接触到的话。

只有对于干白葡萄酒这种最恰到好处的烤串搭档,马克西姆从不信任巨蛇座人的粗制滥造品,他都自己去买。对他造的东西,他虽然认可,但必须遵守原则。喝白拿的酒?从不。白吃一顿?偶尔可以,但要避免形成习惯。

酒足饭饱后,马克西姆抓住时机,向正在和孩子们玩耍的巨蛇座人问道:“你能做点什么活物吗?”

“我试试。”

“马特维叔叔”的手以眼镜蛇攻击的速度猛地伸出,抓住了一只在木莓树丛上来回飞舞的黄粉蝶。阿毛张开手掌,蝴蝶飞走了。过了一秒,一只黄色的蝴蝶扇动着翅膀从他的手掌中长了出来。这只复制蝴蝶触角微颤,飞起来去寻找花蜜去了。阿毛笑了笑。

“你笑什么?”

“很痒。”

“这就代表,你能造活物,”马克西姆若有所思地说道,“我们退后些吧……嘿,孩子们,你们自己去玩会吧。就五分钟。你能造活物的话……蝴蝶是真的吗? 五分钟后它不会死吗?”

“如果不被燕子吃掉,它就不会死。”

“如果燕子吃了它,想必也不会被毒死。好,我相信你。那你的同类呢? 抱歉,我得问你个问题:你能繁衍吗?”

阿毛完全以人类的方式耸了耸肩回应他。

“你们不也可以……”

“是的,当然可以。但在我们这里,情况有所不同。”

“我知道。其实,每个生物都与其他生物有某种程度的不同。这很正常。而且每种繁殖方法可能都有其优势。”

“毫无疑问。”马克西姆茫然地抓了抓头,“那么,你们的方法有什么优势呢?”

“全程可控。食物充足的话,如何进行繁殖,由我自行决定。例如,我可以吃掉你们的月亮,然后分裂成数十亿个相同或不甚相同的个体;我还可以保持单一的机体的状态,其大小相当于你们星球的天然卫星。然而,这很乏味。也可以分裂为两部分,就像你们的变形虫一样。可以分成三个,四个,以此类推。也可以把多余的物质当作废料扔掉,不进行繁殖。自然,这样会导致缺乏质量。我听说人类知道,任何过程都需要耗费能量。

“什么?你能吃下月亮吗?!”

“只在绝对必要的情况下会这么做。它称不上美味,我已经试过了。此外,重力增加会使我的身体内部感到不适。”

“你可以分裂成十亿个机体?”

“神说,汝应分裂。[①]但不知怎的,在你们的文明里,只有变形虫和纤毛虫服从于他。”

“他的本意并非如此。”

“果真?好吧,就算如此。但我还是能做到。当然,我不会这么做。吃掉一颗有可能与你们的星球相撞的小行星则另当别论。不知道为什么,你们的人非常害怕这些小行星,甚至想出了成立专门的小行星巡逻队的办法,以便及时将这个不幸的天体破成碎片。停下吧,这么干不值当。以用你们同样害怕的放射性元素污染近地空间为代价,来保护自己免受打击,这值得吗?我不明白。总的来说,

① 俄语中“分裂”和“分享”是同一个单词,这句话本应是“汝应分享”。阿毛在这里开了个玩笑。

你们是非常奇怪的生物。”

“你们也一样。进食方式姑且不谈……顺便问一下，你在太空中独自飞行时吃什么？不好意思，这是最后一个问题了，再也没有了。”

“恒星际尘埃，然后是行星际尘埃。后者多于前者，但我还是很饿，几乎失去了自主移动的能力。你的飞船非常及时地出现在我面前，谢谢你。”

“不客气。但你还没回答：你真的可以随心所欲地繁殖成许多部分吗？还有，他们都会是独立的个体吗？”

“当然可以。但是我们需要一个充分的理由才进行繁殖，这就是我们与你们人类不同的地方。”

“实际上，我们也需要充分的理由才繁殖，”马克西姆埋怨道，他感觉阿毛说的话中带有些许傲慢和藐视，“比如，渴望拥有后代，这个理由就足够了。你要争辩吗？此外，我们的繁殖过程中有些愉快的时刻……”

“而这种欲望和欢愉的时刻，应该在地球的生物学规律中寻找其来源，”巨蛇座人无情地打断了他，“我们并非如此。当外部环境或我们的自觉意识需要时，我们会进行繁殖。例如，收集一个陌生地域信息的最好方法就是分裂成上千个机体，分给每个人单独的任务来收集信息，然后一起处理它们，做出决定。”

马克西姆挠了挠头。

“我不明白……再聚在一起,你是说? 聚合? 重新再成为一个机体?”

“变为一个复杂的机体。”

“是‘极其复杂’吧! 好吧,开个玩笑,这算哪门子的繁殖啊?”

“这很普通。我说的是:复杂的机体。这不足以概括我的意思。我说的是个新的层次。啊,可以说,就像是蚁穴或蜂群与昆虫个体相比。虽然这个比喻非常肤浅。重要的是,在一个复杂的机体中,每个个体都参与到共同决策的拟定当中。

“你们是安排投票还是什么?”

通过阿毛脸上的厌恶和惊恐,任何人都能猜到巨蛇座人对人类民主程序协商一致的看法。

“当然不可能! 我们会制定出一个解决方案,一个由所有人制定、适用于所有人的解决方案。如果有人不同意,那么他要有相关理由。这种理由永远基于这个子个体拥有的信息,基于其他子个体出于某种原因,无法即刻感知的信息。然后,所有的子对象都会熟悉这些信息,并重新制定解决方案。在现实实践中,这种情况很少发生,且只需要几秒钟。最后,有些情况需要我们所有人做出决定,在这种情况下,复杂的机体和单个的个体们在一段空间内排成一个单一的超级机体,呈现出线状、细胞状、螺旋状,等等。根据所讨论问题的性质,对于构建超级机体的最佳拓扑结构,有一整套科学体系。不能只是构建球形结构,毕竟,我的人民的总质量超过了你们恒星的质量，而我们也不是毫无弱点，比如，无法承受过高的温度和压力……”

“好吧，那如果有个不正常的个体不同意集体的决定呢？”马克西姆争辩道，“如果他仍然坚持己见，那该怎么办？他，或者他们，必须服从多数意见吗？或者是服从首领的决定？你不会说你们没有反对意见吧？”

“这正是我想说的。”阿毛打断了他。

“但听着，事情并非如此……”

阿毛沉重地叹了口气。完全和人类如出一辙。

“有时候，确实如此。非常罕见。你指出的观点很正确：只有不正常的个体才会反对最优方案。而我们也存在故障……或者说疾病。既不是因为细菌，也不是因为病毒，我们的疾病纯粹是信息性的。时间可以治愈疾病，但个体的故障是我们所有人的悲剧。不要笑，这是事实。我们和你们的不同之处在于，我们的交流方式中没有含糊和委婉之处。悲剧就是悲剧，我们所有人都能感同身受。甚至想到这种无奈之举，都会感到其野蛮和可怕。但终究……总之，偶尔也会采用一种特殊程序。”

“如果这个程序不涉及机密，能不能说来听听？”

“我们会将他暂时放逐。一个复杂机体，或者说超级机体，会摆脱患病的子个体，首先要做的是将其记忆转移到休眠状态。子个体变成一个婴儿，降智到我们遥远的祖先水平，变成他们在三十或四十亿年前那样,同时让他在外太空自由旅行。他逐渐会恢复记忆和完备的智慧。有时需要数百个地球年,有时则需要数十万年。如果没有完备的智慧,没有对我们巨蛇座人积累的知识的完整记忆,子个体会死亡,这时有发生。他可能会飞到几百光年之外,找不到返程的路。他可能会因为饥饿而失去行动能力,最终撞上众多坚固的天体中的一个,或者掉落在一颗星球上。"阿毛又叹了口气,"最终,这个子个体可能会在自己的漫游中遇见另一个文明的原始飞船,并试图了解他们文明的代表……"

11

未来的岁月总是美妙的。而对于经历过的时光，人们则各持己见。有人回忆起自己的成功岁月，会幸福地追忆往昔；有人一想到无可挽回的、错过的光阴，就开始咒骂自己和周围人，以及命运的不公。然而，时间和这一切的情感表达并无关系。时间不为任何人而存在。它只是存在着。一颗亚麻籽会长出茎来，然后被挤压、浸泡、捣烂。然后，它和它的同类们会被编织成一块画布，画家会在上面恣意绘画，譬如《抱银貂的女人》[①]，譬如《黑色正方形》[②]。但是，笃信大自然是专为画家所需，而不是为了蝗虫的食物所需而创造亚麻，这就颇为荒谬了。时间若是那画布，就在上面随你所想，尽情挥毫吧。用颜色施展魔法，用线条绘制完美。但如若不是，就顺其自然吧，无论如何，生活本身都会书写出些什么。你喜不喜欢，则不那么

① 达·芬奇作品，创作于15世纪末。

② 卡济米尔·马列维奇作品，创作于1915年。

重要。

又一年过去了,这是寻常的一年,和其他年份相比,不好也不坏。安赫尔·古铁雷斯已经提前卸任了国家联盟秘书长一职。在他作为秘书长的最后一次讲话中,他说道:“很少有人能够不犯错误,但我犯下错误并非偶然。我没有足够的远见,没能预见到会造成何种结果,这是我唯一的错误。”辞职后,国家联盟大会以多数票决定终止“古铁雷斯集团滥用职权案”的专项委员会工作。

世界人口已从一百一十亿减少到一百零九亿。一些知名分析学者发表了关于亚洲和非洲出生率下降的未来前景,这一预测令人担忧。

人类在宇宙邻居中发现了另一个文明。星际探测器“希望号”去往了蝘蜓座,这是外星属地中仅有的所谓“窗口”,而它返回时则被压成了一块巨大的铁饼,上面画满了无法理解的符号。接替退役元帅秋秋尼克担任地球太空军队总司令的亨舍尔上将在接受采访时说道:“毫无疑问,这封来信极具侮辱性”,并要求大幅增加给太空军事舰队的拨款。

在荷兰,首对人和动物的婚姻成功登记。欧洲著名伦理学家都出席了婚礼仪式,他们确认,可以将山羊欢快的咩咩声视为它同意缔结婚姻的依据。鹿特丹市长向这对新婚夫妇表示了祝贺。

“太空电梯”集团执行董事在接受采访时表示:“我们不知道,在最近一次缆线断裂的事故中,我们是如何成功避免了人员伤亡的。

看来,我们只能假设,除了系统的成熟可靠以及层层防范之外,还有奇迹的因素在。”

在墨尔本大学海洋遗传学研究所的水池中,拥有初级智慧的转基因虎鲨,这一从前被认为完全无害的动物,试图吃掉实验者,此前它曾向他发出过心电信号:“你驯服的,你得负责。”

主连接器代表泽姆诺沃茨克[①]市的下水系统发表了讲话。它声称,对于大型城市的下水系统中发生的怠工和破坏事件,无论如何,都不应将其看作赋予下水道系统人工智能为时尚早的标志。主连接器强调,近期发生的污水倒灌城区事件,已受到了系统内所有忠诚的零件、装置、枢纽和子系统无条件的强烈谴责。在彻底洗净并喷淋过花香古龙水的城市中心广场,爆发了声势浩大的抗议集会,与会的泽姆诺沃茨克市长站在讲坛之上,表示了对主连接器的支持。对受害者表示悲痛后,他说道,无论是现在还是将来,都不可能使用故障检测仪和其他特殊设备及时检测系统的缺陷,因为这种行为冒犯了勤勉工作的污水管道们,同时也违反了《智能机器机械权益法》。

《小圆面包和野性面包机》一书成为当年的畅销书,超过了同一作者之前的《小圆面包和人造下巴》《小圆面包和绿色霉菌》的销量。

在日本九州岛,一套已经建设十年的抗地震系统成功通过了测试。遍布全岛的地下液压装置几乎完全平息了一场超过八级的地

① 意为“水陆两栖”。

震。但在局部的几个点位,地震没有减弱,相反,震动明显增强了。不幸的巧合在于,这些点位之一竟然位于宫崎县的摩天大楼下。首次震动的能量使摩天大楼连同地基一同弹出地面,霎时间腾跃在空中,而最终大楼完全崩塌了。

在地球及其邻近区域还发生了很多类似的事件。由于显而易见的原因,对稍远些的区域,地球人根本没有可靠的信息来源。

只有少数几家新闻机构发布了简讯:前国家联盟秘书长安赫尔·古铁雷斯宣布,卸任后他准备休假,从东欧开始一场长期环球旅行。这一消息几乎没人注意。

当然,除了少数内部人士,没人能听到那句话。在宁静的布吕赫市[1]商业区,某家位于第四十九层的中型公司的办公室中,有人低声说道:"你只需要把他带到月球上。"

自然,这话不是对古铁雷斯说的。

---

① 位于比利时西北部。

12

传说，本杰明·范德洛克一出生就长着尾巴。尽管他的父母很是悲伤，但在这件事当中（如果它确实发生了），小小的本没有任何该被指摘的地方。这就是返祖。你能做什么呢，这也是偶然发生的。好在只是长了一条尾巴，而不是长了一对肉鳍鱼的鱼鳃。截掉，然后忘掉它。如果不是本长大后成为国际恐怖组织“至高前哨”的活跃成员甚至首领，从而名扬天下，情况或许真的会是如此。“至高前哨”是个令人毛骨悚然、极其隐秘、强大到足以挑战国际社会的组织，雇用了成群的特工、警察和记者。

他长尾巴这条传言从何而来，其实并不清楚。时隔多年，本（当时他不叫这个名字）的医疗记录早已不复存在了。据说为他进行截肢手术的外科医生很久之前就不幸去世了，似乎是因为把井盖挂在脖子上之后贸然下水游泳。与此类似，致力于把我们的世界变得更好的记者之中，也不会有任何人明知故犯地报道这条臭名昭著的尾巴。总之一句话——不清楚。

范德洛克不是一条尾巴,而是国际社会中堂而皇之的一根刺。国际社会再怎么细看,也不过只是一群并不重要的政客和商人,看似强大,但无论如何,与全人类相比,数量上都微不足道。他们根本不重要!究竟谁会真诚地为惨死的遇难者悲痛?只有亲属和故交。政客们悲伤是因为他们必须悲伤,而且只在人前如此。其他人的悲伤只是出于习惯,转瞬即逝。而在特工之中,悲伤可是件稀奇事。

特工从不哀悼,当需要抓捕与“至高前哨”组织有关的各类恶棍时,沉溺在情绪里没什么好处。抓捕组织的预算和影响力取决于抓捕恶人的数量。不,要逮捕本也是可能的,甚至是必要的。但不能只是把他抓起来。啊,严格来讲,是几乎不能,因为原则上讲,可以臆造出一个新的“本”。

一切都在有序进行。每个人各司其职,没有人闲着。该竭力工作到冒烟的人,都在冒着烟。休息是不可能的,因为,和谐存在于永恒的运动中。所以万事万物都在运动。

持续前进?得了吧,老兄,够了。向哪里前进?为何如此?圆周运动更可靠,更熟悉,更可预测。有谁不需要稳定,请举手。哦,每个人都需要吗?那就接受这个事实:这位是无名氏先生,非官方任命的副职以及特级秘密机构头目的得力助手,他在本的公司中深获信任,总是光彩照人。他的名字不出现在任何工资单上。他很年轻，身体健康，精力充沛，从不肆意大放厥词。他是个严肃的人。说句实话，和他相比，本看起来都略逊一筹。他谈话的语气兼具亲昵和合理的谨慎，恰如一位相识已久的可靠伙伴。

"你只需要把他带到月球上。"

"为什么要带到月球上？"本的贴身亲信中有人表示不解。而本自己已经全明白了。

"因为在月球上有两个热核电站，伽桑狄环形山山脊外的南面和北面各有一个。"无名氏屈尊解释道，"南面的发电站提供月球基地的能源需求；北面的发电站通过微波导线连接地球同步中继站，汇入地球的统一能源系统。我们对北面那个很感兴趣。目前，它正停止运转，进行常规维修。根据我们所掌握的信息——我想提醒你，这些信息是七年来一点点收集起来的。以下条件对幼蛇来说是致命的：以超过十分之一光速的速度和一个大型固体物质相撞，或是被与恒星内部辐射强度相当的伽马射线照射，或是处于超过二十五万度的高温下。第一条不现实。但热核电站的运行区域刚好可以提供我们所需要的另外一个条件，为这位外星客人建造一个小型、舒适而又不显眼的临时监狱。这个项目已经谋划很久，就看如何实施了。北核电站的总工程师不是你的人吗，本？"

"对'至高前哨'来说，没什么是不可能的。"范德洛克含糊地说。

"我也希望如此。抱歉——我相信肯定是如此。必需的技术工作应当立即展开，细节问题可以以后再谈……月球项目事成的第二个、也是同样重要的变量,是在没有不必要的噪声的情况下进行操作的可行性。如果确实出现了某种不良后果,也不难用天文、地质构造或者终归用人为原因来解释。我说清楚了吗?”

本的贴身亲信未必尽数理解了他所说的话,但他恭敬地低下了头。不过下一个提问的是本·范德洛克本人。

“那好吧……姑且如此。我们会给他造个带有热核墙壁的舒适小监狱的。有两个问题。第一,怎么把巨蛇座人弄到那里面?第二,如何让他,呃……与我们合作?要么是我变蠢了,什么都不懂;要么幼蛇在这个炽热的等离子体茧房里可以任由我们摆布。我蠢吗?或许我的某位相识觉得我疯了?”

“完全不是。”无名氏先生微笑着做了一个否认的手势,表明他认为他的伙伴在开玩笑,而且这个笑话他颇为赞赏,“问题在于,在幼蛇的几个弱点之中,有一个非常重要:他非常依恋他的地球朋友,简直就像一条小狗。因此,他会自己自愿进入笼子的。而和他的交流,仅仅需要在等离子体中传播无线电波。对这种生物来说,经过调制的电磁振动和我们的声音是一样的。技术细节日后再说。而我们要做的,就是使他自愿进入等离子笼子的动机成立。还需要解释一下吗?”

本摇了摇头,他的脸,真正的脸,而不是那张全世界人所共知、在“通缉令”告示中的小喽啰的面孔,上面布满了纵横交错的细纹。他回以微笑。他的微笑无比和善。

13

马克西姆·沃尔科夫有三分之二的时间在地球上，剩下三分之一的时间在月球基地附近采集月土。氦-3的采集工作是轮值进行的。当班三星期，休息一个半月。哪里不好？

对于一个岁数不高的壮年男子来说，劳动强度很正常。压力适中，危险适中，甚至有点让人想起宇航员的日常生活。一天中的任何时间都能看到星空。这些星星，它们高悬在头顶上，明亮地燃烧着，它们并不闪烁，因为身处大气层之外。自由？你想要多少就有多少。三个星期的孤独，只有偶尔和调度员交流时才会中断。采矿机这一钢铁制成的庞然大物，充当了工作间、卧室、餐厅，甚至是那些结伴工作的人的俱乐部。但马克西姆独自工作。

工资是按采集量百分比计算的。马克西姆没有抱怨缺钱。每天花十五到十八个小时驾驶采矿机，所有的工作无非是绕过环形山、裂缝和巨石，确保螺旋输送器中没有大石头进去，这很难吗？睡觉,吃饭,再驾驶机器。三个星期能忍得下来。

精巧的机器,时而咕噜作响,时而轻声尖啸起来,开始从太阳风数十亿年来携带至此的月土中采矿。到了交班时间,高压储罐里的负荷已经很重了。每次换班,马克西姆都会把采矿机开得离环形山山脊越远越好。他经常冒着紧急情况下难以救援的危险走这么远。他最乐于冒险,但也是采集量最高的工人。

他并不害怕。毕竟他并不是没有搭档。马克西姆有世界上最好的搭档。

起初,阿毛并不理解,甚至有点生气。当这些无聊的班做什么?沃尔科夫家需要钱吗?芭芭拉费了很大劲才向巨蛇座人解释清楚地球人经济关系的基础。阿毛立即高兴地提出,他可以用任何废料,甚至污水制造黄金、铂金或者珠宝钻石。之后他们又被迫花了很多时间和精力向他解释为什么这样不可行。首先,这么做,很快就会导致阿毛的身份暴露。其次,金钱等于付出的劳动,而阿毛这么做会直接导致通货膨胀。一点一点来?对不起,朋友,低通胀仍然是通胀。发这种财总会牺牲其他人的利益。不,这种把戏还是留给政府干吧,我们要维护自己的尊严……

不知道阿毛是否明白。但他立即提出了个不同的解决方案:创作艺术作品。他自己建议卡琳娜担任“天才雕塑家”的角色。她对巨蛇座人的作品又惊又喜,但还是拒绝了。

阿毛对此很是不满。但他还是接受了马克西姆的提议,陪他一起到月球当班，预防紧急情况，陪他一起东拉西扯，还帮着他采集氦-3。阿毛能生产这种同位素，足够用到人类历史结束。他不太明白：为什么不这么干？难道是怜惜这些丑陋的月球岩石吗？

但不做就不做吧。无聊的时候，阿毛会自己找找乐子。有时他变成“马特维叔叔”，在采矿机前踱步数小时，欣赏他在月土上留下的脚印。有时，他也会想起自己作为一名归隐的天才雕塑家的失败职业生涯，创作出一些让马克西姆认为扔进螺旋输送机极其可惜的作品。就这样，他消失了几个小时，对于自己的去向闭口不谈。结果，他离开的这一会儿，造成了巨大的轰动：一名矿工对上帝起誓，他看到一条巨大的蠕虫，或者更确切地说，是一条巨蛇，在月土上滑行。还有人发誓说，他已经以采矿机最大时速行驶了一个小时，躲避着活过来的“拉奥孔”雕塑群。第三个人则追逐着一位美丽的裸女，美丽得甚至让他忘记了思考：她怎么做到不用穿宇航服的？五花八门的证词几乎比流言还要快地增多。医生表明，这些是轻微精神疾病引起的幻觉，并建议采矿公司管理层减少采矿工人的工作量。

独自来到月球对阿毛来说不是问题，但他更乐意乘坐三座太空电梯之一离开和返回地球大气。当然是做为偷渡客。有一次马克西姆嘟囔了一句，不赞成他的欺诈行为，阿毛思考了很长时间。和所有的俄罗斯人一样，马克西姆坚信，从富得流油的公司手上骗取钱财是种神圣的行为，所以他说的是违心的话，但这个真诚的巨蛇座人决心要挽回公司的损失。发生故障的时候,机会出现了。阿毛和马克西姆怎么会知道,缆线的故障既不是因为磨损,也不是因为陨石撞击?巨蛇座人只是托起了掉落的一整串舱体,重新系上缆线。听到马克西姆说,他现在理应有权免费乘坐太空电梯直到世纪末,阿毛表示十分满意。

本杰明·范德洛克也很满意。尽管大型恐怖袭击破产了,不会有满载着烧焦乘客的熔化舱体从纯净的天空落在罪恶的地球之上,不过有可靠消息表明:在数十亿形形色色、大部分毫无用处的人中,存在着这样一个有超凡能力的外星人……现在的“至高前哨”面前,铺展开了全新的前景。下一步行动貌似困难,但却是可行的。

马克西姆正驾驶着采矿机。

这台不伦不类的钢铁恐龙在地球上几乎寸步难行。只有月球能允许这些三百吨的怪物在自己身上爬行。正常重力下,它们中的任何一台都会土崩瓦解,不是因为自重过重,就是因为体型大得过头了。即使是在水星上采矿的“鼹鼠”型机器,与月球上的月土采矿机相比,也显得匀称美丽。

两台巨大的螺旋输送机耙起月土,粉碎疏松的岩石,并把采集到的月土送进这台怪物张开的巨口。宽大的大花纹履带一秒钟也没有停过,缓慢而持续地前进着。采矿机后面拖着一条短而疏松的废土尘尾,完全掩盖住了行进的痕迹。驾驶员训练有素的双眼可以轻而易举地分辨出采集过和未曾采集的尘土。只有新手才会犯错。

湿海[①]的这一部分,无论是人类还是月土采矿机都从未涉足。而阿毛则不然。就像他现在正做的,他以“马特维叔叔”的身份走在采矿机前,搜寻着最高质量的月土。与此同时,他占用了调度员的通信频道,通过无线电和马克西姆进行沟通。马克西姆不知道为什么调度员听不见他们的对话,他也不想弄清楚。这次,巨蛇座人选择“穿”沙滩装——只穿泳裤。无论马克西姆已经多么习惯外星人的新花样,但在月土上看到赤脚的足迹还是很奇怪。好在采矿机把这些脚印打扫得很干净。为什么要徒生事端?

“蓝色的星球在旋转,在旋转[②]……”马克西姆哼着歌,跑调了,但至少在宇宙学上讲,哼的内容很正确,他把目光从足迹转向漆黑的天顶上旋转着的母星。“在头顶之上旋转,旋转……”

阿毛沉默不语。他一定在听。

“在旋转,在旋转,想要落下去。

“悄悄地,悄悄地,绅士偷走淑女。”

倒数第二句明显有问题,巨蛇座人立即注意到了。

“我知道,”马克西姆懒洋洋地回答他,“为什么地球会落在月球上?因为它需要它。而且,是地球落在月球上,不是月球落在地球

① 位于月球正面的小型环状月海。

② 电影《马克辛的青年时代》中扮演年轻工人角色的演员鲍里斯·奇尔科夫演唱的歌曲。

上,世间万物都是相对的。在原曲中,它本来不是指星球,而是指围巾[1]。有个字母后来被弱化了。

“为什么?”

“你问我?问点更简单的。”

“那‘悄悄地,悄悄地,绅士偷走淑女。’是什么意思?难道是一个人偷走一个人吗?”

“很少,但时有发生。做做梦本也没什么坏处。另外,这里所指的只是这位淑女。”

“难道这位淑女不是人类吗?”

“该怎么和你说……”马克西姆想起了他的妻子们,“世界之大,无奇不有。从前有这么一个人,没有比他更像人的了。可有时候,你看到他或是听到他的声音,会大惊失色:这到底是什么未知的物种?比如你,甚至更糟。”

“我很糟吗?”

“不,但如果你不看着点脚下,就糟了。最好把那块石头从右边拿开,我可不喜欢它……

“它很疏松,”阿毛立即断定,“螺旋机能处理得了,双盘磨碎机也可以。没有必要移开它。”

“你怎么什么都知道……你说说,你怎么知道它是疏松的?你摸过它吗?”

---

① “围巾”俄语为“шарф”,尾音弱化后为“шар”,有“球”和“星球”的意思。

“我已经摸了成千上万块类似的了。经验是很珍贵的。”

有时候,马克西姆完全无法否认巨蛇座人的合理看法,阿毛在人类中生活越久,越是如此。如果这位外星客人不是被他完全非人的天赋所阻碍,他早就变成人类了。

“有人过来了,”阿毛突然说,“我需要进行伪装吗?”

“请吧。”

“变成一块巨石?”

“你问什么呢。别变成花坛。”

阿毛咯咯直笑。马克西姆得以欣赏他的“马特维叔叔”是如何在月土上铺展开来,变成一整片的鲜红郁金香花田的,在感叹完“真受不了,这个捣蛋鬼!”之后,一整片的花田都开始收缩,正中央长出灰色的块茎,所有的花茎和花瓣都陷入其中。半分钟后,这场变形就完成了。月球风景里失去了一个花坛,却收获了一块新的巨石,这样的石头遍地都是。

又过了两分钟,马克西姆才看到那台飞行器。这段时间,用螺旋机抹去赤脚的脚印绰绰有余。

那是一台可载两人的“跳蚤”飞行器——依靠喷气推进的棱角分明的箱形飞行器,根据首个登月舱建造,用于在不超过五百公里的范围内进行弹道跳跃。想象着自己是这个东西的驾驶员,马克西姆感受到经久不散的惊恐。一旦发生碰撞事故,他得在他的采矿机中坐上三到四个星期——“跳蚤”燃料耗尽几小时后就会失去续航能力。如果救援队来晚了,那就彻底完蛋了。如果有让自己暴露在危险之中的因素呢!像所有宇航员一样,无论是在役的还是已经退役,马克西姆拒绝将弹道跳跃视为一次真正的飞行。如果他不能飞,那即使爬行也比向前跳要好。至少没人会看他笑话。

“跳蚤”精巧地在离采矿机大约五十米的地方落地,险些把那块刚出现的巨石燎冒烟。对阿毛来说,这当然无关紧要。而现在,空闲的对讲信号瞬间被大声的叫嚷打断了,其中得有一半是脏话。

“什么事?”马克西姆对着话筒问道。

舱内的驾驶员很是愤怒:

“你还问我怎么回事!……你的通信设备到底他妈的怎么了?”

“一切正常。怎么了?”

“收拾一下。你跟我一块飞回去。给你十分钟收拾行李。”

“你先说明白点,到底怎么了?”马克西姆挠了挠后脑勺,不解地问道。

“你家里的事,明白了吗?他们让我马上带你离岗。上级全都怒火冲天。好像是有点什么关于你们的倒霉事。别问了,我也不知道。等我们到了你就知道了。快点吧!”

“我够快了!”

十分钟?只需要五分钟,就足够马克西姆将采矿机进行自动关停,穿好宇航服,大幅度地跳向“跳蚤”。阿毛沉默了,不知是不知道该说点什么、不知道怎么帮忙，还是他不准备在“跳蚤”附近冒险使用无线电通信。他最好什么都别干，直到我们到那儿发现到底有什么倒霉事……

马克西姆笑了笑。他不愿去想最坏的情况。他的脑海里突然溜进了一些想法，但他还是把它们赶了出去。先等等，先等等！不必过早惊慌。但他感到心口隐隐作痛，恐惧像利爪在叩门一样，咚咚，我来了！

“跳蚤”像被开水烫伤一样，又蹦又跳地向月球基地的方向疾驰而去。没过三分钟，又有一台“跳蚤”降落在了停好的采矿机旁边。驾驶员从飞行器里走出来，对采矿机毫无兴趣，目的明确地走向灰色巨石，不无谨慎地把被宇航服手套包裹的手掌放在上面，说道：“你听我说，我都知道了。听好了，记住，我不会再重复：沃尔科夫全家人的死活取决于你明智与否。如果你不懂事的话，在你能帮上忙之前他们就会死掉，而且下场很惨。如果你态度积极，他们就能活下去。作为你朋友性命的交换，我们需要你做件事。成交吗？”

巨石沉默不语。

“我听不见！”

巨石顽固地表示，自己属于岩石世界。驾驶员甚至环顾了下四周，看看附近有没有其他类似的巨石。这个错误并不好笑，对这位驾驶员来说，完全是不幸的。“至高前哨”不会宽恕错误。

“意思是，你不同意？那你咎由自取。”

“成交。”巨石的声音传到了宇航服里。

“很好。别想要什么把戏骗我们。你得同意我们对一些人采取安全措施。”

“对谁采取措施?”阿毛问。

“先是沃尔科夫一家。明白了吗?”

“明白了。”

14

不能说沃尔科夫全家的处境都糟糕透顶。当然，不自由始终是不自由，没有任何好处可言，但有孕七个月的卡琳娜有位医生随叫随到。地下室很宽敞，甚至还摆放着一些家具。或者说，这并不是地下室？几位人质不知道，只是因为没有窗户才管这个房间叫地下室。嗡嗡作响的空调让人觉得这是某个非常炎热的南部国家。在第二次被注射前，芭芭拉注意到他们是乘坐小型飞机飞过来的，但再也没有任何别的信息了。只要问看守们有关监禁地点或者后续安排的问题，看守们一概闭口不谈。“你们很走运，我们需要你们活着。”这是唯一的回答。

有个人懂俄语。沃夫卡对“英格拉姆”式冲锋枪表现出小男孩式的兴趣，获得了内行的解答。同时也被教训了一番。

每周大约有两次，守卫们让他们发挥自己的天然本能。他们被蒙上眼睛，扔到录像机镜头前跪下，短刀抵住他们的喉咙，有人向他们宣读判决:异教徒理应被处死。他们的罪过不容置辩,也骇人听闻:他们是人类的一员,却不认同"至高前哨"的思想理念,理应处死。几小时后,视频录像就会传至月球,在那里被播放给一个生物观看,他不无根据地被称作"幼蛇"。

而马克西姆被关在月球上北方发电站的一间办公室里。如果他知道阿毛离他只有几百米远,他一定会大吃一惊。问一堆问题纠缠守卫毫无意义——得不到答案,只会得到一个耳光。要么是出于对纠缠的厌烦,要么只是为了以防万一。守卫有两人,他们会定期换班。一个人长相粗野,膀大腰圆,炸开的胡子快够到眼睛了;另一个是个平平无奇的金发男人,长得很是丑陋。他们是人类吗?生物学意义上,是的。但只是功能性的人。似乎他们真正的居所不是公寓,而是零部件匣子,需要的时候就拿出来,用完拿沾满油污的纸包上再放好。

逃跑?理论上,哦,当然,纯粹理论上来说——或许有可能,但逃去哪儿呢?而那些混蛋会对他的家人做什么?对阿毛呢?

与此同时,安赫尔·古铁雷斯正在全球各地东奔西跑。俄罗斯权力机关的官员们不仅无法将沃尔科夫一家被绑架的情况解释明白,还皱着眉头,想要了解到底是怎么回事。看来他们中的一些人仍然很是困惑:国家联盟的前秘书长到底想从他们那里了解什么?他真的对五个普通俄罗斯人失踪这种小事感兴趣吗?真是不可思议!古铁雷斯挥了挥手。

尽管放弃了秘书长的职位，但却有些别的好处，其中最主要的就是私人联系方便了很多。卸任后的第二个周末，古铁雷斯与嘉木睦树先生进行了一次谈话，对方是地球上最富有的人之一，是公认的股票操盘天才、几十家国际知名公司的合伙人、慈善家和狂热的钓鱼爱好者。这次谈话是在挪威一条流向某个不知名峡湾的湍流中面对面单独进行的。阿拉斯加更近，但嘉木先生更喜欢钓大西洋鲑鱼，而不是太平洋的。嘉木先生专门来这里飞钓，众所周知，每个有自尊的钓鱼爱好者都厌恶在岸上钓鱼。穿上高度几乎到脖子、配有三打口袋的橡胶裤，在河流中来回穿梭，搏击水流，在水底的岩石上滑倒，那完全是另一回事！这是种体育运动。如果鱼不上钩，只要您想，肾上腺素会是个不错的补偿。要是换成在岸上钓鱼，一两个小时后，你会开始怀疑是不是白白浪费了自己的生命。

“你说的是，阿毛？”嘉木在古铁雷斯耳边喊道，试图压过隆隆的水声，同时更换着钓线末端藏有钩尖的人造假蝇，“还有俄罗斯的宇航员家族？我理解得对吗？”

他完成了大师级的一抛，将诱饵抛向约六十米远的地方。在那块难以辨认的石头后面，可能藏着一条上等鲑鱼。古铁雷斯躲过价值等同于一辆好车的嗡嗡作响的钓竿，抵抗着激流，骂着打滑的挪威岩石和无辜的挪威人，竭力维持平衡，用力点头：“对！对！”

“我最感兴趣的是，关于‘至高前哨’参与这件事的消息有多可靠。”嘉木缠着鱼线，忧郁地回答道。

"百分之九十九,"古铁雷斯有点昧着良心说,"信息源很可靠,蓄意提供虚假信息的可能性很小。您得明白,我身在局中,考虑到我的行动,他们有理由牵着我的鼻子走,而不是简单地把我除掉,那可要容易得多。"

嘉木点头表示同意,把假蝇甩到一块新的岩石后面。昂贵的鱼竿弯成弧形,鱼线吱吱作响,上钩后,他大喊一声"万岁[1]",开始与这条垂死挣扎的鱼角力。谈话被打断了,喊叫声、疯狂的指挥声开始了,古铁雷斯举起抄网,心里暗暗发誓,这辈子再也不钓鱼了。最后,这位狂热的日本人抠住鲑鱼跳动的鳃,用一个从口袋里取出来的小型电子秤称了下重量,又用从另一个口袋里取出的微型照相机拍了张照,然后把它放生了。

"如果阿毛先生的能力确实如此神通广大、不同寻常,"嘉木继续说,好像什么都没发生过,"那我非常想知道,'至高前哨'是用了什么法子让他服从的。他们能友好地达成一致?"

"未必。更可能是直接而鲁莽的敲诈。巨蛇座人很依赖沃尔科夫。"

"如此依赖,甚至在自己的朋友被杀之前没法救下他们?"日本人讽刺地笑了,"虽然世上没什么是不可能的,对恐怖分子来说也是如此。那就假设他们暂时监禁了我们的天外来客,然后寄希望于日后能怂恿他自愿合作……这可能吗?"

① 原文为用俄文拼写的日文。

“几乎可以确定，就是这样。”

“所以，我们的客人并非全能，”嘉木先生再次微笑，“我很高兴听到这个消息。否则我就不得不把他当作个降临地球的神灵了，那可太让人不习惯了……神灵最好待在天上。”

古铁雷斯并没有反驳这一论点。他急着说重点：

“如果‘至高前哨’拥有了巨蛇座人的力量，那我们只能指望上帝了，无论他身居何处……”

合乎逻辑。但是嘉木先生嫌恶地摘下鱼钩上不够分量的茴鱼，提出了一个问题：

“为什么拯救世界应该是我一个人的事？”

古特雷斯表示反对。首先，不仅是他一个人的事。第二，如果不向他这样一个有影响力的人求助，还能去找谁？第三，据称，未来恐怖袭击的目标名单中包括嘉木先生关切的对象。第四，“前哨”控制的新闻机构不止一次在转播中发出宣告，不仅充满威胁，而且还有对包括嘉木先生在内的一系列知名政治家和商人的粗暴人身攻击。古铁雷斯凑到他耳边，低声说道。

“地球的蠕虫？”嘉木不悦地笑了笑。

“更准确的翻译是粪蛆。还有更糟糕的称呼。我甚至不好意思再说一遍。”

“蠕虫就够了。”日本人的表情又变得冷淡了。很明显，这不是他第一次听到来自“前哨”的侮辱，但到目前为止，他还没重视过。

可以说,这是双方的事。如果侮辱人尽皆知,而被冒犯的人不作任何反应,这就完全是另一回事了。

这就不妙了。太不妙了。

就算经济理论专家千算万算,好像能把一切都算出来,个人动机也不在他们计算之列。不过,毫无疑问,嘉木先生也想到了一个直接的好处。

有时,不输就意味着赢。如果天外来客先生为了感谢救命之恩,好心地同意帮助某人解决些小问题……不,不,不能给他任何压力,得完全出于自愿。如果不同意,那嘉木也不会见怪。

"想必,我们的天外来客并没有被关押在地球上。"来自日本的钓鱼爱好者说,他又照例抛了一次线。他已经给自己盘算好了一切,"我建议我们别和亨舍尔将军接触。我想我们自己可以处理。"

"如果我想得没错的话,以亨舍尔的贪心,他应该离巨蛇座人远点,"古铁雷斯咧嘴一笑,"否则阿毛迟早会把他那身皮囊挂在伽桑狄环形山的山脊上……"

嘉木先生点了点头,表示对这个笑话很是受用——如果这确实是玩笑的话。

"总之,首要任务就是确定这位天外来客的所在地。我觉得这件事并非不可行:列出与其相似的物体没那么困难。第二……嗯,第二个任务得取决于第一个的执行情况。哦!这里的风景真棒!您看那边山坡上的斜照!……太美了,不是吗?"

15

后来,官方的通报如下:太空军队一次演习中发射的一枚导弹的制导系统出现故障,导致导弹偏离航线。自毁系统也失灵了,所以导弹击中了计划外目标——月表的北方发电站。导弹的撞击不仅对昂贵的设备造成了损害,不幸的是,也造成了人员伤亡。该导弹没有携带核弹头,因此没有对该地区造成放射性污染的危险。句号。

内部调查显示,事故的真实情况略有不同:真正的罪魁祸首,正如丑闻中所说,是人为因素。简单来讲,根本不是什么故障,而是作战舱的驾驶员犯下了不可饶恕的错误。中尉被耻辱地踢出了舰队,遣送回了地球,他在那里意外地获得了一大笔遗产以及挪威一条河流的所有权,从此以捕鱼为新营生,过着愉快的生活。不过,让他见鬼去吧。像那些大大小小的官员,他们有些因为意外继承遗产而大发横财,有些在赌场里赢了钱,这对任何人来说都令人欢欣不已。

不要嫉妒他们,要为他们感到高兴!他们不知不觉中做了件好事。对历朝历代的受贿者来说,他们是个多好的榜样啊!

这些事,阿毛都不曾知晓。他也不知道范德洛克发挥了不合乎他性格的幽默,把北方热核电站堆芯区重建的电磁阱称为“蛇室”。知道这些细枝末节的小事做什么?阿毛专心思考着更重要的事。

他自愿身处囹圄时陷入的心理状态,在人类心理学中是绝无仅有的。这或许是介乎绝望与冥想之间的状态。他的地球家人遇到了麻烦,他第一次不知如何帮助他们。不能杀害人类——马克西姆·沃尔科夫,被阿毛看作父亲的人类是这么教他的。就是不能杀。对这个外星人而言被禁止的行为,有时人类却会去做。在特殊情况下。如果没有这条禁令,阿毛无论如何都会赶过去把人质们释放出来。他知道,人类经常撒谎,更经常自以为是。也许他进这个等离子茧房前就该冒这个险?或许风险没那么大?

但那样就被迫要杀人,这是肯定的。阿毛在想其他解决办法,但还没找到。这很可怕。直到现在,他还没发现任何无法办到的事。可现在,意外发生了。

在他周围,被电磁阱固定住的等离子体开始翻滚起来。他——一颗银色球体不知所措地悬在等离子球的中央。阿毛本能地采取了最适合长时间等待以及自我思考的形状。球的内部很热,但可以忍受。阿毛关闭了他大部分的外部感知通道。

他偶尔会收到翻腾着的等离子体中畸变的图像，得知沃尔科夫一家人都还活着。还经常有些提议、暗示和威胁。但阿毛没有回应。

在任何一个外部观察员看来，巨蛇座人都似乎已陷入了昏迷。某种意义上讲，确实如此，但他的昏迷与人类的昏迷完全不同。尽管如此，范德洛克在犹豫之后，还是下令推迟对其中一名人质的处决，以便幼蛇更为顺从。反正巨蛇座人也无处可藏。拖延时间对"至高前哨"暂时是有利的。

尽管无线电信号被扭曲了，但还是能够读懂。阿毛可以将自己变成纯粹的能量物质破茧而出。可怕的是，不知道在那之后，他还能不能恢复到以前的形态？会不会失去那个最基本的"我"？

转而内观自我，阿毛回忆起了很多。他现在有大把的时间。于是，各种记忆纷至沓来，有时是连贯的，大多则是一些片段。关于"绝对真理"这一关乎巨蛇座人生存之根本的回忆，绽放出了妙不可言的美丽。但那个"绝对真理"究竟是什么，阿毛不知道。

毫无疑问，随着时间推进，他也会想起来的。那时……那时他将成为完整的存在，所有方面都和他的同类们相同，也能够重返自己文明的人民之中。他回忆起来了。"绝对真理"已经在他的记忆中褪去了。只有一件事：只要他重新掌握了"绝对真理"，就不会再关心一个围绕着黄矮星公转的微不足道的星球，这些当地的生命也不会再引起他的兴趣。他们倨傲地把自己微薄的思维能力称作智慧，之所以苟存至今,只是因为他们与远远强于自己的邻族们保持着微妙的力量平衡。他当然也不会再关心任何单独的人类家庭,无论他们可能遭遇到多少麻烦。他将步入新的阶段,开始在真正的宇宙尺度进行思考!

所有这些都会发生,但是要在以后。目前,这里还有未竟之事,还有没算完的账,现在还不是思考"绝对真理"的时候。与人类不同的是,人类对思考的过程几乎没有控制力,而阿毛不仅能够禁止自己去想一些事情,而且能够一直不去想。

曙光从另一边照了过来,那就是用纯粹地球人的方式解决问题。或许他该把自己变得像人类一样,学会撒谎?那么,那些把他关起来的人就会失算。他们所有的盘算都建立在他绝对诚实的基础上。他可以沉默,可以说"不",但如果他说"是",那就是事实。

当然,不能真去执行他们的野蛮要求,毕竟,这意味着杀人,杀很多人。但可以假装同意,以获得行动自由。

他不喜欢这个想法,但其他的选择更糟糕。阿毛还在思考时,他留存的为数不多的外部感受器感觉到了某种机械冲击,以他的标准来讲,这种冲击感很弱。而人类会说,反应堆建筑被巨大的力量撼动了。

在工作区保持一百万摄氏度的温度并不容易,一旦发生事故,热核反应就会立即停止。就像人吸到一口甘甜的新鲜空气一般,重获自由的阿毛也有同样的感受。他立即抓住了这一机会——是时候行动了。

挡在他面前的第一个双足生物，几乎被爆炸的冲击力劈成了两半。第二个甚至没来得及启动他那使用原始技术的武器（他的武器会以低速吐出一些质量不高的尖状金属物体），就因减压而死亡。阿毛并不觉得自己有义务去救这个人。毕竟，并不是自己要杀他！

但在双足动物的大脑仍旧存活时，阿毛进入了这个垂死之人的意识，得到了答案。原来马克西姆·沃尔科夫就被关押在这里，就在附近！

马克西姆所在监狱的墙壁也无法抵御爆炸。在血液沸腾之前，他就会因窒息而死。阿毛在爆炸整整三分钟过后才发现了他的身体——他不得不先清理建筑崩塌后的废墟。

几分钟后，马克西姆在一个从未有过的单座太空舱中慢慢苏醒了过来，这个太空舱没有被任何太空舰队登记在册。这是个有生命的太空舱，叫作“阿毛”，正向地球急速前进，并且速度越来越快。

许多观测员和看热闹的闲人发现，伴随着响亮的轰鸣声，一颗巨大的流星划破了地球的大气层。它在天空中曳出的烟迹持续了一个小时都未散去。

阿毛非常着急。他从垂死的警卫大脑中提取出的信息，足够他在月球和地球上展开行动。人与人之间的联系总是千头万绪，但跟随它们，你总是能抵达目的地。

首先，要去找芭芭拉、卡琳娜和孩子们。路上时间宝贵，分秒必争,否则阿毛不会像这样在大气层中制动,肆意损耗自己的质量。他提前考虑到了这一点,已经在月球上吸收了足够的岩石和碎块。现在,这些储备转化为耐热装甲,熔化、燃烧、被空气裹挟而去,慢慢消散在大气之中。

只要解救了人质,下一步就要去找罪魁祸首。一旦找到,就对他们施以惩戒。不,为什么一定要杀了他们?难道没有其他惩罚方式了?

在一个异常炎热的国家,有着数不胜数的酋长,其中一位的宫殿从外面看更像个要塞,从里面看也是如此。阿毛没有遵循礼节。卫兵们浪费了大约一千发子弹。宫殿损坏了,阿毛得到了想要的信息。

这次不是在安宁的比利时布吕赫,而是在更加宁静的瑞士洛桑,城郊有一栋单层别墅,如果墙壁不是由防震吸音的材料制成的,一定已被外面的叫喊声震得颤动不止了。

“我想知道幕后主使是谁!”本杰明·范德洛克对无名氏大声喊道,“这不关我的事,是你应该做的!”

“我知道。我得说,不能排除这起事故是意外的可能性。”

“胡说!”

“完全不是。这正是我最恐惧的地方。聪明的赌徒能判明偶然事件的价值,还知道如何恰当运用它。但有时候,所有的偶然事件都对你不利,无一例外,从一开始就这样。这时候,老练的赌徒就该弃牌了。”

“你难不成想说……”范德洛克咄咄逼人地说。话音未落，整座建筑就颤抖了一下。客厅的墙壁上出现了一个硕大的洞，尘土一拥而入。一颗巨大的铁球缓缓飘进洞里——就像那种被建筑商用来拆毁老旧房屋，腾出土地建造新建筑的铁球。只是这颗球并没有挂在绳子上，而是自己凭空飘浮在空中，不知道是如何做到的。

“现在只能说：全完了[①]。”无名氏喃喃自语道。

铁球长出一双愤恨的小眼睛，一瞬间通体遍布鳞片。圆钝的鼻子伸长，下巴突出来，嘴中伸出分叉的红色舌头。这条巨大的爬行动物摇晃着头，准备猛扑过来。谁也没注意到，它的躯体变得无比颀长。

突然，巨蟒冲了过来，在本·范德洛克拔出武器前就把他打翻在地。而范德洛克又有什么能耐来抵抗巨蛇座人呢？凭子弹里的那几十克的铅和铜吗？这可一点不好笑。

无名氏还算聪明，没有还击，而是以惊人的速度逃窜了出去。不过这也是徒劳的：刹那间，巨蟒就咬住了本，用尾巴缠住了逃跑的人。然后，巨蟒开始缩紧它的头和尾巴，直到最后两位脱力挣扎着的、几近窒息的“受害者”面对面贴在一起。

如果房间里有位旁观者（当然是失去双腿或是已经瘫痪的人，健全的人肯定会尝试逃跑），可以打赌，他一定会眯起眼睛，捂住耳

① 原文为意大利语，意为“剧终”。

朵,等着骇人的骨头碎裂声和与之同步出现的景象。但这并没有发生。巨大的爬行动物把本抛向天花板,又瞬间张开像河马一样深不见底的血盆大口接住他。随着双脚的一阵蹬动,本消失了。无名氏号叫着,徒劳地挣扎,但巨蟒还是抬起柔韧的脖颈上梦魇般的下颚,从上至下地吞食了他。巨蟒咽了一下,然后膨胀起来,长度缩减,不再是蛇的形状。

现在,它变成了一只占据半个房间的巨大蝌蚪,身形近乎球体,眼睛鼓着,尾巴十分灵活。这个庞然大物用尾巴卷起墙角一个巨大的保险箱,轻巧地卷起来伸进身体里,保险箱立刻消失了。随即尾巴也消失了,这个梦魇般的生物突然变成立方体的形状。有几秒钟,立方体似乎在思考要如何决定。做出决定后,它开始迅速变成一个由厚厚的铁条组成的笼子。笼子里有两个赤身裸体、接近癫狂的人惊恐地呜咽着。其中一个人尾椎骨上的瘢痕清晰可见,这是很久以前做切除手术留下的印记。顷刻间,巨蛇座人从笼子上分离出来,变成了人形。

随后,阿毛第一次发现自己熟知了沃尔科夫家以外的人类创作的世界文学作品:

“斑达洛[①]!”

① 英国作家吉卜林《丛林之书》中与野兽一同长大的人类“毛克利”的猴族朋友,被称为“斑达洛”族。

16

对本的审判没能进行:以巨额保释金获释后,范德洛克消失得无影无踪。坦白讲,该案的司法前景相当可疑。马克西姆顶多会被算作绑架的同谋,而且这还是在律师一无是处的情况下,而这几乎不可能发生。至于那个把本称作“至高前哨”真正首领的记者,也收回了他说的话,并公开承认了错误。什么世界恐怖主义?您在说什么?

媒体对“无名氏”未来的命运只字未提,这并不令人惊讶。一个没有名字、没有特征、没有任何存在于世迹象的人,有谁目睹过他的存在?那只是一个神话,一个幻影,一个幽灵。这是那些四处找寻共济会阴谋、相信“黑衣人”的偏执狂们的迫切食粮。够了,先生们,我们可是有理性的人类!

笼子的金属条使用了一种全新的合金,含有大量的稀土元素,以其特有的强度、延展性和耐火性吸引着金属学家。很快,在其基础上……如果您想了解更多,请阅读专业期刊。参与调查的专家们都知道,失踪的保险箱显然是制造笼子的材料,但这是一个普通的钢制保险箱,其成分中并没有含量明显的稀土。其余细节对这些专家甚至也是个谜团。

北方热核电站经过修复和部分升级后恢复了运行。时至今日,它仍在以千兆瓦时为单位正常生产电力,通过微波导线将其统一汇入电网,同时也为数量可观的工程师、技术人员和月土采矿机驾驶员提供了岗位。

有一段和这位巨蛇座人的对话,被马克西姆·沃尔科夫镌刻在脑海中。这段对话发生在阿毛用自己中空的身体载着马克西姆创造地月间航行速度记录的时候。和有生命的墙壁交谈是一件古怪的事,令人很不习惯,即便对马克西姆来说也是如此。

"你们很孤独,"阿毛当时说,"对,我们也很孤独。我们就是你们地球人口中所说的巨蛇座人。我记起的还不多,但我想起了我们在宇宙中的邻居。其中一些文明非常强大,进化时间很短,果敢无畏,致力于在一切所到之处建立统治。有的文明甚至否认我们属于生物,最重要的是,他们否认我们属于有智能的实体。对他们来说,我们只是阻止他们侵占我们的星系的敌对环境因素。其他的种族大多已经垂老,不能说他们懦弱,应该说他们很谨慎。他们害怕我们,并试图建立防御措施以抵抗我们的入侵,尽管这样的入侵永远不会发生。我们与他们之中的任何一个都无法在同一宇宙区域中共存。只有和你们可以。我知道,这谈何容易。但可以一试。”

“和我们一起?”马克西姆问道,“和人类?和地球上所有的人类一起?通过你,人类与你们建立联系、形成联盟吗?”

巨蛇座人沉默了很久。他说话的时候,马克西姆从他的声音中听出了苦涩和一种释怀的疲惫。这是一位年长者和一个步入迷途但尚未堕落的年轻人的对话。

“我可以变幻出任何外表,甚至变成一个傻子。可问题是,无论我如何变化成一个傻子,我都不会成为一个傻子。我说的不是全人类。关于,也仅仅关于你和你的家庭。我可以理解和接受你们。人类——不行。”

“原来是这样,”马克西姆说,“嗯,对此我很感谢。如果你遇见的人类不比我们差,而是比我们好呢?那你会怎么做?忽视他们吗?”

“我会祝他们好运。不过……拭目以待吧。你曾经多次告诉我,要从小事做起。我会这么做的……”

他也确实做到了。

安赫尔·古铁雷斯顺路过来讲几句官话,祝贺沃尔科夫一家烦心的冲突顺利结束。丰富的俄餐令客人很惊喜,而俄罗斯的寒冬则令客人十分惊讶。午餐临近结束,起初在贵客面前举止颇为拘束的芭芭拉和卡琳娜已经适应了,变得非常殷切周到,以至于马克西姆内心的妒虫又在蠢蠢欲动,他立即用一大杯伏特加压了下去。客人的举止也很是随意。在和沃夫卡玩完雪球之后,他坦言,相比于挪威河流里的冰水,他更喜欢雪。

吃完甜点之后,女人们把安赫尔和马克西姆单独留在了壁炉旁,这位客人表面上仍然温厚和善。但马克西姆在等着那个问题单刀直入:"这可能根本不关我的事,但我还是希望能得到答案……他在哪儿?"

"阿毛?"马克西姆没有装傻,"我不知道。这是实话。他现在想来就来,想走就走。孩子,已经长大了。"

"他会同意……"

"做点什么吗?我只能保证他听得进去建议。剩下的就得看他自己了。"

"他已经做了一些了……顺便问一下……他不会离开我们吗?"

"返回他自己的文明?近期看来还不会。我觉得他还没有准备好回去。"

"那他会把自己的存在公之于众吗?"

"不太可能,"马克西姆耸了耸肩,"他为什么要这么做?谁希望在为我们做遍了好事之后,换来的反而只有仇恨呢?人们会把他看作至高无上的存在,看作'主';之后,只要人们发现他不是有求必应,那么肯定会开始咒骂他。万事万物都会成为理由。因为他没能阻止的事故,因为流感的流行,因为他不能让所有的贫苦人变得富有而幸福,因为他不能让病人痊愈,不能让丑人变美,不能让无能的庸人变得享誉寰宇……”

“然而他确实是‘主’，”古铁雷斯半信半疑地说，“人类丛林的主人。阿毛。”

“这只是用词问题。我会说，他是一位监管者，只是隐姓埋名。现在他多了个新的癖好：预防人为引起的灾难，以及减轻自然灾害造成的损害。不声不响地，保持低调。他解了我们的燃眉之急，还让人们相信自己只是走运而已。”

“也好……”古特雷斯伸手去拿他的雪茄，“这是一项崇高的事业。我唯一担心的是……”

“人们会习惯于此吗？”

“正是如此。命中注定的福祉、永远高悬的幸运星，是‘主’带来的不幸。不过，这或许并不全是坏事。人类已经习惯于在逆境中生活了，之后也会习惯的。我们在宇宙中并不孤单，这件事我们已经习惯了。我们活着，虽然会遭受入侵、奴役和毁灭，但至少我们还活着。尽管我们很清楚，与强大的种族，比如人马座人相比，我们的力量是多么微不足道……我不相信，巨蛇座人的帮助会带给人类任何好处。但我的确相信，如果那些走狗来了，阿毛会站在我们这边。”

“这一点毫无疑问，”马克西姆回答道，“也许，我们能击败他们。反正，我不觉得这对我们有什么坏处。”

“生命永远会眷顾生者。”古铁雷斯表示同意。

送走客人后，马克西姆回到壁炉前，途中向他的妻子们知会了一声,让她们别打扰自己。他安适地窝在沙发椅里,闭上眼睛,均匀地深呼吸了一会儿。然后,他缓缓漂浮到了椅子上方。他尚未完全掌握如何飞行,更倾向于在室内柔软的物体上方训练。主要是,他真的不知道该如何处理这件阿毛送的新礼物。他应该去当高层作业的安装工吗?去修理航程中遇险的飞机?或者只是飞翔在天空中,享受飞行本身?

马克西姆坚信,问题终究会得以解决。就像其他许多尚未出现的问题一样。解决问题,再提出其他问题——这就是人生。古铁雷斯是对的,生命永远会眷顾生者。对任何一个人来说都是这样。

(任哲良 译)

逐尾

最后一颗人类躲藏的行星也即将沦陷。最后的人类如何在自己创造的敌人——红蚁人手下苟且偷生?

1

这已经是布兰德独自生活的第二个脉动周期了。整整五十天有余,他都一个人去打猎。原先一直陪伴在他身边的是老狗黑克托尔,它是一位值得信赖的朋友,有着出类拔萃的嗅觉,更重要的是,有一种不屈不挠的勇气。它不仅能远远嗅到猎物的气味并提醒主人,还会在主人瞄准猎物时,把猎物的注意力吸引到自己身上。这只狗不知不觉就突然到了岁数,临死时舔着布兰德的手,低声呜咽着,仿佛在乞求原谅,因为它即将离去,把主人独自留在这个危机四伏的世界。布兰德还记得黑克托尔的父母,以及它的祖父母。它们短暂的生命与他的人生交叠在一起,就好像一张大毛毯上的一堆小补丁。可是布兰德并没有把自己当成老头子:没记错的话,他五十二岁了。他当祖父已经一年了,但还是像年轻人一样体格健壮、身手敏捷,而且比任何年轻人都要更加坚韧不拔。他没那么快到岁数,得再等二十五年,甚至更久。

但他不会再有一只像黑克托尔那样的狗了。

今天,他想去那里瞧瞧,到他“领地”的尽头,到高原的边缘去——高原以外的植被由稀树草原变为森林——他是要去林子边上的小土丘。不能把狗埋在“家”的附近。事实上,无论哪条规矩都根本不允许土葬,应该销毁尸体,不留任何痕迹,但布兰德勇于打破常规。谁会去注意一个从地里掘出的土丘呢?

还是有人注意到了。从受到破坏的土丘判断,有什么动物曾试图刨出狗的尸体,但遇到了布兰德用以盖住坟墓、防范各类野兽的页岩石板,它对此无能为力,便悻悻而归。只是整齐的土丘不复存在。

布兰德悲伤地站在被亵渎的坟前。他忍不住想修补土丘,但他明白自己不能这样做。一旦星球地表任何结构的有序程度超过了某个(很低的)阈值,就会引起不必要的注意。这个星球上,不应该存在纯自然产物以外的东西。

不得有一丁点垃圾留在地表。不得有任何一件未伪装成自然寻常之物的物品。不得有楼房、管道和围墙,不得有水坝拦在溪流上。如果要在稀树草原行走,要么借用动物踩出的兽径,要么每次都选一条新路。把一切可埋藏的东西都深埋于地下,变成一块石头或是一棵树,融入大自然中,让自己消失。任何一条伪装的规矩都不能忽视!一个微小的疏忽可能会让人类付出前所未有的代价。

那些不小心随地扔垃圾的孩子都受到了严厉的惩罚。族群强迫溺爱孩子的父母抽打自己的孩子,目的就是让所有人共同承受这份痛苦——无论是没有被教育好的孩子,还是没有好好教育孩子的父母。照理说,教训一次,受用终生。从小就要铭记于心,不应忘却:**他们**早晚会来——自然,越晚越好——但**异星人**来临的那一刻**必定**终将到来。

在最后一个依然属于人类的星球上,零星分散在山地和平原的一小群人——人类最后的一个族群,能靠伪装来保全性命吗?布兰德不知道。没有人知道。但是每一个人都清楚:如果说有什么东西可以救命,那也就只有伪装了。

如果布兰德能够自担风险,那就是另一回事了。他片刻都不会犹豫。但这个星球上除了他以外,还生活着一百八十六人,包括他的一个女儿和两个孙辈。而布兰德也无权随心所欲。他曾经出于一时冲动感情用事,让自己触犯了不成文的规矩——此事下不为例。绝不可重蹈覆辙。这是为了人类。不应为了一条狗破坏规矩,更何况它已经去世。

生命探测器发出了蜂鸣声。布兰德熟悉它所有的音调:在仪器响应的范围内,有一只质量在一百八十至三百公斤之间的野兽。机灵的黑克托尔在半公里外就能闻到这种野兽的气息,而迟钝的仪器在百米左右才能发现。

一眼望去,稀树草原似乎空空荡荡。远处有一群无蹄类反刍动物在悠然地吃草。零星的树距这里很远,探测器不可能发现藏在那里的野兽。危险只可能来自森林。

布兰德没有再看狗坟。他向后退去,目光不离林子边缘盘结丛生的灌木。猎食者可能躲藏在灌木丛后。然而没必要过早备战:根据质量来判断,隐蔽在森林中的很可能是行动迟缓的幼年食草动物,温和而无害。不过也未必如此……

为防万一,布兰德摸索着握住等离子枪的枪托,枪就用短皮带挂在脖子上。这令他安下心来。

灌木丛晃动着,野兽从中穿过。布兰德还没看见它的模样,就已经判断出它是哪种猎食者。只有正在捕猎的螯兽才会如此平稳而有力地起跑——这种野兽身覆鳞片,形如松果,其螯状的前肢可以将猎物撕成碎片。它异常小的嘴巴长在小脑袋上——奇小无比,甚至连它的大脑中枢都不在颅骨里,而是在脊柱的突起部分。螯兽很少伏击猎物,它通常会与猎物进行公平的速度和耐力竞赛。胜负如何?要是螯兽面对的是一个手无寸铁的人,那么结果可想而知。

布兰德开始奔跑了。

第一跃——猎食者仅用后肢,就缩短了与猎物之间一半的距离。随后布兰德感觉到,身后追击者的步伐有变——螯兽四肢着地,悠闲地小跑着追赶猎物,他们的角逐以一场常规赛开始。它能够这样连着跑几个小时,而且看不出任何疲惫的迹象。你跑得更快?那就撒腿跑吧。看看一两个小时之后,你还能不能保持同样的速度……

前方那群无蹄类食草动物骚动起来,结队奔逃。这没有太大意义:很少有哪个猎食者会丢下弱小的猎物,转去追赶另一只强壮的猎物,更不用说成群的猎物了。人类并不擅长跑步,而螯兽的慢步小跑和人类短跑运动员的百米冲刺一样快。没有人能维持这种速度奔跑十五到二十秒以上。

何况,这是在稀树草原上,而不是在跑步机上。

野兽追了上来。螯兽捕猎人类不足为奇:当地的大多数猎食者都会猎取任何会动的活物,即使遇到陌生的物种也不会犹豫。不过布兰德现在觉得,与其他猎食者比起来,追赶他的这一只螯兽似乎更加志在必得。如果……它就是那只?

那只已经尝过一次人肉的……

布兰德本可绕过陡峭的山丘,却径向山顶冲去。他知道螯兽善于攀爬,也知道这只猎食者马上就要追上他了。但他不得不这样做。

登上坡顶,开始下坡。布兰德加快了步伐。风在他耳边呼啸。是时候了吗?……是的,恐怕已经是时候了……

布兰德听见了身后野兽的呼吸声。它天生就是长跑运动员,呼吸均匀而有力,就像铁匠的风箱呼呼作响。

为什么,为什么埃里克的反重力器出故障了?

要是现在他的反重力器也出故障了呢?……

布兰德一个猛子向前冲去,同时按下腰带上的按钮,随即飞身而起。反重力器的设置没有出错——现在他的体重只有几克,用"活饵法"捕猎螯兽时就理应如此。布兰德向前伸出双臂,在草丛上空滑行。从身后的声音判断,螯兽丝毫不为所动。真可惜,没能出其不意……

更可惜的是,螯兽的脸上有甲壳,很难从正面将其一枪毙命。

事不宜迟——他虽然穿着紧身猎装,但还是受到空气阻力的影响。布兰德抬起手来,垂直跃升。锯齿状的螯清晰可闻地咯咯作响,离他的脚踵只有咫尺之遥。布兰德知道,这只野兽现在会用四肢和尾巴急停下来,留下一条宽宽的犁沟,然后开始困惑地环顾四周,徒劳地望着猎物设法飞上去的那棵树,它必须啃断树才能触及猎物。螯兽呆头呆脑的,每一只的行为都如出一辙。

稀树草原翻转过来了。布兰德没有改变手势,但微微弓起背部,在空中划出一条曲线,这在很久以前被称为笛卡尔叶形线[①],后来又改称为涅斯捷罗夫筋斗[②]。飞行的轨迹必然会把他带到野兽的上方靠后一点,从那里很容易就能把它干掉——只需朝缺乏保护的骶骨射一枪。

这一刻正符合埃里克从前的预想。他的独子埃里克是个十五岁的小伙子,他已经猎杀过一只螯兽,想再杀第二只,因为这种愚笨

① 法国数学家勒内·笛卡尔(René Descartes,1596—1650)根据所研究的花瓣和叶形曲线特征,于1638年提出的茉莉花瓣形曲线。

② 得名于俄罗斯飞行员彼得·尼古拉耶维奇·涅斯捷罗夫(Пётр Николаевич Нестеров,1887—1914)于1913年首次实现的"死亡循环"特技飞行,即飞机始终在垂直面的一条封闭曲线上环飞。

的猎食者无法分辨食草动物和人类,应该尽可能消灭它们。那时候希尔达还活着,儿子对她说:“行了,妈妈,一点都不危险,除非螯兽抓住了我的脚后跟,但你知道的,我可不是冒失鬼。我会很小心的,我保证……”

他儿子的反重力器不知为何出了故障。也许是因为在追踪猎物的时候,电池漏电了。也许是因为按钮的触点氧化了。又也许是因为——布兰德不愿如此设想——埃里克吓得惊慌失措,忘记了自己该做什么。或者是因为他在奔跑时摔倒了,被草藤绊了一跤?或者是他的脚陷进了群居动物的洞穴?如今,答案永无揭晓之日。只知道螯兽追上了他。

他没留下什么遗物——螯兽填饱肚子后抛下的东西,只有明显被钳过、已经变了形的反重力器,被压碎的生命探测器,以及未发一弹的等离子枪。

之后,人们组织了几次大型围剿,主要就在此处的高原上。人们猎杀了一百多只螯兽,以及更多其他的危险或是没那么危险的肉食动物。食腐动物们大快朵颐。总的来说,围剿其实是徒劳:短时间内,野兽袭击成了稀罕之事。可是很快,一切都恢复如初,仿佛围剿从未发生。人们发泄了怒火,仅此而已。

说实话,除非是为了消磨时光,否则绝无狩猎的必要。布兰德自己屡屡想过反对狩猎的理由:在这个星球上生活的三十六年间,蛋白质合成器从未出过故障;大多数本土动物都不可食用,而少数可食用的动物肉却令人难以下咽;狩猎相当危险;消灭食草动物没有任何意义,而那些攻击人类的食肉动物的数量也不会因为遭受猎杀而显著减少。从他记事起,布兰德就未曾停止为当地生态系统强大的恢复能力而惊叹。

不过在围剿之后,布兰德不知为何觉得,在一具具腐烂的猎食者死尸中,并没有他渴望与之算账的那一只……

也许就是这一只呢?

布兰德即将翻完一个筋斗。此时此刻,在高高的蓝天上——现在在他的视野中是脚下的远处,某个东西突然出现,让他一瞬间分了心。这一枪虽然使他下落的速度减小了一点,但其实打得不太准,原因显然也在于此。螯兽背部靠近骶骨的地方中了枪,它发出嘶哑的哀号,在原地团团转。看来它受了致命伤。布兰德本可以按兵不动,等到它死去,却又拉开距离避开危险的螯,以及防止它尾巴的致命扫击,然后赶紧又往伤口里补了一枪。

在一只野兽身上浪费两枪,被猎人们视为不当之举,可能会引来讥笑。布兰德现在懒得管这种事了。

野兽被打得侧翻在地,还在垂死挣扎,但布兰德已经对它彻底失去兴趣。天空中正展现出一幅奇妙的景象。

有两颗卫星始终闪耀在这个星球的上空,即使在白天也清晰可见。一颗又大又圆,另一颗是个有棱有角的碎块,在高离心率的椭圆轨道上运行——那曾是颗流浪的小行星,数百万年前被这颗行星的引力所捕获。两颗卫星的轨道并不相交。在近地点,这颗曾经的小行星的截面视直径达到大卫星的一半;在远地点,它缩成豌豆大小,在晴朗的白天并不总能用肉眼辨认出来。但今天天气并非晴朗,太阳呈橙黄色,而不是白色。

除了两颗卫星,在白昼的天空中总能看到数十颗明亮的恒星,它们属于猎户座星云——炽热巨星的"产房";到了晚上,在万千星光的照耀下,天空中的大星云熠熠生辉。这颗星球不知何为真正的黑夜。

如果智慧生物(是不是类人生物则无关紧要)要向其主人指示类地行星的位置,这类年轻恒星的摇篮属于最不可能考虑的地方。然而就有这么一颗类地行星,它并非诞生于此处,而是偶然间闯入了大星云,绕着恒星转动。

最好的藏身之处不是他们怎么也找不到的地方,而是他们根本不会去找的地方。

布兰德仰望着天空。在刚才小卫星闪耀的那一点上,显现出一个绚丽的旋涡。布兰德整整三十六年没见过这番景象了,但即使是出生于此地、从未见过此景的人也不会看错:近太空中开启了一条超空间通道。有谁正从外部前往这颗星球。

然后天空中亮光一闪,布兰德明白,这颗星球失去了它的小卫星。那颗曾是小行星的星体就像尘埃一样被吸进了通道口——通道是逆向的,贪婪地吸入物质,又将其抛出到不知何处。不管开辟通道的是谁,他们都必须耗费无底洞一般的能量才能从一端传送到另一端,但这个障碍恐怕拦不住他们。这条通道简直大得可怕,甚至能够吞噬整个小行星……布兰德不知道,人类在势力最强盛的时候,有没有能力打通一条通道,可同时使不止一艘宇宙飞船,而是整整一个中队通过;要么是能通过一艘巨型飞船的通道,那是人类从来没有建造过的、小行星大小的庞然巨物……恐怕未必可以。

“他们终究是找到了。”布兰德说。

然后,他就恶狠狠地咒骂起来。

2

“红蚁人?”伊拉克利用干哑的嗓音低声问道,“你确定吗?”

“还能有谁?”布兰德气愤地回答,“难道是人类不成?”

“你知道,我觉得……”

“这个问题你我已经谈过。”布兰德打断了他的话,“谈过很多次了。几十年前,要塞星曾是最后的堡垒。后来,幸存的人都搬到我们这里来了。基本不可能还有另一颗居住着人类的星球隐藏在银河系的某个地方。如果它还没被红蚁人发现,这就更不可能了。没有哪个神志清醒的人会相信。可惜,世上并不存在奇迹。”

“我不是这个意思。”伊拉克利说,“理论上讲,来得及逃离要塞星的人可能不只我们……”

“你在老调重弹吗?”布兰德叹了口气,“你忘记那时候发生什么了吗? 告诉你,我可没忘。我们的飞船在起飞的时候,是怎么被那些混蛋轻而易举击落的,我可没忘!”

“独眼约瑟夫先我们一步,开着他的飞船逃离了星球……”伊拉克利还坚持己见。

“这就是我们能够逃脱的原因,因为红蚁人在追赶约瑟夫!你认为他和他的乘客有多大概率能够逃走呢?他们一个都逃不了!”

在通信线路的另一头,聚居地的长老沉沉地叹了口气。

“也许你是对的……只是我们别过早做最坏的打算,好吗?”

“过早——这倒不会。”布兰德表示同意,“但在弄清楚是谁来拜访我们之前,任何人都决不能暴露。还有预防措施……”

“那当然了。”伊拉克利插了一句。

“要严格执行!”

在线路的另一头,伊拉克利又叹了口气,“还有什么……”

“只在非常紧急的情况下才能进行通信。要非常紧急!而且只能进行卫星通信。”

“傻子都懂……”

“或许连傻子都懂,但有些人却还是不懂。要提前发警告。你我都看见了,但有的人今天可能根本没抬头看过天空。”

“我现在就去警告大家。”

“那再见吧。”

布兰德断开了通信。他喘着粗气:在此之前,他飞驰回了一趟“家”,把反重力器剩余的电能悉数用尽了,肺部火烧火燎的,心脏也感到刺痛。赶紧跑……躲起来……溜进去,仿佛老鼠窜入洞穴。

某种程度上,“家”也确实像是洞穴,条条岔路通往深处。从外表看,它似乎就是座毫不起眼的圆形小山,是数百万年前被古冰川磨平的花岗岩圆顶。灌木丛和低矮的树木在花岗岩的裂缝中扎根生长。本地的苔藓、地衣和不知是植物、蘑菇还是别的什么怪异地颤动着的东西,在光秃秃的岩石上奋勇求生。三道裂口将山体切割开,下雨时,水顺着切口流淌下来。总之,这是一座普普通通、毫不起眼的小山冈,在布兰德高原以及其他地区,这样的山比比皆是。

“家”的三个入口没有一个位于山的裂口中。红蚁人会从哪里开始找呢?那就是他们自己可能用来藏身的地方。在某些方面,他们的逻辑和人类近似。这意味着,这些裂口是绝对不合适的。有两个入口完全在这座山的范围之外,通过长长的坑道与主室连通;第三个入口藏在一块重达数吨的花岗岩石底下,由无线电口令触发机关移动岩石。通常,布兰德更喜欢绕远路,从坑道走。

“家”里从前住着三户人家。后来,久布阿老夫妇去世,他们的儿子结了婚,搬去大陆的另一头与夫人同住。莫尔恰诺夫夫妇搬去堡垒住了。布兰德没有去。他在这里过得不错,何况他并不孤单。他父亲老布兰德正是享受天伦之乐的年纪,妻子希尔达也没感到百无聊赖,而且相当通情达理地说,即便没算上她,堡垒里也挤进了太多人,安全起见,一定得分散开来。他的子女——埃里克和海伦成长为健康而温顺的青年。有这样的生活,夫复何求?

后来,埃里克去世了——因为年轻气盛,愚蠢地送了命。白发人送黑发人,真是罪孽。一年后,希尔达也走了,任由自己死于莫名的怪病,很可能是积郁成疾。而海伦搬到了堡垒,嫁给了浅色头发的高个子约翰,现在他们有一对吵闹的双胞胎:儿子小约翰和女儿黑尔佳。

她邀请父亲到堡垒同住。布兰德拒绝了。海伦的观点并没有错:儿孙们应该在人群中成长,和同龄人一起玩耍,而且老人家完全不会打扰他们……可是然后呢?“家”可以封个几年,要么干脆让给需要独处的人——可问题在于,布兰德自己就是那个需要独处的人。

他知道人们叫他“隐士”。他并不在乎。

现在,他的狗也走了,孤独像棉絮一样包裹着他,布兰德既饱受其苦,又沉醉其中,就像喝烈酒一样。空虚的生活需要用某样东西来填充,他填充以危险,即用最冒险因而也最刺激的方式去猎杀螯兽——就像埃里克曾经所做的那样。有时候,他从使人肾上腺素飙升的危机中存活下来之后,就会想到自己是不是某一天也将像埃里克一样,因为干傻事而丢了性命。然后,他把自己臭骂了一顿。后来,有一个简单、平静,如冰锥一样冰冷的念头出现在他的脑海:死亡并不可怕。他自己已经活得知足了。何苦要不停地拼命活下去呢?他像苍蝇叮着糖浆一样贪图生存,究竟是图什么呢?是为了再失去一回,再遭一次罪吗?抑或像伊拉克利一样活到九十岁,无非是拖了又拖,像被击中的飞行器一样在森林上空拖着黑烟?他拖延生命纯粹出于好奇:红蚁人是终归会来呢,还是不会来了?

显然,红蚁人会来,不过人类似乎顺利掩盖了逃跑时的踪迹,而且在太空中发现了一颗还算像样的星球,位于一个照理说完全没有类地行星的毫无希望的地区。人类登陆后,把空飞船大卸八块,像鼹鼠一样钻进地下,把住所伪装起来——说的不是鼹鼠,就是他们自己。人尽皆知,没有绝对安全的藏身之处。一百年后,一千年后,红蚁人终将到达这里。

他们已经到了……

布兰德刚喘过气来,就冲到用于观察外部的屏幕前。空中已经看不见彩虹圈:不知是隐入了阳光中,还是这段时间足以让飞船通过超空间通道。后者似乎更有可能:无论红蚁人的技术在过去几十年里发展到什么程度,他们恐怕也不会养成为维持一条非必要通道而大肆挥霍能量的习惯。毕竟谁也不能否认,他们思维理性、决策完美、行动坚决。

空中一艘飞船(或一队飞船?)也没有。可以通过卫星通信询问陆地另一边的远邻,问问他们能不能看到什么,但布兰德不得不抑制住好奇心。当然,携带信息的红外激光束是很难被发现的,但在涉及不止自己一人的事情上,即使风险再小,最好也不要无端冒险。毕竟从来没有谁因为忐忑不安而被折磨致死。只要等上一两个小时,一切都将水落石出。

机器仆人悄然而至,停在布兰德跟前,发出类似于呜咽的清晰声音,请求爱抚和指派任务。要是有尾巴,它一定会摆尾,真是个傻瓜。布兰德把它一脚踢开——走开,没找你!机器人乖乖地退回角落。

布兰德将屏幕从对空观察画面切换到水平方位观察画面,仔细环视“家”附近的情况。北边,空无一物……西边、南边、东边。似乎一切正常,没有什么东西能够暴露出人的存在。就算哪里有久置的外来尘屑,也不会引起注意,但得找到才行……自然,也没有踩踏出的道路,除非是野兽的手笔。头一条规矩就是:不要在“家”附近转来转去,使用反重力器!

南边长着一片幼林,是布兰德的父亲栽种的,长势很好,参差错落,分辨不出与野生林有什么区别。他们一度决定在这里建造隐形太阳能发电站,并栽下了一百零五棵发电棕榈树,它们和当地的树木非常类似,但是并不生长,不进行光合作用,当然了,也不能吃。这个想法行不通,因为当地的反刍动物有着长长的脖子,有点像要塞星上的史前爪兽[①],总是傻乎乎地想去咬树叶电池板,遭到电击后,它们如果没有晕厥,就会开始愤怒地用弯爪抓开塑料树干。发电棕榈树的回收处置与拼装一样吃力,从那以后,“家”就由隐蔽在厚厚岩壁下、功率不大却耐用的核反应堆供应能量。空气是循环再生的,如有可能,废弃物也会被回收再利用。没有回收价值的废物被倾入深坑内。过多的热量由地下水排走,地下河在山下流淌,不

① 已灭绝的草食动物,以树叶和草根为食。

知源自何处,不知流向何方。布兰德明白,如果温度略微偏高,即使只是千分之一摄氏度,灵敏的红外热成像仪在夜晚也是能记录下来的。但他估计,无论红蚁人有多么仔细,都不会注意这点度数。为什么一座山不能比另一座山热一点点呢!任谁都能立马举出六七种可能的自然原因:离岩浆更近;或是这座山下正好有放射性元素矿床,而其他的山下都没有。

以防万一,布兰德调低了反应堆的功率,让电力只够让外面的"眼睛"运转,以及让应急灯保持开启。好在太阳越来越炙热——到了明天,很可能任何仪器都测不出"家"和普通花岗岩圆顶的温差了……

人们沿用旧时的叫法,把这颗恒星称为"太阳"。它属于造父变星[①]。它的脉动周期差不多正好是十天,行星绕恒星公转的周期是二十二个脉动周期。昨天太阳还膨胀成红彤彤的泡泡,悬在天空中;今天它却明显收缩,染上令人赏心悦目的橙色,且肉眼不可久视。明天它会缩得更小,变成黄色,和真正的太阳一样;后天会变成白色;大后天则会变成一颗耀眼的蓝白色豌豆,发出强烈的紫外光线。在这种日子里,最好待在"家"里别出去。动物们也会躲藏起来。要是太阳收缩并停止脉动一二十天,那么这个行星上将只剩下微生物、鱼类,以及永远居于地下的群居动物,别的任何生物都无法存活下来。

① 造父变星属于脉动变星,其亮度随时间呈周期变化。

当然,这种情况从未发生过。在达到脉动周期的极亮光度后的第二天,这颗恒星就会开始冷却,简直是以肉眼可见的速度膨胀;第三天,它又会像太阳一样——即从来没有人见过的原本的那颗太阳;到了第四天,膨胀的橙色球体会让老人们想起年轻时见过的太阳,也许还会唤起他们怀旧的回忆。

布兰德记得那颗太阳——那是要塞星的太阳,对于正在消失的人类文明来说,要塞星是最后一个堡垒,但他并无怀旧之情。大概是因为人类被迫逃离的时候,他尚且年幼。少年之心是可塑的,容易被周遭世界塑造成所需的样子。布兰德迅速适应了脚下新的大地和头顶脉动的新太阳。他适应了新世界不同的空气成分、不同的动植物。但他也没有忘记旧世界。

要塞星的太阳是颗橙矮星,上面总是散布着黑子。要塞星绕轴缓缓自转,一天持续很长时间,而一年由五十四天组成。因此,要塞星很久以前一度被称为"赌场星",每个日子也以一副纸牌中对应的一张牌来命名。一年始于黑桃花色,从2到A,接着是梅花花色、鬼牌、方块花色、红心花色和第二张鬼牌。7、K、A历来就是休息日,而鬼牌则是全星球的节日。人类所占据的各个世界的居民都为赌场独特的日历而哧哧发笑,但他们并没有放过亲身了解这一名胜景点的机会,而这也是以旅游业为主的当地产业所需要的。

然后,时代变了。旅游业发展停滞,赌场的产业逐渐消失殆尽,赌场也关闭了,往昔之物只剩下怪异的日历。拉格朗日星和新火星上的人类居民点毁灭后，政府颇有远见地宣布了临战状态。这是布兰德出生前一百年发生的事情，而当他出生时，这个星球已被称作要塞星，其太空港里的飞船卸下的不是形形色色快活的游客，而是担惊受怕的难民。经济经过彻底的调整，基本上专门为国防服务。在星球上建造壁垒森严的防护罩！杜绝浪费！别在意自然受到大肆破坏，人都要死了，还要什么新鲜的空气、清澈的河流、翠绿的草地！改革大学课程，没时间培养人文学者了！要更多技术专家、医生、军人、飞船，要更多、再多！把红蚁人阻挡在远方的要冲！挡住他们，打败他们，击退他们！

尽管有难民源源不断地涌入，但劳动力依然匮乏。最先牺牲的是“7”日，政府宣布将其改为工作日。然后是“K”日。每个班次的工作时间延长了。布兰德的父亲是军用太空港的技术员，每天回家时都累得半死。十二个漫长的工作日，一组同花顺，然后是休息日“A”。再干十二天，然后休息两天——“A”日和鬼牌日。要塞星沦陷的五年前，政府曾试图将“A”日也改为工作日，其结果是爆发了剧烈骚乱，进而是罢工、街头流血运动和军事戒严，然而，这些措施并没有使军需品产量增加。人类可不是红蚁人：无论怎么对人反复唠叨危在旦夕，人都时不时需要休息一下。可以拼命工作一个月、一年，但没有人坚持得了五年。

而在当时，离决定性的时刻，离终极答案——人类是生存还是毁灭——看起来还远远不止五年时间……

总体而言,要塞星政府(后来是军事指挥部)并没有犯什么大错。红蚁人的确更强,仅此而已。那时候,他们飞船的战斗力并没有胜过人类,但胜在数量更多。在战斗中,他们可以轻松地拿三艘抵一艘人类飞船。他们也就是这么做的。

围攻旷日持久。人类步步退却,起初在远方的要冲回击,然后退到母星附近,遭受巨大的伤亡后,让出一个又一个太空基地,既不饶敌方的命,也不向敌方求饶。敌方不收俘虏,这点谁不明白呢?也许,这是冷漠的宇宙中最后一次见证这样英勇献身的伟大榜样了。在战列舰倾泻的火力下,巡逻小飞船向着战列舰冲锋。人类把货运飞船改装成简陋的辅助巡洋舰,在近距离的枪林弹雨中开展接舷战,往往是以命抵命。无论是布兰德还是其他任何一个幸存者,都不会责怪要塞星守卫者缺乏意志、勇气和耐心。他们已经竭尽所能。防守方的资源比进攻方先耗尽,这能怪罪他们吗?

要塞星没有被攻占,因为即使是红蚁人,其实也无力歼灭要塞星上的人类。他们出于自身需要,把这个星球相对完好地保留了下来。占领比毁灭更难。要塞星化为一片焦土,星球上没有任何生命存活,包括海洋中的微生物,因为海洋沸腾了。这意味着,平民躲在深挖的防空洞里也无法活命。当最后防线失守、战局已定之时,在即将尸横遍野的几分钟之前,几艘挤满难民的飞船从要塞星起飞——人选并非有意挑出,而是极其仓促地准备起飞时捎带上的。他们从敌方的飞船中队中穿梭而过,甩掉追兵,隐没于太空深处,这一切全靠好运相助。布兰德和父母就有幸坐在一艘一路顺风的飞船上。这大概是唯一的一艘。

钟乳石传来清晰的滴水声,这是布兰德培育的,勉强能堵住穹顶上的裂缝。三十六年里,长出来一根手指长的尖锥。滴答。滴答。没有尽头,没有意义。滴答。滴答。打着节拍。时间毫无意义地流逝,人们无能为力,只能等待。其实,人类小小聚居地的生活难道不也都是毫无意义的吗?靠后代来得以保全、延续,是人主要的、唯一的,但又可悲的目标。活着,繁衍后代。最近,人们越来越执着地建议布兰德续弦——最后仅存的人类需要后代,需要未来。他需要把基因序列往下传承两三代,避免基因出现退化——不是出于爱情,而是按照基因匹配度来择偶,然后繁衍,繁衍!

同时也要知道,他们迟早会来。对他们而言,人类是需要消除的麻烦,消除得越早越好。

大爆炸创造了恒星和行星,二者数量已经足够庞大。对于人类来说,更是绰绰有余。

但对于红蚁人来说则不然。

难道他们已经嫌银河系太小了?布兰德认为很有可能。否则,他们为什么要去探索星空中那片毫无希望的边地呢?

毫无疑问,老伊拉克利错了——不是人类来访。没有哪里会出现人类访客。那种情况出现的概率恐怕还不及外来未知文明的使者打通了通道,而后者显然是不可能发生的。银河系中不存在第三种文明,这一事实早在人类统治数百颗行星的黄金时代就已经明确了。无论如何,都没有哪种文明会像人类和红蚁人那样进行星际扩张。

这是起码的常识。尽管如此,布兰德还是看着屏幕,屡屡不由自主地凭空相信奇迹会发生,然后又回过神来,生自己的气。孩童就是这样,相信坏事一定落不到自己头上。被判处绞刑的人死到临头时也是这样,相信这根愚蠢的绳子会断,一定会断!怎么会不断呢?

只有被绞死的人才知道,这一切会如何发生。

3

下午，通信暂时恢复，伊拉克利问：“怎么样了？”

“没什么新情况。”布兰德回答，“我盯着呢。”

“你看见了吗？”

“你是说飞船？见过。是个庞然大物。轨道差不多是与经线重合的圆周，离地面高度两百九十公里。目前还没有改变航向。可能会在当前轨道上停留五天。”

“他们未必会等五天。”

伊拉克利挂断了。布兰德真想问问堡垒怎么样了，有没有被发现的迹象，但他忍住了，没有问多余的问题。显然，堡垒还没有被发现。要不然，伊拉克利刚才一定会跟他告别。

橙黄色的太阳在天空中缓缓移动，落山时没有发红，反而是在发黄，而云朵也懒洋洋地飘荡着。风吹动了小树林的树冠。在丛丛树木半遮半掩的草原上，一群胆小的无蹄类动物在吃草，而鳌兽摇摇摆摆地朝它们靠近。这个星球的生态系统养育着自己的生命,对或新或旧的外星来客都毫不在意。

时光在流淌。

布兰德饱餐了两顿——紧张的等待总会勾起他的食欲——他考虑着,该不该让合成器在可自行降解的容器里酿一两升啤酒,但又放弃了这个想法。他叫来机器人,命令它检查“家”里的所有系统,尤其是安防系统。等来了一切正常的报告后,他又亲自极其仔细地把所有系统都检查了一遍。只有那些不珍惜生命的人才会觉得这是无关紧要的小事。布兰德惊讶地意识到,原来他是珍惜自己的。这一发现让他愣了半晌,但他很快想通了。因病去世,因无谓的狩猎而身亡,因厌倦生命而轻生,这些都是一回事。虽然这样的死亡看起来很愚蠢,但从逝者的角度来看则不然。被红蚁人杀死——甚至不是在与其战斗时阵亡,而是躲在地下死去,那完完全全是两回事！人既不是兔子,也不是老鼠。

但是,这取决于从谁的角度看……

早在布兰德出生前很久,银河系中的红蚁人就已远远多于人类。在此之后,人类越来越少,且人数从未反弹,而红蚁人恰恰相反,数量越来越多。现在大概有上千亿,甚至上万亿……

那人类呢？……在难民涌入的高峰期,要塞星的总人口还不到十亿。这个数字等同于人类的数量,因为要塞星是仍有人类居住的最后一个星球。人类的数量保持在这个水平已有十年之久……而现在,这个数字是一百八十七。单位不是百万,也不是千。而是个。

考虑到红蚁人能够以不可思议的速度繁殖出人类模样的生物,而且异乎寻常地敌视人类,二者数量此消彼长是必然的。“见到人类,立即消灭,”这似乎是他们的口号,“别的事情都可以搁置。”

即便如此,人类文明依然延续着。三十六年前,有一百四十三人踏上了这颗星球的表面。有些人死于未知的疾病,以及令人哭笑不得的意外——面对未知环境时难免发生这些情况;还有几位老人去世了,但也有不少健康的婴儿出生。第二代人成长起来,他们所知的太阳只有那颗总在脉动的恒星。人类的数量在逐渐增加,基因组够多了,不必担心退化。当选长老的伊拉克利不厌其烦地说:“我们不是残存的文明,我们是一类单独的文明。请记住,所谓文明,需要的是自我认可而不是自我证明,但也需要各种外来文明的他证……记住了吗?”更让人感动的是,伊拉克利没来由地相信,在宇宙的某处,至少还存在一个没有被注意到的人类族群。

据说红蚁人起初由人类所创造,布兰德对此将信将疑。他在童年时也听过这个真假参半的传说:那时候,初露头角的人类好不容易征服了离太阳系最近的行星系,并且已经能够凭借技术手段冲向银河系。人类难以弥补的身体缺陷促使遗传学家们展开了比以往更趋极端的实验,企图创造出“银河人”——一种更易生存、更具适应性、更擅劳作、更长寿、繁育力更强的生物,当然,在其他方面都与人类完全一致。从生物层面来说,人类的身体结构属于当初“没设计好就投产”的产品:太虚弱,不够强韧,身体表面有大量脆弱之处!更不用说心理状态极度不稳定了,就算不是所有人,起码大多数人也是如此。不,这说的不是他,他非常脆弱,哪怕是稍微不符合温室条件也不行;同时他也太过金贵,不能踏入没有也不可能有温室条件的地方……

把劳动和繁殖的职责“分工”到不同个体,似乎合情合理。细致地改造一系列先天本能,使之匹配新人种的特殊生理和特定用途,就更加合理了。让五官极度敏锐,并增加一些新的感官?好。尽可能地增强免疫系统,保护新人种免受已知和未知疾病的侵袭?那当然。保持甚至提高机警度、逻辑性,以及技术方面的思维能力?为什么不呢。

而这难道是第一次进行基因干扰吗?要是之前没有干扰过,人类仍然会遭受牙痛的困扰,掉牙后也不会在原处长出新牙。更不用说,有许多其他疾病,如今人类已经彻底对它们免疫了。

但人与非人之间的界限在哪里?请说说,究竟要用什么天平才能衡量良心、忠诚、英勇、仁慈呢?要用哪种计量学家信赖并认可的精密仪器来检测,新的生物是否属于人类呢?

是谁最早把他们称为红蚁人,这不得而知。顾名思义吧。很难不注意到,“银河人”的群落与蜜蜂或蚂蚁等社会性昆虫的群落有某种相似性。不言而喻,两者并不全然相似,也不该完全相似!人们曾经认为,“银河人”只会是智人的一个亚种。人们曾经还设想，随着时间的推移，少数红蚁人与多数人类的杂交必然发生，修饰过的基因经过几代人之后将自行消失。必然发生的性状复现并未被纳入考虑。要是人类和红蚁人的玄孙突然出现返祖现象，心脏有六个腔室——顺便说一句，这会使劳动效率提高——那又有什么关系呢?“受害者”只会感到高兴。

人们就是这样设想的。遗传学家以及社会学家设想过许多事情……

银河系里有数千亿颗行星，其中大多呈气态、被冰封、温度过高、没有大气层……有着诸如此类的缺点。只有极少的一部分适合人类生活，但也无法与地球相提并论。要是大气的含氧量只能维持蚂蚁的生存，但人类在星球上无法存活，该怎么办？建造穹顶？一律放弃开发这样的星球？还是要创造出一个改良过的种族，让他们能够在那里定居，并按照未改良的人类之所需，逐渐改造行星的生态系统？答案似乎清晰无比。

最令人惊讶的是——虽然这在很久之后才发生——这种星际扩张的方法起初大有成效，无可挑剔。

有一段时间，也许是五百年，也许是一千年，红蚁人成功地为人类开发了银河系。后来……关于“后来”的时间和缘由，众说纷纭。很有可能是对某个红蚁人群落放任自流了很长一段时间，其原因也被人遗忘。也有可能是某群“银河人”存在基因缺陷，后来，这种基因突变得到了强化。总之，这个群落独立发展，逐渐忘记了自己的使命。为什么没有摧毁它呢？布兰德不知道答案。如今占少数的人类,其祖先似乎轻率得惊人。甚至当人类意识到自己在银河系里有了精明强干、寸步不让的竞争对手时,也没有谁敲响警钟。整个银河系里总共存在两个有智慧的物种,数量是不是太多了呢？难道就不能达成协议,和平划分势力范围吗?

他想知道,有没有谁曾试图拦在一队行军蚁前进的路上,与之和平谈判？要是试过,那么在此之后,能否说说谈判的结局呢?

等人类醒悟过来时,已经太晚了。人们还不知道的是,每一次对红蚁人局部的、战术上的胜利,不过是在进一步走向战略上的失败。蚂蚁、白蚁和蜜蜂与原始的硬编码机器人有很多共同之处。它们就像机器人一样,只有在与群体利益不冲突时,才去关注个体的安全。一只蚂蚁的死亡,对一窝蚂蚁来说不足挂齿;千只蚂蚁的死亡数量可观,但远非致命。即使蚁群有百分之九十遭遇灭亡,也只是被暂时击倒,不至于出局。

理性思维、人类技术和昆虫本能的综合体,是飞船舰队无力对抗的。人类在长期的消耗战中,完全没有可能取得最终胜利。

的确,这一点在很久以后才现出端倪……

傍晚以前,布兰德又三次目睹外星飞船掠过星球上空。是的,一个庞然大物……这怪物大概不会降落在星球上,但会用小飞船和密封舱弹射出空降兵。毫无疑问,里面的空降兵起码有一千人。这颗星球上的人类居民,无论男女老幼,每个人都面临六个空降兵。

这还是非常乐观的估计。

很长一段时间没有过通信了，布兰德甚至怀疑，外星人发现了静止轨道上的隐形通信卫星，并且悄悄摧毁了它，没有产生任何闪光。但在黄昏时分，呼叫铃声又响了起来。

“他们刚刚弹射出了第一批。”这声音属于伊拉克利的伪装事务助理斯塔赫。

“在哪里？”

“在西边，差不多靠海的地方。斯特凡尼德斯一家住在那里。”

“发现他们了吗？”布兰德问道。

“我们还不知道。伊拉克利正在和他们谈话。”斯塔赫沉默了一会儿，又补充道，“我们的宾客光临了斯特凡尼德斯家，我想并不是无缘无故的……”

“为什么会这样呢？”

“有六个孩子，”斯塔赫痛心疾首地回答，“那边的伪装可真不像话！如果那个马大哈在堡垒里，至少可以揍他一顿，但要是在堡垒外面呢？真是个溺爱小孩的家伙！我说过，要把所有孩子全都送到堡垒里来！……通话结束。”

“有情况随时告诉我。”布兰德说道，但斯塔赫已经挂断了。

他的话倒是实事求是：斯特凡尼德斯一家爱孩子是出了名的，他们坚决拒绝搬到堡垒，把堡垒里打孩子的做法称为强迫教育。他家长大的孩子一点也不顽劣，或者反过来说，只有给斯塔赫瞧见了，才会受到无情的鞭打。你是怎么走路的,为什么把草踩倒了?在皮嫩的地方抽五鞭。是谁折断了堡垒附近的树枝?是你?抽十鞭。是谁把门口踩脏了,还乱扔口粮的包装?即使你不在乎自己的死活,也要替别人着想吧!抽三十鞭,感谢科学。

还能怎么样呢?

太阳落山之后,布兰德又看见了这艘飞船,并再一次惊叹它的庞大。放大二十倍看,整个屏幕都被来自外星的庞然大物占满了。是侦察飞船?绝对不是,太大了。是战列舰?恐怕也不是:武器装备不够强。无论如何,外星人也无法靠舰载武器的一轮火力齐射来摧毁一颗星球。他们也无法突破布局合理的防线。甚至可能连一两队战斗机都无法抵御……是登陆艇?有谁从前听说过如此庞大的登陆艇——看上去像是整个蚁群倾巢搬家的巢室,容纳了蚁后、雄蚁和一大群工兵蚁?在过去,红蚁人和人类一样,也都更喜欢灵活些的小型飞船,而不是笨拙的载重飞船。

但是过去的人类在哪里呢,布兰德问自己。从前自豪、强大、无忧无虑的人类在哪里呢?就算是纸上谈兵,还有谁能阻拦登陆呢?

另外一群红蚁人吗?同类不相残。人类吗?如果人类在某个地方安然无恙,那么他们就不需要反击了,而红蚁人也明白这一点。

稍微想想就足够了。究竟是多大的飞船,是什么样的外星人,布兰德下一秒就止住了思绪。

一个个点从船上分离出来。布兰德放大图像,惊得吹了声口哨:这些点既不是小飞船,也不是空降用的密封舱。是人形的……或者说,至少很像人类。

他们像豌豆一样撒向天空,分成了两队;第一队很快落在飞船之后,第二队与飞船并排齐飞了一会儿,然后慢慢向两旁移动。显然,这些外星人离开小飞船也无妨。

“这里有新东西。”布兰德大声说道。

他呼叫堡垒。这次应答的是伊拉克利:“新的什么?”

“降落到我这里的,”布兰德报告说,“直接穿着跳伞服下来的家伙。有一部分往东边去了,所以警告鲁日茨基和勒克莱尔吧。我这儿也来客人了。”

“明白。”

“斯特凡尼德斯那儿怎么样?”

“他们现在没办法通信。他们之前报告说,看到十公里外有人登陆,就停止通信了。他们做得对。”伊拉克利叹了口气,“你是对的,那就是红蚁人。”

“似乎还没弄清。堡垒怎么样?”

“我觉得目前没有被发现。”

“好吧。通话结束。”

布兰德挂断了。接下来要做的事情就是等待。

4

“妈妈,我想出去玩!”

四岁的马里奥,比安卡·博雷利和路易吉·博雷利的儿子,实打实地要起了脾气。这小胖子把额头顶在母亲的腿上,捶打着拳头,哭哭啼啼地尖叫:“出去玩!想出去玩!”

“管好你的孩子。”斯塔赫皱着眉头,撂下一句话。

孩子的哭声传不出去,却牵动着人们的神经。堡垒里几乎所有人都聚集在中央大厅里——有八十多人,从吃奶的婴儿到年迈的老人,各种年龄的男男女女都有。

“妈妈,出去玩!”

母亲只能无奈地摊手。父亲走向马里奥,架住他的胳膊抱起来,往上一抛,又接住。

“哦!哦!飞吧!”

“放开我!出去玩!”

“儿子,去那里玩,”路易吉说,“那里敞亮。”

“我不想去那里,我不想！我想到街上去!”

他从没见过真正的街道,他年轻的父母也没见过,录像里的街道除外。对他来说,街道就是堡垒中央大厅顶上百米处乱石密布的半荒漠。那里必须乘电梯上去。

“儿子,不能到街上去。绝对不能去。”

“可以去！可以去！可以去!”

“管好孩子。”斯塔赫的话更加不客气了。

“呜呜呜……出出出去!!! 啊啊啊……”

斯塔赫脸色一沉,解开了鞭子。就在孩子咫尺之遥,空气中传来呼啸声和噼啪巨响,他开始号啕大哭。大厅四壁之内飘荡着回声。

“为什么要这样做,为什么!”比安卡痛苦地叫喊,用手护住儿子。

斯塔赫没有回答,转过身去。他把鞭子收了起来。毕竟,即使是在堡垒里,父母对孩子的教育也糟糕透了,而且体罚不是万能的。剩下的办法就是鞭打父母,因为他们不负责任,更准确地说,是因为他们没有确定育儿的重点。是啊,鞭打……父母和孩子一块儿打,还要在大庭广众之下。可要是把孩子打成了口吃怎么办？大家知道,这叫心理创伤。不要紧！与其早早夭折,永远闭嘴,宁可一辈子口吃。马里奥这个自私的小子,将来总要尝尝自己那鞭子的味道

——不知怎么,别人受到鞭打好像并没有让他引以为戒。四岁大,真该长长脑子了。给点时间,我们来管教管教他,要是这次一切平安的话……

要是奇迹发生的话。

伊拉克利把秃头转过来,看着母亲和受惊的孩子,看起来充满同情。然后他转身看着斯塔赫,同样充满同情。很少有人能理解,负责堡垒里所有细致的伪装有多艰难,受到几乎所有人的讨厌是什么感觉,但见多识广的老伊拉克利却一清二楚,因为在他那时候,鞭打不负责任的马大哈的人正是他自己……

去他的理解!

墙上的大屏幕播放着堡垒以北约八十公里处的画面,所有人都能看见。十几个红蚁人在那里忙忙碌碌,不知为什么,在喀斯特天坑里嗅来嗅去。基本上可以断定:外星人已经知道星球上有人类,并且其数量尚未达到需要按照完整流程对这颗星球进行消毒的标准。从他们的角度看,可以稍做清理——当然了,首先要搜索出人类的藏身之处。难怪喀斯特洞穴地区引起了他们的兴趣,这地方难道不是个天然的庇护所吗?

这也就是为什么人类在三十年前将堡垒建在广阔的喀斯特地区的最外围,以迷宫般的洞穴为屏障把堡垒保护起来的原因。而红蚁人目前还没有找到堡垒,这从正面说明既定方案是正确的。

半个小时前,斯特凡尼德斯家传来最后的音信——约安尼斯连珠炮似的说，他们被迫进入主动防御状态，并告了别。基本可以确信，斯特凡尼德斯家已经不在人世。

一旦被发现，就是死路一条。这是一条公理。也许，假如你是英雄，决定奋战到底，你能够收拾几个红蚁人，那么在此之后，地洞的天花板将被高温炸弹熔化，并倾泻到你头上，你还是在白白送死。假如你非常幸运，用自己的性命换了他们的十几条命，这仍是极其吃亏的交易。假如这样以命抵命，到这个星球上一个活着的人类都不剩的时候，环绕于星球上空的这个人造庞然大物里还是会挤满红蚁人，就像黄瓜里挤满籽一样。从整个宇宙范围看，就更亏了：拿十亿个红蚁人换一个人类，这样的代价仍然高得不可接受。

但是，这里的人类何曾成功迫使敌方这样交易呢？难道敌方的士兵外表上虽仍是人形，却丧失了求生的本能吗？

没有这样的可能。虽然对物种的责任——如果"责任"这个词可以指遗传的程序——始终是红蚁人的头等大事，但他们也会害怕，会痛。全无理智的冒险，他们是不干的。预估好的风险和牺牲则是另一回事。

伊拉克利和斯塔赫都知道接下来会发生什么：红蚁人将利用反重力器，迅速而仔细地搜索两块陆地和四个群岛，不放过任何一寸土地、任何一座可疑的山丘，有条不紊地找出并摧毁人类的藏身之处。看起来，他们已经得出结论：这个星球不会有什么大问题。只需要稍做打扫，就像是给新房子杀灭蟑螂就能搬进去住了。这个星球条件适宜,即使对于人类这样适应能力差的生物来说,也是宜居的星球;对于红蚁人来说,简直就是天堂! 这里是一个新家,另一个新兴文明蓬勃发展的中心。红蚁人需要很多个星球。他们需要一切。

“他们在那里做什么?”斯塔赫一边目不转睛地盯着屏幕,一边问道,沉寂的大厅充斥着人们的呼吸声、喘气声和偶尔的咳嗽声,唯有他的问题掷地有声。甚至孩子都意识到了大人的忧虑,不再哭哭啼啼。在斯塔赫看来,人们像是连呼吸声也要努力压低。人们用责备的眼神看着那些咳嗽的、擤鼻涕的人,可是这有区别吗? 哪怕大喊大叫,哪怕拉响警报,哪怕引爆炸药,也不会有任何声音传到地上。要是敌方找到了堡垒,那也不是循着咳嗽声找来的。

“你更清楚他们在做什么。”伊拉克利回答。

“他们好像在埋炸弹。或者……”

“或者什么?”

“或者是在埋很多炸弹。”

伊拉克利没有回答,但心里很赞同。为什么不呢? 红蚁人的逻辑有时看似难以理解,实际上却极其简单。说实话,只有在狡诈的人类眼里才难以理解,因为他们总是草木皆兵。可惜,狡诈的人类曾经坐在司令部里愚弄自己,自以为分析出了敌方的意图,却没有能力找出并非最狡诈——何必如此呢——而是最简单的做法。请相信,红蚁人会找到简单得近乎天才的解决办法,好几次都是这样。人类总是陷入幻想,误解红蚁人的意图。

但现在毫无疑问的是:经过粗略的侦察,敌方首先将摧毁人类可以轻易藏身的、迷宫般错综复杂的洞穴,那里有一座人们在这个星球上居住的头几年里建造的老堡垒。当然,他们肯定在那里发现了人类居住过的痕迹。接下来的发展就显而易见了。

十五分钟后,红蚁人的特写镜头出现在屏幕上。他们穿着一身轻便的登陆服,腰间别着反重力器,背囊装着小型推进器,看起来行动非常自如。武器是式样不明的等离子枪。手腕上戴着小型生命体探测器,可能会被误认为是手表,除非知道红蚁人不需要手表:他们有完美的时间感。脸也看得清清楚楚,看上去完全是一张人脸,甚至带着某种冷冰冰的美感,只是表情实在过于平静。

与红蚁人交过手的老人们告诉过年轻人:要想在红蚁人的脸上逼出点什么表情,至少要打断他们的手脚才行。虽然红蚁人感受器的灵敏度很高,但奇怪的是,对疼痛的敏感度却低得惊人。任何一个红蚁人在不施麻醉的情况下做阑尾炎手术,都不会哼哼一声。

然而,他们似乎根本就没有阑尾……

屏幕一黑,又亮起来。现在画面的视角变了——原来的“眼睛”已遭破坏。普通的人类哪怕距离“眼睛”就在一步之遥的地方,即使知道“眼睛”就在附近,也不会发现它。

“他们会找到堡垒的。”斯塔赫对伊拉克利小声说,“迟早会的。”

“安静点!”长老看向众人,向他示意,“我们可不缺恐慌。”

“看!”

第二只“眼睛”离得远,不方便观察,但也显示出了大致情形:红蚁人突然从喀斯特溶洞里爬出来,仿佛蚂蚁从地下巢穴倾巢而出。一秒后,他们就起飞了。再过一秒,他们就冲了出去,加速飞行。

“要爆炸了。”斯塔赫说。

大屏幕黑了。十秒钟后,堡垒的墙也震了震。有人发出一声惊呼,然后陷入慌乱,噤若寒蝉。随后是一片寂静,听得见沙土从天花板某处纷纷落下的声音。

“有没有看到他们去哪里了?”伊拉克利像刚才那样小声问道。

“似乎是往东南边,”斯塔赫回答,他的声音里没有多少自信,“可能是南边。”

“朝我们来的?”

“也许吧。”

接下来十分钟里,他们没有说话。说什么呢?说了又怎样呢?他们已经什么也无法改变,什么也无法指望了,唯有默默地猜测,多年来所布置的一切能不能起作用。只有伊拉克利说了一句,他从北边的麦克弗森那里收到令人惊慌的消息,说有一群红蚁人在他的藏身之处附近着陆,他回答完“明白”就挂断了。斯塔赫把屏幕画面切到近景,仔细看了看,脸不由自主地一抽,说道:“他们在我们上方。”

5

黎明时分,第一个红蚁人现身了。布兰德用红外线观察着“家”的周围,几乎彻夜未眠。有时他打一会瞌睡,但很快就会醒过来。做噩梦的时候,人是睡不安稳的。

来客是只身出现的。布兰德不知道其他红蚁人在哪里。也许他们会姗姗来迟,即将到访?抑或是他们瓜分土地后,个个都在勘查自己的地盘?尤其是考虑到,他们的理性主义与生俱来,个体“价值”低廉,这样的假设相当合乎情理。人类呢,当然,会把伪装准备好。而这些红蚁人……损失一员也无伤大雅,他们对此有预案,会立刻通知其他红蚁人。这就是猎取鳌兽的“活饵”法。必须承认:对于那些不太珍视自己和同类的生物来说,这招十分管用……

布兰德只是坐在椅子上,就可以用五种不同的方式杀死红蚁人。他可以在屏幕上显示十字瞄准线,确定好用哪种武器,然后按下按钮。他也可以启动所有系统,向“家”询问哪种武器更合适。他甚至可以命令“家”自行清除外星人,“家”对付这种小事不但毫不逊色,而且比人类干得更漂亮。

只有从轨道上发射出的高温炸弹,“家”对付不了。花岗岩要是沸腾,“家”就麻烦了。

要是趁炸弹还在平流层的时候,命令“家”把它击落呢?显然可以。但要是从不同方向打来十枚炸弹,对“家”来说就棘手了;要是有十五枚,“家”就无力回天了。难道有谁会认为,飞船没有能力百弹齐发吗?

而又有谁会知道,红蚁人在过去的三十六年里新掌握了什么技能呢?绝不能排除这种可能:在任何可以预见的情况下,他们都无须向飞船寻求火力支援。

红蚁人保持着低空飞行,画出一个巨大的“之”字形。有几秒钟,他对那群常年在布兰德高原上迁徙的无蹄食草动物产生了兴趣,在上方盘旋了一阵子,一点也没有吓到它们,因为这些动物并不知道有什么食肉的鸟类,何况这个星球上压根儿就没有鸟类。外星人在一个不显眼的地方多盘旋了一会儿,那里隐藏着通往“家”的一个遥远的入口。随后,他飞到东边,粗略勘查一公里半之外的一座双峰,端详一块傲立的巨石,降落在深深的沟壑中。最后,他转身径直向“家”飞去。

今天的阳光呈现出灿烂的明黄色,刺得人眼睛发花。他只好把画面调暗,用偏振镜滤光。双手的颤抖很明显。布兰德设法平心静气，换了个舒服些的姿势，将红蚁人的影像拉近，开始观察。他的心怦怦直跳，肩胛骨下隐隐作痛。真蠢，他忐忑地想。还没有面对面遇到敌人就心梗而死是很蠢的。举手投降……愚蠢而可耻。他埋葬了儿子、妻子和黑克托尔，厌倦了生活，去进行无谓的狩猎，明知道自己总有一天会撞上霉运，死于螯兽或是本地的其他食肉动物，还特意去冒险，真是愚蠢又贪婪，而见到红蚁人却发抖了！有区别吗？区别在于人类已经等待红蚁人很久了吗？在于不仅仅在孩子眼中，而是对所有人来说，红蚁人已经等同于可怕的老妖了吗？

难道这样还不够吗？不够。尤其是对他来说：他从小就离开了要塞星，除了在教科书和专题新闻中，从来没有见过活生生的红蚁人。

显然有什么东西把外星人引向绽开三道裂口的花岗岩圆顶，但究竟是什么东西呢？布兰德并不知道。是空气再生系统漏气了？不可能。是这座山和邻近的山有微小的温差？也许吧。与人类相比，红蚁人的眼睛覆盖的波长范围要广得多。布兰德突然意识到，卫星通信的红外光有一部分散射在空气分子上[①]，红蚁人的眼睛可以看到一束细细的光线，他乞求现在别有人忽然想和他发起通信。好吧，还有什么东西呢？……是“家”里面众多系统运行产生的微弱电场？也有可能，前提是“银河人”的创造者赋予了他们鲨鱼有的那种负责感知电场的电感受器。当然，花岗岩的厚度可以很好地屏蔽

① 指一束光线透过胶体时可观察到的“丁达尔效应”。

任何辐射,但绝不可能把一切都藏在花岗岩下面。“眼睛”就藏不了。

总的来说,建造“家”的目的之一就是,使得无论哪种性质的外部“背景”都不会超过灵敏度的阈值——这当然是指红蚁人感官的七种灵敏度,布兰德的父亲大致知晓这个阈值;而在三十六年后的今天,对于一个新生的、适应性强的、迅速发展的人种的生理条件和技术水平,他又了解什么呢?不见得有多少……

红蚁人粗略察看了花岗岩的圆顶,并仔细端详了裂口。他站在盖住近处入口的巨石旁边,从背后抽出等离子枪,却改变了主意。他起飞在圆顶上盘旋了一会儿,然后目标明确地飞向“家”在远处的入口。

“混蛋。”布兰德咬牙切齿地说。他真想把这个外星人打死在半空中,让血喷出来,烟冒出来,但这样做的后果也不言而喻。既然终于知道“家”的伪装毫无用处,布兰德也就冷静下来了。仅仅夺走一个红蚁人的性命,一命抵一命吗?绝对不行。起码要夺走十几个外星人的性命,至少六七个吧,那就是另一回事了。即使没有实际意义,他还是乐于死得其所……

把外星人打死,剥下那奇妙的登陆服,胳膊下夹着核弹闯进外星飞船?……胡说八道,行不通的。而且不知系统基于什么原理判断“是敌是友”,难以骗过系统。在上一次战争中,这办法似乎一次也没有成功过。敢死队员还在半空中,就会和他的爆破弹一道化为灰烬。

许多生物都对酒精上瘾。人类通常不会拒绝喝上一杯。有蹄动物会吃鹅膏菌,猫会舔缬草。甚至连昆虫,特别是那些蚂蚁,也会寻觅自我麻醉的方法。利用这招怎么样?

怎么做呢?把自酿酒的酒罐拖进轨道吗?在这个星球上开设六七家免费的小酒馆吗?

但一定有办法!一定有!

布兰德想到,在他之前,有多少人在临死的一刻虔诚地相信:一定有办法,只要找到办法……

可以在临死时喝得烂醉如泥吗?

也是个办法。

红蚁人在入口附近停留了五至七分钟。然后——布兰德没有看出他是怎样做到的——红蚁人打开了入口。液压插销上的那片草地轻轻地抬起,又同样轻轻地落回原位,把外星人放了进来。布兰德咒骂着,把画面切换到入口的沉井。

显然,客人在这里感到宾至如归。还有:显然,他把这一发现通知了同类,但并没有请求增援。找到了地下的藏身之处,那又如何呢?很可能这里空空如也。在没有紧迫需要的情形下,随意差遣侦察兵并不理智。按人类标准是近乎拼命的勇敢举动,对红蚁人来说,却似乎是呼吸一般的本能。

隧道前的花瓣状盖板极具欺骗性地缓缓打开,然后瞬间合上,比陷阱还快,对不速之客来说是个惊喜。“花瓣”的合金边缘打磨得足够锋利,要是哪个急性子的客人不到三秒就硬钻进打开的洞口,或是哪个慢性子的客人在洞口耽搁超过六秒,都会被一劈为二。要是客人怀疑是陷阱,转过身来,枪林弹雨马上就会倾泻到沉井里。

过去,“家”里的所有住户,尤其是孩子,都会定期在模拟器上进行训练。一旦犯错,就会受到电击惩罚。进出“家”的所有可能的方式,都被操练成完全机械的动作。

红蚁人停在盖板前。布兰德在默数:一、二、三……

数到第五秒时,外星人爬进洞里。他没有使用反重力器,而是用四肢爬行。难道他这样爬更方便吗?布兰德焦急地想。这不可能。管道狭窄,管壁打磨得很光滑——启动反重力器吧,给点小小的推力,让自己滑翔吧……

要是在盖板到岔道口这段路上启动反重力器,就会触发以前从飞船上卸下的等离子机枪,一阵猛烈的炮火会沿着管道袭来。在这样的炮火中,任何生物都会化为灰烬,烟消云散。这个陷阱和其他陷阱一样,只能由中央控制台关闭,而布兰德当然没有这么做。

红蚁人穿过陷阱,停在岔道口。左边差不多马上就是个急转弯,并通向后边。右边离岔道口两步之遥,拓宽成真正通道的样子,并平缓地向下延伸。右边的岔道传来一股温暖的气息,带着含量稍高一些的水分、二氧化碳,以及微量的人类气息,还有粗大的黑色电缆沿着墙壁蜿蜒,以及一块似乎封闭了通道的巨大的金属板,旁边还有一块控制面板。一切看上去都很有吸引力,但布兰德明白,即使对其中所有的陷阱了如指掌,他在右边的通道里也活不过十秒钟。要是往右走,就玩完了,而且最糟糕的是,丧命前来不及弄清自己哪里弄错了,也完全没有挽回的可能。

径直往前走,尽头是个房间,离岔道口三步远。需要仔细看,才会注意到天花板下有个微小的突起,应该猜得到,这并非随意为之。它看起来是个感应装置,可以开启后面的道路。但要是按下突起,伪造的天花板就会打开,一桶氢氟酸就会倒在外来者身上;要是不按,它也会在七秒钟后自动触发。无论外来者是红蚁人还是人类,要是进入房间后怀疑不对劲,迅速离开房间,那么在岔道口还有个惊喜等着他——他会被压成肉饼,即使是红蚁人也没有能力承受。总之,只有往左,走看似最没有吸引力的路才是出路。

红蚁人犹豫片刻后往左拐了,布兰德对此并没有特别惊讶。也许一个老练的人类也会这么做,而红蚁人的老练是毋庸置疑的,他们与人类的战争进行了数百年,积累了大量对付人类的经验。做不方便做的事、不打算做的事、没指望做成的事,这样十有八九是没错的。说实话,布兰德对自动陷阱并未抱有多少期待。

由中央控制台操纵的陷阱则是另一回事。现在,红蚁人正向其中第一个陷阱靠近。

刺耳的警报声响起,屏幕一角闪烁着红色提示:“非法闯入!”布兰德皱起眉头,关闭了警报声,瞧一眼提示,笑了笑。他曾经帮父亲调试过“家”的安防系统,但大部分工作都是父亲做的。“非法”这个感人肺腑的词语就出自父亲,仿佛他仍然生活在那个世界里,法律法规还有效力,个人权利还神圣不可侵犯,值班警察还能迅速有效地制止任何对私人领地的入侵。

已经不复存在了!在布兰德出生之前,这一切就只剩下一片废墟;而现在,成文法因丧失效用而被废弃,由小族群的简易习俗取而代之。难道习俗不如法律吗?难道先前规定人身、财产、权利之类不可侵犯的法律能够帮助人类幸免于难吗?

洞穴开阔起来,红蚁人能够直起身子了。布兰德把手指放在按键上。只消轻轻一按,隧道墙壁将瞬间弹出刀片,把外星人剁成肉块。机器人会把墙壁上的碎渣收拾掉,扔出去喂给本地贪婪的食腐动物。

如今活着的人里,有多少可以吹嘘自己亲眼见过红蚁人之死?也许只有一部分老人……布兰德准备一饱眼福,把按键一按到底。

但就在他按下按钮的前一瞬,外星人以短跑运动员起跑的速度猛然向前冲去。不,比这更快……仿佛由弹射座椅抛向前方。

这样的猛冲足以使人类的韧带撕裂,但从未有人听说过在哪个红蚁人身上发生过这样的事。刀片在他身后呼呼地砍削空气,徒然无用。

布兰德咒骂着把手指从按键上移开,随后肢解器缩入墙内。父亲失策了:这个陷阱大概只适用于人类。

顺带一提,外来的人类根本就无法到达这个陷阱——红蚁人似乎能看穿墙壁。布兰德不明白这是怎么回事。是的，众所周知，红蚁人有格外发达的危险感知；他们逻辑和直觉兼备，但要想拥有这种能力……不对劲。或许是他们自主获得了第八感、第九感，天知道还有第几感？

看，他们是宇宙的新主人——能力高超、坚韧不拔、有侵略性，总是着眼于实际！从来没有谁见过他们从事艺术、哲学或其他大体上并不实用的事情。这事为何而做呢？难道诗歌和小提琴协奏曲是在物种竞争中获胜的必要条件吗？红蚁人的根本使命是服务于物种和群体，其头脑里去除了对履行使命来说无用的糟粕。所以，让一让吧，人类！怎么，你们还胆敢继续苟且偷生？呸！必须用自然的方式帮你们灭绝，因为在自然界中，物竞天择，没有什么比这更自然的了……

路上又有个急转弯，倾斜着通向山的深处。布兰德还剩三个陷阱：离急转弯三十米处有块板子会掉落；七十二米处会有一口深井突然打开，井壁光滑得抓不住，井内有一池王水；一百二十五米处有个毒气—等离子体—辐射—子弹的复合式陷阱。

手指碰到了按键，却没有按下。

不知为何，布兰德确信，外星人能够通过每一个陷阱，或许最后一个除外。但他的目的是什么呢？他警铃大作的头脑只是服务于本能，而本能则驱使他前进。他会死吗？很有可能。但当红蚁人的同伴等候多时，确认侦察员失踪后，就会知道：藏在这座山里的人类居民点并非废弃,而恰恰有人类居住,后患无穷。这地方毁灭易,清理难。拿一个红蚁人的生命换来这样一条信息,绝对是物超所值。

也就是说,他总归还是要以命抵命吗?要么是杀死红蚁人——见鬼,这很有可能!——然后匆忙从“家”里逃出去吗?

但是往哪里逃呢?

布兰德打了个响指。机器人赶紧到他跟前,手里抓着感受器组件,“我在,主人,我准备好了,请下达命令。”

“全副武装,”布兰德说,“有个外星人往这里来了。是敌人。哪怕你被熔化了,也决不能让他进入‘家’里。明白吗?”

“明白。”机器人说,“尽力不让‘家’遭到破坏,对吗?”

“尽力吧,但核心任务优先。另外……还有一件事。可以把他放进小客厅,这个房间弄坏也不要紧。小心,敌人非常危险。我会启动干扰屏障。这能帮上你。”

“谢谢。”机器人说。

“不客气。去吧。”

最后一扇门是装着指纹识别设备的装甲板,耽搁了红蚁人两分钟。他没有去摆弄精巧的锁,而是直接烧穿了一个洞。这时间足够让布兰德回忆起,识别设备的存储器里还保存着希尔达、海伦和埃里克三个人的指纹,其中两个人去世了,第三个人住在远方。他还想起,自己不止一次想过从识别设备的存储器中清除这些不必要的东西,但总是无法下定决心。人类的存储器是记忆,维系记忆要依靠重要的纪念物——旧照片、旧衣服、孩子的旧玩具。记忆的编码符号是什么呢？记忆既看不见，也摸不着。然而，布兰德并没有抹去记忆。至少“家”仍旧认为，这里居住着一个完整的家庭……

布兰德还苦笑着想到，毋庸置疑，红蚁人不会这样做。难道他们懂得什么是真正的丧亲之痛，什么是真正的爱吗？性别对他们来说毫无益处，他们机械式的逻辑又能懂得什么呢？当然，蚁后或雄蚁这种特定的个体除外。随着时间的流逝，自然演化会使现在的工兵蚁分化为工蚁和兵蚁，而且两者最终都将失去性征……

等等!!!

布兰德跳上凳子，向机器人下令:“变更原定任务。我命令你活捉外星人。不惜一切代价。我再说一遍:不惜一切代价活捉他。明白吗?”

没等对方回答，他就跳下来飞奔，踏响了每一个角落。

6

“他们在做什么?”这次是伊拉克利在问。斯塔赫通过唯一的“眼睛”,也就是离得最远、最不方便的那只,观察着红蚁人。其他人都切断了联系,这一预防措施似乎并非多余。

“他们好像准备离开……是的,确实要走了!”

“全部吗?”

“是的,似乎是……”

“你没数过,是吧?”

“那你呢?”斯塔赫反过来问他,“我看到几个,你也一样看到几个。不是十个就是十一个。”

“再等等看?”

“是的,别急。然后我们就启动所有的‘眼睛’,仔细搜索每一个洞穴。或许他们很狡诈,但依我看,他们现在要离开了。他们一定是在附近发现了更可疑的东西。”

“伪装专家,你是要我表扬你吗?”

“没错。顺便说一句,我并没说他们彻底离开了。”

伊拉克利光秃的头顶出了很多汗,他擦了擦。堡垒里能关闭的东西都关闭了,最重要的是空调。

“至于他们到底有没有彻底离开,再等等吧……但他们毕竟走了,这也是件好事。”

闷热的大厅里传来如释重负的吁气声。有人勉强小声笑了笑。一个女人突然大哭起来。

“各位听好,”斯塔赫絮絮叨叨道,“现在可以放松一下。但空调是不会开的,大家忍一忍。”

“出去玩!”马里奥再三要求道,“我想出去玩!”

7

机器人的一部分已经熔化,完全淹没在手提式灭火器喷出的泡沫中,仍微微冒着烟,但无论是烟还是金属残骸,布兰德都没有去理会。机器人完成了自己的使命,就像忠犬一样,用自己的身躯抵挡了袭击,保护了主人。它不是黑克托尔,也不是他的朋友,但仍然应该为它默哀片刻以示感谢,但不是现在,现在有更重要的事情要办。

红蚁人侧躺着,不自然地挺直身子——任何挨了强力麻痹针的人,一般都会这样僵硬地抽搐。顺便说一句,这是第二针——他设法躲过了第一针!要不是机器人……

要不是机器人引开了外星人的注意力,那么现在躺在地上的就不是外星人,而是布兰德自己,而且不会留下完整的身躯,而是烧焦后冒烟的尸块。

外星人穿过了小客厅里的干扰屏障,仿佛根本没有注意到它,现在布兰德能够猜到是怎么回事了。虽然还远远不能完全确定,但已经足以怀疑:红蚁人通过布兰德的眼睛看到了陷阱！这就是为什么红蚁人越是靠近“家”,步伐就越有底气。处于紧张工作中的人脑的电磁场弱得多,但含有无限大的信息量。设备的电磁场加上人脑的电磁场,对红蚁人来说算什么呢?

这不是心灵感应。

并非读心术,而是在捕捉情绪和感受。

两码事。

这样更好。

“混蛋,你在搞什么鬼?”布兰德忍着怒气问道。然后他犹豫了。

一对一直接较量?不,他没法对付,现在该有些自知之明了。二对一就是另一回事了,何况两个里面还能够牺牲一个。

真是一手烂牌。考虑到银河系中总共有那么多红蚁人,马上认输不是更简单吗?

或许是吧。毫无疑问,有人会这样做——举手投降,听天由命,自哀自叹。

还有另一些人宁愿牺牲也要殊死抵抗,在迎来死亡之前,或许能对红蚁人造成一些在他们看来十分可笑的伤害。这么做的恐怕占多数。这种做法表面上是可敬的,实际上却并不明智,相当于什么都没做。

一个念头稍纵即逝。布兰德皱起眉头,低声咒骂。他命令机器人活捉红蚁人时,一些想法在脑海里一闪而过,那是非常重要的东西,但到底是什么呢?为什么一定要活捉呢?一个红蚁人俘虏有什么用呢?一边向他逼问信息,一边抽血进行研究吗?要什么信息,为什么要?关于红蚁人,人类已经清楚其基本情况,细枝末节则不太可能有什么用处。找到这帮杂种的阿喀琉斯之踵,就能把他们一举歼灭?呵!大家之前找了几百年也没找到,他现在忽然就找到了!还可以臆想些更可笑的事情出来吧!

"喂,我该拿你怎么办?"布兰德问道。

红蚁人一动不动,眼睛也不眨。他的呼吸虽然微弱,但还算平稳。一针麻痹药足以让人类昏迷五个小时,但红蚁人的新陈代谢异乎寻常。昏迷一个半小时大概能保证,再长就不行了。是该再给他打一针,还是用钢丝把他绑起来呢?绑起来比较好。

"我到底要你干什么,要不你来支个招吧?"

当然,红蚁人一言不发。布兰德克制住厌恶,把他浑身上下仔细检查了一遍。好吧……身体相当瘦小,比人类平均水平更矮、更轻。圆圆的脸上没有胡须,鼻子短,下巴明显前突,头上没有头发,只有绒毛之类的东西。身躯柔韧,肩膀不算宽,从肩膀到骨盆的轮廓有些怪异,像柱子一样平滑。没有腰部。根本没有什么值得注意的地方。不知道他们的外形是不是都这样呢?登陆服轻便舒适,乍看不会认为,穿着这个竟然就能以宇宙速度进入大气层。其他装备看起来很简单:反重力器、等离子枪、背负式小型推进器、生命探测器、通信装置。没有别的东西,没有夜视仪,没有指南针,没有金属探测器,没有其他有用的小工具。既然感觉器官成功地取而代之了,还要它们做什么呢?

感觉?

有一瞬间,布兰德觉得自己终于抓住了那个稍纵即逝的念头,但那个念头又一次沉入脑海。没错,现在他毫不怀疑,他迟早会想起来并好好考虑一下。在头脑中潜伏、隐藏、撩拨着的,更有可能只是平庸的馊主意。

布兰德难以一眼判断来客的性别。这个俘虏与其说是男性,不如说是女性,但布兰德直到在与精巧复杂的锁扣搏斗一番,除去外星人的登陆服之后,才确认了这一点。没错,不是男俘虏,是女俘虏。不过,这又有什么区别呢?每一个孩子都知道,红蚁人的工蚁没有充分演化出两性,异性个体的行为特征也没有非常清晰的差异,并未超出一般的变化范围。除非抓到的是蚁后或雄蚁,才能发现区别……

其实又有什么不同呢?在红蚁人的任何一个群落,哪怕再小,也远远不止有一个蚁后,这是其一。外星人肯定会试图营救蚁后,但不会以牺牲整个蚁群为代价,这是其二。他们会为她派出若干工兵蚁,没有达到目的就撤退。对他们来说,任何东西都各有各的价码,蚁后也是如此。对蚁群的有用程度就是价码。如有必要,他们自己就会杀死筋疲力尽的蚁后,更不用说那些肌肉松弛的寄生虫雄蚁了。俘虏蚁后会给自己带来麻烦,却并不会扼住蚁群的咽喉。最后,无论蚁后还是雄蚁,都不参与作战行动,这是其三。

一个小时过去后,俘虏开始挣扎起来,考验着钢丝的强度。布兰德在心里为自己的准确预测而庆幸。他们身体分解神经毒素的速度真快啊……

这是个多么独特的人种!哪怕他们的非凡能力是通过舍弃人性来换取的,那又如何呢?区别仅仅在于,人类的优秀品质——勇敢,为实现目标而坚持不懈,高尚地牺牲自我,团结一致,忠于共同的事业——对他们来说不是有意识的行为,而是本能。难道这样不是更好吗?个体具备有益于物种的本能,不就能够避免产生很多不愉快的情绪,避免勉强做出艰难的决定,避免心怀内疚吗?红蚁人难道不幸福吗?

人类的优秀品质难道完全是出于意识吗?它们的起源不也同样能追溯到古老的本能,追溯到进食和繁衍的需求吗?不也能追溯到被遗忘的地球上,热带稀树草原里的猴群吗?狒狒的头领与豹子搏斗是毫无生还机会的,却依然为了掩护同类逃跑去攻击豹子,头领高尚的自我牺牲难道不是本能吗?还有母爱呢?

其结果就是:人类只有在理智不妨碍他遵从自然本能时,才是善良的?红蚁人没有这样的问题,所以总是善人?

一派胡言……

布兰德终于意识到,自己很羡慕红蚁人。他不再发火,怨气已消。要是红蚁人放过人类,要是他们别寸步不让、让人类走投无路,要是他们满足于充当银河系的主宰,留一部分星球给人类安居乐业,布兰德就不会对他们有任何意见了。但是显然,同根而生的两个类人物种不可能在同一个宇宙中和睦相处,这就是自然的旨意。最顽强的一方将会获胜。贪婪的克罗马农人一个不剩地消灭了尼安德特人、爪哇猿人和南方古猿。幸存下来的总是最排斥异己的一方。他们吃掉并消化了容忍异己的一方,拉出来给土壤施肥。

现在,红蚁人在追踪仅存的人类,唯一的目的就是从洞穴里找出人类并将之歼灭掉。

这并没有意义。可怜的人类族群对他们毫无威胁,在接下来的一千年里也没有能力威胁他们。但这是自然的命令。

要是没有红蚁人……那么一切都会不同,布兰德的人生也会活成另一番模样。没有谁需要逃离,要塞星也依然叫赌场星。埃里克会上大学,当一名工程师或医生,而不是因遭遇愚蠢的螯兽而死去……

红蚁人不再动弹,她意识到自己没有力气扯断钢丝。钢丝深深地嵌进了皮肤,但外星人却没有露出痛苦的神情。她看着布兰德,目光里既没有仇恨,也没有恐惧。想必他们杀人的时候就是这样,毫无感情。他们也会死……

这不难验证。就是现在。

布兰德不带怨气地咒骂了一句。他想,对他们就要这样。那个正在消逝的念头,他觉得自己快要抓住它的尾巴了。要冷静,别有怨气,别有羞耻感,别心怀愧疚,不是去防御,而是去进攻。攻其要害。他们进攻,我们也进攻,区别在于,我们毕竟更聪明……但愿如此。

要害?……

性别!就是这个!现在布兰德想起了自己开始行动并导致机器人遭摧毁之前,在头脑中一闪而过的念头。他起初觉得这个念头似乎特别愚蠢,并嗤之以鼻。然后他考虑了一下,哼哼暗笑。

“你以为我会杀了你吗?”他问俘虏,“别指望了。”

红蚁人没有回应。她要么听不懂人类的语言,要么对自己的命运不感兴趣。

布兰德再次转向屏幕,采用全景视野,并透过镜头对着比例扭曲的周围区域端详了一会儿。空空如也。空荡得出乎意料……“家”附近一个外星人也没有。他们似乎还没有因为一个侦察员失联而担心。

这样更好。虽然显而易见,“家”最后的时刻来临了。外星人大概不会牺牲第二个侦察员,他们宁愿毁灭可疑的山丘,以及星球上的一切。高温炸弹将在山上留下一个火山口,中间是逐渐冷却的熔岩湖。

真可惜,但也无能为力。

“我的反重力器坏了,”他说,“我希望你的能载两个人。我没有小飞船,请原谅,我很穷。”

红蚁人沉默不语。

“女士,做好准备吧。我们要起飞了。”

8

“他发疯了。”斯塔赫从牙缝里挤出一句话。

“谁?”

“隐士布兰德。他刚刚通信说,他的洞穴被发现了,他进行反击,抓住了一个俘虏,要一起飞来这里。你明白了吗? 他是个疯子,真的。他要把来客带到堡垒!”

伊拉克利气喘吁吁的,他这把年纪,跑起步来可不轻松。但他不得不奔走在堡垒的地道里。斯塔赫留在中央控制台,派施奈德跟着他,他是个慎言敏行的小男孩,能帮得上忙。一个小时不到,危险过去了,人们听从劝说,从居住区的巷道中渐渐散去。没有人真正放下心来,大家都明白,危机解除只是暂时的。伊拉克利依次走访,与人们谈谈话,给绝望的人鼓把劲,甚至勉为其难地开玩笑……他必须不顾一切地奔波劳碌。

“也许他不会来,”他喘过气来,考虑了一下说,“红蚁人离开我们这里之后,朝哪边去了,是南边吗?”

“基本是正南。”

“也就是说,去了欺骗半岛?你知道我说的是哪里吗?”

斯塔赫点点头。他所说的半岛有风化的岩石地貌,极像人造景观。从某个角度远远看去,那里有一座陡峭的拱桥、整排的民居、工业区、化工厂,以及巨大的森林公园,乍看不会发现里面的树木是石头……

这就是为什么独自行动的红蚁人侦察员会产生错觉,并请求支援的原因。出于同样的原因,从来没有哪个人类考虑过定居在距离欺骗半岛一个小时的飞船航程以内。没有人疯到想住在这里。但是,欺骗半岛上生活着大量螯兽群,还有尤为凶猛的毒虫和电臭鼬。只要稍微受到惊吓,电臭鼬就会从尾巴下面放电。不速之客是不会感到无聊的。

“他们很快就会回来,”斯塔赫说,“除非一路上有更有趣的事情把他们引开了。”

“与此同时,布兰德可以在不被注意的情况下溜进来。”

“就算是这样,但我们要俘虏干什么呢?”

驼背的伊拉克利耸了耸肩。

“我不清楚。你知道……我交手过的红蚁人比你多一些。有几次,我们也俘虏过红蚁人。据说反间谍部门竟然把俘虏打得痛苦哀号,他们可是红蚁人啊!人类要是被这么打,两秒钟就会毙命。而且从来没从他们嘴里撬出任何东西。‘化疗’也不太有效……”

“那我要怎么说呢?”

“等等……如果布兰德要把俘虏带到这里来,他肯定有什么想法。我是了解他的。他没有说别的什么话吗?”

斯塔赫撇了撇嘴。

“说了,但完全是胡说八道……他命令——不是请求,就是在命令——要我们再抓一个俘虏,如果可能,要毫发未伤,而且必须是雄性。越快越好。哪有这样的事啊?”

“这事儿我们办得到吗?”伊拉克利焦急地挠着秃头,问道。

“我可不打算尝试,”斯塔赫打断他的话,“依我看,他精神失常了。别忘记,他儿子不久前去世了。你走的时候,我在这里和他女儿海伦谈了谈,她承认他父亲最近有点古怪……”

“要是螯兽咬死你儿子,你也会变得古怪的,”伊拉克利反驳道,“布兰德也许是发疯了。但我还是会冒险听他的话碰碰运气。你有意见吗?”

“有意见。但你是长老,所以你自己决定吧。只是到了抓红蚁人的时候,别太指望我。而且在这种情况下,我没法对堡垒的伪装负责。”

“小声点,”伊拉克利警告,“这种话不该让每个人都听到。”

“对不起,”斯塔赫喃喃道,“够烦的了,有各种各样的疯子来添乱……”

伊拉克利摇了摇头。

“你自己也说过，红蚁人会回来。我也知道，大家都知道。红蚁人知道怎么找到我们。不，我并不想说什么晦气话，你是我们当中最好的伪装专家，但他们迟早会找到我们，你同意吗？他们已经注意到这个地方了。我们还剩几个小时，或者几天的时间，充其量是一两个脉动周期。你知道之后会发生什么。我们信赖布兰德，究竟冒了什么风险呢？最坏的情况，不就是少过几天老鼠般的生活吗？”

“别当着大家的面这么说，”斯塔赫埋怨道，“就为了这么几天，我们当中有些人恨不得把别人掐死。对于死刑犯来说，缓刑一个小时也已经很长了。”

“你开始把人往坏处想了。”伊拉克利责备道。

“我一直都这么想。我们是人类，不是红蚁人。只是你上了年纪之后，就变得乐观了起来。”

“我没听懂，你是希望无动于衷吗？”

斯塔赫没有作声。

“那我去召集猎人，”伊拉克利说，“我们来想想怎么抓第二个俘虏。希望布兰德知道该怎么做。”

“你决定吧。”斯塔赫说。

两个小时之后，载着重物的布兰德才到达堡垒。附近没有出现红蚁人。他们的庞大飞船有一次飞向遥远的东边，慢慢没入地平线。天色渐渐暗下来。黄色的太阳在临近落山时，并没有变红，而是相反,变得越来越亮,直径明显在缩小。明天将有白日炙烤。

在这段时间里,卫星通信只接通过一次:埃蒂安·勒克莱尔用紧张的声音报告说,他的藏身之处似乎被发现了。斯塔赫的脸抽搐了一下:勒克莱尔的住处的伪装从来都无可挑剔。埃蒂安的家不是布兰德家那样多石的山岩,也不是堡垒那样迷宫般的洞穴,而是藏在人工湖下面,这湖是在看似自然的山崩之后,水注满山谷形成的堰塞湖。根据勒克莱尔的说法,红蚁人没有发现远处伪装的入口,但是根据各方面情况来看,他们准备炸毁石堰,把水排走。至于为什么,就没法问了。他们探测出湖底空穴的方法,只能靠推测。最后,勒克莱尔说,他打算从远处的洞口出去,从后面攻击外星人,至少暂时把他们从家这里引诱开。

他还告了别。

他没有请求支援,也没有请求他们照顾好自己的家人。前者将不可避免地彻底暴露堡垒,而后者的意思则不言而喻。当然,前提是埃蒂安的家人安然无恙,而这一点,他们非常没有把握。

斯塔赫攥紧拳头,手指关节都发白了。坐着干等吧。他们束手无策。

无能为力。

还有布兰德和他的荒唐主意……

斯塔赫很快就看见了布兰德:这个蠢货肩上背着重物,想不起堡垒远处的入口在哪里,就在近处的主入口周围徘徊,希望能进入某个"眼睛"的视野。好在他还算有脑子,在碎石上而不是软地上徘徊,否则他就会留下痕迹,简直如同挂块牌子给红蚁人看,上面写着:"热能炸弹,请打这里!"

斯塔赫咬牙切齿地打开了入口。他思忖片刻,皱起眉头,又起身去迎接:光是打开入口还不够,因为隐士很久没来堡垒,已经忘记了陷阱的位置和功能!他现在只会白白送死,还会把自己的主意断送掉,愚蠢至极……

9

“你觉得会成功吗?”伊拉克利问道。

“我不知道,”布兰德重重地呼出一口气,他被问得不耐烦了,“我觉得应该试试。不过要是有别的想法,我也愿意听听。有吗?”

“但是……”

“有没有想法呢?”

“目前还没有,”格奥尔格·施奈德瓮声瓮气地说,“除非是到外面去,让那些人形昆虫看看,这到底是谁的星球。”

“目的何在?”

“总比坐着干等轮到自己要好。斯特凡尼德斯家,勒克莱尔家,接下来是谁? ……”

“回想一下要塞星,”伊拉克利说,“我们已经让他们看到,我们能够战斗到生命的最后一刻。不止一次了。而这又有多大用处呢? 虽然我们拼死战斗,也对他们造成过伤亡,但最后他们总是胜利的一方。向来如此。”

“我就是这个意思……”

“那就讲些实际的,别无谓地逞英雄。地面上有多少个红蚁人？一百？两百？留在轨道上的还有多少？几千？我始终相信,我们不可能战胜一支巨大的空降部队,即使不知怎么回事侥幸战胜了,敌方也会有足够多的办法把这个星球彻底加热消毒,一劳永逸地解决问题。我们唯一能够取胜的办法就是摧毁他们的飞船,而众所周知,我们并没有能摧毁它的东西。我们有核弹头,但一枚作战导弹也没有。我们有一艘行星用小飞船,但它还没飞出大气层就会熔毁。同意吗?”

“我就是这个意思,”施奈德重复道,“反正是五十步笑百步。但是最好去战斗,而不是……”

“最好来商量布兰德的提议。据我所知,我们没有别的提议。你赞成还是反对?”

“反对。这是胡闹……”

“记下了。斯塔赫?”

“反对。”

“记下了。维克托,你呢?”

“依我看,这是在白白浪费时间。我反对。”

“就说你自己。贾法尔?”

“反对。”

"明白。梅拉妮?"

"你自己呢?"

"我赞成试一试。什么事都可能发生。你说呢?"

梅拉妮·埃弗哈特是个寡妇,抚养着两个女儿。聚集在中央控制台隔壁会议室里的全都是一家之主,大多是年长的男子。唯一的例外是埃尔莎·施奈德,众所周知,施奈德家是"双头政治"。小施奈德一边守在外面放哨,不让外来者进入,一边不时看看监控屏幕。这个男孩很有责任感,施奈德夫妇为他感到自豪。

"我得说,我还没有把握。"梅拉妮讲了不少话,"一方面,布兰德的提议像是胡言乱语;另一方面,身边没有救生圈的时候,也只能抓住救命稻草。此外,作为一名医生,我有兴趣参与这种实验。"她思考半晌,挥了挥手,"好吧,我还是投赞成票。反正我们也没有别的想法,这个点子理论上还有可能弄出点什么东西。只要有千分之一的可能性,就应该试一试。"

"还有谁赞成?"伊拉克利问。

"我当然赞成。"布兰德用低沉的声音说道,"希望你把我算进去,行吗?"

"那当然。还有谁?"

大家沉默了一会儿。布兰德的女婿约翰移开了目光。大块头施奈德扭动身子,大声叹了口气,又嘀嘀咕咕起来:"这纯粹是胡闹……"

“没有人了吗?”

“男士们!”埃尔莎·施奈德轻蔑地说道,“你们都是顽固不化的原始生物。老实说,就像红蚁人一样原始。要我说,他们都犯不着杀掉你们。应该放你们苟且偷生——你们自己就会因为缺乏想象力而死掉……”

“埃尔莎!”伊拉克利责备道。

“什么‘埃尔莎’?我怎么想,就怎么说。二十五个男人,个个想象力水平都相当于穴居的原始人!有人勉强想出一个不同寻常的点子,他们却嗤之以鼻,我无法理解!你等会儿再说,伊拉克利,我不是针对你。”埃尔莎·施奈德站起身来,两只拳头叉在粗壮的腰上,“一句话:男人的大脑!要自己战死沙场,让孩子去牺牲——还有我,多么英勇的壮举!还有你,布兰德,谢谢你的计划,你一直都很聪明。而你们大家呢?”埃尔莎环顾在场的人,有些人低下了头,“你们怕什么呢?害怕要出去再抓一个俘虏吗?如果你们是这种懦夫,我就自己去抓!”

“我们不是这个意思。”有人在角落里气愤地发起牢骚。

“就是这个意思!你们要么是懦夫,要么是麻木不仁。那就靠边站,让信赖布兰德的人去干活。我就信赖他!”

“这主意行不通,”斯塔赫愤怒地大喊,盖过了逐渐热烈的议论声,“连小孩子都清楚。”

“你是说你自己?”埃尔莎微微眯起眼睛,有人忍不住轻声笑起来,“放心吧,小家伙。我相信会成功的!理所应当!布兰德,没有人说过你动起脑筋来像个女人,或者说像审问官吗?我是在夸你。什么?这是两码事?当然是一回事了!”

“埃尔莎,少说几句吧……”格奥尔格低声对妻子说。

“这你就别管了,亲爱的。伊拉克利,你为什么不说话了?你想想,我们是不是选你当长老了呢?也就是说在战时,你是我们的指挥官和掌权者,谁要是说了违逆你的话,一定会后悔的。有人不相信已经进入战时了吗?还是说,有人认为现在是我们一年一度的狂欢节?没有这种人吗?哎哟,看来你们也不是完全不可救药……伊拉克利,清醒些吧!何必在这里白费劲地啰嗦,说服这些蠢货,想出所谓的投票……不如赶紧下命令!”

浅发的高个子约翰嗤之以鼻,摇了摇头。

“她说的有道理……让伊拉克利下命令吧。”

布兰德感到脑中一片空白。人们议论起来,齐声嚷嚷着,并不在乎别人在讲什么;有人抓着旁边人的领口激动地摇晃,但他并不在意。他尽力了。他竭尽所能,提出了解决方法——虽然荒诞离奇、并不现实,但毕竟是个办法。然而,为了把自己的想法开诚布公,他必须实打实地强迫自己去说。不然,他的舌头会不听使唤,本能地抗拒他胡说八道般的提议。

无论他们是否接受他的计划,他几乎都无所谓。他自己活得知足了,厌倦了。如果人们认定他年迈发疯,他并不会试图去说服他们。他们对你究竟有什么想法，难道不是无所谓的事吗？更何况此前没有人想到他的时候呢？

要毕生都为他们——残存的最后一些人类而操心吗？要毕生都相信，即便只有这星星之火，理性的烈焰也总有一天会复燃，绵延整个银河系吗？有人当真相信这点……准确地说，在红蚁人到来之前是相信的。而他，布兰德，在埃里克和希尔达去世后失去了这个信念。去世的还有那条狗。隐士布兰德留下了女儿，留下了外孙、外孙女，但他和他们有何相干呢？

顺便说一句，应该去看看他们……

他醒来时，埃尔莎·施奈德正在摇着他的肩膀。

“布兰德！喂，你是仍然活在此岸，还是已经涅槃了？醒来吧。”

“啊？”布兰德问道，并抬起头来，“什么？”他左右转了转头，“其他人呢？”

“都散了。伊拉克利宣布散会了。他竟然会大喊大叫。约翰和贾法尔去组建突击队，准备偷袭。”

“什么偷袭？”

埃尔莎轻轻拍了拍他的脸。

“醒醒啊。我们不是需要第二个俘虏吗？”

“你是说，已经定了？”

“定了。梅拉妮去翻她的药剂房了。她说，一定能找到某种对症的药。否则她就自己制备。大家派你的海伦专门去处理电影资料库。俘虏安置在右数第七条巷道,那里建了一间设施齐全的牢房。每个人都全力以赴。"埃尔莎得意地笑了笑,"瞧你惹出多少麻烦,布兰德!之前未必每个人都信赖你,但……目前他们都对这件事情有信心。关键是他们想做事了。你现在打算做什么呢?"

"我不知道。"布兰德边说边打哈欠,"我大概会去看看女儿和外孙……然后就去睡个够……"

"去吧。只是要注意,计划的负责人是你。因此别过分放松。你现在是堡垒的二把手了。你可以要求每个人,甚至是斯塔赫来协助你。"

"为什么是我?"

"非常有趣的问题!这个计划是谁提议的?谁提的,谁就去办。要是你推脱不干,伊拉克利会惩罚你。"

布兰德摇摇头,"呸"了一口。

"我没听懂。"

"行……我想办法熬过去。"

"最好能让我们大家都比红蚁人熬得久。"埃尔莎语重心长地说,"我可不想死。对了,能不能告诉我,你是怎么忽然想到这个主意的?纯粹出于好奇。"

"你为什么问这个问题?"

"不是我,而是历史要提问。如果我们安然无恙,人类将为你立碑。我会为你作传,写写这些神乎其神的想法是怎么冒出来的。也许有人用得上。”

布兰德咬着下唇,若有所思。

“逻辑,纯粹是靠逻辑推断。”片刻之后他开口了,“我们无法炸毁他们的飞船,于是应该让他们自己动手。我只是不知道如何逼他们去炸。然后我想起来,你见过狗转着圈追逐自己的尾巴吗?黑克托尔还是小狗的时候经常这么做……”

“那又怎样?”

“我想到,我们应该回过头来,努力掌握一些非常古老,但尚未被遗忘的东西。总而言之,抓住自己的尾巴。”

“为什么是自己的?”

“因为红蚁人是由我们人类创造出来的。虽然的确有很大变化,但他们毕竟是以人类为基础创造的。必然有些退化的器官保留下来……只不过在我们眼中,红蚁人是没有弱点的。我相信,其实他们有弱点,只是我们没有看到。我们总是找错地方。或许红蚁人的弱点,恰恰在于我们人类认为是长处的特质呢?”

“我有些不明白……”

布兰德的额间蹙起皱纹。“目前这还只是猜测,”他不情不愿地说道,“但我之前和现在都清楚一点:我们需要找到红蚁人与我们的相似之处,然后大做文章。抓住自己的尾巴。如果我们能够抓住自己,也就能够抓住红蚁人。”

“你不是逻辑学家,而是个糊涂虫,”埃尔莎扑哧一笑,说道,“也是个骗子。我可不敢相信你真是这么想的。你肯定不好意思说真话,于是就硬充思想家。斯塔赫刚才问得真对——'需要战斗的时候,为什么总是会冒出思想家呢?'"

"因为无法在战斗中取胜。"布兰德回答道,"但这话你从前也听过……"

"行,走吧,天才。"埃尔莎莞尔一笑,"当心别踩着尾巴。我之前说为你写传记是在开玩笑。"

"任谁都知道……顺便问问,关于另一个俘虏你是怎么说的?抱歉,我没听明白。"

"抓捕小组将在天亮后一小时出发。眼下他们正在挑选装备。"

布兰德扬起了眉毛。

"为什么不是今晚?"

"你自己想一想吧。夜晚的时候,我们用设备看,红蚁人用肉眼看,谁看得更清楚呢?今晚是月黑天,还有云遮着。明天会有好天气,是晴朗而炎热的一天。贾法尔认为,抓捕小组在白天更有机会成功。"

"胡说八道!"

"我想他是对的。"

"这只是你一厢情愿。白白给红蚁人半天时间?再等一次?时间不等人。现在就需要俘虏!"

"您跟贾法尔解释一下吧。"

布兰德马上坐起来。奇怪的是,他的疲倦一扫而空。

“我会解释的！一帮白痴！我告诉过你们,要尽快动手！马上！现在!”

小施奈德从门口探出好奇的脸:又在喊什么？埃尔莎给儿子做了个手势:走开!

“贾法尔有可能拒绝在晚上带队出发。”她镇静地说,“我了解他。他是个很理性的人。”

“那就由我来带队!”

10

贾法尔的尸体只能遗弃在森林了，红蚁人和人类把森林里好几个地方都付之一炬——前者是为了熏出那些讨厌的、不愿灭绝的孑遗种，后者是为了掩护自己撤退，努力甩掉追兵。人类的抓捕小组别无选择：除了瘫痪的俘虏，还必须搬运两名伤员，其中一个是浅色头发的高个子约翰，他在战斗中失去了右前臂。海伦会痛心的……

如果他父亲的想法行不通，她还会诅咒他。

但森林其实就是一条生路。它太广阔了，外星人无法有效地控制住边界——他们意识到了这点，就在森林上空巡逻，准备用等离子枪一齐射击任何从烟雾中腾空而起的东西。还有一部分外星人敏捷地穿梭于树木之间，追赶着人类小组，穿梭于燃烧的灌木丛之间，惊起了成群的野兽。在布兰德看来，他这支小小的抓捕小组总共才六个人，却牵制住了所有空降陆地的红蚁人。

或许事实正是如此。

他们过了很久才成功摆脱追兵，代价是一死两伤。一条小河从森林中流淌出来，河边围着茂密的植被，树枝密密匝匝地笼住水面。三人载着另外三人飞行在这条绿色的隧道中，过热的反重力器令人不安地嗡嗡作响，随时可能失灵。

有必要挑出几个人去调虎离山，把外星人从堡垒远远地引开。但是要挑谁出来呢？抛弃伤员吗？要是抛下失血昏迷的约翰，他还怎么敢正视海伦的眼睛呢？

布兰德只得在心底暗骂。他们很走运，虽然按理说，完全不应如此顺利。他很久没有相信过运气了。

“成功了吗？”伊拉克利问道，满腔热情地抱住了布兰德。

“丢下了贾法尔。似乎没有把谁吸引到堡垒来。而俘虏……他就在那里。”

“你们是怎么抓到他的？”斯塔赫语气冰冷地打听道，恶狠狠地盯着红蚁人。

“纯属侥幸。不该在晚上去抓的，这点是我错了。我们意识到，必须靠伪装来藏身。天亮的时候，我们发现了这帮红蚁人，就绕到黑暗处大胆偷袭。等他们反应过来时，我们已经击毙了六七个。三个中了麻痹针。结果有两个是女的，第三个像是男的。梅拉妮，来看看。”

“这个看起来算是男性。”梅拉妮粗略检查后，带着一丝怀疑宣布道，“好吧，我们别无选择。反正有人把房间给他准备好了，我现在会给他打第一针。我觉得,解除他腺体的抑制没有任何意义,定期注射纯睾酮倒更容易些。"

"那我们的女客人感觉如何呢?"

"绝食了,我们在给她进行静脉输液。同时也注射了一些抑制雄性激素分泌的药物。按照马的剂量。"

"有效果吗?"

"你是想一蹴而就吧。几天之后才会有明显的变化,没法再快了。"

"真可惜。"

"大家都觉得很可惜。"梅拉妮晃了晃一头黑发,"让一让,布兰德,我来打针。"

这一天基本平安无事地过去了。下午,鲍里斯·鲁日茨基联系堡垒,他发现在住所附近有一个单独活动的红蚁人。一个小时后,他用相当快活的声音报告说,周围仍然都很太平,外星侦察员向西边某处转移了。

其他的居民点完全没有传来通信,这就是说,红蚁人暂时还没有到达他们那里。每一个家庭,每一群希望独立生活的人,他们给自己建造的不是家,而是地下要塞——虽然不足以进行任何持久的防御,但却可以留出时间做最后的告别。没有通信,就意味着他们还活着。

显然,红蚁人的活动减少了。布兰德本来自豪地认为,是他和他的小组破坏了敌方的计划,使之惊恐不安,但他没有谈及这个原因。更有可能是因为脉动周期的极亮光度已经临近。虽然红蚁人是生命力更强的人种,但他们似乎和人类一样,不喜欢炽热的白日,而是更喜欢躲在某个藏身之处。这意味着,接下来两三天里,人类可以高枕无忧……

还没到傍晚,他的推断就被彻底粉碎了。联系堡垒的是格杰翁·施密特,他很早以前就和家人定居在大洋中的一座岩石岛上。说的话还是那些:附近有红蚁人,藏身处被发现了,告别……

红蚁人找到人类洞穴的速度可真快!虽然这个星球上的外星人目前并不算太多,一百个也好,两百个也罢。每个红蚁人都有二十五万平方公里的陆地要找!看似找一年也无法完成任务。

但他们找到了。他们感受器的灵敏度很高,对称为"人类"的对象了解透彻,人类只有羡慕的分。借助数理统计工具不难计算出,人类在星球上的最后一个藏身之处大概将在什么时候被发现,并在短暂的震颤后沦陷:大约在此地的太阳——造父变星的三个脉动周期之后。

三十天。恐怕不会再长了。

夜晚,东北边传来一道地震波,虽然很微弱,但还是被仪器记录下来了。计算出的震中坐标与该方向唯一的人造物——"家"相重合,它藏在被三道裂口切开的一座花岗岩山下。想必是外星人失去侦察员之后,决定不再冒险了。伊拉克利只能叹口气,拍拍布兰德的肩膀,让他节哀。布兰德缄默不语,把他的手移开。

“家”毁了。那个记得埃里克迈出的第一步、希尔达的笑声、黑克托尔的吠叫的“家”,已经不复存在了。那是他父亲建造的,非常安全、坚固、舒适,布兰德只需要稍做改装……

这样的“家”现在不是说造就造的。可用于铺设巷道的通用型机器人只剩下屈指可数的几个。旧设备渐渐失灵,还能将就着用用的则需要经常维修。

即使能把新家造得与旧的一模一样,其中也不会有灵魂存在。灵魂是逐渐产生的,伴随着一代代人成长,布兰德已经感受不到无形的灵魂存在于身边。

无论“家”是怎么被摧毁的,由一队红蚁人留下的炸弹爆破也好,从轨道上发起袭击也罢,都无所谓了。

大概还是受到了轨道袭击。这样更容易。外星人只需把地面上的靶子标出来,何必多此一举去用炸弹呢?

要不是因为外星人的飞船有极高的战斗力,人类何必像鼹鼠一样困守洞中?即便红蚁人拥有更好的装备以及更敏锐的感官,即便他们有着如同在白昼的夜视能力,长着异常灵敏的电感受器,那又怎样!人类更了解这个星球,而且有设施齐全的藏身之处,这就够了。若没有飞船的支援,红蚁人的先遣队无疑不足为虑。将其消灭且不受太大伤亡,大概并非难事。

布兰德漫无目的地在整个堡垒里闲逛了一圈,从伊拉克利的办公室走到生活区下面的机房。他想静一静。他闯进了铁牢,梅拉妮正在那个被捆住手脚的雌性俘虏身上摆弄着什么,把他赶了出去,他只来得及看到输液瓶和几根电线。然后,他在另一个铁牢里站了许久,端详这个带有男性性征的工蚁空洞的眼睛。

地球上的老虎会咆哮着咬铁条。这个星球上的螯兽也会表现出攻击行为。红蚁人却安静地躺着,沉默不语。布兰德知道,对手要是有能力挣脱束缚,那么立刻就会发动袭击。这个对手是讲逻辑的,仅此而已,如果不能使蚁群受益,又有什么必要耗费精力,尤其是耗费在无用的情绪上呢?

最好等待合适的时机。

“你这样是行不通的,”布兰德大声说道,“别指望了。”

并没有回应。

“我们将继续生活在这个星球上。这个星球属于我们。你们要么永远离开这里,要么就去死。听懂了吗?”

他的反应还比不上木头人。

“他们不理解人类的语言。”斯塔赫说道。他特意来检查俘虏有没有关好,等布兰德离开铁牢之后,把里外两层格栅门上的锁哐啷哐啷地逐一锁上。

“你以为我不知道吗?”

“这有什么用呢?三十六年来,他们没有遇到过人类,因为银河系里鲜有人类。他们发现我们,想必很惊讶。”

“没什么用,”布兰德说,“就算你是对的,我们也会在他睡觉或接受催眠时给他灌输词汇。我想,梅拉妮能够胜任这项任务。混蛋,你听到了吗?我们会教你语言。还有其他一些事情。”

红蚁人毫无反应。

“你听到我说的话了吗?记住,我们会把你们都杀了。先杀这里的,再杀别处的。明白吗?你以为你们人多势众、无懈可击吗?你们错了。”

寂静无声。

“我会把你变成人类。”布兰德离开铁牢时,叽里咕噜地威胁道。

海伦阴沉着脸反复翻看电影资料库的目录。

“找到合适的片子了吗?”布兰德问道。

“多到我力不从心。每两部电影里就有一部,甚至还不止。我在努力择优。”

“嗯……约翰怎么样?”

“他好些了。埃尔莎主动帮我们照看孩子。”海伦把目光从屏幕上挪开了一下,布兰德光是看到这个眼神,就知道她有多难受,“再等等,爸爸。我快搞定了。”

布兰德的视线越过她的肩膀,瞧见了选片清单。

“《罗密欧与朱丽叶》排在第一?我赞同。干得漂亮,我的女儿。”

“我知道。别打扰我,好吗?”

布兰德从头到尾看完清单,沮丧地嘘了一声。

“我没选对吗?”海伦不安地问。

“不,你选得对,但是……”布兰德一时语塞,“有点不对劲。见鬼,我不知道该怎么说……简单地说,你选出来的主要是通俗剧,有的是爱情悲剧,有的是喜剧。这对我们的女客人来说也许挺适合,但对我们的男客人……别忘了,他毕竟是个男人。”

“男人!”海伦扑哧笑了。

“理论上,他可能变成男人,而不是梳着分头的、大献殷勤的情夫。对男人来说,什么最重要?”

“饭前洗手,别把家里弄成狗窝。”

“你说了两条,”布兰德说,“再想想吧。联系你选的电影情节。”

“为心爱的女人做任何事情?”

“嗯。我还是要说,男人最重要的是责任感。但你说的没错,我们要让男客人成为一个为了心上人而抛弃责任的男人。他既是浪漫的理想主义者,也是披着骑士盔甲的杀人机器。他把这些集于一身。我们要让他成为崇高悲剧中的英雄,你好好体会一下。是英雄,而不是窝囊废!”

“我们的电影资料库里没有《特里斯坦与伊索尔德》[1]。”

“那就另选一部来代替。但我们会把《特里斯坦乌伊索尔德》大

① 西方传说故事,讲述了特里斯坦和敌国的伊索尔德公主的爱情悲剧。

声读给他听。一个一个来。如果能找到关于兰斯洛特和桂妮薇儿的就好了。我希望首先往他迟钝的头脑里灌输这样的想法:为所爱之人叛国,需要接受惩罚,却合乎伦理。为了爱,一切都是正当的。但我们先要换个办法,唤醒我们客人的性本能。”

“从色情片开始?”海伦冷冷地问道。

“温和的情色作品。别挖苦我,否则我会以父亲的身份打你。软色情和英雄史诗只是一个引爆器。要让他明白,自己是男性,而不是没有性别。要让他看见我们的女客人,看出她是女性。”

“你觉得他会爱上她吗?”海伦有些怀疑地问道,“红蚁人会陷入爱情吗? 即使有我们的帮助?”

“你又来了?!”

“对不起。不过这些连我的脑子都接受不了……好吧,假设他爱上了她,甚至爱得发狂。接下来呢?”

“爱情是盲目的,接下来就是这样。”

“不能说得再具体些吗?”

“接下来,我们会活剥她的皮。”布兰德低声说道,“我们会请他来观看。”

“你是个冷酷的恶棍。好吧,接下来呢?”

“他会按我们的要求去做事。”

“然后死在途中?”

“不。他俩之后才会死,而且不需要我们动手。我不打算为了报仇去杀他们。你要知道,我通常并不打算无谓地杀死谁。”

海伦嘲弄地撅起嘴唇。

“连红蚁人也不杀?”

“别缠着你父亲,明白吗?”

11

俘虏头顶稀疏的毛发被小心剃去，脑内窥镜像肥大的水蛭一样，将触点贴在光秃秃的粉色皮肤上。按梅拉妮的药方配制的烈性复方试剂从输液瓶导入肘弯胀起的静脉中。显然，在红蚁人的工蚁体内，外部注入的多余睾酮在几分钟内就被中和了，聚居地的医生此时不得不发明出一些方法来打破外星人精妙的激素平衡，而事实证明这绝非易事。哪怕是现在，梅拉妮也没有成功的把握。

一个半脉动周期过去了。膨胀成红色泡泡的太阳似乎快要落山了，但不知为何，它散发的热量并不多。这一天还是没有真正来临。今天黄昏，天空中闪耀着猎户座星云的群星，总共数百颗。没有谁会观赏星星，只有通过外面的“眼睛”仔细观察堡垒周围的瞭望员能够观星，但瞭望员不会有这样的心思。

不得到地面上去，不得在地下进行有噪声和振动的活动，反应堆保持低功率运行，消耗的空气和水封闭循环，食用品种单一的人造食物,一切都很节约。大人们变得忧郁易怒,孩子们则耍脾气、发牢骚。

红蚁人暂未出现。这并不意味着他们放过了人类,如果他们在过去的十五天里总共才发现并摧毁了三个人类居民点,那么就不该怪他们在星球上清剿人类的效率如此低下。这只不过是因为,人类现在剩下的藏身之处比红蚁人到来之前要少,而且更难发现。

人们曾经目睹新的一批外星人,不超过二十五个,从飞船空降到这个星球上。想必是对减员的补充。

他们的损失并不算大……

斯塔赫不由自主地突然喊叫起来。一百三十二!一百八十七人中有一百三十二人还活着,在呼吸藏身处的发霉气息,不敢探出头去——与其说是活着,不如说是在度过生命的最后时刻。人类最后的一百三十二个成员!人数还不及刚登陆这个星球的时候!一百三十二粒沙子!而且还得假设所有的死者在生前都来得及发起通信,才有这点人数!

布兰德既疲倦又反胃,坐在被绑起来的俘虏旁边的凳子上,用沙哑的嗓音一本正经地开始旁敲侧击:

"我们的星球很美好,这千真万确,但如此美好的星球上也有相当多的危险,尤其是当你很弱小的时候。不,我不是在说你我。我说的是女人。女人弱小而美丽,关键在这里。你不相信?你是说,这两个形容不匹配?别提有多匹配了。小伙子,我偷偷告诉你,帮助女人是男人最高级的快乐,也是他最崇高的使命,只要他是个男人,而不是没有性别的怪物。你恐怕有生以来从没体验过这种快乐,我为你感到可惜……"

他停顿了一下。红蚁人一声不吭。

"平原很美好,除非你手无寸铁时遇到食肉动物,"布兰德接着说道,"山各不相同。北方的山里很冷,南方是火山。在我们的记忆里,火山没有大规模喷发过,但经常地震,有时会发生山崩。峡谷底部有湍急的河流,树木倒下落进水中,就碎成一堆木片浮在水面。这些河里既没有鱼,也没有藻类,当然了,纤毛虫也不能在其中存活。而山谷里却有各种各样的动物。有和这间房间一样大的大型食肉动物。有成群的小动物,比如老鼠,这最糟糕不过了。一个人是没法去峡谷的,因为随便哪个人都会马上被吃掉。而我呢,你想想看,我不仅在没有反重力器的情况下,一个人走到深不见底的峡谷,而且还沿着悬崖把自己的妻子带了出来……更确切地说,那时她还不是我妻子,甚至没准备好嫁给我……但这些都无关紧要。成群的老鼠悄悄爬到我们脚下,都快要啃到我们的脚后跟了,还有冰箱大小的石头从高处砸下来。这时希尔达扭伤了脚,就叫起来,我一下子抱起她——顾不上礼节了——然后往上冲!后来她承认,我的怀抱给她留下了多么深刻的印象……"

红蚁人一声不吭,一动不动。布兰德把几乎纯属虚构的故事讲完了,斜眼瞧瞧他,难道没有什么反应吗?这红蚁人畜生一声不吭。看得出梅拉妮在格栅门的另一边轻轻摇头,可见脑内窥镜也没有记录下任何异常的脑电波。

没有任何反应。跟昨天、前天,乃至十天前一样。

电影、助忆术、大声朗读。从古代到宇宙时代各个时期的爱情经典。男性的英勇和女性的柔情。忠诚、不忠和嫉妒。两个人之间互诉"心事"。持续注射。

一切都是徒劳。红蚁人偏不肯变成男人。或许是雄蚁的等级比工蚁低?

大概是这样。

门锁咔嗒两声,是布兰德离开了铁牢。他走过隔音幕,穿过电磁屏蔽层。

"没有吗?"他问梅拉妮,费劲地转动麻木的舌头。仿佛这样还问得不够清楚似的。

"没有。"

"今天给他反复播放《罗密欧与朱丽叶》了吗?"

"当然。"

"那他怎么样?"

"世界上没有比这更悲伤的故事了……"

"他是个木头疙瘩?"

"正是。"

"这段时间里他一个字也没说过。还有吗?"

梅拉妮摇了摇头。

“他能听懂我们的语言。我对此毫不怀疑。”

“也许他猜到了我们想要他做什么,并且在抗拒?”

“不见得。”梅拉妮做了个轻描淡写的手势,“我肯定会弄明白的。”

“也许是我跟他说的意思不对?”

“意思是对的。如果这样讲都不适合他,那你的整个想法就完全行不通了。”

“也许是你的化学试剂不起作用?”

“你有没有注意到,他的毛发长得更旺盛了?以及怎么长出来的,长在什么地方?他长的可是胡子!下巴的绒毛胡子!他的体内简直充满了睾酮。当然,还有其他的雄性激素,但并不是每一种我都能够在实验室里合成……我试图促使他的腺体自行分泌,但是……他毕竟是红蚁人!你要明白,我不能无限增大剂量!”梅拉妮的声音有些发抖,“他的身体根本扛不住。要是换成人类,早就被毒死了。如果他也死了呢?难道我们有时间再抓新的俘虏并改变他吗?”

他们沉默了一阵。

“好吧,”布兰德嘶哑地说,并徒劳地努力清清嗓子,“我们说说女士吧。据我所知,她的情况更好吧?”

梅拉妮耸了耸肩。

“表面上看是这样。也就是说，外在有变化。身材有了该有的曲线，但离米洛的维纳斯还差得远。在我们所需的情感方面，依然一窍不通。”

布兰德叹了口气。

“给她松绑了吗？”

“今天早上。她在松绑之后做的第一件事就是扯断所有的钢丝，还花了一个小时企图把铁牢的锁弄坏。然后她明白，这样做是白费力气，现在她正安静地观看录像。”

“《罗密欧与朱丽叶》？”

“不，给她循环播放的是《安东尼与克丽奥佩特拉》。同样是风流不羁的爱情，除此以外还稍微有些催眠效果。非常老的一盘录像带……但还是能够起效的。可惜红蚁人没怎么受到催眠。”

“有没有试过让她自己决定看哪部电影？”

梅拉妮饶有兴致地看着布兰德。

“哎，这可能会成为不错的指标，来间接反映她的情绪……布兰德，你真行。就拿十部莎士比亚戏剧让她选，瞧她选哪个……”

赤身裸体的俘虏在铁牢里冲撞，试图打碎那块防碎的屏幕。梅拉妮哎哟一声，关掉了录像，但俘虏又用血迹斑斑的拳头猛捶了整整一分钟。然后她号哭着冲向格栅门，触电后脸朝下倒在床上。

“这也是指标，”布兰德说，“恭喜你。至少这是第一次有些反应。”

“我自己也没想到,”梅拉妮承认,“幸好她身上没有任何工具……现在我们需要看看录像带,弄清楚是哪个镜头让她这么激动……”

“我看到了。是安东尼开膛破肚自杀以后,克丽奥佩特拉的侍女们在搬装着蛇的篮子。”

“她不愿意吗?”

“谁,克丽奥佩特拉?”布兰德微微一笑。

“你就爱开玩笑。克丽奥佩特拉也不太愿意呢。我们看守的俘虏在意识中是抗拒的,她愿意看到幸福的结局。雌性激素引发了孩子气的情感反应。看,她好像在哭……”

“依我看,是时候介绍我们的客人彼此认识了,你不觉得吗?”

梅拉妮犹豫了一会儿才回答:“直接碰面?你是不是操之过急了?”

“我还没疯到把他们俩放在同一个铁牢里。”布兰德哈哈一笑,“万一他们想出了脱身的办法呢?红蚁人越多就越有办法。我说的是转播画面:让我们的人造男人时常看到这个女人。哪怕她还不是维纳斯——我并不指望一见钟情。先让他习惯于在屏幕上看到她吧,之后你会看到他产生兴趣的……”

一个小时后,雌性俘虏平静下来,开始在铁牢里漫无目的地踱来踱去,这时她的画面显示在雄性俘虏铁牢的屏幕上。雄性俘虏用空洞无神的目光望着屏幕,沉默不语。

但梅拉妮高兴地说，似乎捕捉到了异常的脑电波。信号暂时还非常微弱，仅略高于电磁噪声的水平。十五分钟的转播结束后，信号并没有立即消失。

第二天上午，他们又转播了画面，也是这番结果。中午又转播了一次。晚上转播了两次。他们相当地谨慎，试探性地游走在因急躁冒进、粗枝大叶而导致前功尽弃的边缘。两天后，雄性俘虏每隔一小时就会在屏幕上看到二十分钟雌性俘虏的影像。他沉默不语。

12

“这还要持续多久?”斯塔赫问。

“你说的‘这’指的是什么?”布兰德执意追问道。

斯塔赫发火了。

“别装傻！你知道我指的是你的实验！二十天了,完全是徒劳!”

“十九天。”梅拉妮纠正说。

“就算是十九天,又有什么区别呢!”

“再等等吧。”布兰德说。

“还等？等什么？等这些畜生找到堡垒吧！我只想知道一点：你是仍然在指望成功呢,还是纯粹在拖延时间？别忘记,人们的耐心不是无限的!”

“安静,斯塔赫。”伊拉克利轻声要求。

近些日子,他非常虚弱,人有些消瘦,脸色发黑,在众人面前要多费好一番力气，才能止住头部的颤抖。他似乎知道周围的人已经注意了到他的虚弱，只是因为可怜长老，才暂时没有说出口。而这让他很生气。

“我们大家很快都会彻底安静下来的，而且不可挽回！鲁日茨基家昨天遇害了。接下来轮到谁了？”

“我说过，别叫嚷了，”伊拉克利皱起眉头，“我们不是在开全体大会，而是工作会议。心烦意乱的话，就找梅拉妮拿镇静剂。要么就想个更好的计划。”

“对，这是会议！我们四个人像阴谋家一样坐在这里……而聚居地三分之一的人已经消失了！”

“但有三分之二还在。”布兰德说。

斯塔赫愤怒得喘不上气。“慢慢来，慢慢来。”伊拉克利的提醒为时已晚。

“三分之二还在，对吧？整整三分之二呢！只少了六十个人，根本不值一提！再培养下一代，小菜一碟！我就想知道，如果你的海伦和两个孙辈里面有一个遇袭，你还会是这种论调吗？”

“不准这么说，斯塔赫，”梅拉妮厌恶地说，“我没料到你会这样讲。”

布兰德在心里慢慢数到十。对于伤亡，他斯塔赫懂什么？难道他也失去了一个儿子，还不是差强人意地死在战斗中，而是被愚蠢的鳌兽撕碎吗？难道他的妻子也郁郁而终吗？难道他已经不再对生命纠缠不休,就像猫抓着窗帘一样?

他还是贪生怕死的,问题就在这里。他不仅怕别人死,也怕自己丢了性命。他怕有人可能干出什么极端的蠢事,这让他十分焦躁。他本来曾是个通情达理的人……

“我们别管失去谁或者有可能失去谁了,好吗?”布兰德说,他的声音听起来带有一种并非出于本意的威胁,“我们会继续实验。我不知道我们会面临什么样的结果,但我知道我们别无选择。坚持到底吧。只有这样了。”

“很好,”斯塔赫意外平静地说道,“我从你所说的话中了解到,实验对象对女性没有表现出特别的兴趣……梅拉妮,别说话。你自己承认过,无法完全确定捕捉到的是哪种脑电波,甚至有可能根本就没有捕捉到。那么何必不撞南墙不回头呢?也许是时候调整计划了呢?”

“比如说?”布兰德问道。

“加速改造两个俘虏。关键的时候用女俘虏,而不是男俘虏。”

“但我们准备的是男俘虏,本来就不是女俘虏,”梅拉妮表示反对,“要是改变计划,会浪费几天时间。而且我们不可能再加快速度了,对不起。已经没有余地了。”

“布兰德?”

“也许我们有什么做得不对,”布兰德皱起眉头,一吐为快,“但我个人认为,时间还不够长。斯塔赫,多给我们一些时间。会有效果的。”

“你确定吗?”

“基本上是。”

“‘基本’!”斯塔赫轻蔑地一字一顿说道,“你知道我为了让人们别靠近俘虏,付出了多少努力吗? 哦,你不知道? 你做实验太忙了吧? 昨天路得打算带刀钻进红蚁人那里捅死他,差点把我给捅死了,我不怪她,不怪……”

梅拉妮皱起眉头。路得是贾法尔的妻子,自从丈夫死后就怅然若失。她本该照顾好她,帮她点什么忙……至少是医生能帮上的忙。

但她顾得上这事吗?

“大家的想法都跟她一样。”斯塔赫接着说,“红蚁人炸毁远处的洞穴之后,我们的水源就枯竭了,你知道吗? 再怎么精打细算,储水量也只够维持五六天。而且不可能永远呼吸再生空气,总要在什么时候把二氧化碳排出去。人们已经公开谈论说按布兰德的方法是行不通的,大家必须团结起来发起突袭。我在孤身与这种倾向对抗!”

伊拉克利微微动了一下,仿佛想问“你在对抗吗”,但他没有问出口。

“说过一百遍了,”布兰德阴沉着脸反驳道,“我们能够打死空降兵,但用什么进攻飞船呢?”

“载着敢死队员和核弹的小飞船。我们有敢死队员。”

“绝无可能。”

斯塔赫激动得双手颤抖,他擦了擦额上的汗。

“毕竟还有微乎其微的可能性。而且大家几乎都赞成去尝试。”

“你也赞成?”布兰德直截了当地问。

“我们做出了不同的决定,尽管我认为是愚蠢之举,但我正在执行,”斯塔赫用冷冰冰的语气说,“但任何愚蠢都有个限度,超出限度就成了犯罪……”

“你觉得已经超出了?”

“快了。”斯塔赫起身离开,“愿上帝保佑你,布兰德!”

“等等!”布兰德把冷静抛到脑后,他跳起来追了上去,“再给我和梅拉妮五天时间。”

“保证不了。”

“三天!斯塔赫,就三天!”

斯塔赫没有回答。门砰的一声关上了。

“我觉得他不是在开玩笑。”梅拉妮打破了漫长的沉默,“伊拉克利!你为什么不拦住他?难道你已经无能为力了吗?”

长老哼哼着,好不容易从椅子上起来。他的头在发颤。

“我尽力……你也努力在三天之内完成。然后……然后我什么都保证不了。就这样吧……”

他拖着脚步离开了。

“麻烦在于，我们需要的时间远远不止三天，”梅拉妮咬着嘴唇说，“除非我们能想出什么办法……”

“现在把雌性俘虏撕成碎片也没用。”布兰德随口说道，“雄性俘虏不会有反应的。”

“的确是这样。与其说他表现出了爱情，不如说只有些寥寥无几的兴趣。我们需要真正的爱情，让他听不见理智的声音……”

“我不确定红蚁人有没有我们所理解的那种理智。”布兰德喃喃说着。

“上帝啊，布兰德，醒醒吧！还能理解成什么？”梅拉妮跨前一步，“什么是理智？是在缺乏信息的情况下做出决策的能力吗？有时猫就有这种能力。是安排任务的能力吗？一台像样的计算机比你我做得更好。是有意识的自我控制吗？那就应该立马把斯塔赫关进牢里，挂上‘禁止戏弄’的牌子。是幽默感吗？那格奥尔格·施奈德在我们中间就没有一席之地了，连你也不一定有……布兰德，我们并不理解什么是理智，幸好我们不需要严格的定义。只需要用本能来压抑理智就够了。”

“这就是我们没有做到的……”

“**暂时**没有。”梅拉妮纠正道，“想想办法，布兰德，想一想。”

“当别人叫我‘想一想’时，”布兰德轻蔑地讥笑着，“我只会去想应该思考的事情，结果总是一无所获。”

“那就放空大脑。”

“明白了……这就照办。”

他沉默了几分钟,然后深呼吸一下,“我们开始吧?”

“开始吧。”

“我们打算把一个红蚁人变成雌性,另一个变成雄性。我们在某种程度上成功了。但此后,他们之间为什么就一定会产生好感呢?”

“是的,实际上并没有促进好感的因素,”梅拉妮耸了耸肩,“除非只是因为根本没有其他人选。不跟人类……”她哆嗦了一下。

“让我们假定他们之间产生了好感,那么在此之后,理论上,他们也有可能产生强烈的爱情,”布兰德接着说,“可见,我们要么是哪里做得不对,要么是忽略了什么因素。你确定他们不能通过心灵感应来交流吗?”

“我绝对屏蔽了。”

“好吧……我们更改了转播的持续时间,以及转播之间的间隔时间。我们有理由期待,他经过长时间的间隔之后……嗯,会有所思念。但并没有出现这现象,是吧?依我看,我们总在某个地方原地打转……见鬼,话到嘴边说不上来……是刺激还不够吗?”

“你要咖啡还是伏特加?”梅拉妮一本正经地问。

“不是我。是红蚁人。我们正向他转播画面和声音。对于人类来说,这样就足够了,但他们的社会结构不同,因而沟通方式也不同。何况他们的想象力,我认为更胜一筹。于是……触觉退化了……在他们的牢房之间架设一根管子,来回换气,你看怎么样?”

梅拉妮扬起了眉毛。

“信息素?”

“嗯。关键在于,他们无法通过这个途径商定建立攻守同盟,但他们会感受到对方的状态。信息素的含义其实很少:‘别怕,我是自己人’‘我害怕’‘走开’‘准备交配’,还有另外几种。而把信息素与其他沟通方式恰到好处地结合起来,可以大大丰富信息量,就像我们把视觉和听觉相结合一样。我们来试试?”

“什么事都可能发生……”

雌性俘虏铁牢传来的一股热气刚飘到雄性俘虏的鼻孔里,他的精神就为之一振。梅拉妮在脑内窥镜旁高兴地尖叫起来。红蚁人猛然一挣扎,试图挣脱束缚……然后瘫软下来。过去了一个小时,又一个小时。

“我觉得他睡着了,”布兰德恶狠狠地说,“这混蛋在嘲弄我们。”

“他没睡,”梅拉妮提出异议,“他的脑电波处于清醒状态。但他不为所动,你明白吗?我们只不过把他一时兴起的尖峰信号激发出来罢了。一个短暂的尖峰。”

一个小时后,转播再次进行。这一回梅拉妮没有记录下任何反应。俘虏开始认识到,在他附近的某个地方关押着一个雌性,而不是无性别的工蚁。他在知觉层面掌握了这一信息,但仅此而已。深处的本能并未被撩拨起来。

移山都比这容易。

“发情期”这个词老在他们嘴边打转,最终被布兰德首先说出口了。

“时候没到吗?”

“我希望不至于这样,”梅拉妮沉重地叹了口气,承认道,“杀死红蚁人是一回事,我们都非常乐意。他们早就让我们摆脱了对生命权神圣不可侵犯的幻想,但是……拷打和折磨完全是另一回事。他们对疼痛的敏感度很低,我们当中的一个人必须费九牛二虎之力……”她哆嗦了一下,“你做得到吗?”

“难道有别的办法吗?”布兰德扮了一个凶恶的鬼脸,“我必须做到。对了,你也得帮忙。对不起,除了伊拉克利,我信不过这里的其他人,但他心肠太软……你受得了吗?”

梅拉妮环顾四周,好像想找个什么人来代替她。然后,她点了点头。

“那我们现在马上开始吧。开头先用……鞭子?”

“这是在白费时间,鞭子就如同隔靴搔痒。”梅拉妮摇了摇头。“布兰德,先用电击。还有针,拿针刺进指甲里……”她突然歇斯底里地大笑,“开始吧!快开始,否则我要被吓跑了……”

13

斯塔赫睡眼惺忪、怒气冲冲地坐在中央控制室里，一遍又一遍地察看着离堡垒近在咫尺的地方——是空空荡荡吗？有人类存在的痕迹吗？

当然有痕迹。人类的聚居地怎么可能不留任何痕迹呢？三十多年了！不可能没有。人们时不时需要到地面上去，医学上规定，儿童在一个脉动周期内要进行两次天然的日光浴，以免患上贫血和佝偻病——说得好像不能用人工紫外线凑合凑合一样！要知道，并不能凑合。父母会为了争取孩子在草地上奔跑的权利闹上几个小时，而梅拉妮支持他们。她说，在聚居地的安全要求和生存需要之间必须做出合理的妥协。她等着吧——妥协！人类的自负是多么可恶啊：乌拉，我们找到了避难的星球，我们躲藏得很好，他们没法轻轻松松找到我们……你们等着瞧吧——还说没法一下子找到！他们没有装上反重力器，迅速飞到离堡垒远些的什么地方去散步，而是偏要找块附近的草地去踩踏青草,有一回还像穴居的原始人那样生起篝火!当然,他们现在不点火了,想必是在痛骂自己,别再去招惹这个星球上的对手啦——这样的谨慎会坚持很久吗?一年后,重蹈覆辙,甚至更糟……傻瓜!蠢驴!自己送上门的靶子!

可以尽情佯装那条通往溪流的小路,也就是有笨重的林中居民正慢吞吞地走在上面的那条路,仅仅是动物的杰作。可以佯装草地里烧焦的一圈根本不是火堆的遗迹,而是遭雷击的痕迹。人类也可以说服自己相信这些。问题在于,外星人不信。

眼珠子疼起来。斯塔赫将屏幕调暗,看见了自己在屏幕中的倒影:头发蓬乱,眼神有发狂的迹象……他并没有发狂,只是累了,眼睛有些发炎了。至少从侧面看会吓到人。他的脸色当然是苍白的,眼睛则因为缺乏睡眠而发红……

"喂,"他招呼无所事事的值班瞭望员说,"换班吧。"

在斯塔赫看来,值班员服从命令时有些萎靡不振。而最近几天,那些无所事事的人总让他火大。他已经忘记,自己一个小时前已经责备过值班员一次。

去工作!忘掉休息和睡眠,找到一条生路!要是没找到,就到地面上去战斗!

舍此一途,别无他法。

他连人带椅子往后退了一些,腾出地方。他伸手摸到控制台,打开屏幕下方的窗口,切换到内部检查的画面。值班员稍稍皱起眉头，但没说什么。

第七条巷道。女牢。豌豆大的耳机在他耳朵里。受折磨的女囚在哀号，但值班员不必为此分神，他有自己的事要做。

“我办不到。”梅拉妮说。她的手和嘴唇在颤抖，“对不起，我办不到……”

布兰德沉默不语。女俘虏被绑在椅子上（斯塔赫猜测，他们一定绑得死死的），电线从她的手腕连到自耦变压器上。电流没接通。看样子，立体摄像机的镜头也没启动。椅子旁边的桌子上，镀铬的仪器有些可怕地闪着光。

“我以为我做得到……为了我们，为了孩子，让他们能有个未来……不，我不行。如果是一只青蛙，可以。实验用的小白鼠，也可以。但她……她和人一模一样……嗯，基本一模一样。如果我狠狠地用电烙她，她几乎并不会疼，但我却会觉得她真的能感到疼。反正我会觉得……”

斯塔赫咬牙切齿，咯咯作响。

“你建议怎么做呢？”布兰德疲惫地问道。

“我不知道。”梅拉妮哽咽了，“也许……也许你自己能完成？”

“我也不是刽子手。冷静下来吧，梅！我们知道这是必要之事，不是吗？我想出了计划，而你是支持的。我把俘虏一杀了之，也比虐囚容易得多，可那又如何呢？那些有必要做的事情，谁会来问我们愿不愿意做呢？为什么脏活一定要别人做，而不是我们自己来做呢?”布兰德抓住梅拉妮的肩膀,使劲摇晃,“既害怕又厌恶,对不对?但目的呢?!你自己说过,是为了我们大家,也是为了你的孩子!事关人类的时候,非人生物算得上什么呢?尽力吧,我真的求求你了……振作起来,帮帮我……”

“她会不会帮忙呢?”斯塔赫想着,恨意突然涌上心头,他明白了——不会帮的。绝对没门儿。布兰德这样抓着她,并不是因为完成这件事必须要两个人。他一个人也完得成!但他做不到,他浑身发抖,就像一堵需要支撑的危墙……隐士布兰德……洁癖精!

他哪里明白自己现在有多么卑鄙!

“你别往这儿看。”斯塔赫火冒三丈地冲值班员说道,对方正瞟着屏幕里的小窗口。真够好奇的。

梅拉妮从布兰德的手中挣脱出来。现在她会跑出去,而这荒唐的实验会像肥皂泡一样不攻自破。时候到了。

“好了,”布兰德突然说道,斯塔赫则紧张起来,“等一下,别走。我们可以换种做法。当然,这要花更长的时间,而且说不定结果会更糟糕,但我们不妨一试……我说的是计算机模型。甚至不需要你帮忙,我一个人就能对付。我也更乐意折磨一个图像,而不是一个活人……”

他甚至擦了擦额头上的汗,看起来就像从肩上卸下一根很沉的原木。梅拉妮全神贯注地听他说话。她甚至还一副满怀希望的样子!……

斯塔赫低声咒骂着。计算机模拟酷刑，瞧你说的！现在他们说不定还要讨论恐惧信息素更简易的合成方法呢。他们找到了后路，很高兴。他们不愿碰脏活！

他关闭小窗口，把梅拉妮和布兰德抛诸脑后。让他们自娱自乐吧，反正，估计他们现在也闹不出什么名堂。只是让一个荒唐的实验变得更加荒唐罢了。

如果有需要，布兰德和梅拉妮都会像其他人一样去战斗。

14

第三天,红蚁人再次出现在堡垒附近,像是如约而至。共有十个红蚁人:六个在低空飞来飞去,简直是在仔细地嗅着地面;四个在高空巡逻,做好随时增援主力小队的准备。总的看来,战术的改变只意味着一点:红蚁人预估可能有激烈的反击,要避免不必要的伤亡。即使工蚁的生命价值再低,也毕竟不是零。

前一天,通信通道恢复之后一会儿,廖彭设法从另一片大陆传话说,他把现有能用的反重力器全都分发给了孩子们,嘱咐他们分头逃命。而他自己和妻子、长子则打算与外星人战斗。堡垒的人们没有听到详情,因为廖彭话还没说完,通信就中断了。

现在回到堡垒的小分队是不是之前那一支,又有什么区别呢!重要的唯有一点,红蚁人回到了他们一度觉得可疑的地方,为了完成工作。

他们很快就发现并摧毁了第一只“眼睛”。外星人不会善罢甘休，唯一的问题是，他们是将继续侦察，还是在堡垒上空引爆高温炸弹，或是向轨道上的飞船请求火力支援。飞船若是来一轮数弹齐发，堡垒就会变成巨大的火山口，里面则是熔岩湖。

人们与上次一样，又聚集在中央大厅。他们在默默等待，冒着汗珠，呼吸地下闷热发臭的空气。许多人都携带有武器。一个约十岁的女孩紧紧搂着一只没精打采、奄奄一息的猫，女孩的肩上挂着便携式等离子枪。

“是你下令分发武器的吗？”伊拉克利低声问斯塔赫。

“是我下令的。”

伊拉克利只是点了点头，他的背驼得更厉害了。那位伪装专家如今已是前专家了，无论长老说什么话，他都会勃然大怒。他说，你不识时务。他说，你在一意孤行。问题在于，斯塔赫是对的。他识时务。他也能身先士卒地带领人们去战斗并赴死。他的时代来临了，而老伊拉克利的时代，唉，过去了。

布兰德的计划落得一场空。是啊，从一开始就很清楚，中彩票的概率能有多大呢，为什么没抽中就好像多么不公平呢？

因为太渴望中奖了吗？

小施奈德正急不可耐地踱着步，这小伙子显然跃跃欲试。浅色头发的约翰的右臂残肢上缠着绷带，他完好的左手里握着武器。伊拉克利在人群中寻找布兰德和梅拉妮，却只看到他们的孩子。他们自己在哪里？仍在忙着做那个失败的实验吗？他们不在场可不好,在最后的战斗中,战士总归不嫌多的……

又一只“眼睛”的画面熄灭了。很快,红蚁人就会找到一个或多个通往堡垒的入口。他们如果不确定地下藏身之处有没有人类居住,肯定会想办法钻进来。这个过程还能拖延点时间,也许自己的命能多抵几条命,虽然这实际上毫无意义……只是这样的死法更痛快些。

15

“他还少了点什么。”梅拉妮第一百遍重复道。

布兰德连点头这样的回应都没有。他现在最想倒在床上睡觉，连睡十个小时，最好别做梦，让今天更快地变成昨天，让他连做了五十个小时的噩梦哪怕停一晚上也好。他头昏脑涨，脑袋里面尽是雌性俘虏无休无止的刺耳尖叫……

尖叫声虽然是假的，但事实证明，听起来相当自然。处理完录像画面之后，还必须专门处理声音。屏幕上，两个身穿白大褂的暴徒正在竭尽全力工作。雌性俘虏在尖声叫喊。这不间断地持续了五十个小时。计算机模拟的雌性俘虏无疑正在遭受痛苦，疼得死去活来。格奥尔格·施奈德因为铁石心肠和想象力匮乏而被邀请来评估录像，他硬着头皮看了十分钟，然后把椅子一甩就出去了，脸色比乌云还阴沉。

根据脑电波来判断，雄性俘虏心烦意乱，但也仅此而已。没有声音,没有动作。依然有哪里不对劲。

“傻瓜,他还少了什么?”梅拉妮显然是明知故问,但布兰德这次却回应她了。

“我认为答案再简单不过。他对她缺少关心。”

“这我明白,”梅拉妮回答,“但为什么呢?”

布兰德纯粹因为懒得动弹,所以没有耸耸肩。

“从解剖学上讲,他实际上是个发育成熟的雄性,”梅拉妮坚持己见,“喂!布兰德,你听到了吗?”

“什么?”

“你听到我说话了吗,还是已经睡着了?”

“听到了。他是男的。她是女的。她看起来基本就是个普通的女人,甚至很漂亮……那又怎样呢?他并不喜欢她。”

“好像是的。但为什么呢?”

“我很想知道,”布兰德没精打采地开口说道。他的舌头不肯吐字,含在嘴里就像铁砧一样沉重。现在布兰德宁愿翻动石头,也不愿转动舌头。“他不喜欢,就是这样。也许他仍旧把她当作工蚁。也许……信息素有问题。”

“完全没问题,挺好的。”

“有问题。要么……她的确不好看。”

滚烫的液体烫伤了他的嘴唇。他看到自己眼前就是一杯热气腾腾的咖啡。

布兰德推开了杯子。他差点吐出来。

“不需要……咖啡。”

“刚才你说她长得怎么样?”梅拉妮询问道,“再说一遍。”

“我说过什么来着……”布兰德还感到有些作呕,于是打了个嗝,接着皱起眉头,“我说过什么？她的确不好看,我就是这么说的。从他的角度来看。大概这些畜生的审美标准不同……”

他又想睡觉了。梅拉妮蹦到他面前,使劲摇晃他:“布兰德！别睡,你听见了吗！布兰德,你真是天才！我以前没有想过审美标准！蚁群的蚁后就是他们的审美标准,不可能有别的标准了！别睡了！蚁群的蚁后长什么样?”

“在电影资料库里找找,那里应该有纪录片的镜头画面,”布兰德昏昏欲睡地回答,“但我这么告诉你吧:胸部像西瓜,腹部巨大且下垂,臀部有半吨重。蚁后似乎连自己行走的能力也没有,其他红蚁人要搬着蚁后……”

“我可以调整她的激素平衡,让她发胖。但是,布兰德……”梅拉妮的声音里突然充满了绝望,“我实在是没办法！我们没时间了！我至少需要两个……不,甚至要三个脉动周期!”

“画面啊,”布兰德强打精神,“为什么……要三个脉动？虐囚的录像,用计算机处理……十五分钟完成……谁都做得到。”

“布兰德……!”

“我们本来可以早点想到的。都是因为太闷热……还有失眠。”

“你现在可以睡一会儿了,”梅拉妮笑了起来,“我再处理一下录像。我马上让我们的女客人变成那种秀色可餐的美人!你现在睡吧。”她突然情不自禁,在布兰德耳边响亮地亲了一口,然后跑开了。

布兰德用手指挖着耳朵。他被这声音震得一激灵,有整整一分钟睡意全消。请问,干什么?现在恐怕最好别睡,但睡上一刻钟不是很有意义吗?要坚持到底,别坐着,坐着肯定会睡着的,要四处走走……

梅拉妮耗费的时间比他预计的要长,但他等待着,既没有陷入睡眠,也没有失去耐心。梅拉妮带来了消息:敌方在头顶上方。

“去工作吧。”布兰德说道,他没有补充说,剩下的时间不多了。何必多言呢?

当武装起来的人类闯入这条巷道时,雄性红蚁人的铁牢空空如也,布兰德正踱来踱去,梦游一般撞到墙上,每一次都要抵抗住诱惑,别倚着墙壁滑落下来入睡。

他产生了短暂的幻觉,看到庞大的外星飞船飘在陆地上空,从北向南移动。飞船升入比较稳定的经线轨道后,就不再改变航向了。计算机算出了飞船的确切位置。他甚至可以心算出大概的地方。

还有一个小点从下面冒出来……

有许多人的脚步声。斯塔赫发疯似的瞪大了眼睛。

“红蚁人在哪里?!”

“干什么?”布兰德询问道,竭尽全力不让脑袋耷拉下来。

“干什么?!”斯塔赫用头指指等离子枪,咧嘴笑了笑,“我们要把这畜生和他的毒蛇都烤了。然后我们要去突袭,把天上的那些也杀了。你和我们一起去。他在哪里? ……”

“他不在这里,”布兰德不经意间笑着说,“他……”

“在哪里?!”斯塔赫大吼。

“出发去截机了。我从应急出口把他放走了。十几分钟后,他将搭上飞船。”

“什么?!”

“我不知道你耳背。要我再说一遍吗?”

“你把他的登陆服偷出来了?”

“登陆服以及核弹,”布兰德点了点头,“但并不是偷,而是在实施计划的过程中,从储藏室里拿出来。我对红蚁人的命令是,把核弹固定在飞船的机身上,然后返回。离引爆的倒计时‘零点’还剩……”布兰德看了一眼时间,“十四分零几秒。”

“那些在外面的红蚁人放他过去了?”施奈德难以置信,压低嗓音问。

布兰德做了个手势,表示不确定。由于无法观察堡垒周围的环境,他对此一无所知。但他有种直觉,相信一切顺利。

“他肯定会回来找你的!”斯塔赫咬牙切齿地说,“他会和空降兵一起回来,你这蠢货!”

布兰德咬牙勉强走到显示器前,把录像放出来。

“他会回来找她。他将获得当之无愧的奖赏。当然,是在完成命令以后。”

他摇晃起来,忍住头晕,又苦笑着补充说:“他为了她背叛了自己人,可惜他不会见到她了……”

“为了这……一堆脂肪?!”有人盯着屏幕问道。

“正是。看见她,他立马开始大喊大叫,全身抽搐,过了一分钟,他就说起人话,样样都答应。”

然后人们就责骂起他,他也骂了回去。他不记得自己回敬过什么话,这几分钟的时间在记忆中模糊不清,成了一团均匀的糨糊。但这已经不重要了。

“好吧。”格奥尔格·施奈德瓮声瓮气地说,布兰德也清醒过来,“我们会等一阵子。安静一会儿,斯塔赫,别发疯……我们会等。我们暂时不会碰那条毒蛇。但如果你没成功,等着瞧吧!……”

布兰德发现自己有力气感到惊讶了。这是在威胁他吗?如果计划不奏效,难道他还会在乎谁被杀死吗?是自己人还是外星人,这重要吗?威胁他毫无意义。他太疲倦了,并不关心周围人有什么情绪。无论如何,他都不会遗臭万年,毕竟如果计划不奏效,人类便在此灭绝了。

他只需要再坚持一会儿,保持清醒。要是睡着了,他布兰德就永远也不知道结局如何。或者,要是诸事顺利,他也会知道结局,但只能事后从别人那里听说。

这两种情况都会令他遗憾……

雄性俘虏是不是觉得,他和雌性俘虏是一个新的红蚁人群落的首领?抑或仅仅是无法忍受有个女性在他附近受到折磨呢?究竟是像布兰德自己并无把握的猜测那样,俘虏产生的感情能够改变他的本性;抑或像梅拉妮认为的那样,是不可抗拒的本能起了作用呢?后来布兰德思考过很多次,也想不出答案。

不过,难道不能用不同的说法来描述同一种现象吗?

堡垒外面的最后一只"眼睛"失明了,在外星飞船飞去的地平线上,一颗新的太阳突然闪耀了半分钟,比此地的造父变星亮度最高的时候还要明亮。

当整个堡垒里充满了如释重负的呼气声、喜极而泣的号哭声以及欢笑声时,布兰德却惊讶地发现,这时候自己没有任何情绪。大概是太累了吧。他在格奥尔格·施奈德熊一样的拥抱中就这样直接睡着了,对方在他耳边欣喜若狂地叫喊着,但究竟喊的是什么,布兰德根本不关心。

16

清剿空降到这个星球上的外星人一事拖了很长时间，因为大家，尤其是情绪恢复镇定的斯塔赫，都不愿意为了迅速消灭红蚁人而蒙受巨大的伤亡。早一个脉动周期，晚一个脉动周期，都没有太大区别。星球上没有任何有翼动物，这点大有裨益：几部地面雷达和小飞船上的一部机载雷达紧盯着任何胆敢飞到空中的外星人，并引导"卫生员"小队找到目标伤员。虽然"卫生员"匮乏，但伤员不觉得缺医少药。很快，外星人开始避免与人类正面对抗，本来花费在战斗上的时间转而用于有条不紊的地毯式围剿，或多或少取得了成效。只有两名敢死队员在交火中丧生，另外还有几名伤员接受了梅拉妮的照料，在医院康复了。

其中一名伤员就是布兰德。

海伦领着外孙、外孙女来探望他，他们不明白为什么母亲要强迫自己来，这里有难闻的药味，而且没有人陪他们玩耍。埃尔莎·施奈德来过两次，带来了新的消息，无所顾忌地开起玩笑。约翰来过一次。但伊拉克利过了整整一个脉动周期之后才来看看他。

“哦！你这装病的人，布置得不错嘛。是单人包房啊！”

“是病房，”布兰德纠正他，“进来坐吧。”

“我是被迫把他搬到单间的，”梅拉妮埋怨道，“开头几天，他说着些不堪入耳的下流话，肋部稍稍愈合以后，他就开始讲些恶语伤人的笑话。我真想亲手掐死他，我能够想见他邻床的感受！”

“哎呀呀，”伊拉克利一边说，一边小心翼翼地坐到床边，“你这是怎么了？很疼吧？”

“受了一点烫伤，”布兰德皱起眉头，“小事一桩。”

“别听他的，”梅拉妮插了一句，“他整个肋部外面都是烧焦的破布，破布下面还有一根肋骨骨折了……”

“我必须赶紧卧倒，但有些畜生在那地方堆着尖利的石头，”布兰德解释说，“不过红蚁人没有打中我，否则我就可以免费火化了。他没有让红蚁人打出第二枪。”

“谁是‘他’？”伊拉克利问。

“斯塔赫。”

伊拉克利只是嘿嘿地笑，然后他意味深长地看了梅拉妮一眼。

“我走了，”她说，“我有很多事要做。伊拉克利，你有半个小时，虽然你是长老，但到点之后，我也会把你赶出去……”

“美丽的女人，”梅拉妮出去的时候，伊拉克利说道，甚至还咂了一下嘴,“是吧?”

布兰德耸了耸肩。

“其实我是有公事才过来的,”伊拉克利不等他回答就继续说道,“我想知道你对于接任聚居地长老一职的看法。”

布兰德的嘴巴张大了,又猛地闭上了。

“那你呢?”

“我是时候退休了,我是个老废物。”伊拉克利苦笑着说,“我生病了。你知道我之前为什么没来看你吗?因为我就一动不动地躺在这堵墙后面。也是这样的病房……就这样,你同意吗?”

“那……斯塔赫呢?”

“让他留任原职吧。如果你以后决定将他革职,我不会提出异议。其实除了危机时期,他平时干得也挺好。”

“但是我……”

“一个人成为长老不是因为年长,请你相信我,”伊拉克利打断了他的话,“长老之所以成为长老,是因为他有能力宣扬自己的意志,而不是顺着大多数人的意见来回摇摆。我已经没有这样的能力了,但你能做到。行,我不会一下子逼你当长老……但请记住,你现在比任何人都更受欢迎,大家会投票选你。如果我要亲自提名你为候选人,我确实也会这么做,就来知会你一声。如果你推辞,这事会很糟糕!”

布兰德犹豫起来。

“我考虑考虑……你别客气,好好坐下来。我挪一下腿。”

伊拉克利喘了几声,用更舒服的姿势在床上坐定。

“有什么新鲜事儿?”布兰德问。

“斯塔赫刚才转告说,他们追杀了三个红蚁人。依我看,他们是大陆上的最后几个,他也这么认为。还要仔细搜索小陆和岛屿,但藏在那里的红蚁人恐怕不会超过二十个。这是个技术性问题,我们会找到的。”

“那我们的……客人呢?大家是不是像我要求的那样,没去碰他们?”

伊拉克利又喘了几声,似乎不知道该用怎样的口吻来叙述。最后他摊开手,长话短说:“你没说错,他们死了。自己死的。昨天,在同一天。我不明白为什么。我觉得他们就是像机器一样关机了。”

布兰德点点头说:“一只蚂蚁离开蚁群是活不久的。即使没有谁吃它,它也会孤独而死。两只蚂蚁会活得稍微久一些,但几天之后也必然死去。十只蚂蚁大概活得下来。原因是个谜。”

“你是怎么知道的?”

“我‘家’里有个很好的记忆库。现在没了。这里的也还不错。”

“这就是为什么你坚持不杀俘虏的理由吗?”伊拉克利斜眼瞧着布兰德问道,“你知道他们会这样死去?”

“就是这样。此外,想到自己信守了诺言,我很高兴。”

“我认为你的智慧没有随着年纪而增长。”

“什么意思?”

“你像我这个老傻瓜一样,越来越多愁善感。说实话,别为他们感到惋惜了,好吗? 哪怕少操心一点点呢?”

“不,不是这样的。”布兰德摇了摇头,“他们的确帮助了我们,但他们是自愿的吗? 敌人终究是敌人,必须被消灭,为此可以不择手段,阿门。我想的是另一件事……我们获得胜利,只是因为我们能够唤醒红蚁人的人性。一小部分的人性。这意味着,如果实打实地来对付我们,我们将会脆弱得多。到目前为止,红蚁人每次战胜我们,都是凭借他们的力量优势,而不是靠攻击我们的弱点。如果他们有朝一日仿效我们的方法,你知道我们将遭遇什么吗? 考虑一下吧。”

伊拉克利点点头说:“我已经考虑过了。我觉得你错了。对我们来说纯属自然的东西,对他们来说却是人为的。就是这样。他们不是死于自然,而是死于极其人为的东西……嗯,你自己想想看,他们能够用爱情来虏获你吗?”

“你总算找到例子了!”布兰德嗤之以鼻,“我已经老了,还有孙子孙女……”

“你既年轻又愚蠢。我们正要让你和梅拉妮结婚,她会让你头脑清醒起来。她是位勇敢而有个性的女士。”

“梅拉妮?”布兰德扬起了眉毛。

“你没见过她望着你的样子吗?”伊拉克利得意地微笑,他的秃头上出现了射线状的皱纹，“你真是个傻瓜，一次都没注意过。也许需要向你的静脉注射一些东西，这样你就会明白，有个女人忙前忙后，一心就为了你。还说什么有外孙、外孙女——真让我吃惊！你还会有曾孙、玄孙。还会有孩子，自己的孩子……”

“她要嫁给我吗？”布兰德表示怀疑，“在我提出之后？”

“提出什么？”

“提出我的计划……这计划本身就很卑鄙，你知道吗？就算是用来对付敌人，也真的很卑鄙。”

“你并不卑鄙，而是天真得令人感动。你根本就不了解女人。她会忘记的，等着瞧吧。重要的是让生命无限延续下去，而女人对这一点的领悟，远远胜过你我……这样的工蚁……”

伊拉克利早就离开了，而布兰德还躺在床上，仰望着天花板微笑。伊拉克利关于梅拉妮的那番话是不是认真的呢？毫无疑问，长老关心的主要是，这个星球上的小聚居地在造父变星不断变化的阳光照耀下，能否蓬勃发展、代代繁衍——只有这个吗？他的话说不定有些道理呢？

长老用来说服布兰德的方法，不正是布兰德用来虏获并制服红蚁人的办法吗？

要知道，人是乐意这样被制服的……要是伊拉克利敢说，梅拉妮和布兰德的孩子都很有出息，他们是基因最匹配的一对佳偶——布兰德会立马把他赶出去。

这是两回事。

这也不是假象,而是发自真情实感。

布兰德微笑着,开始畅想未来。过去一年来,他头一回惊讶地发现,不仅人类的聚居地还有未来,他自己也仍未来可期。旧的"家"消失不见,那又怎么样呢!这样更好,那里往昔的气味过于浓烈,往昔就像沉重的锚一样,从水底拽住了他。他可以从头开始。海伦会理解的,想必也会赞成。为什么不呢?……

人类也将排除万难,延续下去。而我们无须为此多虑。船到桥头自然直。

(麦　芒　译)